MATTHEW HARFFY

Kreuz und Flu[illegible]

GOLDMANN

Matthew Harffy

Kreuz und Fluch

Die Chroniken von Bernicia

Historischer Roman

Aus dem Englischen
von Leo Strohm

GOLDMANN

Die Originalausgabe erschien 2016 unter dem Titel »The Cross and the Curse« bei Aria, an imprint of Head of Zeus, London.

MIX
Papier aus verantwortungsvollen Quellen
FSC® C014496

Penguin Random House Verlagsgruppe FSC® N001967

1. Auflage
Deutsche Erstveröffentlichung November 2022

Gestaltung des Umschlags und der Umschlaginnenseiten:
UNO Werbeagentur, München
Umschlagmotiv: Lorado / getty images; FinePic®, München
Redaktion: Susanne Bartel
BH · Herstellung: ik
Satz: KCFG – Medienagentur, Neuss
Druck und Bindung: GGP Media GmbH, Pößneck
Printed in Germany
ISBN: 978-3-442-49301-2

www.goldmann-verlag.de

Für mei-

ALBION 633 n. Chr.
LAND DER PIKTEN
GERMANISCHES MEER
Hii
DÁL RIATA
BERNICIA
Lindisfarena
Bebbanburg
Gefrin
Wall
Tine
DEIRA
N
W
O
S
HIBERNIA
Engelmynster
Eoferwic
ELMET
Humber
Trente
GWYNEDD
MERCIA
Ouse
Severn
Lunden
Temes
WEST-SEAXONS
CANT-WARE
Hithe
WESTMEER
0
50
100
150 km
FRANKIA

Ortsnamen

Die Ortsbezeichnungen im Britannien des frühen Mittelalters fallen je nach Zeit, Sprache, Dialekt und jeweiligem Schreiber zum Teil recht unterschiedlich aus. Ich habe mich bei der Wahl der Ortsnamen nicht an eine bestimmte Konvention gehalten, sondern in der Regel die Bezeichnung gewählt, die meines Erachtens am ehesten der im siebten Jahrhundert gebräuchlichen entspricht. Doch genau wie die Schreiber der damaligen Zeit habe auch ich mir gelegentlich eine gewisse künstlerische Freiheit genommen und mich für den Namen entschieden, der mir am besten gefällt.

Albion	Großbritannien
Bebbanburg	Bamburgh
Bernicia	Königreich im nördlichen Teil von Northumbria, das sich vom River Tyne im Süden bis zum Firth of Forth im Norden erstreckt und in etwa dem Gebiet der heutigen Grafschaften Northumberland und Durham entspricht
Cantware	Kent
Cantwareburh	Canterbury
Dál Riata	Kleinkönigreich, das Gebiete an der schot-

	tischen Westküste sowie die Grafschaft Antrim im Nordosten Irlands umfasst und Heimat der keltischen Skoten ist
Deira	Königreich im südlichen Teil von Northumbria, das sich ungefähr vom Humber im Süden bis zum River Tyne im Norden erstreckt
Dor	Dore in Yorkshire
Dun	der Fluss Don
Elmet	unabhängiges britisches Königreich, dessen Gebiet in etwa dem westlichen Verwaltungsbezirk der heutigen Grafschaft Yorkshire entspricht
Engelmynster	fiktiver Ort in Deira
Eoferwic	York
Frankia	Frankreich
Gefrin	Yeavering, ein kleiner Ort in Northumberland, etwa 15 Kilometer von Bebbanburg entfernt
Gwynedd	Gwynedd in Nordwales
Hefenfelth	Heavenfield
Hibernia	Irland
Hii	Iona
Hithe	Hythe in Kent

Lindisfarena	Lindisfarne
Mercia	Königreich im Zentrum des heutigen England in den östlichen Midlands rund um die Stadt Leicester gelegen, im Gebiet des Trent und seiner Nebenflüsse
Muile	Mull vor der Nordwestküste Schottlands
Northumbria	angelsächsisches Kleinkönigreich, das die Gebiete der heutigen Grafschaften Yorkshire und Northumberland sowie den Südosten Schottlands umfasst
Pocel's Hall	Pocklington in Yorkshire
Scheth	der Fluss Sheaf, der die Grenze zwischen Mercia und Deira bildet
Tuidi	der Fluss Tweed
Ubbanford	Norham in Northumberland

Prolog
Anno Domini 619

»Wir brauchen euren neuen Gott nicht. Er ist schwach. Wurde er nicht von Menschen getötet?« Grausam lächelnd wandte sich die schwarzhaarige Schönheit zu ihren Zuhörern um. Doch die Augen der Männer und Frauen, die sie anstarrten, waren stumpf und düster, wie tiefe, kalte Seen.

»Was ist das für ein Gott, der von Sterblichen getötet werden kann?«, stieß die Frau höhnisch hervor.

»Ich will mich nicht mit dir streiten«, erwiderte der hagere Mann mit der Habichtsnase, der vor ihr stand. »Ich verkünde dir und deinem Volk lediglich die Botschaft des einen, wahren Gottes. König Edwin hat mir das Recht dazu verliehen.« Seine Worte waren schwer zu verstehen. Sein seltsamer Akzent veränderte die einzelnen Laute, dennoch war die Bedeutung seiner Worte klar.

Vor einigen Wochen war zum ersten Mal seit der Schneeschmelze ein fahrender Händler das Tal heraufgekommen und hatte von märchenhaften Ereignissen im Land berichtet. König Edwins Braut hatte aus ihrer Heimat Cantware einen heiligen Mann mitgebracht. Dieser Priester stammte aus einem noch weiter entfernten Land, falls so etwas überhaupt möglich war. Angeblich kam er aus dem Land der

Riesen, die den Großen Wall errichtet hatten, aber das war lächerlich. Jeder wusste schließlich, dass die Riesen längst tot waren.

Außerdem war dieser Mann nicht besonders groß. Aber aus seiner ganzen Haltung sprach die unerschütterliche Gewissheit, dass andere Menschen seinem Weg folgen würden.

»Ein wahrer Gott?«, spie die Frau aus »Nur ein einziger Gott? Du bist von Sinnen. Was ist mit dem Himmel und dem Wasser? Der Schlacht und der Frucht auf den Feldern? Alles hat seinen eigenen Gott, das wissen wir.« Erneut wanderte ihr Blick zu den Dorfbewohnern, doch deren Reaktion bestand auch jetzt wieder nur aus eisernem Schweigen.

»Es gibt nur einen Gott«, wiederholte der hagere Priester. Seine Stimme klang wie die eines Vaters einem kleinen Kind gegenüber. »Er hat mit Jesus Christus seinen einzigen Sohn geopfert, damit kein Mensch mehr den Tod erfahren muss, sondern alle das ewige Leben empfangen.«

Die Frau zuckte zusammen, als hätte er sie geschlagen.

»Mutter?« Ein Junge trat zu der Frau und legte ihr behutsam die Hand auf den Arm. Er hatte dunkle Haut und war in jenem schwierigen Alter zwischen Kindheit und Erwachsensein, war bereits groß und stark, doch noch ohne die körperliche Masse, die erst mit dem Alter kam.

Er wusste, dass seine Mutter diesem Fremdling niemals freiwillig gestatten würde, den Dörflern von seinem Gott zu erzählen.

Vorher würde sie ihn umbringen.

Der Junge blickte zu den Kriegern hinüber, die den Priester begleiteten. Sie standen nervös etwas abseits und hielten die Zügel ihrer Pferde fest. Dazu hatten sie grimmige Mienen aufgesetzt, waren jederzeit bereit zu töten. Das Licht spiegelte sich in den Heften ihrer Schwerter und ihren polierten Kettenhemden. Der Zauber seiner Mutter war stark, und es war gut möglich, dass sie damit den Priester tötete, doch danach wäre auch ihr der Tod gewiss.

»Mutter«, wiederholte er.

»Schweig still, Hengist«, zischte sie und schob ihn weg. Dann wandte sie den Blick zum Himmel und stieß einen durchdringenden Schrei aus.

Als die Pferde scheuten und anfingen zu schnauben, packten die Krieger die Zügel ihrer Pferde fester.

»Verlasst diesen Ort!«, kreischte sie, das schöne Gesicht zu einer Fratze des heiligen Zorns verzerrt. »Verschwindet und kehrt nie wieder zurück! Nehmt euren schwachen Gott und seinen Sohn und macht euch davon in das Land, aus dem ihr gekommen seid.«

Mit einem Mal erhob sich ein kräftiger Wind und blies ihr die schwarzen Haare ins Gesicht. Ihr Kleid schmiegte sich so eng an ihren Körper, dass ihre Rundungen sichtbar wurden.

Sie begann zu zittern, bis sie am ganzen Leib bebte. Hengist hatte sie schon unzählige Male dabei beobachtet. Das geschah immer, wenn die Götter durch sie sprachen. Er schauderte. Gleich würden die Götter ihre Stimme erheben, und er fürchtete sich vor ihren Worten.

Ein Mann mit breiten Schultern, ergrauendem Haar und strenger Miene schüttelte die Hand seiner Frau ab, die ihn zurückhalten wollte, und trat einen Schritt vor.

»Warte, Nelda«, sagte er. »Ich möchte hören, was dieser

Mann zu sagen hat. Ein Gott, der keine Opfer fordert und nicht den Tod, sondern das Leben verspricht, das ist ein Gott, von dem ich mehr erfahren will.«

Nelda funkelte den Mann etliche Augenblicke lang an.

»Du solltest nicht einmal daran denken, mir vorzuschreiben, was ich tun soll, Agiefan«, erwiderte sie dann. Ihre Stimme triefte vor Verachtung. Begleitet von einem Schrei, der noch lauter war als der erste, wirbelte sie herum und baute sich erneut vor dem schwarz gekleideten Priester auf.

»Nein! Du bringst nur Lügen zu uns, um unseren Geist zu vergiften. Lügen!« Sie steckte die Hand in den Lederbeutel an ihrem Gürtel und holte mehrere kleine Gegenstände hervor. Ohne zu zögern, schleuderte sie sie dem Fremdling entgegen.

Der Priester zuckte zusammen, als die kleinen weißen Dinger die schwarze Wolle seines Gewandes trafen und anschließend zu Boden fielen. Es waren menschliche Fingerknochen. Dann berührte er mit den Fingerspitzen erst seine Stirn, dann die Brust und zum Schluss beide Schultern. Es schien sich um eine Art magisches Ritual zu handeln.

Nelda schrie Worte in einer Sprache, die niemand verstand. Der Wind riss sie aus ihrem Mund und verzerrte sie. Ein großer Krähenschwarm flog über sie hinweg, schwarz vor dem dunkler werdenden Himmel. Staub, vom Wind aufgewirbelt, brannte in Hengists Augen. Gewalt lag in der Luft. Mütter zogen ihre Kinder beiseite und bedeckten mit den Händen ihre Augen. Nelda beschwor mit ihren Worten die Macht der Götter, und alle, die sich hier versammelt hatten, traten einige Schritte zurück.

Alle mit Ausnahme des Priesters.

Regungslos und mit geschlossenen Augen stand er da. Seine Lippen bewegten sich, aber er sprach so leise, dass die Umstehenden ihn nicht verstehen konnten.

Seine Beharrlichkeit schien Neldas Zorn nur weiter anzustacheln. Ihre Stimme brach, als würde ihre Kehle von der Wucht ihrer geheimnisvollen Worte entzweigerissen.

Einer der Krieger trat vor und zog sein Schwert. Der Priester, der die Bewegung gespürt hatte, gebot ihm mit ausgestrecktem Arm Einhalt.

Neldas Schreie und Götterbeschwörungen dauerten noch einige Zeit an, dann erstarben ihre Worte schließlich, und sie stand keuchend, mit wildem Blick und Schaum vor dem Mund vor dem Fremdling.

Er öffnete die Augen, dieser Mann, der von einem neuartigen Gott sprach, und streckte der Hexe seine rechte Hand entgegen. Mit seiner linken umfasste er ein silbernes Amulett, das an einem Lederriemen um seinen Hals hing. Hengist sah, dass es Ähnlichkeit mit dem Hammer Thunors aufwies – es war ein Kreuz. Das gleiche Zeichen, das der Priester auch vor seiner Brust gemacht hatte.

Nelda atmete immer noch schwer infolge der großen Anstrengung. Einen Augenblick lang herrschte Stille. Nur der Wind, der heulend durch das Tal fegte, war zu hören.

Dann sagte der Priester mit klarer Stimme: »Im Namen unseres Herrn Jesus Christus befehle ich, Paulinus, dir, diesen Ort zu verlassen, damit diese Menschen die wahre Botschaft Gottes erfahren können.«

Niemand rührte sich von der Stelle. Der Wind ließ nach. Ruhe legte sich über das Tal. Neldas Lippen zuckten und verzogen sich zu einem Lächeln. Der Gott dieses Fremdlings schien keine Macht zu haben.

Und dann leuchtete das schattige Tal im grellen Glanz eines gleißenden Blitzes auf. So dicht in der Nähe schlug er ein, dass die Menschen Angst um ihr Leben hatten und aufschrien. Ein so lauter Donnerschlag, als würden Berge zusammenbrechen, folgte. Es war, als würde der Himmel über ihren Köpfen einstürzen. Frauen warfen sich zu Boden, um ihre Kinder mit ihren eigenen Leibern zu schützen. Etliche Pferde rissen sich los und galoppierten den Pfad ins Tal hinab, die Augen vor Entsetzen weit aufgerissen.

Der Donner war ohrenbetäubend. Zuerst schien es, als würde jemand die Luft zerreißen, dann folgte unmittelbar ein weiterer Hammerschlag von göttlicher Dimension. Der Widerhall rollte durch das Tal. War das etwa ein Zeichen für Thunors Zorn? Hatte er Neldas Schreie, ihr trotziges Aufbegehren gegen diesen neuen Gott vernommen?

Schwarze Wolken ballten sich bedrohlich über ihren Köpfen. Neldas Lächeln wurde breiter. Die Götter waren erzürnt.

Doch als sie sah, wo der Blitz eingeschlagen hatte, schlich sich Furcht in ihre Miene.

Auf der einen Talseite stand die heilige Esche. Sie war das Symbol des Allvaters Woden. Nahe diesem Baum fanden die Rituale zu Ehren der Götter statt. Dort wurden die Opfer dargebracht.

Der Blitz hatte den Baum in zwei Hälften gespalten. Ein Teil seines gewaltigen Blätterdachs fiel krachend zu Boden, wo es als Haufen aus Ästen und vom Wind abgepflückten Blättern liegen blieb. Der Baumstamm stand in Flammen.

Riesige Feuerzungen leckten gen Himmel, vom Wind angefacht.

Kein zweiter Blitz zuckte vom Himmel, kein Tropfen Regen fiel, aber der Wind heulte von Neuem durch das Tal, während Flammen die heilige Esche verzehrten.

Die Menschen erholten sich nur allmählich von dem plötzlichen Entsetzen, das der Blitzschlag ausgelöst hatte. In kleinen Gruppen kauerten sie sich eng zusammen, als könnten sie sich durch die Nähe vor dem Zorn der Götter schützen.

Da ergriff Agiefan das Wort. Seine Stimme war schneidend. »Der neue Gott hat sich offenbart. Seht doch, die heilige Esche ist Vergangenheit. Genauso wie die Macht der alten Götter. Und was haben sie uns auch gebracht außer Tod und Pein?«

Neldas Antlitz war weiß wie Frost. Niemand hatte sie je so gesehen.

So voller Angst.

Die Götter hatten gegeneinander gekämpft, und Neldas Götter hatten verloren.

»Nein!«, sagte sie. »Ihr könnt die Zeichen der Götter nicht deuten. All die Jahre habe ich euch geleitet, ich habe euch dabei geholfen, eure Säuglinge zur Welt zu bringen, ich habe …«

Ihre Worte erstarben, als eine ausgemergelte Frau mit ausgeprägten Wangenknochen, über denen sich bleiche Haut spannte, auf sie, die Hexe, zutrat und ihr einen kräftigen Faustschlag auf den Mund versetzte. Nelda taumelte, hielt sich jedoch auf den Beinen. Dann wirbelte sie herum, stellte sich der Frau entgegen und riss die Fäuste empor, um sich zur Wehr zu setzen, doch auch die Dörfler rückten näher. Nelda zügelte sich.

»Sprich nicht davon, Kinder auf die Welt zu holen, Nelda«, spie die Frau aus. Ihre Augen lagen tief in dunklen Höhlen, wie bei einem Menschen, der Schrecken erlebt hat, die nie wieder aus seiner Erinnerung gelöscht werden können. Erneut holte die Frau zum Schlag aus, so übermächtig war ihre Wut. Doch dann ließ sie die Schultern sinken und sagte matt: »Sag nicht, dass du uns helfen willst, Hexe.«

Die Dörfler kannten den Schmerz dieser Frau, wussten um die Finsternis, die sie seit den kältesten Wintertagen umfangen hielt. Und sie wussten auch, dass sie alle ihren Teil dazu beigetragen hatten. Sie dachten an Gēola, die schwärzeste Nacht, zurück, als sie sich hilfesuchend an die Seherin gewandt hatten. Nelda hatte ihnen ein Ende der Hungersnot prophezeit, und sie hatten ihren Worten gelauscht und in ihrer Verzweiflung auch dem Opfer zugestimmt, das sie verlangt hatte.

Sie hatten den Preis akzeptiert, doch dieser lastete nun schwer auf ihren Seelen.

Und jetzt hatten die Götter der Hexe sie verlassen.

So wie ein Feuer schlagartig zum Leben erwacht, wenn ein Atemhauch auf die richtige Art und Weise in die Flamme fährt, so erwachten jetzt die Wut, Verbitterung und Scham der Dörfler.

Eine weitere Frau trat vor und versetzte Nelda einen kräftigen Hieb, der ihre Lippe aufplatzen ließ. Ein Mann schubste die Hexe, sodass sie stolperte und zu Boden stürzte. Die Dorfbewohner scharten sich um sie, traten sie in ihrem plötzlich aufwallenden Zorn mit Füßen und bespuckten sie.

Hengist schrie so laut, dass die Menge verstummte. Er stürmte los und stieß die Männer und Frauen beiseite, die ihm den Weg versperrten. Er war kräftig, und seine Wut verlieh ihm zusätzliche Kraft. Mehrere Männer verloren unter dem wütenden Ansturm des Jungen das Gleichgewicht und fanden sich auf dem Erdboden wieder.

»Lasst meine Mutter in Ruhe!«, schrie er, nachdem er sich schützend über Neldas gekrümmten Körper gestellt hatte.

Agiefan trat einen Schritt vor. Ohne nachzudenken, schlug Hengist zu und traf die Nase des Älteren mit voller Wucht. Blut spritzte, und Agiefan taumelte rückwärts, bis er in die Arme der anderen Dorfbewohner sank.

»Hengist«, sagte er, während er sich die Hand vors Gesicht hielt, um das Blut zu stoppen, das aus seiner Nase quoll. »Wir haben nichts gegen dich, aber deine Mutter ist hier nicht mehr willkommen.« Er spuckte Blut auf den Schotterpfad. »Sie muss uns verlassen.« Kurz sah er zu seinem eigenen Sohn, Hengists bestem Freund, der die Szene entgeistert verfolgte. »Du kannst gerne weiterhin bei uns leben, Hengist. Aber sie muss gehen.«

Hengist ließ den Blick über die Menschen schweifen, die ihn umringten. Die Menschen, die er schon sein ganzes Leben lang kannte. Freunde und Feinde. Alte und Junge. Agiefans Sohn, der ihn flehend anstarrte. An der strahlenden Schönheit des Mädchens namens Othili blieb er hängen. Sie war genauso erblasst wie die anderen, aber in ihren Augen erkannte er keinen Hass, sondern etwas anderes. Erregung?

Dann begegnete Hengist dem starren Blick des seltsamen Mannes, Paulinus, des Priesters, der aus einem fernen Land gekommen war. In seiner Miene erkannte er Düsternis und Härte, seine Augen ähnelten aus Granit gehauenen Höhlen. Einen Moment lang konnte Hengist seinen eigenen Zorn spüren, der laut schreiend danach verlangte, freigelassen zu werden. Am liebsten hätte er sich auf Paulinus gestürzt, um ihm die Kehle zu zerfetzen oder ihm das Genick wie einen vertrockneten Zweig zu brechen.

Da spürte er die beschwichtigende Hand seiner Mutter auf seinem Bein.

Es hätte keinen Sinn gemacht, Paulinus zu töten. Die Krieger, die ihn begleiteten, hätten Hengist nur niedergeworfen. Darum starrte er den Priester lediglich hasserfüllt an. Er würde sich an diesem Mann und seinem König bitterlich rächen. Später.

Schließlich zog er seine Mutter auf die Füße.

»Sei mir behilflich, meine Sachen zu packen«, flüsterte sie ihm zu.

Er schluckte und brachte keinen einzigen Ton heraus. Im Beisein dieser Menschen würde er keine Tränen vergießen.

Sie entfernten sich von der Menge. Der stechende Geruch von brennendem Holz lag in der Luft, das Knacken der lodernden Esche schien sie zu verfolgen.

»Ich komme mit dir«, sagte Hengist.

»Nein.« Nelda drehte sich mit wild funkelnden Augen zu ihm um. Blut tropfte von ihrer Lippe, und ihr Gesicht war mit Wunden und Prellungen übersät, aber Hengist war fest davon überzeugt, dass er noch nie eine schönere Frau gesehen hatte. »Nein, mein Sohn, du bleibst hier und wirst Großes vollbringen! Du wirst Königen dienen, so wie dein

Vater es getan hat. Und du wirst sie stürzen, Hengist.« Sie packte ihn so fest am Arm, dass es wehtat. »Bleib hier und bring die zu Fall, die den schwachen Christusgott anbeten.«

Er wurde von einer Woge der Erleichterung erfasst und schämte sich sofort dafür. Der Gedanke, die Heimat verlassen zu müssen, hatte ihn mit Angst und Schrecken erfüllt.

»Dein Vater war ein ruhmreicher Recke«, fuhr sie fort. »Aber du wirst noch mächtiger sein. Du wirst Königen dienen und mit den Opfern deines Schwertes die Wölfe füttern. Mein Sohn, du wirst grausamen Schrecken unter deinen Feinden verbreiten. Du wurdest von Woden berührt, welcher viele Namen trägt und vielerlei Gestalt annimmt. Doch der Name, der am besten zu dir passt, ist ›Blutrausch‹.«

Sie zog ihn dicht zu sich heran und strich ihm zärtlich die dunklen Haare aus der Stirn. Die Berührung war erregend und verstörend zugleich. Ihr Atem roch metallisch.

»Denk immer daran«, sagte sie, wobei ihm aus ihrem Mund winzige Blutstropfen ins Gesicht spritzten, »du bist Blutrausch. Von Woden berührt.«

Hengist starrte wieder zu dem Christuspriester hinüber. Hinter Paulinus brannte die heilige Esche, eine Fackel aus Feuer und Rauch.

Ja, er würde bleiben. Aber den Tag, an dem der neue Christengott ins Dorf gekommen war, würde er niemals vergessen. Hengist würde niemals vergessen, und er würde dafür sorgen, dass Paulinus und sein König Edwin sich an ihn erinnerten, sobald ihre Zeit gekommen war.

Anno Domini Nostri Iesu Christi
Im Jahre unseres Herrn Jesus Christus 634

ERSTER TEIL

THUNORS ZORN

Kapitel 1

»Finger weg von meiner Frau, du Hurensohn!«

Beim Anblick des grauhaarigen Kriegers, der Sunniva begrapschte, spürte Beobrand, wie die Wut sich in ihm regte. Der Ältere hob den Blick, ohne jedoch seine Hand von Sunnivas schmaler Taille zu nehmen. Als sie sich befreien wollte, lösten sich ihre Zöpfe, und ihr goldenes Haar fiel in schimmernden Wellen über ihre Schultern. Doch der Mann besaß schlanke, aber kräftige Arme, die zahlreiche Reifen zierten. Sie waren beredtes Zeugnis seiner Tapferkeit im Kampf. Jahrelange Übung mit Schild und Speer hatten die Arme stark wie die Äste eines Baumes werden lassen.

Der Lärm im Saal erstarb genauso schnell wie ein Feuer, das mit Wasser übergossen wird. Es wurde gezischt und geflüstert, während die Männer auf den Bänken um die Plätze mit der besten Sicht rangelten. Ein Kampf versprach Spannung und Unterhaltung.

Erneut ergriff Beobrand das Wort, allerdings mit etwas leiserer Stimme als zuvor. »Finger weg, habe ich gesagt.« Er war im ganzen Saal zu verstehen, genau wie seine Androhung von Gewalt.

»Und wie willst du mich daran hindern, Halbhand?« Erneut drückte der Krieger Sunniva an sich.

Sie wand sich in alle Richtungen, tat ihm jedoch nicht den Gefallen, einen Laut von sich zu geben.

Beobrand blickte auf seine linke Hand hinab. Seine Schildhand. Erst wenige Wochen waren vergangen, seit er den kleinen Finger sowie den größten Teil des Ringfingers verloren hatte. Die Wunden waren immer noch nicht verheilt und stark gerötet. Er ballte die versehrte Hand zur Faust. Die frische Haut spannte sich und platzte auf. Blut quoll aus der Wunde, und der Schmerz wanderte in Wellen seinen Arm entlang, doch er verzog keine Miene. Die Verletzung hätte ihn um ein Haar das Leben gekostet. Er hatte hohes Fieber bekommen, und alles hatte danach ausgesehen, als stünde sein Abschied von diesem Leben unmittelbar bevor. Doch sein Geist hatte sich an das irdische Leben geklammert, und er war seinen Angehörigen nicht ins Tal des Todes gefolgt.

»Der mächtige Krieger Hengist hat mir die Finger genommen, und dennoch lebe ich noch immer, während er zu Rabenfutter geworden ist«, entgegnete Beobrand. »Um elende Pisseschläuche wie dich zu töten, brauche ich nicht mehr als eine halbe Hand.«

Die Stimmung im Saal schlug um. Beobrands Worte machten allen wieder klar, wie schnell selbst kleinere Dispute eskalieren konnten. Zwar waren im Großen Saal keine Waffen erlaubt, doch mit Speisemessern konnte man ebenso gut töten wie mit einem Sachsmesser oder einem Schwert.

»Mich willst du umbringen, sagst du? Ich bin Athelstan, Sohn des Ethelstan, und ich habe so viele Männer getötet, dass ich mich gar nicht mehr an alle erinnern kann.« Athelstan stieß Sunniva von sich und richtete sich mit vorgerecktem Kinn und gesträubtem, schon leicht weißem Bart zu voller Größe auf. Er war breitschultrig und von beeindruckender Gestalt, dennoch musste Beobrand den Kopf neigen, um ihm in die Augen zu blicken.

»Es ist traurig mitanzusehen, wenn die Erinnerung einen Graubart im Stich lässt.« Das leise Lächeln auf Beobrands Lippen erreichte seine kalten blauen Augen nicht. »Mag sein, dass du einst ein Krieger von gewissem Ruf warst. Aber jetzt bist du nur noch alt. Setz dich lieber wieder hin, bevor deine körperlichen Schmerzen übermächtig werden.«

Ein Raunen ging durch den Saal. Die Männer waren vom Wagemut des Jüngeren beeindruckt und gleichzeitig auf Athelstans Reaktion gespannt. Viele kannten ihn als einen Mann, der schnell gekränkt war und nur selten einem Streit aus dem Weg ging. Darüber hinaus hatte er den Ruf eines tödlichen Gegners.

»Alt bin ich? Das werden wir ja sehen. Ich reiße dir das Herz aus dem Leib, und noch bevor du kalt geworden bist, nehme ich mir dein Mädchen.«

Mit einem Satz ging Athelstan auf Beobrand los und stieß ihm seine mächtige Faust entgegen. Athelstans Masse und seine Muskelkraft machten sie zu einer grausamen, gewaltigen Waffe, verwandelten sie in einen Schmiedehammer, der Beobrand von den Beinen reißen würde.

Falls sie ihn traf.

Doch Beobrand verfügte über die Reaktionsfähigkeit der Jugend. Er hatte sich zwar noch nicht vollkommen von seinen Verletzungen erholt, die er sich im Schildwall im Schatten der Festung Bebbanburg zugezogen hatte, aber als

Krieger war er ein Naturtalent. Die Eiseskälte der Schlacht hatte ihn erfasst. Athelstans Bewegungen waren die eines Mannes, der durch einen Sumpf watet, sie waren träge und ungelenk.

Beobrand ließ den Angriff an seinem linken Oberarm abprallen und machte einen Schritt auf seinen Gegner zu. Gleichzeitig nutzte er seine eigene sowie Athelstans Vorwärtsbewegung zu seinem Vorteil, riss sein rechtes Knie nach oben und versetzte dem Älteren einen Stoß in die Lenden. Er war von solcher Wucht, dass Athelstans Füße den mit Binsen ausgelegten Boden verließen.

Alle im Saal Versammelten verzogen schmerzerfüllt das Gesicht. Athelstan gab eine Mischung aus Keuchen und Stöhnen von sich, während sämtlicher Kampfgeist in ihm erlosch. Mit beiden Händen hielt er sich das Zentrum seines Schmerzes und sackte zu Boden.

»Ich ... ich werde ...«, stöhnte er.

»Was denn?«, erwiderte Beobrand. »Mich mit Blut besudeln?«

Gelächter hallte durch den Saal.

Athelstan rang um Haltung und Fassung. »Ich werde dich töten!«, presste er mit zornrotem Gesicht hervor, dann zog er ein kleines Messer aus seinem Gürtel, mit dem er Beobrand bedrohte.

Erneut wurde es still. Tod lag in der Luft.

»Hier wird heute niemand getötet.« Die Stimme gehörte Scand, Beobrands Lehnsherrn. Sie dröhnte laut wie eine Ohrfeige.

Alle Blicke wandten sich Scand zu. Er stand am Saalende, wo er an der Hohen Tafel gesessen hatte. Jetzt beherrschte seine Gestalt den gesamten Raum. Das Licht der Fackeln und die Flammen der großen Feuerstelle ließen goldene Punkte über seinen silbergrauen Bart huschen. Sein zerfurchtes Gesicht wirkte in der Düsternis schroff und mürrisch.

»Wir alle haben unseren Eid auf König Oswald geleistet. Ihr solltet euch nicht vergessen. Bald schon werdet ihr die Gelegenheit zum Kampf haben. Die Waliser verwüsten unser Land, und Cadwallon versammelt sein Heer vor dem Großen Wall. Wenn wir im Schildwall stehen, wirst du froh sein über Athelstans Kräfte, Beobrand. Und du, Athelstan … du bist alt genug, um zu wissen, dass du die Finger von der Frau eines Jüngeren zu lassen hast. Insbesondere wenn dieser junge Mann ein solch vorzüglicher Kämpfer ist wie Beobrand, Sohn des Grimgundi.«

Beobrand blickte erst zu Scand und dann wieder zu Athelstan. Er spürte, wie die aufgeheizte Atmosphäre sich allmählich abkühlte, doch in ihm wallte immer noch so viel Zorn, dass er zitterte.

Athelstan richtete sich auf, sah Beobrand in die Augen und ließ das Messer sinken.

»Steck deine Waffe weg, Athelstan«, sagte Scand. »Und entschuldige dich.«

Athelstan zögerte, schien aber keine andere Möglichkeit zu sehen. Er ließ das Messer in die Scheide zurückgleiten und senkte den Blick. »Ich bitte dich um Verzeihung«, murmelte er.

Beobrand bebte immer noch vor aufgestauter Wut. Er hasste Männer, die ihre körperliche Überlegenheit nutzten, um andere zu drangsalieren, und besonders schändlich war so ein Verhalten, wenn es sich bei diesen anderen um Frauen handelte. Er hatte immer noch die Fäuste geballt und musste alle Kraft aufbieten, um Athelstans betrunkene Fratze nicht zu einer blutigen Masse zu schlagen. Sunniva, die hinter Athelstan stand, blickte ihn mit im Feuerschein leuchtenden Augen an. Sie war ohne jeden Zweifel die schönste Erscheinung im ganzen Saal. Ihr Haar glänzte wie geschmolzene Bronze, und ihr Gesicht schien von innen heraus zu strahlen. Unter all den Kriegern wirkte sie wie die einzige schöne Blume inmitten eines Feldes aus Steinen und Schlamm.

Und sie war sein.

Sowohl Beobrand als auch Sunniva hatten keine lebenden Angehörigen mehr, und so füllten sie diese Lücke in ihren Leben gegenseitig aus.

Sie schien zu spüren, dass er erneut zuschlagen wollte, und schüttelte beinahe unmerklich den Kopf. Und weil er es nicht ertragen konnte, sie unglücklich zu machen, schluckte er die zornigen Worte hinunter, die er gerne herausgeschrien hätte.

»Ich verzeihe dir, Athelstan. Wahrscheinlich war es der Met, der dir die Worte in den Mund gelegt hat.«

Athelstan grinste reumütig und rieb sich den Lendenbereich. Er hatte immer noch Mühe, sich aufrecht zu halten. »Ich wünschte, das wäre dir klar geworden, bevor du mir die Eier zerquetscht hast.«

Alle Anspannung verflüchtigte sich. Einige Männer kicherten. Athelstan ließ sich auf seine Bank zurückfallen und griff ein weiteres Mal nach seinem Methorn.

* * *

»Du hast eine interessante Methode, Freundschaften zu schließen, Beobrand.« Acennan lachte laut und klopfte Beobrand auf die Schulter. Acennan war deutlich kleiner als der junge Mann aus Cantware. Er hatte ein rundliches Gesicht und lächelte gerne und oft, dennoch war er als Krieger nicht zu unterschätzen. Sie hatten Schulter an Schulter im Schildwall gestanden, und es gab niemanden, dem Beobrand in einer Schlacht mehr vertraut hätte. Beobrand betrachtete das Antlitz seines Freundes. Acennans Nase trug immer noch die Narben ihrer ersten Begegnung.

Acennan war betrunken gewesen und hatte Beobrand bedroht, was er bald schon bereut hatte. Eine ganze Zeit danach waren sie einander mit Abneigung begegnet, doch gemeinsame Erfahrungen hatten schließlich zu gegenseitigem Respekt geführt, aus dem das Fundament ihrer Freundschaft geworden war. Sie waren Waffenbrüder.

Beobrand erwiderte Acennans Lächeln. Der kalte Nordseewind brannte in seinen Augen und ließ sie tränen.

»Bei uns hat es funktioniert, oder etwa nicht?«, meinte er.

»Stimmt. Nachdem du mir demonstriert hattest, dass du im Kampf nicht völlig nutzlos bist«, gab Acennan grinsend zurück.

Die Wege des Schicksals waren unergründlich. Hätte irgendjemand Beobrand nach seiner ersten Begegnung mit dem bulligen Krieger prophezeit, dass sie später Freunde werden würden, er hätte denjenigen für verrückt erklärt.

Sie standen auf der östlichen Palisade von Bebbanburg. Vor ihnen erstreckte sich die graue See. Die Inseln im Süden waren als düstere Schatten gerade noch erkennbar. In der anderen Richtung lag die deutlich größere Insel Lindisfarena. Im Augenblick war sie ganz vom Wasser umgeben, doch bei Ebbe war sie vom Festland Bernicias aus erreichbar.

Die beiden Freunde standen häufig hier. Manchmal unterhielten sie sich. Vielfach riss Acennan seine Witze. Und oft genug erfreuten sie sich lediglich an der Gesellschaft des anderen. Innerhalb der Festung ging es meist lebhaft und laut zu. Immer noch waren zusätzlich zu König Oswalds Hofstaat und all den Angestellten, Leibeigenen und Dienern, die nach König Edwins Tod hiergeblieben waren, auch alle Überlebenden aus Gefrin hier untergebracht. Bebbanburg platzte aus allen Nähten. Die Festungsmauer war einer der wenigen Orte, wo man ein wenig Ruhe und Frieden finden konnte, und sei es nur für ein paar Augenblicke.

»Du kannst froh sein, dass Scand eingeschritten ist«, sagte Acennan jetzt. »Mit Athelstan sollte man sich auf keinen Fall anlegen. In Zukunft wirst du vorsichtig sein müssen.«

Beobrand erinnerte sich, wie der alte Krieger Sunniva berührt hatte, und unterdrückte einen Schauder. »Ich weiß. Aber ich konnte auch nicht einfach zusehen und ihn gewähren lassen.«

»Dein aufbrausendes Temperament wird dich eines Tages das Leben kosten.«

»Nun ja, bis jetzt scheint es mir nicht allzu viel zu schaden.«

Acennan legte vorsichtig die Fingerspitzen an seine Nase. »Nein, allem Anschein nach nicht.« Er räusperte sich lautstark und spuckte über die Palisade. Der Wind schleuderte seine Spucke wieder zurück. Eine Möwe flog heran und versuchte, den Batzen im Flug zu schnappen.

»Vermutlich sieht meine Nase jetzt besser aus als vorher. Jetzt ist sie eines echten Kriegers würdig. Zuvor sah ich zu gut aus.« Acennan lachte.

Beobrand reagierte nur mit einem Knurren. Er war nicht in der Stimmung für Scherze. Die Auseinandersetzung mit Athelstan lag noch nicht lange zurück. Der Schorf an seinen verletzten Fingern war aufgeplatzt, und seine Hand schmerzte. Durch die aufgestaute Aggressivität war er immer noch wütend und angespannt. »Wie lange noch, bis wir gen Süden marschieren?«, erkundigte er sich.

»Nicht mehr lange«, erwiderte Acennan. »Ich weiß, dass Oswald auf die Kriegerscharen aus dem Norden warten will, aber ich kann mir nicht vorstellen, dass wir noch viel länger hier ausharren können. Cadwallon ist nicht untätig. Mit jedem weiteren Tag zerstören er und seine Männer mehr Siedlungen, fallen mehr Angeln durch das Schwert oder werden versklavt.«

König Oswald hatte Boten gen Norden entsandt, um Gartnait, den König der Pikten, um Hilfe zu bitten, doch bis jetzt war keine Antwort eingetroffen. Die Krieger vertrieben sich die Zeit mit Waffenübungen, wurden jedoch mit jedem Tag unruhiger. Fast täglich erreichten sie neue Nachrichten, die von Tod und Zerstörung durch die Hand des walisischen Kriegerheeres im Süden berichteten. Und Oswald konnte unmöglich so viele Männer auf unbegrenzte Zeit in Bebbanburg beherbergen. Die Vorräte gingen bereits zur Neige, doch angesichts der Bedrohung, die Cadwallons Heer für Leib und Leben der Bevölkerung von Northumbria darstellte, war es ihm auch unmöglich, die Krieger wegzuschicken.

»Glaubst du, wir können genügend Männer zusammenbringen, um Cadwallon zu besiegen?«, fragte Beobrand.

»Das wissen nur die Götter. Aber wir waren schon einmal deutlich in der Unterzahl, und dennoch stehen wir jetzt hier.«

Beobrand dachte an das Chaos, das im Schildwall geherrscht hatte, und an den Schrecken. Nur die Wendungen des Schicksals hatten ihnen die Flucht gestattet. »Eine Begegnung mit den Walisern unter fairen Bedingungen, das wäre eine willkommene Abwechslung«, sagte er.

»Aye, aber wer will schon ein ruhiges Leben haben, was, Beobrand?«, prustete Acennan und klopfte seinem Freund auf den Rücken. »Die Erzählung von unseren Taten wird sich so viel beeindruckender anhören, wenn wir Cadwallons Kämpfern erneut an Zahl weit unterlegen sind und sie dennoch vernichtend schlagen.«

Die Frage war, ob in Bernicia überhaupt jemand übrig bleiben würde, der später ihre Geschichte erzählen konnte, doch diesen Gedanken behielt Beobrand für sich. Er hatte in der Straße der Wale etwas entdeckt. Dieses Etwas war immer noch weit entfernt im Norden, kam jedoch eindeutig auf sie zu.

Es war ein Schiff, das, von der steifen Brise getrieben, sich ihnen schnell näherte.

Die beiden Krieger schwiegen eine ganze Weile und beobachteten das größer werdende Schiff. Es wurde von Seevögeln umschwirrt. Die geblähten Segel ließen die Masten und Stagen des schlanken Dreimasters ächzen und schoben ihn zügig voran. Sie sahen, wie das Schiff Lindisfarena umrundete und sich der Anlegestelle am Strand unterhalb von Bebbanburg näherte.

»Sieht so aus, als hätte man Oswalds Hilferufe vernommen«, sagte Acennan. »Es scheinen viele Männer an Bord zu sein.«

* * *

Der Saal war brechend voll. Oswald bereitete sich auf eine Ansprache vor, und alle in Bebbanburg wollten sie hören. Die Männer waren begierig darauf zu erfahren, ob sie sich marschbereit machen sollten. Sie wollten Bebbanburg endlich verlassen. Manche sehnten sich nach einer Schlacht, nach Ruhm und Gemetzel. Andere beteten lautlos darum, davon verschont zu bleiben, im Schildwall Aufstellung nehmen zu müssen. Aber alle waren sie der Enge der Festung überdrüssig. Die Frauen pressten die Lippen zusammen und waren angespannt. Sie wussten, dass das Leben ihrer Männer in den Händen dieses neuen Königs lag, der nach langem Exil nach Bernicia zurückgekehrt war. Das vergangene Jahr hatte ihr Leben verändert. Die friedliche Herrschaft König Edwins hatte mit der Schlacht von Elmet im Süden abrupt geendet. Viele tapfere Ehemänner, Söhne und Väter hatten an diesem Tag ihr Leben verloren. Und im Verlauf der folgenden Monate waren Cadwallon und die verhassten einheimischen Waliser wie eine Welle des Blutvergießens über das Land hereingebrochen. Keine einzige Familie war von den Gewalttaten verschont geblieben, die mit der Zerstörung des Königssaales in Gefrin und der Ermordung von Oswalds Bruder Eanfrith ihren Höhepunkt gefunden hatten.

Nun bedrohten Krieg und Tod erneut ihr Land, und die Männer würden sich in Marsch setzen. Es war ihre Pflicht.

Die Frauen wünschten sich nichts sehnlicher, als dass es einen anderen Weg gäbe, um ihre Heimat zu beschützen. Doch sie konnten sich keinen vorstellen.

Die Deckenbalken des Saals waren schwarz vom Ruß. Ein Schleier aus Rauch und Schweiß erzeugte eine unwirkliche Atmosphäre. Die Flammen der Binsenfackeln flackerten. Das große Kaminfeuer loderte. Diejenigen, die in dessen Nähe saßen, schwitzten, konnten jedoch nicht wegrücken, da dafür einfach kein Platz im Saal war.

Beobrand stand zusammen mit Sunniva und Acennan am hinteren Ende des Raums, weit weg vom Hohen Tisch mit dem König und den Edelmännern. Jetzt sahen sie, wie König Oswald – schmal und blass, aber mit einer gebieterischen Ausstrahlung – sich von seinem Platz erhob und die Arme vor der versammelten Menge ausbreitete. Sein langes kastanienbraunes Haar fiel zur Seite und umrahmte sein Gesicht mit den intelligenten Augen und den hohen Wangenknochen.

Allmählich erstarb das Gemurmel. Oswald stand lange Zeit nur da, die Arme ausgestreckt. Die Anspannung im Saal war mit Händen zu greifen. Die Zuhörer beugten sich erwartungsvoll nach vorn, alle Gespräche verstummten.

Stille.

Endlich ergriff der König das Wort, wählte aber nicht den lautstarken Tonfall eines Kriegsfürsten oder den eines Barden, der von einer vergangenen Schlacht berichtet. Stattdessen sprach er mit leiser Stimme. Die Schar der Zuhörer schob sich noch weiter vor, um die Worte des Mannes, der ihr Schicksal in den Händen hielt, besser zu verstehen. Viele wagten kaum mehr zu atmen.

»Männer und Frauen von Bernicia. Unser gnädiger Herr und Gott hat unsere Gebete erhört. König Gartnait, der Bruder Finolas, hat auf meinen Hilferuf hin etliche seiner besten Krieger gesandt, damit sie uns im Kampf gegen den Heiden Cadwallon beistehen.«

Finola, die Witwe von Oswalds Bruder Eanfrith, saß demütig an Oswalds linker Seite. In Beobrands Augen war sie nach Sunniva die schönste Frau im Saal. Sie hatte einen blassen Teint, war von zierlicher Gestalt, und über ihren Rücken ergoss sich ein Wasserfall aus langen feuerroten Haaren. Regungslos, fast resigniert, so schien es, saß sie da und fügte sich willig in ihre Rolle als strategische Spielfigur in der tödlichen Taflpartie der Könige. Zwischen dem Volk der Angeln in Bernicia und den Pikten herrschte keine Liebe. Eanfrith hatte Finola geheiratet, um eine Allianz zu schmieden, und das machte Oswald sich jetzt zunutze. Sie und ihr junger Sohn Talorcan waren kaum mehr als Geiseln von edler Abstammung. Nun trat der silberbärtige Scand, der hinter Finola gestanden hatte, einen Schritt vor und legte ihr beruhigend die Hand auf die Schulter. Im Gegenzug tätschelte sie leicht die Finger des alten Recken.

Oswald beachtete weder Finola noch Scand. »Wir brechen auf. Die königliche Kriegerschar ist einmal mehr zusammengekommen, um das Land zu beschützen.«

Sunnivas kleine, warme Hand suchte nach Beobrands. Er drückte sie mit festem Griff, während er daran dachte, dass es nur ein Jahr her war, dass er das letzte Mal hier in diesem Saal gestanden hatte. Auch König Edwin hatte damals ein Kämpferheer um sich geschart und versprochen, das Land von Cadwallon zu befreien. Wie viele würden dem Ruf dieses neuen Königs folgen? Doch selbst wenn sich ihm alle anschließen würden ... Nach diesem einen Jahr voller Schlachten und Blutvergießen gab es schlichtweg weniger Männer als zuvor, die das Königreich verteidigen und zu Speer und Schild greifen konnten.

Die Nachricht der Verstärkung durch die Pikten wurde wohlwollend aufgenommen, auch wenn Beobrand und Acennan am Nachmittag wider Erwarten nur wenige Dutzend Männer auf dem Schiff gezählt hatten. Sie hatten sich beide bereits Schild an Schild mit Cadwallons Kriegerschar gemessen, und nun sah es mit jeder Stunde, die verging, mehr danach aus, als würden ihnen die Waliser zahlenmäßig wieder einmal weit überlegen sein. Sollten sie die bevorstehende Schlacht tatsächlich überleben, dann würde die Erzählung davon eine wahrhaft große werden.

Oswald fuhr fort: »Ich habe gebetet, und der Herr hat mir geantwortet, dass wir über unsere Feinde obsiegen werden. Nachdem ich viele Jahre im Exil verbracht habe, fern der wunderbaren Landschaft Bernicias, werde ich nicht zulassen, dass sich irgendjemand zwischen mich und das Land stellt, das mir von Geburt aus zusteht. Viele von euch waren während all dieser Jahre an meiner Seite ...« Sein Blick wanderte durch den Saal, wo er seine vertrautesten Krieger, die Angehörigen seiner Gefolgschaft, suchte und fand. »Eure treue Ergebenheit, eure Tapferkeit in den Schlachten in Hibernia und euer Glaube an den einen, wahren Gott werden euch nun vergolten werden. Ich werde ein guter König sein. Keiner von euch soll Mangel leiden.«

Einige Männer stampften mit den Füßen oder klatschten in die Hände.

»Und zu denen unter euch, die mich weniger gut kennen, sage ich: Vertraut auf mich und auf Gott, dann werdet ihr reich entlohnt werden, sowohl in diesem Leben wie auch im zukünftigen. Im Schatten des heiligen Kreuzes werden wir in die Schlacht ziehen und die walisischen Heiden vernichten.«

Acennan stieß Beobrand mit dem Ellbogen an und flüsterte: »Wenn er ebenso gut kämpfen wie reden kann, dann müssen wir uns keine Sorgen machen.«

* * *

»Warum musst du schon wieder aufbrechen? Das ist nicht richtig. Du bist ja kaum wieder gesund.« Sunniva hörte, wie sich Verzweiflung in ihre Stimme schlich. Sie wollte sich ihre Bedenken nicht anmerken lassen, doch diese lauerten nur darauf, endlich aus ihr herauszubrechen, wie die Glut einer Esse, die mit einigen wenigen Luftstößen des Blasebalgs röhrend zu neuem, heißem Leben angefacht wird.

»Du weißt genau, dass ich keine Wahl habe«, erwiderte Beobrand. Seine Verärgerung über den Verlauf dieses Gesprächs war nicht zu überhören. Schon seit Tagen waren sie dem Thema immer wieder ausgewichen, doch seit Oswalds Ankündigung konnte Sunniva es nicht länger verdrängen.

»Ich weiß«, entgegnete sie leise, ließ sich gegen die Wand sinken und schloss die Augen. Sie saßen auf dem Fußboden ihrer improvisierten Unterkunft in der Ecke eines Lagerschuppens, den Oswald Scands Männern und deren Familien zugewiesen hatte. Wie jeder Fleck in ganz Bebbanburg war auch dieser Schuppen überfüllt und kein Ort der Ruhe, aber sie hatten getan, was sie konnten, um es sich gemütlich zu machen. Sunniva hatte aus Decken und Weidenruten eine Abtrennung angefertigt, die zumindest so etwas Ähnliches wie Privatsphäre ermöglichte, auch wenn ihnen klar war, dass die anderen jedes ihrer Geräusche vernehmen konnten. Für Geheimnisse war in diesem Schuppen voller Menschen jedenfalls kein Platz.

Ihr gesamter Besitz stapelte sich ordentlich auf der kleinen Fläche zwischen der Abtrennung und der Außenwand. Nacht für Nacht lagen sie eng beisammen, flüsterten, küssten sich und erkundeten ihre Körper. In der Dunkelheit klammerten sie sich aneinander und wollten einander aus Angst, sich zu verlieren, nicht mehr loslassen. In diesen Augenblicken, wenn sie in der Düsternis eins wurden und den Atem des anderen einsogen, konnte Sunniva die Wirklichkeit beinahe vergessen. In diesen wenigen Minuten war sie zufrieden. Glücklich darüber, sich in diesem winzigen Zuhause, das sie geschaffen hatte, vor der Welt verkriechen zu können.

Doch kaum brach der nächste Tag an, wurden die Erinnerungen an ihre Mutter und an den Tod ihres Vaters wieder übermächtig. Ihre Mutter war im vorangegangenen Winter einem fiebrigen Husten erlegen. Ihr Vater Strang, der Schmied von Gefrin, war auf grausame Art und Weise ermordet worden. Beobrand hatte seinen Tod gerächt und war anschließend zu ihr zurückgekehrt. Jetzt war er alles, was sie noch hatte. Erst vor wenigen Wochen hatte er mit dem Tod gerungen. Die vielen durchwachten Stunden an seinem Krankenlager spukten immer noch durch ihre Träume. Aber nun würde er gen Süden in die nächste Schlacht ziehen, in den Kampf gegen ein weit überlegenes

Heer. Und das Schlimmste daran war, dass er sich darauf zu freuen schien.

Sunniva schlug die Augen auf und blickte Beobrand an. Seine Augen leuchteten im Schein der Binsenfackel, die in einem kleinen getöpferten Halter steckte. Die Schatten verzerrten sein Gesicht und ließen seine Züge hart wirken.

»Warum können wir nicht einfach weggehen?«, flehte sie ihn an. »Irgendwohin, wo unsere Fähigkeiten benötigt werden. Ich könnte schmieden, und du hast dein Schwert. Starke Männer werden überall gebraucht.«

Beobrand seufzte. »Du hast dir die Antwort gerade selbst gegeben. Ich habe mein Schwert. Wofür sind ein starker Arm und eine schöne Klinge denn nütze, wenn sie nicht eingesetzt werden? Ich gehöre jetzt zu Scands Kriegerschar. Wir haben Oswald den Treueeid geschworen, und diesen Eid kann ich nicht brechen.« Er streichelte ihr mit den Fingerspitzen sanft die Wange. »Wäre ich ein Mann, der sein Wort bricht, so würdest du mich nicht lieben.«

Sie nickte. Das war die Wahrheit. Sie liebte ihn, weil er war, wie er war, nicht, obwohl er so war.

»Dann schwöre mir, dass du zurückkehren und mich heiraten wirst.«

Als Beobrand grinste, schienen seine Zähne im trüben Licht zu leuchten. »Es gibt nichts, was mir mehr Freude bereiten würde. Ich verspreche es dir und schwöre bei Thunors Hammer«, er legte die Finger an das aus einem Walzahn geschnitzte Amulett, das er um seinen Hals trug, »dass ich kämpfen werde, um anschließend im Besitz meiner vollen Stärke zu dir zurückzukehren. Dann werde ich dich heiraten, und du wirst mir einen prächtigen Sohn schenken!«

Er streckte die Hand nach ihr aus und zog sie mit seinen kräftigen Armen fest an sich. In der Bewegung blieb er an der wackeligen Abtrennung aus Decken und Weidenruten hängen, sodass sie über ihnen zusammenbrach. Die Flamme der Binsenfackel flackerte kurz, bevor sie erlosch.

Sunnivas anfängliche Freude über die Worte und seine Umarmung verwandelte sich sofort in Leid. Die Götter hatten Beobrands Schwur gehört und als Antwort darauf das Licht erlöschen lassen, ein böses Omen.

»Was hast du getan?« Ihre Stimme überschlug sich. Die Panik, die dicht unter der Oberfläche ihrer Gefühle gelauert hatte, brach sich explosionsartig Bahn.

Andere im Lagerschuppen wurden aus dem Schlaf gerissen. Jemand zischte: »Bei allem, was heilig ist, bring jemand dieses Weib zum Schweigen!«

»Es ist doch nichts, nur die Decken sind runtergefallen«, versuchte Beobrand, Sunniva zu beruhigen. Er griff nach der erloschenen Binsenfackel, schritt behutsam über schlafende Gestalten hinweg hin zu einer brennenden Talgkerze und entzündete sie erneut.

Während sie schweigend die Abtrennung wieder errichteten, strömten Tränen über Sunnivas Gesicht.

Er würde niemals zu ihr zurückkehren. Er würde sterben. Die Götter hatten gesprochen, darum musste es so sein.

Er streckte die Hand nach ihr aus, zärtlich dieses Mal. Sie krallte sich in seinen Kittel und schmiegte sich mit aller Kraft an seinen muskulösen Leib, als könnte sie ihn allein dadurch zurückhalten. Er strich ihr über die Haare und küsste so lange ihren Hals, bis ihr Schluchzen verebbt war. Warm und eng lagen sie beisammen.

»Es war nichts«, flüsterte er. »Nur meine Ungeschicklichkeit.«

Sie konnte sein angestrengtes Lächeln hören. Vielleicht waren sie beide verflucht.

»Ich hätte dich nicht bitten sollen zu schwören«, sagte sie tonlos und verzweifelt. »Man soll die Götter nicht in Versuchung führen.«

»Unsinn.« Er küsste sie. »Thunor wird über mich wachen, und ich werde zu dir zurückkehren. Und dann werden wir heiraten.«

Sie kuschelte sich wieder an ihn. Sie hatte sich benommen wie ein verängstigtes Kind. Überreagiert. Was immer das Schicksal für sie bereithielt, die Zeit würde es ans Licht bringen. Herabgerutschte Decken und eine erloschene Flamme hatten jedenfalls nicht das Geringste zu bedeuten.

Beobrand streichelte ihr den Rücken, und Sunniva spürte, wie sie sich allmählich entspannte.

»Wir werden heiraten«, murmelte sie. »Und ich werde dir einen prächtigen Sohn schenken.«

Beobrand streifte mit seinen Lippen die ihren. Dann veränderte er seine Position und blies einmal mehr die Fackel aus.

* * *

Der nächste Morgen war stürmisch und kalt. Der Himmel öffnete seine Schleusen über den Männern, die am Strand am Fuße Bebbanburgs ihre Übungen machten. König Oswald hatte jeden einzelnen seiner Recken angewiesen, sich auf die Schlacht vorzubereiten, und Scand hatte alle Überlebenden aus Gefrin zu diesem Zweck an den nassen

Strand beordert. Die Männer kannten einander gut. An der Furt von Gefrin hatten sie Seite an Seite im Schildwall gestanden und die Schlacht überlebt. Es gab unter ihnen keinen, den das Feuer des Kampfes nicht härter gemacht hatte. Sie waren zu allem entschlossen. Die Elemente und das Wissen um die bevorstehende Schlacht belasteten sie gleichermaßen. Doch bereits kurz nachdem sie angefangen hatten, sich mit den Schilden hin und her zu stoßen, lockerte der Schweiß ihre Muskeln und Zungen. Sie scherzten und alberten herum, und der Wind trug ihr Gelächter zu denjenigen empor, die ihnen von der Palisadenanlage der Festung aus zuschauten.

Beobrand fiel in das Lachen ein, war aber nicht bei der Sache. Die anderen hatten ihn bereits kämpfen sehen, und in der Schlacht war er ein exzellenter Kämpfer, gegen den kaum ein Kraut gewachsen war. Doch heute verlor er die Hälfte seiner Sparringskämpfe, viele davon schnell und gegen sehr viel schwächere Gegner.

Scand blickte Acennan mit hochgezogener Augenbraue an, nachdem Beobrand eine besonders ärgerliche Niederlage gegen einen Mann eingesteckt hatte, der doppelt so alt war wie er. Tobrytan, ein untersetzter, finsterer Kerl, war langsam und alles andere als ein eleganter Kämpfer. Jede seiner Attacken war vorhersehbar. Normalerweise hätte Beobrand ihn erledigt, ohne mit der Wimper zu zucken. Heute aber ließ er zu, dass Tobrytan seinen Schild umging und ihm ein übler Schlag auf die Rippen gelang. Beobrand griff sich an die Seite, nickte seinem Gegner zu und schlurfte geschlagen und mit hängenden Schultern davon.

Acennan folgte ihm in den Schutz einer Düne, wo er sich

niederließ. Flüsternd verneigte sich der Strandhafer vor dem Wind.

»Was ist los mit dir?«, wollte Acennan wissen und setzte sich neben seinen jungen Freund aus Cantware.

Beobrand hob seine verstümmelte linke Hand, ballte sie zur Faust und schüttelte dabei den Kopf. »Eigentlich nichts. Aber mit der Hand kann ich den Schild nicht mehr so halten wie früher. Mein Griff ist zu schwach.«

»Das ist alles?« Acennan grinste. »Du bist ein hervorragender Kämpfer, und wir können nicht zulassen, dass du wegen ein paar Finger, die du verloren hast, im Selbstmitleid ersäufst. Betrachte sie als Opfer. Einen für Woden und einen halben für Thunor!« Der untersetzte Krieger lachte über seinen eigenen Scherz.

Beobrand lächelte nicht einmal.

»Wir besorgen ein paar Lederriemen, mit denen wir den Schild an deinem Arm befestigen. Allerdings solltest du dich damit ausführlich vertraut machen, denn der Stoß mit dem Schildbuckel wird dadurch vermutlich schwieriger. Aber ein Naturtalent wie du wird damit schon zurechtkommen.« Acennan klopfte Beobrand auf die Schulter. »Darüber hinaus werden Woden und Thunor bestimmt nicht zulassen, dass der Mann stirbt, der ihnen seine Finger geopfert hat.«

»Du solltest dich über solche Dinge nicht lustig machen«, herrschte Beobrand ihn an. »Ich habe auf Thunors Hammer den Eid geleistet, dass ich aus der Schlacht zurückkehren und Sunniva heiraten werde. Doch dann ist unsere Fackel erloschen, und nun ist Sunniva davon überzeugt, dass ich verflucht bin und sterben werde. Vielleicht hat sie ja recht.«

Nach dem Vorfall hatte Beobrand sehr unruhig geschlafen. Die Gewalttätigkeit seines Vaters hatte seine Träume beherrscht. Er war wieder ein kleiner Junge, und sein Bruder Octa war nicht in der Nähe, um ihn zu beschützen. Ihr Vater traktierte Beobrand mit zahlreichen Schlägen, schlug ihn mit Fäusten und trat ihn, nachdem er zu Boden gestürzt war, ins Gesicht und in die Rippen. Zu guter Letzt kam die düstere Vatergestalt näher und zermalmte ihm die linke Hand, sodass er laut aufschrie. Danach war er aufgeschreckt und hatte gemerkt, dass er auf seiner verletzten Hand lag und der Schorf erneut aufgerissen war.

Wie war es möglich, dass sein Vater ihm sogar von jenseits des Grabes immer noch Angst einjagte? Würde er sich denn niemals von ihm frei machen können? Er hatte geglaubt, sein Tod würde der Macht, die dieser Mann über ihn hatte, ein Ende setzen. Seine Mutter, seine Schwestern und Brüder, sie alle hatten diese Welt bereits verlassen, und es blieb ihm nur zu hoffen, dass sein Vater sie nicht auch noch in der Nachwelt peinigen konnte. Nein, das war ausgeschlossen. Außerdem war Octa bereits ebenfalls gegangen, vielleicht, um sie vor Grimgundis Gewalt zu beschützen, wie er es schon im irdischen Leben getan hatte.

Beobrand schauderte. Octas Grab befand sich ganz in der Nähe. Sein Bruder war an einem heiligen Ort gleich hinter den Dünen bestattet worden. Als er beim letzten Mal an der Grabstätte gestanden hatte, hatte er geschworen, Octas Tod zu rächen. Vielleicht sollte er zurückkehren, um ihm zu sagen, dass er Wort gehalten hatte.

»Verflucht, mein Freund? Du?« Angesichts von Beobrands Dummheit konnte Acennan nur den Kopf schütteln. »Ich scherze keineswegs, wenn ich behaupte, dass du vielmehr von den Göttern gesegnet bist. Du hast gegen Hengist gekämpft, einen der übelsten Hurensöhne, die je die Erde bevölkert haben, und nicht mehr verloren als zwei Finger. Du hast das sogenannte Elfenfieber überstanden. Du besitzt ein Schwert, das einem König zur Ehre gereichen würde, und eine Frau, für die andere Männer töten würden. Ganz zu schweigen von deinen wundervollen Freunden.« Er zwinkerte Beobrand zu. »Du hast also versprochen, Sunniva zu heiraten. Das kann doch nicht besonders schwierig sein, oder? Und falls du nicht zurückkehrst, nun, dann hast du vermutlich größere Probleme als einen gebrochenen Schwur.« Acennan zuckte mit den Schultern.

Beobrand nickte. Sein Freund hatte ja recht. Er sollte sich solchen düsteren Gedanken nicht hingeben. Das Schicksal würde ihn auf seinen vorbestimmten Weg führen. Er erhob sich und streckte Acennan die Hand entgegen, um ihn ebenfalls auf die Füße zu ziehen.

»Ich danke dir, mein Freund«, sagte Beobrand. »Ich hatte mich vergessen. Du hast recht, ich bin ein gesegneter Mann.« Dann dachte er an all die Menschen, die er im letzten Jahr verloren hatte, und es gelang ihm nur unter Mühen, sein Lächeln zu bewahren. Schnell schob er die Erinnerungen beiseite und stellte sich mit breiten Schultern hin. »Komm und zeig mir, wie du dir das mit meinem Schild vorgestellt hast«, sagte er.

Gemeinsam kehrten sie zu den Kriegern an den Strand zurück.

Kapitel 2

Beobrand nahm Abschied und versuchte zu glauben, dass es kein endgültiger war, dass er in der Schlacht nicht sein Leben lassen würde. Doch das Omen der erloschenen Flamme machte ihn immer noch nervös. Was er auch unternahm, er konnte das ungute Gefühl des Verderbens nicht abstreifen. Sunniva schien zu spüren, dass er, solange diese Wolke aus dunklen Gedanken über seinem Haupt hing, kein guter Kämpfer sein konnte, denn sie redete nicht mehr davon. Vielleicht hatte Acennan deshalb mit ihr gesprochen. Beobrand hatte bemerkt, wie die beiden beim Fastenbrechen im Kreise von Scands Gefolgschaft, seiner Kampfgefährten und deren Frauen, die Köpfe zusammengesteckt und immer wieder zu ihm gesehen hatten. Sobald sie Beobrands kühlen Blick bemerkt hatten, hatten sie jedoch so getan, als wären sie in ein bedeutungsloses Gespräch vertieft. Aber Beobrand kannte die beiden viel zu gut.

Er beschloss, Octa einen Besuch abzustatten, bevor er sich von Sunniva verabschiedete. Nicht, dass er besonders erpicht darauf gewesen wäre, zu der Totenstätte zu gehen, doch er verspürte den Wunsch, dem Geist seines Bruders Frieden zu bringen. Die Vorstellung, sein Mord an dem eigenen Vater könnte Octas Übergang aus dieser in die nächste Welt verhindert haben, ließ ihm keine Ruhe.

Er machte sich auf gen Süden. Das Grab lag nicht weit entfernt, und er kannte den Weg. Es war ein kühler, windstiller Morgen. Sobald die Sonne höher stieg, würde es warm werden, aber zwischen den Dünen herrschte noch nächtliche Kälte. Während Beobrand durch den Sand und das Dünengras stapfte, dachte er an Bassus, den Freund seines Bruders, der ihm Octas letzte Ruhestätte gezeigt hatte. Ob er den hünenhaften Krieger jemals wiedersehen würde? Als ihre Wege sich getrennt hatten, hatte Bassus sich auf die Heimreise nach Cantware gemacht. In Beobrands Heimat. Er selbst konnte niemals wieder zurück. Der Schatten seines Vaters war dort zu groß und mächtig.

Umgekippte Grabsteine und aufrecht stehende Kreuze waren die Zeichen dafür, dass er sein Ziel erreicht hatte, und er schauderte. Seit Generationen wurden die Toten hier zur ewigen Ruhe gebettet. Es war still. Es herrschte die Ruhe derer, die schon lange nicht mehr atmeten.

Beobrand schlängelte sich zwischen den Grabstätten hindurch zu der von Octa. In dem Jahr seit seinem letzten Besuch hatte sich für ihn alles verändert, und doch stand er nun wieder hier, wieder unmittelbar vor einer Schlacht. Erneut wollte er zu seinem toten Bruder sprechen.

In den vergangenen Monaten hatte sich der Untergrund ein wenig gesetzt. Gras und ein paar Blumen wuchsen in der umgegrabenen Erde. Beobrands Schatten fiel auf das Grab, sodass die Tautropfen weniger hell glitzerten.

»Nun denn, ich habe versprochen, dich zu rächen«, sagte Beobrand. Es war ihm unangenehm, die Stille zu durchbrechen. Er wollte die, die hier ruhten, auf keinen Fall stören. Dennoch musste er sich Octas Ruhe versichern.

»Ich habe Hengist getötet«, flüsterte er. »Und ich habe mir Hrunting zurückgeholt.« Er zog das Schwert aus seiner hölzernen Scheide. Die Sonne spiegelte sich in der wunderschönen, wellenförmig geschmiedeten Klinge. Sie blitzte wie ein See im Licht der Wintersonne. Strahlend hell und dennoch kalt. Wie jedes Mal war Beobrand auch jetzt beim Anblick der Waffe ergriffen.

»Es ist die vornehmste aller Klingen, und ich werde mein Bestes tun, um sie und dein Andenken in Ehren zu halten.« Er hielt inne, wusste nicht so recht, was er noch sagen sollte. Seine Füße waren eiskalt, die Beinbinden und die Schuhe vom Tau an den langen Grashalmen durchnässt.

»Ruhe in Frieden, Bruder. Halte deine schützende Hand über Mutter, Rheda und Edita.« Er wartete auf ein Zeichen, doch nichts geschah. Kein Omen. Keine Antwort. Was hatte er erwartet? Octa musste mittlerweile nichts weiter als ein Haufen aus verfaulendem Fleisch und Knochen sein. Beobrand unterdrückte einen Schauder.

Er blieb noch einige Augenblicke am Grab stehen, während die Morgensonne ihm den Nacken wärmte. Dann nickte er ihm kurz zu und kehrte nach Bebbanburg zurück. Zu den Lebenden.

Verwundert registrierte er, dass seine Stimmung sich nach dem Besuch von Octas Grabstätte spürbar besserte. Seine Schritte waren nicht mehr so schwer. Als Sunniva sich angsterfüllt in seine Arme warf und ihr die Tränen über die Wangen rannen, brachte er sogar ein Lächeln zustande.

»Denk nicht mehr daran, was in der Dunkelheit geschehen ist«, sagte er und streichelte ihr über das Haar.

Überall um sie herum nahmen Kämpfer Abschied von

ihren Lieben. Viele Ehefrauen hatten ausdruckslose Mienen aufgesetzt. Doch vor allem die jüngeren Frauen vergossen wie Sunniva bittere Tränen. In der Festung waren eifrige Vorbereitungen im Gang. Noch bevor die Sonne im Zenit stand, würde Oswald den Befehl zum Aufbruch geben.

»Die Nacht ist ein Ort der Angst«, fuhr Beobrand fort, »doch der Tag bringt Wärme und Licht. Ich bin stark. Ich habe Hrunting, einen stabilen Helm und ein Kettenhemd. Mein Schild wird mich beschützen. Dank sei dir dafür.« Acennan hatte Sunniva gesagt, was notwendig war, und sie hatte sich mit Feuereifer darangemacht, die Lederriemen so am Schildgriff zu befestigen, dass Beobrand sich nicht auf seine versehrte Hand verlassen musste, um den Lindenholzschild festzuhalten. »Darüber hinaus wird Acennan an meiner Seite stehen. Ich werde zu dir zurückkehren, das schwöre ich.«

Sunniva unterdrückte ihr Schluchzen, aber Beobrand merkte, wie ihre Tränen seinen Kittel durchnässten. Dann murmelte sie etwas, ohne dass er die Worte verstehen konnte. Behutsam schob er sie ein wenig zurück, um ihr ins Gesicht zu sehen. Obwohl es tränenfeucht und mit roten Flecken übersät war, bot sie immer noch einen liebreizenden Anblick. Ihr Haar glänzte im hellen Licht des Tages.

»Was hast du gesagt?«

»Dann werden wir heiraten, und ich schenke dir einen prächtigen Sohn«, erwiderte sie.

⁂

Der Spätsommer war die Zeit der Ernte und der Vorbereitung auf den Winter. Auf ihrem Marsch gen Süden sah

Oswalds Kriegerschar zahlreiche Bauern und Leibeigenen, die das Land beackerten. Einem von einem Ochsen gezogenen Pflug folgte ein riesiger Vogelschwarm. Die Vögel jagten kreuz und quer durch die Luft und stürzten sich auf die Insekten, die aus der frisch umgegrabenen Erde krochen. Der Landmann am Pflug starrte die Krieger mit ausdruckslosem Blick an.

Die Begegnung mit ihm erinnerte sie daran, dass ihre eigenen Felder noch unbestellt waren. Wenn sie nicht schnell nach Hause zurückkehrten, würden sie die Wintergerste nicht mehr aussähen können. Es war durchaus vorstellbar, dass ein Sieg im Schildwall allmählichen Hungertod in den sich anschließenden Monaten nach sich ziehen würde.

Je weiter sie in den Süden vordrangen, desto mehr Gehöfte und Siedlungen fanden sie verlassen vor. Ob die Bewohner wegen der anrückenden Kriegerschar oder aus Angst vor den Überfällen der walisischen Banden, die regelmäßig das Land verwüsteten, geflohen waren, ließ sich nicht sagen. Manche Häuser waren niedergebrannt worden. Sie passierten auch ein großes Anwesen auf einem Hügel mit weitem Blick über die schnurgerade Römerstraße, von dessen Haupt- und Nebengebäuden nur noch verkohlte Reste übrig waren. Wie das Skelett eines riesenhaften Ungeheuers ragten die geschwärzten Stützbalken vor dem blauen Himmel empor. Oswald schickte eine Gruppe los, um die Häuser näher zu untersuchen, und die bewaffneten Krieger kehrten mit grimmigen Mienen und Trauer im Blick zurück. In der Asche hatten sie auch menschliche Gebeine entdeckt.

Oswald befahl der Kriegerschar anzuhalten und ließ die Opfer nach Art der Christusnachfolger bestatten. Einer der in dunkle Talare gekleideten Mönche, die Oswald begleiteten, sprach seine Zauberworte über den Gräbern. Oswald verfolgte die Zeremonie mit gebieterischem Blick. Viele Krieger legten die Finger an ihre Amulette und Talismane, andere machten das Zeichen des Kreuzes. Beobrand berührte Hruntings Heft und spuckte aus.

»Wenn wir alle begraben wollen, die wir unterwegs finden, werden wir nicht weit kommen.« Acennan schüttelte den Kopf. »Dann braucht Cadwallon nichts weiter zu tun, als ein paar Landmänner zu töten und sie uns in den Weg zu legen, und schon hat er alle Zeit, um zu entkommen.«

»Es sei denn, er will gar nicht entkommen«, entgegnete Beobrand.

Trotz allem kamen sie gut voran. Immer wieder stießen sie auf zerstörte Gebäude, die beredtes Zeugnis dafür ablegten, wie ungehindert der Feind durch das Land gezogen war, entdeckten aber nur wenige Tote. Auch das Wetter schien ihnen gewogen zu sein, fast so, als wäre es der Wunsch der Götter, dass sie ihr Ziel erreichen würden, um die Waliser zu stellen.

Beobrand musterte seinen neuen, christusgläubigen König und die ihm folgende Kriegerschar. Oswald saß gerade auf einem stattlichen weißen Ross. Er schien sich nicht wohlzufühlen und machte keinen entspannten Eindruck, trotzdem wirkte es, als wäre er an der Spitze einer großen Männerschar genau am richtigen Platz. Er führte die Kämpfer mit stillem Selbstvertrauen, nicht mit den großen Gesten manch anderer Kriegsfürsten. Und die Männer folgten ihm.

Etliche davon waren bereits im Exil in Dál Riata an seiner Seite gewesen. Manche waren alt, so wie Scand, andere jünger, vielleicht die Söhne derer, die Oswalds Vater gedient und die Prinzen Eanfrith, Oswald und Oswiu in ihr Exil im Westen begleitet hatten. Außerdem gehörte ein kleines Kontingent hibernischer Krieger zu ihrer Schar. Beobrand hatte gehört, dass die Prinzen auf jener Insel im Westen gekämpft und dort etliche Verbündete gefunden hatten. Dazu kamen noch ein paar Einheimische aus Dál Riata. Sie waren wie Waliser gekleidet, trugen farbenfrohe, reich verzierte Tücher über ihren Tuniken und Rüstungen. Je bunter das Tuch war und je mehr Fransen es besaß, desto stolzer und hochnäsiger war sein Träger.

Zu guter Letzt war da noch die Gruppe der Pikten, die Gartnait geschickt hatte. Mit ihren langen Lanzen und den Beuteln voller kurzer Wurfspieße boten sie einen beeindruckenden Anblick. Sie waren in einfache Tuniken und Umhänge gekleidet, doch ihre silbernen Halsreifen und wertvollen Broschen ließen darauf schließen, welchen Stellenwert sie in ihrem Volk genossen. Sie marschierten mit nackten Beinen und etwas abseits der restlichen Gruppe und waren nicht einmal dann zu einer Unterhaltung zu bewegen, wenn sie direkt angesprochen wurden.

Am zweiten Tag erhielten sie Nachricht über den Standort von Cadwallons Kriegerschar.

In regelmäßigen Abständen waren sie Menschen begegnet, die auf der Flucht vor Cadwallon in Richtung Norden waren. Normalerweise handelte es sich um kleine Flüchtlingsgruppen, Familien oder eine Handvoll Einzelner, die sich zusammengetan hatten, um nicht allein reisen zu müssen.

Nun kam ihnen aus Süden ein ganzer Schwung Menschen entgegen, mehrere Dutzend Männer, Frauen und Kinder. Sie flohen vor den walisischen Kriegerbanden wie das gehetzte Wild bei einer Treibjagd. Erschöpfung und Verzweiflung zeichneten sich überdeutlich auf den schmutzigen Gesichtern der Unglückseligen ab. Sie waren Cadwallons Bestreben, die Angeln auszulöschen, nur knapp entkommen.

Der Zug der Krieger hielt an, und König Oswald besprach sich mit seinen vertrautesten Recken und den Anführern der Flüchtenden.

Beobrand nahm seinen Schild ab und massierte sich den Hals an der Stelle, wo der Lederriemen seine Haut aufgeschürft hatte. Dann ließ er seinen Proviantbeutel zu Boden fallen und legte sich daneben.

Acennan tat es ihm nach und band seine Beinbinden auf. »Ich habe eine Blase, so groß wie eine Faust, garantiert«, sagte er. Er warf einen Blick zu Oswald und den anderen, die ins Gespräch vertieft waren. Der König war von seinem Pferd abgesessen und stand aufrecht wie ein Speer, während die anderen eine eher gebeugte Haltung eingenommen hatten. »Sollen die Herren ruhig im Stehen reden. Die sind auch den ganzen Weg geritten. Für ein weiches Bett und eine warme Frau an meiner Seite würde ich auf der Stelle mein linkes Ei geben.«

Rings um sie herum machten es sich Scands Kampfgefährten bequem und hofften auf ein wenig Erholung nach dem anstrengenden Marsch.

»Eine Frau und ein Bett, das klingt wunderbar«, seufzte Beobrand. »Aber im Augenblick wäre ich schon mit einem

Bett vollauf zufrieden. Dieses Kettenhemd ist so schwer wie ein totes Pferd.« Bis jetzt hatte er noch keine nennenswerten Strecken in dem Kettenhemd zurückgelegt, das Acennan einem der Gefallenen an der Furt von Gefrin abgenommen hatte. Wegen des großen Gewichts tat ihm jetzt alles weh.

»Ein legendärer Krieger zu sein ist kein Kinderspiel, Beobrand.« Acennan versetzte ihm einen kräftigen Schlag auf den Rücken.

Attor, ein hagerer Krieger mit spärlichem Stoppelbart, ließ ein Lachen hören. Es klang so ähnlich wie das Geräusch, als er kurz darauf einen Schleifstein über die Klinge eines furchtgebietenden Sachsmessers zog.

»Oh. Sieht ganz so aus, als würdest du schon früher, als dir lieb ist, eine Frau bekommen«, fuhr Acennan fort. »Obwohl ich an deiner Stelle Sunniva nicht wegen dieser vertrockneten alten Schachtel sitzen lassen würde. Aber du kennst ja das Sprichwort: Wenn der Samen zur Aussaat bereit ist, dann kommt ihm jede Furche recht.« Noch mehr Gelächter war die Folge.

Beobrand beteiligte sich nicht an dem Geplänkel, sondern ließ seinen Blick zu der Frau wandern, auf die Acennans Bemerkung gemünzt war. Sie war alt genug, um seine Mutter zu sein, und kam gebeugt und mit bedecktem Haupt näher. Erkennen blitzte in ihren Augen auf.

Ihr folgte ein junger Mann, der Beobrand hasserfüllt anstarrte. Aus jeder seiner Bewegungen sprach pure Aggression.

Vor den sich ausruhenden Kriegern blieben die beiden stehen, sodass ihre Schatten auf Beobrand fielen.

»Beobrand, Sohn des Grimgundi, bist du wohlauf?«

Zu Acennans Verblüffung erhob sich Beobrand, streckte die Arme nach der Frau aus und drückte sie an sich. Der junge Mann an ihrer Seite verkrampfte sich, und Acennan spürte sofort dessen Bereitschaft zur Gewalt. Hastig sprang er ebenfalls auf, obwohl einer seiner Füße nackt war, um seinen Freund zu schützen, sollte das notwendig sein.

Doch der junge Mann beließ es dabei, Beobrand mit unverhüllter Abneigung anzustarren.

Beobrand schob die alte Frau behutsam zurück und umfasste ihre Schultern. In seinen Augen glitzerten Tränen. »Wilda, Gemahlin des Alric, welch freudiger Anblick! Doch ich fürchte, ihr beide bringt keine guten Nachrichten?«

»Meine Geschichte soll dich nicht bedrücken, Beobrand«, erwiderte Wilda. »Sie ist schon für mich traurig genug. Doch sag mir: Wo ist mein ältester Sohn? Wo ist Leowin?«

Die Männer in ihrer näheren Umgebung wurden unruhig. Sie hatten mit Leowin dem Barden bei Gefrin im Schildwall gestanden. Er war ein wunderbarer Sänger und Musiker gewesen. Seine Finger hatten der Lyra Klänge von reiner Schönheit entlockt, und seine Stimme war wie goldener Honig gewesen, süß und sanft und heilsam. Zudem hatte er sich als tapfer erwiesen und zu Schild und Speer gegriffen, um das Land zu verteidigen. Doch die Tapferkeit des jungen blonden Sängers war größer gewesen als seine Fähigkeiten in der Schlacht. Die Schwestern des Schicksals hatten seine Lebensgeschichte am blutgetränkten Flussufer vor den Toren Gefrins enden lassen. Noch viele andere waren an jenem langen, heißen Tag gefallen, doch kein Verlust hatte mehr Trauer ausgelöst als der von Leowin.

Die Krieger senkten die Köpfe. Sie brachten es nicht übers Herz, der Mutter des mutigen Sängers in die Augen zu blicken.

Auch Beobrand sah Wilda nicht an.

Die Reaktion war Antwort genug. All ihre Ängste hatten sich bestätigt, und sie stieß einen Laut des tiefsten Entsetzens aus. »Gott hat uns verlassen!«, schrie sie, riss sich von Beobrand los und sank in die Arme ihres zweiten Sohnes, Wybert, des jungen Mannes, der neben ihr stand.

Wybert hielt sie fest, als sie zitterte und die Fäuste gegen seine Brust schlug. Währenddessen starrte er Beobrand voller Hass an.

»Das ist alles deine Schuld«, stieß er dann hervor. »Du hast nichts als Tod und Unglück über uns gebracht, Beobrand.«

Beobrand dachte an seine letzte Begegnung mit Wilda und Wybert zurück. Damals hatte Alric, Leowins und Wyberts Vater, ihn gebeten, auf seinen Sohn aufzupassen.

Das Versagen brannte heiß in seinen Augen und seiner Kehle, und er unterdrückte die aufsteigenden Tränen. Acennan legte ihm eine Hand auf die Schulter, doch er schüttelte sie ab.

* * *

Während Oswald und seine Gefolgschaft Pläne schmiedeten, erfuhr Beobrand vom Ende Engelmynsters. Während der König Strategien entwickelte, um sich der walisischen Bedrohung entgegenzustellen, hörte Beobrand vom Tod und von der Zerstörung, die die Bewohner des kleinen Weilers hilflos hatten erdulden müssen.

Gebannt hörten Beobrand, Acennan und etliche andere Krieger Wildas Geschichte.

»Als der Morgen dämmerte, war es noch ein Tag wie jeder andere. Nichts war außergewöhnlich, es gab keinerlei Anzeichen für den Tod, die Dunkelheit oder die Verzweiflung, die er mit sich bringen sollte.«

All jene, die schon Leowins Gesängen gelauscht hatten, erkannten in den Worten seiner Mutter sofort denselben Zauber. Auch sie war eine begnadete Erzählerin und schlug ihr Publikum mit ihren Worten in den Bann.

Sie berichtete, wie die warnenden Hornsignale über die Lichtung geschallt und die friedvolle Stimmung des Spätsommermorgens zerstört hatten. Die Männer versammelten sich hastig, um ihre Siedlung erneut gegen eine der Räuberbanden zu verteidigen, die das Land unsicher machten. Doch auf den dichten Schwarm aus Speeren und Rüstungen, der über die Häuser um das kleine Kloster herfiel, waren sie nicht vorbereitet. Die Angreifer waren mehr als eine kleine Gruppe von Gesetzlosen. Sie waren eine Kriegerschar. Das Licht spiegelte sich in den Schildbuckeln und den Helmen, die aussahen wie die Schuppen eines monströsen Drachen.

Mit verschleiertem Blick berichtete Wilda, wie Alric, ihr Gemahl und Anführer der Dorfgemeinschaft, den Frauen, Mönchen und Kindern die Flucht befohlen hatte.

»Hastig drehte Alric sich zu seinem tapferen Sohn Wybert um …« Wilda legte eine Hand auf dessen Arm. »Dann sagte er: ›Wybert, du nimmst deine Mutter, die anderen Frauen und die Mönche und führst sie gen Norden. Nach Bernicia. Zu König Oswald.‹«

Die Männer beugten sich gebannt vor. Wer sich ehrenvoll für seine Lieben opferte, der beschwor einen starken Zauber herauf. Sie kannten Alric nicht, aber sein Handeln erfüllte sie mit Stolz.

»Wybert wollte zunächst nicht. Es war sein Wunsch, an der Seite seines Vaters zu stehen und zu kämpfen. Doch er erkannte die Bestimmtheit in Alrics Blick und hörte die eiserne Entschlossenheit in dessen Stimme. Er musste seiner Pflicht nachkommen und jene beschützen, die ihm anvertraut worden waren.« Voller Trauer blickte Wilda Beobrand an.

Die Zuhörer nickten zustimmend. Ein Sohn musste seine Pflicht tun und den Worten seines Vaters gehorchen. Beobrand wand sich innerlich vor Schmerzen.

»Vater und Sohn umarmten sich kurz. Beiden war gewiss, dass sie sich in dieser Welt niemals wiedersehen würden. Für einen langen Abschied oder gar Reden war keine Zeit. Wybert führte uns aus unserer Heimat, während Alric und die anderen Männer sich den Walisern entgegenstellten und uns dadurch die Flucht ermöglichten.«

Als Wilda geendet hatte, legte sich Stille über die Kriegerschar. Nicht wenige Männer hatten Tränen in den Augen oder auf den Wangen. Während Wildas Schilderung hatten sich viele hinzugesellt, sodass sie nun von zahlreichen gebannten Zuhörern umringt wurde.

»Gute Frau, deine Geschichte ist dieselbe, die überall im ganzen Land ertönt«, sagte plötzlich eine Stimme.

Alle Gesichter drehten sich zu Oswald. Ernsthaft und sichtbar voller Trauer stand er bei ihnen und zeigte darin zugleich eine große Stärke.

»Ich bin Oswald, König des Landes Bernicia, und ich biete dir und all deinen Begleitern meinen Beistand und Unterstützung in meinem Königreich an.«

Wybert, Wilda und die anderen Flüchtlinge neigten die Köpfe.

Oswald fuhr fort: »Ich habe erfahren, dass Cadwallons Heer nach Norden zieht, dass es das Land Deira im Süden bereits verwüstet hat und sich nun dicht vor den Grenzen unseres Landes befindet. Wir marschieren nun gen Süden, dem Großen Wall entgegen. Dort werden wir Cadwallon besiegen und seine Kriegerschar vernichten. Dieses Werk vollbringen wir, um den glorreichen Namen unseres Vaters im Himmel zu ehren.«

Einen kurzen Augenblick lang stellte Beobrand sich seinen eigenen Vater im Himmel Christi vor. Aber man musste ein gutes Leben geführt haben, um dort aufgenommen zu werden, darum war Grimgundi dort sicherlich nicht anzutreffen. Alric war Beobrand in den wenigen Wochen, die sie einander gekannt hatten, mehr Vater gewesen. Er hatte mit Sicherheit in diesem Christushimmel Aufnahme gefunden.

Während Oswald weitersprach, hob er die Stimme, um wirklich alle zu erreichen – diejenigen seiner Kriegerschar, die sich ihm erst in den letzten Tagen angeschlossen hatten, seine Gefolgschaft und seine vertrautesten Recken sowie die vertriebenen Landbewohner aus Deira und Bernicia.

»Wir werden Cadwallons Männern den Weg abschneiden, bevor sie unserem Land und unseren Untertanen noch mehr Schaden zufügen können. Wir werden sie gegen den Großen Wall drücken, ihnen keine Möglichkeit zur Flucht lassen, und Christus wird uns einen Sieg schenken, der noch von vielen Generationen besungen werden wird.«

Da sagte eine Stimme dicht an Beobrands Ohr: »Wohlan, Beo, ich sehe mit Freude, dass du dich einem guten, christlichen König angeschlossen hast.«

Beobrand wirbelte herum und blickte in das lächelnde Gesicht Coenrads, des jungen Mönchs, mit dem er sich in Engelmynster angefreundet hatte. Seit ihrer letzten Begegnung vor etlichen Monaten hatte Coenrad sich verändert. Er war gewachsen. Sein Gesicht war kantiger geworden, seine Schultern breiter. Er würde nie so kräftig werden wie Beobrand, aber er war sichtbar kein Junge mehr. Er war zu einem jungen Mann herangewachsen.

Trotz der schmerzhaften Erinnerungen, die Leowins Tod und Alrics aufopferndes Handeln in ihm geweckt hatten, musste Beobrand unwillkürlich grinsen. Coenrad hatte ihn damals schwer verletzt und fiebrig im Wald gefunden und ihm dadurch das Leben gerettet. Genau wie er war auch Coenrad Waise und mittlerweile allein auf dieser Welt. Seine Schwester war eines grausamen Todes gestorben, während Coenrad sich um Beobrand gekümmert hatte. Der junge Mönch hatte ihm niemals die Schuld an ihrem Tod gegeben, doch Beobrand war sich überdeutlich bewusst, welchen Preis Coenrad für seine Hilfsbereitschaft bezahlt hatte.

»Oswald scheint genau der richtige König für uns zu sein«, erwiderte Beobrand. »Ein Christusnachfolger, der seine Untertanen glücklich sehen möchte und gleichzeitig in der Schlacht Krieg und Zerstörung über seine Feinde bringt. Was könnte man sich Besseres wünschen?«

Coenrad blickte ihm lange in die Augen, bevor er schließlich traurig lächelte. »Ich freue mich, dich zu sehen, Beobrand. Du siehst gut aus.« Er musterte ihn von Kopf bis Fuß, betrachtete seinen schönen Helm, das eiserne Kettenhemd, das Schwert und den Schild. »Und wohlhabend. Der Krieg steht dir gut.«

Beobrand verzog das Gesicht. Er hätte nicht so leichthin von Krieg und Tod reden sollen. Coenrad war keiner der Männer, die Seite an Seite mit ihm im Chaos des Schildwalls gestanden hatten. Coenrad verabscheute jede Form von Gewalt. Er konnte nicht einmal ansatzweise verstehen, warum Beobrand sich zum Kampf hingezogen fühlte. Warum er Verbrechen rächen und Ungerechtigkeit durch sein Schwert beseitigen wollte.

So wenig Beobrand Coenrads Hingabe an den vergebenden Christusgott begreifen konnte, so wenig konnte Coenrad verstehen, weshalb Beobrand Probleme immer noch mit Gewalt und Blut lösen wollte.

Eins aber wusste Beobrand ganz genau: Ihre Schicksale waren miteinander verschlungen.

Coenrad war ein wahrer Freund, und er war sehr froh, ihn wiedergetroffen zu haben.

* * *

Sie machten lange genug Rast, um etwas zu essen, entfachten jedoch kein Feuer und errichteten kein Lager. Es war nicht mehr weit bis zum Großen Wall, und Wildas Erzählung hatte die Männer angespornt. Ihr ernster und ergreifender Bericht über den Untergang von all dem, was ihr lieb und teuer gewesen war, hatte die Herzen der Kämpfer berührt.

Die Waliser kamen näher, und die Waliser würden bezahlen.

Oswald hatte die Parole ausgegeben, dass sich alle Männer, die bereit waren, sich der Kriegerschar anzuschließen, nördlich des Großen Walls auf einem Hügel namens Hefenfelth versammeln sollten. Dort würden sie Einheiten bilden, um Cadwallons Heer daran zu hindern, den Wall zu überwinden und damit Bernicia zu betreten.

Das Marschtempo war weiterhin hoch, und sie waren alle erschöpft. Aber nun hatte sie eine neue Dringlichkeit erfasst. Es war ein warmer Tag, und sie keuchten und schwitzten die mit tiefen Furchen und Rissen übersäte Straße entlang. Sie war von Männern gebaut worden, die das Land vor langer Zeit schon wieder verlassen hatten. Und obwohl sie nicht in bestem Zustand und uneben war, so war sie doch die beste Möglichkeit, um so viele Krieger zügig zum Ort der Schlacht zu bringen.

»Cadwallon wird uns auf der Deira Stræt entgegenkommen«, schnaufte Acennan an Beobrands Seite. »Sie ist der einzige Weg für ein solch großes Heer. Wenn Gott uns gnädig gestimmt ist, erreichen wir noch vor ihm den Großen Wall und haben dann tatsächlich eine Chance. Keine große, das nicht, aber immerhin eine Chance.« Er versetzte Beobrand einen Schlag auf den Oberarm und lachte laut.

Woher Acennan diese Fröhlichkeit nahm, während sie in ihr beinahe sicheres Verderben marschierten, lag jenseits von Beobrands Verständnis. Auch wenn er sich nicht vorstellen konnte, frohgemut in die Schlacht zu ziehen, spürte er doch tief in seinem Inneren die ersten Vorboten der Erregung. Ein Funke in der Esse, von einem Luftstoß aus dem Blasebalg zum Leben erweckt. Der Schildwall war grässlich, ein Ort von so großer Furcht und Qual, dass einem übel wurde. Aber gleichzeitig auch ein Ort von unvorstellbarer Begeisterung, das konnte er nicht bestreiten. Er war nicht froh darüber, doch ein Teil von ihm gierte immer wieder nach dieser besonderen Erregung, die der Schlacht vorausging.

Das war es, was ihn von Coenrad unterschied. Der junge Mönch war ehrlich verblüfft darüber, dass Beobrand so etwas wie freudige Aufgeregtheit empfand, weil er sich erneut mit den Feinden messen würde, denen er im Verlauf des letzten Jahres bereits dreimal gegenübergestanden hatte.

Kurz bevor ihre Wege sich getrennt hatten, weil Coenrad gen Norden in die Sicherheit von Bebbanburg gezogen war und Beobrand zusammen mit Oswald und der bernicischen Kriegerschar seinen Weg Richtung Süden fortgesetzt hatte, hatte Beobrand sich an einer Erklärung versucht.

»Das sind die Männer, die Tata getötet haben. Ich werde ihren Tod rächen«, hatte er gesagt.

Doch wenn er geglaubt hatte, dass Coenrad ihm beipflichten würde, nur weil er dessen Schwester erwähnt hatte, dann hatte er sich schwer getäuscht.

Coenrad wurde blass und brüllte Beobrand an: »Nimm ihren Namen nicht in den Mund! Noch mehr Tod und Verwüstung bringt sie auch nicht wieder zurück! Sie …« Tränen glitzerten in seinen Augen. »Sie …« Die Worte blieben ihm im Halse stecken. »Sie ist tot. Und ich will nicht, dass noch mehr Tote auf meiner Seele lasten.« Er fuhr sich mit der Hand übers Gesicht und rieb sich die Augen. Die Männer, die den Wutausbruch des jungen Mönchs mitverfolgt hatten, wandten sich ab. Schließlich fuhr Coenrad mit ruhigerer Stimme fort: »Du sollst das Land verteidigen, Beobrand, und das ist eine ehrenwerte Aufgabe. Aber lass dabei Tata aus dem Spiel. Benutze sie nicht, um deine eigene Blutgier zu rechtfertigen.«

Seine Worte hatten Beobrand verletzt. Dachte Coenrad etwa so von ihm? Dass er nach Gewalt und Tod lechzte wie Bären nach Honig? Er wusste, wenn sie einmal einen Bienenstock erschnuppert hatten, konnten sie an nichts anderes mehr denken und ließen sich auch von unzähligen Stichen nicht aufhalten. Beobrand betrachtete die beiden Fingerstummel seiner linken Hand. Hatte Leowins totes Antlitz vor Augen, bleich und voller Schlamm. War es möglich, dass er um jeden Preis die Schlacht suchte?

Wybert gab jedenfalls eindeutig Beobrand die Schuld am Tod seines Bruders. Er hatte ihn noch nie gemocht, aber jetzt, ohne Alrics besänftigenden Einfluss, konnte sein Hass sich frei entfalten.

Beobrand hatte ihn angesprochen, als die Krieger sich zum Abmarsch bereit machten.

»Es tut mir leid, dass Leowin gefallen ist«, sagte er. Das war die reine Wahrheit. »Er ist in Tapferkeit gestorben.«

»In Tapferkeit?« Wybert spuckte aus. »Er war kein Krieger, und ohne dich wäre er nie nach Gefrin gegangen. Dein Traum von Ruhm und Ehre hat Leowins Dichterherz angerührt. Allein deinetwegen hat er den Weg nach Norden angetreten. Du hättest ihm auch gleich mit deinem schönen Schwert den Todesstoß versetzen können.«

Beobrand hatte Wyberts Empörung nicht das Geringste entgegenzusetzen. Leowin war tot, und er hatte versagt.

Er hatte ihn nicht beschützt. Nichts konnte daran etwas ändern.

»Es tut mir leid.« Beobrand schluckte den dicken Frosch in seiner Kehle hinunter und nahm seinen Platz unter Scands Kampfgefährten ein, direkt neben Acennan.

Die Krieger machten ihm ohne die sonst üblichen derben Scherze Platz. Hätte er eine Niederlage durch einen anderen Krieger erfahren, hätten sie ihn ohne Gnade gehänselt. Aber sie alle hatten seine Begegnungen mit Coenrad und Wybert beobachtet und Wildas Erzählung gelauscht. Alles zusammen hatte sie kleinlaut und traurig werden lassen.

Niemand wollte sich über Beobrands Schmerz lustig machen. Manche Wunden verheilten langsamer als andere.

Kapitel 3

Scand litt. Er stützte mit beiden Händen den unteren Bereich seines Rückens und dehnte sich. Der pulsierende Schmerz ließ zumindest etwas nach, wurde jedoch ersetzt durch ein kribbelndes Taubheitsgefühl in seinem rechten Bein. Bei allen Göttern, er war alt. Sein Körper hatte sich bislang kaum von den Strapazen der grausamen Schlacht bei Gefrin und dem kräftezehrenden Marsch nach Bebbanburg erholt. An seinem Oberkörper waren immer noch Spuren davon zu erkennen. Die Prellungen infolge der vielen Schläge, die er eingesteckt hatte, waren zwar verblasst, aber immer noch sichtbar. Während des Gefechts hatte er nicht das Geringste gespürt, wie immer in einer Schlacht. Dann teilte er mit Schwert und Schild nach allen Seiten aus und überließ die Schläge, die er nicht abwehren konnte, bereitwillig seinem Kettenhemd.

Doch sein Körper war nicht mehr der von einst. Vor Jahren, noch bevor sein Haar die Farbe von Raureif angenommen hatte, da waren blaue Flecken und Schmerzen innerhalb weniger Tage nach der Schlacht verschwunden. Und heute? Heute vergingen Wochen, und er litt immer noch. Er war nicht mehr jung, das stimmte. Wie viele Schlachten mochte er wohl noch vor sich haben? Nun, noch war es nicht so weit, dass er neben dem Feuer sitzen und Geschichten von seinen Heldentaten erzählen wollte. Er hatte Oswald einen Eid geleistet, und dieser Eid hatte ewig Bestand.

Er warf einen Blick zu dem jungen König hinüber. Oswald hatte große Ähnlichkeit mit seinem Vater Æthelfrith. Er besaß denselben durchdringenden Blick. Dieselbe Weitsicht. Æthelfrith war ein hervorragender Anführer gewesen, und Oswald hatte sein Charisma geerbt. Scand kannte ihn seit dessen Jugend, als er zusammen mit seinen Brüdern und ihrer Mutter gen Westen ins Exil geflohen war. Damals hatte Scand sich in den Dienst von Oswalds älterem Halbbruder Eanfrith gestellt, der ebenfalls über ein gewinnendes Wesen und einen scharfen Geist verfügte. Zahlreiche Krieger scharten sich um ihn, um ihm zu dienen, fast wie die Aaskrähen, die sich nach der Schlacht auf die Toten stürzen. Doch Eanfriths großen Qualitäten als Anführer und seiner unbestrittenen Tapferkeit in der Schlacht standen blinder Ehrgeiz und eine gehörige Portion Leichtsinn gegenüber. Diese beiden Eigenschaften hatten dafür gesorgt, dass er nur wenige Monate nach seiner triumphalen Rückkehr aus dem Exil seinen Thron und sein Leben verloren hatte.

Während der langen Jahre fern der Heimat hatte Scand sich oft gefragt, ob Oswald den Kampf um die Rückkehr auf den Königsthron von Bernicia für sich entscheiden könnte. Schon als Kind hatte er eine überraschende selbstsichere Gelassenheit ausgestrahlt. In seinem kühlen Blick war eine gewisse Klarsicht nicht zu übersehen gewesen. Genauso wenig wie Skrupellosigkeit.

Er würde ein guter König werden … vorausgesetzt, er

konnte sich hier am Großen Wall gegen Cadwallon behaupten.

Das massive Bauwerk aus grauen Steinblöcken, errichtet von den längst verstorbenen einstigen Herrschern über das Land, erstreckte sich von Ost nach West, von Horizont zu Horizont. In der Nähe war eines der befestigten Tore zu erkennen, die sich in regelmäßigen Abständen in der Mauer befanden. Die Steine des Walls waren auf das Sorgfältigste gefertigt und zusammengesetzt worden. Kein Lebender wusste, wie man so etwas bauen konnte. Wann immer Scand diese Mauer, eins der ziegelgedeckten Häuser oder eine steinerne Brücke, wie es sie überall in Albion gab, sah, empfand er so etwas wie Ehrfurcht, und eine gewisse Unruhe legte sich auf ihn. Die Leute redeten von Riesen, die diese Dinge angeblich erbaut haben sollten, doch Scand war nicht dumm. Die Tore und die aus Stein gehauenen Treppenstufen waren für Menschen gedacht, nicht für Riesen. Aber warum hatten diejenigen, die dieses Land so vollkommen beherrscht hatten, sich von seinen üppigen Gestaden wieder verabschiedet? Waren sie womöglich alle tot? Es war ein Rätsel, das er niemals lösen würde, darum schob er die Gedanken daran wieder beiseite.

Stattdessen wandte er seine Aufmerksamkeit dem jungen Mann an Oswalds rechter Seite zu. Das war Oswiu, der jüngste Sohn Æthelfriths, der bei der Flucht nach Dál Riata erst vier Jahre alt gewesen war. Jetzt stand er voller Stolz und mit kerzengeradem Rücken da, aber immer im Schatten seines Bruders. Er besaß das gleiche kastanienbraune Haar, die gleichen Augen wie Oswald, aber in gewisser Weise wirkte er zuverlässiger – kleiner und untersetzter, etwas fester auf der Erde stehend. Oswald war wie eine starke Eiche, er blickte auf alle hinab, während das Schicksal ihn beutelte. Oswiu hingegen ähnelte mehr einem Felsen, wirkte unbeweglich und unnachgiebig. Scand mochte den Prinzen nicht, wusste aber nicht genau, weshalb. Wahrscheinlich, weil er zu jung war. Und für seinen Geschmack zu viel Zorn in sich trug. Trotzdem war er ein guter Schwertkämpfer und würde seinen Mann stehen, wenn die Zeit gekommen war, sich den Walisern entgegenzustellen.

Nun durchbrach Oswald die Stille, die sich über die kleine Gruppe der Recken gelegt hatte. Sie hatten sich im Schatten eines Sonnensegels versammelt, das aus einem über einen Holzrahmen gespannten und mit Schnüren befestigten Tuch bestand.

»Du sagst, dass wir in der Unterzahl sind«, redete Oswald mit sanfter Stimme auf den Kundschafter ein. »Verrate uns lieber etwas, was wir noch nicht wissen. Wo steht Cadwallon? Wie viele Männer hat er bei sich? Haben sie berittene Wachen aufgestellt? Ziehen sie weiter, oder haben sie ein Lager aufgeschlagen?«

Die Zuhörer lauschten angestrengt, aber Oswald war nur schwer zu verstehen. Die etliche Hundert Mann starke Kriegerschar, die sich auf dem Hügel verteilt hatte, sorgte für eine stetige Geräuschkulisse.

Der Kundschafter war eben erst im Lager eingetroffen und immer noch mit Staub und Schweiß bedeckt. Es war sehr heiß und feucht, jeden Augenblick konnte es zu regnen beginnen. Er klopfte sich den Staub von den Kleidern und fuhr sich mit dem Mantelfutter über sein Gesicht und den struppigen Bart. Dankbar nahm er den Trinkbeutel mit

Wasser von Scand entgegen und trank mit großen Schlucken. Erst dann stand er dem König Rede und Antwort.

Äußerlich blieb Oswald ruhig und gefasst, doch Scand wusste, dass er angesichts dieser eigentlich unbedeutenden Kränkung innerlich vor Wut kochte. Der Kundschafter, Attor, war einer von Scands Kampfgefährten, und Scand würde nicht zulassen, dass er zurechtgewiesen wurde. Schließlich hatte er sich freiwillig bereit erklärt, sich den feindlichen Truppen zu nähern.

Attor bedankte sich mit einem Kopfnicken bei Scand für die Erfrischung, dann ergriff er das Wort: »Sie lagern ein kleines Stück südlich vom Großen Wall. Sie sind ungefähr doppelt so viele wie wir.«

Die Zuhörer holten hörbar Luft.

»Ich habe das Banner erkannt. Es ist dasselbe wie an der Furt von Gefrin.«

Mit grimmiger Miene billigte Scand Attors Versuch, den König und die anderen daran zu erinnern, dass er einer der wenigen war, die dem mächtigen Kriegsfürsten Cadwallon schon einmal gegenübergestanden und die Begegnung überlebt hatten. »Es hängen immer noch die Schädel ihrer gefallenen Feinde daran. Auch der von König Eanfrith.« Attor konnte Eanfriths Brüdern bei dieser grausigen Nachricht nicht in die Augen sehen und senkte den Blick.

»Wenn dieser mordlüsterne Heide glaubt, mich mit ein paar Schädeln an einem Stecken einschüchtern zu können, dann wird er es bitter bereuen. Noch hat er gegen keinen wahren Nachfolger Christi gekämpft.« Scand beschloss, nicht zu erwähnen, dass Edwin sich zum Christusglauben bekehren und alle seine Männer hatte taufen lassen, bevor er von den vereinten Heeren Cadwallons und Pendas von Mercia besiegt worden war. »Vor seiner Standarte brauchen wir uns nicht zu fürchten. Aber er hat doppelt so viele Krieger um sich geschart wie Oswald«, sagte er daher.

Die anderen Recken nickten. Angesichts dieser Überzahl konnten sie niemals auf einen Sieg hoffen.

»Das stimmt. Aber ich sage es noch einmal: Wir werden die Waliser schlagen. Wir werden unter dem Kreuz unseres Herrn Jesus marschieren und unseren Feinden eine vernichtende Niederlage beibringen.« Oswald ließ seinen Blick über die Männer schweifen, die sich auf der Hügelflanke in der Nähe der bröckelnden Mauer niedergelassen hatten. Er runzelte die Stirn, als bemühte er sich, etwas zu verstehen, dann hellte sich seine Miene auf. »Ich werde euch sagen, wie wir Cadwallon und sein Geschmeiß auslöschen werden.« Seine Lippen verzogen sich zu einem selbstbewussten, entspannten Lächeln.

Hoch konzentriert lauschten Scand und die anderen den Worten ihres Königs. Die große innere Anspannung spiegelte sich in ihren Gesichtern wider.

Nur Oswiu hatte eine undurchdringliche Miene aufgesetzt. Vielleicht, weil er bereits ahnte, was sein Bruder vorhatte. Oder aber, weil es ihm einfach nur gleichgültig war.

* * *

Etwas ungeschickt löste Beobrand seine Beinbinden. Er hatte sich immer noch nicht an den Verlust der beiden Finger seiner linken Hand gewöhnt. Seine Füße schmerzten nach dem langen Marsch, und er wollte ihnen ein wenig

Luft gönnen. Mit Sicherheit hatte er sich mehrere Blasen gelaufen. Vielleicht konnte er sie öffnen, damit der Schmerz nachließ.

»Meine Füße bringen mich auch um«, sagte Acennan, der mit ausgestreckten Gliedern zu Boden gefallen war, nachdem feststand, dass sie auf diesem Hügel nahe dem Großen Wall ihr Lager aufschlagen würden. »Das ist das Schlimmste am Krieg. Die schmerzenden Füße.«

Die Männer ringsum pflichteten ihm unter lautem Stöhnen bei.

»Meine Füße bereiten mir mehr Pein als meine Hand. Am liebsten würde ich sie mir einfach abhacken.«

»Du solltest mit deinen Wünschen etwas vorsichtiger sein«, sagte Attor, während er sich neben die beiden Freunde plumpsen ließ.

»Sei gegrüßt, Attor«, erwiderte Acennan. »Die Feinde sind also wirklich in der Nähe?«

»Zu nahe, wenn es nach mir geht. Am Morgen wird es zur Schlacht kommen.« Attor wiederholte alles, was er Oswald berichtet hatte.

»Also ist alles genau so, wie wir es vermutet haben«, meinte Acennan. »Wir sind an Zahl unterlegen und stehen mit dem Rücken zum Wall.«

»Der König hat einen Plan, wie er die Landschaft und die Mauer zu unseren Gunsten nutzen will. Bei Sonnenuntergang wird er alle Männer zusammenrufen und ihnen befehlen, sich auf die Schlacht vorzubereiten.«

»Es wäre nicht schlecht, wenn wir Cadwallon dazu bringen könnten, in die Lücke zwischen dem Wall und dem Hügel vorzustoßen«, überlegte Beobrand laut. »Alles hängt davon ab, ob er genau dort angreift, wo wir es uns wünschen.«

Die Sonne schickte ihre Strahlen durch mehrere Wolkenlöcher auf die Erde, leichter Nieselregen setzte ein und brachte den erschöpften Kriegern ein wenig Erfrischung.

Beobrand ließ sich mit geschlossenen Augen zurücksinken und wandte sein Gesicht dem Himmel zu, damit die Feuchtigkeit seine erhitzten Wangen kühlte. Als er die Augen wieder aufschlug, betrachtete er die Männer in seiner Umgebung. Auf der Hügelkuppe standen im Schutz eines Baldachins Oswald, Oswiu, Scand und etliche andere. Sie waren ins Gespräch vertieft. Auf der Hügelflanke unterhalb hatten die Krieger zahlreiche Grüppchen gebildet. Manche hatten bereits ein Feuer entzündet. Rauchwolken stiegen träge in den feuchtwarmen Nachmittagsnebel aus Niesel und Sonne.

Zwei Männer waren dabei, auf halber Höhe des Hügels eine Esche zu fällen. Erst kurz nachdem Beobrand gesehen hatte, wie sie den ersten Hieb setzten, drang das Geräusch ihrer Axtschläge an sein Ohr.

Oswald hatte auf dem Wall Wachen postiert. Sie hatten Beobrand den Rücken zugekehrt und blickten die Deira Stræt entlang gen Süden.

Der Himmel war eine Mischung aus Licht und Schatten. Jetzt brachen gleißende Sonnenstrahlen durch die bleierne Wolkendecke, und dann leuchtete – wie ein Zeichen der Götter – ein perfekter Regenbogen auf. Ein prachtvoller Anblick vor dem düsteren, regenschweren Himmel.

Etliche Männer zeigten mit den Fingern darauf. Ein Zeichen, meinten einige. Ein Omen.

Als ferner Donner grollte, flog ein Vogelschwarm über sie hinweg.

Stille senkte sich über die Kriegerschar. Die Götter sprachen zu ihnen. Aber wer konnte ihre Zeichen deuten?

»Vielleicht ist das Thunor, der dir sagen will, dass er in der Schlacht über dich wacht«, flüsterte Acennan. Selbst ihn schüchterte das, was am Himmel passierte, ein und machte ihn demütig.

Beobrand dachte an den dunklen Lagerschuppen in Bebbanburg zurück. An seinen Eid. Die herabgefallenen Tücher der Abtrennung. Die erloschene Binsenfackel. Sunnivas Angst. Erneut schloss er die Augen, und die Erinnerung an die plötzliche Finsternis erwachte ihn ihm zum Leben.

Was, wenn es doch kein Omen gewesen war? Sondern eine Botschaft?

Beobrand sprang auf und lief den Hügel hinauf.

»Wo willst du hin?«, rief Acennan ihm nach. »Deine Füße sind nackt.«

»Meine Füße spielen keine Rolle«, gab Beobrand zurück. »Ich muss mit dem König sprechen.«

* * *

»Was ist hier los?« Oswald hob den Blick. Der Baldachin, der ihnen zuvor Schutz vor der Sonnenhitze geboten hatte, hielt nun den leichten, aber dennoch unangenehmen Regen ab.

Scand erhob sich. »Das ist einer meiner Männer. Sein Name lautet Beobrand.« Er ging den Hügel hinunter zu den beiden Kampfgefährten Oswalds, die gerade versuchten, den jungen Mann aus Cantware abzuweisen. Sie hatten eindeutig nicht die Absicht, Beobrand durchzulassen, und der starrsinnige junge Krieger wurde mit jeder Sekunde sichtlich ungeduldiger. Scand schüttelte den Kopf. Der Kerl musste unbedingt lernen, sein Temperament zu zügeln, sonst würde es ihn eines Tages das Leben kosten.

»Beruhig dich, Beobrand«, befahl Scand in seinem in der Schlacht vielfach bewährten Tonfall.

Die drei Männer ließen voneinander ab und wandten sich ihm zu.

»Was geht hier vor?«, wollte Scand wissen. »Ich kann nur hoffen, dass es von Bedeutung ist. Der König befasst sich gerade mit den Plänen für die morgige Schlacht.« In seinen Worten schwang eisige Kälte mit. Eine Warnung.

»Und genau über diese Schlacht möchte ich mit ihm reden. Ich habe diesen beiden Narren hier gerade erklärt, dass ich den König sprechen muss, aber sie wollen mir nicht zuhören.«

Die beiden Wachen schienen vor Wut zu kochen. Einer legte bereits die Hand auf den Griff des langen Sachsmessers an seinem Gürtel. Sie waren zwar alle Verbündete, doch ein Mann von Würde und Stolz ließ sich nicht ungestraft beleidigen.

»Genug, Beobrand! Du gehörst zu mir, aber mit deinen Schmähungen bringst du nur Schande über mich. Entschuldige dich bei diesen Männern.«

Die Idee, die Beobrand durch den Kopf schwirrte, brachte ihn zum Glühen. Er musste mit Oswald sprechen, daran gab es keinen Zweifel. Doch dann sah er in Scands Gesicht und registrierte auch das Missfallen, das in seinem strengen Ausdruck lag. Scand hatte seinem Leben einen

Sinn gegeben. Er hatte als Einziger an ihn geglaubt. Er war ein guter Mann. Weise und gerecht. Und er war sein Herr.

Beobrand senkte den Blick. Er schluckte. »Ich bitte um Verzeihung, ich war unbeherrscht. Meine Worte waren nicht so gemeint. Aber ich muss mit dem König sprechen. Es ist sehr dringend.«

Die Anspannung löste sich, und Scand trat zu Beobrand und legte ihm eine Hand auf die Schulter.

»Und was ist es, worüber du so dringend mit deinem König sprechen musst?«, ließ sich da eine Stimme hinter ihnen vernehmen.

Sie drehten sich überrascht um und sahen, dass Oswald, offensichtlich neugierig geworden, den Hügel herab zu ihnen gekommen war.

»Ich bitte vielmals um Verzeihung, mein König«, sagte Scand. »Einer meiner Männer scheint nicht zu wissen, wo sein Platz ist.« Scand bohrte seine Finger schmerzhaft in Beobrands Schulter. Eine eindeutige Ermahnung.

Oswald musterte Beobrand von Kopf bis Fuß. »Ah, der berühmte Beobrand.« Lag da ein Hauch von Sarkasmus in seiner Stimme? »Ich habe die Erzählungen von deinen Heldentaten vernommen. Nun denn, so sprich.« Oswald sah kurz zu Boden. »Was ist so wichtig, dass du dich deinem König ohne Erlaubnis und barfuß wie ein Sklave näherst?«

Beobrand konnte sich nicht vom gelassenen Blick des Königs lösen. Das nasse Gras kitzelte seine bloßen Fußsohlen. Der Regen tropfte ihm wie Tränen von den Augenbrauen. Mit einem Mal fühlte sich sein Mund staubtrocken an.

»Ich …« Warum fiel es ihm so schwer zu sprechen? Er hustete und schluckte den Frosch in seiner Kehle hinunter.

Oswald wartete geduldig.

Beobrand befürchtete, dass seine Gedankengänge sich in den Ohren dieses mächtigen Mannes mit dem prachtvollen purpurroten Umhang lächerlich anhören könnten. Die mit Juwelen besetzte Scheide an seiner Seite glänzte. Seine goldene Schulterspange funkelte.

Beobrand kam sich schäbig vor. Schmutzig. Er war sich seiner nackten Füße und des staubigen Kittels nur allzu bewusst.

Schließlich zwang er die Worte mit Gewalt über seine Lippen. »Ich glaube, ich weiß, wie wir Cadwallon besiegen können.«

* * *

Es regnete immer noch, während die Sonne mit den Wolken rang, um sich wenigstens gelegentlich sehen zu lassen, als Oswald sich an die Männer wandte.

Er stand vor einem Kreuz, das roh aus dem Holz der großen Esche gezimmert worden war, die er am frühen Nachmittag hatte fällen lassen. Das Kreuz war dreimal so hoch wie ein stattlicher Mann. Der Querbalken bestand aus mehreren dicken Ästen, die mit ineinander verschlungenen Lederbändern am senkrechten Balken befestigt worden waren. Anschließend war auf dem Hügel ein tiefes Loch gegraben worden, und der König höchstselbst hatte das Kreuz festgehalten, während es aufgerichtet und festgemacht worden war. Die Kraft und die Sachkenntnis mehrerer Männer waren dafür nötig gewesen.

Nun zeichnete sich das Kreuz als Silhouette vor dem Abendhimmel ab. Bei seinem Anblick fühlte Beobrand sich an die Eibe erinnert, an der sie Dreng, Hafgan und Tondbert aufgehängt hatten. Es war eine düstere Erinnerung. In dem Augenblick, als die Verbrecher zuckend an dem knirschenden, ausgefransten Seil gehangen hatten, hatte er begriffen, was es bedeutete, der Gerechtigkeit Genüge zu tun. Tondbert war sein Freund gewesen, aber letzten Endes hatte Beobrand den Befehl gegeben, ihn zusammen mit den anderen zu töten. Die Verbrechen, die er begangen hatte, waren unverzeihlich gewesen. Es waren genau solche Entscheidungen, die ein Anführer treffen musste. Als er nun den König im Schatten des hölzernen Kreuzes stehen sah, fragte er sich, welch schwierige Entscheidungen er wohl schon gefällt hatte, um bis hierher zu gelangen. Und welche Entscheidungen würde er wohl noch treffen, die Einfluss auf ihrer aller Leben haben würden?

Die Krieger versammelten sich auf dem Hang. Viele gingen nervös von hier nach da, um wenigstens einen Blick auf den König zu erhaschen. Das Kreuz konnten sie hingegen alle sehen. Es beherrschte den Horizont.

Oswald breitete die Arme aus. Es war dieselbe Geste, die Beobrand schon im Großen Saal von Bebbanburg an ihm beobachtet hatte. Schweigen legte sich über die versammelte Kriegerschar.

»Meine Freunde. Bernicier. Angeln, Hibernier und Pikten. Ich bin Oswald, Sohn des Æthelfrith, der den Hiberniern unter dem Namen Lamnguin, Weiße Klinge, bekannt ist. Durch das Recht des Blutes habe ich den Königsthron von Bernicia bestiegen. Ihr alle wisst, weshalb wir bis hierher gezogen sind.« Oswald versuchte, alle, die ihm an diesem feuchten Nachmittag zuhörten, zu erreichen. Dies war eins der wenigen Male, dass er nicht mit leiser Stimme sprach.

»Wir sind gekommen, um dieses Land von der Geißel Cadwallon mitsamt seiner verfluchten Bande aus walisischem Abschaum zu befreien. Einige unter euch mögen bereits von der Größe seines Heers erfahren haben. Es ist wahr, seine Männer sind uns an Zahl überlegen.« Für keinen der Versammelten war das eine Neuigkeit. Nach der Rückkehr Attors und der anderen Kundschafter hatte sich die Nachricht in Windeseile im Lager verbreitet.

»Wahr ist aber auch, dass der allmächtige Christus mit seiner Kraft an unserer Seite steht. Wir alle haben sein Zeichen am Himmel gesehen. Der Regenbogen ist sein Versprechen an die, die ihm nachfolgen.

Heute Nacht hatte ich einen Traum, nachdem ich zuvor über die bevorstehende Schlacht nachgedacht hatte. Wie alle Menschen kenne auch ich den Zweifel, und ich habe mir die Frage gestellt: Wie können wir Cadwallon und seine Kriegerschar besiegen?« Oswald hielt inne, wie um seinen Männern Zeit zu geben zu begreifen, dass auch er seine Schwächen hatte.

Beobrand fragte sich, ob das ein kluger Schachzug war. Die Männer wollten ihr Leben doch sicherlich lieber in die Hände eines unfehlbaren, gottgleichen Königs legen. Doch als er sich umblickte, sah er verblüfft, dass viele Männer nickten. Es schien, als verstünde Oswald die Kämpfer besser als Beobrand.

Der König fuhr fort: »In meinem Traum erschien mir der

heiligste aller heiligen Männer, Columban höchstselbst, Gründer und Abt des Klosters auf der Insel Hii. In Licht gebadet sprach er zu mir.

Er befahl mir, ein Kreuz zu errichten, ähnlich dem, an dem der Christus sich für die ganze Menschheit geopfert hat, auf dass wir ewig leben werden. Dann bestimmte er, dass alle, die mir in die Schlacht folgen wollen, sich vor dem Kreuz verneigen und dadurch den Segen empfangen sollen. ›Die Kraft des Blutes Christi wird über sie kommen‹, das waren seine Worte. ›Sei stark und handle wie ein wahrer Mann, denn siehe, ich werde bei dir sein. In der nun folgenden Nacht sollt ihr euer Lager verlassen und in die Schlacht ziehen. Der Herr hat verheißen, dass ihr in der Dunkelheit eure Gegner in die Flucht schlagen werdet und Cadwallon, euer Feind, euch in die Hände fallen wird. Nach der Schlacht wirst du siegreich zurückkehren und fortan glücklich herrschen.‹

So hat Columban es vorhergesagt, und genau so wird es kommen. Ihr alle werdet den Segen im Schatten des Kreuzes empfangen, bevor wir uns in der schwärzesten Stunde der Nacht auf den Weg machen. Wir werden heimlich in Cadwallons Lager eindringen und ihn und seine Männer vernichten. Danach wird bei uns Friede herrschen.«

Missmutiges Gemurmel breitete sich unter den Kriegern aus. Sie waren stark, furchtlos in der Schlacht und tapfer im Angesicht von Speer und Schild. Doch die Nacht hielt ganz andere Ängste für sie bereit. In der Dunkelheit krochen die Schattenwesen aus ihren Verstecken. Elfen und Kobolde lauerten dann überall, jederzeit bereit, den arglosen Reisenden anzufallen. Mit Feuer konnte man diese Kreaturen zwar im Zaum halten, doch wer Fackeln mit sich führte, der blieb nicht unentdeckt. Sie würden also durch die rabenschwarze Finsternis der Nacht marschieren müssen, bewaffneten Gegnern entgegen und umgeben von unsichtbaren, feindlichen Geschöpfen aus der jenseitigen Welt.

Etliche Männer spuckten aus. Andere berührten ihre Amulette oder das Eisen ihrer Waffen. Diejenigen, die bereits dem Christusgott nachfolgten, schlugen das Kreuz vor der Brust.

Hinter Oswalds Rücken ging das Licht des Tages allmählich in eine schwache Abendröte über. Erneut hob er die Arme, und die Krieger verstummten.

»Habt keine Angst vor den Kreaturen der Nacht. Dunkelheit und Tod können dem Christus nichts anhaben. Er wurde an ein Kreuz wie dieses genagelt, aber dann, am dritten Tage, ist er von den Toten auferstanden, auf dass der Tod nie wieder Macht über einen Menschen haben soll. Wenn ihr euch hier und heute segnen lasst, werdet ihr nicht sterben. Dann erwartet uns alle das ewige Leben in Gottes Sälen.«

Oswald schien zu spüren, dass er Gefahr lief, die Aufmerksamkeit seiner Zuhörerschaft zu verlieren. Aber wenn der Plan funktionieren sollte, dann brauchte er jeden einzelnen Mann, dann mussten sie alle gemeinsam durch die Nacht marschieren und bis zum Morgengrauen um ihr Leben kämpfen.

Das war der Plan, den Beobrand dem König unterbreitet hatte. Oder war es nicht so sehr ein Plan als eher ein Omen? Eine Botschaft von den Göttern? Oder von dem Christus, wie Oswald gesagt hatte? Die Idee für den nächtlichen

Überfall war Beobrand jedenfalls in allen Einzelheiten zugeflogen. Plötzlich war für ihn die erlöschende Binsenfackel kein Omen für den bevorstehenden Untergang gewesen, sondern ein Zeichen des Triumphs.

Es war Beobrand gleichgültig, ob der König diesen Traum tatsächlich geträumt hatte. Er war überzeugt, dass ein nächtlicher Angriff ihre beste Chance auf einen Sieg war. Und genau das hatte er Oswald auch gesagt, der ihm aufmerksam zugehört und ihn anschließend weggeschickt hatte.

Jetzt fiel des Königs Blick auf Beobrand. Einen Moment lang starrte er ihn an und sagte dann mit lauter, klarer Stimme: »Wer ist bereit, sich zusammen mit seinem König vor das Kreuz zu knien? Wer ist bereit, in der Finsternis den Kampf gegen die Heiden aufzunehmen? Wer steht in dieser Nacht an meiner Seite?«

Stille legte sich über die Männer. Das feuchte Holz der Feuerstellen knackte laut.

Oswald ließ seinen Blick über die Männer schweifen. Beobrand spürte die angespannte Nervosität, die in der Luft lag. Die Krieger wollten im Schildwall kämpfen, aber in diesem Moment ging es um mehr. Oswald bat sie, ihm und dem Christus zu vertrauen. Er bat sie, in der Dunkelheit gegen eine ihnen weit überlegene Streitmacht zu ziehen.

Irgendwo hustete jemand. Ein Pferd wieherte.

Beobrand trat einen Schritt vor und durchbrach die Stille: »Ich gehe mit Euch, König Oswald. Ich werde mit Euch niederknien und an Eurer Seite durch die Dunkelheit marschieren.« Seine Stimme war fest und laut, und er wunderte sich selbst über die Gewissheit, die in seinen Worten lag. Doch schon während er sprach, wurde er ruhiger. Was die Macht Christi anging, so war er sich keineswegs sicher, aber er glaubte an seinen Plan.

Und was noch wichtiger war: Er vertraute Oswald.

Kapitel 4

Eine Kriegerschar in voller Kampfmontur kann sich unmöglich lautlos fortbewegen.

Das Klirren der Rüstungen, das Klappern der gegen die Schilde stoßenden Speere, das Geflüster der nervösen Männer, alle Geräusche schienen durch die Stille der Nacht verstärkt zu werden. Zudem erzeugten die Schritte Hunderter geharnischter Krieger einen dumpfen Rhythmus, der in der Dunkelheit widerhallte.

»Glaubst du immer noch, dass es richtig war, mit dem König zu sprechen?«, flüsterte Acennan. »Die Waliser werden uns hören, lange bevor wir ihr Lager erreicht haben. Eine Herde Pferde würde weniger Lärm machen als diese Sippschaft.«

Beobrand musste seinem Freund zustimmen, wenn auch ungern. Er wusste, dass er für den nächtlichen Kriegszug die Hauptverantwortung trug. Er hatte Oswald den Vorschlag gemacht, und die anderen hatten sich erst darauf eingelassen, nachdem er offen seine Unterstützung für den König kundgetan hatte. In seiner Vorstellung war der Plan sehr einfach. Still und leise würden sie zum Lager ihrer schlafenden Feinde vordringen und sie so schnell umhauen, wie man ein reifes Gerstenfeld mit der Sense mäht. Doch jetzt, umgeben von der schaurigen Schwärze der Nacht und

Männern, die über die alte Straße aus Pflastersteinen stolperten und dabei einen Lärm wie fliegende Händler veranstalteten, war er sich seiner Sache weit weniger sicher.

»Nun, wenn du weiterhin so jammerst, hören sie uns mit Sicherheit«, zischte er zurück. Die Ungewissheit nagte an ihm. Die Anspannung der Männer war mit Händen zu greifen. Sie hatten bis nach Mitternacht gewartet und sich um die im Regen zischenden und knackenden Feuer gekauert. Hatten ihre Waffen geschärft. Rüstungen übergestreift. Der Regen hatte leisen Unmut ausgelöst, weil die Klingen zu rosten anfangen würden. Diejenigen, die ein eisernes Kettenhemd trugen, hatten lauter geflucht, weil sie wussten, wie viel Mühe es sie im Falle ihres Überlebens kosten würde, die Kettenglieder vom Rost zu befreien. Zuerst müssten sie die Rüstung in einen Sack voll Sand stecken, um damit die ockerfarbene Patina vom Eisen abzuschaben. Und anschließend, wenn ihre Arme schon vor Anstrengung brannten, müssten sie sie mit Fett einreiben, um die vernieteten Kettenglieder vor neuer Feuchtigkeit zu schützen. Keiner von ihnen freute sich auf diese Arbeit, doch die Alternative – dass jemand anders die Rüstung reinigte, nachdem er sie einem vom toten Leib gezogen hatte – war weit weniger erfreulich. Also bissen sie die Zähne zusammen und beteten um eine trockene Nacht.

Kurz vor ihrem Aufbruch gen Süden hatte der Regen aufgehört, was die Herzen der Männer höherschlagen ließ. Sie hatten einander mit blitzenden Zähnen angegrinst und sich gefreut, dass sie bei ihrem Marsch wenigstens nicht durchnässt werden würden.

Allerdings begann Beobrand sich allmählich zu fragen,

ob Regen nicht ein Vorteil gewesen wäre. Dann hätten sich die Wachen vielleicht in ein schützendes Zelt verzogen, oder sie wären nass und nicht besonders aufmerksam gewesen. Zudem hätte der Regen einen Großteil des Lärms, den sie verursachten, einfach geschluckt.

Er legte den Kopf in den Nacken. Der Mond war nur als silberner Schimmer hinter der dicken Wolkendecke zu erahnen. Kaum ein Lichtstrahl fiel auf den regennassen Untergrund.

Es kam ihnen vor, als hätten sie schon eine lange Strecke zurückgelegt. Bereits vor geraumer Zeit hatten sie den Fluss auf einer gewaltigen Brücke überquert, die ebenfalls von den Erbauern des Walls zurückgelassen worden war. Trotz seiner Nervosität angesichts der unmittelbar bevorstehenden Schlacht hatte Beobrand nicht anders gekonnt, als das Bauwerk zu bewundern. Es bestand aus massiven Steinblöcken, die mit großer Raffinesse oder aber durch einen Zauber zu gewaltigen Bögen zusammengefügt worden waren, sodass die Straße hoch über das dunkle Wasser führte. Einer der Bögen war irgendwann in vergangener Zeit eingestürzt, das Loch wurde nun von stabilen Holzbalken bedeckt. Die Männer hatten ihre Schritte darauf nur sehr behutsam gesetzt, weil sie nicht sicher waren, ob die behelfsmäßige Konstruktion sie tragen würde. Doch sie hatte gehalten. Allerdings waren die Schritte der Krieger weit über das stille Wasser hinweg zu hören gewesen.

Beobrand hoffte, dass er bei Tageslicht zurückkehren und die Brücke dann eingehend betrachten konnte. Ein grimmiges Lächeln stahl sich auf sein Antlitz. Dafür musste er die Nacht überleben.

Es konnte nicht mehr lange dauern, bis sie das Lager der Waliser erreichen würden. Ihre Feuer mussten schon viel früher zu sehen sein. Doch als Beobrand in die Nacht starrte, begegneten ihm nur Schatten und Dunkelheit. Selbst die Umrisse der Männer in der Reihe vor ihm konnte er kaum erkennen. War es denkbar, dass die Waliser ihr Lager verlegt hatten? Oder hatten sie beschlossen, keine Feuer zu entzünden? Rechneten sie womöglich mit einem nächtlichen Überfall?

Beobrands Magen krampfte sich zusammen. Er hatte am Abend kaum etwas gegessen, dennoch waren seine Eingeweide in Aufruhr. Grund war die sattsam bekannte Furcht, die ihn jedes Mal vor der Schlacht überkam. Sein Mund war trocken. Seine Kehle rau. Zu gerne hätte er angehalten, um etwas zu trinken, aber das war vollkommen ausgeschlossen. Oswalds Kriegerschar marschierte ohne Unterbrechung auf der Deira Stræt weiter gen Süden. Jetzt, da die Entscheidung für einen nächtlichen Angriff gefallen war, schien die Dunkelheit immerhin niemanden mehr zu ängstigen.

Wieder regte sich leiser Zweifel in Beobrand. War es möglich, dass seine Idee doch nicht so brillant war, wie er geglaubt hatte? Hatte er die Zeichen der Götter womöglich falsch gedeutet? Er war sich ja nicht einmal sicher, dass es überhaupt Zeichen gewesen waren. All die Ereignisse, die zu diesem Augenblick geführt hatten, konnten auch nichts weiter als Zufälle gewesen sein. Vielleicht schütteten sich die Götter gerade über sie aus vor Lachen.

War da eben nicht ein Blitz über den Himmel gezuckt? Er war sich nicht sicher. Tiefes, dumpfes Donnern rollte über die Krieger hinweg. Es hörte sich an, als würden bei einer Schlägerei in einem weit entfernten Metsaal Bänke umgestoßen.

Donner.

Thunor. Beobrand zog an dem Lederband, das er um seinen Hals trug, und holte das daran befestigte Amulett hervor – ein Hammer, geschnitzt aus einem Walzahn. Fest schloss er seine Faust darum.

In der Dunkelheit waren die Götter gegenwärtig. Er hatte einen Eid auf Thunor geschworen, und nun schien es, als spräche Wodens Sohn zu ihm.

Der nächste Blitz tauchte alle Männer kurz in gleißendes Licht. Das Bild wurde etliche Herzschläge lang auf Beobrands Netzhaut gezeichnet. Helme, Schilde, ein ganzer Wald aus Speeren, alles eingefroren in einem einzigen Aufflackern von Thunors Feuer.

Als nun die Straße leicht abfiel, kamen in der Ferne rötlich glimmende Lagerfeuer in Sicht.

Die Kriegerschar stürmte vorwärts, als hätte der Donner oder aber der Anblick des feindlichen Lagers ihr Flügel verliehen. Beobrand geriet auf dem nassen Kopfsteinpflaster ins Stolpern, taumelte aber angetrieben von den anderen weiter.

Wenn sie das Tempo beibehielten, würden die Wachen sie garantiert hören und Alarm schlagen. Schon der nächste Blitz könnte ausreichen, um ihnen die näher kommende Streitmacht zu präsentieren.

Das Blitzbild auf seiner Netzhaut verblasste allmählich. Stattdessen sah Beobrand Sunniva vor sich. Ihr üppiges Haar. Ihren anmutig geschwungenen Hals. Sogar ihren

Duft vermeinte er zu riechen. Er hatte geschworen, dass er zu ihr zurückkehren würde, und betete jetzt zu Thunor, nicht als Wortbrüchiger sterben zu müssen.

Und dann öffnete der Himmel seine Schleusen.

Die Wolken, dick angeschwollen wie trächtige Stuten, gaben ihre Wassermassen frei. Gleichzeitig ertönte ohrenbetäubendes Röhren. Augenblicklich waren die Männer bis auf die Haut durchnässt. Kleidung und Rüstungen boten keinerlei Schutz vor den gewaltigen Sturzbächen. Links und rechts der Straße waren die Gräben innerhalb weniger Augenblicke überflutet.

Die Männer verlangsamten ihre Schritte, eingeschüchtert angesichts der Wucht der Elemente.

Doch Beobrand trieb sie weiter. Genau darauf hatten sie schließlich gewartet. Die Götter gewährten ihnen den Schutz, den sie brauchten. Im Regen mussten sie die Entdeckung durch aufmerksame Wachen nicht fürchten. Jetzt konnten sie unbemerkt bis vor das Lager gelangen, denn für die Waliser waren sie so unsichtbar wie Geister.

Falls der Regen anhielt.

Die Schar blieb stehen.

Beobrand schob sich an zahlreichen Männern vorbei. Er konnte sie nicht erkennen, während er sich mit Hilfe seiner Ellbogen durch die Reihen der Krieger immer weiter nach vorn seinen Weg bahnte. Nur undeutlich nahm er wahr, dass Acennan mit ihm Schritt hielt.

Wieder zuckte ein Blitz und tauchte die Männer vor ihm in grelles Licht. Um ein Haar wäre er in seinem Eifer mit Oswald zusammengestoßen. Der König hatte angehalten, vielleicht unsicher, wie es weitergehen sollte. Donner dröhnte.

Beobrand packte Oswald an seinem von eisernen Kettengliedern umschlossenen Arm. Er fühlte sich kalt und hart an.

Der König wirbelte herum. In der regennassen Dunkelheit war kaum etwas zu erkennen.

In dem Moment zogen kräftige Hände Beobrand zurück, und er prallte gegen Acennan, der ihn auffing.

»Hände weg vom König!«, blaffte der Mann, der sich zwischen Beobrand und Oswald aufgebaut hatte.

Beobrand konnte sein Gesicht nicht sehen, aber die Stimme war eindeutig. Athelstan. Schlagartig flammte Wut in ihm auf, doch er hielt sie im Zaum. Jetzt war nicht die Zeit zu kämpfen. Sie würde noch früh genug kommen.

»Sei kein Narr, Athelstan«, sagte er. »Ich habe nichts Böses im Sinn.«

Athelstan legte Beobrand beide Hände auf die Brust und versetzte ihm einen kräftigen Stoß.

Beobrand taumelte rückwärts, doch Acennan hielt ihn auf den Beinen.

»Zurück zu deinem Herrn. Du hast kein Recht, an der Seite des Königs zu kämpfen. Du hast es dir nicht verdient.«

»Genug davon!« Oswald berührte Athelstan am Arm. Seine Worte gingen im Rauschen des Regens beinahe unter. »Bist du das wieder, junger Beobrand? Was ist? Der Feind ist in Sichtweite, aber dieser Regen …«

»Mein Herr und König.« Beobrand trat näher, ohne Athelstan zu beachten. Schließlich stand er so dicht vor dem König, dass sich ihre Helme beinahe berührten. »Wir müssen jetzt angreifen. Solange es regnet.«

Noch mehr Blitze. In Oswalds Miene spiegelte sich so

etwas wie Erkenntnis wider, aber gleichzeitig auch Unentschlossenheit.

Sie mussten diesen Regenguss zu ihren Gunsten nutzen. Beobrand war sich absolut sicher.

Wieder krachte ein Donnerschlag.

Er musste dem König klarmachen, was zu tun war.

»Der Christus hat den Regen geschickt, um uns zu schützen«, sagte er.

Bei der Erwähnung seines Gottes zeigte Oswald endlich eine Reaktion, wurde aus seiner Starre gerissen. »Gesegnet seist du, Beobrand«, sagte er kaum verständlich. »Du hast recht. Im Schutz dieses gottgesandten Regens, der Noahs Sintflut gleicht, werden wir das Land von Cadwallon befreien.«

Beobrand wusste mit der Sintflut nichts anzufangen, nickte jedoch. »Ihr habt recht. Wir müssen losschlagen, und zwar jetzt.«

»Athelstan, gib das Kommando weiter. Wir werden im Laufschritt in das Lager eindringen und auf das vereinbarte Signal hin angreifen. Aber wir müssen schnell sein, das ist das Entscheidende.«

Der Hüne von Krieger nickte steif. Sein Gesicht war in der Dunkelheit nicht zu erkennen. Dann machte er sich auf den Weg, jedoch nicht ohne Beobrand unsanft beiseitezuschieben.

»Viel Glück, Beobrand«, sagte Oswald, und Beobrand hatte den Eindruck, als lächelte der König. Aber sicher war er sich nicht.

Athelstan erfüllte den Auftrag seines Königs, und der Befehl verbreitete sich unter der Kriegerschar.

Erneut flammte der Himmel auf. Acennan, der neben Beobrand stand, grinste.

»Bei Woden, Beobrand!«, sagte er. »Du weißt wirklich, wie man einen Streit anzettelt.« Schon wieder ertönte über ihren Köpfen das ohrenbetäubende Donnern von Thunors Hammer. »Wir werden eine Schlacht wie in der Unterwelt schlagen. Doch fürchte dich nicht. Halte dich dicht bei mir, dann wird dir nichts geschehen.« Er versetzte Beobrand einen Schlag auf den Arm und nahm seinen Schild von der Schulter.

Beobrand musste lächeln. Er war froh, Acennan an seiner Seite zu haben. Auch er nahm seinen Lindenholzschild und schob seine linke Hand in die Lederriemen, die Sunniva angefertigt hatte. Der Schild war schwer, und es kostete ihn Kraft, ihn gerade zu halten, aber er würde ihn nicht fallen lassen.

Vielleicht hatten die Götter ihm doch gewisse Zeichen gesandt. Er betete darum, den Sonnenaufgang noch einmal sehen zu dürfen. Und Sunniva.

Doch vor dem allmählichen Erwachen des Tages mussten sie sich dem Tod und der Dunkelheit der Nacht stellen.

Mit einem lauten Schrei, der im prasselnden Regen nur bruchstückhaft zu hören war, stürmte Oswald los.

Die Männer folgten ihm. Schlitternd und stolpernd rannten sie dem Lager der Waliser entgegen.

Beobrand zog Hrunting aus der Scheide. Sobald er das Heft in seiner Hand spürte, war die Sicherheit wieder da. Er vergaß seinen Zorn auf Athelstan. Die Männer dort im Lager hatten Leowin, Alric und zahllose andere getötet. Nun würden sie dafür bezahlen.

Die Lagerfeuer waren jetzt trotz des Regenschleiers deutlicher zu erkennen.

Dann durchbrach ein lang gezogener Ton aus einem Horn den Lärm der Krieger und das Tosen der Elemente.

Wie ein Rudel Hunde, das von der Leine gelassen wird, nachdem es einen Hirsch gewittert hat, stürmte König Oswalds bernicische Kämpferschar, begleitet von wildem Gebrüll, Cadwallons Lager.

* * *

Der Donner hatte Sunniva geweckt.

Eine Zeit lang hatte sie in der Dunkelheit gelegen und dem Atem der Frauen, Kinder und Alten gelauscht, die nicht mit Oswald gen Süden gezogen waren. In der Dunkelheit berührte sie Beobrands Kittel, verbarg ihr Gesicht darin und atmete tief ein. Sein Duft war immer noch hier bei ihr. Sie hatte ihm den Kittel ihres Vaters mitgegeben, weil er, so hatte sie gesagt, noch nicht so fadenscheinig war wie dieser. Die Wahrheit hatte sie ihm verschwiegen: dass sie etwas bei sich haben wollte, was noch nach ihm roch. In der Nacht fühlte sie sich immer schrecklich allein. Hatte Angst. Da half es, wenn sie etwas von ihm berühren konnte. Sobald sie sich unter der Decke aufgewärmt hatte, konnte sie die Augen schließen und sich vorstellen, dass er bei ihr war.

Sie wusste nicht genau, was sie aus dem Schlaf gerissen hatte, doch dann hörte sie es erneut. Fernes Donnergrollen.

Ein Zeichen, dass die Schlacht bereits begonnen hatte?

Ein weiterer Donner folgte. Lang anhaltend, tief und fern. Waren das Thunors Worte? War dies die Erfüllung des Omens?

War Beobrand noch am Leben?

Da ertönte ein leises Kichern in der Dunkelheit des Schuppens. Mitten in der Nacht klang das Geräusch unheimlich. Sunniva zitterte.

Sie wollte nicht hier in der Düsternis sein. Allein, doch von anderen umgeben, die alle dieselbe Angst wie sie empfanden, deren Ehemänner, Väter und Brüder Teil der Kämpferschar waren.

Sie stand auf, schob das Tuch zur Seite und stieg behutsam über die Schlafenden hinweg.

Die Kälte war ein Schock für sie. Der Wind zerrte an ihr und ihrem dünnen Umhang. Die Luft duftete nach Regen, und der Boden unter ihren nackten Füßen war feucht.

Sie schauderte. Sie hätte sich etwas überziehen sollen. So würde sie es in dieser Kälte nicht lange aushalten.

Einer der Nachtwächter bemerkte sie, als sie auf die südliche Palisade kletterte. Sein Name war Anhaga, und sie hatte schon oft bemerkt, dass er sie beobachtete, wenn sie ihren Pflichten nachging. Er war jung und begegnete ihr mit Höflichkeit, nicht so wie dieser alte Bock Athelstan oder etliche der anderen Krieger. Trotz seiner Jugend hatte er sich nicht der Kriegerschar angeschlossen, denn eins seiner Beine war zerschmettert und sein rechter Fuß verkrüppelt, sodass er nur langsam und mit deutlich sichtbarem Hinken gehen konnte. Er würde niemals mit Kriegern in eine Schlacht ziehen. Würde niemals im Schildwall stehen. Sie wusste nicht, was die Ursache für seine Entstellung war, eine Krankheit in der Kindheit vielleicht oder ein Unfall. Aber gleichgültig, was es war, sie hatte Mitleid mit ihm. Da er unfähig war zu kämpfen, fühlte er sich bestimmt nicht als richtiger Mann.

Ihr war klar, dass sie vorsichtig sein musste, denn schließlich konnten jetzt weder ihr Vater noch Beobrand sie beschützen. Aber schon vor vielen Tagen hatte sie beschlossen, dass Anhaga keine Bedrohung für sie darstellte.

Jetzt jedoch, in dieser stürmischen Nacht, während Thunors Zorn den Himmel im Süden mit Blitzen erhellte, kam sie sich in seiner Anwesenheit verwundbar vor. Erneut verfluchte sie ihre eigene Dummheit. Sie hätte sich vor dem Verlassen des Schuppens wirklich etwas anziehen sollen. Überdeutlich nahm sie ihre nackten Füße wahr.

Anhaga hinkte näher und bot ihr seine Hand. Sein Blick huschte zu ihren blassen Knöcheln hinab. Das Licht aus der Feuerschale auf der Palisade flackerte in seinen Augen.

Sie ignorierte seine Hand.

»Kannst du nicht schlafen?«, erkundigte er sich.

»Der Donner hat mich geweckt.« Sie schlang ihren Umhang noch fester um ihren Körper, zum Schutz vor der Kälte und damit der Wind ihn nicht öffnen konnte. Sie wollte Anhagas gierigen Blicken kein Futter geben.

»Die Nacht ist kalt«, sagte er. »Geh ein wenig dichter ans Feuer. Da lässt es sich aushalten.«

Sie rührte sich nicht vom Fleck. »Was meinst du«, fragte sie dann, »ist der Kampf gegen die Waliser schon zu Ende?«

Er zuckte mit den Schultern. »Das wissen nur die Götter. Wir haben noch nichts gehört.« Er starrte in die Dunkelheit. Blitze zuckten. Für einen Moment leuchtete sein bleiches Antlitz auf.

Sunniva folgte seinen Blicken. War Beobrand ihr womöglich bereits genommen worden? Lachten die Götter sie aus? Jubilierten sie? Waren die Blitze am Himmel nichts anderes als die Seelen der feiernden Männer in Wodens Totensaal? Oder waren es Engel des Christusgottes? »Vielleicht sind die Götter erzürnt«, sagte sie.

»Vielleicht«, erwiderte Anhaga, doch seine Stimme klang, als wäre er mit den Gedanken woanders.

Sunniva wandte sich ihm zu. Sein Blick wanderte an ihrem Körper entlang. Verweilte auf ihren Beinen. Auf ihren Kurven, die sich unter dem Umhang abzeichneten. Ihre Blicke begegneten sich.

Hastig wandte Anhaga sich ab.

Sunniva wurde von einer Woge der Einsamkeit erfasst. Beobrand hatte geschworen, zu ihr zurückzukehren. Er würde sein Wort nicht brechen. Das würde er nicht tun.

Aber was, wenn das Schicksal einen anderen Weg für ihn vorgesehen hatte?

Ein paar Regentropfen landeten zischend in der Feuerschale. Als Sunniva den Blick hob, spürte sie den Regen auch auf ihrem Gesicht. Wie Tränen.

Einen Moment blieb sie noch so stehen, sah in den Himmel, sodass die Tropfen ihr über die Wangen rannen, dann wandte sie sich abrupt ab. Sie würde nicht hier stehen und Angst vor einer Zukunft haben, die sie nicht kannte. Beobrand würde zu ihr zurückkehren. Das würde er.

»Ich gehe lieber wieder in den Schuppen, ins Trockene«, sagte sie. Selbst in ihren Ohren klang ihre Stimme hart und verletzend.

Anhaga verkrampfte sich. »Aye, das ist wohl das Beste«, erwiderte er. »Gib gut acht auf der Leiter.« Er wandte ihr den Rücken zu und bot ihr nicht noch einmal seine Hand als Stütze an.

Seine Reaktion löste in Sunniva Erleichterung, aber auch Enttäuschung aus.

Mit schnellen Schritten kehrte sie zu ihrem Nachtlager zurück, zog ihren nassen Umhang aus und wickelte sich in sämtliche ihrer anderen Kleidungsstücke. Es dauerte lange, bis ihr warm wurde.

Während sie Beobrands Kittel umklammerte und seinen Geruch einatmete, betete sie zu allen Göttern, die ihr zuhören wollten, um seine sichere Rückkehr.

* * *

Scand biss vor Schmerzen die Zähne zusammen. Sein Rücken pochte, und aus dem Kribbeln in seinem rechten Bein war ein übles Stechen im Knie geworden. Jeder Schritt war die reinste Folter.

Die Kriegerschar stürmte Hals über Kopf auf das Lager der Waliser zu. Ihrer Beute entgegen. Auch der Regen konnte sie nicht aufhalten. Die feuchten Lagerfeuer verbreiteten gerade so viel Licht, dass die Bernicier sich einigermaßen orientieren konnten.

Scand humpelte mit, so gut es eben ging. Er zog sein Schwert und bewunderte trotz der Schmerzen in seinem Rücken und seinem Bein die vollkommene Balance der Klinge. Das Schwert war ein Geschenk König Oswalds, eine Belohnung für seinen Treueeid. Er hatte damit die Waffe ersetzt, die im Verlauf der Schlacht bei Gefrin zerbrochen war. Es war ein wunderbares Schwert gewesen. Zahlreiche Männer waren ihm zum Opfer gefallen, und selbst im Moment seiner Zerstörung hatte es Scand noch wertvolle Dienste geleistet. Ein Splitter der zerborstenen

Klinge hatte Cadwallon getroffen und verwundet, sodass die Waliser den Rückzug hatten antreten müssen. Scand hoffte, dass sein neues Schwert ihm ebenso treu dienen würde.

Die vorderen Reihen hatten das Lager erreicht. Schreie und lautes Gebrüll erklangen. Das war die Gefolgschaft des Königs, seine vertrautesten Recken. Sie wüteten gleich einem Wolfsrudel im Schafstall, richteten Chaos und Vernichtung an.

Scand rutschte auf einem unebenen Stein aus und hätte um ein Haar das Gleichgewicht verloren. Kurz bevor er mit dem Knöchel umknickte, stemmte er sich unter Stöhnen wieder in die Senkrechte und taumelte weiter. Die besorgten Blicke der Männer, die neben ihm liefen, konnte er nicht sehen. Aber er konnte sie sich vorstellen. Sie würden sich Gedanken machen, weil ihr Kriegsherr nicht mehr der war, der er zu seinen besten Zeiten gewesen war. Bei allen Göttern, er teilte ihre Sorgen!

Dies waren seine Männer. Zuverlässig. Schlachtenerprobt. Er war stolz auf sie, und einst waren sie auch stolz auf ihn gewesen.

Er schwor sich, dass sie wieder Stolz empfinden würden. In dieser Nacht würde er ihnen zeigen, wem sie die Treue geschworen hatten.

Er war Scand, Sohn des Scaend. Mächtig in der Schlacht. Ein Gegner, der den Tod brachte. In ganz Albion und jenseits des Meeres, in Hibernia, wurden seine Heldentaten in Liedern besungen.

Er mochte ein alter Wolf sein, aber er besaß immer noch Zähne.

Mit großer Geste riss er sein Schwert in die Höhe und brüllte mit seiner kraftvollen Kriegerstimme: »Vorwärts, meine Kampfgefährten! Denkt an die Furt von Gefrin. Denkt an die Gesichter der Gefallenen. Sie waren unsere Brüder, und diese Männer hier sind ihre Mörder!« Mühelos übertönte er das Getöse. »Für Bernicia und Oswald!«, schrie er, stürzte sich mitten hinein ins Getümmel und nahm eines der Lagerfeuer zu seiner Linken ins Visier. Seine Männer folgten ihm unter lautem Jubel.

Zwar spürte er die Schmerzen in seinem Knie und seinem Rücken noch, schob sie jedoch beiseite. Jetzt war die Zeit des Schwertes gekommen, nicht die des Jammerns und Wehklagens, so als wäre er ein zahnloser Langbart.

Links und rechts von ihm formierten sich seine Männer zu einem beweglichen, spitz zulaufenden Schildwall mit ihm, Scand, an vorderster Position. Er grinste und wurde von einer unbändigen Freude durchströmt, weil sich die zahlreichen Übungen endlich auszahlten. Sie waren eine Einheit.

Um sie herum tobte das Chaos. Noch immer regnete es heftig. Schatten huschten umher, von den Feuern sichtbar gemacht. Ein Blitz erleuchtete die Szenerie. Männer stolperten aus den Unterständen in die Nacht. Manche waren bewaffnet, aber Rüstungen konnte Scand keine erkennen.

Eine kleine Gruppe hatte die Gefahr gespürt oder Scands heranrückenden Schildwall im grellen Licht des Blitzes bemerkt. Die Männer drehten sich um und versuchten, einen Abwehrriegel zu bilden.

Zu spät. Scand rammte sie mit voller Wucht, legte sein gesamtes Gewicht in den Stoß mit seinem Schildbuckel und wurde zudem von seinen Männern weitergetrieben. Einen Gegner zur Linken stieß er beiseite, während er zur Rechten sein Schwert sprechen ließ. Er merkte, wie die Klinge auf Widerstand traf. Dunkles Blut benetzte seinen Arm. Die Tropfen waren in dem kalten Regen unerwartet warm.

Sie stürmten weiter. Scand trampelte über die Männer hinweg, die dem Ansturm des Schildwalls nicht standgehalten hatten. Da packte eine Hand seinen Mantel, sodass er seine Schritte verlangsamen musste. Er zerrte an dem Stoff, versuchte, ihn aus dem Griff des Gefallenen zu befreien, doch dieser ließ nicht von ihm ab.

Weil Scand nicht genügend Platz hatte, sein Schwert herumzuschwingen, ohne den Gefährten zu seiner Rechten zu verletzen, schlug er dem Feind den schweren Bronzeknauf seiner Waffe auf die Fingerknöchel und zermalmte diese auf dem Amboss seines in Eisen gehüllten Oberschenkels. Einmal, zweimal, dreimal schlug er zu, bevor aus der zerschmetterten Hand sämtliche Kraft wich und sie zu Boden glitt.

Sie drangen weiter vor, doch der Schildwall hatte seinen Schwung verloren.

»Halt!«, brüllte Scand, und die Männer gehorchten ihm auf der Stelle. »Schildwall bilden. Drei Reihen tief!«

Seine Kampfgefährten stellten sich zu einer rechteckigen Formation auf, wie sie es in den endlosen Übungseinheiten während des heißen Sommers gelernt hatten. Die in der ersten Reihe richteten ihre Speere nach vorn. Scand stand genau in ihrer Mitte. Sein blutiges Schwert glänzte im fahlen Licht schwarz und tödlich.

Allmählich ließ der Regen nach. Noch einmal zuckte ein Blitz, wenn auch weiter entfernt, wie es schien. Für einen kurzen Moment erhellte er das Schlachtfeld. Scand sah, dass Oswalds Kriegerschar getrennt worden war. Der Gestank des Todes – nach Pisse, Blut und Scheiße – stieg aus zähem Schlamm auf. Die Erde war mit toten Leibern übersät, doch Cadwallon verfügte über mehr Männer als Oswald, und nun fingen sie an, sich zu wehren.

Der letzte aufzuckende Blitz hatte ihn sehen lassen, wo sich die Waliser um die Standarte ihres Anführers sammelten. Sie waren noch ein ganzes Stück entfernt, aber von so großer Zahl, dass Scand nicht darauf hoffen konnte, sie zu schlagen. Er musste sich unbedingt mit Oswald und der übrigen Kriegerschar zusammenschließen.

»Alle nach rechts! Und passt auf, dass die Waliser nicht hinterrücks über euch herfallen«, gab er den Befehl.

Der Schildwall änderte sofort seine Richtung, und die Männer marschierten schließlich, so hoffte Scand, Richtung Oswald.

Ihre Füße fanden kaum Halt auf dem matschigen Untergrund. Etliche Feuer waren ausgetreten, andere vom sturzbachartigen Regen gelöscht worden. Es war kaum etwas zu erkennen.

Als Scand über einen am Boden liegenden Speer stolperte, jagte ein stechender Schmerz durch sein Bein. Stöhnend richtete er seinen Schild und stapfte weiter.

Es regnete nun nicht mehr. Der Schlachtenlärm kam ihm mit einem Mal lauter vor. Anhand der Schreie und des Klirrens von Metall auf Metall konnte Scand ahnen, wo der Kampf am wildesten tobte, und korrigierte die Marschrichtung des Schildwalls ein wenig.

Die letzte Glut der Lagerfeuer spendete gerade so viel

Licht, dass er einen gefallenen Krieger vor ihm auf dem Boden erkennen konnte. Gut, dass er nicht über den Toten gestolpert war. Sein Knie hätte den Fall vermutlich nicht verkraftet. Schnell machte er einen großen Schritt über den Leichnam hinweg.

Sein Blick war jetzt starr auf das vor ihm liegende Ziel gerichtet. Nicht mehr lange, dann würden sie mitten im Kampfgeschehen sein.

Plötzlich spürte er einen durchdringenden Schmerz und stieß einen lauten Schrei aus. Als er den Blick nach unten wandte, sah er, dass der Krieger, über den er hinweggestiegen war, keineswegs tot war. Und dass er in der Hand ein langes Messer hielt, das er unter Scands Kettenhemd hindurch bis zum Heft in dessen Lenden gestoßen hatte.

Scand ließ sein Schwert auf den Schädel des Mannes niederfahren und spaltete ihn in zwei Teile. Ein feuchtes Schmatzen ertönte, dann sank die Hand des Angreifers kraftlos in den Schlamm.

Scand zog die gegnerische Klinge aus seiner Mitte. Blut strömte aus der Wunde. Er stöhnte laut, hielt den Atem an und sank auf die Knie.

Seine Kämpfer bildeten einen Schutzwall um ihn. Ein bärtiger Krieger namens Derian warf sich neben seinem Herrn auf die Erde. Scand fiel auf den Rücken, und Derian bettete dessen Kopf in seinen Schoß, bevor er Scand den Helm abnahm.

»Derian?«, fragte Scand mit beängstigend schwacher Stimme.

»Ich bin hier, mein Herr. So wie immer.«

»Ja.« Scand packte Derians Hand.

Einen flüchtigen Augenblick lang wunderte sich Scand, wieso mit einem Mal alles so friedlich war. Der Lärm der Schlacht war verstummt. Die Schmerzen in seinem Rücken verschwunden. Dann wurde ihm die ganze Wahrheit klar. Der Hauch des Todes hatte ihn bereits erfasst. Er hoffte, dass er in der Nachwelt seiner wunderschönen Morna wiederbegegnen würde. In all den langen Jahren hatte er sie so schrecklich vermisst.

»Ich habe einen Fehler gemacht, mein Freund«, sagte Scand und drückte ein letztes Mal Derians Hand. »Ich habe euch immer ermahnt, auf die Messer zu achten, die sich durch den Schildwall bohren können. Dumm …« Seine Stimme versagte.

Derian wusste nicht, was er dem Mann, der immer für ihn gesorgt hatte, sagen sollte. Seinem Lehnsherrn, seinem Fürsten, dessen Händedruck stetig schwächer wurde.

Er konnte sehen, wie sich das schwache Licht des von Wolken verdeckten Mondes in Scands Blick spiegelte. Nach einer Weile wurde ihm bewusst, dass dessen Augen ihn regungslos anstarrten, und dann wusste er, dass Scand, Sohn des Scaend, ihn nach all den Jahren, all den Abenden in den Metsälen, all den Erzählungen, all den Gaben, all den Schildwällen und all den getöteten Feinden endgültig verlassen hatte.

* * *

Der Regen prasselte auf Beobrands eisernen Helm. Die Wangenklappen, die beide mit dem Emblem eines bronzenen Keilers geschmückt waren, schränkten seine Sicht ein, doch das spielte in der Dunkelheit keine Rolle.

Die Nacht und der Regen machten ihn praktisch blind und taub.

Er konnte die Masse der nachrückenden Krieger spüren. Sie hatten mit Oswald Schritt gehalten und waren bis zur Mitte des Lagers vorgedrungen, wo das größte Feuer noch immer brannte. Acennan hielt sich links von Beobrand, Athelstan rechts von ihm. Und neben Athelstan marschierte der König.

Es wäre Beobrand lieber gewesen, seinen Freund an seiner rechten Seite zu haben. Die Vorstellung, im Schildwall auf Athelstans Schutz angewiesen zu sein, bereitete ihm Unbehagen.

Da schleuderte ein greller Blitz sein Licht auf ein paar entgegenkommende Gestalten. Sie wirkten verblüfft, überrascht von dem plötzlichen Angriff. Beobrand prägte sich die Position des einen Mannes genau ein und stürmte los. Sekunden später kollidierte sein Schild mit dem Angreifer. Blindlings schwang der Kerl seine Streitaxt, deren Klinge Beobrands Helm streifte. Das Klirren ging im Donnern von Thunors Zorn unter.

Benommen verlor Beobrand das Gleichgewicht und stürzte. Sein Schildbuckel traf den Angreifer an der Brust, dann landeten beide im Schlamm. Die Lederriemen seines Schildes behinderten Beobrand, und das Gewicht der Rüstung und der nassen Kleider erschwerte ihm das Aufstehen. Er spürte, wie der Mann unter ihm sich im Morast hin und her wand.

Beobrand rollte sich nach links, vom Schild in den Schlamm. Sobald er neben dem Feind lag, hob er den Schild und ließ ihn mit voller Wucht auf den anderen hinabsausen.

Doch der Schildbuckel traf auf Widerstand, und Beobrand durchzuckte ein Schmerz, als seine verschorften Wunden an den Fingerstümpfen aufplatzten.

Erneut hob er den Schild – jetzt froh, dass die Riemen ihm gestatteten, die volle Kraft seines Armes einzusetzen – und rammte ihn nach unten. Knochen brachen unter dem eisernen Schildbuckel, den er immer und immer wieder auf seinen Gegner krachen ließ.

Waren es die Schreie des Walisers oder seine eigenen, die inmitten des Regens an sein Ohr drangen?

Wenigstens rührte der Kerl sich jetzt nicht mehr. Beobrand setzte sich auf und sah beim nächsten Blitz Acennan vor sich stehen, der ihm grinsend die Hand entgegenstreckte.

Beobrand ergriff sie, und Acennan zog ihn auf die Füße.

»Nach der Schlacht ist noch genug Zeit zum Ausruhen!«, rief Acennan ihm mit einem Lachen in der Stimme zu.

»Wir müssen zu Oswald! Wo ist er?«

»Mir nach! Und sieh zu, dass du mithalten kannst«, gab Acennan zurück und stürmte in die Nacht davon.

Beobrand folgte ihm. Auf diesem Schlachtfeld, das wie keines war, das er je gesehen hatte, wollte er auf keinen Fall verloren gehen. Jede Schlacht war ein wirres Durcheinander aus Geräuschen und Gerüchen. Die Angst vor dem Tod schwächte manche Männer, während sie anderen zusätzliche Kraft verlieh. Doch in dieser regennassen Finsternis war es nicht einfach, Freund und Feind auseinanderzuhalten. Die Attacke konnte von jeder Seite erfolgen, und es war unmöglich, den Ausgang des Kampfes vorherzusagen. Würden sie mit ihrem Überraschungsangriff Erfolg haben und

Cadwallons Streitmacht zerschlagen? Oder sammelten sich die Waliser schon und machten sich bereit, die bernicische Kriegerschar zu vertreiben?

Nur eines war Beobrand vollkommen klar: Falls sie alle im kreischenden Mahlstrom dieser stürmischen Nacht ihr Leben lassen mussten, trug er allein die Schuld dafür.

Während er weiterrannte, konnte er kaum Acennans massige Gestalt unmittelbar vor sich erkennen. Er stolperte über Tote. Ein Blitz brannte Bilder in sein Gedächtnis ein, wo sie wie albtraumhafte Schnitzereien an einem Königsthron verharrten.

Die dampfenden Eingeweide eines auf den Knien liegenden, verblüfft dreinblickenden jungen Mannes auf dem schlammigen Boden. Ein eingeschlagener Schädel mit weit aufgerissenen, leblosen Augen, in denen sich Wundsekret sammelte.

Sunniva hatte recht damit gehabt, dass das Omen ihr Angst gemacht hatte. Der nächtliche Überfall war Wahnsinn. Ein Wahnsinn, den Beobrand Oswald vorgeschlagen hatte. Was hatte ihn nur geritten? War es seine Bestimmung, hier zu sterben und den Untergang Bernicias heraufzubeschwören?

Als Acennan stehen blieb, wirkte die Umgebung etwas heller, und Beobrand konnte Oswalds Helm erkennen. Daneben Oswiu, den Bruder des Königs, und den hünenhaften Athelstan in der Mitte eines Schildwalls. Alle hatten sie ihm und Acennan den Rücken zugekehrt. Der Schein stammte von einem riesigen Feuer. Es rauchte und dampfte zwar im Regen, warf jedoch sein zuckendes Licht auf die Angreifer und die walisischen Verteidiger.

Diejenigen unter Cadwallons Kriegern, die nicht in die Nacht geflüchtet oder der ersten Angriffswelle der Bernicier zum Opfer gefallen waren, waren nunmehr dabei, sich in Reihen zu formieren. Es schien, als hätte Oswalds Streitmacht ihren Vorteil nicht entscheidend nutzen können.

»Wo sind Scand und die anderen?«, erkundigte sich Beobrand.

»Ich kann sie nicht sehen«, erwiderte Acennan. »Sie müssen von den anderen getrennt worden sein, und in diesem Chaos finden wir sie niemals wieder. Nicht vor Tagesanbruch. Aber Scands Chancen, uns hier zu entdecken, sind nicht so schlecht.«

»Also gut, dann reihen wir uns in den Schildwall ein.«

Nachdem sie sich dicht an die Krieger herangeschoben hatten, rief Beobrand: »Für Oswald und Bernicia!«

Etliche Männer drehten sich um. Ihre Mienen waren finster und voller Furcht.

»Freunde! Wir sind Freunde«, sagte Beobrand mit fester Stimme.

Die Männer musterten sie von Kopf bis Fuß, bevor sie Platz machten, um Acennan und Beobrand in ihren Reihen aufzunehmen.

»Wir können jeden Freund gebrauchen«, sagte der Mann rechts von Beobrand. »Wer immer den König zu diesem nächtlichen Vorstoß überredet hat, man müsste ihm den Hals umdrehen.«

Beobrand schluckte. Seine Kehle war ausgedörrt. »Aber er hat doch selbst von einem heiligen Mann geträumt, dessen Rat es war, oder nicht?«

»Heiliger Traum hin oder her, diese verdammten Waliser

sind uns an Zahl immer noch weit überlegen, und wir können kaum etwas erkennen.« Der Mann spuckte aus. »Ich glaube, es gefällt den Göttern, Menschen beim Sterben zuzusehen. Das hier ist nur eine neue Art und Weise. In der Dunkelheit der Nacht und bei Regen.«

Beobrand knurrte leise. Er wollte nicht länger darüber reden, da er fürchtete, dass der Mann recht hatte. Vielleicht war er bei alldem nur das Werkzeug der Götter gewesen.

Die Waliser hatten inzwischen als dichte Front Aufstellung genommen. Sie begannen, mit ihren Waffen auf ihre Schilde zu klopfen, und stimmten Schlachtrufe an. Beobrands Nackenhaare stellten sich auf. Das Selbstvertrauen der Gegner, obwohl sie mitten in der Nacht in ihrem eigenen Lager von feindlichen Angreifern aus dem Schlaf gerissen worden waren, beunruhigte ihn. Regen prasselte auf sie nieder, am Himmel tobten Blitz und Donner. Es herrschte große Verwirrung, und viele von ihnen waren in der Dunkelheit niedergemetzelt worden. Trotzdem hatten sie sich um ihren Anführer geschart und hielten sich noch immer für unverwundbar.

In der Mitte der walisischen Kriegerfront thronte Cadwallons Standarte, die Beobrand bereits in Elmet und Gefrin gesehen hatte. Totenschädel und Skalps waren an ihr befestigt. Das neueste Totem war der Kopf des ehemaligen Königs von Bernicia, Eanfrith. Das schwache Licht des Feuers reichte nicht aus, um die Details der Standarte ausmachen zu können, sodass sie nur als dunkle Umrisse zu erkennen war, trotzdem konnte Beobrand einen Schauder nicht unterdrücken.

Ob Acennan seine aufsteigende Panik spürte? Jedenfalls

sagte er: »Fürchte dich nicht, Beobrand. Hier ist es etwas heller, und was wir sehen können, das können wir auch töten.«

Nur einen Speerwurf voneinander entfernt, so standen sich die beiden Schildwälle eine Zeit lang gegenüber, nur durch Gestrüpp voneinander getrennt. Die Waliser skandierten ununterbrochen ihren Schlachtruf. Beobrand konnte ihn zwar nicht verstehen, aber er hörte sich unheimlich an. Der Rauch der Feuer hatte sich als Dunstschleier über die gegnerischen Krieger gelegt. Ihm war klar, dass auch sie nur Menschen waren. Fleisch und Knochen wie er. Doch sein Geist schlug Alarm und verlangte in Panik, dass er dieser Heerschar aus nächtlichen Kreaturen so schnell wie nur möglich den Rücken kehrte.

Einer der heiligen Männer, die Oswald begleiteten, begann, laute Beschwörungen auszustoßen. Beobrand hatte seine Sprache schon öfter gehört – auch Coenrad und andere Christusnachfolger benutzten sie bei ihren Ritualen. Die Stimme des heiligen Mannes war schwach und ging schon bald in den enthusiastischen Schlachtrufen der Waliser unter. Beobrand konnte spüren, wie die Kraft der Bernicier nachließ. Die Stärke einer Kriegerschar ist von zerbrechlicher Natur. Sie wurzelt zwar in jedem einzelnen Mann, muss aber durch ein gemeinsames Ziel zusammengehalten werden, und die Worte des Christuspredigers hatten für die meisten keinerlei Bedeutung. Vielleicht entfachte sein Zauber eine Kraft, die ihnen helfen würde, aber die Männer brauchten mehr. Sie mussten daran erinnert werden, weshalb sie überhaupt in diesen Kampf gezogen waren. Und für wen.

Beobrand fing an zu brüllen: »Oswald! Oswald!«

Acennan fiel mit ein, dann folgten weitere, und der Schlachtruf breitete sich in Windeseile unter allen Männern – Angeln, Hiberniern, Pikten – aus. Jetzt übertönten sie mit ihrem eigenen Schlachtruf die Gebete des heiligen Mannes. Der Name des bernicischen Königs schallte über die Ebene und ließ die Waliser innehalten. »Oswald! Oswald! Oswald!«

Immer stärker schwoll der Ruf an, dann zerriss ein Blitz die Wolken und tauchte die Szenerie in grellweißes Licht.

Thunors Hammer ließ einen dröhnend lauten Donnerschlag folgen, den beide Schildwälle als Signal zum Angriff zu deuten schienen. Gleichzeitig stürmten sie los. Der Knall, als Schild auf Schild prallte, war ebenso ohrenbetäubend wie zuvor der Donner.

Kapitel 5

Die Nacht war kalt, und Coenrad zog sich den Talar aus rauer Wolle enger um die Schultern. Im Süden flammte der nächste Blitz auf. Über dem Großen Wall tobte ein Sturm. Der Wind wurde stärker und zerrte am Saum seines Gewands. Grollender Donner rollte über das Land, und der Geruch von Regen lag in der Luft.

Im Lager hinter ihm herrschte Unruhe. Er war nicht der Einzige, der keinen Schlaf fand. Ein Kind schrie. Eine Frau versuchte, es zum Schweigen zu bringen.

Im Schlaf war er von Schatten heimgesucht worden, von den Geistern seiner verstorbenen Liebsten.

Er hatte Tata gesehen, wie sie zu Lebzeiten gewesen war. Fröhlich, jederzeit zu einem Schabernack bereit, glücklich. Laut kichernd hatte sie ihn über die Schulter angeblickt, während sie davongehüpft und dann durch eine dunkle Tür in einem Gebäude verschwunden war.

Im Traum hatte Coenrad seiner Schwester unbedingt folgen wollen, obwohl ihm gleichzeitig klar gewesen war, dass er das, was sich dort im Inneren abspielen würde, auf keinen Fall sehen wollte. Verblüfft hatte er erkannt, dass es sich bei dem Gebäude um die Kapelle von Engelmynster handelte. Er ging weiter, unfähig, seinem Drang etwas entgegenzusetzen. Düster und unheilvoll lag die Türöffnung vor ihm. Er wollte nicht eintreten, doch seine Beine trugen ihn weiter.

»Ich will das nicht sehen«, schluchzte er. »Zwing mich nicht hinzusehen.« Aber niemand antwortete ihm, und sein Körper verweigerte ihm weiterhin den Gehorsam.

Zitternd betrat er den kühlen, dunklen Raum. Zunächst konnte er nichts erkennen, doch dann wurde die Szenerie, begleitet von einem lauten Knall, in grelles Licht getaucht.

Tata war nackt. Alle viere von sich gestreckt lag sie auf dem Altar am hinteren Ende der kleinen Kapelle. Das feste, junge Fleisch ihrer Schenkel schimmerte weiß, und in einer Hand hielt sie einen Gegenstand, den sie sich immer wieder mit Wucht zwischen die Beine stieß. Bei jedem Stoß hob sie die Hüften und keuchte – ob vor Vergnügen oder vor Schmerz, konnte Coenrad nicht sagen.

Immer härter stieß sie zu, immer wilder. Sie röchelte wie ein Tier. Blut spritzte auf ihre Beine und lief in Rinnsalen aus ihrem Schoß über ihre milchigen Schenkel und er war unfähig, seinen Blick von dem Gegenstand in ihrer Hand zu nehmen. Als er erkannte, was es war, wurde er von übermächtigem Ekel geschüttelt. Es war ein goldenes Kreuz. Ein juwelenbesetztes Abbild des Kreuzes, an dem der Christus sein Leben gelassen hatte.

Die ganze Szene war so durch und durch falsch, dass das Entsetzen Coenrad wie ein Faustschlag traf.

Als Tata sich umwandte und ihn anlächelte, hatte er aufgeschrien.

Und jetzt konnte er die Bilder dieses Traums nicht mehr abschütteln. Seit ihrer Ermordung hatte er schon öfter von Tata geträumt, aber noch nie so. Ihn schauderte.

Abt Fearghas sagte immer, dass Träume mit Frauen vom Teufel geschickt wurden. Gedanken der Lust, pflegte er zu sagen, waren eine Versuchung für junge Mönche. Coenrad war schon öfter erregt erwacht, nachdem er von Frauen geträumt hatte. Jedes Mal hatte er sich anschließend leer und verloren gefühlt. Schmutzig. Verdorben.

Aber dieser Traum von Tata war weit schlimmer. Er war keine Versuchung für einen jungen Mann wie ihn, sondern durch und durch böse. Düster. Unheilvoll. Grauenhaft.

Erneut zuckte ein Blitz über den Himmel, gefolgt von grollendem Donner. Womöglich kam der Teufel auf dem Sturm dahergeritten.

Und mitten in diesem Sturm war auch Beobrand. Hatte die Schlacht gegen die Waliser bereits begonnen? War Beobrand noch am Leben oder bereits gefallen, niedergestochen von einem Krieger, der fest überzeugt war, das Richtige zu tun? Genau wie Beobrand überzeugt war, das Richtige zu tun.

Sein Freund war ein Mann von Ehre, das wusste Coenrad. Doch die Leichtigkeit, mit der er andere Menschen tötete, erfüllte ihn mit Abscheu. Ihr Wiedersehen hatte das Gefühl der Einsamkeit zu neuem Leben erweckt, das er schon überwunden geglaubt hatte. Die Schrecken der vergangenen Wochen beherrschten noch immer seine Gedanken. Es schien, als wäre ihm der Tod ununterbrochen auf den Fersen. So viele Menschen, die er gekannt und geliebt hatte, waren gestorben. Er sehnte sich nach der Freundschaft zu Beobrand, die er im vergangenen Winter eine Zeit lang genossen hatte. Damals hatte Beobrand sich von seinen Verletzungen erholt, und sie hatten oft und viel beisammengesessen und sich über alles Mögliche unterhalten – über Gott, Leben und Tod, Familie. Es waren schöne Tage gewesen, doch je weiter Beobrands Genesung fortgeschritten war, desto mehr hatte er sich wieder dem Krieg zugewandt. Der Rache. Dem Töten.

Ob sie diese innige Vertrautheit jemals wieder erfahren würden? Es schien, als würde der Tod Beobrand überallhin folgen, wohin auch immer er ging.

Der Wind nahm weiter zu, und dann fiel der Regen in Sturzbächen vom Himmel. Das Prasseln weckte noch mehr Schläfer auf. Ihre Schreie und Rufe waren leicht mit dem Gebrüll von Sterbenden in einem Schildwall zu verwechseln. Oder derer, die sie in Engelmynster zurückgelassen hatten.

Coenrad zog den Talar noch enger um die Schultern und beeilte sich, unter einem Dach Schutz zu suchen.

* * *

Es regnete nun nicht mehr, und am östlichen Horizont zeigten sich bereits die ersten Lichtstreifen, doch die Schlacht war immer noch nicht zu Ende.

Das nächtliche Scharmützel hatte Cadwallons Hoffnungen auf eine Besetzung des Landes nicht zerstört, denn nachdem die Bernicier eine erste Schneise in das Lager geschlagen hatten, hatte sich Cadwallons schlachtenerprobtes und gut organisiertes Heer zu einer wehrhaften Verteidigungslinie geformt.

Die Entschlossenheit der Waliser schien unter dem Überraschungsangriff nicht entscheidend gelitten zu haben, was man von ihrer Anzahl jedoch nicht behaupten konnte.

Oswalds verzweifelte Attacke hatte viele Männer das Leben gekostet, sodass sich nun zwei gleich starke Heere gegenüberstanden. Die Kämpfe tobten bereits länger, als alle es zu Beginn dieser höllischen Nacht für möglich gehalten hatten.

Beobrands Schwertarm schmerzte. Jeder Hieb bereitete ihm Mühe. Sein Schild hing an seiner linken Seite herab. Er überließ die Last des Lindenholzes den Lederriemen und hob den Schild nur, wenn es notwendig war. Eine gefährliche Taktik, aber er war zu erschöpft, um sich darüber Gedanken zu machen. Wie viele Männer hatte er getötet? Er hatte den Überblick verloren.

Der Mann, mit dem er vor der Schlacht noch gesprochen hatte, war schon kurz nach dem ersten Zusammenprall der Schildwälle gefallen. Eine Speerspitze war unterhalb des Schlüsselbeins in seinen Oberkörper eingedrungen. Er hatte laut aufgeschrien, und danach hatte Beobrand ihn nicht mehr gesehen.

Beobrand hatte den tödlichen Speer mit seinem Schwert gespalten und dessen Klinge an dem Eschenschaft entlang bis zu den Fingern seines Besitzers geführt, eines in der Dunkelheit lauernden Walisers mit verrücktem Blick. Hrunting war scharf und hatte den Großteil der Hand des Mannes mit einem Hieb abgetrennt. Dieser hatte laut aufgeschrien und den Speer losgelassen. Anschließend hatte er versucht, sich mit seinem kleinen runden Schild zu schützen, doch Beobrand hatte einen Stoß in sein Gesicht angetäuscht und ihm anschließend den Bauch aufgeschlitzt. Der Waliser hatte keine Rüstung getragen, sodass Hrunting so mühelos durch ihn hindurchgefahren war, als bestünde er aus Rauch.

Nach diesem ersten Aufeinanderprallen, bei dem die Schwächsten und Glücklosesten gestorben waren, wurde der Kampf mit jeder Minute blutiger. Acennan rückte an Beobrands rechte Seite, und wie schon bei der Schlacht von Gefrin, als sie das erste Mal nebeneinander im Schildwall gestanden hatten, waren sie ein phänomenales Paar. Sie hieben, parierten, blockten, rückten vor und wichen zurück, als besäßen sie ein und denselben Geist. Es war verblüffend mitanzusehen. Diejenigen aus den Reihen der Bernicier, denen es gelang, einen Schritt zurückzutreten und Atem zu holen, sahen bewundernd zu, wie der groß gewachsene Krieger aus Cantware und sein untersetzter Gefährte sich in das tödliche Gefecht stürzten und alles niedermetzelten, was sich ihnen in den Weg stellte.

Die Zuschauer aus den Reihen der Waliser hingegen sahen zwei mächtige Krieger, die allem Anschein nach direkt einer Legende entsprungen waren, um ihren Platz auf dem Schlachtfeld einzunehmen. Ihre Klingen schimmerten im Feuerschein. Ihre Kettenhemden, Schildbuckel und Helme blitzten.

Überall entlang der langen Reihe der Kämpfer wurde mit aller Macht um den Sieg gerungen, wurde gestoßen, geschlagen und gehackt, ob mit Schild, Axt, Schwert oder Sachsmesser. Doch diese beiden schienen sich auf einer höheren Stufe des Zweikampfs zu bewegen. Nur Teil des Schildwalls zu sein genügte ihnen nicht. Ihre Musik war der Klang ihrer Schwerter, die ihre Melodie spielten. Sich ihnen zu nähern war gleichbedeutend mit dem Tod. Andererseits hätte ein Zurückweichen bedeutet, als Feigling gebrandmarkt zu werden.

Also rückten sie ununterbrochen nach. Und traten dabei in ein schlüpfriges Gemisch aus Schlamm und Gedärmen.

Um sie herum Schreie, Wimmern, Flüche.

Sterbende Männer finden meist keine Worte. Sie zittern und kotzen. Besudeln sich mit ihrer eigenen Angstscheiße im Angesicht ihres bevorstehenden Endes. Greifen nach jedem Strohhalm, der ihnen einen weiteren Augenblick des Lebens auf diesem fragilen Planeten, den wir Erde nennen, verspricht. Und schlagen nach allem und jedem, der sich in ihre Nähe wagt.

Der Tod gleicht einer einsamen Reise, und jeder gefallene Krieger wird, wann immer es möglich ist, versuchen, einen Begleiter mitzunehmen.

Das war der Grund, weshalb Beobrand und Acennan all jene, die sich ihnen in den Weg stellten, mit derselben Präzision töteten, wie der Landmann bei der Gerstenernte die Sense schwingt. Und wenn ihre Gegner nicht sofort starben, dann schickten sie sie mit einem kraftvollen Stoß des Schwertes oder einem krachenden Hieb der Schildkante auf ihre letzte Reise.

So ging es immer weiter, bis sich schließlich alle verausgabt hatten. Bis sie keuchend und außer Atem keinen anderen Wunsch mehr hatten, als den, niemals hierhergekommen zu sein. In den Metsälen würde die Schlacht als ein ruhmreiches Erlebnis beschrieben werden, Barden würden aus den Schilderungen ihr dichterisches Gold spinnen. Doch in dieser Nacht war von Ruhm und Ehre weit und breit nichts zu sehen. Stattdessen gab es nur Tod, Angst und vor allem Erschöpfung.

* * *

Schlachten enden nur selten mit der vollständigen Auslöschung der unterlegenen Seite. Die Gründe, die ein Ende der Kämpfe herbeiführen können, sind vielfältig. Manchmal ist es der Tod des Anführers – ohne Kopf kann die Schlange nicht mehr kämpfen. Manchmal die reine Erschöpfung, wenn die Männer nicht mehr anders können, als ihre Waffen fallen zu lassen. Wenn sie das herannahende Ende erkennen, aber nicht mehr die Kraft finden, sich gegen die Niederlage aufzulehnen.

Manchmal kommt es mitten im Getümmel zu einer stummen Übereinkunft zwischen den Männern. Dann flieht erst einer, dann noch einer und kurz darauf die ganze Kämpferschar, sodass es scheint, als wäre ein Damm gebrochen. Oftmals ist deren Reaktion nur schwer zu begreifen, da zuvor auf Seiten der Fliehenden keine Schwäche zu erkennen war.

Im fahlen Licht der Dämmerung, nach einer langen, blutigen Todesnacht, war es die Freilassung der Pferde, die das erste Loch in die Mauer des walisischen Widerstandes riss.

Nachdem sein Herr seiner Verwundung erlegen war, hatte Derian Scands Kampfgefährten zum großen Feuer geführt, wo die Schlacht am wildesten tobte. Dabei hatte einer seiner Männer Pferdewiehern vernommen. Derian wusste, dass die Waliser bevorzugt zu Pferd auf Beutezug gingen, und fürchtete, dass Cadwallon die Tiere zur Flucht benutzen würde, sollte die Schlacht einen für ihn ungünstigen Verlauf nehmen. Also beschloss er, die Pferde davonzujagen.

Die Tiere standen südlich des Lagers auf einer Koppel, und Derians Truppe konnte sich ohne Widerstand an leeren

Unterständen vorbei und über tote Krieger hinweg einen Weg zu ihnen bahnen. Je weiter sie gingen, desto weniger Tote sahen sie, denn bis hierhin war Oswalds Schildwall noch nicht vorgedrungen. Dabei machte jeder von ihnen einen großen Bogen um die wenigen Leichname – niemand wollte denselben Fehler begehen wie Scand.

Die Waliser hatten die Pferde eingezäunt, die der Sturm und der Schlachtenlärm halb verrückt gemacht hatten. Sie drängten sich aneinander, eine brodelnde Masse aus muskulösen Körpern in Todesangst. Ihre weit aufgerissenen Augen leuchteten weiß, die Ohren lagen flach am lang gezogenen Schädel. Ihre Leiber glänzten und dampften in der Dunkelheit. Die wenigen Sklaven und Krieger, die als Wache abgestellt worden waren, versuchten vergeblich, die Tiere zu beruhigen. Schließlich blieb ihnen keine andere Wahl, als die Pferde mit Hilfe von Spießen und Speeren vom Zaun fernzuhalten, wodurch ihre Angst nur noch verstärkt wurde.

All das erkannte Derian im Licht der in der Nähe zuckenden Feuer. Die Pferde würden bald schon ausbrechen, das stand fest. Und er würde ihnen dabei behilflich sein.

»Für Scand!«, brüllte er, und die Krieger, gierig darauf, den Tod ihres Herrn zu rächen, stürmten los.

Was sich an der Pferdekoppel abspielte, war nicht als Kampf zu bezeichnen. Die Sklaven und Wachen waren innerhalb weniger Augenblicke tot.

Derians Zähne blitzten in der Dunkelheit. »Reißt die Umzäunung ein!«

Zwei der Männer schlugen mit ihren Schwertern auf die verschlungenen Weidenruten ein, zogen und zerrten daran, bis ein Stück des Zaunes einstürzte. Den Rest erledigten die wütenden Tiere mit ihren wirbelnden Hufen. Der Zaun gab nach, und die Pferde stürmten in die Freiheit, jagten als tödliche Wand der Angst in die Nacht.

Noch bevor Beobrand etwas sehen oder hören konnte, schienen die Waliser es zu ahnen. Der Schildwall erbebte, dann traten die Männer mehrere Schritte zurück. Manche sahen sich hastig um.

Die Bernicier waren froh, dass ihnen eine kurze Erholungspause vergönnt war, und rückten nicht weiter vor.

Jetzt hörte Beobrand ein Geräusch. Zunächst glaubte er, dass es von Thunors Streitwagen stammte, doch es regnete nicht mehr. Der Sturm war weitergezogen.

Die Waliser drehten sich schon um und nahmen die Beine in die Hand, da erblickte Beobrand endlich den Grund für den Lärm und die Flucht der Feinde. Eine Pferdeherde mit panisch aufgerissenen Augen galoppierte auf sie zu. Unter ihren Hufen wartete der sichere Tod auf jeden, der von ihnen getroffen wurde. Der walisische Schildwall zerstob in alle Richtungen wie Gerstenähren im Wind.

Die Schar der Bernicier sah, was geschah, hielt aber noch inne.

Die Männer beobachteten, wie Cadwallons grauenvolle Standarte sich zur Seite neigte und schließlich zu Boden fiel. Die Hände, die sie im Verlauf der langen Nacht im Angesicht von Schilden und Speeren tapfer festgehalten hatten, hatten von ihr abgelassen. Einer Woge von wütenden und verängstigten Pferden im Morgengrauen konnten und wollten sie sich nicht entgegenstellen.

Im letzten möglichen Augenblick änderten die Pferde wie auf ein geheimes Signal hin die Richtung und verschwanden im gräulich schimmernden ersten Licht des Tages Richtung Süden. Alle bis auf drei. Vielleicht hatten sie bereits jeden Verstand verloren oder das Signal nicht gehört, jedenfalls jagten sie weiter mitten durch die sich auflösende Formation der Waliser und direkt auf Oswald zu.

Eines der Tiere prallte mit einem gegnerischen Krieger zusammen, der sofort zu Boden ging. Sein roter Umhang hob sich kaum sichtbar von dem Schlamm und dem verbrannten Gras ab. Beobrand sah näher hin. Der Mann kam ihm bekannt vor. Genau diesen Helm und genau diesen dunkelroten Umhang hatte Cadwallon ap Cadfan, König von Gwynedd, getragen, als er ihn zum letzten Mal gesehen hatte. Das Pferd kam unsicher zum Stehen, als bedauerte es, seinen König umgerannt zu haben. Es scharrte mit einem Vorderhuf in der Erde und senkte den Kopf.

Beobrand, der sich eine kurze Ruhepause gegönnt hatte, um mit langen, keuchenden Atemzügen kühle Morgenluft in seine Lunge zu saugen, erfasste alles mit einem Blick. Noch bevor er einen klaren Gedanken gefasst hatte, rannte er auf die Freifläche, die sich jetzt zwischen den beiden Heeren auftat. Sie war von Toten übersät, doch er flog mit einer Geschmeidigkeit über jedes Hindernis hinweg, die die Schmerzen in seinen Gliedern Lügen strafte. Die beiden verbliebenen Pferde jagten immer noch auf Oswald und Oswiu zu. Die Zeit schien sich zu dehnen, alles verlangsamte sich unter Beobrands Blicken. Er sah Schlammbrocken durch die Luft fliegen, aufgewirbelt von den Hufen.

Eines der Pferde stolperte über einen im Schlamm liegenden Schild. Seine Fesseln knickten ein, und es stürzte wild um sich tretend mit einem lauten Angstschrei zu Boden.

Das andere Tier, ein kräftiger schwarzer Hengst mit seidig glänzendem Fell, galoppierte weiter. Bis Beobrand vor einem Jahr nach Bernicia gekommen war, hatte er sein ganzes bisheriges Leben lang mit Tieren zu tun gehabt. Auf ihrem Hof in Hithe hatte er immer wieder verängstigte Tiere beruhigen müssen. Einmal war eine Stute von einer Schlange gebissen worden, die sich in dichtem Farnkraut verborgen hatte. Sie hatte laut geschrien – wie ein abgestochener Säugling, hatte Onkel Selwyn gesagt –, und ihre Panik hatte sich auf die anderen Tiere übertragen. Als Herde waren sie auf die Männer zugestürmt, die auf der unteren Weide gerade dabei gewesen waren, die Eschen zu beschneiden. Beobrand konnte sich noch gut daran erinnern, wie Selwyn an jenem sonnigen Sommertag reagiert hatte, und tat an diesem trostlosen trüben Morgen genau dasselbe.

Mit dem Rücken zu ihm baute er sich schützend vor Oswald auf und breitete beide Arme aus wie der Christusgott am Kreuz. Zwar hatte weder Selwyn in Cantware noch der Christus einen Schild an seinem linken Arm und ein blutgetränktes Schwert in der rechten Hand gehabt, aber das spielte keine Rolle. Vor allem, weil beides dafür sorgen würde, das Pferd von seinem eingeschlagenen Weg abzubringen.

»Hooh! Hooh!«, schrie Beobrand.

Alle Blicke waren auf ihn gerichtet.

Einen Moment lang glaubte er, dass das Pferd nicht

anhalten würde. Die Augen in dem schwarzen Schädel glühten. Seine aufgeworfenen Lippen entblößten gefährlich lange Zähne. Seine Hufe trommelten.

Beobrand starrte dem Hengst direkt in die Augen und wich nicht zur Seite. Die Heerschar hielt den Atem an.

Erst wenige Meter vor Beobrand riss der Hengst den Schädel herum, stemmte die Hufe in die Erde und schlitterte auf ihn zu.

Als er zum Stillstand kam, berührte er Beobrand fast. Sein heißer Atem stieg in dichten Wolken in die kalte Morgenluft und umhüllte Beobrands Gesicht mit feuchter Wärme. Beobrand stieß lange seinen angehaltenen Atem aus, dann standen beide da und atmeten dieselbe Luft.

So langsam wie irgend möglich, ohne die zarte Verbindung abbrechen zu lassen, ließ Beobrand seinen Schild zu Boden gleiten. Dann schüttelte er den Arm, befreite ihn von den Lederriemen und kickte den Schild außer Reichweite. Der Hengst scheute.

»Ruhig, ganz ruhig, mein Junge.« Beobrand wagte nicht, den Blick abzuwenden. Mit seiner verletzten linken Hand streichelte er die längliche Schnauze des Tieres und versuchte gleichzeitig mit der rechten, Hrunting in die Scheide zu stecken. Schließlich wagte er einen hastigen Blick nach unten und ließ die Klinge behutsam in das Fellfutteral gleiten. Ein Teil seines Bewusstseins protestierte lautstark, weil das Blut das Futter ruinieren würde. Anschließend wandte er seine gesamte Aufmerksamkeit wieder dem Hengst zu. Auf keinen Fall wollte er jetzt die Kontrolle verlieren.

Mit beiden Händen streichelte er den Hals des zitternden Tieres, bevor er dessen dichte Mähne packte und sich in einer einzigen, fließenden Bewegung auf seinen Rücken schwang. Es war weder gesattelt, noch hatte es Zaumzeug angelegt. Und es war durch die Blitze, die Schlacht und den Gestank nach frischem Blut und Tod außer sich vor Entsetzen. Aber zugleich war es immer noch ein Schlachtross. Ein Pferd, das für die Schlacht gezüchtet und ausgebildet worden war. Es musste einem der Edelmänner in Cadwallons Streitmacht gehört haben. Oder sogar Cadwallon selbst.

Der Hengst schlug zweimal aus, bevor er urplötzlich zur Seite trippelte. Beobrand hielt sich mit der Kraft seiner Oberschenkel auf dem Rücken des Tieres und klammerte sich gleichzeitig an seiner rauen, fettigen Mähne fest. Als klar war, dass er sich nicht so leicht abwerfen lassen würde, fügte sich das Pferd, schüttelte seinen mächtigen Kopf und schnaubte laut.

Die Krieger, die alles mitangesehen hatten, brachen in gedämpften Jubel aus, doch dann schien ihnen klar zu werden, dass sie damit das Pferd erschrecken könnten, sodass es seinen neuen Reiter doch noch abwarf.

»Beobrand! Sieh doch!« Acennans Stimme drang durch den verstummenden Jubel.

Beobrands Blick folgte dem ausgestreckten Finger seines Freundes und sah, dass Cadwallon ebenfalls auf ein Pferd aufgesessen war – es war das Tier, das ihn zuvor umgerannt hatte. Jetzt drehte es sich zweimal im Kreis, als wollte es Cadwallon gestatten, die Vernichtung seiner Heerschar in aller Ausführlichkeit zu betrachten. Der rote Umhang des Königs bauschte sich, während die Waliser flohen. Die Pferdeherde verschwand im Süden aus ihrem Blickfeld, gefolgt von den Kriegern, die keinen Mut und keine Kraft mehr hatten, um weiterzukämpfen.

Cadwallon bekam das Tier unter Kontrolle, grub die Hacken in seine Flanken und galoppierte in südwestliche Richtung davon.

Beobrand blickte zu Oswald hinab. Das Antlitz des Königs war bleich und übersät mit Blut- und Schlammspritzern. Sein Helm hatte eine große Beule davongetragen. Ihre Blicke begegneten sich. Oswald nickte.

»Du hast wohl getan, Beobrand, Sohn des Grimgundi. Und jetzt bring mir Cadwallon! Ich will ihn hier und heute noch der Gerechtigkeit zuführen.«

»Euer Wunsch ist mir Befehl, mein König«, erwiderte Beobrand. Er riss sein Pferd herum und gab ihm die Hacken. Der Hengst galoppierte los.

Mit grimmiger Miene jagte Beobrand dem König von Gwynedd hinterher.

* * *

Es dauerte nicht lange, bis Beobrand erkannte, dass Cadwallon der bessere Reiter war. Stolz saß der walisische König auf seinem Pferd und passte sich mühelos dem Rhythmus des galoppierenden Tieres an.

Beobrand hingegen krallte sich in die schwarze Mähne seines Rappen, bis seine Hände sich verkrampften. Er war so erschöpft, dass er große Mühe hatte, den Flanken des Pferdes mit seinen Schenkeln den nötigen Druck zu geben, doch irgendwie gelang es ihm, sich auf dem Rücken zu halten.

Im Dunstschleier des frühen Morgens sah er, dass die

übrige Herde keinerlei Anstalten machte, ihre panische Flucht zu beenden.

Er war umgeben von walisischen Kriegern. Als die Pferde auf sie zugestürmt waren, hatten sie sich in alle Richtungen verteilt. Beobrand ritt an mehreren kleinen Grüppchen vorbei. Manchen war die Furcht ins Gesicht geschrieben. Anderen ihre Wut. Einer musste erkannt haben, was hier gerade geschah und wer er war, denn urplötzlich flog aus der Dunkelheit ein Speer auf ihn zu und bohrte sich wenige Schritte links von Beobrand in die Erde. Der Hengst schüttelte den Kopf, ließ sich jedoch nicht aus dem Tritt bringen. Er war ein Schlachtross und nicht leicht einzuschüchtern.

Obwohl er sich etwas unsicher im Sattel fühlte, begann Beobrand, die Kraft des Tieres zu genießen. Er konnte jeden einzelnen Hufschlag spüren. Der Atem des Rappen flog als Nebelfetzen an ihm vorüber. Das Tempo raubte ihm schier den Atem. Noch nie zuvor hatte Beobrand ein solches Pferd geritten. Es würde ihm nicht schwerfallen, sich von dem Gefühl der Macht einlullen zu lassen, in einen Zustand der Ruhe zu verfallen.

Die Nacht hatte ihn all seine Kraftreserven gekostet. Jetzt spürte er, wie die vertraute Erschöpfung nach überstandener Schlacht sich seiner bemächtigen wollte. Er schüttelte den Kopf. Noch nicht. Er hatte die Nacht hinter sich gebracht, aber noch war es nicht vorbei. Die Erholung musste warten.

Wie um die Richtigkeit des letzten Gedankens zu unterstreichen, stellten sich plötzlich etliche walisische Soldaten vor ihm zu einem Schildwall auf. Dahinter setzte Cadwallons Pferd gerade mühelos über einen kleinen Wasserlauf und galoppierte weiter durch das Heideland mit Ginstergestrüpp. Der rote Umhang des Königs flatterte wie ein Banner hinter ihm. Oder wie ein Abschiedsgruß. Er würde entkommen.

Der Schildwall bestand nur aus fünf Kriegern, doch Beobrand konnte keine direkte Konfrontation riskieren. Wenn sein Pferd sich dabei verletzte, war jede Hoffnung dahin, Cadwallon doch noch einzuholen.

Er ließ den Blick über die Umgebung schweifen.

Der Boden links von ihm war morastig. Zwischen Pfützen, in denen sich die ersten Strahlen der Morgensonne spiegelten, erkannte er Sumpfgrasbüschel. Der Hang auf der rechten Seite war mit ineinander verschlungenen Birken und Weißdornbüschen bewachsen.

Beobrand fluchte. Er hatte keine Wahl. Er riss das Pferd nach rechts und drückte ihm mit aller Kraft seine Hacken zwischen die Rippen.

»Los jetzt!«, brüllte er.

Der Hengst donnerte den Hügel hinauf den Bäumen entgegen. Die Waliser vor ihm stießen lautes Gebrüll aus, und ein weiterer Speer senkte sich Beobrand entgegen, bohrte sich jedoch deutlich vor ihm in die Erde.

Das kleine Wäldchen entpuppte sich als Dickicht mit zahlreichen niedrig hängenden Ästen. Beobrand trieb sein Pferd vorwärts, auch wenn er große Zweifel hatte, dass sie heil den Waldrand erreichen würden. Er konnte sich glücklich schätzen, wenn er nicht durch einen der Zweige oder die scharfen Dornen an ihnen das Augenlicht verlieren würde. Doch eine andere Möglichkeit gab es nicht. Die Vernunft riet ihm, abzusteigen und das Pferd durch das

Gestrüpp zu führen, doch die Gegner waren ihm zu dicht auf den Fersen. Kurz vor dem Waldrand stieß er dem Tier erneut die Hacken in die Seiten und schmiegte sich dann möglichst flach an den Hals des Hengstes, umschlang ihn mit beiden Armen und schloss die Augen.

Zweige kratzten über sein Gesicht und seine Hände. Das Pferd wieherte. Irgendetwas stieß mit lautem Getöse gegen Beobrands Helm. Ein Gefühl, als ob Finger an seinem Mantel zerrten.

Hausten hier womöglich Elfen? Waren da Stimmen im verfaulten Laub, die ihm flüsternd seinen Tod verkündeten? Er kniff die Augen noch fester zusammen, um sie vor dem Unterholz zu schützen, und trieb sein Pferd weiter an.

»Flieg! Flieg!«, schrie er.

Die Luft war feucht und kalt. Düster und unheilverkündend. Er schmeckte die aufsteigende Galle bitter in seiner Kehle. Das Böse war hier gegenwärtig – irgendein Waldgeist, der sich an die Nacht klammerte und von der Sonne noch nicht gebannt war. Das Pferd verlangsamte sein Tempo. Sein Atem ging in kurzen, abgehackten Stößen. Oder war das der heiße, stinkende Atem eines anderen Wesens? Das Tier schien wie er verängstigt. Beobrand konnte spüren, wie es unter ihm zitterte.

Er musste an die erloschene Binsenfackel denken. An Sunnivas Tränen. Seinen Eid. War nun seine Stunde gekommen? Würden seine Knochen verrotten und zu Wurzeln eines Geisterbaumes werden?

Nein. Er hatte geschworen, zu ihr zurückzukehren. Und zuvor musste er Cadwallon stellen. So viele hatten ihr Leben gelassen. Er sah sie vor seinem geistigen Auge –

Leowin, Alric, Eanfrith und viele andere mehr. Cadwallon musste Einhalt geboten werde, und kein schauriges Phantom würde Beobrand daran hindern können.

»Ganz ruhig, mein Junge, ganz ruhig«, flüsterte er dem Hengst ins Ohr. »Bring uns nur fort von diesem düsteren Ort.«

Das Tier erschauderte und schnaubte, bevor es sich tatsächlich wieder in Bewegung setzte. Beobrand wagte immer noch nicht, die Augen zu öffnen, hatte aber jetzt weniger Angst vor den Zweigen und Ästen, die ihm ins Gesicht schlugen und an seiner Kleidung zerrten. Er war sich sicher, dass in der Düsternis etwas Unaussprechliches lauerte. Ihm in die Augen zu sehen hätte den sicheren Tod bedeutet.

Das Pferd schritt weiter. Immer noch verhakten sich Dornen und Kletten in Beobrands Rüstung, doch die Atmosphäre hatte sich verändert. Fröhlich trillerndes Vogelgezwitscher erfüllte den Morgen. Endlich schlug er die Augen auf und sah, dass sie den Wald hinter sich gelassen hatten. Vor ihnen lag eine offene Landschaft aus nichts als Ginster, Heide und langem Gras, und in der Ferne … sah er seine Beute.

Beobrand zitterte und tätschelte den Hals seines Pferdes.

»Du tapferes Ross«, flüsterte er. Die Ohren des Rappen zuckten. »Du hast uns durch die Schatten geführt.« Aus Angst vor dem, was er in der Dunkelheit zwischen den Bäumen erblicken könnte, sah Beobrand nicht zurück. »Und nun lauf wieder.«

Mit einem leichten Tritt in die Flanken nahm er die Verfolgung des Königs von Gwynedd erneut auf.

* * *

Eine Zeit lang folgte Beobrand dem roten Umhang des Königs durch die wellige Hügellandschaft. Zu ihrer Linken brach die Sonne durch die Wolken und spiegelte sich in der blanken Rüstung des Walisers.

Cadwallon drehte sich um. Beobrand lag weit zurück, und dem walisischen König musste klar sein, dass er von seinem Verfolger nicht viel zu befürchten hatte.

Beobrand war kein guter Reiter, aber es gelang ihm erneut, sich dem Rhythmus seines Pferdes anzupassen. Das Tier hatte die Schrecken des Waldes überstanden und schien nun begierig, schnell so viel Abstand wie möglich zwischen sich und die dunklen Wesen zu bringen, die zwischen den Bäumen lauerten. Beobrand spürte, wie seine Muskeln sich wieder entspannten. Er hielt sich immer noch an der schwarzen Mähne fest, aber nicht mehr so verkrampft wie zuvor. Die Fingerstümpfe seiner linken Hand pochten, während das Blut allmählich in sie zurückkehrte.

Da Cadwallon den Abstand vergrößert hatte, stellte er sich auf eine lange Verfolgungsjagd ein. Wahrscheinlich würde er scheitern. Mit den reiterischen Fähigkeiten des Edelmannes konnte er es nicht aufnehmen, aber er würde alles tun, was in seiner Macht stand, um ihn womöglich doch zur Strecke zu bringen. Vielleicht wurde sein Pferd ja schneller müde, doch schon als er diesen Gedanken dachte, war ihm klar, dass das nicht sehr wahrscheinlich war. Sein eigener schwarzer Hengst war ein Schlachtross, muskulös und eher kräftig als ausdauernd. Es war nicht für eine solche Jagd gemacht und schnaufte bereits heftig. Wenn er nicht den Tod des Pferdes riskieren wollte, durfte er es nicht allzu sehr hetzen.

Beobrand biss die Zähne zusammen. Es wäre ein trauriges Ende für solch ein wunderbares Tier, aber er konnte nicht lockerlassen. Die Gefangennahme des walisischen Königs würde endlich das Blutvergießen beenden, das so viel Leid und Tod über das Land gebracht hatte. Das nördliche Königreich Bernicia war nun sein Zuhause, und er würde alles tun, um ihm den Frieden zu bringen. Er gab die Zügel frei, und die Hufe des mächtigen Rappen donnerten über den Heideboden.

Letztendlich war es Cadwallons eigener Stolz auf seine reiterischen Fähigkeiten, der ihn zu Fall brachte.

Beobrand war in eine Art Wachtraum gefallen. Die Erschöpfung kroch in seine Knochen, während das gleichmäßige Auf und Ab des galoppierenden Pferdes seinen Körper durchschüttelte. Der Abstand zu Cadwallon vergrößerte sich immer mehr. Beobrand konnte die bittere Niederlage schon auf der Zunge schmecken. So dicht heranzukommen, nur um mitansehen zu müssen, wie der walisische Herrscher in die Hügel südwestlich des Großen Walls entkam, war überaus ärgerlich.

Mit einem Mal waren Cadwallon und sein Pferd nicht mehr zu sehen, wie vom Erdboden verschluckt. Kurz wusste Beobrand nicht, was geschehen war. Cadwallon war mühelos einen leichten Abhang hinabgeritten, bevor er schlagartig aus seinem Blickfeld verschwunden war. Beobrand schüttelte den Kopf, um seine Schläfrigkeit zu vertreiben.

Misstrauisch ritt er weiter. Wollte Cadwallon ihn vielleicht in eine Falle locken?

Er galoppierte den Abhang hinunter, als lautes Geschrei an sein Ohr drang. Es waren nicht die Schreie eines Menschen. Beobrands Nackenhaare stellten sich auf, und er ließ sein Pferd im Schritt weitergehen. Dann wurde ihm klar, was passiert war.

Am Ende des Abhangs befand sich ein Wasserlauf, der nach dem Gewitter stark angeschwollen war. Eine schaumige braune Brühe wälzte sich durch das Bachbett, in dem Cadwallons Pferd zu Fall gekommen war. Um sich tretend und laut wiehernd lag es auf der Seite, während Cadwallon bis zur Hüfte im Wasser stand. Wo das Tier am Ufer ins Rutschen geraten war, hatte es tiefe Furchen hinterlassen. Allem Anschein nach hatte Cadwallon versucht, über den Bach zu setzen, doch sein Pferd hatte den Sprung verweigert, war ausgerutscht und hatte ihn abgeworfen, sodass schlussendlich beide im Wasser gelandet waren. Das Tier hatte sich dabei offensichtlich ein Bein gebrochen, noch immer lag es im Bachbett und stieß mitleiderregende Laute aus. Seine umherfliegenden Hufe drohten Cadwallon zu treffen und zu verletzen.

Als dieser benommen ans Ufer watete, hatte er nichts Königliches mehr an sich. Von Kopf bis Fuß mit Matsch beschmiert und tropfnass, so hievte er sich aus dem Wasser.

Beobrand brachte seinen Hengst zum Stehen und saß mit einer einzigen fließenden Bewegung ab. Für einen kurzen Augenblick fürchtete er, das Pferd könnte davonlaufen und ihn hier zurücklassen. Doch das Tier war dem Zusammenbruch nahe. Schnaubend und zitternd senkte es den Kopf.

Cadwallon zog sein Schwert aus seiner mit Morast getränkten Scheide und baute sich vor Beobrand auf. Dunkler

Schlamm tropfte von seinem Gesicht, die Zähne blitzten hell.

»Nun denn, Kleiner«, sagte Cadwallon in der Sprache der Angeln, »scheint so, als hättest du mich schließlich doch eingeholt. Gut für dich, dass mein Pferd ein Feigling ist und den Sprung nicht gewagt hat. Du reitest wie ein Sack Rüben!«

Beobrand befreite Hrunting aus der Scheide und trat einen Schritt vor. Die Klinge war stumpf und voller Blut. Er hatte nach der Schlacht noch nicht die Zeit gehabt, sie zu säubern oder zu schärfen.

»Ach? Hast du die Absicht, mich zu töten, Kleiner?«, fuhr Cadwallon fort. »Glaubst du wirklich, dass jemand wie du dazu in der Lage ist?«

Beobrand dachte an die unzähligen Menschen, die dem Machtstreben dieses Mannes zum Opfer gefallen waren. So viel Blut. So viel Tod. Doch das würde mit dem heutigen Tage enden.

»Ich habe in dieser Nacht und auch schon zuvor viele Männer getötet. Jetzt stehe ich zum dritten Mal vor Euch, obwohl Ihr mich bisher nicht wahrgenommen habt. Das erste Mal in der Schlacht bei Elmet. Dann haben wir uns Euch bei Gefrin widersetzt, aber noch nie haben wir uns von Angesicht zu Angesicht gegenübergestanden. Als Männer.«

Trotz Cadwallons überheblicher Drohgebärden konnte Beobrand die Angst im Auge seines Gegners nicht übersehen. Jetzt legte der Waliser die Fingerspitzen an seine Wange, wo ein Splitter von Scands Klinge eine tiefe Narbe hinterlassen hatte.

»Ihr seid ganz auf Euch allein gestellt, Cadwallon. Ohne Gefolgschaft. Ohne Kampfgefährten, hinter denen Ihr Euch verstecken könnt.«

»Wohlan, Sachse. Bringen wir es zu Ende, hier und jetzt. Ich werde dich töten und dein Pferd nehmen. Und während du stirbst, sei gewiss: Cadwallon ap Cadfan wird auch den letzten Angehörigen eurer Ziegen schändenden Rasse auslöschen.«

Er machte einen Satz auf Beobrand zu. Cadwallon war ein geübter Schwertkämpfer und Beobrand auf den Überraschungsangriff nicht vorbereitet. Schnell wich er einen Schritt zurück, sodass der Hieb, der ansonsten seinen Kopf vom Rumpf getrennt hätte, wirkungslos verpuffte.

Keiner der beiden Männer trug einen Schild bei sich, und Beobrand war klar, dass Hruntings schöne Klinge bereits in der Schlacht gelitten hatte. Wenn irgend möglich, wollte er ihr weitere Schäden ersparen. Also wich er noch weiter zurück, um Cadwallon aus der Reserve zu locken. Sein Blick war dabei auf dessen Füße gerichtet. Der Waliser war ein geübter und beweglicher Gegner mit guter Beinarbeit. Immer wieder zuckte die Spitze seines Schwerts auf Beobrands Gesicht zu, sodass dieser gezwungen war zu parieren. Funken stoben, als sich ihre Schwerter trafen.

Der König grinste. »Mich kannst du nicht schlagen. Mit einer Waffe stellst du dich ja noch ungeschickter an als auf dem Rücken eines Pferdes.«

Cadwallon war stark und ein geschickter Kämpfer. Doch er besaß eine große Schwäche: seine Überheblichkeit.

Beobrands Miene war undurchdringlich. Eine Maske der Konzentration.

Cadwallon setzte ihn mit einer ganzen Folge von Hieben und Stößen unter Druck. Beobrand parierte jeden von ihnen, ließ sich aber bewusst immer weiter zurücktreiben und konzentrierte sich ganz auf die Verteidigung.

Wieder wischte er das Schwert seines Gegners beiseite, und wieder trat er einen Schritt zurück.

Cadwallon schien seine Chance zu wittern und machte einen großen Satz nach vorn, in der sicheren Gewissheit, nunmehr sein Schwert in der Kehle des Sachsen versenken zu können.

Doch Beobrand stand nicht mehr dort, wo er eben noch gestanden hatte. Er lenkte die Klinge seines Gegners zur Seite ab und näherte sich Cadwallon, legte all sein Gewicht und seine ganze Körpergröße in diesen einen Hieb und rammte das Heft seines Schwerts mit voller Wucht in das Gesicht des walisischen Königs.

Zähne splitterten. Lippen rissen auf, und eine dunkelrote Blutfontäne spritzte Beobrand entgegen. Cadwallons Knie gaben nach. Er taumelte und fiel.

Beobrand trat ihm das Schwert aus den kraftlosen Fingern.

»Ich bin Beobrand, Sohn des Grimgundi. Es würde Euch gut zu Gesicht stehen, mich und meine Art zu fürchten.«

»Wohlan, worauf wartest du noch, du sächsischer Abschaum«, spie Cadwallon hervor. Blut rann ihm übers Kinn.

»Ich warte nicht.«

Verwirrung spiegelte sich in Cadwallons Augen wider. Ein Hoffnungsschimmer?

»Keine Sorge. Ihr werdet sterben. Doch Euer Tod gehört einem anderen.«

Mit diesen Worten trat Beobrand dicht vor den knienden Cadwallon und versetzte dem König von Gwynedd erneut einen heftigen Schlag mit Hruntings Heft.

Kapitel 6

Die Sonne hatte ihren Zenit bereits überschritten, stand aber noch hoch am Himmel, als Beobrand erschöpft die Überreste des walisischen Lagers erreichte. Scharfer Wind hatte die Wolken aufgelöst, und es war ein schöner Tag. Die Schritte des schwarzen Hengstes, der zwei Männer zu tragen hatte, waren schwer geworden. Er war genauso erschöpft wie Beobrand, hielt den Kopf aber stolz erhoben. Beobrand tätschelte ihm den Hals und flüsterte ihm aufmunternde Worte zu. Ein vorzügliches Pferd.

Cadwallon lag hinten quer auf dem breiten Rücken des Rappen.

Es war nicht leicht gewesen, den bewusstlosen König auf das Ross zu wuchten, erst nachdem Beobrand ihm die Rüstung abgenommen hatte, war es ihm irgendwie gelungen. Wie einen Sack Rüben hatte er ihn hinaufgehievt. Er war sich dieser Ironie durchaus bewusst, und bei dem Gedanken daran umspielte trotz seiner Erschöpfung ein grimmiges Lächeln seine Lippen. Den roten Umhang schnitt er in Streifen und fesselte den König damit an Händen und Füßen. Als Beobrand einen Stoffstreifen unter dem Bauch des Pferdes hindurchzog, um Hände und Füße seines Gefangenen aneinanderzubinden, fing Cadwallon an zu stöhnen. Die unruhige Last machte den Rappen nervös. Er war durch die Schmerzensschreie des gestürzten Pferdes ohnehin schon verschreckt. Cadwallons Tier war inzwischen immerhin aufgestanden, stand aber noch im Wasser, offensichtlich nicht in der Lage, ans Ufer zu klettern. Sein rechter Vorderhuf hing kraftlos herab, das Bein schien gebrochen zu sein. Das einst so stolze Pferd hinkte den Bach hinunter. Beobrand ließ es ziehen.

Er streichelte die Flanke seines Rappen, und er zitterte nicht mehr.

»Das ist eines Königs nicht würdig«, stieß Cadwallon hervor. Seine Worte waren nur schwer zu verstehen, er hatte mehrere Zähne verloren und spuckte Blut.

»Du bist kein König mehr. Du bist besiegt worden. Und wenn du dein Maul nicht halten kannst, dann stopfe ich es dir eigenhändig.« Beobrand hatte kurz überlegt, ob er Cadwallon im Sitzen vor sich herreiten lassen sollte. Doch das Risiko, dass der König ihm Schwierigkeiten machen und die Flucht ergreifen könnte, war ihm zu groß erschienen.

Cadwallon starrte ihn wutentbrannt von unten an. In den hellen Augen in einer Maske aus Schlamm und Blut glühte der Hass. Aber er gab keinen Laut mehr von sich.

Gemächlich ritten sie zurück. Mehrfach sahen sie einzelne Gruppen von Männern, doch niemand bedrohte sie. Sie alle schienen nichts anderes im Sinn zu haben, als sich davonzustehlen. Mit dem berittenen Krieger in Kettenhemd und poliertem Helm wollten sie nichts zu schaffen haben, auch wenn das Pferd, die Rüstung und die Waffen von sichtbar großem Wert waren. Denn um sich einem solch starken Gegner in den Weg zu stellen, bedurfte es einer gewissen Strategie und einer gehörigen Portion Mut.

Und die gezeichneten Männer, denen sie begegneten, waren eindeutig mutlos. Ihre Blicke leer. Sie hatten das Ende der glorreichen Zeit ihres Volkes mit eigenen Augen gesehen. Eisen und Stahl hatten dafür gesorgt, doch währenddessen hatten Blitze gezuckt, und die Götter im Himmel hatten sich die Bäuche gehalten vor Lachen. Die Zeichen waren nicht zu übersehen gewesen.

Die Götter waren dem neuen König von Bernicia wohlgesonnen. Nun war seine Zeit gekommen.

Und so flohen die Angehörigen der unbesiegbaren Streitmacht Cadwallons gen Süden und Westen. Keiner von ihnen hatte für Beobrand eine Gefahr dargestellt.

Trotz des Sieges herrschte im Lager keine Feierstimmung. Raben und Krähen kreisten bereits am Himmel. Die Aasvögel waren es auch, die Beobrand den Weg zurück zum Schauplatz der Schlacht wiesen. Dort waren die toten Waliser systematisch aller Wertsachen beraubt worden. Kleidung, Schuhe, Gürtel, Helme, Beutel, Waffen und Rüstung, alles war ihnen genommen worden, es sei denn, es war so kaputt, dass eine erfolgreiche Reparatur unmöglich war. Die Leichen – bleich wie Fische – wurden jetzt im Süden des Lagers, auf der windabgewandten Seite, auf einen großen Haufen geworfen. Das ganze Gebiet stank wie ein Misthaufen. Der Pesthauch des Todes, eine Geruchsmischung aus aufgeschlitzten Gedärmen, geronnenem Blut und Erbrochenem, hing wie eine Wolke des Unheils über dem Schlachtfeld.

Oswalds Krieger waren sich einig, dass sie diesen Ort des Todes so schnell wie möglich hinter sich lassen wollten. Niemand konnte das Grauen der vergangenen Nacht aus seiner Erinnerung löschen. In den Leichen ihrer Feinde und den Toten aus ihren eigenen Reihen sahen sie immer wieder sich selbst. Jeder fragte sich, weshalb der Speer den Hals des Freundes durchbohrt und einen selbst verschont hatte, aber keiner wusste eine Antwort. Warum brach ein Schild und gestattete dem Feind den tödlichen Hieb, während der Schild des Nebenmannes hielt? Warum ließ ein Kettenhemd in einem bestimmten Augenblick die Schwertspitze eines Gegners durch, sodass sie zwischen den Rippen des Trägers versank? Solche Gedanken zu denken bedeutete Wahnsinn, und doch konnte sie kein Krieger nach überstandener Schlacht verdrängen. Warum hatte ausgerechnet er überlebt, während so viele andere in den Tod gegangen waren?

Später würden sie trinken und schlemmen. Die Schrecken des Schildwalls in dieser donnergrollenden, von Schreien durchdrungenen Nacht würden allmählich verblassen, so wie sich Träume nach dem Aufwachen verflüchtigen. Im Schein und der Hitze des Feuers und mit wärmendem Met in den Bäuchen würden sie anfangen, sich Geschichten von der Schlacht zu erzählen. Sie würden ihrer Toten mit Gesängen gedenken und sich selbst, ihre Tapferkeit und ihre Heldentaten preisen.

Doch die Zeit der Gesänge war noch nicht gekommen. Im Moment wünschten sich die Männer nichts sehnlicher, als endlich diesen Ort hinter sich zu lassen – den Ort, der sie unentwegt daran erinnerte, dass sie getötet hatten. Dass sie das Licht des anbrechenden Morgens gesehen hatten, weil das Schicksal es so bestimmt hatte. Dass sie lebten, während sie ringsum vom Tod umgeben waren. Dafür waren sie dankbar.

Aber ein Gefühl des Glücks wollte sich dennoch nicht einstellen.

Sie warteten, weil ihr König es befohlen hatte. Sie warteten auf die Rückkehr des jungen Kriegers aus Cantware. Würde er den König der Waliser mit sich bringen? Den Mann, dessen Name unter den Bewohnern Deiras und Bernicias so lange Angst und Schrecken ausgelöst hatte?

Sie wollten wissen, ob der Kopf der Schlange abgeschlagen worden war.

Sie starrten Beobrand und Cadwallon entgegen, als diese gemächlichen Schrittes ins Lager ritten. Manche der Männer schienen Beobrands Gefangenen nicht einmal zu erkennen. Vielleicht waren sie zu erschöpft, oder sie scherten sich nach der langen Wartezeit nicht mehr darum.

Andere jedoch erhoben sich vom Boden und folgten dem schwerfällig gehenden Rappen. Als Beobrand das Zelt mit der Lederhaut in der Mitte des Lagers erreichte, führte er eine ansehnliche Prozession an.

»Ist das Cadwallon?«, rief eine Stimme aus der Menge.

Beobrand setzte seinen Weg unbeirrt und ohne zu reagieren fort, bis er vor Oswalds hölzernem Kreuz stand. Es war kleiner als die Konstruktion in Hefenfelth, aber unverkennbar das Symbol des Christusgottes.

Oswald hatte neben der Standarte Aufstellung genommen und entsprach voll und ganz dem Bild eines edlen Kriegsherrn. Sein Haar war glatt, und er wirkte frisiert. Seine Kleidung war gereinigt worden, und der purpurrote Umhang hing elegant über seiner linken Schulter. Sein Kettenhemd funkelte, und sein silbern gekrönter Helm blitzte im Licht der Nachmittagssonne.

Beobrand blinzelte die Müdigkeit aus seinen Augen. Er sah sich um und bemerkte, dass die Blicke aller auf ihn gerichtet waren. Erwartung spiegelte sich auf den Gesichtern. Anspannung. Er suchte nach dem rundlichen Gesicht seines Freundes Acennan und war erleichtert, ihn wohlauf zu sehen. Allerdings spürte er auch einen leichten Stich der Unsicherheit. Acennan erwiderte sein Lächeln nicht, sondern funkelte ihn unter finster zusammengezogenen Augenbrauen hervor an. Er war mit Sicherheit ebenso erschöpft wie Beobrand. Kein Wunder also, dass er schlechte Laune hatte. Sie hatten zwei Tage lang nicht geschlafen und einen langen Marsch und eine Schlacht überstanden.

Beobrand wandte sich Oswald zu. Der König hatte die Stirn in Falten gelegt. Jetzt müsste er, Beobrand, das Wort ergreifen. Schließlich wusste niemand, was sich zwischen ihm und dem König der Waliser abgespielt hatte.

Beobrand stieg ab, vorsichtig, um nicht das Gleichgewicht zu verlieren. Seine Knie zitterten, doch er hielt sich, wenn auch nur mühsam, auf den Beinen. Mit einer geschmeidigen Bewegung zog er sein Sachsmesser und durchschnitt die Stoffstreifen, die Cadwallon auf dem Pferd gehalten hatten. Dann zog er ihn herab und versetzte ihm, sobald seine Füße den Boden berührten, einen Stoß, sodass der walisische König, alle viere von sich gestreckt, im Schlamm landete.

Lautes Gelächter erklang von den Umstehenden. Oswald warf Beobrand einen strengen Blick zu. Ihm war anzusehen, dass er es nicht gewohnt war zu warten.

Beobrand räusperte sich. »König Oswald, ich bringe Euch Euren Feind, den Mörder Eures Bruders Eanfrith,

Sohn des Æthelfrith.« Er blickte nach unten und sah, dass der noch immer an Händen und Füßen gefesselte Cadwallon sich nur schwerlich aus seiner knienden Position erheben konnte. Er war voller Schlamm und Schmutz, blutverschmiert und besiegt. »Das vor Euch ist Cadwallon ap Cadfan, König von Gwynedd.«

Es folgte ein Augenblick der Stille. Oswalds Miene verriet wenig von seinen Empfindungen, während er den Mann anstarrte, der da vor ihm auf dem Boden lag. Es war eine der Launen des Krieges und der wechselnden Allianzen, dass Cadwallon zum großen Teil selbst für Oswalds Rückkehr nach Bernicia verantwortlich war. Hätte er im vergangenen Jahr nicht Edwin ermordet, wären die Söhne Æthelfriths nicht aus dem Exil zurückgekehrt. Und nur dadurch, dass er auch Eanfrith das Leben genommen hatte, war der Thron für Oswald frei geworden, der nun vor ihm stand.

Daneben war Cadwallon aber auch für die Tötung vieler unschuldiger Männer, Frauen und Kinder verantwortlich. Er war ein grausamer Mörder, der die vollständige Vernichtung der Angeln angestrebt hatte. Er hatte geschworen, ihr gesamtes Volk von der Insel Albion zu tilgen.

»Du hast wohl gehandelt, Beobrand, Sohn des Grimgundi, und dich als treuer und aufrechter Diener erwiesen. Deine Dienste werden nicht ohne Lohn bleiben. Doch zuerst muss ich mich Cadwallon widmen.«

Oswald trat dicht vor seinen geschlagenen Gegner. Die Zuschauer verstummten, drängelten und rangelten, um einen möglichst guten Blick auf die beiden Herrscher zu haben.

»Cadwallon ap Cadfan, du liegst heute vor mir als Feind Bernicias«, sagte Oswald, und seine Stimme war so laut, dass die ganze Kriegerschar seine Worte hören konnte. Die Männer würden sich immer daran erinnern.

Die Sonne blendete Cadwallon, als dieser den Blick hob. Er starrte Oswald mit zusammengekniffenen Augen an und spuckte einen dicken Blutklumpen aus.

Oswald fuhr fort: »Du hast unsere Dörfer zerstört. Unsere Frauen misshandelt. Unsere heiligen Orte entweiht und Unschuldige abgeschlachtet. Was hast du dazu zu sagen?«

Cadwallon spuckte erneut aus. In seinem verdreckten Gesicht funkelten seine Augen hasserfüllt.

Er ließ den Kopf sinken, und Beobrand fragte sich schon, ob er Oswald überhaupt eine Antwort geben würde. Kurz verharrten die beiden Könige so reglos wie Figuren eines Holzschnitts. Beobrand würde diesen Moment niemals vergessen. Zwei Herrscher, die einander an der Grenze ihrer Königreiche gegenüberstanden. Einer siegreich und im strahlenden Sonnenlicht, der andere besiegt und gebrochen, auf Knien und mit gesenktem Kopf. Der bläulich schimmernde Himmel lieferte den Hintergrund der Szenerie. Die Spiegelungen der warmen Nachmittagssonne schienen Oswalds Haupt mit einer Art Lichthof zu umgeben.

Dann durchbrach Cadwallons Stimme die Stille. »Unschuldige?« Er lachte krächzend. »Unschuldige, sagst du? Euer Volk ist wie eine Plage über unser Land gekommen. Ihr wart die Plünderer. Ihr habt unsere Frauen geraubt. Dein Vater hat mit Feuer und Eisen alles vernichtet, was sich ihm in den Weg gestellt hat.«

»Ich bin nicht mein Vater«, gab Oswald zurück. Seine Stimme klang scharf und so kalt wie ein zugefrorener Wasserlauf.

Beobrand zuckte zusammen. Er hörte in diesen Worten das Echo des letzten Atemhauchs seiner Mutter. »Du … bist …. nicht … deines … Vaters … Sohn«, hatte sie vom Fieber gezeichnet zu ihm gesagt. Er wusste immer noch nicht, was sie damit gemeint hatte. Verhielt es sich vielleicht immer so, selbst bei Königen? Dass der Schatten des Vaters auf das Leben des Sohnes fiel?

Cadwallon blickte Oswald gelassen an. »Nein, das bist du nicht«, erwiderte er. Dann zeigte sich ein Lächeln auf seinem entstellten Gesicht. »Und du bist auch nicht dein Bruder. Du bist kein Narr, deshalb trägst du immer noch das Haupt auf deinen Schultern.«

Die umstehenden Krieger ließen keinen Laut hören. Oswald und Cadwallon starrten einander weiterhin an.

Schließlich wandte Oswald sich an seinen Bruder. »Oswiu, halte du ihn fest. Es ist unsere Pflicht, unseren Bruder und das Volk von Bernicia zu rächen. Das Blut dieses Mannes wird den quälenden Schmerz, den er dem Land zugefügt hat, ein wenig mildern. Sein Haupt wird meinen Saal in Bebbanburg schmücken.«

Oswalds kleiner und untersetzter Bruder trat vor. Bebend vor Wut packte er Cadwallon an der Schulter.

»Wartet, mein Fürst«, ließ sich einer der heiligen Männer in dunklen Talaren vernehmen, die mit Oswald von Hii gekommen waren. Seine Stimme zitterte.

Oswald warf ihm einen vernichtenden Blick zu.

Der Mönch schluckte, bevor er weitersprach: »Das Urteil

über diesen Mann sollte in einer angemessenen Zeremonie im Angesicht Gottes gesprochen werden. Man sollte eine Versammlung der Recken abhalten …« Der Mann verstummte angesichts von Oswalds spürbarem Zorn.

»Ich bin der König.« Oswalds Stimme war fest und hart wie Stahl. »Cadwallon ap Cadfan hat weit mehr schwere Verbrechen begangen, als ich sie aufzählen könnte. Er ist verdammt vor den Augen des Herrn. Er ist ein Feind Bernicias. Ein Feind des Angelvolkes. Und ein Feind Gottes. Ich werde nicht zulassen, dass er noch länger unter den Lebenden weilt.« Damit zog Oswald sein Schwert aus der Scheide, beugte sich zum Ohr des Knienden und flüsterte ihm etwas zu.

Beobrand konnte es nicht hören, ganz im Gegensatz zu Oswiu, dessen Lippen sich zu einem bösartigen Lächeln verzogen.

Cadwallon verkrampfte sich und senkte den Kopf.

»Und nun tretet zurück, Gothfraidh«, sagte Oswald. »Es sei denn, Ihr wollt, dass mein Schwert auch Euer Haupt vom Rumpf trennt.«

Der Mönch zog sich so hastig zurück, dass er stolperte und von seinen Brüdern aufgefangen werden musste. Zu jedem anderen Zeitpunkt hätte diese Szene unter den versammelten Kriegern lautes Gelächter ausgelöst. Doch jetzt spürten sie die große Bedeutung dieses Augenblicks. Es kam nicht oft vor, dass man mit eigenen Augen sehen konnte, wie das Leben eines Königs beendet wurde.

Oswald nahm das Heft seines Schwertes in beide Hände und reckte die gewellte Klinge in die Höhe. Sie schimmerte und strahlte, und ihr Schatten fiel auf Cadwallons Hals.

Oswald nickte seinem Bruder zu. Oswiu ließ Cadwallons Schultern los und trat einen Schritt zurück, beides geschah in einer einzigen fließenden Bewegung. Als hätten sie die Szene einstudiert, so schwang Oswald im selben Augenblick sein Schwert herum.

Es traf genau die Stelle, auf die noch vor wenigen Sekunden sein Schatten gefallen war. Nur für einen kurzen Moment war ein Geräusch zu vernehmen. Die Klinge war scharf, und Oswald führte sie mit starkem Arm. Das Eisen durchtrennte Sehnen und Knochen, und Cadwallon sackte leblos nach vorn. Blut sprudelte aus seiner offenen Kehle, besudelte sein Kinn und seine Haare und breitete sich auf dem Boden aus.

Beobrand war wie hypnotisiert. Der Kopf des Königs hatte sich gedreht, sodass er ihn nunmehr geradewegs anzustarren schien. Der dunkelrote Lebenssaft pulsierte weiter aus der Wunde, während seine Augen noch zweimal blinzelten und schließlich endgültig erstarrten. Alles Licht in ihnen erlosch, und der König von Gwynedd war nicht mehr.

Oswiu trat vor und kappte auch die letzten Muskelfasern, die Cadwallons Haupt und seinen Körper noch miteinander verbunden hatten. Dann blickte er seinen Bruder an, der wie betäubt neben ihm stand. Es schien, als wäre Oswald überwältigt von der Bedeutsamkeit dessen, was er gerade getan hatte.

Oswiu berührte ihn am Arm. »Bruder«, sagte er so leise, dass nur die Umstehenden in der unmittelbaren Umgebung es hören konnten.

Oswald starrte ihn einen Augenblick lang an, dann

schüttelte er den Kopf, als müsste er einen bösen Traum verscheuchen, und nickte.

König Oswald, Sohn des Æthelfrith, griff nach Cadwallons blutgetränktem Schädel und hob ihn in die Höhe, sodass alle ihn sehen konnten.

»Cadwallon ap Cadfan, König von Gwynedd und Schänder unseres Landes, ist tot!«, rief er.

Die Kriegerschar brach in lautstarken Jubel aus.

Beobrand starrte auf den Leichnam im Schlamm hinab. Immer noch pulsierte das Blut in dünnen Schlieren aus dessen Hals.

Der brutale Tod des walisischen Königs war ein Meilenstein in der Geschichte dieses Landes, das war auch ihm klar. Dennoch war er nicht in der Lage, das Ganze wirklich zu erfassen. Seine Hände begannen zu zittern, und er konnte sich nur unter größter Mühe auf den Beinen halten. Er stützte sich an seinem Hengst ab, der ihm Wärme und Sicherheit spendete. Das raue Fell des Pferdes war echt und wahr, die Realität. Aber der Rest dieses Tages kam ihm vor wie ein Wachtraum.

* * *

»Scand wäre noch am Leben, wärst du nicht gewesen!«, brüllte Acennan ihn mit wutverzerrter Miene an.

Beobrand zuckte erschrocken zurück. Acennans Zorn verströmte eine Hitze wie eine rot glühende Esse.

Seine Stimme war trotz der Geräuschkulisse der trinkenden und essenden Kriegerschar zu hören. Sie waren viel zu erschöpft, um ausgiebig zu feiern. Das musste warten, bis sie in ihre Säle zurückgekehrt waren. Für den Moment waren sie hier auf dem Hügel von Hefenfelth und weit weg vom Gestank des Todes einfach nur froh, dass die walisische Bedrohung ein Ende gefunden hatte.

Auf dem Rückweg zum Großen Wall hatte Beobrand sich Acennan und den anderen aus Scands Gefolgschaft angeschlossen, doch sein Freund war ihm ständig aus dem Weg gegangen.

Derian berichtete Beobrand schließlich von Scands Tod, und diese Nachricht lastete schwer auf seiner Seele. Er wurde leichenblass.

»Ich weiß, dass du ihn verehrt hast, Beobrand«, sagte der graubärtige Recke mit grimmiger Miene. »So wie wir alle.« Seine Worte fühlten sich an wie ein spitz gemeißelter Stein, scharf und hart.

»Er war ein großartiger Herr.« Nur mit Anstrengung brachte Beobrand diese Worte hervor. »Ich verdanke ihm alles.« Scand hatte ihn in seine Schar aufgenommen und ihm einen Platz am Tisch seiner Kampfgefährten angeboten, damals, als alles verloren schien. Er hatte ihn noch nicht einmal ein Jahr lang gekannt, doch der Verlust verursachte ihm brennende Schmerzen.

Derian klopfte Beobrand auf die Schulter und nickte. Er wusste, was in Beobrand vorging. Sie alle empfanden das Gleiche.

Mit gesenkten Köpfen zogen Scands Kampfgefährten ihres Weges, trotz Oswalds Sieg in der Schlacht entmutigt. Ihre Zukunft war ungewiss. Viele von ihnen hatten den größten Teil ihres Lebens in Scands Diensten gestanden. Sein Tod war ein harter Schlag für alle.

»Es ist schwer, den Tod eines so geschätzten Menschen

zu akzeptieren«, wandte Derian sich auf dem Weg zurück nach Hefenfelth an Scands Kampfgefährten. »Aber Scand war ein Krieger, und er ist einen würdigen Tod gestorben. Den Tod eines Herrn.«

Die Männer nickten und lauschten begierig den Worten des Trostes, um ihren tiefen Schmerz ein wenig zu mildern.

»Auch wir sind Krieger«, setzte Derian seine Ansprache fort, »und eines Tages werden auch wir im Schildwall fallen … sofern die Götter es zulassen und die Schwestern des Schicksals unsere Schicksalsfäden so spinnen.«

Tobrytan, einer der ältesten Krieger, ergriff das Wort: »Lieber werde ich im Kampf niedergestochen, als zahnlos und irr zu sterben wie mancher Langbart, dessen Zeit der Nützlichkeit längst abgelaufen ist. Ich möchte lieber einen ehrenvollen Tod sterben, einen Tod, der eines Lieds würdig ist, anstatt meine letzten Tage als eins dieser hungrigen Sabbermäuler zu fristen.«

Derian ließ ein kehliges Summen hören, und die Krieger waren weitermarschiert, erschöpft von der Schlacht und erfüllt von der Trauer über ihren Verlust.

Aber Acennan schien der Einzige zu sein, der Beobrand für Scands Tod verantwortlich machte. Und sein Zorn schmerzte umso mehr, als er und Beobrand beste Freunde waren.

Und weil Beobrand Acennan recht gab. Hätten sie die Waliser nicht des Nachts angegriffen, hätte Scand den verwundeten Krieger niemals übersehen.

Beobrand blickte in Acennans vor Wut verzerrte Miene. Ob dieser kleine Streit unter Freunden die Götter amüsierte? Nach den unzähligen Toten der vorangegangenen Nacht, den Leichenstapeln, die nun zu einem Festschmaus für Aasvögel und anderes Getier geworden waren? Nach dem Tod eines Königs und eines wundervollen alten Kriegsherrn wie Scand war er womöglich eine willkommene Abwechslung für die Götter. Oder war ihnen das alles gleichgültig?

»Er war mir wie ein Vater«, erwiderte Beobrand tonlos. Er wünschte sich nichts sehnlicher, als sich irgendwo hinzusetzen und sich mit Acennan ein Horn voll Met zu teilen. Jeder Muskel seines Leibes war müde, ja fast zu Tode erschöpft. Doch jetzt konnte er sich unmöglich von Acennan abwenden. Ihre Freundschaft stand auf des Sachsmessers Schneide.

»Du hast ihn doch kaum gekannt«, dröhnte Acennan zurück. »Ich habe ihm zehn Jahre lang gedient. Ich kannte ihn schon mein ganzes Leben. Einmal, in Hibernia, hat er mir im Schildwall das Leben gerettet ...« In diesem Augenblick wich aller Zorn aus seiner Stimme. An seine Stelle trat eine schmerzvolle Trauer, die Beobrand fast das Herz aus dem Leib riss. Noch nie zuvor hatte er Acennan weinen sehen, doch nun füllten sich die Augen des bulligen Kriegers mit Tränen.

»O mein Herr ...«, stieß Acennan mit bebender Stimme hervor. Dann holte er tief und zitternd Luft und wischte sich die Tränen aus den Augen. »Sprich nicht davon, Beobrand. Du warst es, der den König zu dieser nächtlichen Attacke überredet hat. Und du warst es, der zu Beginn der Schlacht seinen Platz an Scands Seite verlassen hat.« Acennans Miene war so dunkel wie die Wolken eines Gewittersturms geworden. »Ach, wäre ich dir doch niemals gefolgt. Dann könnte Scand noch am Leben sein.«

Die Trauer schwappte über Beobrand hinweg und begrub ihn unter sich. Acennan hatte recht. Seine Tollkühnheit war der Grund für Scands Tod.

»Glaubst du denn, ich wüsste das nicht?«, erwiderte er. »Natürlich könnte ich den Göttern die Schuld geben, weil sie mir ihre Zeichen geschickt haben, aber das tue ich nicht. Denn ich war es, der beschlossen hat, nach ihnen zu handeln. Vielleicht ist es mein Schicksal, all jene, die ich liebe, sterben zu sehen. Ich hätte mein Leben für das von Scand gegeben, wenn es möglich gewesen wäre.«

»Hättest du es nur getan«, murmelte Acennan.

Beobrand wandte sich ab und wich einen Schritt zurück, als hätte er eine Ohrfeige bekommen. Mit steifen Gliedern entfernte er sich vom Lager und verschwand in der Nacht. Den Ausdruck des Bedauerns und der Pein im Gesicht seines Freundes sah er nicht mehr.

Kapitel 7

Sunniva nahm ihre Ellbogen zu Hilfe, um sich einen Platz zu sichern, von wo aus sie die Rückkehr der Männer beobachten konnte. Dicht drängten sich Frauen und Kinder auf der Palisade. Vor wenigen Tagen waren etliche vereinzelte Grüppchen von Überlebenden der Angriffe und der Plünderungen Cadwallons in Bebbanburg eingetroffen, doch seither waren keine Neuigkeiten mehr zu ihnen vorgedrungen. Bis zum letzten Morgen. Ein Reiter war in den Innenhof der Festung galoppiert und hatte die frohe Nachricht von Oswalds Sieg herausgeschrien. Cadwallon war tot.

Die Stimmung in der Festung schlug sofort um. Sklaven und Diener machten sich in aller Eile daran, alles für die Rückkehr des Königs vorzubereiten. Für das Festmahl wurden Speisen in großer Menge benötigt. Schon in Kürze würden ganze Horden in Bebbanburg einfallen. Ein Sieg von solcher Bedeutung würde mit den Recken und Grafschaftsvorstehern aus allen Provinzen Bernicias gefeiert werden. Weise Männer und Frauen machten sich ebenfalls an die Vorbereitungen. Sie wurden gebraucht, um die Körper und Seelen der in der Schlacht verwundeten Krieger gesund zu pflegen.

Auf ganz Bebbanburg herrschte eifrige Betriebsamkeit.

Auch die Stimmung derjenigen, die ihre Männer in die

Schlacht verabschiedet hatten, änderte sich. Doch noch waren keine Jubelschreie zu hören. Die Frauen gingen ihren Pflichten mit der gewohnten Sorgfalt nach. Böden wurden geschrubbt. Im Großen Saal wurden frische Binsen gestreut. Tiere wurden geschlachtet. Brot wurde gebacken und Bier in gewaltigen Mengen gebraut. Bei einem Festmahl konnte es niemals zu viel Bier geben, und so wurde jedes verfügbare Behältnis zum Brauen verwendet. Der Duft der kochenden und fermentierten Gerste sowie der beigemengten Kräuter zog durch die gesamte Festung. Die Fässer mit dem süßen Met würden den hochrangigsten Kriegern vorbehalten bleiben.

Doch immer noch legten die Frauen ihre abwartenden Blicke nicht ab. Würden auch ihre Männer zurückkehren? Oder müssten sie schon in Bälde ein Leichentuch nähen, während die anderen sich an dem Festmahl labten, das gerade vorbereitet wurde?

Sunniva versuchte, sich nicht mit dem zu beschäftigen, was sein könnte. In letzter Zeit hatte sie sich allzu oft solchen Gedanken hingegeben. Sie wollte glauben, dass die Binsenfackel einfach nur durch einen Windstoß und die Decke gelöscht worden und kein Omen gewesen war, das den Tod ihres Mannes in der Schlacht prophezeit hatte. Doch egal, wie sehr sie es auch versuchte, sie konnte die Angst, die sich tief ins Innere ihres Seins vorgearbeitet hatte, nicht zerstreuen.

Der stete Schatten der Sorge hüllte sie ein wie ein nasses Sacktuch, bedrückte sie und ließ sie frösteln. Die Angst raubte ihr jede Kraft.

Um sich aus dieser Düsternis zu befreien, die all ihr Denken in Beschlag nahm, stürzte sie sich mit großem Eifer in ihre Aufgaben. Die anderen Frauen, die sie zum großen Teil schon seit ihrer Kindheit kannte, hießen sie in ihrer Mitte willkommen. Sie mochten das hübsche und hart arbeitende Mädchen. Sie wussten, welche Verluste Sunniva erlitten hatte, und sahen, wie sie unter der Verzweiflung zu zerbrechen drohte. Doch sie war genauso stark, wie ihr Vater und ihre Mutter es gewesen waren. Die Frauen betrachteten sie wohlwollend. Und sie beteten, dass Sunniva nicht bald schon wieder dem Tod ins Auge sehen musste.

»Gebt acht da oben! Kommt herunter!«, rief ein älterer Mann jetzt zwei Jungen zu, die bis zum höchsten Punkt der Palisade geklettert waren. Unsicher balancierten sie auf den Zinnen eines der Wachtürme.

Nun war auch die Stimme der Mutter der beiden zu vernehmen. Die Jungen machten zwar mürrische Gesichter, kletterten aber, wenn auch widerwillig, behände und ohne Zwischenfall von ihrem Aussichtspunkt herunter.

»Wir haben sie gesehen«, keuchte der eine. »Ich glaube, es sind weniger als beim Aufbruch.«

Seine Mutter versetzte ihm eine kräftige Ohrfeige. »Halt den Mund!«, herrschte sie ihn an.

Die anderen wandten sich ab. Viele hatten die Worte des Jungen gehört, und an allen nagte die Angst. Die Anspannung unter den Wartenden nahm immer mehr zu, so wie erhitzte Milch sich stetig ausdehnt, bis sie schließlich überkocht.

Angestrengt starrte Sunniva in die Ferne, um einen ersten Blick auf die zurückkehrende Kriegerschar zu erhaschen. Mit dem Gewitter hatte das Wetter umgeschlagen.

Grau und tief hingen die Wolken über dem Land. Ein kräftiger Wind blies vom Meer und wehte ihr die Haare ins Gesicht.

Im spärlichen Licht des Nachmittags spähte sie über die Dünen, während sie sich immer wieder die Strähnen aus der Stirn strich.

Als Erstes tauchte die hölzerne Kreuzstandarte König Oswalds in ihrem Blickfeld auf, gefolgt vom König selbst, der in seinem purpurroten Umhang und mit dem polierten Helm eine strahlende Figur abgab. Er wurde von berittenen Recken flankiert, den wohlhabendsten und am höchsten geschätzten Kämpfern seiner Gefolgschaft. Doch noch war es kaum möglich, die einzelnen Personen in der Ferne auszumachen. Vielleicht gehörte auch Scand mit dazu, aber sie konnte ihn nirgendwo entdecken.

Als die Leute die Heerschar sahen, die auf der Straße gen Norden, gen Bebbanburg, zog, brachen sie in lauten Jubel aus, und die Anspannung ließ ein wenig nach. Aber sie würden sich noch etwas länger gedulden müssen, bis sie erkennen konnten, welche Männer unverletzt zurückkehrten und welche verwundet waren. Und bis sie wussten, welche nie wieder an einer irdischen Festtafel sitzen würden.

Sunniva erschrak und gab einen leisen Laut von sich, der jedoch in der allgemeinen Aufregung unterging. Sie schlug die Hand vor den Mund. Tränen traten ihr in die Augen, doch es waren keine Tränen der Trauer oder der Sorge. Es waren Tränen des Glücks. Denn dort, an der Spitze der Kriegerkolonne, hatte sie ihren Mann erblickt. Er saß auf einem beeindruckenden schwarzen Ross.

Sie kannte den Mantel, der über die Flanken des Pferdes

hing. Der übel zugerichtete Schild auf seinem Rücken besaß Riemen, die sie selbst angefertigt hatte. Dazu der Helm mit den Keilern und sein herrliches Schwert. All das erfasste sie mit einem Blick, doch auch ohne diese Dinge hätte sie sofort gewusst, dass es Beobrand war. Die Haltung seines Hauptes. Die Form seiner Schultern. Das vorgereckte Kinn.

In ihrer Magengrube breitete sich ein warmes Kribbeln aus.

Ihr Mann war zu ihr zurückgekehrt, so wie er es ihr geschworen hatte. Das Omen hatte nichts Böses verheißen.

Und Beobrand saß auf dem Rücken eines edlen Rosses. Er ritt auf einem Pferd. Neben dem König. Er kehrte also siegreich und wohlgelitten zurück.

Sie ließ ihren Blick auf ihm ruhen, während er allmählich näher kam. Ihr lieber Mann.

Weitere Frauen stießen laute Schreie aus, als sie ihre Geliebten erkannten. Andere blieben stumm. Ihnen lächelte kein vertrautes Gesicht aus den Reihen der Krieger zu. Doch noch gaben sie nicht alle Hoffnung auf. Vielleicht hatten sie sie in der Menge nur nicht erkannt. Oder sie lagen verwundet auf einer Trage.

Als Sunniva sich umblickte, sah sie in ängstliche Gesichter. In der kommenden Nacht würden etliche der Frauen in Tränen aufgelöst wehklagen. Das war so sicher, wie die Raben zu Woden sprachen.

Sie taten ihr leid. Sie wusste, wie sehr solche Trauer schmerzte.

Sie wandte sich um und kletterte hastig die Leiter hinunter. Sie musste weg von den anderen. Es war niederträchtig, ihre Freude offen zu zeigen, doch sie konnte ihr Lächeln nicht mehr länger im Zaum halten.

Beobrand war zu ihr zurückgekehrt, und ihre Welt war wieder heil.

* * *

»Er hasst mich«, sagte Beobrand.

Sunniva streichelte tröstend seine Brust. »Unsinn. Er ist wütend über das, was geschehen ist. Er braucht einfach jemanden, an dem er seinen Zorn auslassen kann, und dafür hat er sich dich ausgesucht. Du musst ihm Zeit geben. Rede mit ihm.«

»Aber er will nicht mit mir reden«, seufzte Beobrand. Er war durcheinander. Einerseits glücklich und zufrieden in Sunnivas schützender Umarmung und gleichzeitig bedrückt im Wissen um Acennans Zorn. »Ich habe es versucht, aber er weist mich ab.« Beobrand starrte an die Deckenbalken über ihrem Lager. Sie hatten sich geliebt, und nun breiteten sich eine wohlige Wärme und eine wunderbare Trägheit in ihm aus.

»Mach dir keine Sorgen, mein Liebster. Acennan ist dir ein wahrer Freund. Ich habe es gesehen. Er hat an deiner Seite gewacht, als das Wundfieber dich in den Tod locken wollte. Und hat er nicht im Schildwall sein Leben für dich riskiert? Gib ihm etwas Zeit.«

»Ich will nur, dass er mir verzeiht«, sagte Beobrand.

»Da gibt es nichts zu verzeihen. Du hast den Göttern gelauscht, und sie haben dir den Weg zum Sieg gewiesen. Scands Tod ist nicht deine Schuld.«

Beobrand war sich da nicht so sicher. Es war ein tollkühner Plan gewesen. Dass er Oswald gedrängt hatte, in der Nacht anzugreifen, war kein Fehler gewesen. Doch von der Seite seines Herrn zu weichen, das war etwas anderes. Wäre Scand noch am Leben, wenn er und Acennan bei ihm geblieben wären? Das wussten nur die Götter, aber Acennan war offensichtlich fest davon überzeugt. Beobrand schüttelte den Kopf. Wer war er, dass er seinem Freund widersprechen wollte?

»Ich hätte an Scands Seite bleiben müssen. Es war unsere Pflicht, ihn zu schützen. Oder zusammen mit ihm zu sterben.«

Sunniva stützte sich auf einen Ellbogen und beugte sich über ihn. Ihr süß duftendes Haar hüllte sie beide ein, während sie ihn tief und innig küsste.

»Rede nicht so. Ich will einen Mann, der lebt. In dieser Welt gibt es viel zu viel Tod, als dass man ihn sich wünschen sollte.«

Sie ließ ihre Hand nach unten gleiten, liebkoste ihn zärtlich. Er schloss die Augen und stöhnte kaum hörbar. Dann spürte er, wie er unter ihrer Berührung steif wurde.

»Mm-mm, und du lebst noch, nicht wahr?« In ihrer Stimme schwang ein leises Lachen mit. Sanft drückte sie zu.

Er hielt den Atem an.

»Lass alle Sorgen fahren, mein Liebster«, sagte Sunniva, während sie seine schwellende Männlichkeit weiterstreichelte. »Du bist zu mir zurückgekehrt, so wie du es geschworen hast. Und bald schon müssen wir Vorbereitungen für das große Festmahl treffen. Du wirst auf einem Ehrenplatz sitzen, den du dir mit deinen Taten verdient hast, mein tapferer Mann.«

Er schnaubte spöttisch. Tapfer? Gewiss nicht. Leichtsinnig vielleicht. Doch Sunnivas Zärtlichkeiten machten es schwer, sich auf Dinge wie irgendwelche Schuldzuweisungen zu konzentrieren. Die Schlacht lag bereits weit zurück.

Er ließ seine Hand über die sanfte Wölbung ihres Bauches gleiten. Seine Finger streiften die Härchen dort unten und fanden schließlich ihre warme Höhle. Immer noch feucht, immer noch bereit, ihn zu empfangen, so kurz nachdem sie sich vereint hatten.

Ein tiefes, kehliges Stöhnen drang zwischen Sunnivas Lippen hervor, dann schwang sie sich rittlings auf ihn.

»Man kann uns hören …«, flüsterte Beobrand noch, bevor er die Luft anhielt, während Sunniva ihn in sich aufnahm.

Die anderen hinter der dünnen Abtrennung aus Tüchern und Decken unterhielten sich weiter oder gingen ihren Verrichtungen nach. Bereiteten sich auf das bevorstehende Fest vor. Eine Frau lachte zu laut, als wollte sie damit die Angst der vergangenen Tage vertreiben.

Sunniva ließ ihre Hüften kreisen, dann küsste sie Beobrand lang und tief auf den Mund.

»Schon wieder hören, meinst du? Sollen sie doch.«

Er nahm das Lächeln in ihren Worten wahr, während sie unbeirrt weitermachte. Seine Hände fuhren ihre Schenkel entlang und umfassten ihre Backen. Bei allen Göttern, das fühlte sich so gut an.

»Erinnerst du dich, was du mir noch geschworen hast?« Sunnivas Atem strich ihm heiß über das Gesicht.

Er überlegte, doch in seinen Gedanken war nur Platz für sie. Er versenkte sich noch tiefer in sie, und sie stöhnte auf.

»Ich weiß ja kaum noch, welchen Namen ich trage«, presste er leise hervor.

»Du hast geschworen, du würdest mir einen prächtigen Sohn schenken. Und ich kenne nur eine Art und Weise, das zu tun.« Dann legte sie ihre Lippen auf seine, sodass er kein Wort mehr sagen konnte.

Sunniva beschleunigte ihren Rhythmus, und Beobrand passte sich ihr an und stieß kraftvoll zu.

Vergessen waren alle Bedenken, dass die anderen sie hören könnten.

* * *

Die Wärme des Großen Saales hüllte Beobrand ein. Im Kamin loderte ein großes Feuer, in dessen Flammen lächelnde Gesichter rötlich schimmerten. Dazu kam das warme Gefühl tiefer Befriedigung. Die Erinnerung an das genussvolle Beisammensein mit Sunniva war immer noch frisch und füllte ihn aus. Er musste grinsen.

Die Männer auf den Bänken hoben den Blick und grinsten zurück. Manche winkten ihm oder riefen seinen Namen und prosteten ihm mit ihren Methörnern zu.

Beobrand war die Aufmerksamkeit unangenehm, gestattete sich jedoch einen Hauch von Stolz. Er hatte lediglich das getan, was auch jeder andere Krieger an seiner Stelle getan hätte. Und doch hatte das Schicksal ausgerechnet ihn dazu auserkoren, sich auf den Rappen zu schwingen und Cadwallon Oswald vor die Füße zu legen.

»Beobrand, habe ich recht?« Ein Mann mit dicken Hängebacken und grauen Haaren stolperte ihm entgegen. Beobrand kam er irgendwie bekannt vor, aber er wusste nicht, woher. In den vergangenen Monaten hatte er so viele neue Gesichter gesehen, manche nur für einen kurzen Moment über einen feindlichen Schild hinweg, andere an den Tafeln verschiedener Könige. Viele von ihnen waren jetzt tot, und es war nicht leicht, sich ihre Gesichter in Erinnerung zu rufen.

»Hab ich mir doch gedacht, dass du das bist«, dröhnte der Mann in dem Moment und schwankte dabei sanft wie ein Schiff auf wogender See.

Beobrand war sich immer noch unsicher, woher er ihn kannte, spürte aber, wie sich in seinem Hinterkopf bereits eine leise Ahnung herauskristallisierte.

»Du hast es weit gebracht, seitdem du mit Hengist zusammen in meinem Saal aufgetaucht bist«, fuhr der Mann fort, und Beobrand fiel alles wieder ein.

Vor ihm stand Ecgric, Sohn des Eacgric und Herrscher über ein kleines Fürstentum im Süden. Beobrand war ihm einmal kurz begegnet, als er noch gemeinsam mit Hengist gereist war. Damals hatte Hengist an gewissen Andeutungen hinsichtlich seiner mangelnden Ehrenhaftigkeit Anstoß genommen, und Ecgric hatte sie aus seinem Saal geworfen.

Beobrand musste schlucken. Er wusste nicht, was er entgegnen sollte. Bei ihrer letzten Begegnung war er voll und ganz von Hengist abhängig gewesen.

»Ich habe gehört, dass du Hengist das Leben genommen hast. Eine durch und durch gute Tat. Der Kerl war ein Tier.« Ecgric musterte ihn von Kopf bis Fuß.

Beobrands Kleidung entsprach nicht der eines verdienten Kriegers. Sunniva hatte seinen Kittel gesäubert und seinen Mantel gebürstet, so gut es eben ging. Aber an seiner Schulter war keine schöne Spange befestigt, und seine Arme waren nicht mit Silberreifen geschmückt.

Beobrand blieb stumm. Er hatte keinen anderen Wunsch, als sich auf eine Bank zu setzen und die Tatsache zu genießen, dass er nach all dem Abschlachten und Töten immer noch am Leben war.

»Wie ich höre, hast du erneut eine Heldentat vollbracht. Du hast keinen Geringeren als Cadwallon getötet!«

»Ich habe Cadwallon nicht getötet«, entgegnete Beobrand.

»Nein? Aber du hast ihn unserem guten König Oswald vor die Füße gelegt, oder etwa nicht? O doch, das hast du. Auch das war eine edle Tat, denn jetzt bekommen wir vielleicht endlich unseren Frieden.«

»Das hoffe ich.« Beobrand versuchte, sich an Ecgrics mächtigem Leib vorbeizuschieben. Dabei warf er Sunniva einen schnellen Blick zu, die sich bereits zu den anderen Frauen gesellt hatte, um die Männer mit Speisen und Getränken zu versorgen. Sie schien seine Aufmerksamkeit zu spüren und erwiderte seinen Blick mit einem strahlenden Lächeln. »Ich möchte mich gerne irgendwo niederlassen und eine Familie gründen.«

»Für einen so jungen Mann bist du sehr weise«, meinte Ecgric. Dann hob er sein Methorn an die Lippen, um daraus zu trinken, musste jedoch enttäuscht feststellen, dass es leer war. »Dein Name ist in aller Munde. Manche flüstern sich sogar zu, dass du es gewesen bist, der dem König geraten hat, in der Nacht anzugreifen. Eine kühne Taktik. Mutig.« Er blickte sich nach Met um.

»Der König hatte eine Vision im Traum. Sein Gott hat

uns zum Sieg geführt.« Beobrand drängte sich jetzt endgültig an dem Alten vorbei und tiefer in den Saal hinein.

Nur wenige wussten, dass der Vorschlag für den nächtlichen Überfall von ihm gekommen war. Beobrand wünschte, er wäre nie auf diese Idee verfallen. Vielleicht war die erloschene Binsenfackel doch ein böses Omen gewesen. Vielleicht lachten die Götter ihn gerade aus. Sein Lehnsherr, Scand, war tot, und Acennan gab ihm die Schuld daran.

Beobrand hielt für einen Augenblick inne und betrachtete die Menge der feiernden Männer. Vor wenigen Tagen hatten sie in einer von Blitzen geschwängerten Nacht ihrer Blutgier freien Lauf gelassen. Sie alle hatten gute Freunde verloren. Tiere würden sich an dem Fleisch der Abgeschlachteten laben, bis ihnen die Bäuche platzten. Und sie … sie hockten nun hier. Lachten. Aßen. Tranken. Und später würden sie ihre Frauen besteigen.

All das kam ihm vor wie ein Traum. Wenn er zu sehr darüber nachdachte, würde er in der Trübsal seiner Gedanken ertrinken. Scand hatte ihm geraten, nicht in der Vergangenheit zu verweilen. Das waren weise Worte gewesen. Sein alter Lehnsherr fehlte ihm.

Beobrand schüttelte den Kopf wie ein Hund, der sich das Wasser aus dem Fell schleudert, um sich von den dunklen Gedanken zu befreien.

Er sah sich nach der Bank um, auf der Scands Gefolgschaft Platz genommen hatte.

Hoffentlich war auch Acennan bereit, Scands Ratschlag zu folgen.

* * *

»Heil dir, Beobrand!« Derian winkte ihn zu sich, und Scands Kampfgefährten rutschten ein Stückchen zusammen, um Beobrand Platz zu machen.

Acennan saß am anderen Ende der Bank. Kurz begegneten sich ihre Blicke, doch so konnten sie unmöglich miteinander reden. Beobrand merkte, wie die Traurigkeit von ihm Besitz ergriff. Er wollte die schlechten Gefühle, die zwischen ihnen standen, aus der Welt schaffen. Andererseits war es auch eine Erleichterung, nicht gleich mit seinem Freund sprechen zu können. So konnte er sich zunächst einmal entspannen, die Wärme des Saals und die Anwesenheit der Männer genießen, die ihn als einen der ihren in ihren Reihen aufgenommen hatten.

»Es freut mich, dich zu sehen, Beobrand.« Zwischen Derians dunklen, grau melierten Bartstoppeln blitzten zwei weiße Zahnreihen auf.

Noch bevor Beobrand antworten konnte, beugte Sunniva sich zwischen die beiden, und der Duft ihrer Haare umwehte ihn. Sie reichte Beobrand ein Horn, das mit einer bernsteinfarbenen Flüssigkeit gefüllt war. Mit der anderen Hand stellte sie einen Holzteller voller erlesener Fleischstücke vor ihm auf den Tisch, berührte ihn dabei sanft an der Schulter und schenkte ihm ein Lächeln, das alle Traurigkeit von ihm nahm. Dann ging sie weiter, um andere zu bedienen. Beobrand blickte ihr nach. Der Schwung ihrer Hüften ließ Erinnerungen an die letzten Stunden zum Leben erwachen. Er seufzte. Er war in vielerlei Hinsicht ein gesegneter Mann.

Als hätte Derian seine Gedanken gelesen, sagte er: »Du kannst dich glücklich schätzen. Eine solche Frau, um dein

Bett zu wärmen, und dazu deine Schwertkunst und deine Stärke. Ich kann verstehen, weshalb Scand dich so gemocht hat.«

Bei Scands Erwähnung verzog Beobrand das Gesicht. »Es tut mir leid, dass er tot ist«, sagte er.

»Wir müssen alle sterben, Beobrand. Selbst die Großen. Selbst außergewöhnliche Schwertkämpfer, wie du einer bist.«

»Acennan gibt mir die Schuld daran«, sagte Beobrand und nahm einen tiefen Schluck aus dem Horn. Der süße Met lief wohltuend seine Kehle hinunter. Er hatte gar nicht gemerkt, wie durstig er war.

»In Wirklichkeit gibt Acennan sich selbst die Schuld daran. Aber es ist einfacher, wenn er sie auf dich schieben kann. Sein Zorn wird nicht lange währen. Er brennt hell und heiß wie Fichtenzapfen, die ins Feuer geworfen werden, aber genauso schnell wird er auch wieder verlöschen. Ich kenne ihn schon lange. Glaub mir, seine Wut wird bald verraucht sein.«

Derians Worte erleichterten Beobrand. Er nahm sein kleines Essmesser und spießte ein Stück Fleisch auf. Wildschwein. Das mochte er am liebsten. Man konnte Sunniva nicht genug loben.

»Was sollen wir als Nächstes tun?«, wollte Beobrand dann wissen. »Jetzt, wo unser Herr nicht mehr unter uns ist?«

Derians Miene verdüsterte sich. Mit zusammengezogenen Augenbrauen beugte er sich vor, stürzte einen großen Schluck Met hinunter und wischte sich mit dem Handrücken über Lippen und Bart.

»Glaubst du, wir hätten mit ihm sterben müssen? Ist es das?«

Beobrand erschrak. Er wusste, dass viele Männer der Überzeugung waren, dass die Kampfgefährten eines Herrn zusammen mit ihm in den Tod gehen sollten, dass alles andere von Ehrlosigkeit zeugte. Doch das erschien ihm wie Irrsinn. Wie konnte eine solche Verschwendung von Kriegern gewollt sein?

»Nein … ich …«, stammelte er. »Bitte, nimm es mir nicht übel. Ich habe die Schlacht ja auch überlebt. Aber wäre es nicht sinnlos, ein Leben einfach wegzuwerfen?«

Derian saß lange Zeit schweigend da und rieb sich die Augen.

»Es tut mir leid, junger Beobrand«, sagte er dann. »Scand war der beste Herr, den man sich denken kann. Manchmal wünschte ich, ich wäre in jener Nacht an seiner Seite gefallen. Ich schäme mich, dass ich immer noch am Leben bin.«

Beobrand konnte das verstehen. Der Tod hatte auch ihn schon mehrmals gelockt – als Erlösung vom Leid dieser Welt.

»Du hast Scand besser gekannt als ich«, fuhr Beobrand fort. »Aber auch ich kannte ihn gut genug, um zu wissen, dass er deinen Tod niemals gewünscht hätte. Er wäre stolz darauf, wie du die Männer geführt hast. Mit deinem Handeln hast du die Schlacht zu unseren Gunsten gewendet. Ohne die wilde Flucht der Pferde hätten wir sie wahrscheinlich verloren.«

Derian nickte und schwieg wieder. Dann nahm er einen weiteren Schluck Met, wandte sich Beobrand zu und sah ihn an. »Ich danke dir. Dasselbe habe ich mir auch schon gedacht, aber aus dem Mund eines anderen haben die Worte mehr Gewicht.«

Beobrand klopfte ihm auf die Schulter. Er kam sich unbeholfen vor. Wie war es nur dazu gekommen, dass er einen Mann trösten musste, der alt genug war, um sein Vater zu sein? Es erschien ihm falsch, als würde er vortäuschen, etwas zu sein, was er nicht war. Und doch konnte er in Derians Augen erkennen, dass dieser genau seine Worte gebraucht hatte.

»Und nun zu deiner Frage, was wir jetzt tun sollen«, sagte der Ältere. »Ich bin mir sicher, dass wir alle ein Dach über dem Kopf finden werden. Viele tapfere Männer haben das Land mit ihrem Blut getränkt, und die Fürsten wollen keine leeren Plätze an ihren Tischen. Ein guter Schwertkämpfer ist nie lange auf der Suche nach einem neuen Zuhause.«

In kameradschaftlichem Schweigen aßen sie eine Zeit lang weiter.

Dabei fiel Beobrands Blick auf Athelstan, der an einem anderen Tisch auf der gegenüberliegenden Seite des Saals saß. Der hünenhafte Krieger starrte ihn an. Seine Augen funkelten im Licht des Feuers wie Fackeln in dunklen Höhlen.

Beobrand hielt seinem Blick stand. Er hoffte sehr, nie wieder gegen den älteren Recken kämpfen zu müssen. Wenn Athelstan sich von ihm fernhielt, würde er auch nichts gegen ihn unternehmen. Aber ob Athelstan genauso vorsichtig wäre?

Beobrand wandte sich ab. Die Zahl der Männer, die ihn hassten, schien täglich größer zu werden. Sich Feinde zu machen war ein Talent, auf das er nicht besonders stolz war.

Im Saal ging es hoch her. Biergeschichten und Met-gelächter hallten von den Wänden wider wie Wellen, die über einen Kiesstrand laufen. Die Lebenden tranken auf die Toten. Heldentaten wurden zum Besten gegeben, und die Krieger spendeten Beifall, indem sie mit ihren Fäusten und Messern auf die Tische hämmerten.

An der Hohen Tafel stand ein schmächtiger Barde, besang die große Schlacht und spielte dazu Lyra. Seine Stimme war im starken Gegensatz zu seinem Körperbau kräftig und überraschend klar. Es wurde still im Saal, als alle seiner packenden Erzählung von König Oswald lauschten, der von Columbans Geist den Befehl erhalten hatte, bei Nacht anzugreifen. Der Barde ließ keine Einzelheit aus. Er hatte bereits ausführlich mit den Männern gesprochen, die in der Schlacht gekämpft hatten, war vielleicht sogar selbst dabei gewesen. Abgesehen von seiner Sprache, die voller kunstvoller Ausschmückungen und Bilder war, wäre das durchaus denkbar gewesen, auch wenn Beobrand sich nicht an ihn erinnern konnte und er wirkte, als könnte schon ein einziger kräftiger Windstoß ihn zu Boden werfen. Beobrand konnte sich nicht vorstellen, dass er dem Aufprall der Schilde und Speere standgehalten hätte.

Er schloss die Augen und ließ die Bilder, die die Worte des Barden heraufbeschworen, vor seinem geistigen Auge Gestalt annehmen. Der Sänger besaß Talent, daran gab es keinen Zweifel. Seine Darbietung war nuancenreicher, als es Vorträge von Leowin je gewesen waren, dafür mangelte es ihr an der ungebändigten Energie, die Leowin oftmals erzeugt hatte.

Leowin. Erneut stellten sich Schuldgefühle ein. Wie

viele Tote würden sich noch vor Beobrand stapeln? Er hatte Leowin nicht beschützen können, und jetzt war auch Scand gefallen.

Richte deine Gedanken auf die Gegenwart. Und die Zukunft. Vergiss die Vergangenheit.

Da hörte er, wie sein Name fiel. Der Barde war nun bei dem Teil der Geschichte angelangt, wo Beobrand mit dem auf sein Pferd gefesselten Cadwallon ins Lager geritten kam. Die Männer um ihn herum brachen in lauten Jubel aus und donnerten ihre Fäuste auf die Tische. Der Lärm im Saal war ohrenbetäubend. Beobrand lächelte verlegen. Die Anerkennung seiner Schwertbrüder war Balsam für seine Seele.

Und als er sah, dass Acennan in den Jubel einfiel, machte sein Herz einen Satz.

* * *

Nachdem der Barde seine Erzählung beendet hatte und der Applaus sowie das begeisterte Donnern der Fäuste verklungen waren, erhob sich König Oswald von seinem Platz. Er breitete die Arme aus, und die letzten Gespräche verstummten. In einer der hinteren Reihen brach ein Mann in schallendes Gelächter aus. Seine Freunde, die weniger betrunken waren als er, drängten ihn, leise zu sein.

Oswald blieb mit ausgestreckten Armen, in seiner mittlerweile vertrauten Pose, stehen, bis er die Aufmerksamkeit aller Versammelten hatte. Das Feuer knisterte noch immer, und der Rauch umschwebte die Deckenbalken wie trübes Meerwasser die hölzernen Rippen eines versunkenen Schiffes. Hunde nagten an den übrig gebliebenen Knochen.

Bänke schabten über die Binsen, während die Männer auf ihnen hin und her rutschten, um besser sehen zu können. Die Frauen, die unermüdlich durch den Saal gingen und Trinkhörner und Teller auffüllten, hielten inne.

Vollkommene Stille im Großen Saal war während einer Siegesfeier ein Ding der Unmöglichkeit, aber alle, die versammelt waren, wollten die Worte ihres Königs hören. Der Moment, auf den sie alle gewartet hatten, war gekommen. Niemand wagte es, etwas zu sagen, aus Angst, sich dadurch die eigene Chance auf eine Belohnung zu nehmen. Es war der Moment der Geschenke, der Moment, wenn der König viele von denen, die ihm in der Schlacht gedient hatten, belohnen würde. Das Leben etlicher Männer würde sich verändern. Manche würden große Reichtümer erhalten, andere sich durch ein armseliges Geschenk herabgewürdigt fühlen.

Für sie alle war Oswald ein neuer König, der sich in der Schlacht bewiesen hatte. Jetzt war die Zeit gekommen, da er sich als großzügiger Fürst erweisen musste. Als guter König.

Als er anfing zu sprechen, spitzte der ganze Saal die Ohren. Wieder redete er mit leiser Stimme, sodass all jene, die seine Worte verstehen wollten, gezwungen waren, noch leiser zu sein. Als er die verschiedenen Geschenke bekannt gab – unterstützt von einem Schreiber, der mehrere Pergamentstücke in der Hand hielt –, erhob sich immer wieder Geflüster im Saal, weil jemand etwas nicht verstanden hatte und sich beim Nebenmann erkundigen musste, was der König gesagt hatte.

Verblüfft erkannte Beobrand, dass der Schreiber neben Oswald kein anderer war als sein Freund Coenrad. Der junge Mönch wirkte ängstlich und blass. Die große Bedeutung seiner Aufgabe schüchterte ihn offensichtlich ein. Beobrand versuchte, einen Blick von ihm aufzufangen, doch Coenrad war so auf seine Pflicht konzentriert, dass er seine Umgebung nicht wahrnahm. Er las Oswald mit leiser Stimme etwas von den Schriftstücken vor, woraufhin dieser der Versammlung die Namen derer nannte, die er zu belohnen gedachte.

Der König war ein guter Redner und wusste, dass er den Saal im Griff hatte. Die Zuhörer schnappten nach seinen Worten wie hungrige Möwen nach den Innereien von Fischen schnappen, die vom Fischerboot ins Meer geworfen werden, und verschlangen sie. Jeder Mann wartete begierig darauf, seinen Namen zu hören. Alle Ungenannten würden ihren Anteil an der Kriegsbeute erhalten, aber fiel ihr Name jetzt, konnte das Ruhm und Reichtum bedeuten. Oswald schaffte es sogar, zu jedem Namen das passende Gesicht in der Menge zu finden und den Betreffenden direkt anzusprechen.

Viele Namen wurden genannt, und der Abend zog sich in die Länge. Jeder Krieger, der aufgerufen wurde, erhob sich unter dem tosenden Applaus des Saals von seinem Platz und trat anschließend vor den Thron an der Hohen Tafel. Wenn es sich um ein Geschenk handelte, das direkt übergeben werden konnte – ein Schwert, ein Ring oder eine Rüstung –, überreichte Oswald es dem Krieger, der sich daraufhin vor ihm niederkniete und seinen Treueschwur bekräftigte.

Die Methörner waren schon lange geleert, und das Feuer war zu einem funkelnden Gluthäufchen zusammengeschrumpft. Überall waren die lächelnden Gesichter derer zu sehen, die eine Anerkennung für ihren Einsatz erhalten hatten. Doch immer noch gab es etliche ohne Geschenk, denen es zunehmend schwerer fiel, sich für ihre Kameraden zu freuen.

Von den Überlebenden aus Scands Gefolgschaft hatte bisher niemand eine Gabe erhalten. Unruhig und mürrisch rutschten die Männer auf ihren Bänken umher. Beobrand brütete stumm vor sich hin. Die Schenkungszeremonie interessierte ihn wenig. Er war ein Niemand. Ein Bauernjunge, der gelernt hatte, mit einem Schwert umzugehen. Ein Außenseiter aus Cantware. Er blickte zu Sunniva, die bei den anderen Frauen im Schatten stand. Sie lächelte ihm zu, und er grinste zurück. Er war bereits reich. Seine ganze Hoffnung bestand darin, einen Fürsten zu finden, dem er dienen konnte, und einen Ort, an dem er sich mit Sunniva niederlassen konnte. Beides würde voraussichtlich nicht besonders schwierig werden. Seine Tapferkeit war mittlerweile allgemein bekannt, und wie Derian bereits gesagt hatte: Leere Bänke gab es genug.

Der Name des bärtigen Kriegers holte Beobrand schlagartig zurück in die Gegenwart. Oswald hatte Derian aufgerufen.

Die Männer neben Beobrand brachen in lautstarken Jubel aus, als ihr vorläufiger Anführer sich von seinem Platz erhob. Mit steifen Schritten ging er durch den Saal, bis er vor Oswald stand.

Der König wartete, bis wieder Stille eingekehrt war, bevor er das Wort ergriff. »Derian, Sohn des Isen, du hast deinem Herrn Scand, Sohn des Scaend, voller Ehre und

Hingabe gedient bis zum Schluss. Selbst in der schweren Stunde seines Hinscheidens hast du dich nicht von der Trauer überwältigen lassen. Du warst es, der die Pferde der Waliser freigelassen hat. Diese Tat war der Beginn des Endes der Schlacht, das schließlich mit dem Tode Cadwallons, dem Feind Gottes und Bernicias, endgültig besiegelt wurde. Wir alle stehen in deiner Schuld.«

Beobrand und die anderen trommelten auf die Tischplatten, sodass Hörner, Becher, Messer und Holzteller klapperten.

Als der Lärm sich gelegt hatte, fuhr Oswald fort. »Für deine Dienste vermache ich dir diese schöne Klinge, die einst Scand gehörte. Das Schwert ist eines Fürsten würdig, und es wird dir treue Dienste leisten. Nimm dazu noch diese silbernen Kriegerreifen und trage sie mit Stolz.«

Das Schwert steckte zwar in seiner edlen Scheide, doch alle im Saal wussten, von welcher Güte die Waffe war, die Oswald erst vor Kurzem Scand übergeben hatte. Mit stolzgeschwellter Brust nahm Derian die königlichen Gaben als Anerkennung für seine Taten entgegen. Als er die Reifen auf seinen linken Arm schob, funkelten sie im Lichthauch des Feuers.

Erneut wartete Oswald ab, bis Stille herrschte. »Eines jedoch erbitte ich von dir, Derian«, sagte er dann.

»Alles, mein König«, erwiderte Derian mit brechender Stimme.

»Ich möchte, dass du dich meiner Gefolgschaft anschließt. Nur die vertrauenswürdigsten und stärksten Krieger sollen dem Kreis meiner engsten Vertrauten angehören. Du bist ein solcher Mann, und deshalb bitte ich dich hiermit, dich zu ihnen zu gesellen. Wie lautet deine Antwort?«

»Es ist mir eine Ehre, mein Herr und König.« Derian kniete sich nieder und streckte Oswald das Schwert, das dieser ihm soeben geschenkt hatte, mit dem Heft voraus entgegen. »Ich entbiete Euch meinen Dank und mein Schwert. Ich will Euer Diener sein, von nun an bis in Ewigkeit.«

Jubel erklang von den Bänken. Beobrand brüllte genauso laut wie die anderen. Derian war ein guter Mann, er verdiente diese Anerkennung.

Als der Alte zu seinem Platz zurückkehrte, glitzerte die Rührung feucht in seinen Augen. Er wirkte wie benommen. Die Männer klopften ihm auf den Rücken und wollten die Schätze sehen, die er erhalten hatte. Er grinste dümmlich, da seine Zukunft nunmehr gesichert war. Aber was war mit den anderen?

»Beobrand, Sohn des Grimgundi«, war plötzlich wieder die Stimme des Königs zu vernehmen.

Beobrand hatte geglaubt, sich nicht für Oswalds Gaben zu interessieren, doch jetzt, da dieser seinen Namen ausgesprochen hatte, setzte sein Herzschlag kurz aus. Er erhob sich. Seine Hände zitterten. Genauso wie seine Knie. Er kam sich vor, als würde er sich einem feindlichen Schildwall nähern. Sein Herz pochte so laut, dass er die dröhnenden Schläge zu hören meinte.

Er machte sich auf den Weg zur Hohen Tafel, vorbei an den jubelnden Männern aus Scands Gefolgschaft. Schnell warf er einen Blick zu Sunniva hinüber. Bei Frige, wie wunderschön sie war! Als Nächstes blickte er in Athelstans finstere Miene – mit fest zusammengepressten Lippen und zerfurchter Stirn.

Geduldig wartete Oswald vor seinem Thron. Coenrad stand hinter ihm und blickte Beobrand direkt ins Gesicht. Nickte kaum wahrnehmbar. Die Andeutung eines Lächelns folgte. Er hatte also doch noch Freunde.

Beobrand ließ sich vor dem König auf die Knie sinken.

»Beobrand, Sohn des Grimgundi, du warst mir ein Fremder. Aus Cantware bist du zu uns gekommen. Deine Vergangenheit ist unbekannt, aber ich habe bereits viele Gesänge gehört, die deine Taten preisen. Viele große Taten, die eines Gesanges würdig sind, jedoch auch andere, deren Wahrheit erst hinter den Worten der Barden aufscheint. Du hast an der Seite meines Feindes Edwin gestanden, und es heißt, du seist eine Zeit lang mit einem Mann der übelsten Sorte gereist.«

Ein Raunen ging durch den Saal. Vielen der Anwesenden war das meiste bekannt. Manches ließ sich auch erraten. Aber von wem hatte es der König erfahren? Beobrand merkte, wie seine Eingeweide sich zusammenkrampften. Oswald hatte recht. Er war ein Außenseiter. Er hatte schreckliche Dinge getan. Für einen kurzen Moment wurde er von finsteren Erinnerungen überwältigt. Die bittere Kälte des Waldes, die sogar Baumstämme gespalten hatte. Cathryns flehender Blick. Ihr gefrorenes Blut, mit Raureif bedeckt. Die Rauchwolken über seinem Zuhause in Hithe, die schwächer werdenden Schreie seines Vaters, während er ihm für immer den Rücken kehrte. Das leise Ächzen eines schwingenden Seils am Ast einer alten Eibe, während Tondberts geschwollene Zunge sich schwarz färbte.

Beobrand hob den Blick und sah den König an. Oswald schien von innen zu leuchten. Er sprach mit stolzer und sicherer Stimme. Vielleicht schützte ihn tatsächlich der Segen des Christusgottes. Beobrand senkte den Blick. Er war es nicht wert, diesen mächtigen König auch nur anzusehen.

»Leugnest du, was ich gesagt habe, Beobrand?«, sprach Oswald ihn an.

Beobrand brachte es nicht über sich, ihm in die Augen zu schauen. »Ich leugne es nicht.« Finstere Gedanken aus seiner Vergangenheit schlugen nach ihm wie die Schwingen eines großen Raben. »Ich habe Dinge getan, auf die ich nicht stolz bin.«

Oswald sah ihn wehmütig an. »Wir alle haben gesündigt, Beobrand. Doch dafür ist unser gnädiger Herr gestorben; um uns von unseren Sünden reinzuwaschen.«

Coenrad hatte Beobrand etliche Geschichten über den Christus und sein endgültiges Opfer erzählt. Beobrand hatte sie nie wirklich verstanden. Er hielt den Kopf gesenkt, wusste nicht, was er darauf erwidern sollte.

»Dir, Beobrand, Sohn des Grimgundi, überlasse ich den schwarzen Hengst, auf dessen Rücken du mir Cadwallon gebracht hast.«

Laute Rufe ertönten von den Bänken. Der Hengst war ein schönes Tier und viele Scyllinge wert.

Beobrand seufzte erleichtert. Er hatte bereits befürchtet, dass er nicht nur nichts bekommen, sondern womöglich stattdessen wegen seiner vergangenen Verbrechen bestraft werden würde. Doch der Rappe war ein Symbol dafür, dass Oswald ihn schätzte.

»Ich danke Euch, König Oswald«, sagte Beobrand. »Es ist ein edles Ross, schwarz wie die Nacht und mutig wie Tyr. Ich werde es Sceadugenga nennen, denn es ist in der Nacht zu mir gekommen und hat mich sicher durch Schatten und Gefahren geführt.«

»Ein würdiger Name für ein würdiges Ross. Doch ich habe noch mehr für dich.«

Die Menge beruhigte sich.

»Du stammst nicht aus diesem Land. Ich weiß, was es bedeutet, wie du nicht dazuzugehören. Viele Jahre habe ich im Exil zugebracht, bevor ich zurückgekehrt bin. Du hast mir heute geholfen, das wiederzuerlangen, was von Rechts wegen schon immer mein war. Als du mir Cadwallon zu Füßen gelegt hast, hast du mir das Wertvollste überhaupt geschenkt: Vergeltung und Frieden für mein Königreich und mein Volk.«

Ohrenbetäubender Jubel folgte.

Oswald breitete wieder die Arme aus. »Es will mir scheinen, dass du in Bernicia dein rechtmäßiges Zuhause gefunden hast. Von diesem Tag an wirst du ein Recke Bernicias sein. Außerdem verleihe ich dir das Gut Ubbanford. Ubba sowie seine beiden Söhne sind in der Schlacht gegen Cadwallon gefallen. Zu Ubbanford gehören fruchtbares Land und gute Fischgründe, und es braucht einen starken Mann, um es zu führen. Es gehört dir, wenn du dafür sorgst, dass Ubbas Witwe und seine Tochter ihren gerechten Anteil an der Kriegsbeute erhalten. Sie haben die Männer ihrer Familie im Dienst für meine Sache verloren, darum sollen sie in diesem Leben keine Not mehr leiden.«

Bei diesen Worten stimmten die Männer ein lautes, kehliges Brummen an und hämmerten erneut auf die Tische. Oswald war wahrhaftig ein guter König.

Jetzt endlich wagte es Beobrand aufzublicken. Der König lächelte, beugte sich nach vorn und sprach leise zu ihm. Bei dem Getöse im Saal konnte niemand sonst seine Worte verstehen.

»Du hast mir den Sieg gebracht, Beobrand. Den Sieg und Cadwallons Haupt. Beides hast du mir geschenkt, und dafür danke ich dir. Und nun lege deinen Eid ab und nimm deine Gaben in Empfang.«

Beobrand sprach die Worte des Treueschwurs. Er konnte sie selbst kaum hören, so laut waren die Jubelschreie der im Saal versammelten Menge.

Schon zweimal zuvor hatte er den Eid abgelegt. Beide Fürsten waren jetzt tot. Hätte er mehr tun können, um sie zu beschützen? Um Unheil von ihnen fernzuhalten? Er wusste es nicht. Aber er wusste, dass dieser neue König von Bernicia, ein Nachfolger Christi, ihm mehr gegeben hatte, als er jemals zu hoffen gewagt hatte.

Zu lange schon hatte er sich nach einem Ort gesehnt, den er sein Eigen nennen konnte. Und nun hatte dieser Ort einen Namen.

Ubbanford. In seinem Kopf überschlugen sich die Gedanken.

Er erhob sich und verneigte sich vor Oswald.

Als er sich umdrehte, blickte er in Sunnivas vor Erstaunen weit aufgerissene Augen und gestattete sich zu glauben, was er da soeben gehört hatte.

Er würde die schönste Frau von ganz Bernicia heiraten. Seinem Land.

Und die Hochzeit würde auf einem Gut namens Ubbanford stattfinden. Er hatte keinerlei Vorstellung, wo es lag oder wie es dort aussah, aber das Wichtigste, das wusste er.

Ubbanford war sein.

Und er würde es zu ihrem gemeinsamen Zuhause machen.

Kapitel 8

Der Sand schmatzte unter Coenrads bloßen Füßen. Bei jedem seiner Schritte quoll Salzwasser zwischen seinen Zehen hervor. Rund um seine Fußabdrücke blubberten Blasen aus dem weichen Untergrund. Er drehte sich um und folgte mit Blicken seiner Spur, die bis zum trockenen Sand des Strandes zurückreichte. Dahinter erhob sich der mächtige Felsen von Bebbanburg wie ein Wachposten.

Er wandte sich wieder nach vorn. Der Wind fegte über den nassen Sand. Seine Augen wurden feucht. Um ihn herum stießen zahlreiche Stelzvögel ihre Rufe aus, wenn sie nicht gerade im Boden mit ihren Schnäbeln nach Leckereien stocherten.

Vor ihnen lag die Insel Lindisfarena, eine flache, bleiche Sandfläche, nur spärlich mit Gras bewachsen. Dahinter begannen die tiefen Weiten der Nordsee. Die Straße der Wale.

Lindisfarena war windumtost. Den stürmischen Wellen schutzlos ausgeliefert. Im Winter musste sie ein sehr kalter Zufluchtsort sein.

Auf der Insel lebten viele Vögel und Robben, aber es gab auch eine kleine Siedlung, bewohnt von Landvolk, das dem sandigen Boden mühsam seinen Lebensunterhalt abrang.

Und nun würde Lindisfarena Coenrads Zuhause werden.

»Pass auf, wo du hintrittst, Bursche«, sagte der Mann, der

sie führte. Sein Rücken war so stark gekrümmt wie ein Baum, der sich den kräftigen Winden der Insel ergeben hat. »Tritt immer in meine Fußstapfen. Wenn du vom sicheren Pfad abkommst, kann dich der Sand verschlucken wie ein Fisch die Made.« Der Mann sprach sehr undeutlich und mit starkem Akzent, sodass Coenrad praktisch kein Wort verstehen konnte. Als er den verwirrten Gesichtsausdruck des jungen Mönchs sah, musste der Mann kichern. »Bei mir bist du in guten Händen«, sagte er dann und ging weiter.

»Wartet!«, rief Coenrad. »Abt Fearghas kann nicht so schnell.«

Der alte Mann war bereits ein ganzes Stück zurückgefallen. Inmitten der anderen Mönche schlurfte der Klostervorsteher vorwärts. Dabei stützte er sich auf seinen Stab sowie auf die Schulter eines pickeligen Jungen namens Dalston.

Seitdem sie Engelmynster an die Waliser verloren hatten, schien der Abt Stück für Stück aus dem Leben zu weichen. Er war reich an Jahren, sein Haar schütter und weiß, hatte aber bis vor Kurzem immer gesund und munter gewirkt. Doch die Zerstörung all dessen, was er in Deira aufgebaut hatte, hatte ihn geschwächt. Erstmals wirkte er zerbrechlich. Der anstrengende Marsch gen Norden hatte ihn vollkommen erschöpft. Coenrad hatte bereits das Schlimmste befürchtet.

Wie sollte er ohne den alten Abt weiterleben? Dieser Mann hatte ihn bei sich aufgenommen, hatte ihn gelehrt und sich um ihn gekümmert. Er hatte seinem Leben einen Sinn gegeben und ihm den Weg Christi gezeigt.

Erleichtert hatte Coenrad registriert, welche Verwandlung in Fearghas vorgegangen war, als sie auf ihrer Reise und später dann in Bebbanburg König Oswald begegnet waren. Der Herrscher hatte die Zeit seines Exils auf Hii verbracht, und Fearghas kannte ihn seit seiner Jugend.

»Christus kommt nach Bernicia, Coenrad«, hatte Fearghas gesagt, als Oswald gen Süden gezogen war, um sich Cadwallon zu stellen. »Durch die Gnade Gottes wird Oswald siegen und dafür sorgen, dass das ganze Volk so wie er dem einen wahren Glauben folgt.«

Dass Oswald Fearghas gernhatte, war offensichtlich. Bei seiner triumphalen Rückkehr auf den Königsthron hatte er den alten Abt aufgesucht, um gemeinsam zu beten. Anschließend hatten sie sich einige Zeit mit gedämpften Stimmen unterhalten.

»Er wünscht, dass wir ein Kloster errichten«, hatte Fearghas nach dem Gespräch gesagt. »So wie auf Hii. Einen heiligen Ort der Einsamkeit, wo wir beten und unseren Regeln folgen können. Deshalb hat er Gott die Insel Lindisfarena geschenkt.«

Jetzt sah Coenrad zu, wie Fearghas sich über den Sand schleppte. Sie hätten auch bei Flut mit dem Boot übersetzen oder reiten können. Oswald hätte ihnen die notwendigen Pferde zur Verfügung gestellt. Doch Fearghas hatte davon nichts wissen wollen.

»Ich möchte über den Sand gehen, der Tag für Tag vom Wasser des Meeres gewaschen wird, so wie unsere Seelen vom Blut Christi reingewaschen werden«, hatte er gesagt. »Wie passend, dass die Insel täglich vom Ozean getauft wird. Lindisfarena ist ein Wunder des Herrn.«

Coenrad ließ den Blick über das Meer in der Ferne schweifen und rief sich den Anblick ins Gedächtnis, der sich ihnen heute Morgen von Bebbanburg aus geboten hatte. Da hatte die See noch den Sand bedeckt, über den sie jetzt gingen. Woher konnten sie wissen, dass die Wellen nicht plötzlich zurückkommen und die sandige Ebene zwischen Lindisfarena und dem Festland von Albion füllen würden? Wenn das geschah, würden sie alle mit Sicherheit weggespült werden. Sie waren nicht nur weit, weit von dem Strand hinter ihnen entfernt, sondern auch von der Insel vor ihnen.

»Seid Ihr Euch denn Eurer Sache sicher?«, fragte er den Inselbewohner, dessen Führung sie sich anvertraut hatten.

Der Mann lachte erneut. »So sicher, wie es eben möglich ist. Das Wasser kehrt noch eine ganze Weile nicht zurück. Fürchte dich nicht. Du wirst das Meer und den Sand noch ausführlich kennenlernen, so wie ein Mann den Leib seiner Frau.« Er kicherte wieder über seinen eigenen Scherz.

Coenrad wurde blass. Die Erwähnung eines Frauenkörpers erinnerte ihn an einen Traum, den ihm der Teufel in der letzten Nacht geschickt hatte. Am Morgen war er mit dick geschwollener und vor Begehren pulsierender Männlichkeit erwacht. Er hatte von der blonden Schönheit im Saal geträumt, Beobrands Frau. Im Traum hatte sie ihn geküsst. Und gestreichelt. Hatte seinen Leib in einen Zustand fiebriger Erregung versetzt. Und obwohl der Traum längst vergangen war, konnte er ihr Antlitz und die wohlgeformten Rundungen ihres Leibes immer noch nicht aus seinen Gedanken verbannen. Er war sich sicher, dass die anderen Mönche genau wussten, was in ihm vorging.

Es war falsch, an sie zu denken. Er hatte den Versuchungen des Fleisches abgeschworen. Aber wie sollte das angesichts der Art der Träume, die ihm der Teufel immer wieder schickte, möglich sein? Er wusste es nicht. Die meiste Zeit schien sein Leib ihn zu regieren. Immer wieder geschah es, dass er ein Mädchen sah oder sein Blick eine Frau streifte, und hinterher feststellen musste, dass der Anblick ihn erregt hatte. Das Bild von Sunniva mit ihrem Wasserfall aus goldenem Haar und dem geschmeidigen Körper hatte sich in seinen Gedanken festgesetzt, wie eine Zecke sich in weiches Fleisch bohrt.

Mit allergrößter Willensanstrengung verdrängte er Sunniva zumindest teilweise aus seinem Kopf. Fearghas und die anderen hatten ihn inzwischen fast eingeholt, und er marschierte etwas schneller weiter, weil er nicht mit ihnen sprechen wollte.

Dann dachte er an den vorangegangenen Abend.

Es war schön gewesen, Beobrand wiederzusehen. Er war ein wahrhaft gesegneter Mann. Oder ein Glückspilz. Er hatte sich erfolgreich in der Schlacht geschlagen, die Liebe der schönsten Frau errungen und Gnade vor den Augen des Königs gefunden.

Coenrad war verblüfft gewesen, als Fearghas ihn gebeten hatte, die Gabenliste zu verlesen. Gothfraidh, der die Liste erstellt hatte, litt an Fieber, und Oswald hatte eigentlich Fearghas als Stellvertretung vorgesehen. Doch der alte Abt traute sich nicht zu, so lange zu stehen, und so wurde Coenrad mit der Aufgabe betraut.

»Es ist eine Gelegenheit, einem großen König nahe zu sein, wenn er seiner Pflicht nachkommt«, sagte Fearghas. »Erfülle sorgfältig deine Aufgabe und lausche jedem Wort, das im Saal gesprochen wird. Viele bedeutende Männer werden anwesend sein.«

Coenrad war nervös und eingeschüchtert von der Aussicht, neben dem Thron zu stehen. Alle Blicke im Saal würden auf ihn und den König gerichtet sein.

Doch Oswald spürte seine Aufregung und sprach ihn vor Beginn der Zeremonie an. »Du hast nichts zu befürchten, junger Coenrad. Der weise alte Fearghas vertraut auf deine Fähigkeiten. Und ich vertraue seinem Urteil. Das solltest du auch tun.«

Coenrad lief vor Stolz rot an und nickte, brachte jedoch keinen Ton heraus. Sein Mund war vollkommen ausgedörrt.

Oswald reichte ihm ein verziertes Horn voller Met.

»Benetze dir die Lippen und deine Kehle, Junge. Du wirst lange sprechen müssen.«

Coenrad hatte einen Schluck genommen und die Wirkung des süßen Getränks sofort gespürt. Es hatte seine Nerven besänftigt und seiner Kehle gutgetan.

»Nun komm schon, Bursche!« Die heisere Stimme des Inselbewohners holte ihn wieder in die Gegenwart. »Wenn das Meer zurückkommt, kommt es so schnell wie ein galoppierendes Pferd und begräbt den Sand unter sich.«

Coenrad erschrak und lief los. Mit einem hastigen Blick zurück stellte er fest, dass Fearghas und die anderen immer noch äußerst gemächlich vorwärtskamen.

Sein Führer lachte schallend los und versetzte ihm einen Klaps auf den Rücken. »Es ist wohl wahr, dass die See es eilig hat. Aber so eilig nun auch wieder nicht.« Er wandte sich um, nahm das letzte Wegstück bis zum trockenen Strand von Lindisfarena in Angriff und kicherte währenddessen ununterbrochen vor sich hin.

Coenrad legte die Stirn in Falten. Er freute sich schon

auf den Tag, wenn er den Weg allein zurücklegen konnte. Die Aussicht, ihn noch einmal mit diesem verschrobenen Mann gehen zu müssen, bereitete ihm keine Freude. Obwohl er wusste, dass der Kerl sich über ihn lustig machte, folgte er ihm hastig, bis er die Insel erreicht hatte. Sicher war sicher.

Erleichtert atmete er auf. Ihm war gar nicht bewusst gewesen, wie angespannt er bei dem Marsch über den Meeresboden gewesen war.

Er blickte den anderen Mönchen entgegen, während der Wind durch seine Haare fuhr. Die Weite des offenen Meeres bildete einen starken Kontrast zu dem Wald, der das Kloster umgeben hatte, das in den vergangenen Jahren sein Zuhause gewesen war.

Endlich hatten auch der Abt und die anderen den sicheren Strand erreicht, und Fearghas hob die Arme.

»Meine Brüder in Christus. Wir alle waren in den letzten Wochen der Versuchung ausgesetzt. Gott hat uns einer Prüfung unterzogen. Doch dank seiner Gnade haben wir alle Herausforderungen gemeistert. König Oswald ist ein guter Herrscher. Ein Fürst, der für Christus brennt. Und mit Lindisfarena hat er Gott und seinem Werk ein Geschenk gemacht. Engelmynster ist nicht mehr, und wir werden jeden Tag für die Seelen derer beten, die gefallen sind, weil sie uns beschützen wollten.«

Coenrad dachte an Alric und die anderen Männer, die sich in dem mickerigen Schildwall den heranrückenden Walisern entgegengestellt hatten.

»Doch Gott hat uns eine neue Stätte der Zuflucht geschenkt«, fuhr Fearghas fort. »Wir sind harte Arbeit gewohnt. Sankt Benedikt lehrt uns, dass ›Müßiggang der Feind der Seele‹ ist. Nun müssen wir härter arbeiten als je zuvor. Lasst uns beginnen und noch vor dem Winter ein neues Kloster errichten. Lasst uns diese Insel namens Lindisfarena zu einer heiligen Insel machen. Betet mit mir das Vaterunser, um diesen Ort zu segnen.«

Die heiligen Männer senkten die Köpfe. Während sie gemeinsam die vertrauten Worte des Gebets sprachen, blickte Coenrad sich um.

»*Pater noster, qui es in caelis: sanctificetur nomen tuum …*«

Vor ihm erstreckte sich ein mit Gestrüpp und Gras bewachsener sanft ansteigender Hügel. Möwen spielten im kräftigen Wind und sausten über die Köpfe der Mönche hinweg.

»*Panem nostrum quotidianum da nobis hodie; et dimitte nobis debita nostra …*«

Der Insulaner wirkte verwirrt und ganz so, als hätte er vor den schwarz gekleideten, psalmodierenden Mönchen Angst.

Doch auch er würde, genau wie die anderen Bewohner der Insel, irgendwann begreifen, dass der Christus ein Gott der Liebe war.

»*Sicut et nos dimittimus debitoribus nostris …*«

Die Aussicht auf harte Arbeit löste zwar in Coenrad keine Vorfreude aus, dennoch wurde er jetzt, hier an diesem Strand, umgeben von Männern und Jungen, die seine einzige verbliebene Familie waren, von einem seltsamen Gefühl ergriffen.

»*Et ne nos inducas in tentationem; sed libera nos a malo.*«

Kaum hatten die letzten vertrauten Worte des Gebetes

des Herrn seine Lippen verlassen, wurde Coenrad klar, welche Empfindung diese Insel bei ihm auslöste.

Er war noch nie zuvor hier gewesen. Und doch hatte er das Gefühl, als gehörte er hierher.

Als würde er nach Hause kommen.

* * *

Beobrand befreite sich von den Decken und Tüchern, in denen er und Sunniva lagen. Er hatte Kopfschmerzen und einen trockenen Mund. Es war ein großartiges Fest gewesen. Selbst in Wodens Saal voller mächtiger gefallener Krieger und Götter konnte es kaum besser sein.

Er erhob sich, schlüpfte in seinen Kittel und stieg in seine Hose, alles behutsam und leise, um Sunniva nicht zu wecken. Fahles Licht fiel durch die kleinen Fenster ins Innere des Schuppens. Ein schwacher Sonnenstrahl spielte auf ihrer gewölbten Brust.

Beobrand dachte an die Ereignisse des vergangenen Tages zurück. Er und Sunniva hatten sich nach seiner Rückkehr wild und leidenschaftlich geliebt. Seine Mundwinkel verzogen sich unwillkürlich zu einem Lächeln, als er daran dachte. Wie sie sich angefühlt hatte. Der Duft ihres Haars. Das Gewicht ihres Leibes auf seinem. Wie sie ihn in sich aufgenommen hatte. Er konnte sich nichts Schöneres vorstellen.

Und dann das Fest und die Gabenzeremonie. Niemals hätte er geglaubt, dass König Oswald ihm eine solche Ehre zuteilwerden lassen würde. Land. Ein Pferd. Reichtümer. Das war der Stoff, aus dem Träume gemacht waren.

Er schob die Abtrennung ihrer Schlafstatt beiseite, griff

sich seine restliche Kleidung und stahl sich leise ins Freie. Er war nicht der Einzige, der bereits wach war, doch viele schliefen noch. Es war eine lange Nacht gewesen, und der Met war in Strömen geflossen.

Draußen in der kühlen Morgenluft setzte er sich auf ein Fass, um sich die Schuhe anzuziehen. Die Riemen seiner Beinbinden zu befestigen bereitete ihm erhebliche Mühe, und er fluchte kaum hörbar. Dass er sich an den Verlust der beiden Finger seiner linken Hand noch immer nicht gewöhnt hatte! Er konzentrierte sich, benötigte jedoch noch etliche Versuche, bis er die Binden schließlich festgemacht hatte. Die Finger fehlten ihm, aber gleichzeitig war ihm klar, dass es sehr viel schlimmer hätte kommen können. Aus einem Gebäude auf der gegenüberliegenden Seite des Innenhofs ertönten in diesem Moment laute Schreie. Dort lagen viele Männer, die schwer verwundet aus Hefenfelth zurückgekehrt waren. Und manche von denen, die von hier aufgebrochen waren, waren gar nicht mehr zurückgekommen.

Doch er wollte sich von diesen düsteren Gedanken das Glücksgefühl, mit dem er aufgewacht war, nicht kaputt machen lassen. Gnädigerweise verstummten die Schreie wieder, und er verbannte jeden Gedanken an den Tod aus seinem Geist.

Doch noch etwas anderes warf einen Schatten auf diesen ansonsten so wunderbaren Morgen: Acennan verweigerte immer noch jedes Gespräch mit ihm. Dass er seinen Erfolg nicht mit seinem besten Freund teilen konnte, belastete Beobrand schwer. Er konnte nur hoffen, dass Derian recht behielt und Acennan ihm bald verzeihen würde.

Er stand auf und legte sich seinen Mantel um die Schultern. Als er vergeblich versuchte, die Schulterspange daran zu befestigen, verfluchte er im Stillen erneut seine fehlenden Finger. Da fiel ein Schatten auf ihn.

Beobrand hob den Blick und zuckte zusammen. Vor ihm stand Acennan, als hätte er ihn mit seinen Gedanken herbeigerufen.

»Lass mich dir helfen«, sagte er und griff nach der Spange. Seine Finger waren dick und kräftig, aber dennoch flink und geschickt. Es dauerte kaum länger als einen Herzschlag, dann saß die Spange an Ort und Stelle.

»Danke«, sagte Beobrand. »Anscheinend bin ich ständig auf deine Hilfe angewiesen.« Er lächelte schwach.

Acennan schnaubte.

»Das mit Scand tut mir wirklich leid«, fuhr Beobrand fort. »Wir hätten nicht von seiner Seite weichen dürfen.«

Acennan antwortete ihm erst nach einer Weile. »Ich habe lange nachgedacht. Und natürlich hast du recht. Wir hätten unseren Herrn nicht im Stich lassen sollen. Aber wir haben es getan. Doch du hast mich nicht dazu gezwungen. Ich hätte dir nicht folgen müssen. Also habe ich auch kein Recht, dich für Scands Tod verantwortlich zu machen. Es tut mir genauso leid. Meine Worte waren nicht so gemeint.«

Beobrand hatte das Gefühl, als würden ihm ganze Säcke voller Steine von den Schultern genommen werden, so groß war seine Erleichterung.

»Du musstest mir nicht folgen, aber ich hätte dich auch nicht wegführen müssen. Das war falsch.«

»Nun, ich hätte dir nicht folgen sollen. Du warst schließlich nicht mein Herr … noch nicht.«

»Noch nicht?« Beobrands Herz schlug schneller.

»Wenn du ein mächtiger Recke sein willst, dann brauchst du auch eine Kriegerschar, oder etwa nicht? Einige der Männer und ich, wir wollen dir den Treueeid schwören. Wir können uns keinen besseren Lehnsherrn denken.« Acennan grinste.

Beobrand konnte nicht anders, als ebenfalls seinen Mund zu verziehen.

»Seid ihr euch sicher? Wenn ihr keinen besseren Herrn als mich gefunden habt, könnt ihr euch ja nicht besonders gründlich umgesehen haben.«

Er umschloss den Unterarm seines Freundes mit dem Kriegergruß. Dankbarkeit durchströmte ihn.

Er war heute Morgen als reicher Landbesitzer erwacht und hatte keine weiteren Erwartungen gehegt. Doch nun war auch noch sein treuer Freund zu ihm zurückgekehrt.

Und hatte gleich eine ganze Kriegerschar mitgebracht.

* * *

Sunniva war außer Atem. Alles passierte so schnell. Am Morgen nach der Gabenzeremonie hatten viele Bewohner Bebbanburgs bis weit nach Sonnenaufgang geschlafen. Doch nun stand die Sonne im Zenit, und an allen Ecken und Enden der Festung herrschte hektische Betriebsamkeit. Der Innenhof war voller Menschen und Tiere, die sich zum Aufbruch bereit machten.

Manche hatten die Mauern der Festung bereits hinter sich gelassen, um mit ihrem Anteil an der Kriegsbeute sowie der Kunde vom Sieg in ihre heimischen Säle zurückzukehren.

Abschied.

Sie konnte es kaum glauben. Es erschien ihr wie eine Ewigkeit, seit sie die Freiheit eines Fußmarsches unter freiem Himmel genossen hatte, nur umgeben vom Zwitschern der Vögel und dem Rauschen des Waldes. Statt der Natur hatte sie den Gestank und den Lärm der überfüllten Festung ertragen müssen. Sooft es ihr möglich gewesen war, hatte sie daher dem lauten Schuppen den Rücken gekehrt und sich auf die Palisade gestellt, hatte den Blick über die sanften Hügel im Westen und die unendliche eisengraue See im Osten schweifen lassen. Und auch jetzt war sie wieder hier heraufgeklettert, für einen letzten Abschiedsblick.

Sie sah hinüber nach Lindisfarena. Noch vorhin hatte sie die Mönche als winzige schwarz gekleidete Gestalten auf ihrem Marsch zur Insel beobachtet. Einer von ihnen war Coenrad, ein Freund von Beobrand. Sie hatte ihn gestern kennengelernt und vom ersten Moment an instinktiv Sympathie für ihn empfunden. Und nachdem sie erfahren hatte, dass er Beobrand das Leben gerettet hatte und die zahlreichen gemeinsamen Erfahrungen die beiden eng zusammengeschweißt hatten, hatte sie ihn noch mehr in ihr Herz geschlossen. Er war fröhlich und stets bereit zu lächeln. Dennoch ließ sich die tiefe Trauer in seinen Blicken nicht verleugnen. Er hatte großes Leid erfahren, und sie hoffte, dass er auf der einsamen Insel, wo die Mönche ihr neues Zuhause errichten wollten, sein Glück finden würde.

Jetzt wurde sie von Lärm im Innenhof aus ihren Gedanken gerissen. Ein schwarzes Pferd scheute, schlug aus und wieherte laut. Die Leute wichen zurück. Ein Stallknecht umklammerte mit der linken Hand die Zügel des Pferdes. In der Rechten hielt er eine Haselgerte, mit der er auf Hals und Kopf des Tieres einschlug. Der Mann war außer sich vor Wut und überschüttete das Pferd mit unflätigen Schimpfwörtern, während er ununterbrochen die Gerte sprechen ließ.

Da trat in seinem Rücken ein Mann aus der Schar der Zuschauer. Sunniva erkannte ihn an seinem hinkenden Gang – es war Anhaga, einer der Wächter der Palisade. Er stellte sich hinter den Stallknecht und packte ihn am Handgelenk, bevor er noch einmal zuschlagen konnte. Dann riss er ihm die Gerte aus der Hand und zog sie einmal kräftig durch dessen Gesicht.

»Das tut weh, stimmt's?«, sagte er mit vor Zorn verzerrter Stimme.

Der Stallknecht starrte ihn mit offenem Mund an, vollkommen fassungslos angesichts dessen, was sich gerade zugetragen hatte.

Anhaga drückte ihm die Gerte an die Brust, und der Stallknecht, immer noch sprachlos, griff danach. Auf seiner Wange bildete sich ein roter Striemen.

»Kümmere dich wieder um deine Arbeit«, sagte Anhaga. »Und sieh zu, dass ich dich nie wieder dabei erwische, wie du grundlos ein prachtvolles Pferd züchtigst.«

Der Mann blickte sich um, fand jedoch in keinem der Umstehenden Unterstützung. Nach einem wutentbrannten Blick zu Anhaga drehte er sich um und stapfte davon.

Anhaga nahm die Zügel des Pferdes und streichelte dem Tier über den Hals. Dabei flüsterte er ihm besänftigende Worte ins Ohr. Die Menge merkte, dass das Schauspiel vorbei war, und widmete sich wieder den Vorbereitungen für den Abmarsch.

Sunniva stieg eilig die Leiter hinab und schlängelte sich zwischen Menschen, Warenbündeln, Karren und anderen Pferden hindurch, bis sie Anhaga und den Rappen erreichte, neben denen Beobrand stand. Die beiden Männer waren ins Gespräch vertieft.

Sunnivas Worte blieben ihr im Halse stecken. Sie hatte gehofft, Anhaga für sein Eingreifen danken und ihn dann seines Weges schicken zu können – ungefähr so, wie er den Stallknecht weggeschickt hatte. Natürlich nicht mit einem Schlag ins Gesicht, aber genauso schnell. Der verkrüppelte Mann machte sie nervös. Sie war gierige Männerblicke durchaus gewohnt, doch die Art und Weise, wie Anhaga sie bei jeder Begegnung musterte, verursachte ihr ein Kribbeln am ganzen Körper.

Beobrand und Anhaga bemerkten sie und wandten sich zu ihr um.

»Sunniva«, sagte Beobrand. »Jedes Mal, wenn ich dich sehe, bist du noch ein bisschen schöner geworden, das schwöre ich bei allen Göttern.« Seit der Gabenzeremonie war er bester Laune, energiegeladen und voller Freude. Sie konnte sich nicht erinnern, ihn jemals glücklicher gesehen zu haben.

»Habt Dank, mein Herr.« Sie neigte demütig das Haupt, lächelte aber dabei.

Beobrand musste lachen, weil sie ihn mit seinem Titel angeredet hatte. »Findest du nicht auch, dass sie wunderschön ist, Anhaga?«

Sunniva hielt den Kopf gesenkt, konnte jedoch den Blick

des Krüppels spüren, der wie schleimige Nacktschnecken über ihren Körper glitt. Sie unterdrückte einen Schauder. Es gab keinen Grund, sich zu sorgen. Bald schon würden sie diesen Ort hinter sich lassen und sich auf den Weg zu ihrem neuen Zuhause machen. Sie fand ihr Lächeln wieder und blickte Anhaga an.

Auch er lächelte breit. »In der Tat, mein Herr. Sie ist genauso schön wie Frige selbst.«

»Ich bin ein gesegneter Mann«, meinte Beobrand.

»Ich danke euch, euch allen beiden«, sagte Sunniva, obwohl ihr das Gerede von Göttinnen und Göttern unangenehm war. »Aber wenn wir heute noch aufbrechen wollen, dann haben wir noch sehr viel zu tun. Hab Dank dafür, dass du dich für Sceadugenga eingesetzt hast, Anhaga. Doch nun müssen wir uns sputen.« Sunniva wandte sich ab. Damit war eigentlich klar, dass das Gespräch zu Ende war, doch Beobrand schien es nicht zu bemerken. Anhaga legte die Stirn in Falten.

»Du hast recht, wie immer« erwiderte Beobrand und zwinkerte Anhaga zu. »Es gibt wirklich viel zu tun. Wie wäre es, wenn Anhaga dir dabei helfen würde?«

»Ich glaube nicht, dass ich seine Hilfe benötige«, meinte Sunniva.

»Aber er könnte dir nützlich sein. Er kennt jeden hier und kann gut mit Pferden umgehen. Wie auch mit widerspenstigen Stallknechten.«

»Ja, aber …«

»Es ist gut, wenn ihr euch besser kennenlernt.« Als Beobrand Sunnivas verdutzte Miene bemerkte, schlug er sich mit der Hand gegen die Stirn. »Natürlich, das weißt du ja noch gar nicht. Ich habe Anhaga gebeten, mit uns nach Ubbanford zu kommen. Zum Krieger ist er nicht geeignet. Sein verkrüppelter Fuß und sein verdrehtes Bein lassen das nicht zu.« Anhaga, der hinter Beobrand stand, runzelte erneut die Stirn. »Aber er ist ein braver Mann. Aufrichtig, und er arbeitet hart. Und in Ubbanford werden wir einen Haushofmeister benötigen, der dir bei der Haushaltsführung hilft.«

Beobrand sah ihren gequälten Gesichtsausdruck, schien ihn jedoch als Verwirrung zu interpretieren.

»Fürchte dich nicht. Es ist alles besprochen. Bereits gestern Abend auf dem Fest habe ich den König gebeten, Anhaga gehen zu lassen.«

Er schlug dem Wächter freundschaftlich auf die Schulter.

»Du tust, was sie sagt, Anhaga. Ihre Worte sind die meinen. Und nun muss ich mich auf die Suche nach Acennan machen.« Damit stapfte er davon.

»Wohlan, Herrin, was soll ich für Euch tun?«, fragte Anhaga sofort.

Sunniva hielt den Blick auf Beobrands breiten Rücken gerichtet. Ihr Magen krampfte sich zusammen. Mit einer solchen Neuigkeit hatte sie zuallerletzt gerechnet, und tiefe Unruhe erfasste sie.

Dann zwang sie sich, Anhaga in die Augen zu schauen. Sein Lächeln hatte es nicht bis dorthin geschafft. Erwartungsvoll zog er eine Augenbraue in die Höhe.

Doch sie wusste nicht, was sie erwidern sollte.

Schließlich brachte sie nichts anderes heraus als: »Tu, was mein Herr dir befohlen hat.« Mit einer schwungvollen Drehung und bauschendem Mantel wandte sie sich ab und eilte hastig zurück in den Schuppen, wo sich ihr Nachtlager befunden hatte.

Sie wollte ein letztes Mal überprüfen, ob auch wirklich all ihre Sachen verpackt waren.

Es war sehr wichtig, das zu überprüfen, redete sie sich ein.

Sie lief nicht davon. Davonzulaufen wäre wirklich lächerlich gewesen.

* * *

Als sie schließlich all ihre Habseligkeiten beisammenhatten, senkte sich die Sonne schon in die Wolkenberge über den Hügeln im Westen.

»Es heißt, Ubbanford soll zwei Tagesreisen weit entfernt sein«, sagte Acennan. »Drei, wenn wir in schlechtes Wetter geraten.« Mit einem Kopfnicken wies er auf die Wolken. »Vielleicht sollten wir noch eine Nacht länger hierbleiben.«

Beobrand sah Sunniva an. Sie war strahlend schön wie immer, doch um ihre Augen hatte sich ein angespannter Zug gelegt. Dazu die zusammengepressten Lippen. Er wusste, dass sie sich auf Bebbanburg unwohl fühlte. Eingesperrt. Dass sie sich danach sehnte, endlich dem ewigen Lärm und Durcheinander in der Festung zu entkommen.

»Nein, wir brechen jetzt auf«, beschloss er. »So können wir noch vor Einbruch der Nacht ein wenig Abstand zwischen uns und Bebbanburg bringen.« Er wandte sich an die Männer, die sich ihm angeschlossen hatten. Mit Acennan und Anhaga waren es insgesamt neun. Nicht gerade eine Armee, aber auch mehr als eine Räuberbande. Er kannte jeden einzelnen von ihnen. Es waren starke Männer. Gute Männer.

Der älteste unter ihnen war Tobrytan. Grauhaarig und zuverlässig wie ein Fels. Aber vielleicht auch genauso langsam.

Elmer war groß gewachsen und breitschultrig. Ein verlässlicher Krieger im Schildwall, nicht leicht erregbar, aber tödlich wie ein wütender Auerochse, wenn er gereizt wurde. Wann immer er seine Frau Maida oder eines seiner Kinder ansah, sprach aus seinem Blick eine Zärtlichkeit, die Beobrand anrührte.

Aethelwulf und Ceawlin waren zwei stille, fast schon wortkarge Männer. Die beiden sahen stets mürrisch und freudlos drein, waren unzertrennlich und lächelten nur selten. Doch sobald sie ein paar Methörner geleert hatten, wurden sie lebhaft wie junge Hunde. Dann lachten und scherzten sie so lange, bis sie in trunkene Umnachtung fielen. Als ihr Herr würde Beobrand dafür Sorge tragen müssen, dass sie ihn nicht arm soffen.

Garr war groß und schlank und bewegte sich mit einer Grazie, die nicht ahnen ließ, wie schnell er war. Er war ein Meister im Umgang mit dem Speer, sowohl im Kampf Mann gegen Mann als auch, wenn es darum ging, den Feind aus der Distanz zu treffen. Angeblich konnte er den Speer weiter werfen als jeder andere. Und nachdem Beobrand ihn bei den Übungen beobachtet hatte, sah er keinen Grund, diese Behauptung anzuzweifeln.

Zu guter Letzt war da noch Attor, leichtfüßig und ein Reiter, der sich mit den besten Walisern messen konnte. Beide Fähigkeiten machten ihn zum perfekten Kundschafter, eine Rolle, die er in Scands Diensten schon oft übernommen hatte. Er weigerte sich, Eisen anzulegen, und trug auch in der Schlacht nur Tuch und Leder. Dennoch hatte er bereits unzählige Raben mit den Leichen derer gefüttert, die ihn nur nach seiner schmächtigen Gestalt und seiner fehlenden Rüstung beurteilt hatten. Seine Blutgier in der Schlacht war Gegenstand zahlreicher Geschichten, die in den Metsälen zum Besten gegeben wurden.

All diese Krieger hatten zuvor unter Scand gedient, und ihr Vertrauen in ihn weckte in Beobrand eine tiefe Demut. Er hoffte, dass er ihrem Vertrauen gerecht werden konnte, denn nun hielt er das Leben dieser Männer in seinen Händen. Er war ihr Lehnsherr. Der Fürst, der ihre treuen Dienste mit Verpflegung und Geschenken belohnen würde.

Im Lauf des Tages hatten die Männer ihm ihren Treueeid geschworen, und bei der Erinnerung daran errötete er immer noch vor Stolz. Er selbst hatte die vertrauten Worte schon mehrfach gesprochen, aber hätte niemals gedacht, dass sie einmal an ihn gerichtet werden würden.

Jeder Krieger hatte Beobrand im Angesicht des Königs die Treue geschworen. Oswald saß auf seinem Thron im Großen Saal und übernahm bereitwillig den Vorsitz der feierlichen Zeremonie, bei der noch viele andere Krieger vor ihren neuen Recken und Grafschaftsvorstehern den Treueschwur leisteten.

In gewisser Weise war Beobrand das alles peinlich. Es kam ihm falsch vor, dass diese Männer vor ihm auf die Knie gingen, und doch konnte er sich der Erhabenheit des Moments nicht entziehen. Darum wollte er ihn auch nicht allzu hastig beenden. Als Letzter war Acennan an der Reihe.

»Ich schwöre, Beobrand, dem Sohn des Grimgundi, allzeit aufrichtig und wahrhaftig zu begegnen, alles zu lieben, was er liebt, und alles zu verabscheuen, was er verabscheut, gemäß den Geboten Gottes und der Ordnung der Welt. Darüber hinaus werde ich niemals, weder durch meinen Wunsch noch durch mein Handeln, weder durch Worte noch durch Taten, etwas unternehmen, was ihm missfällt, immer vorausgesetzt, er hält seine schützende Hand über mich, wie es im Lichte meiner Verdienste gerechtfertigt ist.«

Beobrand zog Acennan auf die Füße und umarmte ihn. »Ich nehme deinen Eid an, Acennan, Sohn des Bron.« Dann blickte er seine Krieger der Reihe nach an. »Ich nehme euch alle frohen Herzens an.« Er schaute in ihre Gesichter. Harte Männer. Etliche mit dichten Bärten. Alle älter als er. Sein Mund wurde trocken. Was konnte er ihnen schon bieten?

»Ich fühle mich geehrt, dass mir unser König in seiner Großzügigkeit ein Stück Land überlassen hat.« Beobrand verneigte sich in Oswalds Richtung, der das Ganze amüsiert lächelnd verfolgte. »Und ich bin gesegnet mit einer Schar der tapfersten und edelsten Krieger.« Acennan und die anderen grinsten. »Ich bin noch jung, dennoch sind wir bereits Seite an Seite in den Kampf gezogen. Ihr alle kennt mich, so wie ich euch kenne. Ich werde euch nicht im Stich lassen, so wie ich gewiss bin, dass ihr mich niemals im Stich lassen werdet.«

Die Männer jubelten ihm zu. Beobrand war errötet, doch als er zu Oswald hinübergeblickt hatte, hatte dieser ihm anerkennend zugenickt.

Jetzt hatte seine Kriegerschar im Innenhof von Bebbanburg Aufstellung genommen, bereit, die Festung zu verlassen. Elmer, Garr, Aethelwulf und Ceawlin hatten ihre Frauen dabei, dazu kamen insgesamt sieben Kinder unterschiedlichen Alters. Das jüngste war Elmers Sohn, noch ein Säugling in Maidas Armen. Das älteste Garrs Tochter, ein zehn Jahre altes Mädchen von gertenschlankem Wuchs.

Sie alle blickten ihn voller Erwartung an. Zwanzig Menschen, die ihn als ihren Anführer betrachteten. Seine Kehle war wie zugeschnürt. Er konnte kaum schlucken. Sunniva lächelte ihm aufmunternd zu.

Also gut. Wenn er sie führen sollte, dann musste er irgendwann einmal damit anfangen. Er räusperte sich.

»Meine Kampfgefährten. Meine Gefolgschaft. Wir haben gekämpft und sind siegreich zurückgekehrt. Jetzt ist die Zeit gekommen, die Ernte einzufahren. Brechen wir also auf zu unserer neuen Heimstatt. Wir haben uns die Erholung verdient. Folgt mir.«

Als sie am Abend ihr Lager aufschlugen, war die Sonne bereits hinter den Hügeln im Westen verschwunden. Eine schmale goldene Linie zog sich am Horizont entlang, während die Unterseiten der Wolken von den letzten Sonnenstrahlen in flammendes Rot getaucht wurden.

Alle waren sie erschöpft. Beobrand hatte schon bald erkannt, dass eine Reise mit einem Lahmen sowie zahlreichen Frauen und Kindern keine einfache werden würde. Obwohl er ein schärferes Tempo gewohnt war, hatte er sich zurückgehalten. Dennoch waren schon bald nach ihrem Aufbruch bei den kleineren Kindern die Tränen geflossen. Letztendlich hatten drei von ihnen auf Sceadugengas Rücken Platz gefunden, während die anderen von ihren Müttern oder Vätern getragen wurden.

Anhaga war es sogar gelungen, unter der Bedingung, es bei nächster Gelegenheit zurückzubringen, ein Maultier aus den Ställen der Festung zu ergattern. Sie hatten es mit so viel Proviant und Ausrüstung beladen, wie es gerade noch zu tragen in der Lage war. Das Tier schien sie zwar durchweg verdrießlich anzustarren, hatte sich jedoch immerhin schnell genug in Bewegung gesetzt, sodass sie es nicht schlagen mussten.

»Anhaga hat sich schon als nützlich erwiesen«, sagte Beobrand jetzt zu Sunniva, die keine Antwort gab. Gemeinsam sahen sie zu, wie die Männer und Frauen das Lager errichteten. »Er hat diese Höhle hier entdeckt. Wenn es heute Nacht regnet, werden wir uns noch glücklich schätzen.«

Sunniva nickte. Das Maultier war ohne jeden Zweifel Anhaga zu verdanken. Und da die Nacht feucht zu werden versprach, konnte ein schützender Unterschlupf sicherlich auch nicht schaden.

Beobrand ahnte, dass Sunniva über Anhagas Anwesenheit nicht glücklich war, hatte aber keine Ahnung, weshalb. Und jetzt war er zu müde, um die Antwort aus ihr herauszulocken. Vielleicht hing es damit zusammen, dass er ein Krüppel war. Viele Leute glaubten, solche Menschen seien verflucht. Er beschloss, sie zu fragen, sobald sie in Ubbanford waren.

Zwei Männer waren gerade dabei, unter dem Felsüberhang, den er zuvor als Höhle bezeichnet hatte, ein Feuer zu machen. Mächtige Felsbrocken hatten sich hier zu einer Art Bucht in einem Hügel geformt. Da sie an den Seiten offen war, war es keine richtige Höhle, bot ihnen aber Schutz vor Regen. Und die Wärme des Feuers würde von den Felsen reflektiert werden. Es war ein guter Ort, um zu lagern.

Anhaga nahm dem Maultier die Lasten ab und machte es fest. Beobrand kümmerte sich persönlich um Sceadugenga. Als die Tiere versorgt waren und das Feuer brannte, war es schon vollkommen dunkel. Die jüngeren Kinder schliefen bereits. Die Frauen stellten einen großen Tontopf in das Feuer und setzten Suppe auf.

Beobrand winkte Acennan und die Männer zu sich, und gemeinsam entfernten sie sich ein Stück vom Feuer und aus dem Schutz des Felsüberhangs. Finsterste Schwärze umgab sie, und das Rascheln des Windes in den Bäumen klang nach dem feigen Geflüster im Dunkeln lauernder Verräter. Der Duft nach feuchtem Lehm hing schwer in der Luft. Bald würde es anfangen zu regnen.

»Cadwallon lebt nicht mehr, dennoch müssen wir wachsam sein«, sagte Beobrand. »Oswald herrscht jetzt über das Land, aber es ist nicht friedlich. Jeder von uns wird heute Nacht Wache halten müssen.«

Die Männer ächzten und stöhnten, aber niemand wandte etwas ein. Sie wussten, dass er recht hatte.

Als sie wieder im Lager zurück waren, legte Acennan die Hand auf Beobrands Schulter.

Beobrand zuckte zusammen. Er war nervös.

Acennan kicherte leise. »Kein Grund zur Besorgnis, Beobrand. Ich kenne dich. Du denkst zu viel nach, aber alles wird gut. Du hast ja mich an deiner Seite.« Der kräftig gebaute Krieger ging zum Feuer.

Beobrand verweilte noch eine ganze Weile am Rand des

Lagers. Starrte in die Dunkelheit. Der Wind frischte auf. Ein kalter Schauder lief seinen Rücken hinab.

Alles würde gut werden.

Auch seine Mutter hatte das immer gesagt. Schon als kleiner Junge hatte er es nie wirklich geglaubt. Und auch jetzt, da die Führung so vieler Männer auf seinen Schultern lastete, kamen ihm diese Worte vor wie eine vergebliche Hoffnung.

⁕ ⁕ ⁕

In der Nacht fiel laut prasselnder Regen und hielt viele von ihnen wach. Vor ihrem Lager hing ein dichter Regenschleier, sodass sie sich wie hinter einem Wasserfall vorkamen, in dem sich die Flämmchen des Feuers spiegelten. Ein kleines Kind schrie unentwegt aus Angst vor dem stetig dröhnenden Sturm.

Beobrand war froh, dass Anhaga sie zu diesem Platz geführt hatte. So waren sie geschützt und hatten es einigermaßen warm und trocken. Und trotzdem konnte er nicht schlafen. Was würde sie in Ubbanford erwarten? Im Schildwall, Fuß an Fuß mit einem Gegner in voller Kriegsmontur, wusste er mittlerweile genau, was ihn erwartete. Doch die Aussicht, der Fürstin die schreckliche Nachricht vom Tode Ubbas und ihrer Söhne zu überbringen, erfüllte ihn mit großer Angst.

Er streckte die Hand behutsam nach Sunnivas warmem Körper aus. Er wollte sie nicht wecken, falls sie schon schlief. Aber er wollte sie spüren. Seine Hand strich über ihren Rücken, und sie verkrampfte sich. Er zog die Hand zurück.

»Was ist denn los, Liebste?«, flüsterte er dicht an ihrem Ohr, während er den Duft ihres Haars tief einatmete.

Lange Zeit blieb sie stumm. Vielleicht hatte er sich ihre Reaktion ja nur eingebildet. Vielleicht schlief sie doch. Aber dann drehte sie sich um. Ihre Wangen waren nass. Voller Tränen. Sein Magen zog sich zusammen. Sie so zu sehen bereitete ihm körperliche Qualen. Doch er wusste, was Trauer bewirken konnte. Manchmal hatte man keine andere Wahl, als zu weinen. Er wischte ihr die Tränen aus dem Gesicht. Seine raue Hand mit der Hornhaut fühlte sich auf Sunnivas weicher, glatter, perfekter Haut grob an.

»Ich vermisse Vater und Mutter«, sagte sie leise.

»Ich vermisse meine Familie auch«, erwiderte er. Er brachte es nicht über sich, von seinem Vater zu sprechen.

»Ich habe keine Brýdgifu.« Bei der Erwähnung der Mitgift, die der Braut normalerweise von ihrer eigenen Familie mitgegeben wurde und ganz allein ihr gehörte, zuckte Beobrand zusammen.

»Du brauchst auch nicht mit meiner Familie über die Höhe des Brautgeldes zu verhandeln«, fuhr Sunniva fort. »Ich verstehe, weshalb du mich nicht heiraten willst. Aber ich bin auch so glücklich, dir zu gehören. Ich liebe dich. Doch ich habe immer von einer Trauungszeremonie im Kreise meiner Familie und meiner Freunde geträumt. Und nun habe ich keine Familie mehr, und meine Freunde sind in Gefrin geblieben oder tot.«

Beobrands Herz zog sich schmerzhaft zusammen, als er realisierte, dass ihm sein eigenes Glück den Blick auf Sunnivas Bedürfnisse verstellt hatte.

»Du darfst niemals denken, dass ich dich nicht heiraten

will«, sagte er. Die Dringlichkeit seiner Worte verlieh ihnen eine gewisse Schärfe. »Ich liebe dich, und ich muss von den Göttern geliebt werden, da ich so vieles empfangen habe.«

Sunniva zuckte zusammen.

Er wusste, dass es ihr nicht gefiel, wenn er von den Göttern sprach. Sie glaubte, dass sie erst dadurch auf das Leben der Sterblichen aufmerksam wurden. Und dass es besser war, von ihnen nicht beachtet zu werden.

»Mach dir keine Gedanken über deine Brýdgifu oder das Brautgeld. Zwar kann ich unsere Angehörigen nicht zurückholen …« Er verfluchte sich innerlich angesichts seiner ungeschickten Worte. Das Brautgeld war ein Geldbetrag, den er an Sunnivas Familie hätte bezahlen müssen, darum hörte sich in seinen Ohren alles so an, als würde er sich mehr Gedanken um die Kosten der Hochzeit als um ihre Liebe machen. »Aber ich werde ausreichend für dich sorgen. Und deine Morgengabe kann sich sehen lassen. Ich habe alles schon geplant«, log er. Ihm musste etwas einfallen, was er ihr am Tag nach ihrer Hochzeit überreichen konnte. Aber vielleicht ließe sich die Entscheidung ja noch um einige Tage hinausschieben.

»Was hältst du davon, morgen hier, im Angesicht dieser braven Leute, das Ehegelübde abzulegen? Und dann besiegeln wir unsere Trauung mit einem großen Fest in unserem neuen Zuhause.«

Ihre Tränen waren versiegt. Er drückte sie fest an sich und streichelte ihr übers Haar.

Der Regen ließ allmählich nach.

Beobrand hatte das Gefühl, als wäre das Schlimmste überstanden.

* * *

Der Sturm hielt noch lange an, und der nächste Tag begann kühl und nebelig. Das Holz, das sie am Abend zuvor vorbereitet hatten, war feucht geworden, sodass das Feuer nun rauchte und zischte wie ein wütender Drache. Immerhin war die Nacht ohne schlimmere Zwischenfälle verlaufen, und die Stimmung in der Reisegruppe schien gut zu sein.

Die Kinder liefen kreuz und quer über die Lichtung vor dem Felshang. Die Frauen bereiteten das morgendliche Mahl zu, während die Männer die Ausrüstung zusammenpackten. Anhaga lud Proviant und Gepäck auf den Rücken des Maultiers, das reglos vor ihm stand. Irgendwie gelang es dem Tier, seinen Unmut über die schwere Last nur mit einem Zucken der Ohren und einem Schnauben kundzutun. Es zeigte sich auch nicht beeindruckt, als Anhaga ihm besänftigende Worte zuflüsterte.

Nachdem sie gefrühstückt hatten, waren sie abmarschbereit, und Beobrand rief die ganze Gruppe zusammen.

»Es gibt etwas oder besser gesagt einen Menschen, den ich während der vergangenen Tage sträflich vernachlässigt habe.«

Die Männer blickten ihn gespannt an. Die Frauen standen mit schmal zusammengepressten Lippen und missbilligender Miene daneben. Anscheinend wussten sie, wen er vernachlässigt hatte. Dann erst kam ihm der Gedanke, dass es womöglich genau diese Frauen gewesen waren, die Sunnivas Verzweiflung vom Vorabend ausgelöst hatten.

Er streckte die Hand nach ihr aus. Sie trat zu ihm und legte ihre zarten Finger in seine.

Ihr Haar leuchtete im nebeligen Schein der Morgensonne. Sie trug das blaue Kleid, das sie auch an jenem Sommertag in Gefrin getragen hatte, als sie das erste Mal beisammengelegen hatten. Bei der Erinnerung erwachte in Beobrand sofort die Erregung. Ihr Götter, dafür war jetzt wirklich nicht der richtige Zeitpunkt! Betreten grinsend wandte er sich von ihr ab.

Sein Blick begegnete Acennans, und sein Freund lächelte und zwinkerte ihm zu. Es schien, als hätte er eine klare Vorstellung davon, was Beobrand als Nächstes sagen würde. So wie vielleicht auch die anderen.

»In den vergangenen Tagen habe ich viele Gaben empfangen. Reichtümer und Land von unserem Herrn und König. Eure Treuegelübde. Alles Schätze. Doch der Schatz, der mir von allen am meisten bedeutet, den seht ihr hier.« Er wandte sich wieder zu Sunniva um, und sie erwiderte sein Lächeln mit glänzenden Augen.

»Ich möchte, dass ihr, meine treuen Begleiter, nunmehr meine Zeugen seid, dass ich heute mit Sunniva, Tochter des Strang, vor euch stehe. Hiermit nehme ich ihre Hand und gelobe feierlich, ihr treu zu sein, bis dass der Tod uns scheidet. Willst du, Sunniva, Tochter des Strang, mir nun auch deine Treue schwören?«

»Ich gelobe, dir treu zu sein, mit großer Freude.« Sunnivas Stimme war leise, aber sicher.

»Dann sei es so. Allen, die diese Trauung bezeugt haben, ist nun bekannt, dass wir verheiratet sind. Ich werde dieses Versprechen mit der Morgengabe besiegeln, sobald wir uns in unserem neuen Zuhause eingerichtet haben. Außerdem werden wir gemeinsam in Ubbanford die Zeremonie der gebundenen Hände begehen und feiern.«

Die Versammelten ließen heiseres Gebrüll hören. Die Frauen wirkten nicht mehr ganz so verbissen und schienen sein Handeln zu billigen. Acennan grinste über das ganze Gesicht.

»Aber nun lasst uns aufbrechen«, fuhr Beobrand mit lauter Stimme fort. »Der Tag wird keinen Regen bringen, und wir haben noch eine lange Strecke vor uns.«

Alle machten sich zum Abmarsch bereit. Verblüfft beobachtete Beobrand Anhaga, der bereits mit hinkenden Schritten die Lichtung hinter sich ließ, gefolgt von dem Maultier. Er war zwar nicht der Schnellste, aber er schien seinem Herrn wahrhaftig dienen zu wollen.

Sunniva zog Beobrand an sich und drückte ihm einen Kuss auf die Lippen. »Hab Dank«, murmelte sie.

Er hielt sie mit ausgestreckten Armen an beiden Schultern fest und sog ihre Schönheit in sich auf.

Dann schüttelte er den Kopf. »Ich müsste dir danken«, sagte er.

ZWEITER TEIL

GEHEIMNISSE UND SCHATTEN

»Grendles modor,
ides, aglæcwif, yrmþe gemunde.«
»Grendels Mutter, die Herrin, das Monsterweib,
gedachte des Elends.«
aus: *Beowulf*

Kapitel 9

Es dauerte noch fast zwei Tage, bis sie Ubbanford erreichten, und hätte Anhaga das Land nicht so gut gekannt, sie hätten noch länger gebraucht. Er führte sie auf überwucherten, durch die üppige Vegetation kaum zu erkennenden Pfaden und durch zu selten genutzte Furten. Die Bäche und Flüsse, die sie durchqueren mussten, waren aufgrund des Regens der vergangenen Tage sehr viel reißender als üblich.

Am ersten der beiden Tage kamen sie gut voran, auch wenn das Kindergeschrei ihnen allmählich auf die Nerven ging. Mehr als einmal folgte auf das Quengeln lautes Gebrüll, wenn ein Vater das ständige Gejammer nicht mehr länger ertrug. Jedes Mal, wenn ein Kind geschlagen wurde, musste Beobrand einen Schauder unterdrücken. Wahrscheinlich würde er den Schatten seines Vaters immer auf sich spüren. Zum Glück wurde keines der Kinder wirklich grausam behandelt. Ihre erschöpften Eltern ließen immer nur die flache Hand und nie die Fäuste sprechen.

Unterwegs wanderte Beobrands Blick regelmäßig zu Sunniva. Sie hatte die Kinder ganz offensichtlich ins Herz geschlossen und nahm immer wieder eines der kleineren huckepack. Wie wohl ihre gemeinsamen Kinder aussehen würden? Würde er ein guter Vater sein? Oder trug er den tief sitzenden Zorn seines Vaters in sich? Würde er für seine Kinder zu jemandem werden, vor dem sie sich fürchteten?

Seine Mutter hatte ihm gesagt, dass er nicht seines Vaters Sohn sei. Auch wenn er immer noch nicht genau wusste, wie sie das gemeint hatte, schwor er sich, niemals zuzulassen, dass er selbst Kinder oder Frauen so behandelte, wie sein Vater es getan hatte.

Mit großen Erwartungen blickte Beobrand dem Ziel ihres Marsches entgegen. Dort würde er sich zumindest ein wenig von dem ewigen Lärm der Frauen und Kinder erholen können. Er fürchtete sich immer noch davor, Lady Rowena die traurige Nachricht mitzuteilen. Aber er war jetzt ein Recke, also war es seine Pflicht. Das Töten fiel ihm nicht schwer. Nun musste er auch lernen zu führen, und dazu gehörte das Überbringen von Nachrichten, seien sie angenehm oder nicht. Wahrscheinlich verhielt es sich wie mit einer Schlacht: Das Warten auf den Beginn war fast so schlimm wie der eigentliche Kampf selbst. Jedenfalls hätte er diese Aufgabe am liebsten sofort hinter sich gebracht. Je näher sie Ubbanford kamen, desto mehr zog er sich in sich zurück. Ihm war klar, dass er der Witwe sagen musste, was geschehen war, aber niemand konnte von ihm verlangen, dass ihm das Freude bereitete.

Gegen Abend errichteten sie ihr Lager am Rand einer Hecke aus Schlehen. Als die Sonne unterging, bemerkten sie in der Ferne einen hohen Steinkreis. Die einzelnen Steine hoben sich als schwarze Schatten vor dem grellen Ball der untergehenden Sonne ab, schienen wie die Fingerspitzen eines Riesen aus dem Erdboden hervorzubrechen.

»Ist es nicht gefährlich, so dicht bei diesen Steinen zu

lagern? Wer weiß, welche Übel in der Nähe solch eines Steinhaufens aus der Erde kriechen«, ließ sich Acennan vernehmen, ohne dass klar war, wem seine Frage galt.

Anhaga erwiderte: »Ich habe hier schon einmal eine Nacht verbracht, und mir ist nichts Böses widerfahren.« Nach einer kurzen Pause fügte er hinzu: »Abgesehen von meinem Bein, natürlich. Am Abend habe ich mich noch gesund und fröhlich schlafen gelegt, und am Morgen bin ich dann als Krüppel aufgewacht.« Er machte sich am Zaumzeug des Maultiers zu schaffen und verzog keine Miene, obwohl Beobrand sicher war, ein belustigtes Funkeln in seinen Augen wahrgenommen zu haben.

»Im Ernst?«, stieß Acennan hervor. »Aber dann ist das hier wirklich ein Ort des Bösen, und wir sollten auf keinen Fall die Nacht hier verbringen.«

Beobrand lachte. »Merkst du nicht, dass er scherzt? Habe ich nicht recht, Anhaga?«

»Aber natürlich, mein Herr«, erwiderte Anhaga. Und nach einem weiteren kurzen Schweigen fügte er hinzu: »Wenn Ihr es sagt.«

»Schluss jetzt«, herrschte Beobrand ihn daraufhin an. »Dein Scherz schmeckt allmählich schal. Ich will nicht, dass eines der Bälger dich hört und dann die halbe Nacht weint.«

Als Antwort verzog Anhaga das Gesicht und stapfte davon, um Feuerholz zu sammeln.

»Und du, Acennan«, fuhr Beobrand fort, »teilst die Männer jetzt zur Nachtwache ein. Nicht wegen irgendwelcher Kreaturen aus der Unterwelt, sondern wegen umherstreunender Banden, die es auf unser Hab und Gut abgesehen haben.«

In der Nacht fiel leichter Nieselregen, und sie erwachten am Morgen steif und durchgefroren. Die Bäume hatten keinen Schutz geboten, sodass die Feuchtigkeit in jedes einzelne Kleidungsstück gekrochen war. Sie schien nicht nur vom bleiernen Himmel zu fallen, sondern gleichermaßen aus dem Lehmboden zu kommen.

Die Stimmung unter den Reisenden war schlecht. Während sie das Lager abbauten und sich nach Norden wandten, war kaum ein Wort zu vernehmen.

»Wie weit ist es noch?«, wollte Beobrand von Anhaga wissen.

»Nicht mehr weit. Bei diesem Tempo eine halbe Tagesreise, wenn wir die Steine passiert haben.«

»Gut. Ein trockener Saal und ein wärmendes Feuer, das ist es, was wir jetzt brauchen.«

»Aye. Und etwas Met«, fügte Acennan hinzu. »Den Met dürfen wir auf keinen Fall vergessen.«

Doch der Met und die Gastlichkeit des Saals von Ubbanford mussten noch etwas warten.

Sie marschierten weiter gen Norden, hielten sich ein wenig östlich und durchquerten problemlos mehrere Wasserläufe. Die Hügel waren hier deutlich niedriger als jene weiter südlich, dennoch mit steilen und vom Regen glitschigen Passagen nicht ungefährlich. Gegen Mittag gelangten sie auf den Gipfel einer großen Kuppe und sahen auf der anderen Seite zu einem breiten Fluss hinunter. In diesem Augenblick verstummte das Murmeln des Regens, der stetig weiter gefallen war, und die Wolkendecke riss auf. Ungehindert schickte die Sonne ihre hellen Strahlen auf die Erde, und sie spiegelten sich im Fluss, der sich in die Ferne schlängelte.

Unterhalb ihres Aussichtspunktes, auf der Südseite des Wasserlaufs, schmiegten sich mehrere Gebäude in die Landschaft – ein Saal, einige Hütten. Auch Koppeln waren zu erkennen. Rauchwolken hingen in der Luft über der kleinen Siedlung.

»Vor uns liegt Ubbanford, mein Herr«, sagte Anhaga in ehrfürchtigem Ton.

Beobrand nickte. Der erste Eindruck war gut. Ubbanford übertraf seine Erwartungen sogar, wie es halb umrahmt vom mächtigen Fluss Tuidi und im Norden und Süden von Hügeln geschützt dalag. Dass er wirklich der neue Herr sein sollte, konnte er kaum glauben. Er drehte sich zu Sunniva um, die hinter ihm den Hügel erklomm und Sceadugenga hinter sich herführte, der geduldig vier Kinder auf dem Rücken trug.

Nicht ihm würde es gehören, verbesserte Beobrand sich in Gedanken. Ihnen beiden. Er würde das alles mit ihr teilen.

»Sieh doch, Geliebte.« Er deutete auf die Siedlung. »Unser neues Zuhause. Ubbanford.«

Erneut blickte er hinab, wollte sich jede Einzelheit genau einprägen.

Dann runzelte er die Stirn. Hatte er eben nicht einen Schrei gehört? Er suchte das Tal ab, wollte wissen, woher der Laut gekommen war, als er am Rand seines Gesichtsfeldes eine Bewegung wahrnahm. Es war, als würde sich eine Hand um seine Kehle legen. Vor einer der Koppeln erblickte er mehrere Berittene. Insgesamt zählte er sechs Pferde. Jetzt stieg einer der Reiter ab und näherte sich einer Gestalt am Koppeltor. Metall blitzte im Sonnenlicht. Ein mächtiger Schlag folgte. Erneut wehte der Wind einen Schrei zu ihnen empor. Kraftlos und allzu fern.

Ubbanford wurde angegriffen.

Beobrand wandte sich an Sunniva. »Hilf mir, die Kinder herunterzuheben.« Er streckte die Arme nach einem kleinen Jungen aus, dessen Nase mit getrocknetem Schnodder verklebt war, hob ihn aus dem Sattel und setzte ihn im nassen Gras ab. Als Nächstes war ein etwas älteres Mädchen an der Reihe, das immerhin so viel Verstand besaß, die Hände nach ihm auszustrecken, sodass es ihm nicht schwerfiel, sie herabzuheben. Sunniva spürte, dass er es eilig hatte, und griff nach dem dritten Kind, Anhaga nach dem vierten.

»Was ist denn los?«, fragte Sunniva, die von Beobrands Entdeckung noch nichts mitbekommen hatte.

Beobrand hatte eine ernste Miene aufgesetzt. Der Blick aus seinen blauen Augen in den tiefen Höhlen war hart. Aus ihnen sprach der Eifer der Schlacht. Nun schwang er sich in Sceadugengas Sattel. »Acennan, meinen Schild«, befahl er.

Acennan stellte keine Fragen. Beobrands Gesichtsausdruck war für ihn genug, um zu wissen, dass jetzt nicht die Zeit für Widerworte war. Er nahm den Schild seines Herrn vom Rücken des Maultiers und rannte zu dem schwarzen Hengst, bevor er Beobrand beim Anlegen der Schildriemen behilflich war.

»Was ist los, Beobrand? Wenn wir in den Kampf ziehen, solltest du dein Kettenhemd anlegen.«

»Das würde zu lange dauern.«

Beobrand gelang es nur schwer, Sceadugenga im Zaum zu halten. Das Tier spürte die Anspannung seines Reiters und war unruhig. Es tänzelte zur Seite und drohte sich auf die Hinterbeine zu stellen. Mit aller Macht riss Beobrand an den Zügeln.

»Zu den Waffen. Die Frauen bleiben hier bei Anhaga. Alle anderen, folgt mir. Mir scheint, dass jemand das Vieh von Ubbanford stehlen will. Aber wer Ubbanford beraubt, der beraubt mich!«

Mit diesen Worten stieß er Sceadugenga die Hacken in die Flanken, und der Rappe jagte im Galopp den Abhang hinunter.

* * *

Das Erste, was Aengus mac Nathair von dem Angriff von Süden her mitbekam, war das Trampeln schwerer Hufe. Das Geräusch kam von dem Hügel und wurde immer lauter. Er drehte sich um. War das etwa einer seiner Männer, der mit seinen Reitkünsten angeben wollte? Doch stattdessen erblickte er einen Fremden auf einem beeindruckenden schwarzen Hengst. Das Gesicht des Unbekannten verdeckte ein Helm aus Metall. Sein dunkler Umhang flatterte hinter ihm wie die Flügel eines gewaltigen Raben. An seinem linken Arm hing ein runder Schild mit matt glänzendem Schildbuckel. Und in der rechten Hand hielt der Mann das längste und furchteinflößendste Schwert, das Aengus je gesehen hatte.

Die Hufschläge klangen wie ferner Donner. Das Fell des Pferdes glänzte wie öliges Metall.

Der Reiter hatte ihn beinahe erreicht, machte jedoch keine Anstalten, langsamer zu werden. Wo kam er eigentlich her?

Noch vor einem einzigen Augenblick hatte Aengus sich gratuliert, weil er diesen alten Narren, der sie daran hatte hindern wollen, das Vieh von Ubbanford zu stehlen, zum Schweigen gebracht hatte. Es war das erste Mal, dass er einen Raubzug anführte – bisher hatte sein Vater ihm noch nie das Kommando darüber überlassen. Aber sie hatten ein Gerücht gehört: Ubba und seine Söhne waren angeblich tot, und damit war Ubbanford reif, bereit zur Ernte. Nur noch Frauen, Kinder und Langbärte lebten dort, die zu alt zum Kämpfen waren. Aber sie besaßen Reichtümer! Rinder, Schafe und Schweine, die nun leichte Beute waren.

Aengus hatte ungeduldig auf einen Kampf gehofft, auf eine Gelegenheit, seinem Vater und seinen Brüdern zu beweisen, wie er wirklich war. Nämlich stark wie Broden und listig wie Torran. Er würde es ihnen allen zeigen. Von seinem Kurzschwert tropfte das Blut des alten Mannes, den er niedergestochen hatte. Doch hatte er sich noch vor einem Augenblick unbesiegbar und tapfer gefühlt, war alles in seinen Eingeweiden mit einem Mal zu Wasser geworden.

Wie hypnotisiert starrte er den Reiter an. Wo steckten bloß die anderen? Die Männer, die Aengus begleitet hatten? Warum machten sie keine Anstalten, ihn zu beschützen?

Im letzten Augenblick unternahm Aengus einen schwachen Versuch, sich zu verteidigen. Er hob die Klinge und wollte sie dem galoppierenden Rappen in die Brust stoßen. Doch er verschätzte sich und wurde stattdessen von Ross und Reiter mit voller Wucht getroffen. Der Aufprall riss ihn von den Beinen und schleuderte ihn zu Boden. Das Schwert glitt ihm aus der Hand.

Sämtliche Luft wurde ihm aus der Lunge gepresst. Er wollte atmen, konnte aber nicht. Hilflos klappte er den Mund auf und zu, versuchte, irgendwie Luft in seine Lungen zu bekommen.

Beobrand hatte vor dem Zusammenprall die Zähne zusammengebissen, spürte aber dann fast nichts von der eigentlichen Kollision. Ohne mit der Wimper zu zucken, rannte Sceadugenga den jungen Mann über den Haufen, der rückwärtstaumelte und zu Boden fiel, wo er wie ein gestrandeter Fisch liegen blieb und nach Luft schnappte.

Beobrand lenkte Sceadugenga den anderen Reitern entgegen, die ihn ungläubig anstarrten. Sie waren bewaffnet und stellten durchaus eine Gefahr dar. Nach kurzem Sträuben zwang er Sceadugenga in eine enge Drehung, schwang das rechte Bein über das Hinterteil des Pferdes und sprang ab. Er konnte nicht im Sattel kämpfen.

Schnell warf er dem jungen Mann auf dem schlammigen Boden vor dem Tor der Koppel einen Blick zu. Der Kerl war inzwischen auf alle viere gekommen und versuchte aufzustehen, konnte ihm im Augenblick aber nicht gefährlich werden.

Nachdem Beobrand abgesessen war, beschloss einer der Reiter, ein bärtiger Kerl im mittleren Alter mit langen grau melierten Haaren, dass die Zeit für einen Angriff gekommen war. Mit einem trotzigen Aufschrei trieb er sein Pferd vorwärts.

Beobrand machte einen schnellen Schritt zur Seite und rammte seinen Schildbuckel auf die lang gezogene Schnauze des Tieres. Er hatte all seine Kraft in diesen Schlag gelegt. Das Pferd seines Gegners wieherte laut und stellte sich auf die Hinterbeine. Sein Reiter schrie auf und klammerte sich an die Zügel. Doch das Pferd bockte weiter, ging wieder auf die Hinterbeine und ließ die Vorderhufe fliegen. Der Bärtige verlor den Kampf und fiel in den Schlamm. Das Pferd galoppierte sofort davon.

Die anderen vier Reiter schienen unsicher, wie sie sich verhalten sollten. Unentschlossen und mit offenen Mündern saßen sie im Sattel und hielten ihre Pferde still.

Der Bärtige setzte sich auf und brüllte wutentbrannt. Er war außer sich nach diesem schmählichen Sturz. Mit drei schnellen Schritten eilte Beobrand zu ihm und trat ihm mit aller Macht mitten ins Gesicht. Zähne splitterten, der Kopf des Mannes wurde in seinen Nacken geschleudert, und er sackte bewusstlos zusammen.

Beobrand stöhnte. Es fühlte sich an, als hätte er sich gerade einen Zeh gebrochen.

Dann riskierte er einen schnellen Blick den Hügel hinauf. Acennan und die anderen liefen mit erhobenen Schilden und Speeren durch das nasse Gras auf ihn zu. Die Sonne ließ ihre Rüstungen glänzen. Er bleckte die Zähne zu einem wilden Grinsen. Das waren seine Kampfgefährten. Seine Gefolgschaft. Und ihr Anblick war furchteinflößend.

»Halt!«, rief er den Reitern zu. »Ich weiß nicht, wer ihr seid, aber eins sollt ihr wissen: Ich bin Beobrand, Sohn des Grimgundi, Recke Oswalds, des Königs von Bernicia, und neuer Herr über Ubbanford. Ihr habt einen meiner Leute niedergeschlagen, und dafür verlange ich Genugtuung.«

»Welche Art von Genugtuung?«, wollte einer der Männer wissen. Er sprach mit starkem Akzent, und man hörte ihm an, dass es ihm Mühe bereitete, die Worte zu formulieren.

»Der da«, Beobrand zeigte mit Hruntings Spitze auf den jungen Mann, den Sceadugenga niedergestreckt hatte, »scheint tapfer genug zu sein, einen unbewaffneten alten Mann zu töten. Ich verlange, dass er gegen mich kämpft. Ich bin weder alt noch unbewaffnet.« Beobrand trat zu der Stelle, wo das Kurzschwert des jungen Mannes im Matsch gelandet war. Er schob Hruntings Klinge darunter und ließ das Kurzschwert so durch die Luft fliegen, dass es in der Nähe des jungen Mannes landete. Mit sichtbar weichen Knien rappelte dieser sich auf und griff nach seiner Waffe.

»Das ist Aengus, der jüngste Sohn Nathairs«, sagte der Reiter nun. »Ihr könnt nicht gegen ihn kämpfen.«

»Und wenn er der Christus wäre, den manche für den Sohn Gottes halten, selbst das wäre mir gleichgültig. Er befindet sich auf meinem Land und hat einen der meinen getötet.«

In diesem Augenblick traf auch Acennan mit der übrigen Kriegerschar ein. Alle atmeten schwer, da sie schnell gelaufen waren, waren aber keineswegs erschöpft. Aufrecht und bedrohlich standen sie da und reckten ihre Waffen in die Höhe. Allesamt Männer, die wussten, wie Schlachten geschlagen wurden.

Jetzt bemerkte Beobrand noch weitere Zuschauer. Sie spähten hinter Häuserecken und aus dunklen Hütteneingängen hervor. Die braven Bewohner von Ubbanford, die das Schauspiel beobachteten. Er würde ihnen jetzt zeigen, dass ihr neuer Herr sie beschützen und an denen, die ihnen unrecht taten, Vergeltung üben würde.

Er wandte sich an die Reiter. »Ihr anderen könnt zu Nathair zurückkehren. Und richtet ihm aus, dass der Tod auf ihn wartet, sollte er noch einmal versuchen, mich zu bestehlen.« Dann drehte er sich zu Acennan um. »Falls einer der Männer sich in meinen Kampf mit dem jungen Aengus einmischen will, tötet sie alle.«

Acennan nickte knapp.

Beobrand wandte seine gesamte Aufmerksamkeit Aengus zu. Das Gesicht des jungen Burschen war kreidebleich, sein Blick der eines Rehs in Todesangst. Er blickte sich nach allen Seiten um, doch es gab kein Entrinnen.

»Das ist ungerecht«, sagte er dann in weinerlichem Tonfall. »Ich habe weder Schild noch Helm.« Sein Akzent klang so wie der des anderen Mannes. Sie sprachen zwar die Sprache der Angeln, aber Beobrand hätte gewettet, dass ihre Mütter anders mit ihnen redeten.

»Ungerecht? Ungerecht, sagst du?«, presste Beobrand zwischen wütend zusammengebissenen Zähnen hervor.

Er zog den Helm vom Kopf und ließ ihn neben dem Viehzaun zu Boden fallen. Anschließend befreite er den linken Arm etwas ungeschickt aus den Riemen und lehnte seinen Lindenholzschild dort an den hölzernen Torpfosten, wo der Leichnam des alten Mannes lag. In der Schulter des Graubarts klaffte ein tiefer Spalt, das Gras um ihn herum war bereits rot getränkt. Es machte ihn traurig, dass er diesen Mann, der sich so tapfer sechs Bewaffneten entgegengestellt hatte, niemals kennenlernen würde.

»Jetzt sind wir einander ebenbürtig, du und ich«, sagte Beobrand zu Aengus. »Wir sind beide jung und verfügen beide über ein Schwert. Nun gebrauche deines. Falls du mich besiegst, werden meine Männer euch in Frieden ziehen lassen, darauf gebe ich dir mein Wort. Niemand soll behaupten, Beobrand, Sohn des Grimgundi, sei ungerecht.«

Aengus rührte sich nicht von der Stelle. Seine Unterlippe bebte. Beobrand wollte ihn nicht weinen sehen. Der Bursche erinnerte ihn zu sehr an Tondbert. Seinen einstigen Freund, der bereitwillig gemordet und geschändet, seinem eigenen Ende jedoch nur unter Tränen und Gestammel entgegengeblickt hatte. Der Tod eines Feiglings. Beobrand konnte das Knarren des Seils an dem Eibenast, an dem sie Tondbert aufgehängt hatten, beinahe hören.

»Noch vor wenigen Augenblicken hast du nicht gezögert, deine Klinge zu gebrauchen. Nun kämpfe gegen mich, oder ich fälle dich genau dort, wo du stehst.« Da Aengus immer noch keine Anstalten machte, sich zu bewegen, ging ihm Beobrand einige Schritte entgegen und hob Hrunting über seinen Kopf, um dem Burschen freie Sicht auf seinen ungeschützten Oberkörper zu geben.

Aengus packte die vermeintliche Gelegenheit beim Schopf. Er sprang nach vorn und wollte sein Kurzschwert in Beobrands Magengrube versenken. Doch dieser parierte den Vorstoß mit seiner eigenen Klinge und wich zwei Schritte zurück. Aber der Bursche war überraschend schnell.

Jetzt, da beide Kontrahenten aus ihrer anfänglichen Starre erwacht waren, setzte Aengus seine Angriffe mit einer wütenden Serie an Hieben fort. Beobrand parierte alle und wand sich nach dieser und nach jener Seite, wobei er immer weiter zurückwich. Sein Gegner attackierte ihn unentwegt. Hoffnung flackerte in Aengus' Blick auf. Der nächste Hieb zielte auf den Kopf seines Gegners. Wieder parierte ihn Beobrand. Metall prallte klirrend auf Metall, Funken stoben. Aber allmählich dauerte ihm das Ganze lange genug. Beobrand war es leid, Hruntings Klinge noch mehr Schaden zuzufügen.

Erneut trat er einen Schritt zurück und holte mit seinem Schwertarm aus, um sich ungeschützt seinem Gegner zu präsentieren. Für die zuschauenden Krieger war vollkommen klar, was als Nächstes geschehen würde, doch Aengus war geblendet von seiner eigenen verzweifelten Hoffnung, von dem Glauben, diesen Hünen von Krieger, der behauptete, der neue Herr von Ubbanford zu sein, tatsächlich besiegen zu können.

Er rannte auf Beobrand zu, der sich blitzschnell um die eigene Achse drehte und seinen Oberkörper so nach rechts wendete, dass Aengus' Schwert an ihm vorbeifuhr, ohne ihn zu verletzen. Gleichzeitig ließ er Hruntings schwere Klinge mit einer solchen Wucht auf den ausgestreckten Arm des jungen Mannes niedersausen, dass dieser unterhalb des Ellbogens abgetrennt wurde. Schwert und Unterarm mitsamt der Hand landeten auf der Erde. Aengus stieß einen schauerlichen Schrei aus, den keiner, der das Ganze mitangesehen hatte, jemals vergessen würde. Blut spritzte. Der rote Schauer der Schlacht sprudelte auf die aufgewühlte Erde.

Aengus sank auf die Knie, packte mit der verbliebenen Hand seinen Armstumpf und drückte ihn sich an die Brust. Er ächzte. Röchelte. Die Umstehenden sahen schweigend zu. Sie wussten, dass der Schlaf des Schwertes ihn schon bald umfangen würde. Mit weit aufgerissenen Augen blickte sich Aengus ein letztes Mal um. Voller Angst. Dann kippte er um, ohne seinen versehrten Arm loszulassen, und blieb regungslos liegen.

Der Bärtige, den Beobrand besinnungslos getreten hatte, kam zu sich und setzte sich auf. Er stöhnte benommen.

Beobrand wandte sich an den Mann, mit dem er zuvor bereits gesprochen hatte. »Schafft ihn auf sein Pferd und verschwindet von meinem Land.«

Der Kerl gab keine Widerworte. Schweigend hievten er und seine Kameraden den verwundeten Bärtigen auf sein Pferd.

Acennan und zwei von Beobrands Kampfgefährten nahmen sich derweil Aengus' Leichnam an und legten ihn auf dessen Pferd, wo sie ihn mit aus seinem Mantel gerissenen Stoffstreifen festbanden. Dann reichte Acennan einem der Reiter die Zügel.

Die Angreifer verließen Ubbanford schweigend vor Bestürzung, trotteten hinab zum Tuidi und durchquerten das seichte Wasser der Furt. Am anderen Ufer verschwand der Pfad im dichten, dunklen Wald, und die Reiter wurden schnell verschluckt.

Beobrand betrachtete seine verstümmelte linke Hand. Sie zitterte, im Gegensatz zu seiner rechten, die Hruntings Heft umklammert hielt. Doch allmählich spürte er das Schwert schwerer werden. Er untersuchte die Klinge. Sie war voller Blut und Schleim. Er würde sie säubern müssen. Und schärfen.

Beobrand schnaubte freudlos. So viel zu seinem Vorhaben, Hrunting vor noch mehr Schaden zu bewahren.

Aengus' Knochen waren hart gewesen.

Die Stelle an der Klinge, die seinen Arm durchtrennt hatte, wies nun eine tiefe Kerbe auf.

* * *

Sunniva betrachtete Beobrand besorgt. Er saß auf einer Bank an einem Ende des Saales von Ubbanford. Nach dem Kampf war er in sich gekehrt gewesen. Seine Hände hatten gezittert, als er sie in einem Zuber säuberte. Den rostroten Inhalt hatte anschließend ein Sklave im Licht der Nachmittagssonne ausgekippt.

Noch nie zuvor hatte sie mitangesehen, wie Beobrand einen Menschen tötete. Sie hatte zwar die Erzählungen gehört und wusste, dass er dazu in der Lage war, und sie war auch schon einmal bei einem Faustkampf dabei gewesen. Aber nie zuvor hatte sie beobachtet, wie er seinen Schwertzauber entfaltete, der ihn zu einem einzigartigen Kämpfer machte. Von der Hügelspitze aus hatte sie jede seiner Bewegungen bewundert, so fließend, als bestünde sein Körper aus reinem Wasser. Die Klinge seines Schwertes hatte geglitzert wie ein Fluss.

Umso geschockter war sie gewesen, als sich dann die Gewalt Bahn gebrochen hatte. Wie leicht er diesem jungen Mann das Leben genommen hatte. Das spritzende Blut war selbst in der sicheren Entfernung, in der sie mit den Frauen, Kindern und Anhaga gewartet hatte, unübersehbar gewesen. Sie hatte gewusst, dass Beobrand ein Krieger war. Ein Killer. Aber jetzt wünschte sie, sie hätte ihn niemals im Kampf beobachtet. Bisher hatte seine Gegenwart sie immer beruhigt. Er war ihr Beschützer. Doch nun hatte sie gesehen, was es bedeutete zu töten, und konnte es nicht vergessen.

Jetzt hob er den Kopf und sah sie an. Seine Augen lagen im Schatten, sein Blick war leer. Sie erschrak, und ein leises Zittern kroch ihren Rücken hinauf.

Er war immer noch Beobrand. Ihr Beobrand. Ihr Gemahl.

»Lass mich dir ein wenig Met einschenken«, sagte sie und griff nach dem Krug.

»Nein, lasst mich das tun«, schaltete sich eine Frau mit versteinerter Miene ein. Sie nahm den Krug und füllte einen tönernen Becher, der vor Beobrand auf dem Tisch stand.

»Ich danke Euch, Lady Rowena«, sagte Beobrand, schüttelte leicht den Kopf und nahm einen tiefen Schluck. Dann rang er sich ein Lächeln ab. »Das ist guter Met. Habt Dank für Eure Gastfreundschaft. Ich wünschte, wir hätten uns unter angenehmeren Umständen kennengelernt.« Er ließ den Blick durch den Saal schweifen. Es schien, als rechnete er jederzeit damit, dass sich ein Feind aus dem Schatten auf ihn stürzen könnte. Der Raum war mit Wandbehängen geschmückt und strahlte Gemütlichkeit aus. Im Kamin knisterte ein kleines Feuer. Der Rauch, der nach oben stieg, verharrte für eine Weile zwischen den Deckenbalken, bevor er sich ins geschwärzte Stroh verzog. Es war kein großer Saal, aber gut ausgestattet und komfortabel.

Nachdem die Reiter die Furt durchquert hatten, war Rowena zusammen mit ihrer Tochter Edlyn, einem schlaksigen Mädchen mit dunklen Locken und riesigen klaren Augen, zu ihnen gekommen und hatte sie im Saal ihres Gemahls willkommen geheißen. Beobrand bat Acennan und die übrigen Männer, draußen zu warten und Wache zu halten für den Fall, dass die Räuber zurückkehren sollten.

Und auch, um ohne Zuhörer mit Rowena sprechen zu können.

»Unsinn«, warf Rowena ein. »Diese verfluchten Pikten kommen heute garantiert nicht wieder. Postiert einige wenige Wachen draußen, doch der Rest mitsamt den Frauen und Kindern muss hereinkommen und mit uns essen. Mein Gemahl mag zwar … noch unterwegs sein, doch es soll niemand sagen, Ubbanford wäre ein ungastlicher Saal.«

Sie scheuchte die Leibeigenen und die Frauen des Dorfes los, damit sie Speisen für ihre Gäste herbeiholten. Schon bald standen Käse, Bier, Met und Brot auf den Tischen.

»Fleisch gibt es später«, sagte sie. »Doch zunächst stillt Euren größten Hunger und Euren Durst mit einfachen Genüssen.«

Die Männer und ihre Familien griffen zu, sodass im ganzen Saal bald zufriedenes Schmatzen und Schlucken zu hören war.

Nachdem sie ihren Pflichten als Gastgeberin gerecht geworden war, setzte Rowena sich zu Beobrand und Sunniva an die Hohe Tafel. Edlyn folgte ihr und schmiegte sich an die Seite ihrer Mutter.

Eine Zeit lang ergriff niemand das Wort. Dann sagte Rowena: »Es war nicht klug, Aengus zu töten. Sein Vater Nathair und seine Brüder werden eine Blutschuld einfordern. Wir sind nur wenige hier, aber sie sind Wilde. Sie werden später zurückkehren, und dann werden wir den Preis für Euren Jähzorn bezahlen müssen.«

Beobrand zitterte. »Sie haben einen Eurer Männer getötet. Ich habe lediglich Vergeltung geübt.«

»Ja. Der arme, tapfere Ahebban ist ihnen zum Opfer gefallen. Ich empfinde auch kein Bedauern darüber, dass Ihr Aengus, diesen Rossapfel, getötet habt. Ich danke Woden sogar für seinen Tod. Doch ein Blutzoll als Gegenleistung für Ahebbans Ermordung wäre mir nützlicher gewesen als die Blutrache, die wir nun befürchten müssen.«

Beobrand legte die Stirn in Falten. Rowena hatte recht. Wie töricht von ihm, einfach seiner Kampfeslust nachzugeben. »Es tut mir leid, Mylady. Ihr sprecht weise Worte. Aber ich konnte nicht ungestraft zulassen, dass einer meiner Männer niedergemetzelt wurde.«

»Eurer Männer?« Sie zog fragend eine Augenbraue in die Höhe. »Ich meinte schon zu hören, dass Ihr der neue Herr von Ubbanford seid. Dafür kann es eigentlich nur einen Grund geben. Sagt mir, welche Nachricht Ihr mir überbringt.«

Beobrand schoss das Blut in die Wangen. Wieso hatte er sich nur so ungeschickt angestellt? Der Met schäumte in seinem Magen. Er war mitten in ein Gespräch hineingestolpert, dem er sich eigentlich mit größter Vorsicht hatte nähern wollen. Aber nun gab es kein Zurück mehr.

Er erhob sich und rief mit lauter Stimme über die Gespräche und die Essgeräusche im Saal hinweg: »Acennan, hol die Gaben für Lady Rowena.«

Wortlos stand Acennan von seinem Platz auf und verließ den Saal.

Beobrand blickte auf Lady Rowena hinab. Silberne Strähnen durchzogen ihr dunkles, zu einem festen Zopf gebundenes Haar. Sie war keine Schönheit, aber eine sehr beeindruckende Erscheinung. Sie erinnerte ihn an seine

Mutter. Feierlich blieb er stehen und wartete auf Acennans Rückkehr.

Es wurde still im Saal, als Acennan mit einer kleinen Kiste und einem Bündel im Arm vor die Hohe Tafel trat. Nachdem er beides auf den Tisch gelegt hatte, zog er sich zurück.

Beobrand wickelte das Bündel aus und brachte ein Schwert mitsamt Scheide zum Vorschein. Er überreichte es Rowena mit dem Heft voraus und ging vor ihr auf die Knie. Edlyn, die neben ihr saß, schluchzte leise auf.

»Mylady, ich überbringe Euch das Schwert Eures Gemahls. Traurigen Herzens muss ich Euch verkünden, dass Ubba, Sohn des Ubben, in der Schlacht südlich des Großen Walls sein Leben für Bernicia und König Oswald gelassen hat.«

Selbst die kleinsten Kinder schienen den Ernst des Augenblicks zu spüren und waren jetzt verstummt.

»Und meine Söhne?« Rowenas Stimme war kaum mehr als ein Flüstern, doch alle im Saal konnten ihre Worte hören. »Was ist mit Almund? Mit Ealdian?«

»Es tut mir leid, Mylady. Sie sind ehrenvoll dort gefallen, wo der Kampf am unerbittlichsten tobte. Sie waren standhafte und tapfere Kämpfer. Ihr könnt stolz auf sie sein.«

Sie gab keinen Laut von sich. Auch Beobrand blieb stumm. Er wusste nicht, was er sonst noch sagen sollte.

Rowena hatte die Lippen fest aufeinandergepresst. Tiefe Falten gruben sich in ihre Stirn. Ihre Augen glänzten feucht, aber sie weinte nicht. Edlyn stieß ein abgehacktes Keuchen aus und brach in den Armen ihrer Mutter zusammen.

Rowena streichelte ihrer Tochter über das Haar, ließ

Beobrand jedoch keinen Moment aus den Augen. »Was ist in der Kiste?«, wollte sie wissen.

Beobrand hob den Deckel. Der Inhalt glänzte silbrig.

»König Oswald bittet mich, Euch seine Dankbarkeit für die treuen Dienste Ubbas, Almunds und Ealdians auszudrücken. Es gibt viele, die seinem Ruf zu den Waffen nicht gefolgt sind. Dieser Teil der Kriegsbeute ist für Euch und Eure Tochter gedacht. Ihr sollt keine Not leiden. Die Männer Eurer Familie haben das größte Opfer von allen gebracht. Sie werden niemals vergessen werden.«

Rowena beugte sich vor und strich mit den Fingerspitzen über den Inhalt der Kiste. Das kalte Klirren des Metalls erinnerte Beobrand an das Rasseln eines Kettenhemdes.

»Und Ihr seid mein neuer Herr?« Rowena blickte ihn an. Ihre Augen waren kalt geworden.

Er schluckte. »König Oswald hat mir Ubbanford anvertraut. Es wäre mir eine Ehre, wenn Ihr bleiben und mir mit Eurem Rat zur Seite stehen würdet.«

»Welchen Rat könnte ich Euch schon geben?« Ihre Stimme klang verzweifelt. Erstickt. »Ihr seid wie alle Männer. Ihr glaubt, jedes Problem ist mit Metall zu lösen. Aber weder Eisen noch Silber können einen Menschen glücklich machen.« Rowenas Blick ging zu Sunniva, die etwas abseits stand und nervös von einem Fuß auf den anderen trat.

Der Hauch eines Lächelns stahl sich auf Rowenas Lippen, wenn auch nur für einen kurzen Moment. »Obwohl Ihr das vielleicht bereits wisst, junger Beobrand.« Sie stand abrupt auf. »Aber nun esst, trinkt und ruht Euch aus, mein Herr«, die letzten beiden Wörter betonte sie, »während meine Tochter und ich uns zurückziehen, um in Ruhe zu trauern. Wir können uns später noch darüber unterhalten, welche Art von Rat ich Euch geben kann.«

Damit stand sie auf und schob Edlyn vor sich her. Gemeinsam verschwanden sie durch den Vorhang am hinteren Ende des Saals.

Kapitel 10

Tot.

Coenrad konnte es kaum glauben.

Doch da lag er. Die Haut bleich und wächsern. Nie wieder würde er in dieser Welt einen Schritt tun.

Aber wenigstens war Abt Fearghas friedlich von ihnen gegangen. Nach all der Gewalt und den Schlachten des vergangenen Jahres war es ein Segen, dass es dem alten Mann vergönnt gewesen war, im Kreise derer, die ihn liebten, in die Arme Christi zu sinken.

Es war ihm schon viele Tage nicht gut gegangen. Die Besserung, die Coenrad nach der Begegnung mit König Oswald an ihm beobachtet hatte, hatte nicht lange gewährt. Fearghas' neu erwachte Energie erwies sich als kurzlebig, wie die Stichflamme, nachdem ein Tropfen Fett ins Feuer gefallen ist. Zwar leitete er die Mönche bei der Planung ihres neuen Zuhauses an, doch noch bevor sie sich daranmachen konnten, den Graben auszuheben, setzte der Husten ein. Fearghas' trockenes, abgehacktes Bellen erinnerte Coenrad an die Schreie der Robben, die die Strände und Gewässer rund um Lindisfarena bevölkerten.

Sie brachten den Abt zu Ecglaf, dem alten Einheimischen, der sie von Bebbanburg hierhergeführt hatte. Mittlerweile wussten sie, dass er ein gewisses Ansehen bei der

Inselbevölkerung besaß. Ecglafs Frau, die ihm so ähnlich sah, dass sie gut und gerne auch seine Schwester hätte sein können, pflegte Fearghas, bereitete Kräutertinkturen für ihn zu und schmierte ihm übel riechende Salben auf die Brust. Dennoch wurde sein Husten immer schlimmer.

Die Brüder beteten für ihren Abt, aber er drängte sie, stattdessen weiter an der Außengrenze des neuen Klosters zu arbeiten, um dann auf der so entstandenen Fläche einfache Rundhütten zu errichten.

»Wenn der neue Abt eintrifft, müssen die Klosterzellen fertig sein«, sagte Fearghas, als etliche Mönche dafür plädierten, sich ganz auf die Gebete für den Kranken zu konzentrieren. Dann wurde er von einem plötzlichen Hustenanfall geschüttelt. Er spuckte Schleim in eine Schale und sank wieder auf sein karges Lager.

»Aber Ihr seid unser Meister«, sagte Coenrad.

Fearghas lag lange Zeit nur schweigend da und betrachtete mit wässerigen Augen die Gesichter der Mönche, die sich um ihn versammelt hatten.

»Ich war niemals euer Meister«, erwiderte er schließlich. Seine Stimme klang rau wie das Kratzen eines Feuersteins. »Ich war euer Abt. Euer Vater in Christus. Und bald schon werde ich bei ihm sein.« Seine Augen schienen auf das rußgeschwärzte Stroh über ihren Köpfen gerichtet zu sein. Vielleicht konnte er durch das Dach sehen. Direkt in den Himmel.

Die Mönche beugten sich zu ihm. Fearghas war so still. Totenbleich und regungslos. Sie glaubten schon, er hätte seine letzten Worte gesprochen, da hustete er erneut. Alle zuckten zusammen.

Er lachte, bis ein weiterer Hustenanfall ihn schüttelte.

»Wie sehr ich euch alle liebe«, waren seine Worte, nachdem er wieder zu Atem gekommen war.

Coenrad trat dicht zu ihm und hielt ihm einen Becher mit Wasser an die Lippen. Verwesungsgeruch hatte sich über Fearghas gelegt. Er drang aus seinem Mund, als wären seine Eingeweide bereits verfault.

»Wir lieben Euch auch, Vater«, sagte Coenrad. Und wusste in diesem Augenblick, dass es die Wahrheit war. Er spürte, wie Tränen in ihm aufstiegen. Seine Augen brannten, und seine Kehle wurde eng.

Fearghas klammerte sich mit einer Kraft an ihn, die seine Gebrechlichkeit Lügen strafte, und fixierte Coenrad mit einem seiner berüchtigten Blicke.

»Coenrad, mein Sohn. Du musst König Oswald die Nachricht von meinem Hinscheiden überbringen. Erinnere ihn an das Versprechen, das er Gott gegeben hat. Diese Insel soll für alle Zeiten dem Christus gehören.«

Die Tränen ließen sich nicht mehr länger zurückhalten. Dick fielen sie auf Fearghas' Talar und färbten die Wolle dunkel. »Ja, Vater«, antwortete Coenrad. »Aber so dürft Ihr nicht sprechen. Ihr werdet nicht sterben.«

»Wir alle müssen sterben, Coenrad, und das weißt du genau. Überbringe also dem König die Nachricht von meinem Tod. Und sag ihm, er soll einen Bischof bestellen. Dieses Land braucht einen Hirten, einen Hirten von der gesegneten Insel Hii. Von dort sollst du einen Bischof hierherbegleiten. Du und dieser Krieger aus Cantware, dein Freund. Du wirst Gesellschaft brauchen auf der Reise, denn sie ist lang.«

Durch die Tränen verschwamm Coenrads Blick. Fearghas' weißes Haar umrahmte sein Gesicht, sodass es aussah, als würde es auf einer Wolke schweben.

Ein letztes Mal drückten die knochigen Finger des alten Mannes Coenrads Hand. »Begrabt mich hier auf diesem heiligen Eiland, mit Blick auf den Sand, der Tag für Tag reingewaschen wird.«

Das waren Fearghas' letzte Worte gewesen. Danach war die erschlaffte Hand des Abtes aus Coenrads Fingern gerutscht und kraftlos auf seine Brust gesunken.

Jetzt stimmten die Mönche lautes Wehklagen an. Sie würden die ganze Nacht für Fearghas' unsterbliche Seele beten und neben seinen sterblichen Überresten Wache halten.

Coenrad betete nicht, und er wehklagte auch nicht. Er blickte nur auf den toten Leib des Mannes hinab, der ihn gerettet hatte, und weinte lautlos.

Die gleichmäßig an- und abschwellenden lateinischen Gebete der Mönche schwappten über ihn hinweg, so wie das Meer über den Sand spülte und die Insel ein ums andere Mal vom Festland trennte.

Nachdem etwas Zeit vergangen war, musste Coenrad unwillkürlich lächeln. Selbst im Tod hatte Fearghas es noch geschafft, ihm eine schwierige Aufgabe zu stellen. *Überbringe dem König die Nachricht von meinem Tod. Und dann hole einen Bischof von Hii auf die Insel.*

Coenrad hatte keine Ahnung, wie er nach Hii gelangen sollte. Er wusste nur, dass die Insel weiter entfernt war, als er jemals gereist war, so weit entfernt, dass sie sogar in einem anderen Meer lag als Lindisfarena.

Sollte das womöglich eine allerletzte Strafe dafür sein, dass er ein solch ungelehriger Schüler gewesen war?

* * *

»Bist du dir deiner Sache wirklich sicher?«, wollte Acennan wissen. Seine gescheckte Stute war kleiner als Sceadugenga, aber da nur er und Beobrand auf dem Rücken eines Pferdes saßen, brauchten sie nicht zu fürchten, belauscht zu werden, und konnten frei sprechen. Die restlichen Krieger marschierten zu Fuß hinter ihnen her. Sofern sie Rüstungen besaßen, hatten sie diese angelegt und sich mit Speeren, Sachsmessern und Schilden bewaffnet. Ihr Gang wirkte leicht und locker, aber ihre Mienen waren grimmig. Sie alle rechneten damit, dass sie geradewegs in einen Kampf zogen.

»Ich bin mir sicher«, erwiderte Beobrand. »Lady Rowena hat mir zu verstehen gegeben, dass es unklug war, diesen Burschen zu töten. Und ich glaube, sie hat recht.«

»Das lieben wir alle so an dir.« Acennan lächelte. »Du denkst nicht zu viel nach, bevor du handelst. Kein Krieger möchte einem Herrn dienen, der sich vorsichtig wie ein Barfüßiger durch einen Wald voller Dornen bewegt.«

Beobrand schnaubte. »Ich muss mit diesem Nathair sprechen, bevor er seine Männer wieder nach Ubbanford schickt. Auf jeden Fall will ich eine Blutfehde vermeiden. Der Winter wird hart genug werden, auch wenn wir uns nicht wegen unserer Nachbarn grämen müssen.«

Der Weg machte nun eine Biegung. Beobrand streckte den Rücken durch und starrte in die Ferne. Das Land war ihm fremd. Der Pfad führte durch dichtes Gehölz, das ideale Bedingungen für einen Hinterhalt bot. Ein solcher

Angriff war zwar unwahrscheinlich, doch er war sich sehr wohl bewusst darüber, dass er sich nördlich des Tuidi bereits Feinde gemacht hatte.

Seit ihrer Ankunft in Ubbanford waren nur zwei Tage vergangen, aber es war durchaus denkbar, dass Nathair schon eine Vergeltungsaktion für den Tod seines Sohnes beschlossen hatte. Auch wenn Rowena die Vermutung geäußert hatte, dass der alte Pikte sich wohl kaum zu einer überhasteten Reaktion hinreißen lassen würde, konnte Beobrand nur hoffen, dass sie damit recht behielt.

Nachdem sie vom Tod ihres Gemahls und ihrer beiden Söhne erfahren hatte, hatte Rowena sich Zeit genommen, um sich zu sammeln. Anschließend war sie die perfekte Gastgeberin gewesen. Es war eine schwierige Situation, daran konnte es keinen Zweifel geben. Beobrand hatte der kleinen Siedlung noch mehr hungrige Mäuler beschert. Zudem war klar, dass sie alle nur eine begrenzte Zeit unter dem einen Dach des Saals wohnen konnten, den Rowena seit ihrer Hochzeit mit Ubba vor vielen Jahren ihr Zuhause nannte.

Bereits gestern hatten die verheirateten Männer mit dem Bau neuer Häuser begonnen. Axthiebe hallten durch das Flusstal. Dumpfe Schläge, wenn Keile in Baumstämme getrieben wurden, um sie anschließend in Bretter zu spalten. Rauch drang aus den Feuergruben, in denen das nasse Holz anschließend in die richtige Form gebracht wurde, um zu Wänden oder Zäunen verarbeitet zu werden. Die Leute von Ubbanford unterstützten die Neuankömmlinge bei ihrer Arbeit. Je früher die neu eingetroffenen Familien ein Dach über dem Kopf hatten, desto geringer die Wahrscheinlichkeit, dass sie ihnen in ihren eigenen Hütten Zuflucht gewähren mussten.

Als Sunniva das Treiben beobachtete, kam ihr ein Gedanke, wie das Problem mit Rowena und dem Saal gelöst werden könnte.

»Du musst ihr sagen, dass du für uns einen neuen Saal errichten willst, Beobrand«, sagte sie in der darauffolgenden Nacht zu ihm, als sie in der Dunkelheit nahe der Glut des Saalfeuers beieinanderlagen.

Beobrand hatte schon fast geschlafen, sein Geist war bereits auf dem Weg in den Wald der Träume gewesen. Ihre Stimme weckte ihn wieder. Er musste nur kurz überlegen, um zu wissen, dass sie recht hatte. Wie gewöhnlich. Hatten Frauen denn jemals unrecht? Er musste grinsen, zog sie dicht zu sich heran und küsste sie. Sie erwiderte seinen Kuss und ließ dabei einen leisen, genüsslichen Seufzer hören.

»Ich dachte eigentlich, du schläfst schon«, sagte sie.

»Würde ich auch gleich, wenn du mit deinem Geplapper aufhören würdest«, erwiderte er und erhielt dafür einen spielerischen Klaps auf die Wange. »Aber es ist wahr, was du sagst. Rowena muss ihr Zuhause behalten. Und wenn ich all meine Leute um mich scharen will, ist dieser Saal ohnehin zu klein.« Das war nur zum Teil scherzhaft gemeint. Noch vor wenigen Tagen hätte er es nicht einmal für möglich gehalten, je eine eigene Kriegerschar anzuführen. Und jetzt träumte er schon von einem großen Saal voller Kampfgefährten.

»Ich werde gleich morgen mit ihr sprechen«, hatte er gesagt und Sunniva noch einen Kuss gegeben. »Dann sage ich ihr auch, dass wir ein Fest planen müssen, um unsere

Zeremonie der gebundenen Hände angemessen zu begehen.«

Beobrand wurde aus seinen Gedanken geholt, als ein Fuchs aus dem Unterholz brach und seinen Hengst erschreckte. Sceadugenga trippelte zur Seite und gegen Acennans Stute. Beobrand zog die Zügel an, bis er den Hengst wieder unter Kontrolle hatte. Der Fuchs schien genauso verwirrt zu sein wie sie. Wie erstarrt stand er da und blinzelte sie an. Dann verschwand er im Gebüsch auf der anderen Seite des Pfades – ein roter Fellstreifen im Zwielicht des Waldes.

Acennans Stute, ein ruhiges, gutmütiges Tier, schien den Zwischenfall kaum bemerkt zu haben.

»Dein Gaul ist genau so stumpf wie du«, sagte Beobrand.

»Und Sceadugenga reagiert, ohne die Konsequenzen zu berücksichtigen, genau wie sein Reiter«, erwiderte Acennan augenblicklich.

Beobrand lachte. Er war froh, dass er wieder auf Acennans Freundschaft und seinen Humor zählen konnte.

Weiter vorn wurde der Wald lichter. Das helle Grau eines bewölkten Tages fiel auf den Pfad. Sie waren nun schon geraume Zeit unterwegs. Beobrand fasste die Zügel kurz und drehte sich im Sattel um, um zu seinen Männern zu sprechen. Seine Männer. Er fühlte sich nicht wohl dabei, im Sattel zu sitzen, während sie zu Fuß gehen mussten.

Da sie nicht genügend Pferde für alle hatten, war es Beobrands Absicht gewesen, zusammen mit seinen Kampfgefährten zu marschieren. Doch Acennan hatte nichts davon hören wollen. »Du musst reiten«, sagte er. »Die Männer sollen zu dir aufschauen. Du bist jung, aber sie haben große

Hochachtung vor deinen Fähigkeiten in der Schlacht. Nun bist du nicht mehr länger ihr Freund. Es darf nicht dein Bestreben sein, von ihnen gemocht zu werden oder einer von ihnen zu sein. Sie müssen dich respektieren, dich lieben, ja sogar dich fürchten. Du musst ihr Herr sein, und darum musst du reiten.«

Letzten Endes hatte Beobrand ihm zugestimmt. Acennan hatte recht, aber er hatte seinen Freund gezwungen, ebenfalls zu reiten. Wenn er schon anders als seine Männer sein musste, wollte er dabei wenigstens nicht allein sein.

Jetzt blickte er in die erwartungsvollen Gesichter der Krieger und sah, dass Acennan gewusst hatte, wovon er sprach. Sie blickten zu ihm auf. Er spürte die Bürde ihrer Erwartungen, und er würde sie nicht enttäuschen.

»Wir nähern uns jetzt Nathairs Saal«, sagte er. »Nach Lady Rowenas Auskunft liegt er nicht weit hinter dem Waldrand. Ihr werdet eure Klingen in der Scheide lassen. Ich wünsche kein weiteres Blutvergießen. Ich werde mit diesem Nathair sprechen, aber wir werden nicht kämpfen. Jeder von euch, der einen Streit beginnt, wird sich vor mir verantworten müssen.« Er blickte den Männern einzeln in die Augen und erkannte dort nichts als Ernsthaftigkeit, Konzentration und festes Vertrauen zu ihm.

»Wohlan, meine Kampfgefährten, zeigen wir diesem Pikten, wer sein neuer Nachbar ist.« Er ließ Sceadugenga wenden und presste ihm die Hacken in die Flanken.

* * *

Der Saal und die umliegenden Gebäude entsprachen genau Rowenas Beschreibung vom Vortag. Ein schmuckloser

Langsaal, umgeben von mehreren kleineren Gebäuden. Das Dach des Saals war vernachlässigt und bemoost. Weißer Rauch drang aus etlichen der geduckten Hütten und verlor sich in den tief hängenden Wolken. Es roch nach verbranntem Holz und Essen. Mehrere mit Flechten bewachsene Holzplanken führten über einen Bachlauf, der den Pfad kreuzte.

Nach kurzem Zögern trieb Beobrand Sceadugenga über die improvisierte Brücke, nicht ohne schnell ein stummes Gebet an Woden zu schicken, dass die Brücke stabiler sein möge, als sie aussah. Die Hufe seines Pferdes klapperten über das Holz. Es schien ihr Gewicht zu tragen. Dann hörte er, dass Acennan ihm folgte.

Als ein Schrei die friedliche Atmosphäre durchbrach, legte Sceadugenga die Ohren flach an den Kopf und schüttelte die Mähne. Beobrand nahm die Zügel in seine linke verletzte Hand und tätschelte mit der rechten den Hals des Hengstes.

Eine Frau, die offensichtlich am Bach Kleider gewaschen hatte, rannte, so schnell sie konnte, den Häusern entgegen. Dabei schrie sie ununterbrochen in einer Sprache, die Beobrand nicht verstand. Sie war jung, mollig und hübsch, und beim Laufen flogen ihre langen Haare, und ihre Brüste und Hinterbacken hüpften recht ansehnlich unter ihrem Kleid.

»Bei Frige, ich glaub, ich bin verliebt«, murmelte Acennan.

Beobrand warf ihm einen kalten Blick zu. Jetzt war nicht die Zeit für Scherze.

Vor dem Saal versammelten sich bereits die ersten Bewohner. Manche hatten Feldhacken dabei, andere Speere. Niemand war unbewaffnet.

Langsam ritt Beobrand weiter. Anzuhalten hätte bedeutet, Angst zu zeigen. Kerzengerade und mit strenger Miene saß er im Sattel, den Blick fest auf den Saal gerichtet. Am Rand seines Sichtfeldes suchten Frauen und Kinder Deckung und flüchteten in den Wald. Vielleicht würde der eine oder andere sogar Zuflucht in einem hohlen Baumstamm suchen, so wie er und Coenrad vor vielen Monaten, als sie sich vor einer Horde von plündernden walisischen Kriegern versteckt hatten. Es stimmte ihn traurig, unter den Bewohnern dieser Siedlung solche Angst zu verbreiten, und doch wusste er, dass es sein musste. Den Flüchtenden wollte er nichts Böses, aber sollten sich die Männer gegen ihn erheben, würde er keine Gnade kennen.

Auf der freien Fläche vor dem Saal ließ er Sceadugenga anhalten. Die Umstehenden waren sichtbar nervös, scharrten mit den Füßen. Er konnte ihren Hass auf ihn riechen, doch niemand brachte den Mut auf, die Stimme zu erheben.

Beobrand wartete, bis Acennans Pferd rechts neben ihm stand. Er hörte, wie sich in seinem Rücken seine Kampfgefährten näherten. Die Blicke der Dorfbewohner huschten von den berittenen Recken zu den grimmigen Schildträgern, die sich zu einer Wand aus Holz und Eisen aufstellten.

»Nathair!«, rief Beobrand, erhielt aber keine Antwort.

Die Dorfbewohner wurden noch unruhiger. Manche blickten sich suchend nach ihrem Herrn um.

»Nathair!«, wiederholte Beobrand. »Ich möchte mit dir reden. Wir sind nicht gekommen, um zu kämpfen.«

Wieder folgte eine lange Stille.

»Vielleicht ist dieser Nathair ein Feigling und will sich deshalb nicht zeigen«, mutmaßte Acennan.

Beobrand beachtete seinen Freund nicht. Er sah zum Tor

vom Saal, wo sich ein dunkelhäutiger, älterer Mann mit nur noch einem Kranz aus strähnigen grauen Haaren aufgebaut hatte. Er wurde von zwei jungen Männern flankiert. Einer von ihnen war wie der Alte breit und untersetzt und hielt eine beeindruckende Axt in seinen riesigen Fäusten. Der andere war schlanker und unbewaffnet, wirkte aber trotzdem bedrohlicher. Seinen wieselflinken Augen schien nichts zu entgehen.

Immer mehr Männer kamen aus der Dunkelheit des Saals ins Freie und blinzelten in das diesige Licht. Beobrand erkannte sie als diejenigen, die mit Aengus Ubbanford überfallen hatten. Der schwarzbärtige Krieger, den er mit einem Fußtritt gefällt hatte, starrte ihn aus blutunterlaufenen, geschwollenen Augen wütend an. Wenn er die Gelegenheit bekäme, Beobrand zu töten, würde er mit Sicherheit keinen Moment zögern.

Die Menge teilte sich, damit sich ihr Anführer und seine Gefolgschaft Beobrand nähern konnten. Zu dicht wagte Nathair sich allerdings nicht.

»Ich bin Nathair mac Gaven, Herr über diese Siedlung«, sagte der glatzköpfige Mann mit starkem Akzent, bevor er Acennan anblickte. »Und ich bin keineswegs zu feige, um mich Euch zu zeigen.«

Acennan grinste.

»Ihr müsst der neue Herr von Ubbanford sein«, wandte Nathair sich wieder an Beobrand. »Man hat mir berichtet, dass Ihr meinen Sohn getötet habt.«

»Ich bin Beobrand, Sohn des Grimgundi, Recke von König Oswald und auch Herr über Ubbanford. Und ja, ich habe Euren Sohn getötet.«

Nathair senkte den Blick, während er einen tiefen Seufzer ausstieß. »Ein Herr muss beschützen, was sein ist«, sagte er nach einiger Zeit. »Warum seid Ihr zu mir gekommen? Wir betrauern immer noch unseren Verlust.«

»Ich bin hier, um Euch mitzuteilen, dass ich Euren Sohn als Vergeltung für den Mord an einem meiner Männer hingerichtet habe. Ich suche keineswegs Streit mit Euch, sondern möchte vielmehr eine Blutfehde vermeiden und Frieden schließen.«

»Ich verstehe«, erwiderte der alte Pikte. »Eine Fehde würde uns alle teuer zu stehen kommen. Viele Menschen würden sterben. Es ist ohnehin nicht einfach, in diesem Land zu leben, auch ohne Feindschaft unter Nachbarn.«

Der Mann mit der Axt trat einen Schritt vor. »Ihr wagt es hierherzukommen? Von Frieden zu sprechen, obwohl Ihr meinen Bruder ermordet habt? Nun, Ihr habt recht, wenn ihr eine Blutfehde fürchtet. Denn ich werde nicht eher ruhen, bis Ihr Futter für Fuchs und Krähe geworden seid. Und noch bevor ich damit fertig bin, werde ich meinen Met aus Eurem Schädel trinken.«

Beobrand legte drohend die Hand an Hruntings Heft. Seine Augen in der Farbe eines wolkenlosen Winterhimmels blitzten. »Solltet Ihr mich zwingen, mein Schwert zu ziehen, dann wird es erst wieder in die Scheide fahren, wenn es seinen Durst gestillt hat. Ich warne Euch noch einmal. Sucht keine Rache für den Tod Eures Bruders. Kommt nie mehr nach Ubbanford, um unser Vieh zu stehlen, und erhebt nie mehr die Hand oder eine Waffe gegen meine Leute, oder ich werde Thunors Zorn über diesen Ort bringen.«

Beobrand umfasste mit einer weit ausholenden Armbewegung seinen Kriegertrupp. »Wir alle haben in der Finsternis jenseits des Großen Walls gestanden, als Cadwallons Streitmacht gegen unseren Schildwall prallte. Wir haben uns erfolgreich dem König von Gwynedd bei der Furt von Gefrin gestellt. Ich kann mich nicht erinnern, Eure Gesichter dort gesehen zu haben.«

Nathair bedachte Beobrand mit einem trotzigen Blick. Der Sohn mit der Axt senkte den Kopf, vielleicht vor Scham.

»Ubba und seine Söhne sind dem Ruf des Königs gefolgt und haben mit ihrem Leben dafür bezahlt. Ihre Namen werden heute voller Bewunderung genannt. Sie sind eines ehrenvollen Todes gestorben. Sie haben für Oswald gekämpft, während ihr Pikten euch nördlich des Tuidi verkrochen habt.« Er dachte an Scand und die zahllosen anderen, die die Erde bei Hefenfelth rot gefärbt hatten. »Aber als Ubbanford keinen Herrn mehr hatte, wart ihr schnell, euch in den Sattel zu schwingen.« Beobrand merkte, wie Kampfeslust von ihm Besitz ergreifen wollte. Er biss die Zähne zusammen und zügelte seinen Zorn.

»Dies ist meine letzte Warnung. Falls ihr mir oder einem meiner Leute in die Quere kommt, werde ich alle von euch töten. Wenn ihr uns in Ruhe lasst, dann könnt ihr weiterhin in Frieden leben. Einem Frieden, der euch durch das Blut anderer, die tapferer waren als ihr, geschenkt wurde.«

Nathairs Gesicht war rot vor Entrüstung. »So redet Ihr mit mir? Hier? Im Angesicht meiner Leute? Im Saal liegt mein toter Sohn. Erzählt mir nichts von Tapferkeit und Opfern. Wo war Oswald denn im letzten Winter, als Cadwallons Wölfe das Land durchstreift haben? Wo war sein Bruder Eanfrith? Damals mussten wir uns selbst verteidigen.«

»Genug!«, brüllte Beobrand so laut, dass Sceadugenga erschrak und seine Mähne schüttelte. »Ist das hier nicht das Reich Bernicia? Dann heißt Euer König nunmehr Oswald, der aus dem Exil zurückgekehrt ist und Cadwallon besiegt hat. Geht nach Bebbanburg und leistet ihm den Treueschwur. Er ist Euer Herr, oder dies ist nicht Euer Land.« Er ließ die unausgesprochene Drohung in der Luft hängen.

Nathair machte den Mund auf, als wollte er etwas erwidern, überlegte es sich dann aber anders. Er war kreidebleich geworden, ob vor Furcht oder vor Zorn, konnte Beobrand nicht beurteilen. Sein Sohn mit der Axt sah Beobrand nicht an, aber seine Fingerknöchel zeichneten sich weiß gegen den dunklen Schaft seiner Waffe ab. Die fast schwarzen Augen des hageren Mannes auf Nathairs anderer Seite zuckten kein einziges Mal. In seinem Blick lagen nicht nur Verschlagenheit und Bösartigkeit, sondern auch kalter Hass. Bei Woden, Beobrand hoffte, dass sie auf seine Worte hören würden.

»Ich habe gesagt, was zu sagen ich gekommen bin«, fuhr er fort. »Hört auf meine Worte. Fordert mich nicht heraus.« Er riss die Zügel nach links, sodass Sceadugengas Kopf herumschwang, und Acennan tat es ihm gleich.

Seine Kampfgefährten machten ihnen Platz, um sich anschließend ebenfalls umzuwenden und gemeinsam die Siedlung hinter sich zu lassen.

Sie hatten die Plankenbrücke über den Bach gerade überquert, da wandte Acennan sich an Beobrand. »Das ist doch gut gelaufen«, sagte er mit einem breiten Lächeln auf den Lippen.

* * *

In Ubbanford wurde weiter fleißig an den neuen Häusern gearbeitet. Das Wetter blieb trocken, aber die allmählich zunehmende Kälte erinnerte alle daran, dass der Winter nicht mehr fern war. Tag für Tag verbrachten die Bewohner von Ubbanford, die neuen wie die alteingesessenen, damit, sich um Unterkunft und Nahrung für die kommenden Monate zu kümmern. Die Männer beschafften aus dem Wald Bauholz, während die Kinder und Frauen Pilze und Eicheln sammelten. Aale und andere Fische wurden an Holzrahmen aufgehängt und geräuchert. Das höher gelegene Feld wurde gepflügt und Wintergerste ausgesät. Die schweißtreibende Arbeit ließ auch neue Freundschaften entstehen. Männer wie Frauen plagten sich, damit beim ersten Frost und beim ersten Schnee, der mit Sicherheit bald fallen würde, alle Vorbereitungen abgeschlossen waren.

Morgens war es nun immer feuchtkalt und dunstig. Oft hing Nebel über dem breiten Fluss im Norden der Siedlung, und die schwache Wintersonne hatte Mühe, ihn zu vertreiben. Nachmittags war der Himmel dann meist klar. Doch alle wussten, dass das angenehme Wetter nicht lange anhalten würde. Der Blotmonath rückte näher, und damit auch die Schlachtung der Tiere. Und so sicher, wie der Lachs den Tuidi hinaufschwamm, so sicher würden auch die Winterstürme über sie hereinbrechen.

Die Luft war erfüllt von den lauten Schlägen eines Hammers, der auf einen Amboss traf. Das Geräusch war heller als das der Holzhämmer, die beim Hausbau Verwendung fanden und deren Schläge eher dumpf klangen. Beobrand musste lächeln. Sunniva war außer sich vor Freude gewesen, als sie in Ubbanford eine funktionstüchtige Schmiede entdeckt hatte. Allerdings hatte ihre Freude einen Dämpfer erhalten, als Rowena ihr mitteilte, dass Ahebban, der Mann, den Aengus getötet hatte, der Schmied gewesen war. Die Witwe war entsetzt, als Sunniva anbot, dessen Arbeit zu übernehmen.

»Ihr habt doch gewiss weder das Geschick noch die nötige Kraft dazu«, entfuhr es ihr. Dann registrierte sie Sunnivas Gesichtsausdruck und ruderte hastig etwas zurück. »Ich meine, nichts für ungut, aber ich habe noch nie von einer Frau gehört, die Metall bearbeiten kann.«

Sunniva lächelte. »Ich habe weder das Geschick noch die Kräfte meines Vaters, aber ich versichere Euch, ich weiß mit dem Hammer umzugehen und kann Eisen ebenso gut bearbeiten wie die meisten Schmiede. Es wird mir guttun, etwas Sinnvolles beizutragen.«

Rowena fand, das musste Sunniva anerkennen, schnell ihre Souveränität wieder und wandte sich an ihre Tochter. »Edlyn, Liebes, würde es dir gefallen, wenn Lady Sunniva dich unterweist?« Seit der Ankunft der Neuankömmlinge war Edlyn scheu und zurückhaltend gewesen, aber es war eindeutig, dass sie von Sunniva hingerissen war und ihre Nähe suchte. Als sie nun erfuhr, dass diese wunderschöne junge Frau, die sie verehrte, auch ein traditionelles Männerhandwerk beherrschte, wurde ihre Bewunderung nur noch größer.

»O ja, bitte, Mutter«, erwiderte sie. Bei der Aussicht, Zeit mit Sunniva zu verbringen und gleichzeitig eine besondere Fertigkeit zu erlernen, hatten ihre Augen geleuchtet.

Und so kam es, dass Beobrand, als er Sunniva suchte, sie und Edlyn in der Schmiede entdeckte. Eine ganze Weile stand er nur da und sah den beiden zu. Sie hatten ihre Haare zurückgebunden, um sie vor den herumfliegenden Funken und dem Feuer zu schützen. Sunniva hob ein Stück Metall vom Amboss und senkte es in einen Eimer. Das Wasser zischte und dampfte wütend. Edlyn sagte etwas, was er nicht verstehen konnte, und Sunniva lachte. Ihr Lachen war der schönste aller Laute. Sunniva glücklich zu sehen bereitete ihm große Freude.

Seine neue Verantwortung hingegen machte ihm viele Sorgen. War es klug gewesen, Nathair zu besuchen? Er hatte durchaus das Gefühl, dass es richtig gewesen war, und dennoch machte er sich Gedanken. Hatte er damit womöglich den Hass des Pikten auf den Mörder seines Sohnes zusätzlich angefacht? Acennan war der Meinung, dass Beobrand nichts hätte anders machen können. Schließlich hatte er als Recke Oswalds einen Treueschwur abgelegt. Und auch die Pikten mussten dem König ihren Eid leisten.

»Sie werden kein weiteres Blutvergießen wollen«, hatte er gesagt. »Sie werden uns in Ruhe lassen, wie ein geprügelter Hund seinen Schläger in Ruhe lässt.«

Hoffentlich hatte sein Freund die Wahrheit gesprochen. Manche geprügelten Hunde wurden auch bösartig und bissen um sich.

Doch bis jetzt hatten sich weder Nathair noch seine Söhne blicken lassen. Abgesehen von dem ständigen Arbeitslärm war Ubbanford ein friedlicher Ort.

Endlich merkte Sunniva, dass er in Gedanken versunken bei ihnen stand.

»Wohlan, mein Herr, was verschafft uns die Ehre Eures Besuchs in unserer bescheidenen Schmiede?« Sie trat zu ihm und küsste ihn sanft auf die Wange.

Edlyn kicherte.

Beobrand musste grinsen. Wie sollte er im Angesicht solch heiterer Schönheit seinen Sorgen nachhängen?

»Ihr beide strahlt noch heller als die Funken des Eisens, das ihr bearbeitet«, erwiderte er.

Edlyn wurde rot.

Sunniva hob eine Augenbraue, beugte sich zu ihm und flüsterte ihm ins Ohr, sodass ihr Atem heiß seine Wange streifte: »Das heißt, ich kann vielleicht auch dein Feuer entfachen?«

Beobrand errötete ebenfalls. Bei allen Göttern, Sunniva war ebenso verführerisch wie Frige selbst! Er hatte keine Ahnung, wie er ihr antworten sollte, solange Edlyn sie beobachtete.

»Das sehen wir später«, brachte er schließlich heraus, woraufhin Sunniva ihm unverfroren zuzwinkerte. Er spürte seine Erregung und musste sich zwingen, sich ganz auf den eigentlichen Grund seines Besuches in der Schmiede zu konzentrieren. »Ich komme mit einer Nachricht. Lady Rowena und ich haben beschlossen, dass es heute in zwei Tagen ein Fest geben soll. Wir bringen das Opfer des Blotmonaths dar, und anschließend feiern wir.«

»Ein Fest?«, warf Edlyn mit Grabesstimme ein. »Um was zu feiern?«

Alle Freude, alle Leichtigkeit löste sich so schlagartig in

Luft auf wie ein Spucketropfen in der Esse. Das junge Mädchen hatte gerade erst den Vater und beide Brüder verloren. Beobrand konnte verstehen, weshalb sie wenig Neigung verspürte, ein Fest zu feiern. Er legte die Stirn in Falten und ärgerte sich über sich selbst. Was sollte er jetzt sagen?

Sunniva kam ihm zu Hilfe. Sie drehte sich zu Edlyn und legte ihr die Hand auf die Schulter.

»Es war für uns alle ein Jahr voller Traurigkeit, Edlyn. Wir alle haben geliebte Menschen verloren.« In ihren Augen glitzerten wie in Edlyns die Tränen. »Und dennoch gibt es auch Gründe zu feiern. Dass wir noch am Leben sind. Wir, Beobrand und ich, möchten außerdem unsere Zeremonie der gebundenen Hände mit euch allen begehen. Und wir wollen dafür danken, dass wir eine so gute Freundin wie dich gefunden haben. Möchtest du nicht doch mit uns feiern? Wie sollen wir ohne dich auf dem Fest weitere Freundschaften schließen?«

Edlyn wischte sich mit beiden Handrücken über die Augen.

»Natürlich werde ich dabei sein, Sunniva«, sagte sie schließlich und schniefte.

»Gut. Deine Mutter, du und ich, wir werden uns heute Abend an die Planungen machen und dann unsere Kleider vorbereiten. Das wird eine willkommene Abwechslung sein.« Sie begegnete Beobrands Blick, und er schenkte ihr ein dankbares Nicken.

Sunniva ging so mühelos mit Edlyn um. Genauso wie mit den kleineren Kindern in Ubbanford.

Damit stand es fest: In zwei Tagen würden sie das Erntefest feiern, das Opfer des Blotmonaths darbringen und ihre Zeremonie der gebundenen Hände begehen.

Er schmunzelte. Sunniva liebte Kinder. Vielleicht würde Frige sie ja bald schon mit Nachwuchs segnen. Sie lagen jedenfalls oft genug beisammen. Er hoffte, dass das Schicksal ihnen einen prächtigen Jungen schenken würde, wie Sunniva es ihm versprochen hatte.

Nun, das wäre gewiss ein Anlass für ein weiteres Fest.

Kapitel 11

Dicke Rauchwolken quollen aus dem feuchten Holzstapel, begleitet von wütendem Zischen und Knacken. Die Dämpfe brannten in Sunnivas Augen, und sie musste blinzeln. Dass ihr, die sie ihr Leben lang in der Schmiede gearbeitet hatte, einmal ein Feuer die Tränen in die Augen treiben würde, hätte sie niemals für möglich gehalten. Und doch genügte das kleinste bisschen Rauch, um sie überquellen zu lassen. Dabei war das Feuer eigentlich kaum der Rede wert. Holz war zwar mehr als genug vorhanden, aber es war nass und schwierig zu entzünden. Man hätte sie bitten sollen, es zu stapeln. Sie hätte nicht zugelassen, dass das Feuer nicht vernünftig brannte. Denn das bedeutete normalerweise, dass sich die Götter von Ubbanford abgewandt hatten.

Doch da das Opfer des Blotmonaths dargebracht werden sollte, war ein Feuer unerlässlich. Die Flammen würden es zu den Göttern bringen, würden das Blut des Opferochsen als Rauchgabe hinauf in Wodens Totensaal tragen.

Die Sonne war bereits untergegangen. Nur ein sanftes Glimmen im Westen verriet noch, wo sie am Horizont versunken war. Eigentlich hätte das Feuer längst lichterloh brennen müssen.

Sunniva zitterte. Sie stand inmitten der Bewohner Ubbanfords, die auf das Opfer warteten. Und auf das Feuer. Doch immer mehr Rauch quoll aus dem nassen Holzhaufen hervor. Kurz bevor sie sich hier versammelt hatten, war ein plötzlicher Regenguss niedergegangen und hatte das Brennmaterial noch stärker durchnässt. Alle anderen Festvorbereitungen waren abgeschlossen. Sie trugen ihre Festtagskleidung. Die Männer hatten ihre Schnurrbärte gekämmt und diejenigen, die Kriegerringe besaßen, hatten sie fein säuberlich poliert und angelegt. Die Frauen führten ihren Schmuck vor, und manche hatten sich zusätzlich Herbstblumen ins Haar geflochten.

Aber nun standen sie alle tatenlos da, weil sie das Ritual des Blotmonaths nicht vollenden konnten.

Das war ein schlechtes Omen. Immer dichter umschloss die Dunkelheit das Tal. Der Ochse, der an einem Pfahl festgebunden war, schrie mitleiderregend, als wüsste er, welches Schicksal ihm drohte.

Doch der Holzstapel hörte nicht auf zu rauchen und zu zischen. Ein einziger Spritzer Ochsenblut hätte die wenigen Funken erlöschen lassen.

Die Leute traten unruhig von einem Bein auf das andere und starrten Beobrand und seine Kampfgefährten an. Warfen Sunniva nervöse Blicke zu. Ihnen war anzusehen, dass sie dachten, dass die Fremdlinge Unglück über ihre Siedlung gebracht hatten.

Unverhofft wie ein böser Traum frischte plötzlich der Wind auf. Er brachte die Bäumen auf dem anderen Ufer des Tuidi zum Flüstern, und dann leckten auch schon die ersten von ihm angefachten Feuerzungen an den Holzscheiten. Einige Augenblicke lang starrten alle schweigend und wie gebannt auf die Flämmchen, bis das Holz, begleitet von einem Geräusch zwischen Seufzen und Husten, mit einem Mal in Flammen stand.

Sunniva holte tief Luft. Ihr war nicht einmal bewusst gewesen, dass sie sie angehalten hatte.

Beobrand wandte sich mit angespannter Miene zu ihr. Auch er hatte sich offensichtlich große Sorgen gemacht, denn sein schmales Lächeln schien Erleichterung zu verraten. Dann trat er vor und wandte sich an die Versammelten.

Der Feuerschein ließ den Rest des Tals in vollkommener Dunkelheit versinken. Es war, als existierte niemand mehr außer ihnen. Alles Land jenseits des rötlichen Lichtscheins lag im Schatten verborgen. Der Himmel wölbte sich als undurchdringliche schwarze Decke über ihren Köpfen. Zuckende Flammen beschienen Beobrands Gesicht. Sein blondes Haar wurde in rötliches Licht getaucht und vom Wind nach hinten geweht. Für Sunniva sah es so aus, als trüge ihr Liebster einen Schein aus Feuer.

Die Augen der Leute von Ubbanford glänzten.

»Als alte und als neue Freunde haben wir uns hier versammelt, um Blut zu vergießen. Der Winter steht bereits vor unseren Toren und schickt uns seinen eisigen Hauch. Bald schon werden Frost und Schnee über das Land kommen. Wie es gute Sitte ist, wollen wir auch in diesem Jahr das Rind schlachten, das uns in den langen, kalten Monaten ernähren soll. Mit dieser ersten Schlachtung leisten wir unseren Tribut an die Götter der Erde und des Himmels. Mögen sie in der langen Dunkelheit über uns wachen, bis das neue Jahr geboren wird.«

Erfreut registrierte Sunniva, dass etliche Dorfbewohner

bei Beobrands Worten anerkennend nickten. Sie wusste, dass er fürchtete, dass die Älteren ihm womöglich wegen seiner Jugend keinen Respekt entgegenbringen würden. Doch die Männer hörten seine Rede an. Er würde ihnen ein guter Lehnsherr sein, daran hatte sie keinen Zweifel. Allerdings musste er auch das Landvolk überzeugen. Sie hatten bereits gesehen, wie er das Schwert geschwungen hatte, um sie zu verteidigen. Doch jetzt betrachteten sie ihn in einem anderen Licht, nämlich als ihren Versorger und als Oberhaupt der Feier.

Beobrand musste seine Stimme erheben, um das Knistern des Feuers und das Rauschen der Bäume am Flussufer zu übertönen. »Ich bete zum Göttervater Woden, dass er mit seinem einen Auge über uns wachen und er mir Weisheit schenken möge. Ich bitte die Göttin Frige, unser Opfer anzunehmen, damit unsere Erde reich werde und unsere Saat aufgehe. Und ich bitte Thunor, seinen Hammer in diesem Winter an anderen Orten zu schwingen und uns zu verschonen.«

Einer der älteren Männer ließ ein tiefes, kehliges Brummen hören.

Beobrand zog sein Sachsmesser aus der Gürtelscheide und näherte sich dem Ochsen. Das Tier verdrehte die Augen.

Acennan und Anhaga packten es an den Hörnern, sodass es den Kopf nicht mehr bewegen konnte. Ihrem Rang entsprechend trat nun Lady Rowena mit einer großen irdenen Schale hinzu. Die Welt jenseits des Feuerscheins schien nicht mehr zu existieren. Es gab nur noch die Versammelten, das Feuer und das Opfer.

»Mögen die Geister des Tales uns ebenso gewogen sein und ihren Anteil des Blutopfers annehmen«, sagte Beobrand, bevor er sein Messer tief in der Kehle des Ochsen versenkte. Das Tier und die Menge stöhnten gleichzeitig auf. Warmes Blut schoss aus der Wunde und ergoss sich dampfend in die Schale. Schnell waren Rowenas Hände rot und klebrig.

Es dauerte nicht lange, dann war die Schale voll. Rowena trat zurück, damit auch die anderen ihre mitgebrachten Töpfe und Schüsseln füllen konnten. Sie würden die Gabe zu Blutwurst verarbeiten oder sie schlicht aufkochen und essen. Eine Schale Lebenssaft für die Götter war genug, die Menschen hatten die Nahrung dringender nötig.

Der Ochse ging in die Knie und sank dann inmitten von geschäftigen Dorfbewohnern zu Boden. Es wurde gelacht, und ein paar Kinder versetzten dem Tier einen mitfühlenden Klaps. Das Blut floss nun langsamer. Der letzte Lebenssaft des Tieres ergoss sich in die Schalen der Umstehenden, bis es mit erschlaffter Zunge endgültig zu Boden ging.

Behutsam trugen Beobrand und Rowena deren Blutschale zum Feuer.

»Von den Menschen in Ubbanford für die Götter und Geister des Landes, des Wassers und des Himmels. Nehmt unser Opfer an«, sagte Beobrand laut, während sie den Inhalt der Schale in die heißesten Flammen schütteten. Unter wildem Zischen stiegen Rauch- und Dampfwolken auf. Der Gestank nach verbranntem Fleisch umwehte sie.

Ein Teil der Flammen wurde erstickt, sodass die Dunkelheit näher zu rücken schien. Einige Kinder schrien verängstigt auf.

Edlyn suchte und fand Sunnivas Hand, und diese hielt sie fest. Das Feuer hatte doch stark genug ausgesehen. Was, wenn die Flammen dennoch erloschen? Doch sie hätte sich keine Sorgen zu machen brauchen, denn das Feuer flackerte erneut auf, um das blutige Opfer zu verschlingen.

Die Götter würden ihren Tribut empfangen.

Jubel brandete durch die Menge. Sie waren nicht viele hier in Ubbanford, aber ihre Stimmen waren kräftig, laut genug jedenfalls, dass die Götter ihren Ruf erhören sollten.

Die Männer machten sich daran, den Ochsen zu zerlegen. Mit schnellen Schnitten und Hieben ihrer Sachsmesser und Beile teilten sie den Kadaver in handliche Fleisch- und Knochenstücke. Acennan nahm eine große Axt und hieb mit ihr den Kopf des Tieres vom Rumpf. Die schön geschwungenen Hörner würden hübsche Trinkgefäße abgeben. Sie wurden abgetrennt, bevor Acennan den mächtigen Ochsenschädel hochhob und zu dem tiefen Loch schleppte, das sie schon während der Festvorbereitungen neben dem Feuer ausgehoben hatten. Schwarzes Blut tropfte aus dem Hals und den Nüstern des Tiers, während die Zunge leblos aus dessen Maul baumelte.

Beobrand legte seinem Freund eine Hand auf die Schulter. »Wir opfern diesen Ochsen der Erde«, sagte er. »Möge er die Kobolde erfreuen, die unseren Boden vor bösen Geistern schützen. Möge er sie den Winter über sättigen.«

Acennan legte den bulligen Schädel in das Loch und schaufelte anschließend ein wenig Glut aus dem Feuer auf die Opfergabe. Funken stoben als grelle Punkte durch die Nacht … oder waren es die Augen der Kobolde, die das Spektakel aus der Dunkelheit beobachteten? Anschließend schippte er frische Erde in das Loch und bedeckte damit den Schädel samt der Glut.

Beobrand stellte sich neben Sunniva und nahm ihre rechte Hand in seine linke. Sie streichelte sanft seine Fingerstümpfe. In gewisser Weise verliehen ihr Beweise der Schlachten, die er geschlagen hatte, wie diese Verletzungen Sicherheit. Er war ihr Gemahl. Er wusste seine Worte gut zu wählen. Er liebte sie und würde für sie töten. Und er war ein guter Herr.

»Nun ist alles gut gegangen«, sagte Beobrand. »Wohlan, lasst uns in Ubbas Saal gehen und feiern.«

Erneut erhob sich Jubel.

Die Anspannung hatte sich ebenso schnell verflüchtigt wie die Funken in der kalten Nachtluft.

* * *

Breit lächelnd saß Beobrand am Kopf des Saals. Der Thron war viele Jahre erst von Ubbas Vater und dann von Ubba selbst benutzt worden und daher glatt und bequem. Rowena hatte ihm den Platz angeboten, der ihm als neuem Lehnsherrn zustand. Überhaupt benahm sie sich ausgesprochen schicklich und rechtschaffen. Als Beobrand ihr eröffnet hatte, dass sie Ubbas Saal behalten durfte, hatte sie überrascht und erfreut reagiert und von dem Augenblick an alles in ihrer Macht Stehende getan, damit auch die anderen Dorfbewohner Beobrand und sein Gefolge akzeptierten. Er hätte sich keine bessere Verbündete wünschen können.

Der Duft von gebratenem Fleisch schwebte durch den Saal. Kinder hielten Spieße ins Feuer, an denen Fleischstücke brutzelten.

Sämtliche Bewohner Ubbanfords waren in den Saal gekommen, abgesehen von den beiden Wachen vor dem Tor, auf denen Acennan bestanden hatte. »Du willst doch nicht, dass dieser piktische Schweinehund sich in der Nacht anschleichen und den Saal mit uns allen darin in Brand stecken kann, oder?«, hatte er gesagt.

Beobrand musste kurz an seinen Vater denken. Sein Leben und ihr gemeinsames Zuhause waren von Flammen verschlungen worden. Ein solcher Tod wurde nicht in Gesängen verewigt.

Später, nachdem die Frauen und Kinder den Saal verlassen hatten, würden die Männer ein Ritual abhalten. Sie würden Schwüre leisten und Ruhmesreden halten. Sie würden das Trinkhorn der Erinnerung kreisen lassen, und niemand konnte wissen, ob am Morgen noch ein Tropfen Met oder Bier übrig wäre.

Doch im Moment drängten sich noch alle Bewohner Ubbanfords in dem engen Raum. Es herrschte ein Getöse wie im Schildwall, allerdings der fröhlichen Art. Es bestand aus Gelächter, Geplauder, Rufen und derben Scherzen. Ganz anders als der Schlachtenlärm des Todes und der Qual.

Beobrand schloss für einen Moment die Augen und schob diese düsteren Gedanken beiseite.

»Geht es Euch gut, mein Herr?« Sunniva stand mit einem Mal neben ihm und hielt ihm einen Krug mit Bier hin. Er streckte ihr sein Trinkhorn entgegen und nickte.

»Aber noch besser, wenn du an meiner Seite bist«, erwiderte er. Als sie sich nach vorn beugte um ihm einzuschenken, streichelte er ihr das Bein. Sie küsste ihn auf die Wange.

»Ich kann es kaum glauben, dass ich Herr über all diese Leute bin.«

»Und meiner auch«, erwiderte sie. »Du hast vorhin gut gesprochen. Die Leute sind zufrieden.«

»Das bin ich auch. Es ist schön, die Männer und Frauen so glücklich zu sehen. Bald schon beginnen wir mit den Arbeiten für unser eigenes Zuhause. Und ich hoffe, dass auch du bis dahin zufrieden bist.«

»Das werde ich.« Sunniva strich sich eine Haarsträhne hinter das Ohr. »Lady Rowena ist sehr freundlich.« Sie hielt inne, starrte in das Kaminfeuer und schwieg.

»Was ist denn? Bedrückt dich etwas, Sunniva?«

Sie biss sich auf die Unterlippe. »Es ist nichts. Du würdest mich für töricht halten.«

»Unsinn. Sprich. Ich will wissen, was meiner Frau Kummer bereitet.«

Er musste lange warten. Erst als Beobrand schon dachte, sie würde ihm keine Antwort mehr geben, sagte sie: »Es liegt an ihm.«

Beobrand verstand nicht, was sie meinte. »An wem?«

»Ihm.« Sie machte eine Kopfbewegung nach links.

Er folgte ihrem Blick.

»Anhaga?« Leise Verärgerung schlich sich in seinen Tonfall. »Über ihn haben wir doch schon gesprochen.«

»Ich weiß. Ich habe ja auch gesagt, dass du mich für töricht halten wirst. Aber er sieht mich immer so … hungrig an.« Sie schauderte.

»Anhaga ist ein guter Mann, dessen bin ich gewiss, und er ist durch seinen Eid an mich gebunden. Mit Sicherheit will er dir nichts Böses.«

»Ich weiß genau, was er will«, fauchte sie zurück.

Lady Rowena hatte ihren Wortwechsel bemerkt. Sie warf ihnen einen fragenden Blick zu, bevor sie sich wieder Edlyn zuwandte, die ununterbrochen auf sie einredete.

»Sunniva, meine Liebste.« Beobrand nahm ihre Hand und legte die Finger seiner anderen Hand an ihre Wange, damit sie ihn ansah. »Du bist die schönste Frau, die die meisten Männer zeit ihres Lebens zu Gesicht bekommen werden. Es wird immer Männer geben, die dich anschauen, aber sie werden dich niemals anfassen, denn du gehörst mir. Sie wissen, dass ich jeden töten würde, der dir etwas antut. Anhaga ist ein treuer Diener, daran habe ich keinerlei Zweifel. Aber falls du dich in Gegenwart des Krüppels wirklich unwohl fühlst, rede ich mit ihm.«

»Nein. Ich weiß genau, was du daraus machen würdest. Sprich nicht mit Anhaga, das würde es für mich nur noch schwieriger machen. Wenn ich deinen Saal führen soll, muss ich schließlich mit ihm zusammenarbeiten.«

Beobrand stieß einen tiefen Seufzer aus. Warum war es nur so kompliziert mit den Frauen? Doch er schob sein Missfallen beiseite und entspannte sich wieder ein wenig. »In Ordnung. Und er wird dir bestimmt noch in vielerlei Hinsicht nützlich sein. Er ist von rascher Auffassungsgabe und aufrichtig. Alle in Bebbanburg, die ihn kannten, haben für seinen guten Charakter gebürgt.«

Sunniva nickte, hatte jedoch die Lippen zu einem schmalen Strich zusammengepresst und die Stirn gerunzelt. Sie war nicht überzeugt.

Er beschloss, das Gespräch in etwas erfreulichere Bahnen zu lenken. Sein Blick ging zu Rowena hinüber, die ihrer

Tochter lauschte, während diese ihr etwas erzählte und dabei wild mit den Armen ruderte.

»Wie läuft es in der Schmiede?«, fragte er.

»Es ist wunderbar, dass ich wieder mit Metall arbeiten kann«, erwiderte Sunniva, klang aber traurig. »Gestern gab es einen Augenblick, da hatte ich fast das Gefühl, er sei auch da, direkt hinter mir, sodass ich ihn nicht sehen konnte. Aber ich habe seine Gegenwart gespürt.«

Beobrand drückte ihre Hand. Sie auf fröhlichere Gedanken zu bringen war anscheinend schwieriger, als er gedacht hatte.

»Ich bin mir ganz sicher, dass sein Geist voller Stolz auf dich herabblickt«, sagte er. »Und dein Lehrmädchen? Wie stellt sie sich an?«

»Edlyn ist ein reizendes Geschöpf und eine liebe Gesellschaft. Ein richtiger Schatz.«

Beobrand ergriff die Gelegenheit beim Schopf. »Dabei fällt mir ein«, sagte er hastig. »Ich habe noch etwas zu erledigen. Setz dich bitte, während ich zu den Leuten spreche.«

Sunniva nahm Platz und strich nervös das Kleid über ihren Beinen glatt.

Beobrand erhob sich und breitete die Arme aus, als wollte er die Götter anrufen, so wie er es bei Oswald gesehen hatte. In der Schlacht wandten die Männer ihm mittlerweile ganz automatisch ihre Blicke zu. Er war größer als die meisten, dazu kräftig und mit einer unleugbaren Gabe für den Umgang mit dem Schwert gesegnet. Doch hier, im Metsaal, fühlte er sich unsicher und unbeholfen, so wie immer, wenn er zu anderen reden sollte. Er blickte zu Acennan hinüber.

Sein Freund sah ihn an und nickte, bevor er seine Nachbarn auf den Bänken um Ruhe bat.

Das Kaminfeuer verströmte große Hitze. Die Gesichter der Feiernden waren von Bier, Met und Wärme gerötet. Ein Durcheinander aus Dutzenden von Stimmen hüllte Beobrand ein, während er dastand und wartete. Ob sie wohl jemals still sein würden? Vielleicht musste er sich irgendwann unverrichteter Dinge wieder setzen, missachtet wie ein Kind, das erfolglos die Aufmerksamkeit seiner Eltern auf sich zu ziehen versucht.

Doch dann wurde es beunruhigend rasch still. War der Saal im einen Moment noch ein einziges lärmendes Stimmengewirr gewesen, so herrschte schon im nächsten Augenblick Grabesruhe.

Beobrand ließ den Blick durch den Raum schweifen. Das alles waren nun seine Leute. Vom Heimatlosen zum Herrn, und das in nur einem Jahr. Die Schwestern des Schicksals spannen sein Los aus dicken Fäden, daran konnte es keinen Zweifel geben. Inmitten der Gesichter erkannte er auch die seiner Kampfgefährten und ihrer Frauen, die ihn erwartungsvoll anblickten. Und stolz. Sie waren gespannt auf seine Worte.

Damals in Hithe, als er noch ein kleiner Junge gewesen war, hatte er sich manchmal vorgestellt, als Recke in einem schönen Saal zu sitzen. Doch niemals hätte er sich träumen lassen, vor einer Menschenschar zu stehen, die ihn ihren Lehnsherrn nannte.

Beobrand ließ die Arme sinken, als er endlich mit klarer Stimme das Wort ergriff. »Leute von Ubbanford. Brave Leute. Meine Leute. Wir nähern uns dem Ende eines harten Jahres, in dem wir geliebte Menschen verloren haben.« Er blickte nach links und rechts.

Sunniva, Rowena und Edlyn sahen ihn mit feucht glitzernden Augen an.

»Wir haben Schlachten geschlagen.«

Acennan und die anderen Krieger nickten.

Er musste an Tata denken, an ihren zerschmetterten Körper auf dem Altar von Engelmynster. An Cathryns Leichnam, der kalt und geschändet auf dem Waldboden gelegen hatte. Seine Miene verfinsterte sich.

»Unschuldige haben durch feigen Mord ihr Leben verloren. Lasst uns die Hörner auf die Gefallenen erheben. Füllt eure Becher und nehmt einen tiefen Schluck. Auf dass ihre Namen niemals vergessen werden.« Er griff nach seinem Trinkhorn und reckte es in die Höhe.

Überall im Saal taten die Leute es ihm nach.

»Auf die Gefallenen!«, rief Beobrand und nahm einen langen Zug. Die kühle Flüssigkeit schmeckte bitter.

»Auf die Gefallenen!«, wiederholte der Saal, und dann tranken sie alle. Es war still, bis Hörner und Becher auf die Tische schlugen und die Leute wieder anfingen, sich zu unterhalten. Vielleicht ja über den einen oder anderen, der nicht mehr unter ihnen weilte.

Als Beobrand erneut die Arme ausbreitete, wurde es schnell wieder ruhig.

»Wir dürfen die, die wir verloren haben, und die harten Zeiten, die wir überstanden haben, niemals vergessen. Aber heute Abend will ich nicht mehr davon reden. Der heutige Abend soll ein Fest sein. Lasst uns die einfachen Dinge feiern – dass Speisen auf unserem Tisch stehen und wir ein

Dach über dem Kopf haben. Dass die Götter unser Opfer angenommen haben. Und noch etwas gibt es, was ihr alle mit mir feiern sollt.«

Er streckte die Hand nach Sunniva aus, und sie stand auf, kam zu ihm und ergriff sie.

»Auch für Sunniva und mich war es ein schweres Jahr. Wir beide haben unsere Familien verloren.« Ihre Hand fühlte sich kühl in seiner an. »Aber wir haben einander gefunden. Wir haben uns als Gemahl und Gemahlin aneinandergebunden.« Sie drückte seine Finger. »Doch da wir keine Angehörigen mehr haben, gibt es niemanden, der die Brýdgifu vergeben oder die Höhe des Brautgeldes bestimmen kann.«

Die Frauen im Saal starrten ihn gebannt an. Sie wollten unbedingt hören, was er als Nächstes sagen würde.

»Allerdings haben wir nicht nur unsere Familien verloren, sondern euch im Gegenzug gefunden. Euch, die Leute von Ubbanford. Deshalb wollen wir heute die Zeremonie der gebundenen Hände zusammen feiern.«

Seine Kampfgefährten sowie etliche der Bauern, die dem Met bereits kräftig zugesprochen hatten, stießen Freudenschreie aus. Fäuste wurden auf die Tische gehauen. Teller und Becher klapperten.

»Ich sehe, dass ihr hungrig seid und es euch nach mehr Met und Bier verlangt, darum will ich nicht mehr allzu viele Worte machen.«

Acennan johlte und hob sein Horn, während er über das ganze gerötete Gesicht grinste. Gelächter lief durch die Bänke.

»Hör auf damit, Acennan.« Beobrand blickte ihn mit

hochgezogenen Augenbrauen an. »Wenn du mich so ungern sprechen hörst, solltest du vielleicht die Nachtwachen ablösen, damit sie sich an deiner statt zu uns gesellen können und du Ruhe vor mir hast.« Beobrands Lächeln nahm seiner Bemerkung die Schärfe.

Acennan lächelte ebenfalls und hob entschuldigend die Hand. »Tut mir leid, Herr. Bitte, fahrt fort.«

»Wir sind nun schon ein paar Tage verheiratet, und doch ist Sunniva noch immer ohne Morgengabe. Darum bin ich gewillt, ihr hier vor aller Augen ein Geschenk zu machen, das für alle Zeiten ihr gehören soll. Eine Morgengabe, die einer Fürstin würdig ist.«

Er bückte sich und holte eine kleine Holzkiste unter seinem Thron hervor.

Nachdem er sich wieder umgedreht hatte, sagte er zu Sunniva: »Mit diesem Kasten schenke ich dir die Hälfte der Schätze, die König Oswald mir überlassen hat. Das Gold und Silber soll von diesem Tag an dir gehören. Du kannst damit tun, was immer du für richtig hältst.«

Sunniva strahlte so, dass ihr Gesicht im Licht des Kaminfeuers zu glühen schien.

»Aber ich möchte dir noch mehr schenken. Silber und Gold sind nicht genug. Beides kann gestohlen oder vergeudet werden. Darum schenke ich dir außerdem das Recht an jedem Fisch aus dem Tuidi, der in den Grenzen meines Landes gefangen wird. Dies werde ich dem König bekanntgeben, sobald ich das nächste Mal in Bebbanburg bin. König Oswald soll von unserer Hochzeit und deiner Morgengabe erfahren, damit niemand meine Worte anfechten kann.«

»Habt Dank, Beobrand, mein Herr.« Sunnivas Stimme

war zart, aber sicher. »Eure Gemahlin zu sein ist mir genug, doch ich nehme Eure Morgengabe mit Freuden an.« Sie drückte ihm einen sanften Kuss auf die Lippen.

Tief sog er ihren Duft ein, dann wandte er sich so laut wie möglich noch einmal an den Saal. »Aber nun habe ich wirklich mehr als genug geredet. Meine Kehle ist trocken, und mein Magen knurrt beim Duft nach gebratenem Fleisch. Trinkt, esst und seid fröhlich. Dieser Abend ist ein guter Abend.«

Im Saal brach grenzenloser Jubel los. Die Leute widmeten sich wieder ihren Gesprächspartnern an den Tischen, und bald schwollen die Unterhaltungen wie Meereswellen an und ab. Beobrand setzte sich, und Rowena nickte ihm zu. Er blickte Sunniva nach, die zum Feuer trat und dort mit einem der Leibeigenen sprach, der mehrere Stücke Fleisch vom Spieß abschnitt und sie auf einen Holzteller legte. Welche Anmut, welche Schönheit. Nicht zu fassen, dass er vor nicht einmal sechs Monaten geglaubt hatte, die Götter hätten ihn verflucht.

Als Sunniva wieder zu ihm kam, starrte er sie fasziniert an. Da bemerkte er in ihrem Rücken noch einen anderen, der die Augen nicht von ihr lassen konnte. Anhagas Blick hatte sich am Schwung ihrer Hüften festgesaugt, bis seiner und Beobrands sich begegneten. Für einen kurzen Moment schien es, als huschte etwas Düsteres über Anhagas Gesicht, dann wandte dieser sich ab. Waren Sunnivas Ängste womöglich doch begründet? Beobrand überlegte. Aber nein, das wäre Wahnsinn. Was immer diesem Kerl durch den Kopf gehen mochte, er würde gewiss niemals sein Leben dafür riskieren.

Sunniva reichte ihm den Teller mit den Fleischstücken. Der Duft des Bratensaftes ließ ihm das Wasser im Mund zusammenlaufen.

Doch kaum hatte er einen Bissen gegessen, entstand am hinteren Ende des Saals Unruhe. Das Tor schwang auf, und die Wächter traten zusammen mit einem dritten Mann ein. Erneut wurde es still im Saal. Alle drehten sich um, um zu sehen, wer der Neuankömmling war.

Hastig stand Beobrand auf und stieß dabei sein Trinkhorn um. Wollten Nathair und seine Söhne etwa Vergeltung üben?

»Wer kommt mitten in der Nacht zu mir in meinen Saal?«, fragte er streng und mit ernster Miene.

Der Mann verneigte sich und schlug seinen Mantel zurück, um zu zeigen, dass er unbewaffnet war.

»Ich überbringe eine Nachricht von König Oswald für Beobrand von Ubbanford.«

»Ich bin Beobrand.«

»So lässt er Euch mitteilen, dass Ihr Euch unverzüglich auf den Weg nach Bebbanburg machen sollt.«

Kapitel 12

Im strömenden Regen ritten Beobrand und Acennan in den Innenhof von Bebbanburg ein. Die weißgraue See unterhalb der Felsenfestung war aufgewühlt, nirgendwo auf den schaumgekrönten Wellen war ein Schiff zu erkennen. Tief hingen die Wolken über ihren Köpfen. Die Düsternis und der Regen ließen die Anlage kleiner wirken. Selbst von den nahen Inseln war nichts zu sehen, und das Land im Westen lag im dichten Nebel verborgen.

Bebbanburg beherbergte nun weniger Menschen als bei ihrer Abreise, und an einem Tag wie diesem wagten sich ohnehin nur diejenigen von ihnen nach draußen, die keine andere Wahl hatten. Der Bote, der sie begleitete, kündigte den Wachen am unteren Tor ihre Ankunft an. Er war den Torwächtern offensichtlich gut bekannt, denn sie winkten die drei durchnässten Reiter nach einem nur flüchtigen Blick durch.

Im Hof saßen die drei ab und brachten ihre Pferde zu den Ställen. Dort trafen sie auf den Stallknecht, der mit den Stallburschen in ein Taflspiel vertieft war. Als Beobrand und die anderen mit schweren Schritten den Stall betraten, sprangen die Männer auf.

»Ich hoffe, wir stören nicht«, sagte Acennan.

»Nein, mein Herr«, erwiderte der Stallknecht. Sein Blick

huschte hin und her, doch er schien nirgendwo zu finden, was er suchte.

»Sei unbesorgt. Anhaga ist nicht mitgekommen«, sagte Beobrand. »Aber wenn du noch einmal deine Hand gegen Sceadugenga erhebst, verpasse ich dir höchstpersönlich eine Tracht Prügel.«

Der schwarze Hengst riss beim Anblick des Stallknechts die Augen auf und schnaubte.

»Jawohl, Herr. Es tut mir leid, Herr.« Der Kerl beeilte sich, Beobrand die Zügel abzunehmen. »Ich sorge sogleich dafür, dass Euer schönes Tier abgetrocknet wird und zu fressen bekommt. Seid versichert, es wird ihm an nichts fehlen.«

»Das will ich hoffen.« Beobrand starrte ihn an, ohne ein einziges Mal zu blinzeln.

Der Stallknecht wandte sich hastig ab und den Stallburschen zu. »Nun bewegt euch schon, ihr faulen, nichtsnutzigen Hurensöhne!«, brüllte er sie so laut an, dass die Pferde zusammenzuckten.

»Ein wahrlich reizender Mensch«, sagte Acennan, während sie zum Königssaal gingen. »Erinnert mich an meinen Vater.« Er kicherte.

Beobrand warf ihm einen grimmigen Blick zu. »Und mich an meinen. Wenn er nicht aufpasst, wird er auch so enden wie er.«

Am Eingang zum Saal gaben sie ihre Waffen ab. Da ihre Mäntel vor Nässe trieften, zogen sie diese ebenfalls aus und drückten sie den Torwächtern in die Hand, die nicht recht zu wissen schienen, was sie damit anfangen sollten.

Im Inneren bot sich ihnen das vertraute Bild einer sich

ausruhenden Gefolgschaft. Männer hockten in kleinen Gruppen zusammen und unterhielten sich oder vertrieben sich mit Spielen die Zeit. Als Beobrand und Acennan in die rauchgeschwängerte Düsternis traten, hoben sie den Blick. Durch die kleinen Fenster drang kaum Licht herein, und in der zentralen Feuerstelle glomm nur wenig Glut.

Sie arbeiteten sich bis zum Feuer vor, um sich nach der kalten und regenreichen Reise aufzuwärmen. Beobrand nahm mehrere große Scheite von dem Holzstapel neben der Feuerstelle und warf sie auf die Glut. Funken stoben, und die aufzuckenden Flammen tauchten die Umgebung kurz in helles Licht.

»Immer für einen beeindruckenden Auftritt gut«, ließ sich hinter ihm eine vertraute Stimme vernehmen.

Beobrand wirbelte herum und sah Wybert mit ausgestreckten Beinen auf einer Bank liegen, die Füße dicht am Feuer. Er hielt einen Becher in der Hand. Seit ihrer letzten Begegnung schien er sich verändert zu haben. Er wirkte selbstbewusster, vielleicht auch streitlustiger. Oder war das nur die Wirkung des Alkohols?

»Sieh an, Wybert«, erwiderte Beobrand. »Ich nehme an, es geht dir gut.«

Wybert runzelte die Stirn. »Noch besser würde es mir gehen, wenn ich nicht schon wieder deine Visage sehen müsste.« Etwas unsicher kam er auf die Füße und stürzte Beobrand entgegen.

Dieser machte sich bereits auf einen Angriff gefasst, doch dann kam Wybert taumelnd zum Stehen und spie einen Schleimbrocken in das Feuer. Met schwappte aus seinem Becher auf den Boden.

»Ich bin nicht freiwillig hergekommen, Wybert. Der König hat mich gerufen.«

Wybert spuckte noch einmal aus. »Natürlich. Der große Beobrand ist vom König gerufen worden. Wieso bist du eigentlich so wichtig? Warum lächeln die Götter dir zu, während sie auf den Rest von uns immer nur pissen?« Er torkelte wieder in Beobrands Richtung. »Wärst du nur damals in Engelmynster gestorben. Dann wäre nichts von alldem geschehen.«

Beobrand streckte die Arme aus, um zu verhindern, dass Wybert ins Feuer fiel.

»Fass mich nicht an!«, kreischte der. »Ich bring dich um!«

Alle Gespräche im Saal verstummten, alle Spieler hielten inne. Männer erhoben sich. Manche von ihnen kamen näher.

Beobrand stieß Wybert von sich. »Du solltest nicht solche Drohungen von dir geben, Wybert. Ich habe Leowin nicht getötet. Ich habe ihn genauso geliebt, wie ich deinen Vater geliebt habe. Ich möchte meine Hände nicht mit deinem Blut beschmutzen, also zwing mich nicht dazu. Du würdest im Kampf niemals gegen mich bestehen.«

»Ach, nein? Meine Arme sind stark. Mein Speer ist spitz. Ich kann dich so mühelos töten wie jeden anderen auch.« Speicheltröpfchen flogen, während er sprach.

»Wybert, setz dich hin!«, befahl eine neue Stimme.

Beobrand starrte ins Dunkel des Saals und erkannte die mächtige Gestalt von Athelstan, der durch die Bänke und Männer auf sie zukam. »Setz dich, Wybert. Du weißt nicht, was du tust.«

Wybert schien zu schrumpfen. Er warf Athelstan einen

Blick zu und murmelte etwas vor sich hin. Dann wandte er sich ab und suchte sich eine freie Bank.

»Ich wäre dir dankbar, wenn du Wybert keine Beachtung schenken würdest.« Athelstan griff nach einem Trinkhorn und schüttete den Inhalt in das Feuer. Der Met zischte und stieg als dichte Wolke auf, die bei Acennan einen Hustenanfall auslöste. »Er ist kein schlechter Kämpfer«, fuhr Athelstan fort, während er das Horn mit frischem Met füllte und es Beobrand darbot. »Um ehrlich zu sein, stellt er sich bei den Übungen sogar recht geschickt an. Aber er trinkt zu viel Met und kann das Maul nicht halten.«

Beobrand nahm das Horn entgegen und trank einen Schluck. Die süße Flüssigkeit wärmte seine Kehle.

»Er säuft zu viel, was?« Beobrand lächelte freudlos. »Da scheint er nicht der Einzige zu sein.«

Athelstan legte die Stirn in Falten, ging aber nicht auf Beobrands spöttische Bemerkung ein.

»Du hast Wybert also bei den Waffenübungen beobachtet?«, fuhr Beobrand fort.

»Aye. Ich habe ihn in den Kreis meiner Kampfgefährten aufgenommen. Er wird ein guter Speerkämpfer werden.«

»Ganz genau! Er hat mich gesehen, wie ich mit Schild, Speer und Sachsmesser geübt habe«, stieß Wybert mit schwerer Zunge hervor. »Athelstan weiß, was ich wert bin.«

Der alte Krieger baute sich vor dem jungen Mann auf. »Schweig, Wybert! Wenn du noch ein Wort sagst, prügele ich dich so lange, bis du dich nicht mehr rühren kannst. Verschwinde, sofort!«

Wybert erhob sich abrupt von der Bank. Für einen kurzen Augenblick glaubte Beobrand, er würde Athelstan angreifen. Doch dann sagte er nur: »Tut mir leid, Herr«, drehte sich um und ging weg.

»Was haben wir denn da? Die tapferen Recken Bernicias streiten und zanken sich wie die Hundewelpen um ein paar Abfälle?« Alle Augen wandten sich dem neuen Sprecher zu.

Beobrand erkannte die sanfte, aber klare Stimme sofort, noch bevor er sich umdrehte und sah, wie Oswald von der Hohen Tafel am Ende des Saals herabstieg.

»Ich möchte nicht, dass ihr euch streitet«, sagte Oswald. »Wir haben auch so genügend Feinde.«

Beobrand hielt es für das Beste zu schweigen, darum neigte er lediglich den Kopf. Athelstan tat es ihm gleich.

»Nun denn, setzt euch zu mir an die Hohe Tafel. Ich möchte mit euch über einige Aufgaben sprechen, die vor uns liegen. Botengänge, die erledigt werden müssen.«

»Selbstverständlich, mein König«, brachte Beobrand mühsam hervor. Ohne Wybert eines Blickes zu würdigen, trat er zusammen mit Athelstan an den Tisch des Königs.

Er kannte alle, die mit an der Tafel saßen.

Der bärtige Derian bleckte die Zähne, als er ihn anblickte. »Schön, dich zu sehen, Junge«, sagte er.

Neben Derian saß Oswiu, der Bruder des Königs, und machte einen finsteren, ernsthaften Eindruck. Kein Lächeln stahl sich in seine Miene. Er beachtete Beobrand nicht, begrüßte jedoch Athelstan mit leichtem Kopfnicken. Auf der gegenüberliegenden Seite des Tisches saß jemand, mit dem Beobrand am allerwenigsten gerechnet hatte. Umgeben von all diesen starken, mächtigen Männern wirkte Coenrad völlig fehl am Platz. Nach ihrer letzten Begegnung hatte er sich den Vorderkopf kahl rasiert, während die Haare an seinem Hinterkopf gewachsen waren. So war es unter den christlichen Mönchen üblich geworden, und Coenrad wirkte dadurch älter und ernsthafter. Er begrüßte Beobrand mit einem schmalen, nervösen Lächeln.

Neben Coenrad saß Gothfraidh, ein älterer Mönch, den Beobrand schon bei Cadwallons Hinrichtung gesehen hatte.

Oswald nahm am Kopf der Tafel Platz, Athelstan setzte sich neben Oswiu, und Beobrand zwängte sich auf die Bank neben Coenrad, sodass er und Athelstan nun einander gegenübersaßen. Beobrands Kleidung hatte in der Wärme des Saals bereits angefangen zu dampfen.

»Wie ich sehe, waren die Elemente euch bei eurer Reise nicht freundlich gesinnt, Beobrand«, sagte Oswald. »Bald schon kannst du deine Kleider trocknen und dir den Magen füllen. Doch zuerst will ich mit dir reden. Ich bin froh, dass ihr hier seid, alle beide.« Er fixierte Beobrand und Athelstan mit lauerndem Blick. »Es warten Aufgaben auf euch.«

Beobrand fragte sich, was das wohl für Aufgaben sein mochten, blieb aber stumm.

Oswald sprach so leise, dass seine Worte von den anderen Männern im Saal nicht gehört werden konnten. Beobrand drehte sich um und sah, dass Acennan auf einer Bank hockte und sich offensichtlich an einem Würfelknochenspiel beteiligte. Beobrand hatte ihn schon öfter spielen sehen und wusste, dass er mit seinen großen Händen und seiner katzenhaften Geschicklichkeit ein ernst zu nehmender Gegner war.

»Cadwallons Tod hat uns den Frieden gebracht, doch schon rücken andere Wölfe näher. Sie wissen, dass wir nicht die Männer haben, um eine Streitmacht zusammenzustellen, die Penda von Mercia oder seinesgleichen besiegen kann. Wir müssen unsere Position stärken.

Ich plane daher eine Reise gen Süden, nach Deira. Dort werde ich mein Anrecht auf den Thron als Abkömmling meiner Mutter unmissverständlich klarmachen. Dass ich Deira von Cadwallons Joch befreit habe, wird meinem Anspruch zusätzliches Gewicht verleihen. Ein vereintes Northumbria bedeutet Macht. Bedeutet vereinte Kräfte.«

Nie zuvor war Beobrand in die Pläne eines Königs eingeweiht worden. Er lauschte voller Ehrfurcht. An Oswalds Selbstbewusstsein und seiner visionären Kraft sollte er sich ein Beispiel nehmen.

Oswalds Augen blitzten, während er ihnen sein Vorhaben erläuterte. »Doch das wird nicht genügen, um Bretwalda zu werden, Herrscher über ganz Albion. Ich weiß, dass ich der christliche König sein werde, der Edwin niemals war. Doch dazu benötige ich noch mehr Verbündete. Deshalb wirst du, Athelstan, gen Süden reiten, um zuerst Penda und dann Cynegils von Wessex eine Nachricht von mir zu überbringen.«

»Das wird nicht einfach werden. Die Flüsse führen Hochwasser«, erwiderte Athelstan. »Und bald müssen wir mit dem ersten Schnee rechnen. Der beste Zeitpunkt für eine solche Reise ist, wenn der Schnee des Winters getaut ist.«

»Du hast recht. Die Reise wird anstrengend werden, und im Frühling wäre sie bedeutend einfacher. Doch so lange kann ich nicht warten.« Oswald sah Athelstan ernst an. »Penda wird nicht untätig bleiben, dessen kannst du gewiss sein. Nein, ich muss jetzt etwas unternehmen, und das bedeutet, dass ihr, du und Beobrand, im Winter reisen müsst.«

Beobrand benetzte seine Lippen mit einem Schluck aus dem Methorn, bevor er zum ersten Mal das Wort ergriff. »Soll ich mit Athelstan gemeinsam reisen, mein Herr und König?«

»Nein, junger Beobrand. Athelstan reitet gen Süden, du hingegen in den Norden. Durch das Land der Pikten bis nach Dál Riata.«

Beobrands Mund wurde trotz des Mets trocken. Er hatte schon viel von dem Land im Norden, jenseits von Bernicia, gehört. Eine riesige Wildnis mit Bergen und Seen, besiedelt von eingeborenen Wilden, die sich mit blauer Farbe bemalten und nackt kämpften. Was hoffte Oswald dort zu finden?

»Du«, fuhr der König lächelnd fort, »wirst meinen Bruder Oswiu gen Norden begleiten, zur heiligen Insel Hii. Von dort sollst du mir einen Bischof bringen.«

Kapitel 13

Nach der Audienz beim König in Bebbanburg ergoss sich der Regen weiter unbarmherzig vom Himmel, als wollte er ihnen zu verstehen geben, welch aberwitziges Vorhaben sie sich mit dieser Reise in den letzten Wochen des Jahres vorgenommen hatten. Hastig wurden Vorbereitungen getroffen, und nach einem einzigen Tag in der Wärme und der Trockenheit von Bebbanburg waren sie schon wieder zum Aufbruch bereit.

Beobrand ging Wybert aus dem Weg. Der Kerl hatte ihn noch nie gemocht, und eine weitere Begegnung hätte nichts Gutes bewirkt. Stattdessen verbrachten Beobrand und Acennan den Großteil ihrer Zeit beim Würfelknochenspiel mit den Männern, mit denen sie die Reise antreten würden, während die Leibeigenen Proviant und Kleidung für Oswiu und sein Gefolge zusammenpackten. Acennan kannte jeden von Oswius Kampfgefährten, die wie er die Söhne Æthelfriths ins Exil begleitet hatten. Mit den meisten hatte er Seite an Seite in Hibernia gekämpft und war bei allen beliebt. Beobrand war ihnen bereits aus den Gesängen und Erzählungen bekannt, die seinen Ruf ins Land hinausgetragen hatten. Sie akzeptierten ihn als einen der ihren. Ein tödlicher Gegner, trotz seiner Jugend.

Zunächst hatte Beobrand sich gewundert, weshalb ausgerechnet er unter all den Recken in Oswalds Diensten als Begleiter der Reisegruppe nach Hii auserkoren worden war. Doch dann bekam er die Gelegenheit, kurz mit Coenrad zu sprechen, während sie sich in einer etwas abseits gelegenen Ecke des Saals einen Laib Brot und ein Stück Käse teilten.

»Es ist schön, dich wiederzusehen, Coenrad«, sagte Beobrand und wischte sich mit dem Handrücken das Bier von den Lippen. »Selbst seit unserer letzten Begegnung bist du gewachsen, das schwöre ich bei Thunors Hammer. Weißt du, warum König Oswald ausgerechnet mich nach Norden sendet, um einen Bischof zurückzubringen, was immer das auch sein mag?«

Coenrad starrte einige Zeit in seinen Bierbecher. Als er wieder aufblickte, schimmerten Tränen in seinen Augen. »Abt Fearghas ist tot«, sagte er.

»Das tut mir leid. Er war ein braver Mann.« Fearghas hatte Beobrand Hilfe gewährt, als er dieser dringend bedurft hatte. Er hatte ihm gestattet, sich in der Siedlung, die zu seinem Kloster gehörte, von den Folgen seiner Verletzungen zu erholen, obwohl seine Anwesenheit für die Brüder und Bewohner gefährlich gewesen war. Beobrand seufzte. Schon wieder war ein guter Mensch gestorben. »Aber ich verstehe immer noch nicht, warum Oswald mich gen Norden schickt. Und was ist ein Bischof?«

»Ein Führer in der christlichen Kirche«, erwiderte Coenrad. »Eine Art Priester.«

Beobrand schüttelte den Kopf. »Ihr Christusgläubigen habt einfach zu viele Namen für eure Prediger.«

»Was deine andere Frage angeht: Fearghas hat mich beauftragt, einen Bischof von Hii hierherzubringen. Außerdem hat er gesagt, ich soll den König bitten, dass du mich begleitest.« Coenrad musste Beobrands Blick registriert haben, denn er fuhr fort: »Ich weiß auch nicht, aus welchem Grund. Aber Oswald hat Fearghas geliebt und wollte ihm deshalb seinen letzten Wunsch nicht abschlagen.«

Beobrand runzelte die Stirn. Das ergab doch alles keinen Sinn. Welchen vernünftigen Grund sollte der Alte für diese Bitte gehabt haben? Er biss die Zähne zusammen. Gerade erst hatte er einen Ort gefunden, den er sein Zuhause nennen konnte, und nun sollte er ihn schon wieder für längere Zeit verlassen? Nur wegen der wirren Worte eines Sterbenden? Aufgrund von Gebrabbel? Aber ihm war klar, dass er in diesem Punkt niemals gewinnen konnte. Der König hatte seine Entscheidung getroffen, und kein Recke würde je aus einer Diskussion mit dem König als Sieger hervorgehen.

»Nun denn«, sagte Beobrand ärgerlich, »je früher wir aufbrechen, desto früher bin ich wieder zurück in Ubbanford. Wo ich hingehöre. Bei meinen Leuten.«

Und bei Sunniva.

»Du hast recht, ich habe auf Lindisfarena auch eine Menge zu tun. Wie sollen die anderen Mönche ohne meine Hilfe neue Klosterzellen bauen?« Coenrad grinste. Es war das erste Mal seit langer Zeit, dass Beobrand ihn lächeln sah. »Ich weiß nicht, wie ich ohne das Geleit der Brüder zurechtkommen soll. Womöglich werde ich manchmal sogar vergessen zu beten.«

»Das würde dir aber nicht ähnlich sehen. Du warst schon immer sehr gewissenhaft«, erwiderte Beobrand. Coenrads

Leichtigkeit wirkte ansteckend. »Aber dann hoffen wir eben, dass die Reise nicht allzu lange dauert, damit du nicht noch alle Lehren Christi vergisst, die du dir schon angeeignet hast.«

»Und je länger wir reisen, desto größer wird die Wahrscheinlichkeit, dass ich dich mal wieder aus irgendeiner Gefahr retten oder vor einer Verletzung bewahren muss.« Coenrads Grinsen wurde noch breiter.

Beobrand schlug dem jungen Mönch spielerisch auf die Schulter. Es fühlte sich gut an, wieder Zeit mit Coenrad zu verbringen. Er hatte schon vergessen gehabt, wie sehr er dessen Gesellschaft genoss.

»Wenn ich mich recht entsinne, Coenrad, dann bin in der Regel ich es, der dich aus einer Gefahr rettet«, erwiderte er lächelnd.

»Ich glaube, wenn es um die Rettung aus Lebensgefahr geht, steht keiner von uns mehr in der Schuld des anderen.« Coenrad lachte. »Aber deine Rettungsaktionen führen meist zu neuen Gesängen im Metsaal, das muss ich immerhin zugeben!«

* * *

Am nächsten Morgen brachen sie auf. Nichts deutete darauf hin, dass der Regen bald nachlassen würde.

Oswiu, der auf einem grau gescheckten Wallach saß, knurrte vor sich hin, dass die Flüsse bereits jetzt unpassierbar seien. Beobrand hörte die Worte des Prinzen und rief ihm über den Lärm der Pferde und des Regens hinweg zu: »Wir können bei Ubbanford den Tuidi überqueren und dann in meinem Saal übernachten!«

Oswiu starrte Beobrand gespielt überrascht an. »Und du kannst es noch einmal mit deiner hübschen Frau treiben, bevor wir ins Land der Pikten ziehen.«

Oswius Gefolge lachte, und Beobrand spürte, wie ihm die Hitze ins Gesicht stieg.

»Also dann, auf nach Ubbanford«, beschloss Oswiu. »Beobrand, du reitest voran.«

Erst lange nach Einbruch der Dunkelheit kamen sie den Hügel hinab in das Tal, das für Beobrand zu seinem Zuhause geworden war. Dichte Rauchschwaden hingen über den Häusern. Es regnete immer noch, wenn auch nicht mehr ganz so heftig, fast so, als wären die Götter der ununterbrochenen Güsse überdrüssig. Doch mit dem Nachlassen des Regens war es kälter geworden. Als sie schließlich vor Ubbas Saal standen, waren die Reiter durchnässt, durchgefroren und sehr schlecht gelaunt.

Acennan war vorausgeritten, um Sunniva und Rowena auf Beobrands Rückkehr vorzubereiten.

Niemand hätte vermutet, dass die beiden Frauen nicht schon tagelang Vorbereitungen für die Ankunft des Saalherrn und des Königsbruders getroffen hatten. Als die Pferde samt ihren Reitern durch den Schlamm trotteten, erwarteten die beiden sie mit strahlenden Gesichtern im Eingang zum Saal. Sie hatten ihre besten Kleider und den schönsten Schmuck angelegt. Und sie hatten alles unter Kontrolle.

Auf ihr Kommando hin kamen Männer und Jungen herbeigelaufen, um die Pferde in Empfang zu nehmen, dann baten die Frauen die Krieger in die ersehnte Wärme des Saals.

Sunniva reichte Oswiu, dem Ehrengast, die Willkommensschale und forderte ihn auf, einen Schluck zu nehmen.

»Wir heißen Euch in Ubbas Saal herzlich willkommen. Auf dass Ihr bei guter Gesundheit seid.« Sunnivas Stimme klang unsicher in Gegenwart des Prinzen.

Oswiu, der sich für gewöhnlich wortkarg und mürrisch gab, ließ ein breites Lächeln sehen. Beobrand empfand ein leichtes Unwohlsein angesichts der wohlwollenden Blicke, mit denen der Thronfolger Sunniva musterte. Aber er konnte es Oswiu nicht verübeln. Seine Frau war in der Tat ein Festschmaus für die Augen eines jeden Mannes.

Nachdem Oswiu einen tiefen Schluck getrunken und anschließend genüsslich und laut geschmatzt hatte, reichte Sunniva die Schale an Beobrand weiter. Als er die tiefe Liebe in ihrem Blick sah, verflüchtigte sich jede Eifersucht. Sie gehörte ihm und niemandem sonst.

Er leerte die Schale bis auf den letzten Tropfen und spürte, wie der Met seine Kehle hinunterrann. Das Getränk und Sunnivas Gegenwart wärmten ihn von innen. Bei Woden, sie würde ihm auf der Reise gen Norden fehlen. Die Aussicht, dass er ihr von seiner Mission erzählen musste, war alles andere als erfreulich.

»Ihr habt Ubbas Saal also nicht umbenannt?«, erkundigte sich Oswiu.

Beobrand beschloss, ihm zu antworten, auch wenn sein Blick weiter auf Sunniva ruhte.

»Nein, mein Herr. Ubbas Witwe Rowena und ihre Tochter Edlyn werden weiterhin hier wohnen«, er zeigte auf Rowena und Edlyn, die sich hinter ihrer Mutter versteckte, »und wir werden einen neuen Saal bauen.«

»Das ist sehr edel von dir«, sagte Oswiu und hob eine Augenbraue.

»Ich möchte dem Willen Eures Bruders Folge leisten. Der König wollte, dass das Opfer, das Ubba und seine Söhne gebracht haben, nicht in Vergessenheit gerät, und für die Überlebenden der Familie gesorgt ist.«

Oswiu legte die Stirn in Falten. »Mylady Rowena, wir drücken Euch unser Beileid im Angesicht Eures Verlustes aus. Ubba und Eure Söhne haben dazu beigetragen, den Frieden nach Bernicia zu bringen.«

Rowena schien sich über die Aufmerksamkeit des Prinzen zu freuen. »Habt Dank, Oswiu, mein Herr.« Sie verneigte sich.

»Wohlan«, fuhr Oswiu fort, »woher kommt eigentlich dieser wunderbare Duft, der mir in die Nase steigt? Bei diesem Wetter zu reisen macht wahrlich hungrig.«

Es dauerte eine Weile, bis alle saßen und das Essen serviert wurde. Oswius Gefolge füllte den Saal bis auf den letzten Platz. Die Hitze und der Rauch des Kaminfeuers vermischten sich mit dem Dampf, der von den feuchten Kleidern der Reisenden aufstieg. Es war, als hinge Nebel im Saal.

Beobrand konnte sich nicht erklären, wie die Frauen von Ubbanford in solch kurzer Zeit ein Festmahl für so viele Menschen gezaubert hatten. Als er Rowena danach fragte, lächelte sie nur.

»Es schadet nie, wenn wir Frauen ein paar Geheimnisse vor den Männern haben. Aber jetzt genießt das Essen.«

Und das tat er. Es gab gesalzenes Rindfleisch, geräucherten Fisch, einen wärmenden Eintopf und frisches Brot und dazu reichlich Bier und Met, um alles hinunterzuspülen.

Beobrand war gerade bei seinem dritten Horn Bier angelangt, als Sunniva sich zu ihm herabbeugte und ihm zuflüsterte: »Du solltest vielleicht nicht zu viel trinken. Angeblich soll dadurch das Liebesfeuer erlöschen.«

Beobrand verschluckte sich und hustete Bier neben die Tafel auf die Binsen.

»Wenn du mich schon für viele Tage oder sogar Wochen allein lassen musst«, fuhr sie fort, »brauche ich dich heute Nacht umso mehr. Vor uns liegen lange dunkle Winternächte, und ich möchte eine möglichst lebendige Erinnerung an dich haben.« Sie zwinkerte ihm zu.

»Dann weißt du also schon, was von uns verlangt wird? Wohin wir reisen werden?« Es schien, als hätte Beobrand sich unnötig Gedanken darüber gemacht, wie er ihr diese unangenehme Tatsache beibringen sollte.

»Aber natürlich. Ich habe Acennan gefragt.«

Beobrand warf seinem Freund einen Blick zu. Er wusste nicht, ob er sich über dessen Indiskretion freuen oder ärgern sollte, doch Acennan war gerade in ein Trinkspiel mit einem von Oswius Kampfgefährten vertieft. Unentwegt hieben sie mit der Faust auf den Tisch, während sein kräftig gebauter Freund mit der anderen Hand ein Trinkhorn leerte, ohne einmal abzusetzen.

»Mach Acennan keine Vorwürfe. Wenn ich gewartet hätte, bis du es mir sagst, hätte ich in der Zwischenzeit graue Haare bekommen.« Sie gab ihm einen sanften Kuss. »Ich freue mich nicht darüber, dass du mich so früh schon wieder verlässt und so weit reisen musst. Aber mir ist klar, dass du ein königlicher Recke bist. Du musst tun, was Oswald befiehlt. Und ich werde unsere restlichen Stunden nicht damit vergeuden, deinen bevorstehenden Abschied zu beweinen.« Sie ließ ihre Hand unter den Tisch gleiten und streichelte sanft seinen Oberschenkel. »Ich kann mir sehr viel angenehmere Zeitvertreibe vorstellen.«

Beobrand schluckte und beschloss, sich nicht über Acennan zu ärgern.

* * *

Sunniva blickte Beobrand hinterher und spürte seine wärmende Umarmung immer noch am ganzen Leib. In der Nacht hatte es aufgehört zu regnen, doch der eisengraue Himmel hing nach wie vor bedrohlich tief über dem Land, und der Tuidi war in dem dicken Nebel kaum zu sehen. Noch bevor die Reiter einen Speerwurf weit gekommen waren, waren sie verschwunden. Die Geräusche der Reisenden hallten noch durch den stillen Morgen, dann erklang ein Platschen, als die Pferde durch die Furt wateten. Das Klirren der Zaumzeuge. Murmelnde Stimmen.

Sie hatte Beobrand mit einem Kuss und einem Lächeln verabschiedet. Er hatte ihr zugewinkt, und sie hatte seinen Gruß fröhlich erwidert. Aber jetzt erlosch das Lächeln auf ihren Lippen. Wann würde sie ihn wiedersehen? Der Winter stand vor der Tür. Es war Irrsinn, gen Norden zu reisen, und doch wusste sie, dass gegen die Entscheidung des Königs kein Kraut gewachsen war. Sie hatte Beobrand nicht an ihren Sorgen und Ängsten teilhaben lassen. Es wäre sinnlos gewesen und hätte ihn nur traurig und nervös gemacht.

Er sorgte sich ohnehin schon genug, auch wenn er das nicht direkt gesagt hatte. Aber in der dunklen Abgeschiedenheit ihrer Bettfelle hatte er ihr von der bevorstehenden Reise erzählt. Und sie hatte die Besorgnis in seiner Stimme deutlich wahrgenommen, als er sagte, wie es ihn schmerzte, sie in Ubbanford zurücklassen zu müssen. Anschließend hatten sie ihre Ängste mit Leidenschaft erstickt, bis sie schließlich schweißnass und eng umschlungen eingenickt waren und noch einige wenige Stunden Schlaf genossen hatten.

Der Lärm der Männer, die sich abmarschbereit machten, hatte sie lange vor den ersten Anzeichen der Dämmerung geweckt.

»Ich lasse ein paar meiner Männer hier«, hatte Beobrand gesagt, während er sich seinen Schwertgürtel umband. »Ich möchte nicht, dass du schutzlos bist. Ich glaube zwar nicht, dass dieser Drecksack Nathair etwas plant, aber ein unbewachter Saal wäre für ihn vielleicht doch eine zu große Versuchung.«

»Acennan musst du aber auf jeden Fall mitnehmen«, erwiderte sie. »Ich muss Gewissheit haben, dass jemand auf dich achtgibt.«

»Einverstanden«, sagte Beobrand. »Dann übertrage ich Tobrytan die Verantwortung für euren Schutz. Er ist ein braver Mann.«

Doch als Sunniva jetzt in den Nebel starrte, um einen letzten, flüchtigen Blick auf Beobrand zu erhaschen, da wünschte sie, sie hätte versucht, ihn zum Bleiben zu überreden. Ihr war klar, dass es zwecklos gewesen wäre, aber plötzlich überkam sie das Gefühl, dass ihm etwas Schreckliches zustoßen würde.

Das Gefühl war ihr nicht unbekannt. Sie hatte schon

Tränen des Selbstmitleids und der Angst geweint, als er in die Schlacht gezogen war. Und doch war er bisher immer zu ihr zurückgekehrt. Sie musste diese schreckliche Vorahnung verdrängen. Es gab viel Arbeit. Sie hatte einen Saal zu bauen.

Ruckartig drehte sie sich um und wäre beinahe mit Anhaga zusammengestoßen, der sich von hinten angeschlichen haben musste.

»Gibt es etwas, was ich tun soll?«, erkundigte er sich.

Ihre Haut kribbelte, und ein Schauder rieselte ihr durch den ganzen Körper. »Geh mir aus den Augen!«, blaffte sie ihn mit schriller Stimme an.

Mit ungelenken Bewegungen aufgrund seines verdrehten Beins und seines verkrüppelten Fußes trat er zur Seite, um sie vorbeizulassen.

Sie hielt inne. Wenn sie den Winter ohne Beobrand überleben wollte, musste sie versuchen, ihre Abneigung gegen den Krüppel abzulegen. Er war unverzichtbar, was die Führung des Haushaltes betraf.

»Es tut mir leid«, sagte sie. »Aber du hast mich erschreckt.«

Anhaga machte ein Gesicht, als hätte sie ihm gerade eine Wagenladung Silber geschenkt. »Es gibt keinen Grund, Euch zu entschuldigen, Mylady.« Er klang unterwürfig. Aber in seiner Stimme lag noch etwas anderes. Etwas Dunkles. Etwas Unheilvolles.

Sie unterdrückte einen erneuten Schauder, dann schob sie sich an Anhaga vorbei und stapfte in den Saal zurück.

Auch ohne sich umzudrehen, wusste sie genau, dass sein Blick ihr folgte, bis sie endlich aus seinem Sichtfeld verschwunden war.

Sie zog die Saaltür hinter sich ins Schloss und seufzte. Es würde ein langer Winter werden.

* * *

Die Wochen der Reise gen Norden kamen Beobrand endlos vor. Die Tage schienen nur aus Regen und Graupelschauern zu bestehen. Der Wind heulte in den alten Bäumen, die ihre Pfade säumten. Ein paar Nächte nachdem sie Ubbanford verlassen hatten, fiel der erste Schnee. Glücklicherweise hatten sie am Abend zuvor in einem schützenden Saal Unterschlupf gefunden, wie auch in den meisten vorangegangenen Nächten. Die piktischen Fürsten erwiesen sich im Großen und Ganzen als gastfreundlich. Viele konnten sich an den letzten Besuch Oswius erinnern, als er zusammen mit seinen Brüdern auf dem Weg gen Süden gewesen war. Nun waren sie begierig darauf zu erfahren, wie es Eanfrith und Oswald ergangen war. Die Reaktionen auf die Nachrichten vom Tod Eanfriths und von Oswalds Sieg über Cadwallon fielen insgesamt recht ähnlich aus. Den Pikten war klar, dass sie einen so mächtigen König, wie Oswald inzwischen einer war, besser nicht verärgern sollten. Seinen Bruder und dessen Gefolge für eine Nacht bei sich aufzunehmen war ein akzeptabler Preis für eventuelle Vorteile in der Zukunft. Beobrand fragte sich, ob die Tatsache, dass Finola, die Schwester des Piktenkönigs Gartnait, zusammen mit ihrem Sohn immer noch auf Bebbanburg residierte, jemals zur Sprache kam. Für ihn war klar, dass sie ständig in Gefahr schwebte, doch mit Oswiu wollte er darüber nicht reden.

Je weiter sie gen Norden vordrangen, desto häufiger

schneite es, und desto dicker wurden die Flocken. Die Hügel wurden steiler, und die Flüsse führten viel Wasser und erwiesen sich bei der Durchquerung als tückisch. Beobrand hatte schon aufgehört zu zählen, wie oft er bis auf die Haut durchnässt worden war. Immer wieder saßen sie von ihren Pferden ab, weil die Pfade so steil oder vereist waren, dass sie befürchten mussten, dass eines der Tiere stürzte und sie alle ins Verderben riss. Die Kälte erinnerte ihn an die Zeiten mit Hengist im Wald. Damals hatten sie den Schutz von Bäumen oder Uferböschungen gesucht. Doch jetzt gab es keine Möglichkeit, sich vor den Unbilden der Elemente zu schützen. Sie mussten weiter.

Von allen in der Reisegruppe erging es Coenrad am schlechtesten. Er war eher mager und die Strapazen des Reisens nicht gewohnt.Die Kampfgefährten hatten Mitleid mit ihm und überließen ihm Mäntel und Pelze. Zu guter Letzt war der junge Mönch in so viele Lagen Tuch und Fell gewickelt, dass nur noch seine Augen zu sehen waren. Beobrand erinnerte er an einen zu klein geratenen Bären. Die Männer lachten über Coenrad, aber er fror zu sehr, um sich daran zu stören. Trotz der zahlreichen Kleiderschichten verbrachte er immer noch den größten Teil der Tage mit Zittern und Zähneklappern. Sogar seine tauben Finger zitterten, wenn sie die Zügel seines nicht gerade stattlichen Pferdes hielten.

An einem besonders kalten Tag, als der Wind in ihre Gesichter schnitt und der Eisregen auf sie niederprasselte, ritten sie am Ufer eines mächtigen Fjordes entlang. Ein Sturm fegte über den Meeresarm und schleuderte ihnen wie mit wilder Schadenfreude eiskaltes Wasser entgegen. Der

Orkan toste mit solcher Wut, dass Beobrand seine brennenden Augen schloss und sich voll und ganz darauf verließ, dass Sceadugenga den anderen Pferden folgen würde. Am Abend sehnten sie sich nach einer schützenden Unterkunft, und so war die Freude groß, als sie in der Nähe eines Kieselstrandes eine kleine Siedlung entdeckten. Nicht weit von den tosenden Fluten kauerte ein Gebäude, das deutlich größer war als die anderen.

Mit wehenden Mänteln gelangten sie ungehindert bis zu dessen Eingang. Oswiu saß ab und näherte sich den beiden Torwächtern, die sich in den Windschatten eines Vorbaus zurückgezogen hatten. Er schenkte ihnen sein freundlichstes Lächeln und redete sie in der Sprache der Pikten an. Einer der Wachmänner betrat daraufhin den Saal, während der andere die Gruppe aus berittenen Männern musterte, die ungeduldig darauf wartete, in den Genuss der Wärme und der Gastfreundschaft des fürstlichen Tisches zu kommen.

Erst nach langer Zeit wurde das Saaltor aufgerissen. Ein groß gewachsener, bärtiger Mann stellte sich in den Türrahmen und sprach mit Oswiu. Sein Tonfall war nicht gerade freundlich. Der Prinz erhob die Stimme und begann, wild zu gestikulieren, woraufhin der große Mann einen kaum enden wollenden Wortschwall von sich gab, bevor er Oswiu vor die Füße spuckte. Dieser lief rot an vor Zorn und stieß wüste Beleidigungen gegen den anderen aus, als dieser sich bereits umgewandt hatte und in den Saal zurückging. Das Tor knallte hinter ihm zu, und die Torwächter kehrten auf ihre Posten zurück, ohne Oswius Gefolge auch nur eines weiteren Blickes zu würdigen.

Oswiu blieb einige Zeit lang regungslos stehen. Dann

saß er wieder auf und kündigte den Männern an, dass sie sich auf eine lange Nacht gefasst machen sollten.

Schließlich verbrachten sie sie zitternd und frierend im Windschatten eines Hügels, ohne Feuer.

Nachdem sie ein wenig hartes Brot gekaut und mit einem Schluck Wasser hinuntergespült hatten, das so kalt war, dass es in der Kehle brannte, wandte Beobrand sich an Acennan.

»Was hat der Pikte zu Oswiu gesagt?«, wollte er wissen.

»Er hat eine Menge Dinge gesagt.« Acennan sprach leise. »Aber nichts davon war freundlich.«

»Dafür hätte ich keinen Übersetzer gebraucht. Das habe ich auch so verstanden«, erwiderte Beobrand.

Acennan zuckte mit den Schultern. »Er hat gesagt, dass er niemals vor einem Sachsen die Knie beugen würde. Und dass weder Oswald noch sein Bruder in seinem Saal willkommen sind.«

»Und das wird er bereuen.«

Beobrand und Acennan zuckten zusammen, als sie Oswius Stimme hörten. Er hatte sich in einen Pelzmantel gewickelt gehabt, sodass sie geglaubt hatten, er schliefe längst. Jetzt funkelte er sie in der Finsternis an. Seine Stimme klang heiser und kalt wie Eisen.

»Die Anmaßungen dieses Mannes werde ich nicht vergessen. Eines Tages kehre ich hierher zurück, und dann wird er für sein Verhalten teuer bezahlen.«

Beobrand wusste nicht, wer der Fürst war, der sich geweigert hatte, Oswiu Einlass zu gewähren. Bestimmt saß er jetzt gerade in der Wärme seines Saals, während sie sich in der Kälte aneinanderdrängten. Und doch beneidete Beobrand den Mann nicht. Denn der piktische Fürst hatte sich

Oswiu, Sohn des Æthelfrith und Thronfolger von Bernicia, zum Feind gemacht.

Beobrand musste an Cadwallon denken. An sein Blut, das die Erde getränkt hatte. Und an die leeren Augen, mit denen der König der Waliser ihn angestarrt hatte.

Die Söhne Æthelfriths waren sehr unangenehme Feinde.

* * *

Coenrad wurde von einem unkontrollierbaren Zittern geschüttelt. Er konnte kaum die Zügel seines Pferdes halten. Schon vor langer Zeit war jedes Gefühl aus seinen Fingern gewichen. Er legte seinen Oberkörper an den Hals des Tieres und versuchte, sich an ihm zu wärmen. In dem Moment geriet das Pferd auf einem vereisten, vom Schnee verborgenen Stein ins Rutschen, und Coenrad krallte sich an seiner Mähne fest. Er wollte auf keinen Fall stürzen. Es war ein weiter Weg vom Rücken des Pferdes bis auf den Erdboden und ein noch weiterer bis ins Tal. Wenn er hinunterfiel, würde er sich außerdem garantiert sämtliche Knochen brechen. Sie waren jetzt schon so lange der Kälte ausgesetzt, dass sie mit Sicherheit wie Eiszapfen zersplittern würden.

Wenigstens war es trocken. Er hatte schon gedacht, der Regen würde niemals aufhören. Während jener langen, trostlosen, nassen Tage war ihm eine der Geschichten in den Sinn gekommen, die Fearghas ihm regelmäßig erzählt hatte. Sie handelte von einem Mann und seinem Schiff, das einer gewaltigen, von Gott gesandten Sintflut widerstanden hatte. Alle Tiere dieser Erde hatten auf diesem Schiff Platz gefunden.

Coenrad schüttelte den Kopf. Wie sollte das möglich

sein? Seit sie die Küste entlangreisten, hatte er schon etliche wirklich große Schiffe gesehen, aber keines von ihnen hätte mehr als eine Handvoll Tiere an Bord mitnehmen können. Nicht einmal die Pferde seiner Reiterschar hätten darauf Platz gehabt.

Er ließ seinen Blick über die Reihe der Reiter schweifen. Oswiu führte die Gruppe, Beobrand und Acennan bildeten die Nachhut. Coenrad packte die Zügel fester und drehte sich zu den beiden um. Beobrand hob grüßend die Hand, Acennan mit seinem rötlich glänzenden Gesicht grinste. Keinem von ihnen schien die Kälte so zu schaffen zu machen wie ihm. Er wusste, dass all diese Krieger Späße über ihn rissen. Er war schwach. Nicht so stark wie sie. Nutzlos in der Schlacht. Und doch hatte der König ihm die Nachricht für den Abt von Hii anvertraut. Hatte Fearghas ihn mit dieser Mission beauftragt. Die vom Schnee reflektierten gleißenden Sonnenstrahlen trieben ihm die Tränen in die Augen. Warum nur hatte Fearghas ihn auf diese Reise geschickt? Die anderen Mönche fehlten ihm sehr, und trotz seiner scherzhaften Bemerkung gegenüber Beobrand hätte er ihnen sehr gerne dabei geholfen, das Kloster mit den Mönchszellen auf Lindisfarena zu errichten. Es war harte Arbeit, aber die Insel hatte sich von dem Moment an, wo er den Fuß auf ihren Strand gesetzt hatte, wie sein Zuhause angefühlt. Es kam ihm richtig vor, die Behausung, die er bewohnen würde, auch selbst zu bauen.

Nun denn, wenn die Milch einmal verschüttet war, brachte alles Jammern nichts. Ihm war klar, dass er sich nicht beschweren durfte, aber beim heiligen Kreuz, es war so schrecklich kalt. Kaum hatte Coenrad die Worte in seinem Geist geformt, bereute er sie auch schon. Fearghas hatte ihm einst eingeschärft: »Du sollst mit Worten der Hoffnung und der Liebe zum Herrn beten. Er hört natürlich auch dein Wehklagen und deine Sorgen, wenn du ihm nichts anderes zu sagen hast, aber bedenke stets, wie vielen Menschen er zuhören muss.«

Also versuchte Coenrad, dankbar zu sein, und schickte ein stilles Stoßgebet zum Himmel, weil sein Pferd ihn nicht abgeworfen hatte und er nicht ins Tal gestürzt war. Doch es war schwierig, Dankbarkeit zu empfinden, wenn man gleichzeitig das Gefühl hatte, die eigenen Zehen könnten bei der kleinsten Berührung abfallen. Wind blies ihm ins Gesicht, Tränen rannen seine Wangen hinab.

Schließlich erreichte er die Hügelspitze und gesellte sich zu denen, die sich dort bereits versammelt hatten. Und mit einem Schlag waren alle negativen Gedanken und alles Unwohlsein, jeder Wunsch, irgendwo anders zu sein, verflogen. Vor ihnen lag der Ozean. Am Rand seines Sichtfeldes schimmerte das Wasser tiefblau, während sich die Sonne hell wie poliertes Silber auf dessen Oberfläche spiegelte. Mehrere kleine Inseln schwammen grünen Edelsteinen ähnlich in dem schimmernden Blau. Im Norden, durch einen Streifen Ozean vom Land getrennt, lag eine riesige Insel, deren Ende Coenrad nicht erkennen konnte.

Noch nie zuvor hatte er etwas Derartiges gesehen. Das Meer wälzte sich schier endlos weiter auf den dunstigen Horizont in der Ferne zu. Beim Anblick der kleinen Inselchen vor dem Festland stellte er sich vor, dass Gott Felsen in den Ozean geworfen hatte, ähnlich wie Kinder Steine in einen Bachlauf legen, um darüberzubalancieren. Coenrad konnte nicht aufhören zu lächeln, so voller Freude war er. All seine Klagen über die beschwerliche Reise und die widrigen Elemente kamen ihm nun oberflächlich vor. Dumm. Mit einem Mal war er froh darüber, dass Fearghas ihn hierhergeschickt hatte. Die Kälte in seinem Körper erschien ihm unbedeutend angesichts der Macht des Herrn, die sich so überdeutlich vor ihm zeigte.

»Wohlan, die westlichen Inseln von Dál Riata«, verkündete in dem Moment Oswiu. »Hier endet das Königreich von Domnall Brecc in Albion. Den anstrengendsten Teil unserer Reise haben wir hinter uns.« Er beschattete seine Augen und starrte zu der größten Insel im Nordwesten hinüber. »Mir scheint, wir befinden uns südlicher, als ich angenommen hatte. Und nun machen wir uns auf die Suche nach einem Schiff, das uns nach Hii bringt. Wenn Gott uns gutes Wetter schickt, sollten wir schon zu Gēola im Saal von Ségéne mac Fiachnaí sitzen.«

Kapitel 14

Letztendlich war Gēola, die längste Nacht des Jahres, lange vergangen, als sie endlich auf die heilige Insel Hii übersetzten.

Den kürzesten Tag des Jahres hatten sie im Saal des Fürsten Tavin verbracht. Oswiu kannte den umgänglichen, wenn auch ein wenig mürrischen Mann gut, da er ihn während seines Exils regelmäßig besucht hatte.

Tatsächlich fanden sie relativ schnell ein Schiff, das sie nach Hii bringen wollte, doch dann fielen ihre Pläne einer heraufziehenden Wolkenfront und dem nächsten Sturm zum Opfer.

»Das Wetter hier schlägt genauso plötzlich um, wie Frauen ihre Meinung ändern«, hatte Tavin gesagt, als sie seinen Saal an der Küste von Muile betraten, der größten der westlichen Inseln. Hii lag noch dahinter, der südwestlichen Spitze von Muile gegenüber, und sie hatten eigentlich gehofft, die heilige Insel noch vor dem Unwetter zu erreichen. Dann waren sie als tropfnasser Haufen zurückgekehrt, und Tavin hatte bei ihrem Anblick laut gelacht. Viele Tage später, als seine Wintervorräte spürbar zur Neige gingen, war er nicht mehr zu Scherzen aufgelegt gewesen. Und schließlich hatte er sich über ihren Aufbruch genauso sehr gefreut wie sie selbst.

Aber niemand war erleichterter als Beobrand. Der Winter hatte ihm noch nie behagt. Er verabscheute es, mit anderen im Dunkeln und im Rauch zusammengepfercht zu sein. Schon im eigenen Zuhause war das schlimm genug. Aber als uneingeladener und unwillkommener Gast eines Gastgebers, dessen Sprache er nicht verstand, hatte sich eine zunehmende Gereiztheit seiner bemächtigt. Er wünschte sich nichts sehnlicher, als diese Mission endlich zu beenden. Für ihn ergab es immer noch keinen Sinn, dass er mit dieser Aufgabe betraut worden war.

Und doch war er jetzt hier. Saß schon wieder in einem rauchgeschwängerten Saal, während der Prinz und die gelehrten heiligen Männer von Hii darüber debattierten, wen sie als Bischof nach Lindisfarena entsenden sollten.

Der Wind hatte etwas nachgelassen, und so waren sie die Küste von Muile entlangmarschiert und hatten dann nach Hii übergesetzt. Die Fahrt hatte nicht lange gedauert. Hii war ein unvorstellbar abgelegener Ort. Abend für Abend versank die Sonne in weiter Ferne im Ozean. Bis auf den Wind, die Wellen und die Vögel war kein Geräusch zu hören.

»Ist das nicht ein wundervoller Anblick?«, hatte Coenrad gesagt. »Dieser Ort ist wahrhaftig heilig. Jetzt verstehe ich, weshalb er so bedeutsam ist.«

»Und weshalb?«, fragte Beobrand.

»Hier lernen wir Gott kennen. Hier gibt es keinerlei Ablenkung vom Beten und vom Lernen.«

Beobrand prustete los. »Ablenkung ist doch nichts Schlechtes.« Er verzehrte sich vor Sehnsucht nach der Ablenkung durch Sunnivas warme Arme und Beine, eng verschlungen mit den seinen.

»Für dich vielleicht. Aber für jemanden, der sich ganz Christus verschrieben hat, sind Frieden und Stille sehr wertvolle Güter.«

»Es kann durchaus auch zu still sein«, erwiderte Beobrand, und seine Miene verdüsterte sich. »Dann hat man zu viel Zeit, um nachzudenken. Und sich zu erinnern.«

Das war vor drei Tagen gewesen. Seither hatten Beobrand und die anderen Krieger übermäßig viele Stunden beim Taflspiel und Knochenwürfeln zugebracht. Es gab nicht viel zu essen, nicht genug Met und Bier und keine Frauen.

»Wieso dauert es eigentlich so lange, bis sie entschieden haben, wen sie uns mitgeben wollen?«, platzte Acennan unvermittelt heraus. Er erhob sich und spuckte in das kleine Kaminfeuer, das der Kälte nur mühsam etwas entgegensetzen konnte. »Wir müssen vor dem Solmonath aufbrechen, wenn wir rechtzeitig für die Opferfeiern im Hreðhmonath wieder zu Hause sein wollen.«

Mehrere Männer nickten und ließen ein zustimmendes Knurren hören.

Coenrad stand auf und ergriff das Wort. »Weise Männer denken lange nach, bevor sie eine Entscheidung treffen. Aber das könnt ihr nicht verstehen, so will mir scheinen.«

Etliche der Männer lachten. »Pass bloß auf, Acennan«, sagte Beobrand. »Mit dem Schwert könnte der Bursche dir nichts anhaben, aber seine Zunge ist überaus scharf.«

»Und was den Hreðhmonath angeht«, fuhr Coenrad fort. »Ihr braucht kein Opfer darzubringen. Christus ist für euch am Kreuz gestorben. Das war das größte aller Opfer.« Coenrads starker Glaube verlieh seinen Worten Gewicht.

Und das, was er über das Opfer gesagt hatte, machte die Männer nachdenklich. Der Tod war der stärkste aller Zauber. Das wusste jeder.

Die Tür schwang auf, und aller Augen wandten sich der Gestalt zu, die im Türrahmen erschien. Die frische Luft hauchte dem Feuer neues Leben ein. Dichter Rauch schwebte wie Morgennebel durch den Saal.

»Der Bischof von Lindisfarena ist bestimmt«, erklärte Oswiu. »Wir können nach Bernicia zurückkehren.«

Die mutlose Stimmung besserte sich augenblicklich.

»Aber vorher müssen wir noch etwas erledigen«, fügte Oswiu hinzu.

* * *

»Was sollen wir tun?«, wollte Beobrand mit ungläubiger Stimme wissen, achtete aber darauf, sich seine Verärgerung nicht anmerken zu lassen. Was er bis jetzt von Oswiu mitbekommen hatte, deutete nicht darauf hin, dass der Thronfolger mit einem übermäßig geduldigen Wesen gesegnet war.

»Nur eine Kleinigkeit. Diese Frau …«

»Diese Hexe«, unterbrach ihn Acennan.

Beobrand warf ihm einen warnenden Blick zu. Es war besser, Oswiu nicht zu verärgern.

»Nun, sie hat einen nicht gerade geringen Einfluss auf die Einheimischen. Sie hilft ihnen bei Geburten. Mischt Salben«, fuhr Oswiu fort. »Ihr wisst ja, wie das Bauernvolk ist.«

Beobrand blickte Acennan an. Die Miene seines Freundes spiegelte seine eigenen Gedanken wider. Wenn sie wirklich so harmlos war, warum hatten die Mönche das Problem, das es offensichtlich mit ihr gab, dann nicht selbst gelöst? Es war seiner Aufmerksamkeit nicht entgangen, dass Acennan und er die einzigen hier anwesenden Krieger waren, die nicht zu Oswius Gefolgschaft gehörten. Ob man daher am ehesten auf sie verzichten konnte?

Einen Ausweg schien es nicht zu geben. Oswiu erteilte die Befehle, und sie hatten zu gehorchen. Je früher sie sich dem Unausweichlichen stellten, desto früher konnten sie nach Bernicia zurückkehren. Nach Ubbanford. Zu Sunniva.

»Und was genau hat diese Frau den Mönchen angeblich gestohlen?«, erkundigte sich Beobrand. Mit einem Mal war sein Mund staubtrocken. Er griff nach einem Holzbecher auf dem Tisch vor ihm und nahm einen tiefen Schluck.

»Etwas von großem Wert. Einen Silberteller, den meine Mutter einst hierhergebracht hat. Oswald hat nun darum gebeten, dass er wieder an seinen rechtmäßigen Ort nach Bebbanburg zurückkehrt.«

»Und warum sollen wir nur zu zweit gehen?«, hakte Acennan nach. »Wenn dieser Teller so wichtig ist, sollten wir uns alle auf den Weg machen.«

»Hast du etwa Angst? Acennan, der große Krieger, macht sich vor einer Frau in die Hose?«

Zitternd richtete sich Acennan kerzengerade auf und legte die Handflächen auf den Tisch. Beobrand hoffte inständig, dass er seinen Zorn über diese Provokation im Zaum halten konnte.

Oswiu und Acennan starrten einander über den Tisch hinweg an. Unausgesprochene Drohungen hingen im Saal.

»Ich meine es nicht böse, Acennan«, sagte Oswiu nach einiger Zeit. »Ich mache nur Spaß.« Es hatte den Anschein, als wollte der Prinz Acennan nicht zu sehr unter Druck setzen, und das war eine weise Entscheidung. Selbst Prinzen und Könige waren schließlich sterblich. Vielleicht ging Oswiu gerade genau dieser Gedanke durch den Kopf. Vielleicht dachte er dabei auch an seinen Bruder Eanfrith, der noch vor einem Jahr quicklebendig gewesen war, sogar genau hier auf Hii. Doch gegen ein starkes Schwert konnten auch Macht und Ehre nichts ausrichten.

»Die Brüder wollen die Bedeutung der alten Hexe in den Augen der Leute nicht noch größer machen. Wenn wir viele Krieger oder gar mich, den Thronfolger Bernicias, aussenden, würde ihr das möglicherweise zur Ehre gereichen. Eure Aufgabe ist es, diesem Problem ein schnelles und lautloses Ende zu bereiten.«

Beobrand beschloss, nicht über die Bedeutung von Oswius Worten nachzudenken. Er kämpfte nicht gegen Frauen. »Und sobald wir diesen Teller haben, brechen wir auf?«

»Ja. Wir alle können es nicht erwarten, endlich loszukommen. Der Winter war lang. Auch ich habe eine Frau in der Heimat zurückgelassen, Beobrand. Mir ist klar, dass du die deine schmerzlich vermisst.«

Beobrand nickte. Acennan wirkte nicht mehr so angespannt wie zuvor, doch in seinen Augen flackerte weiterhin eine stumme Wut.

»Ich freue mich auf die Rückkehr.« Beobrand trank den Rest seines Biers. »Wir sind schon viel zu lange weg. Wo wohnt diese Frau?«

»In einer Höhle an der Küste von Muile. Es ist nicht weit. Die Mönche bringen euch morgen hin.«

Beobrand erhob sich, und auch Acennan stemmte sich auf die Füße, während er Oswiu keinen Moment aus den Augen ließ.

Beobrand legte ihm die Hand auf die Schulter. »So sei es denn. Wenn wir morgen einer Frau gegenübertreten wollen, die Gehör bei den alten Göttern findet, dann sollten wir jetzt ein wenig schlafen.«

Sie wandten sich von Oswiu ab, der ihnen mit undurchdringlicher Miene hinterherstarrte.

* * *

»Ich habe ein ganz schlechtes Gefühl bei der Sache«, sagte Acennan.

Beobrand, der neben seinem Freund lag, öffnete die Augen. Die Glut in der Feuerstelle leuchtete nur noch dunkelrot, sodass Beobrand Acennans Gestalt so eben noch erkennen konnte. Beide hatten sie sich zum Schutz vor der in den Saal dringenden Nachtkälte in ihre Mäntel gehüllt. Acennans Augen funkelten wie ferne Fackeln auf einem dunklen Hügel. Sie unterhielten sich jetzt schon so lange, und er hatte geglaubt, alles sei gesagt. Er hoffte auf wenigstens etwas Schlaf. Doch Acennan war offensichtlich anderer Ansicht.

»Wir besorgen diesen Teller, und dann machen wir uns gemeinsam auf den Weg nach Hause. Wir haben nichts zu befürchten.« Ärger machte sich in seinem Tonfall bemerkbar. Er war müde, und der Gedanke an Ubbanford erweckte vor seinem geistigen Auge sofort Bilder von Sunniva zum

Leben. Er wollte endlich schlafen, weil er im Schlaf von ihr träumen konnte. Allerdings hatte er auch die Erfahrung gemacht, dass die Wahrscheinlichkeit auf einen Besuch Sunnivas in seinen Träumen sank, je stärker er sich nach ihr sehnte. Vermutlich trieben die Götter wieder einmal ihr grausames Spiel mit ihm.

»Aber warum schicken sie uns?«, fuhr Acennan fort. »Und wie ist diese listige Hexe überhaupt an diesen Teller gekommen, wenn doch hier auf Hii gar keine Frauen leben? Ist sie etwa hierher und wieder zurück nach Muile geschwommen?«

»Darüber haben wir doch schon gesprochen. Wir kennen die Antwort nicht und werden sie nie erfahren.«

Acennan schnaubte verächtlich. »Nun ja, Oswiu wird es uns jedenfalls bestimmt nicht verraten. Er weiß mehr, als er uns gesagt hat, das garantiere ich dir.«

»Wahrscheinlich hast du recht.« Beobrand seufzte erschöpft. »Und wenn er's uns nicht sagen will, werden wir auch nie mehr über die Sache erfahren. Wir sind uns also einig, dass das Ganze sehr ungewöhnlich ist, und sollten jetzt wirklich schlafen. Es sei denn, du hast eine Idee, wie wir an der Situation etwas ändern können.«

Einer der anderen Krieger, der dichter am Feuer lag, durchbrach mit einem lauten Furz die Stille im Saal.

»Ich finde, ihr solltet schlafen«, ließ sich anschließend eine ruppige Stimme aus der Dunkelheit vernehmen. »Hört endlich auf zu plappern wie die Waschweiber und macht die Augen zu. Morgen könnt ihr mit dieser Frau dann alles besprechen, was ihr wollt. Ihr könnt sie sogar fragen, wie sie in den Besitz des Tellers gekommen ist.«

Nun schaltete sich eine weitere Stimme ein: »Aye, und wer weiß … vielleicht ist sie ja eine Schönheit. Wir hocken hier zusammengepfercht auf einer Insel voller christlicher Mönche ohne eine einzige Möse weit und breit, und ihr beklagt euch, dass ihr eine Frau besuchen müsst. Ihr zwei seid mir ein echtes Rätsel.«

Gelächter breitete sich unter den Kriegern aus, die noch wach und nüchtern genug waren, um dem Gespräch zu folgen.

»Da hat er recht«, meinte Acennan mit einem Lächeln in der Stimme. »Wir sollten uns ausruhen. Gut möglich, dass wir morgen all unsere Kräfte benötigen werden.«

Und damit schienen Acennans Sorgen besänftigt worden zu sein. Jedenfalls dröhnte schon wenige Augenblicke später sein lautes Schnarchen durch den dunklen Saal.

Beobrand, der eben noch kurz vor dem Einschlafen gewesen war, lag nun schweigend da und lauschte den Geräuschen im Saal. Die Glut knackte. Einer der Männer hustete. Mehrere andere schnarchten. Draußen zerrte der Wind an den Holzbalken des Gebäudes, sodass es knarrte und ächzte wie ein alter Mann, der sich mit schmerzenden Gelenken bückt. Neben dem Heulen des Windes war das ferne Rauschen der Wellen zu hören, die sich am Strand brachen.

Morgen würden sie also über diese Wellen rudern und diese geheimnisvolle Frau besuchen. Nur eine Frau, kein Grund zur Besorgnis. Eigentlich.

Denn Acennan hatte recht. Irgendetwas war faul daran, dass ausgerechnet sie, zwei Kämpfer mit Schwertern und in Kettenhemden, diese Aufgabe übernehmen sollten.

Und während er dalag, unfähig, sich Sunnivas Gesicht in

Erinnerung zu rufen oder in den Schlaf zu finden, der ihm noch vor Kurzem Trost und Zuflucht verheißen hatte, begann Beobrand zu zittern.

Er würde es Acennan gegenüber niemals zugeben, aber er hatte Angst.

Kapitel 15

Die Morgendämmerung brachte einen beißenden kalten Wind mit sich, der über die Meerenge zwischen Hii und Muile fegte. Als Beobrand und Acennan die weißen Wellenkämme sahen, beschlossen sie, ihre Kettenhemden noch nicht anzulegen. Falls sie mit ihnen am Leib in die See gerissen wurden, würden sie ohne jede Chance auf Rettung ertrinken. Sie schnürten ihre Gürtel, so fest sie nur konnten, hüllten sich in ihre Mäntel und warfen sich die Kettenhemden über die Schultern.

Drei Mönche erwarteten sie auf dem weißen Sand am Ufer. In ihrer Nähe lag ein Currach, ein Boot, das aus kaum mehr bestand als ein paar mit Häuten bezogenen Ästen. Beobrand, der bisher nur die sehr viel stabileren Schiffe mit überlappenden Planken kannte, die östlich wie westlich von Albion die Ozeane durchpflügten, konnte sich nicht vorstellen, wie diese Lederkonstruktion sie sicher durch die windgepeitschte See bringen sollte. Er legte die Hand an das Hammeramulett an seinem Hals und spuckte aus. O ihr Götter. Sie würden ertrinken, noch bevor sie dieser Hexe überhaupt entgegentreten konnten.

Der älteste der drei Mönche kam lächelnd auf sie zu. Er hielt ein langes Paddel in der Hand. »Fürchtet Euch nicht. Diese sanfte Brise ist gar nichts. Wir werden Euch in Windeseile hinüber nach Muile bringen.« Der Name des Mönchs war Biorach. Er sprach die Zunge der Angeln mit singendem Akzent, war jedoch gut zu verstehen. Sie waren ihm bereits bei ihrer Ankunft auf der Insel begegnet, und Beobrand hatte ihn sofort gemocht. Er hatte breite Schultern wie ein Krieger, dazu schaufelartige Hände und eine stets offene Miene. Seine Lippen schienen immer bereit, sich zu einem Lächeln zu verziehen.

Beobrand betrachtete das Currach mit skeptischem Blick. »Und damit gehen wir auch bestimmt nicht unter?«

»Um Himmels willen, nein.« Biorach lachte. »Es könnte noch viel mehr Passagiere aufnehmen. Aber da wir nur so wenige sind, wird es über die Wellen fliegen wie ein flacher Stein.«

Beobrand blickte nach Osten zu dem Strand jenseits der Meerenge. Salzige Tropfen schienen über den Wellen zu schweben. Hoffentlich hatte das Schicksal seinen Tod nicht für den heutigen Tag vorgesehen.

»Was meinst du, Acennan?«, wandte er sich an seinen Freund.

»Ich meine, dass wir schon viel zu viel geredet haben.« Acennan schob sich an Biorach vorbei und warf sein Kettenhemd in das Currach.

»Vorsichtig«, sagte Biorach. »Wenn die Häute einen Riss bekommen, werdet Ihr am eigenen Leib spüren, wie kalt das Wasser um diese Jahreszeit ist.«

Beschämt senkte Acennan den Kopf.

Bevor Beobrand etwas sagen konnte, bemerkte er eine kleine Gruppe von Menschen, die sich von den geduckten Gebäuden des Klosters her näherte. Bald schon erkannte er in ihrer Mitte Oswiu und Coenrad. Ihre Begleiter trugen die schwarzen Roben der Christusnachfolger.

Im Gehen hob Oswiu die Hand. »Ich habe den neuen Bischof von Lindisfarena mitgebracht.« Er deutete auf den Mann zu seiner Rechten.

Er war groß und dünn, mit schmaler Nase und fliehendem Kinn. Wie bei allen Christenmönchen war auch seine Stirn bis zur Mitte des Schädels kahl rasiert, doch am Hinterkopf trug er einen üppigen Schopf aus rotbraunem Haar. Der Wind wehte ihm die langen Locken ins Gesicht. Die Haarpracht hätte besser zu einer Frau gepasst, fand Beobrand.

»Das ist Cormán«, sagte Oswiu. »Er ist gekommen, um eure kurze Fahrt zu segnen.«

Beobrand sah von Cormán zum Currach und schließlich auf die raue See dahinter. Er wusste nicht, ob dieser Christusgott Macht besaß, aber vermutlich konnte es nicht schaden, seinen Segen zu empfangen. Er nickte dem Bischof zu. »Habt Dank«, sagte er. Da begegnete er dem Blick von Coenrad, der hinter Cormán stand und grinste. Vielleicht, weil Beobrand sich für den Segen seines Gottes bedankt hatte.

Cormán hob die Hände zum Himmel und begann zu singen. Seine sonore Stimme schien so gar nicht zu seinem schmalen Körper zu passen. Er sang Worte in der Sprache, die alle Christusnachfolger lernten. Beobrand verstand zwar nichts davon, behielt aber seine feierliche Miene bei, bis der Priester geendet hatte.

Einen Augenblick lang standen sie schweigend am Strand. Niemand schien sich in Bewegung setzen zu wollen.

Schließlich sagte Beobrand: »Wir sollten wohl ablegen, bevor das Wetter noch schlechter wird.« Er drehte sich um und half, das so fragil wirkende Boot ins Wasser zu tragen.

Da trat Coenrad auf ihn zu. »Ich begleite euch«, sagte er, und seine Stimme bebte dabei. Ob vor Kälte oder Angst, wusste Beobrand nicht. »Fearghas hat mich aus einem ganz bestimmten Grund hergeschickt. Er spricht zu mir.« Je mehr Coenrad sagte, desto sicherer klang er.

Cormáns Augen hatten sich geweitet, vermutlich war er verblüfft darüber, dass der junge Mönch das Wort ergriffen hatte. Oswiu machte einen erfreuten Eindruck.

»Wenn ihr dem Bösen gegenübertretet«, fuhr Coenrad fort, »dann solltet ihr das nicht allein tun. Ich begleite euch, und mit mir der Segen meines Bischofs. Einem bösen Zauber sollte man nicht nur mit Stärke und Eisen begegnen. Ich führe das Wort unseres Herrn mit, um uns zu schützen und zu leiten.«

»Dann geht hin mit meinem Segen«, sagte Cormán schließlich mit starkem Akzent. »Geht hin und bringt zurück, was uns genommen wurde.« Mit ausgestrecktem Arm machte er das Kreuzzeichen.

Beobrand rieselte ein Schauder der Angst den Rücken hinunter. Es lag ein Zauber im Wind, in den Worten und den Zeichen. Er konnte ihn spüren.

Hoffentlich war dieser Zauber stärker als der der Hexe, der sie bald gegenüberstehen würden.

Mit einem Mal war er froh, dass er daran gedacht hatte, ein paar rote Tücher am Türsturz des Stalles aufzuhängen, in dem sie ihre Pferde untergestellt hatten. Sceadugenga war weit weg, wie alle Pferde ihrer Gruppe. Sie standen bei einem Fürsten auf dem Festland. Aber falls dort in der Nacht Hexen unterwegs waren, würden die roten Tücher sie hoffentlich daran hindern, Sceadugenga etwas anzutun.

Es wäre ihm lieber gewesen, wenn er auf seinem Pferd gesessen hätte. Er hatte das Tier inzwischen in sein Herz geschlossen und sich an seinen Schritt gewöhnt. Er betete zu Woden, dass er das Tier wiedersehen und auf seinem Rücken wohlbehalten nach Ubbanford zurückkehren würde.

Gemeinsam mit den Mönchen hoben sie das Currach hoch. Es war schwerer, als es aussah. Mit schnellen Schritten trugen sie es ins Wasser und kletterten hinein, während Biorach, der bis zur Hüfte im Wasser stand, es in der Balance hielt.

Als sie alle an Bord waren, schwang sich der Mönch mit geübtem Schwung ebenfalls hinein und fing an zu paddeln.

Beobrand legte Coenrad die Hand auf die Schulter. »Ich bin froh, dass du mitkommst. Wer weiß, vielleicht benötigen wir wirklich noch vor Tagesende die Hilfe deines Gottes.«

»Ich habe dir doch prophezeit, dass ich dir bei dieser Reise zur Rettung eilen muss«, gab Coenrad zurück, doch das Lächeln auf seinen Lippen erreichte seine Augen nicht. In ihnen war ausschließlich Furcht zu erkennen.

»Zur Rettung eilen?«, schnaubte Acennan, der sich mit kalkweißen Fingern an die Kante des Currachs klammerte, mit dem die Wellen ihr Spiel trieben. »Wenn wir Schwierigkeiten bekommen, kannst du uns höchstens dadurch retten, dass wir dich der Hexe zum Fraß vorwerfen. Dann fliehen wir, während sie sich über deinen knochigen Kadaver hermacht.«

Sämtliche Farbe wich aus Coenrads Gesicht.

Die Bootshaut wölbte sich unter ihnen, als wäre sie lebendig. Das Currach folgte dem Heben und Senken der Wellen. Sie kamen überraschend gut voran, da Biorach sie mit geschmeidigen Ruderschlägen vorwärtstrieb. Bereits die Mitte der schmalen Meerenge hatten sie erreicht. Hier waren die Wellen höher, sodass das Currach ständig von einer Seite auf die andere schwankte. Beobrands Magen rebellierte. Er war noch nie ein geborener Seefahrer gewesen. Bei der Fahrt von Cantware nach Bernicia hatte er seine mangelnde Erfahrung durch seine Wissbegier und seine körperliche Stärke wettgemacht. Aber hier gab es nichts weiter für ihn zu tun, als dem Ziel entgegenzustarren und die Gemüsesuppe, die er zuvor gegessen hatte, mit aller Macht zu zwingen, dort zu bleiben, wo sie war.

Sie hatten ihr Ziel fast erreicht, als Coenrad sich umdrehte und sich lautstark über die Bootskante erbrach.

Acennan lachte, sah jedoch so aus, als würde er Coenrads Beispiel in Kürze folgen. »Keine Sorge, Kleiner«, sagte er. »Ich habe nur Spaß gemacht, als ich sagte, dass wir dich hier zurücklassen. Mit deinen schlanken Beinen kannst du bestimmt viel schneller laufen als wir anderen.«

Beobrand lächelte verkrampft, während Coenrad nur aufstöhnte und sich wieder und wieder übergab, so lange, bis nichts mehr kam.

Dann hatten sie die Insel erreicht. Einer der Mönche sprang ins Wasser und zog die Barke ans seichte Ufer. Sie stützten Coenrad, als er ausstieg. Auf wackeligen Beinen wie ein neugeborenes Fohlen gelangte er an Land.

Durchnässt und zitternd watete auch Beobrand auf den

Strand. Die rollenden Bewegungen des Currachs klebten wie ein schon halb vergessener Traum an ihm, sodass er das Gefühl hatte, als würde der Strand unter seinen Füßen schwanken.

Coenrad war blass. Er wirkte kränklich und von der Überfahrt sichtlich gezeichnet. In diesem Zustand würde er ihnen kaum etwas nützen. Auch Acennan war weiß um die Nase, schien sich jedoch schneller zu erholen als der junge Mönch.

»Legen wir unsere Kettenhemden an«, sagte Beobrand. Vielleicht brauchte Coenrad ja nur ein bisschen Zeit.

Beobrand und Acennan waren einander beim Anlegen der Rüstung behilflich. Das Gewicht des Kettenhemdes hatte eine beruhigende Wirkung auf Beobrand. Es war stabil und hatte ihm schon einmal das Leben gerettet. Aber gleichzeitig erinnerte es ihn an den Schildwall. An gefallene Freunde. Den Gestank von Gedärmen und Blut im Schlamm.

Die Mönche hatten das Currach inzwischen in Sicherheit auf den Strand gezogen. Coenrad saß bei ihnen. Es schien, als wäre ein wenig Farbe in seine Wangen zurückgekehrt. Beobrand ging zu ihm.

»Es tut mir leid«, sagte der junge Mönch mit gesenktem Blick, während er sich mit den Fingern durch die Haare fuhr.

Beobrand reichte ihm die Hand und zog ihn auf die Füße. »Sprich nicht so«, sagte er. »Es gibt nichts, dessen du dich schämen musst. Du hast deine Tapferkeit schon vielfach bewiesen. Es bedurfte großen Mutes, mit uns in dieses Boot zu steigen. Siehst du hier vielleicht sonst noch jemanden, der uns helfen möchte?« Er schlug Coenrad auf die Schulter.

»Wohlan, wo ist also die Höhle dieser Hexe?«

»Sie ist nicht weit«, sagte Biorach. »Ich will sie Euch zeigen.«

Und so ließen sie den Strand hinter sich. Der weiße Sand wurde von Gräsern und Baumstümpfen abgelöst. Biorach sah sich einen Augenblick lang um, dann hatte er gefunden, wonach er gesucht hatte. Einen Trampelpfad, der durch Gestrüpp führte, bestehend aus den nackten Stämmen verkrümmter, knorriger Bäume. Sie wirkten wie Knochen.

Über ihren Köpfen, vor den dichten Wolken, die sich am Himmel ballten, sausten Möwen und andere Seevögel durch die Luft. Ihre Rufe und ihr Krächzen hörten sich in Beobrands Ohren an wie die Todesschreie von Kriegern.

* * *

Schweigend folgten sie dem Pfad ins Inselinnere. Bis auf die Vögel war kein Lebewesen zu entdecken. Der Weg schlängelte sich durch Bäume und Sträucher, die im Sommer dichtes Blattwerk tragen mussten. Aber jetzt war alles kahl, und die knorrigen Äste wirkten bedrohlich. Die braune Erde erzitterte unter ihren Schritten, trockenes Laub raschelte.

Biorach ging entschlossen voran. Beobrand hielt sich dicht hinter ihm, die versehrte linke Hand leicht auf Huntings Heft gelegt. Mit der rechten berührte er regelmäßig das Amulett an seinem Hals. Acennan bildete den Schluss ihrer kleinen Gruppe und behielt Coenrad im Auge, der aussah, als würde sich gleich noch einmal sein Innerstes nach außen stülpen.

Je weiter sie sich vom Meer entfernten, desto stärker nahm der Wind ab. Sie gelangten in eine Senke, wo sich eine tiefe Stille über sie legte. Die Landschaft sah aus, als hätte eine Riesenhand ein gewaltiges Loch ausgehoben. Die Sonne versteckte sich hinter den Wolken, aber Beobrand schätzte, dass es um die Mittagszeit sein musste.

Vor ihnen floss ein Wasserlauf quer durch das Tal.

Nachdem sie den Pfad hinunter in die Senke gerutscht und geschlittert waren, waren sämtliche Geräusche des Meeres verstummt. Dafür war das Rauschen des Bächleins nun in der Stille laut zu hören.

Biorach hob die Hand. »Weiter gehe ich nicht. Die Frau, die Ihr sucht, lebt in der Höhle, in der dieser Bach entspringt. Folgt dem Wasser, dann gelangt Ihr zu ihr.« Es schien ihm peinlich zu sein, dass er sie nicht bis zu ihrem Ziel begleiten wollte. »Ich warte hier auf Euch, kehre aber vor Einbruch der Dunkelheit zu den anderen an den Strand zurück. Wenn ich nicht mehr hier bin, kommt einfach dorthin.«

Beobrand nickte und wandte sich an Coenrad. »Am besten bleibst du hier bei Biorach. Wir wissen nicht, was uns dort erwartet.«

Coenrads Gesicht war immer noch blass, doch jetzt erhob er sich zu voller Größe und reckte das Kinn vor. »Ich bleibe nicht hier. Ich komme mit euch. Wer weiß, vielleicht muss ich euch ja retten.« Der Versuch eines Lächelns ließ ihn nur noch kränker aussehen.

Beobrand starrte ihn lange und durchdringend an. Seit ihrer ersten Begegnung war dieser Junge ihm stets ein wahrer Freund gewesen. Und er war genauso tapfer wie ein Krieger. Sogar tapferer als viele. Beobrand nickte.

»Also gut«, sagte er, bevor ein lautes Geräusch sie alle zusammenzucken ließ.

Coenrad stieß einen Schreckensschrei aus.

Doch es war nur eine Dohle, die von einem Ast aufflatterte. Mit ihren schwarz-grauen Federn war sie nur ein Schatten. Mit schrillem Schrei flog sie über ihre Köpfe hinweg und folgte dem Bachlauf, der Quelle entgegen.

Beobrand spuckte aus. Nur unter großer Anstrengung gelang es ihm, seine Finger von Thunors Hammeramulett zu lösen.

»Kommt. Es ist bloß ein Vogel.« Er legte die Fingerspitzen auf Hruntings Heft. Das sollte ihm Glück bringen. »Holen wir uns das, weswegen wir hierhergekommen sind, und machen uns dann auf den Rückweg.«

Die Dohle war ihrem Blickfeld entschwunden, doch ihre krächzenden Rufe waren immer noch zu hören. *Kraah, kraah, kraah.*

Sie folgten den Lauten, die wieder lauter wurden. War es möglich, dass der Vogel sie zu sich locken wollte? Beobrand blickte zu Acennan, aber schnell wurde ihm klar, dass er von ihm nichts erwarten konnte. Acennan war genauso bleich wie Coenrad, seine Augen vor Entsetzen aufgerissen.

Eiskalte Finger der Angst glitten Beobrands Rücken hinab.

Sie gingen am Bach entlang und ließen die Talsenke hinter sich.

»Es ist bloß ein Vogel«, wiederholte Beobrand, doch die Worte klangen selbst in seinen Ohren hohl und leer.

Das war kein Tier des Waldes, sondern ein bösartiger Geist.

Ein Geist, der sie beobachtet hatte und sie jetzt ins Verderben lockte.

* * *

Das Ufer des Bächleins war zu beiden Seiten dicht bewachsen. Überhängende, moosige Zweige reckten sich nach ihnen, griffen nach ihnen. Kein Windhauch war zu spüren. Ihre Schritte und das Plätschern des Wassers waren die einzigen Laute. Die Stille um sie herum machte sie nervös. Beobrand blickte seine beiden Begleiter an. Die Angst hatte sich in ihre Gesichter gegraben, aber sie hielten sich dicht hinter ihm.

»Biorach hat gesagt, es sei nicht weit«, flüsterte Beobrand. Es wäre ihm falsch vorgekommen, die Stille zu stören, indem er die Stimme erhob. »Eigentlich müssten wir bald da sein.«

Sie marschierten weiter. Immer wieder rutschten sie auf glitschigen Steinen aus. Überall wuchsen Moos und Flechten, und es schien, als wäre selbst die Luft grün gefärbt. Ihr erdiger Duft hatte eine fast erstickende Wirkung. Coenrad, der direkt hinter Beobrand ging, musste würgen.

Sie folgten einer Biegung und gelangten zu einer riesigen Erle, die ihre Zweige über den Pfad und den Bach breitete und so eine Art Torbogen formte. Sie duckten sich und traten hindurch.

Die Dohle, die auf einem Erlenzweig gehockt hatte, krächzte erneut und flog mit wild flatternden Schwingen auf. Erschrocken hielt Beobrand den Atem an und wich unvermittelt zurück, sodass er gegen Coenrad prallte, der dadurch auf den bemoosten Steinen ins Rutschen kam und in den Bach stürzte.

Acennan streckte ihm die Hand entgegen und zog ihn aus dem Wasser. »Bist du verletzt?«, fragte er den durchnässten jungen Mönch.

Coenrad schüttelte wortlos den Kopf, während er über Beobrands Schulter hinwegblickte.

Beobrand drehte sich um und starrte in die Dunkelheit des überwucherten Bachbetts. Wasser drang durch eine Spalte in dem vor ihnen liegenden Hügel, der Riss im Felsen bildete den Höhleneingang. Er war nicht ganz mannshoch, Beobrand würde sich beim Eintreten bücken müssen. Auch ein schmaler Rauchfaden kräuselte sich aus dem Höhleninneren ins Freie. War das der Schwefelatem eines mächtigen Lindwurms, der ihnen dort in der Finsternis auflauerte?

Vor der Höhle stand ein massiver Pfahl, auf dessen Spitze ein gewaltiger Pferdeschädel ruhte. Der Schädel wies zahlreiche braune Flecken auf. Rings um das Totem waren Zweige und Äste mit Bändern angebracht. Außerdem hingen Tuchfetzen in allen Farben an den Bäumen, aber auch verschiedene andere Gegenstände, die mit Zwirn an die Zweige gebunden waren. Beobrand erkannte kleine, aus Holz oder Knochen geschnitzte Figuren. Opfergaben. Geschenke für die Götter … oder für die Bewohnerin der Höhle.

Die Dohle ließ sich auf dem Pferdeschädel nieder und betrachtete sie mit verblüffend intelligentem Blick. Ihre Augen schimmerten fast weiß im Zwielicht. Dann legte sie den Kopf schief und blinzelte mehrfach.

Beobrand konnte den Blick nicht von ihr abwenden. Sie hatte ihn in ihren Bann geschlagen. Dieser böse Geist würde sie alle dem Tod weihen. Sein Magen rebellierte. Sie mussten umkehren, jetzt sofort, solange sie noch am Leben waren. Sonst würden sie an diesem Ort ihr Ende finden.

Da brach eine plötzliche Bewegung in seinem Rücken den Bann. Acennan trat vor und warf einen Stein nach dem Vogel. Zwar verfehlte er ihn, doch die Dohle flatterte vom Schädel auf und drehte ein paar Runden in der Luft, bevor sie im Höhleneingang verschwand.

Konnte es sein, dass der Vogel in Wahrheit die Hexe in anderer Gestalt war? Beobrand hatte von solchen Dingen schon gehört.

Coenrad murmelte leise Worte in der Christussprache.

Acennan zuckte mit den Schultern. »Es ist bloß ein Vogel.«

Beobrand nickte ihm dankbar zu. Trotz der Kälte spürte er, wie sich ein Schweißtropfen seinen Weg über seinen Rücken bahnte.

Gähnend tat sich der Höhleneingang aus scharfem moosgrünem Felsgestein vor ihnen auf. Beobrands Blick schweifte erneut zu seinen Begleitern. Sie wirkten angespannt, aber entschlossen. Zielstrebig. Sie hatten keine andere Wahl, als vorwärtszugehen. Als sich ihrem Schicksal zu stellen. Plötzlich kam er sich dumm vor, weil er keine Fackel mitgenommen hatte. So mussten sie die grabähnliche Dunkelheit ohne Licht betreten.

»Wenn wir so weit vordringen müssen, dass wir nichts mehr sehen können, kehren wir um und fertigen uns eine Fackel.« Seine Stimme brach. Seine Kehle war trocken. Die Worte hatten ängstlich geklungen. Acennan und Coenrad schienen es nicht bemerkt zu haben. Sie nickten nur, bereit, ihm zu folgen.

Nachdem er noch einen tiefen Atemzug von der stickigen Luft genommen hatte, trat Beobrand durch das Felsenmaul.

Er bückte sich, um mit seinem Helm nicht anzustoßen. Der Rauch, der über seinen Kopf hinwegwehte, roch nach gebratenem Fleisch. Er spürte, wie die anderen sich von hinten an ihn drängten. Ihre Körper verschluckten einen Großteil des blässlichen Lichts, das durch den Höhleneingang drang.

Der feuchte Steinpfad, der neben dem Bach verlief, war schmal. Das Wasser gurgelte Worte in die Dunkelheit, die nur die Felsen verstehen konnten.

Beobrand zog Hrunting aus der Scheide. Sein Gewicht gab ihm Trost und verlieh ihm Mut. Er setzte einen Fuß vor den anderen, schlich mit kleinen Schritten vorwärts. Die nassen Steine unter seinen Sohlen waren glitschig, sein Atem überraschend laut. Genauso wie Acennans und Coenrads Schritte.

Immer tiefer schob er sich in die Schwärze hinein, konnte kaum etwas erkennen. Es war Irrsinn, noch weiter zu gehen. Der Tod konnte in unmittelbarer Nähe lauern, jederzeit bereit zuzuschlagen, und er würde ihn nicht kommen sehen. Er dachte an die Zeit nach der Schlacht bei Elmet, als seine Augen wegen seiner Verletzung verbunden gewesen waren. An die Angst vor lebenslanger Blindheit, die ihn damals im Griff gehabt hatte. Jetzt war er so gut wie blind, und sein Kopf fing an zu schmerzen, vielleicht aufgrund der Erinnerung an jenen Schlag auf seine Augen vor so vielen Monaten.

Er war kurz davor, umzudrehen und nach draußen in den

Tag zurückzukehren, da sah er etwas vor sich. Ein leises Schimmern nur, wie Mondlicht, das sich in einer Pfütze spiegelt. Ja, da vorn war es heller. Bedächtig ging er weiter. Machte einen Schritt. Noch einen. Das Licht wurde intensiver, genauso wie der Duft nach Essen.

Allmählich erkannte Beobrand, was er da vor sich hatte. Der schmale Pfad führte nach rechts. Hinter der Biegung schien ein Licht, das auf die vor ihnen liegende, vom Wasser benetzte Felswand fiel.

»Wollt ihr etwa den ganzen Tag dort stehen bleiben?«, war jetzt eine Frauenstimme zu vernehmen. »Oder wollt ihr euch zu mir und Munin gesellen, um euch zu stärken?«

Die plötzlich durch die düstere Stille hallende Stimme ließ Beobrand zusammenzucken. Er richtete sich auf und schlug dabei mit dem Helm gegen das felsige Tunneldach. Acennan fluchte laut.

Jetzt hatten sie wirklich keine Wahl mehr. Das Schicksal hatte sie bis an diesen Ort geführt. Jetzt mussten sie dieser Hexe gegenübertreten und zu allen Göttern beten, dass sie sie nicht mit ihrem bösen Zauber verhexte.

Beobrand reckte Hrunting nach vorn und legte die linke Hand an Thunors Hammer. Dann überquerte er mit einem Schritt den Bach und folgte der Biegung des Tunnels.

Angesichts der plötzlichen Helligkeit, die von Binsenfackeln und einem Feuer stammte, musste er blinzeln. Er befand sich in einer großen Höhle, die viele Male höher war als ein Mann. Hier war es trocken und warm wie in einem Saal. Über dem Feuer hing ein Topf. Das Höhlendach war zerklüftet. Gefährlich aussehende Felszacken ragten von der Decke herab wie riesige Drachenzähne, die sich durch die zuckenden Feuerschatten zu bewegen schienen. Als würde der gewaltige Drache atmen.

In den Ecken der Höhle, die das Licht nur schwach erhellte, hingen Bündel aus Zweigen und Blättern. Beschwörungszauber. In jeder Nische stapelten sich Töpfe und Krüge. Von der anderen Seite der Höhle starrten sie die blinden schwarzen Augenhöhlen eines menschlichen Schädels an. Dies hier war das Reich einer Hexe, daran konnte es keinen Zweifel geben. Allein die Luft roch nach Zauber. Und Macht.

Beobrand machte noch einen Schritt nach vorn, damit auch seine beiden Begleiter eintreten konnten. Gut möglich, dass er ihre Hilfe benötigte, um sich gegen die alte Frau zur Wehr zu setzen.

Doch die Frau am Feuer war nicht alt. Und sie sah auch nicht aus wie die Hexen, von denen die Leute erzählten, dass sie bei Nacht die Pferde ins Fieber ritten oder einer Mutter ihre Milch vertrocknen ließen. Auf einem Hocker in der Höhlenmitte saß eine gut anzuschauende Frau. Sie war älter als Beobrand, schien aber schlanke Hüften und einen wohlgeformten Körper zu haben. Und sie sah ihn direkt an. Er spürte, wie er errötete. Ihre Augen funkelten. Sie war schön wie ein Gewitter. Voller Dunkelheit und Düsternis, durch die Lichtblitze zuckten. Wenn Sunniva mit ihren goldenen Locken und ihrem Strahlen der Tag war, dann war diese Frau hier die Nacht. Ihr Haar war schwarz, doch vom Grau des Mondlichts durchzogen, das durch die Wolken fällt. Ihre Farben waren die der Dohle. Für einen kurzen Augenblick stockte Beobrand der Herzschlag. Der Vogel war die Hexe gewesen!

Doch dann registrierte er eine Bewegung neben ihrem Kopf. Schwarz und grau wie ihre Herrin saß die Dohle auf ihrer Schulter. Das Tier neigte den Kopf, zuckte und starrte Beobrand mit seinen schwarz-weißen Augen an.

Die Frau streichelte den Kopf des Vogels, der daraufhin an ihrem Ohr knabberte.

»Munin hat mir von deiner Ankunft berichtet, Beobrand Halbhand«, sagte sie. »Doch warum der mächtige Mörder Hengists ausgerechnet mich aufsucht, ist mir ein Rätsel.«

Beobrand erstarrte. Ihm wurde eiskalt. Gleichzeitig brach ihm der Schweiß aus. Die Hexe kannte seinen Namen. Welches Unheil konnte sie mit solchem Wissen anrichten? Jeder wusste, dass Namen all denjenigen Macht verliehen, denen die alten Götter Gehör schenkten. Woher kannte sie seinen? Und von Hengist hatte sie anscheinend auch gehört. Ebenso wie von der Rolle, die Beobrand bei dessen Tod gespielt hatte.

Seine Fingerknöchel wurden weiß, so fest hielt er Huntings Heft. Die Ermordung Hengists stand ihm so klar und deutlich vor Augen wie zu dem Zeitpunkt, als er ihn in den Tod geschickt hatte.

»Ich habe Hengist getötet, das stimmt.« Erleichtert registrierte er, dass seine Stimme sicher klang. »Aber es war kein Mord. Hengist war ein Feigling. Er hatte den Tod verdient. Indem ich ihn sterben ließ, habe ich das Blutgeld für viele andere eingetrieben. Es gibt niemanden, der seinen Tod betrauert.«

Sie sprang so abrupt auf, dass ihr Hocker laut umkippte. Die Dohle flatterte auf, und ihr kreischender Schrei hallte durch die Höhle. Der Zorn der Hexe war so plötzlich ausgebrochen, wie ein Blitz den dunklen Himmel teilt.

»Du sprichst mit der Stimme eines Mannes, aber mit den Worten eines Kindes! Was weißt du schon von Trauer?« Ihre Wut erfüllte die ganze Höhle.

Beobrand spürte seinen eigenen Zorn ebenfalls überkochen. »Ich habe viele geliebte Menschen verloren. Du magst meinen Namen kennen, Hexe, aber mich kennst du nicht!«

So schnell wie ein Sommersturm legte sich ihre Wut wieder, und sie strich bedächtig ihre Röcke glatt. Vor dem dunklen Stoff wirkten ihre Hände weiß wie Tauben.

»Wie ich höre, hast du Hengist vor seinem Tod verflucht. Du hast ihm die Chance genommen, in Wodens Saal aufgenommen zu werden.«

Erst jetzt fiel Beobrand auf, dass sie die Sprache der Angeln völlig ohne Akzent beherrschte. Keine Andeutung des walisischen Singsangs war in ihren Worten zu hören. Woher mochte sie stammen, diese dunkle Frau des Zorns und des Zaubers?

»Er hatte nichts anderes verdient. Er hat meine Angehörigen getötet. Ich habe gesehen, wie er unschuldige Menschen ermordet hat. Er war ein Tier.«

Ihre Miene verdüsterte sich. »Und du, Beobrand? Bist du wirklich so anders?«

Erneut erschauerte er, als sein Name über ihre Lippen kam. »Ich bin nicht gekommen, um über Hengist zu reden. Oder über mich.«

Sie starrte ihn einen Augenblick lang an, bevor sie den Hocker aufstellte und sich wieder setzte. »Tatsächlich?«, sagte sie. »Und weshalb bist du dann gekommen, Beobrand?«

»Wir sind wegen des Silbertellers hier, den du den Christusnachfolgern auf Hii gestohlen hast.«

»Gestohlen? … Gestohlen?« Ungläubiges Staunen lag in ihrer Stimme. »Das haben sie dir erzählt?«

»Ja. Und dass er den Söhnen des Æthelfrith gehört. Oswald ist nunmehr König von Bernicia, und der Teller muss ihm zurückgegeben werden.«

»Die Christusverehrer sprechen in Rätseln und Lügen. Sie haben mich besucht und mir Silber gezahlt. Jetzt entsenden sie also Krieger, um sich den Beweis für ihr Tun zurückzuholen.«

Ein Hauch von Zweifel regte sich in Beobrand. »Warum hätten sie dich besuchen sollen?«, wollte er wissen. »Und wofür dich bezahlen?« Er war sich nicht sicher, ob er die Antwort wirklich hören wollte.

Ihr Lachen klang wie splitterndes Eis. »Es gibt zwei Dinge, die die Menschen bei Nelda suchen«, erwiderte sie. »Und die Christenmänner interessieren sich nicht für den Zauber der alten Überlieferungen. Sie glauben, dass der angenagelte Gottmensch Woden ebenbürtig ist.«

»Und warum sind sie dann zu dir gekommen, wenn nicht wegen deiner Zauberkünste?«, fragte Beobrand nach.

»Was suchen alle Männer dieser Welt wohl sonst noch bei einer Frau mit warmem Leib?« Nelda blickte Coenrad direkt in die Augen. »Auf der Insel Hii leben keine Frauen. Der Christus gestattet das nicht. Doch einige der Brüder erfreuen sich nicht nur am Fleisch anderer Männer und Knaben. Sie brauchen ein wenig mehr.« Sie zwinkerte

Coenrad zu und ließ ihre Zunge dabei lasziv über ihre Lippen gleiten.

»Lügen!«, schrie Coenrad. »Du bist der Teufel!«

»Mag sein, aber in dieser Hinsicht spreche ich die Wahrheit. Sie kommen hierher und legen sich zu mir. Und dafür sind sie wie alle Männer bereit, alles zu tun.«

Coenrad schlug das Zeichen des Kreuzes vor seiner Brust und begann, in der Zunge der Priester zu sprechen. Er erhob seine Stimme, vielleicht in der Hoffnung, mit seinen Gebeten die Worte der Frau zu übertönen. Beobrand legte ihm die linke Hand auf die Schulter.

»Vielleicht möchtest du dich ja auch mal zu mir legen, Kleiner?« Sie hob ihre schwarzen Röcke und entblößte einen zierlichen Knöchel und eine wohlgeformte Wade, blass und anmutig in der Dunkelheit.

Coenrad keuchte auf, nach Atem ringend, beinahe schluchzend.

»Schluss jetzt!«, herrschte Beobrand sie an. »Es reicht mit deinen Spielchen, Hexe. Gib uns, weswegen wir gekommen sind, und dann lass uns in Frieden.«

»Ich sehe in dir so vieles von ihm«, erwiderte Nelda, ohne auf seine Worte einzugehen.

»Von wem?«, wollte Beobrand wissen.

»Von Hengist.« Wehmut schlich sich in ihren Blick. »Du bist ihm so ähnlich. Du leugnest es zwar vor dir selbst, aber andere können es sehen. Ich erkenne ihn in dir.«

Beobrand schüttelte den Kopf. Er hatte nichts mit diesem Ungeheuer gemein. Doch dann dachte er an den eiskalten Wald. An Cathryn auf dem Erdboden. An die Erregung, die ihn erfasst hatte. Und an die Schlacht. Wenn er im

Schildwall stand, genoss er es dann nicht, seine Gegner zu töten?

Er hatte Hengist für das, was er getan hatte, umgebracht. Würde er denn niemals frei von ihm sein?

»Hengist ist tot«, sagte er, und seine Stimme klang scharf und schneidend wie ein Schwertstoß. »Aber ich bin am Leben. Wir sind uns nicht im Geringsten ähnlich.« Er machte einen Schritt auf sie zu. »Und jetzt gib uns den Teller.«

Mit einer Hand griff Nelda hinter sich und holte einen Gegenstand aus einem Sack, der dort im Verborgenen gelegen hatte. Das Licht des Feuers und der Binsenfackeln spiegelte sich in seiner polierten Oberfläche. Es handelte sich um einen kreisrunden Teller aus massivem Silber. Der Rand war mit sorgfältig gearbeiteten Schriftzeichen geschmückt. Es war ein Gegenstand von wahrer Schönheit. Und sicherlich von immensem Wert.

»Ich habe Cormán genau um diesen Teller gebeten. Zuerst hat er sich geweigert, aber wie gesagt: Männer tun alles, um bei einer Frau zu liegen.«

Warum ausgerechnet dieser Teller? Hatte Nelda diese Abfolge der Ereignisse im Voraus geplant? Um ihn hierherzulocken? Beobrand kannte ihre wahren Motive nicht, aber diese Frau war mehr, als man ihn hatte glauben machen wollen. Und noch etwas war da. Sie kam ihm irgendwie vertraut vor, obwohl er sicher war, sie niemals zuvor gesehen zu haben.

»Gib her«, sagte Beobrand.

Sie erhob sich und hielt den Teller hoch über ihren Kopf. Er leuchtete wie der Vollmond in der Nacht. »Er gehört dir nicht.«

»Er gehört meinem König, und ich werde ihn mir nehmen.« Er ging auf sie zu, als sich die Dohle krächzend aus den Schatten auf ihn stürzte.

Coenrad flüsterte seine Gebete.

Nelda zuckte nicht einmal, als er näher kam. Ihr Duft drang ihm in die Nase. Süß und moschusartig. Sie hob den Teller noch höher und neigte sich etwas nach hinten. Beobrand würde über sie fassen müssen, um nach ihm zu greifen, aber er war größer und stärker als sie. Dann konnten sie diesen Ort endlich verlassen. Dann waren sie frei von dieser Frau.

Und von ihren Worten.

»So nimm ihn dir«, flüsterte sie jetzt.

Er streckte die linke Hand über sie hinweg. Sie standen so eng beieinander wie Liebende. Aber er wollte sie nicht anfassen. Wer konnte wissen, welchen Zauber sie spinnen würde, wenn sich ihre Körper berührten?

Mit einem Sprung versuchte er, den Teller zu erwischen, doch im selben Moment zog sie ihn noch weiter weg, sodass er außerhalb seiner Reichweite war.

In dem Augenblick, als Acennan rief: »Beobrand, nein!«, nahm er die Bewegung ebenfalls wahr.

Licht, das sich in Metall spiegelte. Nelda hielt ein Messer in der Hand! Ihr Gesicht hatte sich zu einer Maske der vollkommenen Bosheit verzerrt. Hinter ihren gefletschten Lippen kamen spitze Zähne zum Vorschein. Erst zischte sie wie ein Tier, dann kreischte sie: »Jetzt wirst du sterben, du Mörder!«, während sie mit dem Messer auf Beobrands Kehle zielte.

Er riss den Kopf zurück. Die Klinge streifte sein Kettenhemd und ließ Funken sprühen. Ohne nachzudenken, stieß er seine rechte Hand nach vorn. Es war die Hand, in der er auch Hrunting hielt, sodass der Griff des Schwertes mit Neldas Gesicht kollidierte. Blut spritzte aus ihrer aufgeplatzten Lippe, bildete sofort schwarze Tropfen. Nelda brach auf dem Höhlenboden zusammen, während das Klappern des Silbertellers hohl durch das Felsengewölbe dröhnte.

Beobrand beförderte das Messer, das ihr aus der Hand geglitten war, mit einem Fußtritt in die Tiefen der Höhle. Begleitet von einem Schrei, der beinahe menschlich klang, brach in dem Moment die Dohle wieder aus den Schatten hervor, um sich in einem Wirbel aus Schwingen, Krallen und spitzem Schnabel auf Beobrands Gesicht zu stürzen. Doch jetzt hatte der Eifer der Schlacht ihn erfasst. Die Bewegungen der anderen erschienen ihm träge und vorhersehbar. Mit einem mühelosen Rückhandschwung traf Hruntings Klinge den Vogel, der daraufhin zuckend neben dem Kopf seiner Meisterin landete. Seine Schwingen flatterten kurz, sein Schnabel zuckte noch, doch er war schwer getroffen. Er würde sterben.

Nelda brach in lautes Schluchzen aus. Als sie Beobrand anstarrte, verwandelten die Wut und das Blut ihre Miene erneut in eine hässliche Fratze.

Er stellte sich über sie. Jetzt würde sie bezahlen. Sie hatten nichts weiter von ihr gewollt als diesen Teller, aber jetzt würde sie sterben.

Er reckte Hrunting hoch über seinen Kopf und machte sich für den entscheidenden Stoß bereit, den Stoß, der die Welt von dieser Hexe befreien würde.

Sie grinste ihn höhnisch an. »Willst du immer noch behaupten, du hättest nichts mit Hengist gemein?« Sie lachte, doch wegen des Blutes und der ausgeschlagenen Zähne klang ihr Lachen eher wie ein Gurgeln. »Und glaubst du außerdem, dass du nicht deines Vaters Sohn bist, Beobrand Halbhand?«

Er hielt inne. Registrierte das Echo der letzten Worte seiner Mutter. Erinnerte sich an ihr angsterfülltes Gesicht, wenn sein Vater Grimgundi sie mit Faustschlägen traktiert hatte.

Mit dem Schwert in der Hand, das Gewicht des Kettenhemdes schwer auf den Schultern, stand er über Nelda. War er wirklich so tief gesunken? War dies der Weg des Kriegers, den er sich für sich erträumt hatte? Eine Frau zu erschlagen? Und wofür?

Acennan war mit gezogenem Schwert neben ihn getreten. »Lass mich dieser Hure den Garaus machen«, sagte er und strahlte trotz seiner Blässe eine felsenfeste Entschlossenheit aus.

»Nein.« Beobrand steckte Hrunting zurück in die Scheide.

»Sie wollte dich umbringen.«

»Ja, das wollte sie.« Er holte tief Luft und machte dann einen großen Schritt über die jetzt regungslos daliegende Nelda hinweg. Er bückte sich, um den Teller vom Boden aufzuheben, der schwer und kalt war. Vielleicht hatte sie doch recht. Vielleicht war er Hengist ähnlich. Ließ er sich wirklich von seinem Blut beherrschen? »Aber sie hat es nicht getan«, fuhr er fort. »Und jetzt lasst uns diesen Ort verlassen. Wir haben bekommen, was wir wollten.«

Acennan sah ihn zweifelnd an, doch Beobrand hatte sich

bereits zum Gehen gewandt. Zurück durch den Gang und am Bach entlang. Zurück ins Licht.

Von einem Felsvorsprung noch in der Höhle griff sich Acennan eine Binsenfackel, die ihnen den Weg weisen sollte. Dann ließen sie die Höhle hinter sich und traten mit hastigen Schritten den Rückweg an, dem Tag entgegen.

Sie waren noch ein ganzes Stück vom Ausgang entfernt, als ein tierisches Wutgeheul durch den Höhlentunnel hallte. Beobrands Nackenhaare stellten sich auf. Worte, deren Bedeutung sie nicht verstanden, schallten durch die Dunkelheit, gefolgt von einem schrillen Schrei, als würde jemand schier unerträgliche Schmerzen leiden.

»Ich verfluche dich, Beobrand Halbhand!« Neldas Worte trieften vor Bosheit. »Ich verfluche dich, so wie du meinen Sohn verflucht hast! Du sollst niemals Glück erfahren. Du sollst einsam sterben. Du sollst niemals in den Saal Wodens aufgenommen werden. Ich verfluche dich!«

Durch den Felsspalt gelangten sie in das graue Licht des Winternachmittags. Trotz der Düsternis im Tal und des trüben, wolkenverhangenen Himmels mussten sie blinzeln, so hell kam ihnen der Tag vor.

Ohne ein Wort zu sagen, hasteten sie an dem Bachlauf entlang. Sie wollten diesen düsteren Ort schnellstmöglich hinter sich lassen. Je näher sie der Stelle kamen, an der sie Biorach zurückgelassen hatten, desto mehr schwand die Erinnerung an Nelda, so wie ein Albtraum gemeinhin nach dem Aufwachen schnell verblasst.

Doch ihre Worte hallten immer noch durch Beobrands Kopf. Sie waren wie die schlimmsten aller Albträume, die eben nicht verblassen wollen.

Nelda war Hengists Mutter! Und sie hatte ihn verflucht, weil er ihren Sohn getötet hatte. Er kannte die Macht des Racheschwurs. Die Macht, die der Fluch der Mutter eines ermordeten Kindes hatte, konnte er nur erahnen.

Als könnte er Beobrands Gedanken lesen, sagte Acennan: »Du hättest mich sie töten lassen sollen.«

Beobrand gab keine Antwort. Er konnte nicht. Für Schuldzuweisungen oder Reue war es jetzt zu spät. Er hatte ihr Leben verschont, um nicht so zu werden wie einer der Männer, die er verachtete, und hatte dadurch einen Fluch über sich selbst gebracht.

Jetzt befürchtete er tief im Innersten, dass Acennan recht hatte.

Kapitel 16

Wuchtig traf Sunnivas Hammer das glühende Metall. Funken stoben. Mit Hilfe der Zange in ihrer linken Hand drehte sie das Metallteil und schlug erneut zu. Es war ein einfaches Stück, ein großer Nagel für den neuen Saal. Im Lauf der vergangenen Tage hatten sie etliche davon angefertigt. Es war der reinste Luxus, aber sie wollte das Tor des neuen Saals unbedingt mit Eisennägeln schmücken, um ihm ein prachtvolles Erscheinungsbild zu geben. Noch ein letzter Schlag, um die Spitze zu begradigen, dann war der Nagel fertig, und sie tauchte ihn in den Wasserkübel. Er zischte kurz wie eine wütende Katze, bevor sie ihn neben die anderen legte.

Sie wischte sich den Schweiß von der Stirn. Dank der Hitze der Esse und der ständigen körperlichen Anstrengung war ihr trotz der bitteren Kälte des Tages immer warm. Sie blickte den Hügel hinauf, wo das Skelett des neuen Saals nackt und kahl vor dem düsteren Himmel aufragte. Es herrschte Geschäftigkeit. Sie machten Fortschritte, und das war gut so. Beobrand würde sich freuen, wenn er wiederkam. Er würde stolz auf sie sein.

Sie biss sich auf die Unterlippe, spürte die aufsteigenden Tränen.

»Was hast du, Sunniva?«, fragte Edlyn sie. Das Mädchen

verbrachte den Großteil der Tage in ihrer Nähe. Sie trat den Blasebalg, und Sunniva wies sie im Gegenzug in die Kunst des Schmiedens ein. Edlyn scheute die schwere Arbeit nicht, und Sunniva erfreute sich an ihrem Geplauder. Es half ihr, nicht den düsteren Gedanken nachzuhängen, die in den Nischen ihres Geistes lauerten. Edlyns Augen waren jetzt voller Mitgefühl. Das Mädchen machte sich Sorgen um sie, das war Sunniva klar. Sie hatte gemerkt, dass ihre Stimmung in den letzten Tagen umgeschlagen war, und nutzte nun jede Gelegenheit, sie aufzuheitern.

»Es ist nichts, Liebes«, sagte Sunniva. Doch sie wusste, dass Edlyn keine Ruhe geben würde, bis sie eine Erklärung bekam, darum fügte sie hinzu: »Ich habe gerade an Beobrand gedacht.«

»Er ist schon sehr lange weg.« Edlyn hielt inne. Es schien, als lauschte sie ihren eigenen Worten, als könnte sie hören, wie sie in Sunnivas Ohren geklungen haben mussten. »Aber es hat diesen Winter auch sehr viel geschneit«, fügte sie hastig hinzu. »Und Mutter sagt, dass es im Norden von Dál Riata noch schlimmer gewesen sein muss.«

Sunniva rang sich ein Lächeln ab. Beobrand fehlte ihr so sehr. Jeder Tag ohne ihn kam für sie einer Prüfung gleich. Sie merkte, dass sie ständig in Richtung der Furt starrte. Dass sie hoffte, ihn auf seinem prachtvollen Rappen Sceadugenga zu erblicken. Doch Gēola war vergangen, und Schnee hatte das Land bedeckt. Rowena hatte ihr gesagt, sie solle sich keine Sorgen machen. Die Männer würden schon wieder zurückkehren. Aber die Winternächte waren lang und kalt und Sunniva einsam. Sie verbrachte gerne Zeit in Edlyns und Rowenas Gesellschaft und fühlte sich in Ubbas Saal willkommen. Die Frauen der anderen Krieger begegneten ihr mit Freundlichkeit, jedoch luden sie sie nie ein, um mit ihnen zusammen zu essen, zu kochen oder zu weben. Sie war jetzt die Frau ihres Lehnsherrn und nicht mehr eine von ihnen.

Sunniva hatte keine Angehörigen mehr, und Edlyn war nur ein junges Mädchen, das vor Kurzem Vater und Brüder verloren hatte. Sunniva durfte ihr nicht auch noch ihre eigenen Sorgen aufbürden.

Ihre Geheimnisse.

Geistesabwesend fuhr sie mit den Fingern über ihre Lederschürze und strich sie über dem Bauch glatt.

In der Ferne hoben zwei von Beobrands Kriegern eine Holzplanke in die Höhe und hielten sie waagerecht, während ein dritter sie mit Holzdübeln befestigte. Allmählich nahm der Saal Gestalt an. Die Langeweile und die Einsamkeit hatten sie auf den Gedanken gebracht, mit der Arbeit an dem neuen Zuhause, über das sie und Beobrand gesprochen hatten, schon zu beginnen. Doch der Winter war nicht die beste Zeit für Arbeiten wie diese. Oft genug waren sie gezwungen, die Werkzeuge wegzulegen, manchmal viele Tage lang, wenn der Regen scheinbar gar nicht mehr aufhören wollte. Dennoch fällten sie Bäume, hobelten Bretter und schmiedeten Nägel.

Der Saal nahm Form an.

Und den Männern schien die Arbeit trotz ihres Stöhnens Spaß zu machen. Dadurch hatten sie eine Aufgabe. Waren beschäftigt. Und abends müde.

Erst gestern hatte eine der Frauen zu Sunniva gesagt: »Ihr gebt meinem Mann so viel zu tun, dass er keine Kraft mehr hat, mich des Nachts zu belästigen. Habt Dank für die Verschnaufpause, Mylady.« Dann hatte sie ihr zugezwinkert, und Sunniva war errötet.

»Man vermisst nur das, was man nicht mehr hat«, hatte Sunnivas Mutter immer gesagt. Ob die Frau ebenso dankbar für ihre Verschnaufpause wäre, wäre ihr Mann seit vielen Monaten im Norden unterwegs?

»Lady Sunniva.« Eine Stimme riss sie aus ihren Gedanken, und sie verkrampfte sich.

Anhaga.

Sie holte tief Luft.

Dann wandte sie sich um und sah den Krüppel vor sich stehen. Wie schaffte er es mit diesem verdrehten Bein bloß, sich so lautlos zu bewegen? Jedes Mal, wenn er sie ansprach, kam es ihr so vor, als hätte er sich angeschlichen. Sie schauderte und musste an das letzte Mal denken, als er sich ihr ohne Ankündigung genähert hatte. Sein Gesicht trug immer noch die Spuren davon. Die Lippe war zwar schon wieder abgeschwollen, aber immer noch schorfig. Seine Augen waren nicht länger verquollen, aber von gelblich braunen Blutergüssen sowie dunklen Schatten umgeben. Seine gebrochene Nase war nun genauso schief wie sein Bein.

»Anhaga.« Ihre Stimme klang ausdruckslos. »Was willst du?«

Er seufzte, vielleicht aufgrund der Kälte in ihrer Stimme. »Ich möchte Nägel abholen.«

Edlyn, diensteifrig und bemüht, die unangenehme Stimmung zu vertreiben, die sich jedes Mal einstellte, wenn Sunniva und Anhaga miteinander sprachen, griff nach einem kleinen Korb voller Nägel und gab ihn Anhaga. »Dein Gesicht sieht schon viel besser aus«, sagte sie und errötete.

»Habt Dank«, erwiderte Anhaga. »Es war töricht von mir, auf dem Eis auszurutschen.« Sein Blick huschte zu Sunniva, die sich hastig abwandte. »Trotzdem habe ich noch Glück gehabt«, fuhr er fort.

»Glück gehabt?«

»Ich hätte mir bei dem Sturz mein gesundes Bein verletzen können.« Durch seine Prellungen wurde das Grinsen, das er aufsetzte, zu einer Grimasse.

Nach einem letzten, etwas längeren Blick zu Sunniva drehte er sich um und hinkte zurück zu den Männern, die auf dem Hügel schon auf ihn warteten.

* * *

Sie waren so lange weg gewesen, dass Beobrand fast vergessen hatte, wie es in Ubbanford aussah. Doch nun kam er nach Monaten des Reisens, durchgefroren und von den Elementen gebeutelt, nach Hause.

Nach Hause.

Es kam ihm seltsam vor, diesen Ort so zu bezeichnen. Seltsam, aber richtig.

Den ganzen Tag lang hatten die dichten Wolken Regen angekündigt, doch nun endlich hatte sich die Sonne einen Weg durch die graue Decke gebahnt und ließ ihre Strahlen auf die kleine Siedlung am Ufer des Tuidi fallen. Trotz der Kälte wärmte die Sonne die Reiter genauso, wie sie deren Stimmung hob.

Sie durchquerten die Furt. Der Fluss führte nach dem vielen Regen und der Schneeschmelze Hochwasser, das fast die Füße der Reiter erreichte. Die Pferde verlangsamten ihre Schritte und setzten tastend einen Huf nach dem anderen auf die glitschigen Steine unter der Wasseroberfläche.

Sceadugenga ließ die Mähne fliegen, als würde auch er sich über die Rückkehr in heimatliche Gefilde freuen. Als Beobrand den Hengst nach den vielen Wochen auf Hii und Muile wiedergesehen hatte, hatten ihn zu seiner großen Verblüffung tiefe Gefühle überkommen. Die Pferde waren gut versorgt worden, und die roten Tücher schienen ihre Zauberwirkung nicht verfehlt zu haben. Keine Nachthexe war gekommen und hatte Sceadugenga schweißnass geritten. Sein Hengst hatte keinerlei nächtliche Schrecken zu erdulden gehabt, ganz im Gegensatz zu Beobrand, der Nacht für Nacht in seinen Träumen von einer Hexe heimgesucht wurde.

Oftmals erwachte er und konnte sich nur noch schemenhaft an Finsternis und Bosheit erinnern, während Neldas Worte durch seinen Geist hallten. Dann hatte er immer noch ihren Duft in der Nase, als hätte sie dicht neben ihm gelegen, während er schlief.

Er sprach kaum über seine Albträume. Seine Ängste. Neldas Fluch.

Coenrad hatte versucht, ihn zu beruhigen. »Die Hexe besitzt keinerlei Macht«, hatte er gesagt. »Nur Christus hat Macht über Leben und Tod.« Aber das war natürlich lächerlich. Beobrand wusste, dass Coenrad es gut mit ihm meinte, aber wenn er den Jungen ansah, fragte er sich, ob er das, was er da von sich gab, eigentlich selbst glaubte. Als sie Neldas Höhle verlassen hatten, war er kreidebleich und bis ins Mark erschüttert gewesen. Wenn nur der Christus

Macht über den Tod hatte, warum hatte er die Hexe gefürchtet? Oder vor einiger Zeit ein Schwert?

Acennan hatte nur noch ein einziges Mal von der Begegnung gesprochen.

»Ich hätte sie umbringen sollen«, hatte er gesagt.

Beobrand schüttelte den Kopf.

»Es ist nicht meine Bestimmung, Frauen zu töten.«

Acennan ließ ein spöttisches Schnauben hören. »Nun ja, aber ihrem Vogel, dem hast du den Garaus gemacht. Er war bloß ein Vogel, wie wir beide gesagt haben. Und sie war bloß eine Frau. Eine trauernde Mutter. Denk nicht zu viel über ihre Worte nach, Beobrand. Sie sind so hohl wie ein leeres Horn.«

Bloß eine Frau? Ohne Macht? Nur zu gerne hätte Beobrand das geglaubt. Aber woher hatte sie so vieles gewusst? Bestimmt hatte sie ihn in ihre Höhle gelockt, um Rache zu üben. Auch wenn es ihr nicht gelungen war, ihn zu ermorden, blieb doch die Frage, ob ihr Fluch ihn verfolgen würde. Hatte sie womöglich sein Verderben vorhergesagt?

Mit der Zeit und dem größer werdenden Abstand hatten seine Ängste zwar nachgelassen, ihn aber während der gesamten Reise nach Süden nie ganz losgelassen. Am Rand seines Bewusstseins waren sie immer da gewesen.

Es war eine lange und anstrengende Reise gewesen, auch wenn der Rückweg ereignisloser verlaufen war und sie weniger Schnee und Regen hatten erdulden müssen. Doch die Entfernung war dieselbe gewesen. Sie hatten dieselben Berge über- und dieselben Flüsse durchqueren müssen. Der Tuidi war der letzte. Nachdem sie ihn durchschritten hatten, waren sie endlich wieder im Herzen Bernicias.

»Sieht ganz so aus, als würde dein neuer Saal schon stehen.« Acennan deutete auf den Hügel, den höchsten Punkt der Siedlung.

Beobrand folgte seinem Blick und bemerkte das Skelett eines imposanten Gebäudes. Mehrere Männer gingen dort ihrer Arbeit nach. Es war lange noch nicht fertig, doch Größe und Form waren bereits zu erahnen. Es würde ein beeindruckender Saal werden. Einer, auf den er stolz sein konnte. Ein Saal, der eines Kriegsherrn und seiner Gemahlin würdig war.

»Sunniva scheint die Männer zur Arbeit angehalten zu haben«, sagte Beobrand. Er ließ den Blick über das Dorf schweifen, konnte sie aber nirgendwo entdecken. Er sehnte sich so nach ihr. Es war zu lange her, dass er sie im Arm gehalten hatte.

Als er den Blick zur Schmiede wandte, rechnete er fast damit, dass sie gleich aus der Hütte treten würde. Doch kein Rauch war zu sehen. Keine Hammerschläge zu hören. Ein Hauch von Furcht machte sich in seinem Magen bemerkbar. Neldas Fluch schien über ihm zu hängen wie ein Fliegenschwarm über einer Blutlache. »Du sollst niemals Glück erfahren. Du sollst einsam sterben.«

Wo war Sunniva?

Jetzt sah er, wie die Männer auf dem Hügel ihre Arbeit niederlegten und ihnen im Laufschritt entgegenkamen. Beobrand trieb Sceadugenga über das Ufer aus Kieselsteinen auf trockenen Boden. Die Angst um seine Frau hatte ihn gepackt, und er galoppierte zu Ubbas Saal.

Noch bevor er ihn erreichte, traten zwei mit Schilden und Speeren bewaffnete Wachen aus dem Schatten des

Torbogens hervor. Sie trugen Helme und waren offensichtlich auf einen Angriff vorbereitet.

Er zügelte sein Pferd. Sceadugenga schnaubte, und sein Atem stieg in dichten Wolken vor den Torwächtern auf. Beobrand erkannte die Männer. Sie gehörten zu ihm. Es waren seine Kampfgefährten.

»Euer Herr ist zurück«, sagte Acennan, während er seine Stute ebenfalls zum Stehen brachte.

Einer der Wächter trat vor und nahm seinen Helm ab. Es war Tobrytan.

»Willkommen zu Hause, mein Herr«, sagte er.

»Ist alles hier in Ordnung?«, wollte Beobrand wissen. »Geht es Lady Sunniva gut?« Eine böse Vorahnung schnürte ihm die Kehle zu. Seine Stimme klang gepresst.

Reichte Neldas Fluch bis hierher? War seiner Geliebten etwas zugestoßen?

»Aye«, erwiderte Tobrytan. »Seid unbesorgt. Wir haben sie beschützt.« Beobrands offensichtliche Sorge um Sunnivas Wohlergehen schien ihn in seiner Ehre zu kränken. »Sie ist hier im alten Saal, wo ihr nichts geschehen kann.«

Beobrands Erleichterung war so gewaltig, dass er fast auf die Knie gefallen wäre, nachdem er von Sceadugenga abgesessen war. Er warf Tobrytan die Zügel zu.

»Habt Dank«, sagte er noch, dann stürmte er an dem verdutzten Krieger vorbei ins Innere.

* * *

Sunniva saß vor dem Kaminfeuer. Die Düsternis im Saal war ein wahrer Segen. Grelles Licht und laute Geräusche fühlten sich in ihrem Schädel an wie Messerstiche. Sie musste jetzt allein sein. Selbst Edlyn hatte sie weggeschickt. Das Mädchen hatte seine Enttäuschung nicht vor ihr verborgen. Sunniva bedauerte, dass sie sie angefahren hatte, aber ihr Kopf drohte jeden Moment zu platzen. Sie konnte Edlyns Geplapper nicht mehr länger ertragen. Heute nicht.

Ihre einzige Gesellschaft hier bestand aus Lady Rowena. Sie hatte Verständnis für Sunniva und saß schweigend neben ihr. Nach einiger Zeit nahm sie einen Kamm und fing an, Sunnivas lange Haare zu kämmen. Sunniva zuckte zunächst zurück aus Angst, dass sich ihre Kopfschmerzen dadurch noch verstärken würden. Doch schon nach wenigen Augenblicken tat das Kämmen ihr gut. Rowena tat ihr gut. Sunniva wusste nicht, was sie in den letzten Wochen ohne sie angefangen hätte. Sie konnte sich ihr anvertrauen. Sie vertraute ihr. Nur dadurch, dass Edlyn sie durchgehend beschäftigt und Rowena ihr ein offenes Ohr geschenkt hatte, hatte sie den Winter überstanden.

Sie wollte gar nicht daran denken, was ohne Rowena in den letzten Tagen aus ihr geworden wäre. Ihre Gedanken waren immer dunkler geworden, und es war ihr zunehmend schwerer gefallen, ihre Seelenpein beiseitezuschieben.

Jetzt schloss sie die Augen und versuchte zu vergessen. Sie konzentrierte sich auf die Striche des Kamms, der durch ihre langen Locken fuhr. In letzter Zeit litt sie ständig unter Kopfschmerzen. Und nichts schien dagegen zu helfen. Sie hatte verschiedene Salben ausprobiert, die die alte Odelyna für sie angerührt hatte, mit ihnen Umschläge gemacht, doch alles ohne Erfolg. Dunkelheit und Ruhe waren das Einzige, was ihr wenigstens etwas Erleichterung verschaffte.

Da flog krachend die Saaltür auf, und Kälte drang herein.

Die Zugluft ließ die Flammen auflodern. Seufzend schlug Sunniva die Augen auf. War das etwa schon wieder Anhaga? Sie hatte ihn doch angewiesen, sie in Ruhe zu lassen. Schließlich sollte er mehr als alle anderen Verständnis für ihr Ruhebedürfnis haben.

Aber der Mann, der dort im Eingang stand, war keineswegs Anhaga. Vor der grellen Nachmittagssonne hob sich eine groß gewachsene Gestalt ab. Sie kniff die Augen zusammen. Wie spitze Pfeile drang das Sonnenlicht in ihren Schädel. War das etwa Nathair? Oder einer seiner Söhne? Insgeheim hatte sie befürchtet, dass sie Ubbanford eines Tages überfallen würden. Und selbst wenn Beobrands Kampfgefährten sie wenn nötig mit ihrem Leben beschützen würden, gab sie sich keiner Illusion darüber hin, dass sie ihren Feinden doch zum Opfer fallen konnte.

Sunniva und Rowena erhoben sich. Rowena nahm ihre Hand und drückte sie. Sie würden der Gefahr gemeinsam ins Auge sehen, worin sie auch bestehen mochte. Aber was würde aus Edlyn und den anderen Frauen werden? Aus den Kindern? Zum ersten Mal spürte Sunniva die Last der Verantwortung für das Leben der Bewohner Ubbanfords auf ihren Schultern.

»Was soll das?«, sagte sie mit schriller Stimme. »Warum dringt Ihr in Ubbas Saal ein?«

»Ich bin es doch, dein Herr und Gemahl«, erwiderte die Gestalt.

Der Klang seiner Stimme trieb ihr die Tränen in die Augen. Wie oft hatte sie sich in den dunklen Tagen gewünscht, diese Stimme zu hören.

Sunniva stieß einen lauten, tränenerstickten Schrei aus.

Unversehrt kam Beobrand durch den Saal auf sie zu. Er strahlte Stärke und beruhigende Sicherheit aus.

»Meine Geliebte«, sagte er und streckte die Arme nach ihr aus.

Schlagartig wich alle Kraft aus ihr, und sie brach in Beobrands Armen zusammen. Er drückte sie mit aller Macht an sich.

Ihr Schädel pochte, und die eisernen Ringe seines Kettenhemdes pressten sich schmerzhaft in ihren Leib. Doch das machte nichts. Sie ließ den Tränen, die sie so lange zurückgehalten hatte, freien Lauf. Ihr Körper bebte unter den tiefen Schluchzern. Sunniva weinte Tränen des Kummers. Der bitteren, schmerzhaften Qual angesichts all dessen, was ihr widerfahren war. All dessen, was sie verloren hatte.

Doch Traurigkeit war nicht der einzige Grund für ihre Tränen.

Beobrands große Hände strichen ihr sanft über den Kopf. Über ihr glänzendes Haar.

»Meine Geliebte«, flüsterte er ihr wieder und wieder ins Ohr.

Trotz der Schmerzen und der Tränen breitete sich eine große Freude in ihr aus, die sie zum Lächeln brachte.

Denn ihr Mann war zu ihr zurückgekehrt.

* * *

»Nun, was hältst du von Cormán?«, wollte Beobrand wissen. In Wirklichkeit interessierte es ihn wenig, was Sunniva über den Christusprediger aus Hii zu sagen hatte, aber sie schien keine rechte Lust zu haben, ins Bett zu kommen. Er war müde, schließlich hatte er den ganzen Tag im Sattel gesessen und anschließend Unmengen Bier und Met getrunken. Mit trüben Augen sah er zu, wie Sunniva im Licht einer Binsenfackel ihr Haar bürstete. Unter ihrem Nachtkleid konnte er die Formen ihres Leibes erkennen. Ihre wogenden Brüste. Ihre runden Hüften. Er musste schlucken. Bei allen Göttern, er hatte sie so sehr vermisst. Er spürte, wie sein Körper bei ihrem Anblick und dem Versprechen, das unter dem dünnen Stoff verborgen lag, zum Leben erwachte.

Trotz seines wachsenden Begehrens ließ die Müdigkeit seine Augenlider schwer werden. Doch er würde ihr noch nicht nachgeben. Er veränderte seine Position und stützte sich auf einen Ellbogen. Er durfte noch nicht einschlafen.

Sunniva gab ihm keine Antwort. Vielleicht hatte sie ihn nicht gehört. Oder sie lauschte auf die anderen, die immer noch hinter dem Vorhang im Saal feierten. Sie beide hatten sich früh zurückgezogen. Sunniva wirkte schon den ganzen Abend erschöpft und müde. Sie beklagte sich nicht, aber sie war anders als sonst gewesen, nicht sie selbst. Nach einer gewissen Zeit, als er sicher war, dass seine Gäste es nicht als Beleidigung auffassen würden, hatte Beobrand gesagt, dass er sich nicht wohlfühle und zu Bett gehen wolle.

Als er sich zusammen mit Sunniva verabschiedete, hatte Acennan ihm zugezwinkert. Anscheinend glaubte er nicht so recht an Beobrands Unwohlsein. Beobrand war es gleich. Er verspürte keinen anderen Wunsch mehr, als mit Sunniva allein zu sein. Schon den ganzen Abend über hatte er kaum an etwas anderes denken können.

»Nun, was hältst du von ihm?«, wiederholte er seine Frage.

Sunniva blickte ihn matt und unkonzentriert an. »Hmmm? Dem Bischof?«

»Ja. Von Cormán.«

Sunniva überlegte kurz und sagte dann: »Auf mich wirkt er arrogant. Für jemanden, der in ein fremdes Land kommt, geziemt es sich, die Landessprache zu lernen.«

»Ich habe schon ganz Ähnliches gedacht«, erwiderte Beobrand. Die Miene des Bischofs war pausenlos verkniffen und schien Missbilligung auszudrücken. Er hielt sich eindeutig für etwas Besseres als diejenigen, zu denen er entsandt worden war, um ihnen das Wort des Christusgottes zu verkündigen. »Aber nun komm zu Bett, Liebste.« Beobrand hob einladend die Felle und Decken.

Sunniva holte lange und tief Luft, dann legte sie die Bürste beiseite und glitt unter die Decken.

Ihr Schenkel streifte ihn. Dann ihr Fuß. Erregung zuckte durch seinen Körper. Er unterdrückte ein Schaudern. Sie hatten einander kaum berührt, doch er konnte bereits spüren, wie er größer und hart wurde. Er brannte für sie. So viele Wochen, so viele dunkle, einsame Nächte. Die anderen Männer hatten in den Sälen, in denen sie übernachtet hatten, mit Dienerinnen oder Sklavinnen das Lager geteilt. Doch Beobrand hatte sein Verlangen im Griff behalten. Sunniva hatte sich ihm mit allem, was sie hatte, hingegeben. Sie war sein Anker, verlieh ihm Halt in jeder Situation, in der er sich bis jetzt wiedergefunden hatte. Krieg und Blut, Ehre und Schwüre. Die Angelegenheiten von Königen und Prinzen. Er hatte befürchtet, Sunniva zu verlieren, wenn er seine Lust mit einer anderen Frau auslebte. Und er brauchte sie, dessen war er sich sicher.

Er streckte die unversehrte rechte Hand nach ihr aus und zog sie an sich. Konnte bereits spüren, wie ihr Mund schmecken würde. Wie weich ihre Lippen sich anfühlen würden.

Sie verkrampfte sich unter seiner Berührung. Wurde starr.

»Was ist los, Sunniva?«, flüsterte er und bemühte sich nach Kräften, seine Enttäuschung vor ihr zu verbergen. Doch es gelang ihm nicht. Die Wärme ihres Körpers unter den Pelzen umfing ihn. Seine Hand lag auf ihrem Arm, sein Handgelenk streifte ihre Brust. Sein ganzer Körper vibrierte wie die Saite einer Lyra.

»Es … es tut mir leid, mein Gemahl.« Sunnivas Stimme klang brüchig und distanziert.

Beobrand wurde kalt. In seiner Fantasie begannen die Schwingen der Eifersucht und des Zweifels zu schlagen. War es falsch gewesen, ihr während all dieser Monate die Treue zu halten? »Was tut dir leid, Sunniva?«

Erneut spannten sich ihre Muskeln unter seinen Fingern an. Vielleicht als Reaktion auf die Schärfe in seiner Stimme.

»Ich würde dir zu gerne geben, wonach du dich sehnst. Ich wünsche es mir auch, das kannst du mir glauben«, sagte sie. »Mein Bett war so viele Wochen lang kalt. Aber ich fühle mich nicht gut.«

Schlagartig war all seine Eifersucht verpufft, noch bevor der kleinste Funke des Misstrauens sie hatte entzünden können.

»Bist du krank?«, fragte er. Er rief sich ins Gedächtnis, dass sie schon den ganzen Abend über sehr blass gewesen war, und schimpfte sich dumm und selbstsüchtig.

»Es ist nichts weiter«, erwiderte sie. »Ich muss einfach nur schlafen. Morgen habe ich mich bestimmt wieder erholt.« Sie lächelte schwach. »Vermutlich werde ich all meine Kräfte brauchen, um deine Leidenschaft auszuhalten. Aber wenn wir uns heute Nacht vereinen, dann fürchte ich, dass mein Kopf sich in der Mitte spalten wird. Es tut mir leid.«

»Das muss dir nicht leidtun, Liebste.« Er beugte sich über sie und küsste sie sanft auf die Lippen. »Ich habe den ganzen langen Winter auf dein Feuer gewartet. Da kann ich auch noch eine Nacht länger warten.«

Sie streichelte mit ihrer zierlichen Hand seine Brust und murmelte etwas in der Dunkelheit, das er nicht verstand.

»Schlaf jetzt, Sunniva«, flüsterte er.

Wenig später erschlaffte ihre Hand, und ihre Atemzüge wurden tiefer.

Er lag neben ihr, berührte sie. Sein Körper stand in Flammen, während er dem Treiben der Feiernden im Saal lauschte.

Eine Zeit lang wehrte sich sein Geist gegen den Schlaf. Fragen und Ängste stürmten auf ihn ein. Was bedrückte Sunniva? War es denkbar, dass Neldas Fluch bereits seine Wirkung getan hatte?

Doch es dauerte nicht lange, bis Sunnivas warmer Leib neben ihm, die Stimmen und das Gelächter der Leute im Saal sowie der Alkohol, den er getrunken hatte, ihn in den Schlaf trugen. Sein letzter Gedanke war, dass er bestimmt wieder von der Höhle träumen würde. Von Nelda und ihrem Fluch.

Vielleicht war es Sunnivas Gegenwart, die ihm diesmal die Nachthexe vom Leib hielt, jedenfalls fiel Beobrand in einen tiefen, traumlosen Schlaf, aus dem er erst spät am nächsten Morgen erwachte.

* * *

Er hörte leises Flüstern.

Zuerst dachte Beobrand, dass jemand im Traum sprach. Er bemühte sich, die Worte zu verstehen, doch es gelang ihm nicht. Es war laut im Saal. Die Leute unterhielten sich, Möbel wurden über den Fußboden geschoben. Das Geflüster kam zwar ganz aus der Nähe, war jedoch genauso unverständlich wie das Rauschen der Wellen an einem Kiesstrand.

Mit geschlossenen Augen streckte er die Hand nach Sunniva aus. Obwohl es unter den Pelzen warm war, war seine Nasenspitze kalt. Vielleicht ging es Sunniva ja heute Morgen schon besser. Allerdings ertastete seine linke Hand nicht wie erwartet ihren weichen Körper. Sunniva hatte ihr Lager bereits verlassen. Die Decke, unter der sie bis vor Kurzem gelegen hatte, war noch warm.

Er schlug die Augen auf. Bleiches Tageslicht fiel durch die kleinen Fenster in den Saal. Anscheinend hatte er lange geschlafen. Er fühlte sich erfrischt und hatte einen klaren Kopf, trotz des Mets und des Biers der vergangenen Nacht.

Im Saal wurde es noch lauter, vermutlich wachten immer mehr Gäste auf. Auch das Geflüster nahm an Lautstärke zu. Jetzt erkannte er darin Sunnivas Stimme, doch die Worte waren immer noch nicht zu verstehen. Die Dringlichkeit ihres Tonfalls ließ sich jedoch nicht überhören.

Mit wem sprach sie da? Vielleicht mit Rowena oder mit Edlyn?

Doch dann wurde die andere Flüsterstimme so laut, dass er deren Worte verstand. »Ihr solltet es ihm sagen.« Verblüfft realisierte Beobrand, dass der Sprecher Anhaga war. Was mochten der Krüppel und seine Gemahlin wohl mit solcher Ernsthaftigkeit zu bereden haben? Er musste an Sunnivas frühere Vorbehalte gegen Anhaga denken. Und wie er, Beobrand, ihre Ängste abgetan hatte. Sein Herz zog sich zusammen. Er hatte sie gegen ihren Willen in Gesellschaft dieses Mannes hier zurückgelassen. Und gestern Abend hatte er mit Bestürzung bemerkt, das Anhagas Gesicht mit zahlreichen blauen Flecken übersät war, die schon nicht mehr ganz so frisch waren. Er hatte berichtet, vor einigen Tagen auf dem Eis ausgerutscht und gestürzt zu sein. Und wenn das eine Lüge gewesen war? Was für einen anderen Grund konnte es für seine Verletzungen geben?

Beobrand erhob sich rasch und schlüpfte in seinen Kittel. Dabei lauschte er ununterbrochen, ob er noch mehr von dem Geflüster verstehen konnte.

Sunniva erwiderte etwas, doch ihre Worte wurden von plötzlichem Gelächter im Saal übertönt.

Anhagas Antwort konnte Beobrand jedoch wieder deutlich hören: »Ihr müsst es ihm sagen. Er ist Euer Gemahl. Und Euer Lehnsherr.«

Beobrand trat mit durchgedrücktem Rücken in den Saal. Das Kinn trotzig vorgereckt. Er zitterte vor Besorgnis. Doch unmittelbar hinter der Besorgnis lauerte die Wut.

Anhaga und Sunniva drehten sich gleichzeitig und mit verblüfftem Gesichtsausdruck zu ihm um. Sunniva war blass. Anhaga konnte Beobrands Blick nicht standhalten.

»Was muss sie mir sagen?« Beobrands Stimme war genauso scharf wie Hruntings Klinge.

Anhaga starrte auf seine Fußspitzen.

»Was muss sie mir sagen?«, wiederholte Beobrand. »Gerade eben warst du dir deiner Sache doch noch so sicher, Anhaga. Warum sagst du es mir also nicht selbst?«

Anhaga schüttelte den Kopf. »Es tut mir leid. Das steht mir nicht zu.«

»Was tut dir leid, Mann?« Beobrand runzelte die Stirn und ballte beide Hände zu Fäusten. Wenn dieser Krüppel Sunniva auch nur angerührt hatte, würde er es bereuen.

Sunniva schob sich vor ihn und legte Beobrand die Hand auf die Brust.

»Sei nicht wütend auf ihn.« Sie hob den Blick und sah ihn an. In ihren Augen schimmerten Tränen.

»Warum weinst du?«, fragte er.

Sie ignorierte seine Frage und drehte sich zu Anhaga. »Geh jetzt. Lass mich allein mit meinem Gemahl reden.«

Das ließ Anhaga sich nicht zweimal sagen. Er hinkte davon, so schnell sein deformierter Fuß es zuließ.

Sunniva nahm Beobrands Hand und zog ihn zurück in ihr Schlafgemach.

»Setz dich, mein Gemahl, dann will ich dir die Neuigkeit verkünden.«

Neugierig, aber immer noch verärgert, nahm Beobrand auf einem kleinen Hocker Platz. »Welche Neuigkeit, Sunniva?«

Sie strich das Kleid über ihrem Bauch glatt und trat dicht vor ihn.

»Erinnerst du dich an den Schwur, den du geleistet hast? Bevor du nach Hefenfelth aufgebrochen bist?«

Beobrand nickte. Er brachte keinen Ton heraus, denn er erinnerte sich sehr wohl an die Worte, die er damals gesprochen hatte. An das improvisierte Bett. Den überfüllten Schlafbereich. Die Binsenfackel, die erloschen war. Mit einem Mal glaubte er zu wissen, was sie gleich sagen würde.

»Du hast geschworen, zu mir zurückzukehren. Mich zu heiraten. Und beides hast du getan.« Sie nahm seine Hände in ihre und kniete sich vor ihn. »Doch du hast noch etwas anderes gesagt. Ich weiß nicht, ob ich dir einen Sohn schenken werde, aber ich trage ein Kind unter dem Herzen. Du wirst Vater.«

Einen Augenblick lang schien die Welt vor Beobrands Augen zu verschwimmen. Ihm war schwindelig. Er fühlte sich schwach. Gut, dass er saß, sonst wäre er womöglich zu Boden gesackt.

»Wann?«, brachte er nach einiger Zeit hervor.

»Ich weiß es nicht genau, aber es muss noch in Bebbanburg passiert sein, dessen bin ich gewiss. Unser Kind wird rund um den Eostremonath geboren werden.«

»Bist du dir sicher …?« Er konnte den Zweifel nicht verdrängen. Er war monatelang weg gewesen.

»Natürlich bin ich mir sicher.« Ihre Stimme wurde zerbrechlich wie Winterzweige. »Du hast mir deinen Samen eingepflanzt, bevor du nach Norden gereist bist. Damals wusste ich es nur noch nicht.« Dann kamen die Tränen. Ihre Unterlippe zitterte. »Du darfst mir nicht misstrauen, Beobrand. Ich könnte es nicht ertragen. Dieses Kind ist deines. Du wirst Vater.«

Vater! Er schluckte. Er wollte nicht so fühlen, doch er kam gegen das Misstrauen nicht an. Wieder einmal gingen ihm viel zu viele Gedanken durch den Kopf, als dass er sie hätte festhalten können. Bis er einen besonders düsteren zu fassen bekam. Eine Frage, die nach einer Antwort verlangte. Er konnte sich keinen Reim darauf machen.

»Warum hast du mit Anhaga darüber gesprochen? Wieso wusste er vor mir von meinem Kind?«

»Beruhige dich, mein Liebster. Erinnere dich daran, dass du lange weit weg warst.«

Beobrand runzelte die Stirn. Er hatte aus ihren Worten eine Zurückweisung herausgehört.

»Gestern Abend habe ich mich nicht wohlgefühlt. Ich wollte auf den richtigen Moment warten, um es dir zu sagen.«

Mit einem Mal schämte er sich seines ungeschickten Annäherungsversuchs am Vorabend. Doch selbst jetzt genügte ihr Anblick, um ihn aufs Neue zu entflammen.

»Was Anhaga angeht ... so hattest du recht«, fuhr sie fort. »Er hat sich als wahrer Freund erwiesen. Vor einigen Tagen war ich ... krank. Und Anhaga hat sich um mich gekümmert. Ich musste ihm sagen, was mich umtreibt, und jetzt sorgt er ständig für mich, wie eine Frau. Er ist noch schlimmer als Rowena und Edlyn.«

»Sie wissen es also auch schon? Bin ich denn der Letzte, der von seinem eigenen Kind erfährt?« Beobrand wollte sich verärgert geben, doch das Lächeln ließ sich nicht aus seiner Stimme verbannen. Er würde Vater werden!

»Ich habe es sonst niemandem verraten, mein Gemahl. Ich freue mich so sehr, dass du zu mir zurückgekehrt bist. Du hast mir mehr gefehlt, als du dir vorstellen kannst.«

»Du mir auch. Eostremonath, sagst du?«

Sunniva nickte und wischte sich die Tränen von der Wange.

Also eine Geburt im Frühjahr. Er rechnete bis zur Empfängnis zurück. Zum entsprechenden Zeitpunkt waren sie in Bebbanburg gewesen, so wie Sunniva es gesagt hatte. Wie hatte er nur an ihr zweifeln können?

Er stand auf, zog sie ebenfalls auf die Füße und küsste sie mit festen, heißen Lippen. Und er lachte leise, als er spürte, wie sein Körper auf ihre Berührung reagierte.

»Freust du dich denn?«, fragte sie.

»Ob ich mich freue? Natürlich freue ich mich. Die Götter haben uns gesegnet.« Er küsste sie noch einmal, lang und tief. Und dann sagte er mit lauter Stimme: »Ich werde Vater!«

Auf der anderen Seite des Vorhangs brandete Beifall von seinen Kampfgefährten, den versammelten Bewohnern Ubbanfords und ihren Gästen auf.

Beobrand errötete. Dann gab er Sunniva einen zärtlichen Kuss und flüsterte ihr ins Ohr: »Ich liebe dich, Sunniva, Tochter des Strang.«

Kapitel 17

»Sei herzlich willkommen, Bruder.« Oswald lächelte und breitete die Arme aus.

Oswiu umarmte ihn ein wenig steif. Die öffentliche Zurschaustellung brüderlicher Zuneigung schien ihm peinlich zu sein, aber Oswald freute sich offensichtlich sehr, ihn wiederzusehen.

Nicht zum ersten Mal kam Coenrad sich in Gegenwart dieser bedeutenden Männer klein und einsam vor. Er gehörte nicht in diese Kreise, und außerdem hatten auf ihn keine liebenden Angehörigen gewartet, um ihn zu Hause willkommen zu heißen. Aber er durfte nicht so sehr um seine eigenen Gefühle kreisen. Fearghas hatte ihn immer ermahnt, mehr an Christus und weniger an sich selbst zu denken. Die Ratschläge des Abtes fehlten ihm. Er hatte immer recht gehabt.

»Und das hier ist wohl unser neuer Bischof. Cormán, nicht wahr?« Der König trat vor und ergriff die Hand des Priesters. Dann redete er mit ihm in der Sprache Dál Riatas. Die Worte kamen ihm ohne jedes Stocken über die Lippen. Sie klangen wie Wasser, das über Kieselsteine fließt.

Cormán erwiderte etwas, sprach sogar eine ganze Weile.

Oswald runzelte die Stirn.

Coenrad hatte von den hibernischen Mönchen zwar ein

paar Brocken ihrer Sprache aufgeschnappt, aber nicht genug, um dem Gespräch folgen zu können. Eines jedoch war unmissverständlich klar: Der neue Bischof war unzufrieden.

Oswald klatschte in die Hände und rief nach einem Diener. »Zeig unserem Gast sein Schlafquartier. Ich lasse nach ihm schicken, sobald angerichtet ist.«

Der Diener nickte, und Oswald wandte sich erneut an Cormán, was dieser mit mürrischer Miene und geneigtem Kopf quittierte.

Nachdem die beiden Männer den Saal verlassen hatten, schlug die Stimmung um. Oswiu und seine Gefolgschaft entspannten sich sichtlich, was Coenrad nicht weiter verwunderte. Auch er selbst fühlte sich in Cormáns Nähe unwohl. Er hatte niemandem erzählt, was die Hexe über ihn und die anderen Christusmänner gesagt hatte, und soweit er wusste, hatten auch Beobrand und Acennan kein Wort darüber verlauten lassen. Das stand ihnen nicht zu. Dennoch war leises Misstrauen in ihm aufgekeimt. War der Bischof wirklich ein heiliger Mann Gottes?

Doch Nelda hatte mit der Stimme des Satans gesprochen. Vermutlich hatte sie gelogen, um sie alle gegen Cormán aufzubringen. Andererseits war der Silberteller in ihrem Besitz gewesen … von ihr gestohlen, wie der Bischof gesagt hatte, natürlich. Coenrad hatte viel darüber nachgedacht. Aber nachdem er Cormán in den letzten Wochen beobachtet hatte, musste er sich eingestehen, dass sich in seinem Geist ein nagender Zweifel eingenistet hatte. Ob die Hexe womöglich doch die Wahrheit gesprochen hatte? Es kam ihm falsch und kleingeistig vor, die Entscheidung der Brüder von Hii infrage zu stellen. Aber gleichzeitig konnte er sich beim besten Willen nicht vorstellen, wie dieser Mann mit seinem herrischen Gehabe und seiner Verachtung für die Krieger des Angelvolkes Fearghas je ersetzen sollte.

»Cormán scheint von der Reise sehr erschöpft zu sein«, sagte Oswald.

Oswiu schnaubte. »Erschöpft? Wenn die Müdigkeit an seinem Benehmen schuld ist, dann muss der Kerl schon lange keinen Schlaf mehr bekommen haben.«

Einige seiner Kampfgefährten kicherten.

Oswald fuhr sich mit den Fingern durch die Haare. »Ich muss gestehen, ich bin ein wenig überrascht, dass Ségéne ausgerechnet Cormán zum Abt und Bischof von Lindisfarena bestimmt hat. Ich hatte ihn nicht als einen Mann in Erinnerung, der eine solche Herausforderung mit Freude annehmen würde. Schließlich soll er die Botschaft Christi zu den heidnischen Wilden von Bernicia bringen. Aber wer bin ich, dass ich Ségénes Entscheidung in Zweifel ziehen dürfte? Mit Gottes Segen, dessen bin ich gewiss, wird Cormán seine Sache schon gut machen.«

»Wir werden sehen«, erwiderte Oswiu, und seine Miene verriet Skepsis. Er hatte die Gesellschaft des Bischofs mehrere Wochen lang ertragen müssen und war daher weniger geneigt, auf den Segen Gottes zu hoffen. »Willst du deinem Bruder zur Begrüßung nicht mehr anbieten als eine Umarmung? Wir haben viel zu besprechen, und sprechen macht durstig.«

Oswald führte ihn zusammen mit den anderen an die Hohe Tafel, wo Sklavinnen ihnen gefüllte Becher servierten. Erneut fühlte Coenrad sich fehl am Platz. Er wusste nicht, wie er sich verhalten sollte. Anscheinend hatte man ihn vergessen. Aber da er auch nicht weggeschickt worden war, nahm er am hinteren Ende der Tafel Platz und griff nach einem Becher Met.

Nachdem sie alle mit einer Erfrischung versorgt worden waren, sagte Oswald: »Ich vermisse den jungen Beobrand. Ich kann nur beten, dass ihm auf der Reise nichts zugestoßen ist?«

»Er ist wohlauf«, erwiderte Oswiu. »Aber er hat mich gebeten, auf seinem Anwesen bleiben zu dürfen. Seine Frau erwartet ein Kind, und er hat Probleme mit einem piktischen Nachbarn.«

»Probleme?« Oswald zog eine Augenbraue in die Höhe.

»Es scheint, dass dieser Nathair es auf Ubbas Vieh abgesehen hatte, als er erfuhr, dass Ubba und seine Söhne gefallen waren.« Oswiu trank einen tiefen Schluck Met. »Beobrand hat ihm jedoch deutlich zu verstehen gegeben, dass das ein Fehler war.«

»Ist das so? Ich vermute, Beobrand kann ein außerordentlich überzeugender Nachbar sein.«

Etliche der Männer lachten. Sie kannten Beobrand gut genug.

»Nun, Nathairs Sohn hat er in jedem Fall überzeugt. Er hat ihm den Arm abgehackt. Eine tödliche Verletzung. Daher bin ich sicher, dass der Ärger noch nicht vorbei ist. Aber Beobrand hat recht getan, sein Eigentum zu beschützen.«

»Ich habe weder diesen Nathair noch seine Söhne jemals zu Gesicht bekommen.«

»Die Pikten nördlich des Tuidi scheinen keine große Neigung zu haben, ihren Eid auf dich zu schwören, Bruder.

Aber sei gewiss, es dauert nicht mehr lange, dann werden sie die Knie vor dir beugen. Oder wir zwingen sie dazu.«

Oswald betrachtete seinen jüngeren Bruder eine Zeit lang nachdenklich. Seine Miene war nicht zu deuten.

»Wir sind von vielen Feinden umgeben, das ist richtig«, sagte er schließlich. »Doch die Pikten sind nicht die größte Gefahr. Die geht nach wie vor von Penda aus. Er hat meine Nachrichten zwar erhalten, aber bis heute steht noch nicht fest, wie und wo wir zusammentreffen werden. Weil keiner von uns so enden will wie Eanfrith, müssen wir uns auf einen neutralen Ort einigen, zu dem jeder von uns eine Kriegerschar von beträchtlicher Stärke mitbringen wird. Unsere Späher berichten, dass Penda zurzeit keinen Streit sucht, deshalb sollten wir nun verhandeln und uns auf einen Friedensschluss verständigen. Tun wir das nicht, wird er glauben, dass wir schwach sind.«

»Was ist mit Deira?«, fragte Oswiu.

Oswalds Miene hellte sich sofort auf. »Ich bin erst vor Kurzem von dort zurückgekehrt und bringe frohe Kunde. Sie haben mich als ihren rechtmäßigen König anerkannt. Northumbria ist nunmehr wiedervereinigt, der Gnade Gottes sei Dank.«

»Das sind in der Tat gute Neuigkeiten.« Oswiu klopfte seinem Bruder auf die Schulter. »Bald wirst du Bretwalda sein, Herrscher über ganz Albion.«

Oswalds Augen funkelten. »Wenn der Herr es will, dann wird es so sein. Athelstan ist ebenfalls vor wenigen Wochen zurückgekehrt. Cynegils von Wessex hat mein Angebot akzeptiert.«

»Waffenstillstand und eine Allianz?«

Oswald nickte. »Beides. Unsere Stammbäume werden sich vereinen. Ich werde seine Tochter heiraten.«

* * *

Nebel hing über dem Tuidi, der sich durch das Tal schlängelte. Beobrand lehnte sich an einen der Stützbalken seines neuen Saals. Obwohl es noch früh am Tag war, hatte die Sonne das Holz bereits angewärmt. Er sog den Anblick des Tals in sich auf. Unter einem fahlen Schleier aus Kaminrauch und Nebel kauerten die Häuser von Ubbanford. Auf dem Hügel im Süden war schemenhaft eine Schafherde zu erkennen, dazu ein Schäfer und sein struppiger Hund. Aus weiter Ferne drangen die Rufe und Pfiffe des Mannes an Beobrands Ohr.

Er atmete die frische Morgenluft tief ein. Hier oben, mit Blick über die Siedlung, war der Geruch der Holzfeuer kaum mehr wahrnehmbar. Er drehte sich um, ging den Saal der Länge nach ab und zählte dabei seine Schritte. Er versuchte, sich vorzustellen, wie das Gebäude nach der Fertigstellung aussehen würde, wenn die Holzwände standen und das Dach mit Stroh gedeckt war.

»Ein wahrlich ehrgeiziges Unterfangen«, sagte er zu Sunniva. »Ich würde meinen, er wird so groß wie der Saal in Gefrin. Vielleicht sogar so groß wie der von Bebbanburg.«

Sunniva lächelte. Die Sonne verwandelte ihr Haar in gesponnenes Gold. Ihre Wangen waren vor Freude gerötet. Ihre gestrige Unpässlichkeit schien verflogen zu sein. Jetzt, wo er um ihren Zustand wusste, fiel ihm auch die leichte Wölbung ihres Bauches auf. Und vielleicht waren ihre Brüste auch bereits ein wenig größer geworden.

Bei Woden und allen Göttern, was für ein wundervoller Anblick.

»Sprechen wir jetzt über den Saal, oder willst du mich weiter mit deinen Blicken entkleiden?«, fragte sie ihn mit einer hochgezogenen Augenbraue.

Beobrand errötete. »Ich hatte fast vergessen, wie glücklich ich mich schätzen kann.« Die Schicksalsschwestern hatten ihm viel Kummer beschert, das ließ sich nicht leugnen. Aber hier, mit seiner wunderschönen Gemahlin neben sich, fühlte er sich gesegnet.

Zwar lauerten am Rand seines Bewusstseins immer noch düstere Erinnerungen an eine Höhle und einen Fluch. Doch die Sonne schien hell genug, um all seine Sorgen und Ängste zu vertreiben, so wie sie bald schon den Nebel aus dem Tal vertreiben würde.

Sunniva kam zu ihm, legte ihre Hand auf seinen Arm und küsste ihn auf die Wange. »Ich habe dich nicht vergessen, mein starker Gemahl.«

»Habe ich dir denn auch gefehlt?«, wollte er wissen.

Sie runzelte die Stirn, wurde augenblicklich ernst. All ihre Unbeschwertheit erstarb. »Ich habe keine Worte dafür, wie sehr du mir gefehlt hast.« Gedankenverloren starrte sie in die Ferne. Nach einer Zeit fuhr sie fort: »Gefällt dir denn der neue Saal?«

»Ja. Auch wenn ich nie daran gedacht hätte, ihn hier auf dem Hügel zu errichten.«

Sunniva nickte. »Rowena hat mich gewarnt. Sie hat gesagt, dass es im Winter sehr beschwerlich sein würde, aus dem Dorf hierher und von hier ins Dorf zu gelangen.« Sie spitzte die Lippen. »Und natürlich hatte sie recht. An den schlimmsten Tagen, wenn es geregnet oder geschneit hat, war es wirklich nicht einfach. Aber hier oben beherrscht der Saal das gesamte Tal. Von hier aus sieht man ganz Ubbanford und auch die Furt.«

Beobrands Blick schweifte zum Fluss. Der Nebel löste sich bereits auf, und das Wasser schimmerte sanft unter dem blauen Himmel. »Du hast eine gute Wahl getroffen. Die Lage erinnert mich an die von Bebbanburg hoch oben auf dem Felsen.«

Sunniva strahlte. »Genau das habe ich auch gedacht. Ich freue mich, dass du mir zustimmst.«

»Das tue ich.« Er dachte an Gefrin, dachte daran, wie mühelos der Saal des Ortes erobert und angezündet worden war. Eine solch erhöhte Lage bedeutete Stärke. Ubbanford mit seinem neuen Saal würde nicht so leicht zu erobern sein. »Im Fall eines Angriffs ist das eine gute Lage. Und bei unseren Nachbarn kann das durchaus von Bedeutung sein. Hast du in der Zwischenzeit etwas von Nathair und seinen Söhnen gehört?«

»In den Tagen des höchsten Schnees hat Garr die Söhne ein Stück weiter südlich vorbeireiten sehen. Er ist ihnen einige Zeit lang gefolgt, doch kaum hatten sie ihn erblickt, haben sie sich entfernt. Er glaubt, sie könnten auf der Jagd gewesen sein.«

»Auf der Jagd? In dieser Jahreszeit?«

»Der Winter war lang und kalt. Die Wölfe sind von den Hügeln bis nach Ubbanford gekommen und haben sich eines der Schafe geholt. Auch unsere Männer sind auf die Jagd gegangen. Drei Tage waren sie fort. Wir haben uns schon Sorgen gemacht.« Sie strich das Kleid über ihrem

Bauch glatt und zog sich den Mantel enger um die Schultern, als wäre ihr plötzlich kalt geworden. »Aber sie haben ein paar schöne Felle mitgebracht. Gut möglich, dass Nathairs Leute dasselbe vorhatten.«

»Geht es dir gut?«, erkundigte sich Beobrand, da Sunniva plötzlich blass geworden war. »Vielleicht hätten wir doch nicht hier heraufgehen sollen.«

»Es ist nichts.«

Beobrand betrachtete sie zweifelnd von der Seite.

»Gut, dass Nathair deine Warnung ernst genommen hat«, sagte sie.

Beobrand nickte. »Ich hoffe nur, dass die Sommersonne den Rachedurst seiner Söhne nicht aufs Neue entfacht.« Er konnte sich noch gut an deren hasserfüllte Blicke erinnern, genauso wie an seine eigene Seelenqual nach dem Tod seines Bruders Octa. »Es war mein gutes Recht, ihrem Bruder das Leben zu nehmen. Aber ich glaube, sie werden erst ruhen, wenn sie blutige Vergeltung geübt haben.«

Kapitel 18

Coenrad wünschte, Fearghas hätte ihn niemals auf diese Mission nach Hii entsandt. Die Reise war überaus anstrengend gewesen, hatte ihn aber auf die heiligste aller Inseln geführt. Dort hatte er großartige Männer kennengelernt, Brüder in Christus, die Fearghas persönlich gekannt hatten. Sie hatten ihn sehr freundlich behandelt, fast so, als wäre er Fearghas' Sohn. Er hatte die Stille und Schönheit der westlichen Inseln genossen. Besonders Hii mit den weißen Sandstränden und dem endlosen Blick über den riesigen Ozean hatte es ihm angetan.

Dieselbe Reise hatte ihm aber auch die Begegnung mit Nelda beschert. Er verfluchte sich dafür, Beobrand und Acennan seine Unterstützung angeboten zu haben. Was für eine Tollkühnheit.

Oder war es doch eher mutig gewesen?

Eines stand jedenfalls fest: Das, was sich in dieser Höhle zugetragen hatte, hatte ihn bis ins Mark erschüttert.

Und dann war da noch Cormán.

Ihm schienen all die positiven Eigenschaften der anderen Mönche abzugehen. Er war ungeduldig und beschwerte sich ständig. Die Reise gen Süden war aus mehreren Gründen strapaziös gewesen. Es war kalt, Räuberbanden und piktische Kriegerscharen kamen ihnen immer wieder gefährlich nahe, und die Anstrengung ermüdete sie. Doch das Schlimmste war, dass Cormán Coenrad als seinen persönlichen Diener zu betrachten schien. Jedenfalls behandelte er ihn kaum besser als einen Sklaven.

Er erwartete von Coenrad, dass dieser jeden seiner Wünsche augenblicklich erfüllte und fand immer etwas, über das er sich beschweren konnte. Dabei verstand Coenrad die Sprache des Priesters nicht, und Cormán verweigerte sich hartnäckig allen Versuchen, ein Gespräch in der Sprache der Angeln zu führen. Weshalb die Kommunikation auf Latein stattfand. Coenrad war nicht unbedingt einer von Fearghas' besten Schülern gewesen, aber sein Latein war durchaus akzeptabel. Doch wenn er auch nur den kleinsten Fehler machte, wurde Cormán sofort fuchsteufelswild und brüllte ihn wutentbrannt an.

Bald wurde die Situation unerträglich. Zwar war es kaum vorstellbar, dass Nelda die Wahrheit über den Bischof gesagt hatte, aber Coenrad brachte es auch nicht über sich, diesen Mann so zu lieben, wie es für einen Bruder im Herrn eigentlich angemessen gewesen wäre.

Jetzt beobachtete Coenrad ihn, während er sich in der Aufmerksamkeit von Oswalds versammelter Gefolgschaft sonnte.

Cormán saß mit gesenktem Haupt und gefalteten Händen da und vermittelte den Anschein eines Menschen, der tief in Gedanken versunken war. Eines Geistlichen. Eines vertrauenswürdigen Mannes, dessen Wort man glauben konnte.

Oswald hatte Cormán gebeten, zu seinen Recken zu sprechen, bevor er als neuer Bischof nach Lindisfarena aufbrach. Der König wollte seinen Männern voller Stolz seinen neuen christlichen Anführer vorstellen.

Coenrad, der neben Cormán stand, sah zu, wie die Männer in den Saal strömten.

Viele von ihnen hatten den Christusglauben bereits angenommen und sich in Hibernia oder Dál Riata taufen lassen. Wenn man sie allerdings abends im Metsaal beobachtete, fiel es schwer, das zu glauben. Andere, die sich erst vor Kurzem Oswalds Gefolgschaft angeschlossen hatten, zögerten noch. Sie misstrauten dem Zauber des Christusgottes, auch wenn sie nach dem Sieg bei Hefenfelth seine Macht nicht leugnen konnten. Dennoch hielten sich die meisten von ihnen unsicher am hinteren Ende des Saals in der Nähe der Tore auf. Sie standen weit offen, um das Licht und die frische Luft dieses klaren Frühlingsmorgens hereinzulassen.

Die Fensterläden waren ebenfalls geöffnet und der Boden frisch gewischt worden. Im Kamin brannte kein Feuer.

Oswald saß neben Cormán an der Hohen Tafel und betrachtete lächelnd seine Männer, die gekommen waren, um den Worten Christi zu lauschen. Er hatte bereits angeordnet, innerhalb der Mauern Bebbanburgs eine Kirche zu errichten. Doch noch war sie nicht fertiggestellt, darum musste der Große Saal fürs Erste genügen.

Oswald erhob sich, breitete wie zur Begrüßung die Arme aus und verharrte in dieser Position, bis die Gespräche verebbten und Ruhe einkehrte.

»Meine Gefolgschaft. Meine treuesten Recken. Hiermit stelle ich euch Cormán vor, Abt von Lindisfarena und Bischof von Bernicia. Wie ihr alle wisst, ist er von Hii, der heiligsten aller Inseln, zu uns gekommen. Wir sind gesegnet durch seine Gegenwart, und ich bin sicher, dass wir viel von ihm lernen werden.«

Coenrad beugte sich zu Cormán hinunter und flüsterte ihm die Übersetzung der Worte des Königs zu. Der Lobpreis zauberte ein Strahlen auf Cormáns Gesicht.

»Ich habe ihn gebeten, unserer Eucharistiefeier vorzustehen und uns den Segen Christi zu spenden, bevor er sich nach Lindisfarena zurückzieht, um dort zusammen mit den Brüdern Gottes Werk zu wirken.« Er ließ den Blick durch den Saal schweifen. »Ich bete, dass diejenigen unter euch, die noch nicht im Geiste unseres Herrn getauft worden sind, bald schon von der Liebe zu dem einen, wahren Gott ergriffen werden.«

Oswald gab Cormán ein Zeichen, sich zu erheben. »Da Cormán die Sprache der Angeln noch nicht beherrscht, werde ich seine Worte übersetzen.«

Cormán erhob sich, schluckte sichtbar und begann zu sprechen. Hastig reihte er ohne Pause Wort an Wort, ohne Oswald Gelegenheit für eine Übersetzung zu geben. Nach einer Weile berührte der König ihn an der Schulter und flüsterte ihm etwas zu. Cormán errötete.

In der folgenden Stille ergriff Oswald das Wort. »Cormán sagt, er sei sehr erfreut darüber, ausgesandt worden zu sein, um dem Volk von Bernicia die Wahrheit des Herrn Jesus Christus nahezubringen.«

Der König wandte sich mit hochgezogenen Augenbrauen zu Cormán um. Der Bischof verstand den Wink und fuhr fort. Doch seine Nervosität ließ seine Stimme noch leiser und seine Worte noch unverständlicher werden.

Und erneut machte er keine Pause, um Oswald übersetzen zu lassen.

Wieder sah der König sich gezwungen, dem Priester die Hand auf die Schulter zu legen. Coenrad bemerkte, wie er dabei die Stirn leicht runzelte.

Diejenigen Männer, die den Bischof auf der Reise von Hii hierher begleitet hatten, grinsten ein wenig schadenfroh.

Oswald holte tief Luft, bevor er sagte: »Der Bischof wird nun das heilige Abendmahl mit uns feiern. Dabei haben alle Getauften Anteil am Leib und Blut Christi.«

»Blut, sagt Ihr?«, ertönte eine Stimme vom Saalende.

Unsicheres Raunen folgte. Es schien, als hätte der König einen Teil seiner Zuhörerschaft falsch eingeschätzt.

Coenrad biss sich auf die Lippen. Es war bestimmt nicht leicht für Oswald, sich in diejenigen hineinzuversetzen, die nicht jahrelang bei den Brüdern von Hii gelebt hatten.

Der König, jetzt spürbar angespannter, aber immer noch Herr der Lage, fuhr fort: »Es handelt sich um Brot und Wein. Beides soll uns an das Opfer erinnern, das unser Herr am Kreuz für uns gebracht hat. Es ist weder Fleisch noch Blut. Christus hat sich geopfert, damit wir nicht länger zu Blutopfern gezwungen sind, um den Hunger der alten Götter zu stillen.« Er wandte sich kurz an Cormán, der nickte. »Ich werde euch zeigen, dass diesem Ritual nichts Böses innewohnt.« Oswald richtete seinen Blick auf den Zwischenrufer, der in der Nähe der Tür stand. »Darum werde ich als Erster an der Eucharistie teilnehmen.«

Wieder sah er Cormán an. Als dem Bischof klar wurde, dass dieser Moment allein ihm gehörte, erhob er sich. Alle Blicke waren auf ihn gerichtet.

Auf der Tafel vor ihm stand der Silberteller aus Neldas Höhle, darauf lag ein Laib Brot. Coenrad war entsetzt. Seine Haut begann angesichts der Sündhaftigkeit dieses Anblicks zu kribbeln. Das heiligste aller Sakramente auf einem Gegenstand, der durch Hexenzauber verunreinigt war! Das war das reine Böse.

Oder eine schreckliche Dummheit.

Er war sich sicher, dass Oswald die Geschichte des Tellers nicht kannte. Der König war ein frommer Mann. Doch Coenrads Zweifel an Cormán erhielten neue Nahrung.

Jetzt warf der Bischof mit der linken Hand sein üppiges Haupthaar zurück. Es war eine unbewusste Geste, die unsicher und gleichzeitig unmännlich wirkte.

Er räusperte sich, nahm den Teller in beide Hände und hob ihn hoch. Das polierte Silber glänzte im Licht der Sonne, die durch die Fenster schien. Dann sprach er die Worte, die Coenrad schon Hunderte Male gehört haben musste, und seine Stimme gewann an Sicherheit. Wohltönend drang sie bis in die hinterste Ecke des Saals. Auch einige andere kannten diese Worte bereits, doch für die Nichtchristen waren sie ein unbekannter Zauber. Die Sprache eines Gottes aus einem fernen Land.

»*Suscipe sancte Pater omnipotens aeterne Deus, hanc immaculatam hostiam, quam ego indignus famulus tuus offero tibi Deo meo vivo et vero, pro innumerabilibus peccatis et offensionibus et negligentiis meis …*«

Bei den Worten des Priesters waren die Männer still geworden. Coenrad verstand genau wie Gothfraidh auf der anderen Seite des Saals die Worte des Abendmahls, doch er glaubte kaum, dass einer der versammelten Krieger den

Sinn der Liturgie begriff. Vielleicht hatten sie sie schon einmal gehört, aber für die meisten hätte es sicherlich keinen Unterschied gemacht, wenn Cormán das Brotopfer nicht mit der Bitte nach Erlösung verknüpft, sondern ihren baldigen Untergang prophezeit hätte.

Die meisten der Recken starrten gebannt nach vorn. Das Unbekannte war etwas, wovor man sich fürchten musste. Das Gerede vom Blut und der übersinnliche Klang der Gebetsworte trieben manchen die Blässe ins Gesicht, obwohl ihr König ihnen versichert hatte, dass alldem nichts Böses innewohnte. Dass es – im Gegenteil – etwas Gutes war.

Und Oswald war ein guter König. Also blieben sie im Saal und warteten ab. Zudem war ihre Neugier stärker als ihre Besorgnis.

»*… et illis proficiat ad salutem in vitam aeternam. Amen.*« Cormán war zum Ende gekommen und gestattete sich angesichts der gebannt lauschenden Zuhörerschar ein selbstzufriedenes Lächeln.

Mit schwungvoller Geste reichte er den Teller Oswald. Vielleicht hatte er seine Nerven immer noch nicht im Griff, oder seine neu gefundene Selbstsicherheit machte ihn unvorsichtig, jedenfalls streifte er bei seiner Drehung den auf dem Tisch stehenden, mit Wein gefüllten Kelch. Cormán stockte der Atem. Er wollte noch nach ihm greifen, erreichte damit jedoch nur, dass dessen Inhalt sich über Oswalds Tunika ergoss und ihm der Teller aus der Hand glitt. Das Brot landete auf dem Boden, wo es die letzten Weintropfen auffing, die vom Tisch herabfielen.

Einen Augenblick lang stand Oswald regungslos und mit wutverzerrter Miene da.

Cormán trat einen Schritt zurück.

»Blut! Der König ist voller Blut!«, rief eine Stimme im hinteren Teil des Saals. Viele andere fielen ein, und lautes Geschrei erhob sich.

Oswald hingegen hatte seinen Zorn und die Situation schnell wieder im Griff. Er breitete die Arme aus. »Das ist kein Blut. Es ist lediglich Wein, so wie ich es euch gesagt habe.«

»Aber Ihr habt auch gesagt, dass er stellvertretend für das Blut Christi steht«, wandte einer der Recken ein.

»Das stimmt«, gab Oswald zu. »Wenn ihr darin ein Zeichen erblicken wollt, dann dies, dass ich nun ein weiteres Mal durch den einen, wahren Gott getauft wurde. Wie einst mit Wasser, so bin ich nun mit dem Wein des Abendmahls getauft.«

Die Schreie und Rufe verstummten. Nur noch leises Gemurmel war zu hören.

»Ich denke, fürs Erste hatten wir genügend Aufregung«, fuhr Oswald fort und warf Cormán einen kurzen finsteren Blick zu. »Die Segnung holen wir zu einem späteren Zeitpunkt nach.«

Mit diesen Worten rauschte er durch den Vorhang hinter der Hohen Tafel, hinter dem sich sein Schlafgemach verbarg.

Sofort löste sich die Versammlung unter lauten Gesprächen auf, und alle strömten ins helle Licht des Tages.

Cormán, bleich wie Lammwolle, ließ sich auf seinen Hocker fallen.

Coenrad hatte Mitleid mit ihm. Er kniete sich nieder, hob das Brot vom Boden auf und stellte anschließend den Kelch zurück auf die Tafel.

»Danke, Coenrad«, sagte Cormán leise.

Coenrad stand immer noch unter dem Eindruck der Ereignisse, dennoch erstaunten ihn diese zwei Worte.

Nie zuvor hatte Cormán sich bei ihm bedankt. Noch dazu war es das erste Mal, dass der Bischof sich in Coenrads Muttersprache geäußert hatte.

* * *

Beobrand spazierte am Ufer des breiten Flusses entlang. Es war ein stiller Tag, der Himmel klar. Eine leichte Brise ließ die hellgrünen Blätter der Bäume auf der Anhöhe am nördlichen Talende rascheln. Er selbst spürte den Wind kaum. Die Binsen und Gräser, die am Flussufer wuchsen, bewegten sich nicht.

Auf dem Hügel über Ubbanford waren seine Männer mit den Arbeiten am neuen Saal beschäftigt. Doch die Entfernung war so groß, dass der Baulärm seiner friedvollen Stimmung nichts anhaben konnte. Er war allein. Er schätzte die Augenblicke sehr, die ihm Gelegenheit zu einem einsamen Spaziergang gaben. Denn es wurde immer offensichtlicher, dass seine Pflichten als Lehnsherr und Ehemann ihm nur sehr wenig Zeit ließen, sich mit sich und seinen Gedanken zu beschäftigen.

Eine Bewegung in den Augenwinkeln ließ ihn innehalten. Regungslos starrte er aufs Wasser. Er hatte etwas gesehen, aber jetzt wirkte alles wieder still. Träge floss der Fluss an ihm vorbei. Er suchte das düstere Unterholz am anderen Ufer ab, sah ihn und lächelte.

Auf dem Ast eines umgestürzten Baums, der über den Fluss ragte, erkannte er die Umrisse eines Fischreihers. Jetzt neigte der Vogel langsam den Kopf, schien im Wasser nach Beute Ausschau zu halten und gleichzeitig Beobrand zu beobachten. Es war ein großes Tier. Auf seinem gebogenen Hals thronte ein gefiederter Kopf mit einem Schnabel, der den Tod bringen konnte.

»Schön, dich zu sehen, mein Freund«, sagte Beobrand mit leiser, ruhiger Stimme.

Er hatte den Vogel schon mehrmals bemerkt. Er hielt sich häufig in diesem Uferabschnitt des Tuidi auf. Einmal hatte er ihn im Vorbeigehen an der Böschung aufgeschreckt. Daraufhin hatte sich der Reiher träge in die Luft erhoben, mit Schwingen, die groß genug schienen, um einen ausgewachsenen Mann tragen zu können.

Voller Bewunderung nahm Beobrand wahr, wie lange der Vogel regungslos in seiner Position auf dem Ast verharrte. Er schien völlig zufrieden damit, den Fluss unter sich hindurchfließen zu lassen, denn er wusste, dass er Fische mit sich bringen würde.

Als hätte der Reiher Beobrands Gedanken vernommen, schoss jetzt sein Schnabel ins Wasser, scharf wie ein Sachsmesser. Das Wasser kräuselte sich kaum, dann verschwand ein zappelnder, silberner Streifen im Schlund des Vogels. Nach seiner explosionsartigen Bewegung folgte wieder vollkommene Regungslosigkeit, während er erneut auf Beute lauerte.

Bislang hatte Beobrand erst ein einziges Mal miterlebt, wie der Vogel sich eine Beute geschnappt hatte, und wie damals war er auch heute voller Bewunderung darüber, wie mühelos das Töten des Fisches vonstattengegangen war. Wie kam es, dass Tiere über eine solche Gabe verfügten?

Wurde sie ihnen von ihren Eltern beigebracht? Oder lernten sie sie von anderen Vögeln? Sprachen die Götter womöglich zu ihnen und leiteten sie? Oder waren sie eben so, wie sie waren, ohne dass sie ihre Fähigkeiten besonders üben mussten?

Sein Vater hatte ihm viele Dinge beigebracht. Zähneknirschend musste Beobrand sich eingestehen, dass er alles, was er über Viehhaltung und Ackerbau wusste, von Grimgundi erfahren hatte. Aber er hatte ihn auch die Angst gelehrt. Unwillkürlich ballte er seine Hände zu Fäusten. Ja, Angst war eine Lektion, die er ganz hervorragend beherrscht hatte. Die Macht dieses Mannes hatte seine Kinder in tödlichen Schrecken versetzt. Und deren Mutter auch.

Beobrand starrte in das wirbelnde Wasser des Tuidi, doch in Gedanken war er weit weg.

Unwillkürlich spannte er seine Unterarmmuskeln an. Er wollte nicht an seinen Vater denken. Er war tot. Er konnte niemandem mehr schaden. Dennoch kam es Beobrand so vor, als hätte sein Geist keine Ruhe gefunden. Weder die räumliche Entfernung noch der zeitliche Abstand konnten die Erinnerung an die vielen Prügel, die er empfangen hatte, verblassen lassen.

Beobrand zuckte zusammen, als rechnete er mit einem Schlag. Doch es war lediglich der Reiher, der sich in die Lüfte geschwungen und ihn erschreckt hatte. Beobrand schüttelte den Kopf, um den Nebel einer Vergangenheit, die er nur allzu gerne für immer vergessen hätte, daraus zu vertreiben. War denn nicht einmal der Tod selbst in der Lage, seinen Vater aus seinen Gedanken zu verbannen?

Bald schon würde er selbst Vater sein. Ob Sunniva ihm einen Sohn gebären würde, wie er in Bebbanburg gesagt hatte? Oder doch ein Mädchen? Würde das Kind einem seiner Geschwister ähnlich sehen? Dem starken, tapferen, zuverlässigen Octa vielleicht? Würde es, wenn es ein Mädchen wurde, Editas schelmische Züge haben und ihr kicherndes Wesen? Oder doch eher seiner geliebten Rheda gleichen, die fürsorglich und still gewesen war, immer darauf bedacht, es allen recht zu machen?

Ob Sohn oder Tochter, Beobrand schwor im Stillen einen Eid vor allen Göttern, dass er seinen Nachwuchs niemals so behandelt würde, wie sein Vater ihn behandelt hatte. Aber war es nicht denkbar, dass es auch ihm leichterfallen würde, nicht Worte, sondern Fäuste sprechen zu lassen? Es fiel ihm jedenfalls nicht besonders schwer, gewalttätig zu werden, das stand fest. Er war der geborene Mörder.

Beobrand schauderte und musste an die letzten Worte seiner Mutter denken: »Du bist nicht deines Vaters Sohn.« Er hatte nie ganz begriffen, was sie damit gemeint hatte. Dass er nicht so werden musste wie Grimgundi? Oder enthüllten ihre Worte eine ganz andere Wahrheit? Eine, die ihn zutiefst erschüttern würde, fände er sie heraus?

Er würde es wohl nie erfahren. Und doch trieben ihre Worte ihn noch immer um. Er war nicht seines Vaters Sohn. Er würde nicht zu demjenigen werden, der seine Kindheit mit Angst und Schrecken geprägt hatte. Er war stark und ein begabter Schwertkämpfer. Und Stärke konnte auch genutzt werden, um Kinder zu beschützen. Er verfluchte sich dafür, dass er nicht schon vor Jahren stark genug gewesen war, seinen Vater in die Schranken zu weisen.

Er schloss die Augen. Atmete tief die kühle Luft ein.

Grimgundi war tot. Er konnte ihn nicht mehr quälen.

Noch einmal holte er Luft. Stille legte sich über ihn.

Lautlosigkeit.

Er schlug die Augen auf, als ihm etwas auffiel. Was hatte den Reiher aufgeschreckt? In der Vergangenheit hatte der Vogel sich nie an seiner Gegenwart gestört. Und warum hörte er keine anderen Vögel? Beobrand suchte das gegenüberliegende Ufer des leise dahinfließenden Flusses ab, sah jedoch nichts, was ihn hätte beunruhigen sollen.

Da. War da nicht eine Bewegung gewesen? Ein Stückchen bleiche Haut zwischen den Bäumen?

Er starrte in Richtung der Bäume auf der anderen Seite des Tuidi. Jetzt war er doch nervös und zog sich ein Stück in Richtung der Häuser von Ubbanford zurück. Mit einem Mal wurde ihm schmerzhaft deutlich bewusst, dass er allein und unbewaffnet war. Doch zwischen den Ufern lagen fast fünfzig Schritte tiefes Wasser. Durch wen oder was sollte ihm also Gefahr drohen? Da nahm er wieder eine plötzliche Bewegung wahr und erkannte schlagartig, dass die Entfernung zum anderen Ufer keineswegs Schutz und Sicherheit garantierte.

Als ein heller Streifen durch sein Sichtfeld zuckte, warf sich Beobrand einem Instinkt folgend zu Boden. In dem Augenblick, in dem ein Pfeil sich hinter ihm in den Waldboden bohrte, hörte er auch das Sirren der Bogensehne. Ein zweiter Pfeil folgte kurz darauf, prallte an einem Ast in der Nähe seines Kopfes ab und wurde außerhalb seines Sichtfeldes abgelenkt.

Der Schütze beherrschte wahrlich sein Handwerk. Hier

konnte Beobrand nicht bleiben. Der nächste Pfeil würde sein Ziel treffen.

Er sprang auf und rannte die Uferböschung entlang. Seine weichen Lederschuhe rutschten über das feuchte Gras. Er spürte, wie etwas an seinem Mantel zerrte, rannte aber weiter.

Die dicht stehenden Bäume am nördlichen Ufer würden dem Schützen seine Sache erschweren. Er würde nicht so schnell vorankommen wie Beobrand. Jeder Schuss würde schwieriger werden als der vorherige, besonders wenn das Ziel sich bewegte. Allerdings war es nicht ausgeschlossen, dass der Bogenschütze nicht allein war.

Als Beobrand die ersten Häuser erreicht hatte, erschien es ihm sicher genug, seine Schritte zu verlangsamen. Seine Lunge brannte, und er rang um Atem.

Vor dem Saal sah er Acennan sitzen. Eine junge Frau trug anmutig zwei Milcheimer an ihm vorbei. Behutsam setzte sie einen Schritt vor den anderen, um ja nichts von der kostbaren Flüssigkeit zu verschütten. Acennan schien vollauf damit zufrieden, den Schwung ihrer Hüften zu betrachten.

Als er Beobrand erblickte, sagte er: »Du bist früher zurück als erwartet.«

Beobrand schnappte immer noch nach Luft. »Ich war lange genug mit mir selbst allein.«

Acennan zog eine Augenbraue in die Höhe. »Das überrascht mich nicht. Mit dir allein zu sein kann ziemlich ermüdend werden.« Er prustete kurz, bevor er die Hand ausstreckte und etwas von Beobrands Rücken zupfte. »Obwohl man angesichts dieses neuen Schmuckstücks«, er hielt einen

Pfeil mit Gänsefedern und einer Eisenspitze in der Hand, »annehmen muss, dass du nicht so allein warst, wie du es gerne gewesen wärst.«

* * *

Sunniva spürte, wie sich etwas in ihrem Bauch bewegte. Obwohl es ihr Angst machte, zauberte das seltsame Gefühl, von dem Kind in ihrem Leib getreten zu werden, ein Lächeln auf ihr Gesicht. Sie musste oft an ihre Mutter denken. Ihre Ratschläge hatten ihr in der Vergangenheit oft gefehlt, genau wie ihre zärtliche Zuwendung, ja sogar ihre Zurechtweisungen. Doch jetzt, da der Zeitpunkt der Geburt näher rückte, vermisste sie sie mehr als je zuvor.

Rowena war liebevoll und unterstützte sie nach Kräften, aber sie war nicht ihre Mutter. Sie hatte eine gewisse Distanziertheit, eine Unnahbarkeit an sich, die dazu führte, dass Sunniva sich einsam fühlte.

Gestern war Odelyna zu ihr gekommen, eine grauhaarige, runzelige Frau mit ruppigem Auftreten. Sie war den Frauen von Ubbanford seit Jahrzehnten dabei behilflich, ihre Kinder zur Welt zu bringen.

»Sie weiß mehr über Geburten als die Göttin Frige«, hatte Rowena gesagt, um Sunniva aufzuheitern.

Doch ihre Worte trieben der werdenden Mutter stattdessen die Sorgenfalten auf die Stirn. Seit einiger Zeit schon litt sie unter dauerhaften Kopfschmerzen, und jedes Mal, wenn sie mehr als ein paar Schritte zu gehen versuchte, wurde ihr schwindelig. Das Letzte, was sie jetzt gebrauchen konnte, war, dass die Göttin der Fruchtbarkeit Anstoß an Rowenas Worten nahm.

Odelyna hatte Sunniva untersucht und ihr viele Fragen gestellt. Schlussendlich hatte sie verkündet, dass Sunnivas Kind wohlauf war und im Eostremonath zur Welt kommen werde. Ihre Kopfschmerzen rührten vom starken Charakter des Babys her. »Er wird ein bedeutender Recke werden, genau wie sein Vater«, hatte sie gesagt. »Aber Ihr wisst ja, wie das mit starken Männern ist. Sie bereiten ihren Frauen ständig Kopfschmerzen.« Dann hatte die Alte ihr eine Salbe aus Alraune, Beifuß, Betonie und Honig verschrieben und versprochen, von nun an täglich nach ihr zu sehen.

Jetzt lag Sunniva in der Dunkelheit auf ihrem Lager und hörte, wie die Männer den Saal betraten. Schritte kamen näher. Der Vorhang des Schlafgemachs wurde zur Seite geschoben. Beobrand trat ein. Sie lächelte ihn an und machte sich Sorgen, was jetzt passieren würde, wo das Wetter sich gebessert hatte. Das Dorf wirkte still und friedlich. Sicher. Doch das war eine Illusion.

»Wie geht es dir, Geliebte?«, fragte Beobrand und kniete sich neben die Bettstatt. Seine Miene sagte ihr alles, was sie über ihr Äußeres wissen musste. Die Besorgnis war ihm ins Gesicht geschrieben.

»Die Kopfschmerzen haben etwas nachgelassen.« Sie stemmte sich in eine sitzende Position und versuchte, sich ihr Unwohlsein nicht anmerken zu lassen. »Ich glaube, die Ruhe und Odelynas Salben tun mir gut. Was habt ihr entdeckt?«

Beobrand schüttelte den Kopf. »Wir sind schnell zu der Stelle vorgedrungen, wo der Bogenschütze sich versteckt hatte, aber wer immer es war, er hat nicht auf uns gewartet. Den Spuren nach ist es nur ein Mann gewesen. Maximal zwei.«

»Nathairs Söhne?«

»Die Einheimischen sagen, sein ältester Sohn, Torran, sei ein begabter Jäger. Und dass er sehr gut mit Pfeil und Bogen umgehen kann.«

»Was hast du vor?« Sie sah keinen Ausweg aus der bedrohlichen Situation. Solange Aengus' Brüder auf Rache sannen, würde Beobrand nicht sicher sein.

Lange Zeit saß er regungslos da. Düsternis lag in seinem Blick. »Ich werde noch einmal mit Nathair reden«, sagte er schließlich.

»Wird das etwas bringen?«

»Ich weiß es nicht, aber ich möchte noch mehr Blutvergießen vermeiden. Und ich bin fest davon überzeugt, dass Nathair keinen Streit mit mir sucht. Doch ich fürchte, der alte Wolf hat seinen Nachwuchs nicht mehr im Griff.«

Da fing Sunniva plötzlich an zu strahlen. Der Effekt war, als wäre ein Lichtstrahl zu einem geöffneten Fenster hereingefallen. »Wo du von Nachwuchs sprichst. Gib mir deine Hand, damit du spüren kannst, wie sich dein Nachwuchs in mir bewegt.«

Sie nahm seine Hand und legte sie auf ihren gewölbten Bauch. Nur leicht berührte Beobrand ihr Leinenkleid, doch sie drückte die Hand fester drauf. »Keine Angst, du wirst mir schon nichts brechen. Du solltest sehen, wie Odelyna mich behandelt.«

Bei der Vorstellung verzog Beobrand das Gesicht.

»Was ihr Frauen macht, wenn eure Männer nicht im Haus sind, bleibt am besten euer Geheimnis«, sagte er.

»Sei jetzt still und warte.«

Schon nach einem kurzen Augenblick passierte es. Eine

Bewegung in ihrem Inneren. Sie sah, wie Beobrands Miene sich veränderte, wie sich alle Sorge mit einem Mal aus ihr verflüchtigte. Stattdessen waren dort nur noch Freude und unendliches Staunen. Und Liebe.

»Unser Sohn ist stark«, sagte er.

Sie war zu müde, um das Spiel mitzuspielen und ihn zu fragen, woher er wissen wollte, dass es ein Junge werden würde. Das Pochen in ihren Schläfen nahm wieder zu. Sie hatte keine Kraft mehr, um sich irgendwelche Sorgen zu machen. Ihr Mann war bei ihr. Ihr Kind machte sich mit Tritten bemerkbar. Sicherlich würden ihre Kopfschmerzen verschwinden, sobald sie sich ein wenig ausgeruht hatte.

»Ja«, sagte sie und schloss die Augen. »Unser Sohn ist stark, genau wie sein Vater.«

»Und der Vater seiner Mutter«, fügte Beobrand hinzu.

Sie nickte. »Bei solchen Vorfahren kann er nur stark wie ein Keiler werden.« Ihre Worte wurden undeutlich. Der Schlaf wollte sie übermannen.

Sie merkte, wie Beobrand ihr mit kräftigen Fingern die Haare aus dem Gesicht strich. Dann küsste er sie zärtlich auf die Stirn. Seine Bartstoppeln erinnerten sie an ihren Vater.

Jetzt war nicht die Zeit für Kummer und Sorgen. Eines Tages würde sie sich wieder mit ihren Problemen beschäftigen, aber erst wenn diese verdammten Kopfschmerzen verschwunden waren. Willig ließ sie sich in den Schlaf sinken.

Kapitel 19

Nach der katastrophalen Vorstellung vor der königlichen Gefolgschaft am Morgen hatte Cormán sich in sein Gemach zurückgezogen.

Coenrad war froh, dass ihm keine lästigen Pflichten auferlegt worden waren. Aber er wusste auch, dass er immer noch der jüngste Mönch von Bebbanburg war. Sollte Gothfraidh ihn zu Gesicht bekommen, würde ihm mit Sicherheit die eine oder andere Aufgabe für ihn einfallen. Und bestimmt würde er eine ganze Zeit im Gebet zubringen müssen. Er war jetzt lange in Gesellschaft anderer gewesen – in rauchgeschwängerten Sälen oder unterwegs auf windgepeitschten Pfaden durch die Berge des Nordens, aber nie allein. Nie hatte er einen einzigen Augenblick nur für sich gehabt.

Er blickte sich um, doch Gothfraidh war nirgendwo zu erblicken.

Coenrad beschloss, diesen Tag nur mit seinen Gedanken zu verbringen. Er würde nachdenken. Und beten.

Es war warm und sonnig. Er ließ die Festung hinter sich und machte sich auf den Weg in die Dünen. Als er eine einsame, windgeschützte Stelle gefunden hatte, legte er sich auf den trockenen, von der Sonne angewärmten Sand und schob die Finger hinein. Unter der Oberfläche war der Sand kühl und feucht.

So lag er eine ganze Weile da. Federwolken zogen über den blassblauen Himmel.

Das Dünengras schien leise zu flüstern. Seevögel kreisten durch die Luft, ihre Schreie erinnerten Coenrad an das Jauchzen übermütiger Kinder. Gedämpft schlugen die Wellen an den Strand.

Doch sein Geist wollte ihn in düstere Gefilde locken. Wo Höhlen und Flüche lauerten. Die Bilder aus seinen schlimmsten Träumen drohten seinen Frieden zu stören, aber er schob sie alle beiseite und sah weiter den Wolken nach. Lauschte den Vögeln, weiß wie Tauben. Immer und immer wieder sprach er leise das Vaterunser, bis die Worte so leer wie das Kreischen der Vögel oder das Flüstern des Dünengrases geworden waren.

Sein Geist suchte Trost in ihnen. Er schloss die Augen. Alle Bilder von Blut und Düsternis waren nun verschwunden. Behutsam und sanft nahm der Schlaf ihn in seine Arme.

Als er wieder erwachte, stand die Sonne bereits tief über dem Horizont, und die Luft war spürbar abgekühlt.

Während er sich hastig auf den Weg zurück nach Bebbanburg machte, begann er, sich zu fragen, ob es klug gewesen war, so ganz allein die Festung zu verlassen. Nach den Ereignissen des Vormittags war der Bischof vermutlich nicht besonders guter Laune. Coenrad wollte gar nicht wissen, wie sich sein peinlicher Auftritt vor dem König und seinen Recken auf Cormáns Gemütslage ausgewirkt hatte.

Er eilte weiter. Die Schreie der Vögel klangen nun wie höhnisches Gelächter, das Dröhnen der Wellen unheilschwanger. Der Wind, den er gerade noch als tröstlich empfunden hatte, ließ ihn jetzt frösteln.

Als Coenrad durch das Tor der Festung den Innenhof betrat, waren die Vorbereitungen für das abendliche Festmahl bereits in vollem Gang. Sklaven und Leibeigene gingen ihren Aufgaben nach. Bei einem schnellen Blick in den Saal sah er, dass das Kaminfeuer prasselte. Die Tische waren bereits aufgebaut, und die Bänke standen ebenfalls an Ort und Stelle.

»Wo hast du gesteckt?« Die Stimme klang ungehalten.

Coenrad wandte sich vom Großen Saal ab und sah sich Gothfraidh gegenüber. Das Gesicht des alten Mönchs war gefleckt, seine Wangen stark gerötet.

»Nun?«, forderte Gothfraidh ihn auf.

Coenrad suchte nach Worten. Verschiedene Antworten kamen ihm in den Sinn, doch er verwarf sie alle sofort wieder. Nichts davon würde Gothfraidh besänftigen. Der alte Fearghas hatte ihm beigebracht, dass er nicht immer das sagen sollte, was ihm gerade durch den Kopf ging. Manches Mal war es besser, Ärger und Strafe schweigend zu erdulden. Worte machten in solchen Situationen nur selten etwas besser.

»Wir sprechen morgen noch darüber«, fuhr Gothfraidh fort, den Coenrads Schweigen offensichtlich verärgerte. Wahrscheinlich empfand er es als Anmaßung, was Coenrad eigentlich hatte vermeiden wollen. »Bischof Cormán hat nach dir gefragt, auch wenn ich mir beim besten Willen nicht erklären kann, weshalb. Geh zu ihm. Bald beginnt das Fest.«

Coenrad wartete nicht auf eine zweite Gelegenheit und machte sich eilig davon. Ob er gerade einer Strafe entgangen war, nur um eine andere zu empfangen? Cormáns Wutausbrüche waren schrecklich. Aber er hatte keine andere Wahl. Er würde zum Abt gehen und beten, dass dieser nicht den ganzen Tag damit zugebracht hatte, sich eine grausame Bestrafung für ihn auszudenken.

Vor der Tür zur Kammer des Bischofs holte Coenrad einmal zitternd Luft, bevor er anklopfte.

Leises Gemurmel ertönte hinter der Tür, das er nicht verstand. Doch er erkannte Cormáns Stimme und erschloss die Bedeutung aus dem Tonfall.

Es war dunkel in dem kleinen Raum, den Oswald Cormán zur Verfügung gestellt hatte. Der süßliche Duft einer Talgkerze hing in der stickigen Dunkelheit. Nachdem er den ganzen Tag lang reine Meeresluft eingeatmet hatte, setzte sich der widerliche Geruch wie Schleim in Coenrads Kehle fest.

Cormán saß vornübergebeugt auf einem Hocker neben der hölzernen Pritsche. Sein Gesicht lag im Schatten. Er sah ihn nicht an.

Coenrad räusperte sich leise. »Ihr habt nach mir verlangt?«

Jetzt wandte sich Cormán ihm doch zu, als wäre ihm erst in diesem Augenblick bewusst geworden, dass er nicht mehr allein im Zimmer war. Das flackernde Kerzenlicht fiel auf sein Gesicht. Sein Mund war leicht geöffnet, der Unterkiefer hing schlaff herunter. Sein Blick schien auf etwas weit hinter Coenrad gerichtet zu sein. Lange Zeit passierte nichts.

Coenrad krümmte sich innerlich. Als er das Schweigen nicht mehr länger ertrug, sagte er: »Das Fest soll in Kürze beginnen, mein Bischof.«

»Fest?« Cormán zuckte zusammen, als wäre er gerade aus dem Schlaf erwacht. »O ja. Ich bin sicherlich schon spät dran.«

Wieder füllte Stille die Kammer.

»Benötigt Ihr etwas von mir?«, erkundigte sich Coenrad.

»Komm und setz dich zu mir, hier auf die Pritsche, Coenrad. Ich möchte mit dir reden.« Cormán klopfte mit der flachen Hand auf das Lager neben seinem Hocker.

Coenrad fiel auf, dass der Bischof ihn schon zum zweiten Mal am heutigen Tag beim Namen genannt hatte. Er machte einen Schritt auf das Lager zu.

»Fürchte dich nicht«, sagte Cormán.

Doch kaum hatte der Bischof die Worte ausgesprochen, spürte Coenrad, wie das Unwohlsein, das er bis jetzt empfunden hatte, in Angst umschlug. Woher kam eigentlich der andere Duft in der Kammer? Hastig ließ er den Blick schweifen und erblickte die Umrisse eines Krugs und eines Bechers auf dem Tischchen. War das etwa Met?

»Setz dich«, wiederholte Cormán und deutete erneut auf die Bettstatt. Seine Worte klangen undeutlich, was, dessen war Coenrad gewiss, am Metgenuss liegen musste.

Alles in ihm sträubte sich, aber er hatte keine andere Wahl. Also setzte er sich.

»Gesegnet seist du, mein Kind«, sagte Cormán »Du warst stets gut zu mir. Ich weiß, dass ich nicht immer einfach bin …«

Coenrad spürte, wie die Hitze in seine Wangen stieg. Er wusste nicht, wie er Cormán anreden sollte. Bisher hatte er es immer vermieden. Die Dunkelheit des Raumes umfing ihn und schloss ihn ein wie eine steinerne Höhle.

»Ich habe bemerkt, wie du mich anstarrst, Coenrad.«

Erneut nahm Cormán seinen Namen in den Mund. Coenrad fühlte sich von Sekunde zu Sekunde unwohler in seiner Haut.

»Oftmals fürchtest du dich. Aber mich brauchst du nicht zu fürchten. Ich sehe das Gute in dir. Ich sehe, dass du mir heute im Angesicht des Königs behilflich sein wolltest. Und dafür danke ich dir.« Cormán verlagerte sein Gewicht. Der Hocker quietschte. Draußen bellte ein Hund.

Als Cormán Coenrad die Hand auf die Schulter legte, verkrampfte sich dieser augenblicklich. »Ihr müsst Euch nicht bei mir bedanken. Sollen wir jetzt zum Fest gehen?«

Er wollte aufstehen, doch Cormán hielt ihn fest.

»Später ist noch genug Zeit für das Fest.«

Alles an dieser Situation war falsch, das wusste Coenrad. Er konnte es spüren, so wie er gespürt hatte, dass Nelda das Böse war. Sie hatte schreckliche Dinge über Christusmänner wie Cormán gesagt. Und doch war es möglich, dass sie die Wahrheit gesprochen hatte.

Cormán ließ die Hand auf Coenrads Bein sinken. Für einen kurzen Augenblick lag sie da, blass und schlaff. »Du warst sehr freundlich zu mir, Coenrad.«

Die Hand rutschte von der Stelle knapp über seinem Knie weiter nach oben in Richtung Lenden. Coenrad spürte, wie die Finger des Bischofs durch die raue Wolle seines Talars sein Fleisch streichelten und kneteten.

Er war entsetzt. Wie gelähmt saß er da und beobachtete, wie sich die fleischige Hand spinnenartig auf seinen Schoß zubewegte. Das konnte unmöglich wahr sein. Das war eine Todsünde. Dieser Mann war sein Abt.

Sein Bischof.
Sein Hirte.
Sein Beschützer.

Cormáns Hand war nun an ihrem Ziel angelangt. Coenrad schauderte, während der Bischof ihn befingerte.

Dann fand er seine Stimme wieder und erwachte aus der Erstarrung, in die er zu lange gefallen war.

»Stopp!«, schrie er und schlug Cormáns Hand beiseite.

Der Bischof baute sich schwer atmend vor ihm auf und stieß ihn zurück auf die Pritsche. »Du willst es doch schon lange«, nuschelte er und hüllte Coenrad in seinen Met getränkten Atem ein. »Sei nur noch ein bisschen freundlicher zu mir.«

Dieser Mann war das Böse. Er würde sich an Coenrad vergehen, so wie die Waliser sich damals an Coenrads Schwester Tata vergangen hatten. Sie hatten ihm alles genommen. Bis auf Christus und seine Brüder im Glauben war ihm nichts geblieben. Auch Fearghas hatte ihn verlassen. Sollte ihm etwa dieser jämmerliche Schmierenkomödiant auf dem Bischofsstuhl die einzige noch verbliebene Gewissheit seiner Existenz nehmen?

Unwillkürlich musste Coenrad an Beobrand denken. Wünschte ihn sich an seine Seite. Es hätte nicht länger gedauert als das Löschen einer Kerze, und er hätte dem Ganzen ein Ende bereitet. Doch Beobrand würde ihn nicht retten. Dieses Mal nicht. Coenrad hatte ihm immer wieder erklärt, dass er dessen Gier nach Vergeltung nicht verstehen konnte. Doch jetzt, während Cormáns Hand auf ihm lag, sein Gewicht ihn niederdrückte, sein ekliger Atem ihn würgen ließ, verspürte er keinen sehnlicheren Wunsch, als diesen Kerl loszuwerden. Das war er Tata schuldig, die sich gegen ihre Angreifer nicht hatte wehren können.

Er nahm alle Kraft zusammen und brüllte: »Lass mich in Ruhe, du Teufel!« Dann riss er ein Knie nach oben und stieß es Cormán mit voller Wucht in seine Mitte.

Der Bischof versuchte noch, sich wegzudrehen, aber er war nicht schnell genug. Er stöhnte auf.

Coenrads Zorn war entfesselt und kannte kein Halten mehr. Er war wie ein tollwütiges Tier auf der Jagd nach Blut. Er knurrte wie ein in die Ecke getriebener Hund und schlug Cormán ins Gesicht. Auch wenn seine Faust unbedacht ihr Ziel fand, hörte er doch das Knacken des Knorpels, als Cormáns Nase brach.

Endlich wich der Bischof vor dem aufgebrachten Novizen zurück und begann, Coenrads weitere Schläge mit erhobenen Händen abzuwehren.

Coenrad sprang vom Lager auf und floh nach draußen.

* * *

Was habe ich getan? Was habe ich getan?

Die Worte gingen Coenrad in Endlosschleife durch den Kopf, während er über den Innenhof lief. Er hatte keine Ahnung, wohin er eigentlich wollte. Er wusste nur, dass er wegmusste. Er hatte den Bischof geschlagen. Blutig. Er hatte ihm die Nase gebrochen. Wie hatte das geschehen können? Was hatte ihn nur geritten, dass er seine Hand gegen Cormán erhoben hatte?

Er rutschte auf einem Haufen Pferdeäpfel aus, den er in der Dunkelheit übersehen hatte, verlor das Gleichgewicht und landete unsanft auf dem Boden.

Er bekam keine Luft mehr, schluckte mehrfach und versuchte einzuatmen. Aber es gelang ihm nicht. Würde er etwa so sterben? Er hätte nicht zuschlagen dürfen.

Plötzlich drang kühle Luft in seine Lunge, und seine Panik verebbte. Er würde nicht sterben. Gott wollte ihn nicht bestrafen.

Immer noch konnte er Cormáns Hand spüren. Immer noch seine lüsternen Blicke sehen. Der Bischof war es, der eine Strafe verdient hatte. Nicht er.

Wie als Antwort auf seine Gedanken ertönte in seinem Rücken wütendes Gebrüll. Er war sich sicher, dass er unschuldig war und der Bischof eine furchtbare Sünde begangen hatte. Doch Coenrad war kein Narr. Er wusste, dass die Welt nicht so funktionierte. Allzu oft waren es die Unschuldigen, die für die Untaten der Bösen büßen mussten. Er stand abrupt auf. Er musste von hier verschwinden. Das war seine einzige Chance. Er lief auf das Haupttor zu, erkannte jedoch schnell, dass es für die Nacht bereits verriegelt worden war.

Wohin jetzt? Vergeblich sah er sich nach einem Fluchtweg um.

»Halt, Junge!« Cormáns Stimme durchbrach die Geräuschkulisse des Festgelages, das im Großen Saal bereits im Gange war. Er redete in der Sprache der Angeln, wenn auch mit starkem Akzent. Seine Worte hörten sich an wie die eines Sängers, der keinerlei Sinn für Musik besitzt. »Halt, Junge!«, brüllte er noch einmal und fügte dann in Latein, das niemand außer Coenrad und den anderen Mönchen in Hörweite verstehen konnte, hinzu: »Er muss der Gerechtigkeit zugeführt werden!« Alkohol und Empörung sprachen aus seinen Worten.

Coenrad sah, wie sich zwei Wachen vor den Toren des Saals in seine Richtung in Bewegung setzten.

Sein Herz wurde schwer. Jetzt gab es kein Entrinnen mehr. Er gab jeden Widerstand auf.

Cormán brüllte ununterbrochen weiter, während die Wachen ihn beinahe entschuldigend an den Armen packten und zum Saaleingang führten.

Der Bischof stand im Schein des Lichts, das nach draußen fiel. Er hatte eine blutige Nase und fuchtelte wild mit den Armen. So gewaltig war sein Zorn, dass zu befürchten stand, dass er gleich den Verstand verlieren würde.

Er streckte die Hand nach Coenrad aus, der augenblicklich zurückzuckte, um jede weitere Berührung Cormáns zu verhindern. Doch die Wachen hielten ihn fest. Anscheinend war für sie das blutüberströmte Gesicht des Bischofs Beweis genug für die Schuld des Jungen. Sie gestatteten Cormán, Coenrad am Ohr zu packen, und ließen ihn anschließend bereitwillig los.

Während der Bischof Coenrad in die Wärme und das Licht des Saals zerrte, verdrehte er Coenrads Ohr.

Coenrad wimmerte vor Schmerzen. Er musste daran denken, wie einer von Hengists Männern ihn vor gar nicht allzu langer Zeit auf die gleiche Art und Weise in den strömenden Regen gezogen hatte. Jetzt brannte die Hitze des Feuers auf seinen Wangen, und die geröteten Gesichter der im Saal Versammelten starrten ihn an. Damals hatte Beobrand ihm das Leben gerettet. Dieses Mal würde es keine Rettung geben.

Es wurde still um ihn herum.

* * *

Oswald sah dem Fest mit Freude entgegen. Der Duft nach Fleisch und Met versprach einen vollen Bauch und einen geselligen Abend. Voller Geschichten, Lobpreisungen, Rätselspiele, Gelächter. Er sehnte sich nach ein wenig Erholung von den Herausforderungen seines Daseins als König.

Ein anstrengender Tag lag hinter ihm. Die katastrophalen Ereignisse des Vormittags mit dem gescheiterten Versuch, die heilige Eucharistie zu feiern, waren ihm noch höchst lebendig in Erinnerung. Er hatte gehofft, seinen Männern die Feierlichkeit und Macht der christlichen Lehre demonstrieren und ihnen Cormán vorstellen zu können. Hatte gehofft, die Zweifler zu überzeugen und alle eventuellen Bedenken gegen die Ernennung des neuen Abts und Bischofs zu zerstreuen. Doch stattdessen hatte der Mann, der in seinen Plänen eine solch zentrale Rolle spielte, aus einer schlichten Zeremonie ein blutiges Omen gemacht. So zumindest musste es in den Augen vieler der eher traditionell orientierten Recken erscheinen. Oswald hatte sich bemüht, sein Missfallen über den Bischof nicht zu zeigen, aber im Inneren kochte er immer noch vor Wut. Warum hatte Ségéne ihm ausgerechnet Cormán geschickt? Die Männer, die ihn hergebracht hatten, mochten ihn nicht, das war unübersehbar. Und Oswald konnte es ihnen nicht verdenken. Cormán war schon immer überempfindlich und leicht reizbar gewesen. Oswald war zwar bereit, sich der Entscheidung Ségénes und der Brüder von Hii zu beugen, doch das Debakel am heutigen Vormittag hatte seine Zweifel an der Ernennung Cormáns noch verstärkt. Was er hier brauchte, war ein Mann, der Bernicia auf den Pfad der Rechtschaffenheit führen konnte. Dafür musste der Bischof jemand sein, der mit den verschiedensten Menschen in seinem Königreich zurechtkam. Mit den hochmütigsten Recken ebenso wie mit dem bescheidensten Landvolk, mit Angeln ebenso wie mit Walisern oder Pikten. Oswald träumte davon, eine unter einem Herrscher und einem Gott vereinte Nation anzuführen. Er würde der irdische Herrscher sein. Er konnte das Schwert schwingen und mit Unterstützung seines Bruders die Feinde Bernicias bezwingen. Doch er benötigte auch einen Mann, der das Volk hin zum Licht der Liebe Christi geleitete.

Wenn doch nur Fearghas noch am Leben wäre. Er wäre der ideale Mann für diese Aufgabe gewesen. Er war demütig gewesen, doch voller Weisheit. Freundlich und liebevoll, aber gleichzeitig auch stark und diszipliniert. Und er hatte die Zunge der Angeln gesprochen. Sein Aufenthalt in Deira hatte ihn zu einem ausgezeichneten Lehrer gemacht. Oswald hatte den alten Abt bereits in seiner Kindheit kennengelernt, noch bevor Fearghas nach Süden aufgebrochen war, um das Wort des Herrn nach Northumbria zu bringen.

Doch Fearghas hatte sie verlassen, um beim allmächtigen Vater zu weilen. Oswald war voller Trauer darüber. Aber das Leben war voller Traurigkeit. Es blieb einem nichts anderes übrig, als vorwärtszuschreiten und sich den Tatsachen zu stellen, was immer auch geschah. Er besaß nicht Fearghas' Weisheit, aber er wusste, dass Pläne sich niemals so entwickelten, wie sie einmal erdacht worden waren. Also hatte er seine Männer gen Norden entsandt, um einen neuen Bischof zu holen. Er war dankbar gewesen, dass Fearghas diesen Jungen, Coenrad, zu ihm geschickt hatte, um ihm die Nachricht von seinem Ableben zu überbringen, verbunden mit der Anweisung, auf Hii um einen neuen Bischof zu bitten. Der alte Abt hatte schon immer gewusst, was nötig war. Lindisfarena würde die Schwester von Hii werden. Der Osten ein Spiegelbild des Westens.

Weshalb die Brüder sich entschlossen hatten, Cormán zu entsenden, war Oswald immer noch ein großes Rätsel, aber er würde sich damit abfinden müssen. Es gab andere Dinge, mit denen er sich dringend zu befassen hatte. In Bälde musste er ein Zusammentreffen mit Penda organisieren, außerdem die Hochzeit mit Cynegils' Tochter. So viele verschiedene Steine standen auf seinem Taflbrett. Nur ein einziger falscher Zug konnte das Verderben bringen. Den Tod. Oder, noch schlimmer, eine Rückkehr ins Exil. Den Verlust des neu eroberten Königreichs. Doch es war besser, beim Verteidigen seines Besitzes zu sterben, als alles zu verlieren und wie ein geprügelter Hund das Weite zu suchen. Zumindest das hatte Eanfrith richtig gemacht. Aufgeben war keine Option. Aber der Erfolg war ein scheues Reh und nur schwer festzuhalten. Hinter jeder Wegbiegung konnte der Untergang lauern. Jeder Fehler konnte trotz Planung und Gebeten dazu führen, dass das ganze Gebäude krachend einstürzte.

Sein Blick fiel auf rotes Haar, das im Licht des plötzlich aufflackernden Kaminfeuers glänzte. Finola, Eanfriths verwitwete Königin, saß zusammen mit ihrem Sohn Talorcan am hinteren Ende der Hohen Tafel. Sie bemerkte Oswalds Blick und lächelte. Eine kluge Frau. Er wusste, dass sie unzufrieden war, aber sie beklagte sich nie. Gelegentlich dachte er über ihr Los nach. Er war sich sicher, dass sie am liebsten zu ihren Leuten zurückgekehrt wäre. Immerhin wurde sie hier gut behandelt. Vielleicht war sie sogar glücklicher als zu Eanfriths Lebzeiten. Er hatte seinen Bruder gekannt und gesehen, wie er sich ihr gegenüber verhielt. Es schmerzte ihn aufrichtig, dass ein Geschöpf von solcher Würde und Schönheit auf die Funktion einer Friedensgarantin reduziert wurde. Eine weitere Figur in dem gewaltigen Spiel, das er spielte. Doch das war ihre Rolle. Weil er die Unterstützung ihres Bruders Gartnait benötigte, mussten sie und ihr Sohn in Bebbanburg bleiben.

Eine Sklavin trat an seine Seite und füllte seinen schönen gläsernen Becher mit blassem Met. Diese Becher waren ein wahres Wunderwerk. Das Glas wurde in Form geblasen. Doch keiner der Handwerker, die Oswald kannte, beherrschte diese Fertigkeit. Die Gläser hatte ein Schiff aus weiter Ferne zu ihm gebracht, und zwar zu einem sehr hohen Preis. Oswald verwendete sie nur selten, aus Angst, sie könnten Schaden nehmen. Von den vier ursprünglichen waren ohnehin nur noch drei übrig. Eines hatte ein Krieger umgestoßen, der zu viel Met getrunken hatte. Das Glas war zu Boden gefallen und in winzige Splitter zersprungen. Sie waren scharf wie Knochennadeln gewesen. Aber heute hatte er beschlossen, eines dieser Gläser zu benutzen. Allein der Anblick bereitete ihm Freude. Er machte ihm wieder einmal bewusst, dass den Fähigkeiten des Menschen keine Grenzen gesetzt waren. Dass es immer noch neue Kenntnisse zu entdecken und Fertigkeiten zu lernen gab.

Er bedankte sich mit einem Kopfnicken bei der alten Waliserin, die ihm einschenkte, ihn dabei aber nicht anblickte. Ihre Hände waren ruhig. Kein Zittern in Gegenwart des Königs. Einen Augenblick lang überlegte er, ob das ein gutes oder ein schlechtes Zeichen war.

Als Unruhe im Saal entstand, hob er den Blick. Vielleicht wurde jetzt endlich das Essen serviert. Das hoffte er jedenfalls.

Am anderen Ende des langen Saals standen die Tore offen, damit ein wenig milde Nachtluft ins Innere wehen konnte. Das Kaminfeuer loderte, das, was sich dahinter abspielte, war nur verschwommen durch das Flirren der Hitze zu erkennen. Wer war diese Person? Stille legte sich über den Saal. Oswald erhob sich.

Im Eingang zum Saal sah er Cormán stehen. Doch er hatte keinen frischen Talar angelegt, um sich zu ihm an die Hohe Tafel zu gesellen. Und nicht nur das, noch dazu schwankte der Kerl auf unsicheren Beinen. Sein blutbeschmiertes Gesicht war wutverzerrt. Seine langen Locken, die für gewöhnlich ebenso hübsch frisiert waren wie die der Damen, standen nach allen Seiten ab wie die entlaubten Zweige eines Baumes im Winter. Mit der rechten Hand hatte der Bischof das Ohr des jungen Mönchs gepackt. Coenrad. Im bleichen Gesicht und den weit aufgerissenen Augen des Jungen spiegelte sich Entsetzen wider.

Oswald spürte, wie Wut in ihm aufwallte. Wollte Cormán ihm denn wirklich alles verderben? Würde er niemals Frieden finden, solange dieser Mann auf Bebbanburg weilte? Je früher er nach Lindisfarena verschwand, desto besser.

»Was hat das zu bedeuten, Bischof?« Oswald achtete darauf, ruhig zu klingen. »Warum stört Ihr unser Festmahl?«

Als der Bischof nicht sofort eine Antwort gab, fiel Oswald auf, dass er den Mann in seiner eigenen Muttersprache und nicht in der singenden Sprache der Hibernier angesprochen hatte. Also wiederholte er seine Frage, sodass Cormán sie verstehen konnte.

»Mein Fürst«, lallte Cormán weinerlich. »Der Junge hat mich ins Gesicht geschlagen. Er hat einem Bischof Christi blutige Wunden zugefügt! Ich verlange Gerechtigkeit!«

Oswald ließ den Blick vom Abt zu dem Jungen wandern. Er konnte sich keinen Grund vorstellen, wieso Coenrad seinen Bischof hätte schlagen sollen. Er hielt viel von dem jungen Mönch. Fearghas hatte ihn empfohlen, und immer, wenn sie miteinander zu tun gehabt hatten, war Oswald von der Intelligenz und dem Eifer des jungen Mannes beeindruckt gewesen. Der Bischof hingegen hatte wenig unternommen, um sich beim König oder bei denen, die ihn von Dál Riata hierherbegleitet hatten, beliebt zu machen.

»Ihr verlangt? Ihr stellt in meinem Saal Forderungen, Bischof?« Die Mehrzahl der Männer aus seiner Gefolgschaft konnte die Worte, die Oswald sprach, nicht verstehen, doch die eisige Kälte darin war unüberhörbar.

Cormán schluckte, als versuchte er, sich zusammenzureißen. »Der Junge muss für seine Sünden zur Verantwortung gezogen werden!«

»Seine Sünden sind Gottes Angelegenheit, nicht meine. Wenn Ihr jedoch nach Gerechtigkeit für ein Verbrechen strebt, dann kommt zu gebotener Zeit zu mir.«

»Aber … mein König …« Cormáns Stimme wurde flehend.

»Ja, ich bin Euer König«, fuhr Oswald ihm über den Mund. »Und es stünde Euch gut an, das nicht zu vergessen.« Er fixierte Cormán mit kaltem Blick, bis dieser den Mund zuklappte. »Ihr könnt mich morgen aufsuchen und

Zeugen mitbringen, die für Euch sprechen. Bis dahin: Gebt den Jungen frei.« Der Bischof erwiderte seinen Blick länger als angemessen. Erneut fragte sich Oswald, wie dieser Mann sein Volk in den Kreis der Christusnachfolger führen sollte.

Schließlich ließ Cormán Coenrads Ohr los, und der Novize begann, kräftig daran zu reiben.

Eine große Müdigkeit ergriff von Oswald Besitz. Er hatte nichts weiter gewollt, als in Ruhe zu essen und zu trinken, aber der verfluchte Priester hatte all seine Hoffnungen darauf zunichtegemacht.

»Ihr blutet, Bischof. Geht und kümmert Euch um Eure Wunden.«

Cormán blieb noch eine Zeit lang stehen, seine Stirn gerunzelt. Leidenschaftlicher Hass loderte in seinem Blick. Oswald hatte keine Ahnung, ob dieser Hass ihm oder dem Jungen galt.

»Nun gut, König Oswald. Ich komme am Morgen zurück und erwarte, dass dann der Gerechtigkeit Genüge getan wird.«

Damit machte der vor Zorn zitternde Bischof auf dem Absatz kehrt, strich sich mit einer Handbewegung die Haare aus dem Gesicht und verließ den Saal.

Kapitel 20

»Nathair!«, rief Beobrand. »Komm raus. Ich will mit dir reden!«

Er nahm seinen Helm ab, legte ihn vor sich auf den Sattel und fuhr sich mit seiner halben Hand durch die schweißnassen Haare. Es war ein warmer Tag. Der Winter hatte sich wahrhaftig in die nördlichen Berge von Dál Riata zurückgezogen. Die Milde eines Sommernachmittags hing über dem Tal des Tuidi.

»Was meinst du? Ob der alte Ziegenbock taub ist?«, ließ Acennan sich vernehmen. Es saß auf dem Rücken seiner Apfelschimmelstute neben Beobrand. Gegen seinen Rat waren sie nur zu zweit, ohne jede Verstärkung, zu Nathairs Saal aufgebrochen. Beobrand wollte keinen Streit anfangen, doch Acennans Meinung nach war es dafür zu spät. Es war bereits Blut geflossen, und die Pfeile waren nicht von einem Waldgeist auf Beobrand abgeschossen worden, sondern von einem Mann mit einem Bogen … einem piktischen Mann höchstwahrscheinlich.

Doch Beobrand hatte sich nicht umstimmen lassen. »Wenn wir mit einer Streitmacht kommen, zeigen wir Furcht. Und erzürnen Nathair. Das wäre nicht das erste Mal. Vielleicht können wir uns heute etwas ruhiger mit ihm unterhalten.«

Alles in Acennan hatte sich gegen Beobrands Plan gesträubt. Immerhin hatte er durchgesetzt, dass Beobrand seine Rüstung anlegte. Auch er selbst schwitzte unter seinem schweren Kettenhemd und dem eisernen Helm. Er wischte die Schweißtropfen von seiner Stirn und blickte sich in der Siedlung um. Von den vielen Bewohnern, denen sie bei ihrem ersten Besuch hier begegnet waren, war keiner zu sehen. Vermutlich waren sie mit Pflug und Egge auf den Feldern beschäftigt. Als sie aus dem Wald gekommen und über die schmale Holzbrücke geritten waren, hatten sie zumindest einige bei der Arbeit gesehen. Und auf dem Hang hinter den Hütten waren ebenfalls Feldarbeiter mit hölzernen Hacken und Rechen zu erkennen.

Als sich in ihrem Rücken etwas rührte, schnaubte Sceadugenga und drehte sich auf dem schlammigen Untergrund vor dem Saal mit ein paar schnellen Schritten um die eigene Achse.

Von zwei breitschultrigen Kriegern flankiert trat Nathair zwischen zwei geduckten Hütten hervor. Die Krieger wirkten misstrauisch und waren mit Speeren und Schilden bewaffnet. Beobrand kannte diesen Typ. Es waren Männer, die, ohne nachzudenken, Gewalt anwenden würden.

Der grauhaarige Piktenfürst grinste. »Nein, der alte Ziegenbock ist nicht taub, aber vielleicht Ihr?« Er blickte seine beiden Männer an, die gehorsam anfingen zu gackern. »Wir hätten Euch ohne Weiteres von hinten aus den Sätteln befördern können.«

Beobrand spürte, wie das Blut in seine Wangen schoss. Dieser Kerl machte sich über sie lustig. »Ihr hättet es versuchen können, alter Mann. Aber es wäre nicht gut für

Euch ausgegangen.« Sein Zorn drohte sich zu verselbstständigen, aber das durfte er nicht zulassen. Also holte er einmal tief Luft. Er war nicht hierhergekommen, um zu kämpfen. Er schwang sich aus dem Sattel und bedeutete Acennan, es ihm gleichzutun.

»Nun, was führt Euch hierher?« Nathair hatte immer noch ein Lächeln auf den Lippen.

»Ich möchte mit Euch reden. Und ich möchte Euch etwas zurückgeben, was, wie ich vermute, Eurem Sohn Torran gehört.« Beobrand holte die mit Gänsefedern versehenen Pfeile aus seiner Satteltasche.

Als Nathair sie betrachtete, wich schlagartig jedes Lächeln aus seinem Gesicht.

»Wohlan, Beobrand, Sohn des Grimgundi. Ich denke, es ist besser, wenn Ihr hereinkommt.«

* * *

»Ich verstehe Euch, Mann aus dem Süden.« Nathair griff nach dem irdenen Krug, um Beobrands Holzbecher ein zweites Mal zu füllen. Beobrand nickte zum Zeichen des Danks. »Seit unserer letzten Begegnung habe ich über Eure Worte nachgedacht«, fuhr der alte Pikte fort. Er verzog das Gesicht und spuckte auf den mit Binsen ausgelegten Boden.

Beobrand blickte sich im Saal um. Er machte einen düsteren und trostlosen Eindruck. Im Kamin knisterte ein spärliches Feuer. Rauchfäden kringelten sich um Stützpfeiler und Dachbalken. Waffen und Rüstungen hingen an den Wänden, ein wunderschönes Schwert hinter dem Thron des Fürsten. Es steckte in der Scheide, sein Griff, der herausragte, glänzte golden. In den Schatten balgten sich zwei magere Hunde um einen Knochen. Ihr leises Knurren machte Beobrand nervös. Der ganze Saal stank nach abgestandenem Essen und saurem Bier. Er roch alt. Nach Verwesung.

Hier drin konnte man leicht vergessen, dass draußen die Frühlingssonne schien. Innerhalb dieser Wände lag die Vorstellung nahe, dass in der Welt ewiger Winter herrschte. Beobrand nahm einen Schluck Met und betrachtete den grauhaarigen Fürsten über den Rand seines Bechers hinweg.

Er wirkte matt. Erschöpft. Seine Haut hatte die gelbliche Färbung des Alters angenommen. Er war, genau wie sein Saal, hinfällig und schwach. Beide waren sie nur noch ein Schatten ihrer einstigen Größe.

»Ich trauere noch immer um Aengus. Aber ich will mit Euch keine Fehde führen. Mein toter Sohn hat schon immer das getan, was er wollte. Er war leichtsinnig.« Seine Hand zitterte, als er das Trinkhorn an seine rissigen Lippen hob. »Ich habe mit den Männern gesprochen, die sein Ende miterlebt haben. Sie sagen, Ihr hättet ihn gewarnt.«

Beobrand warf Acennan einen Blick zu. Bei den Worten aus dem Mund des Vaters eines jungen Mannes, den er getötet hatte, fühlte er sich unwohl.

Acennan hob die Augenbrauen, zuckte kaum wahrnehmbar mit den Schultern und konzentrierte sich wieder auf seinen Trinkbecher.

»Er ist würdig gestorben«, entgegnete Beobrand. Wie sollte er diesem Mann sein Beileid aussprechen? Er wusste wohl, was es hieß, einen solchen Verlust zu erleiden, aber er empfand keinerlei Bedauern über Aengus' Tod. »Den Tod eines Kriegers.«

Der Alte starrte ihn finster mit glänzenden Augen an. Es war der Raubtierblick eines Wolfs. In ihm lag nichts Weiches. Nathair war sicherlich nicht durch Freundlichkeit in den Rang des Anführers aufgestiegen, und Beobrand tat gut daran, das nicht zu vergessen.

Er hielt dem Blick seines Gegenübers stand. Er würde nicht nachgeben. Die Herausforderung lag auf der Hand, sie ließ sich nicht ignorieren. Nathair war klar, dass er in der Schlacht gegen den jungen Krieger aus Cantware nicht den Hauch einer Chance haben würde, also versuchte er, ihm die Überlegenheit seines Willens zu demonstrieren. Einen Moment lang war es im Saal so still, als würde sogar die Luft den Atem anhalten. Dann senkte Nathair den Blick und schien in sich zusammenzufallen.

»Aengus hat nie gewusst, was es bedeutet, ein Krieger zu sein. Seine Mutter hat ihn verwöhnt.« Er rieb sich mit der Hand übers Gesicht. »Sie war eine wundervolle Frau.«

Einige Sekunden lang sprach niemand ein Wort. Nathairs Krieger hockten am hinteren Ende des Tisches. Die öffentlich zur Schau gestellte Schwäche ihres Herrn schien ihnen peinlich zu sein. Schließlich stieß Nathair einen zitternden Seufzer aus und fuhr sich erneut mit beiden Handballen über das Gesicht.

»Ich suche keine Vergeltung für den Tod meines Jungen.« Seine Stimme klang nun wieder stark und kräftig.

Beobrand griff nach einem der Pfeile, die vor ihnen auf dem Tisch lagen. Die Federn wirkten in der Düsternis so weiß wie nächtlicher Schnee auf einer Bergflanke.

»Und was soll ich davon halten? Zum Glück war es nicht mein Schicksal, von diesen Pfeilen durchbohrt zu werden, aber Eure Söhne wollen, dass ich für den Tod ihres Bruders bezahle.«

Nathair starrte ihn mit gerunzelter Stirn an. »Ich werde mit ihnen sprechen.«

»Ich bitte Euch eindringlich, das zu tun. Zwischen uns soll kein Blut mehr vergossen werden.«

»Ich werde mit ihnen sprechen«, wiederholte der Alte mit hörbar bewegter Stimme. »Schließlich bin ich immer noch der Herr hier.«

Seine Krieger rutschten unruhig auf ihren Bänken hin und her.

Beobrand leerte seinen Metbecher und erhob sich. Er hatte genug von diesem Ort. Er wollte nicht noch mehr Zeit in der Dunkelheit und der Gegenwart dieses alten Wolfs verbringen.

»Falls Eure Söhne sich noch einmal an mir oder meinen Leuten vergreifen, werde ich sie töten. Jeder weitere Angriff wird unweigerlich eine Antwort nach sich ziehen.« Seine Worte waren klar und scharf wie Eis. »Wenn Ihr Frieden wollt, dann seht zu, dass Ihr Eure Leute im Griff habt.«

Nathair sprang auf und schlug mit der Faust auf den Tisch, sodass die Becher hüpften und klapperten. Die Hunde erschraken und sprangen auf. »So redet Ihr nicht mit mir! Ich bin immer noch der Herr hier!«

Beobrand blickte sich um. Der dreckige Saal. Das staubige Schwert, das einsam von einem Dachbalken baumelte. Der Gestank des Alters, der in seiner Nase brannte. Nathair, angeschlagen und grau, zitternd auf unsicheren Beinen, sich mit einer Hand auf dem Tisch abstützend.

Er mochte immer noch der Herr dieses Saals sein, aber

der Tod hatte ihm bereits die Finger auf die Schulter gelegt. Und nach Nathairs Tod würden seine Söhne um die Herrschaft wetteifern.

Während Beobrand sich zur Tür wandte, hinter der die ersehnte Wärme des Tages auf ihn wartete, warf er einen letzten Blick auf die blassen Federn am hinteren Ende von Torrans Pfeilen.

Es verlangte ihn nicht nach noch mehr Blutvergießen. Er wollte keinen Krieg mit Nathairs Söhnen. Doch diese Pfeile und Nathairs Gebrechlichkeit machten ihm klar, dass die Realität wahrscheinlich eine andere sein würde. Er verabschiedete sich von dem alten Piktenfürsten.

Draußen vertrieb die Sonne einen Teil der düsteren Stimmung, die sich auf ihn gelegt hatte. Beobrand schwang sich in Sceadugengas Sattel, und Acennan saß auf seinem Apfelschimmel auf.

Schweigend ritten sie los. Die Sonne wärmte sie mit ihren Strahlen, doch Beobrand fror tief in seinem Inneren.

Der Tod saß dem alten Mann bereits im Nacken und würde sich, sobald er ihn sich geholt hatte, weitere Opfer suchen. Blutige Rache wartete auf die Söhne Nathairs.

Mit grimmiger Miene überquerte Beobrand den Bach und tauchte in die schattige Kühle des Waldes ein.

Die Brüder würden nach Vergeltung streben. Sie würden nach Ubbanford kommen, und er würde sie erwarten.

Doch sie würden nicht die Rache üben, von der sie träumten. Beobrand legte die Hand an Hruntings Heft. Sie würden nichts anderes finden als den Tod.

Kapitel 21

Coenrad murmelte das Vaterunser. Tränen brannten unter seinen Augenlidern. Aufgestaute Gefühle sammelten sich als Kloß in seiner Kehle. Er wusste nicht, welche Strafe ihn erwartete, aber er wusste, dass er schuldig gesprochen werden würde. Das Wort eines Abtes und Bischofs stand gegen das eines Waisenjungen und Novizen. Dieser Prozess vor den Augen des Königs konnte nur einen Ausgang haben. Die Blicke aller waren auf ihn gerichtet. Er zitterte, aber nicht aufgrund der Kälte. Ein Schweißtropfen lief kitzelnd seinen Rücken hinunter.

Er hatte unruhig geschlafen. Gothfraidh hatte sich bereit erklärt, ihn zu bewachen, und so hatte der mürrische Mönch den größten Teil der Nacht wach im Stuhl verbracht. Er musste müde gewesen sein, aber seine Miene hatte keinerlei Aufschluss über seine Gefühle gegeben. Er hatte nur finster und missbilligend vor sich hin gestarrt.

Mitten in der Nacht, als das Fest zu Ende und es in der Festung still geworden war, hatte Gothfraidh bemerkt, dass Coenrad wach war. »Warum hast du das getan, Junge? Was hast du dir nur dabei gedacht?«

Coenrad starrte lange, auf dem harten Fußboden liegend, in die Dunkelheit. Was würde es nützen zu erzählen, was sich wirklich zugetragen hatte? Gothfraidh würde ihm ohnehin nicht glauben. Vielleicht war es ja seine eigene Schuld. War es denkbar, dass er Cormán unbewusst zu alldem ermuntert hatte? Er musste an die Träume denken, in denen ihm Sunniva erschienen war. Darin berührte er sie, und sie küsste ihn. Streichelte seinen Körper. Danach erwachte er jedes Mal erregt. Sein Blut pochte, und sein Samen klebte an seiner Haut. Solche Träume waren nicht gestattet. Bestimmt war er vom Teufel besessen. Vielleicht hatte der Satan ihn benutzt, um Cormán in Versuchung zu führen.

»Ich weiß, dass du wach bist, Coenrad«, sagte Gothfraidh mit in der Stille dröhnender Stimme. »Warum hast du das getan?«

Wenn er vom Teufel besessen war, konnte Gothfraidh ihn ja vielleicht austreiben. Doch allzu groß war Coenrads Hoffnung nicht. Der alte Mönch machte nicht den Eindruck, als wäre er dazu fähig. In der Dunkelheit fühlte sich Coenrad schrecklich allein. Wenn er Gothfraidh berichtete, was sich abgespielt hatte, würde ihm das zwar höchstwahrscheinlich nichts nützen, aber was sollte es ihm schaden? So oder so würde er ausgepeitscht werden. Vielleicht sogar getötet.

Schniefend starrte Coenrad weiter in die Dunkelheit.

»Ich wollte nicht, dass er mich anfasst«, sagte er dann mit zaghafter Stimme.

Langes Schweigen folgte.

»Dass er dich anfasst? Wo anfasst?«

»Das möchte ich nicht sagen.«

»Willst du behaupten, der neue Abt hat versucht, dich … also … zwischen den Beinen zu berühren?« Gothfraidhs Stimme war lauter geworden.

Coenrad wurde klar, dass er besser den Mund gehalten hätte. Jetzt würde Gothfraidh ihn verprügeln. Niemand würde ihm Glauben schenken. »Das möchte ich nicht sagen.«

»Es ist sehr wichtig, dass du jetzt bei der Wahrheit bleibst. Das ist dir doch klar, oder?«

»Ja. Und ich lüge nicht.«

»Schwörst du auf die Heilige Schrift und deine unsterbliche Seele, dass Bischof Cormán versucht hat, dich unsittlich zu berühren?« In der Dunkelheit war zu hören, wie Gothfraidh bebend einatmete.

»Er hat es nicht nur versucht«, erwiderte Coenrad. Er konnte sich noch genau an den Atem des Abtes erinnern. An das Gewicht seines Körpers. Seine gierig tastenden Finger. So schnell, wie ein Feuer aufflackert, wenn Fett hineintropft, so blitzartig schlug Coenrads Selbstmitleid in Wut um. »Er hat es getan. Er hat Hand an mich gelegt. Da. Und er hat zugedrückt. Er wollte, dass ich freundlich zu ihm bin.« Er schluchzte laut auf. »Aber mir ist schon klar, dass ich jetzt keinerlei Freundlichkeit mehr zu erwarten habe.«

Gothfraidh schwieg lange. »Coenrad«, sagte er dann, »schwörst du auf alles, was heilig ist, dass du gerade die Wahrheit gesagt hast?«

»Ich schwöre.«

»Also gut. Dann lass uns jetzt gemeinsam um Gottes Führung bitten. Wir werden abwarten müssen, was der morgige Tag bringt.«

So kam es, dass Coenrad jetzt vor dem König und seinen Recken stand. Auch Cormán war anwesend. Seine Augen waren aufgrund der gebrochenen Nase dunkelblau umrandet, und seine Miene drückte finstere Wut aus. Gothfraidh verharrte mit unbeweglicher Miene auf der linken Saalseite. Coenrad blickte sich nach einem freundlichen Gesicht in der Menge um, das ihn aufmuntern könnte, aber da war keins. Selbst als er Gothfraidh ansah, schien dieser ihn kaum wahrzunehmen. In den dunkelsten Stunden der Nacht hatte er zusammen mit Coenrad gebetet. Er hatte in den Gebeten Trost gefunden, und er würde die Güte des Alten niemals vergessen. Kein böses Wort war über seine Lippen gekommen, er hatte Coenrad nicht dafür verurteilt, was passiert war. Stattdessen hatte er sich neben den Jungen gekniet und die Gebete vorgesprochen, die ihnen beiden vertraut waren, sodass Coenrad sich beruhigt hatte.

Als Oswald sich nun erhob und an die Versammelten wandte, wurde Coenrad wieder in die Gegenwart zurückgeholt.

»Cormán, Abt von Lindisfarena und Bischof von Bernicia durch die Gnade Gottes und den Willen des obersten Abtes Ségéne mac Fiachnaí von der heiligen Insel Hii, Ihr steht heute vor uns als Ankläger gegen Coenrad, Mönch der Bruderschaft von Lindisfarena.«

Oswiu, der Bruder des Königs, übersetzte die Worte in die hibernische Sprache. Offensichtlich sollten alle Anwesenden genau wissen, worum es ging.

Der König fuhr fort. »Welches Verbrechens klagt Ihr diesen Jungen an?« Seine Miene war ausdruckslos.

»König Oswald, ich klage Coenrad an, mich geschlagen zu haben.«

Oswiu bat Cormán mit erhobener Hand um eine Unterbrechung, damit er übersetzen konnte.

»Der Beweis seines Verbrechens ist für alle offensichtlich«, fuhr Cormán fort und deutete auf sein gezeichnetes Gesicht. Seine vorher gerade Nase war nun erkennbar schief.

»Habt Ihr einen Zeugen für diese Tat?«, wollte Oswald wissen, nachdem Oswiu übersetzt hatte.

Cormán runzelte die Stirn. »Nein. Wir waren in meiner Kammer. Niemand sonst war anwesend.«

»Das heißt also, Ihr habt keinen Zeugen?«, vergewisserte sich der König herrisch.

Cormán wirkte nun nicht mehr ganz so selbstsicher. Er schien davon ausgegangen zu sein, dass diese Veranstaltung nicht mehr als eine Formalität sein würde. »Gott ist mein Zeuge«, beteuerte er weinerlich. »Ich bin ein Mann Gottes. Ich würde doch niemals die Unwahrheit sprechen.«

»Ist Coenrad nicht auch ein Nachfolger Christi?«

»Er ist jung und ein Narr. Er hat mich angegriffen, als niemand es sehen konnte. Weil er schon lange eine Abneigung gegen mich hegt.«

»Wir kommt Ihr darauf?« Oswald zog eine Augenbraue in die Höhe.

»Ich habe genau gesehen, wie er mich anblickt, wenn ich ihn bitte, die eine oder andere Aufgabe für mich zu erledigen.«

»Und welche Aufgabe sollte er für Euch erledigen, als Ihr ihn zu Euch in die Kammer gebeten habt?«

Coenrad wurde unruhig. Er hatte nicht damit gerechnet, dass der König den Bischof so lange befragen würde. Und da Prinz Oswiu jeden Satz übersetzen musste, zog der Wortwechsel sich immer mehr in die Länge. Doch er war neugierig, wie Cormáns Antwort ausfallen würde.

Der Bischof warf Coenrad einen erbosten Blick zu. »Ich hatte einen Gegenstand von Wert verlegt und glaubte, er hätte ihn an sich genommen.«

Kaum hatte Oswiu diese Worte ausgesprochen, platzte Coenrad heraus: »Das ist eine Lüge! Ich habe nichts genommen. Und er hatte auch nichts verlegt.«

Oswald hob die Hand. »Still, Coenrad. Du wirst noch die Gelegenheit bekommen zu sprechen.« Damit wandte er sich wieder an Cormán.

Coenrad schluckte die wütenden Worte, die in seiner Kehle brannten, hinunter. Was hätten sie schon genützt? Sein Schicksal war besiegelt.

»Cormán«, fuhr Oswald fort, »Ihr klagt also Coenrad an, Euch ohne jeden Anlass geschlagen zu haben. Gibt es hier im Saal jemanden, der sich für Euch verbürgen will?«

Oswiu übersetzte. Alle Anwesenden sahen sich um, doch niemand rührte sich.

Cormán blickte zu Gothfraidh, der zwischen den Binsen auf dem Boden des Saals etwas sehr Interessantes entdeckt zu haben schien.

Er stammelte: »Ich bin erst vor Kurzem auf Bebbanburg eingetroffen. Ich kenne hier niemanden.«

»Niemand ergreift also für Euch Partei«, stellte der König fest. »Niemand verbürgt sich für Euch.« Endgültigkeit lag in seiner Stimme.

Cormán errötete. Er öffnete den Mund, schien etwas erwidern zu wollen, klappte ihn dann jedoch wieder zu. Noch einmal blickte er sich im Saal um, suchte verzweifelt nach Unterstützung. Und fand keine.

Endlich nickte er resigniert und ließ die Schultern sinken.

»Nun denn, Coenrad«, wandte Oswald sich an den jungen Mönch, »was hast du zu deiner Verteidigung vorzubringen?«

Coenrad schluckte. Seine Kehle war so trocken, als hätte er einen Löffel gemahlener Gerste gegessen. Er wollte die Ereignisse der vergangenen Nacht nicht vor all diesen Männern ausbreiten.

Hilfesuchend blickte er Gothfraidh an. Der alte Mönch erwiderte seinen Blick, nickte und sagte dann zu Coenrads großer Verblüffung: »Berichte ihnen einfach, was vorgefallen ist, mein Junge. Du hast nichts Falsches getan.«

Coenrad schluckte erneut. »Ich …« Seine Stimme brach, und das Geräusch erinnerte ihn an das Kreischen von Neldas Dohle. Er schüttelte den Kopf, um die Erinnerung an dieses widerliche Geschöpf zu vertreiben. »Ich habe Cormán geschlagen.«

»Das ist eine schwere Sünde, Coenrad«, entgegnete Oswald mit schneidender Stimme.

»Aber warum hast du ihn geschlagen, Coenrad?«, schaltete Gothfraidh sich ein. »Sprich es laut aus, damit alle es hören können.«

Coenrad sah in die vielen versteinerten Gesichter. Starre Blicke. Bärtige Krieger. Ein paar davon hatten ihn auf der Reise nach Hii begleitet. Es waren harte Männer. Aber alle aufrichtig. Gerecht. Ehrenhaft. Sie erwarteten von ihm, dass er die Wahrheit sagte. Allein davon zu sprechen beschämte ihn, doch er hatte nichts Unrechtes getan. Er hatte sich lediglich verteidigt. Jeder andere hätte an seiner Stelle ebenso gehandelt.

»Ich …« Wieder brach seine Stimme. »Christus lehrt

uns, dass wir, wenn wir geschlagen werden, die andere Wange hinhalten sollen. Darin habe ich versagt.«

»Willst du damit sagen, dass Cormán dich zuerst geschlagen hat?« Oswald runzelte die Stirn. »Du bist ein Diener des Klosters. Es ist das gute Recht deines Herrn, dich zu züchtigen, wenn du einen Fehler begangen hast.«

Coenrad blickte Oswald geradewegs in die Augen. »Cormán hat mich nicht geschlagen, mein Herr und König. Er hat …« Die Worte blieben ihm im Hals stecken.

»Aber warum hast du ihm dann die Nase gebrochen?« Oswalds Gesichtsausdruck wurde milder. »Wenn du uns den Grund nicht nennst, bin ich gezwungen, dich schuldig zu sprechen.«

Erneut meldete sich Gothfraidh zu Wort. »Sag die Wahrheit, Coenrad.«

Oswald drehte sich zu dem alten Mönch um und herrschte ihn an: »Genug jetzt, Mann. Schon einmal hast du ungebeten das Wort ergriffen, jetzt schweig still. Es liegt ganz an Coenrad, sich zu entlasten.« Er wandte sich wieder an den jungen Mönch: »Dies ist eine schwerwiegende Angelegenheit, aber eins soll dir klar sein. Ich verliere allmählich die Geduld mit dir. Also sprich oder trage die Konsequenzen für die Tat, die du bereits gestanden hast.«

Noch einmal blickte sich Coenrad im Saal um. In keinem der Gesichter mit Ausnahme Cormáns konnte er so etwas wie Feindseligkeit entdecken. Gothfraidh nickte ihm aufmunternd zu.

»Es beschämt mich, vor so vielen Zeugen auszusprechen, was geschehen ist«, sagte Coenrad mit leiser, aber sicherer Stimme.

Das Publikum lauschte regungslos. Nicht einmal der Atem der Männer war mehr zu hören. Manche beugten sich nach vorn, um die Worte des Novizen noch besser verstehen zu können.

»Deine Worte müssen vor Zeugen gesagt werden, Coenrad«, erwiderte Oswald. »So handhaben wir solche Dinge. Also los: Schlag deine Zähne in den sauren Apfel und sprich.«

Coenrad holte tief Luft. Inhalierte den Geruch nach abgestandenem Met und Bier, der im Saal hing und zu dem sich der von erkalteter Asche und Schweiß und das herbe Aroma von gegerbtem Leder gesellten.

»Ich habe den Abt …« Wieder stockte er. Abt bedeutete »Vater«, aber Cormán war alles andere als ein Vater für ihn. Coenrad räusperte sich. »Ich habe ihn geschlagen, um mich zu verteidigen. Er war betrunken. Und er wollte mich … mich berühren.«

Unbehagliches Gemurmel breitete sich im Saal aus.

Auch jetzt übersetzte Oswiu. Als Cormán Coenrads Worte in seiner eigenen Sprache hörte, begann er zu toben.

Coenrad verstand zwar nicht, was er brüllte, aber die Bedeutung war klar. Cormán bezichtigte ihn der Lüge.

»Ruhe!« Oswald war dunkelrot im Gesicht und fixierte Cormán mit wütendem Blick, sodass der Bischof verstummte.

»Dich berühren?«, wandte sich der König an Coenrad.

»So wie kein Mann einen anderen berühren sollte.« Coenrad hatte den Blick gesenkt und seufzte. Immer noch konnte er die Hand auf seinem Bein spüren. In seinem Schoß. Es war zutiefst demütigend, was passiert war, und jetzt wussten es alle.

Im Saal entstand Bewegung, als etliche Recken aufsprangen. Ein Tisch wurde umgestürzt. Einer der Männer, ein untersetzter, bärtiger Krieger, der auf der Reise nach Hii im Winter dabei gewesen war, brüllte: »Welche Schande! Der Bischof ist kein Mann! Kastrieren sollte man ihn!«

Andere hieben zustimmend ihre Fäuste auf die Tische.

Oswald hob die Arme, und nach einer gewissen Zeit stellte sich wieder Ruhe ein.

»Hier wird niemand kastriert. Es steht das Wort eines Jungen gegen das eines geschätzten Priesters von der Insel Hii. Und es gibt niemanden, der dieses Verbrechen bezeugen kann.«

Oswiu übersetzte, und Cormán ließ ein kleines, selbstgefälliges Lächeln sehen.

Oswald beachtete ihn nicht. »Gibt es jemanden, der für Coenrad bürgen will?«, fragte er in den Saal.

Der bärtige Recke sagte: »Ich, Godric, Sohn des Godric, bürge für das rechtschaffene Wesen des Jungen. Er hat die entbehrungsreiche Reise nach Hii überstanden, ohne sich ein einziges Mal zu beklagen. Er ist tapfer und aufrichtig. Sich selbst zu verteidigen ist kein Verbrechen. Der Priester ist es, den Ihr verurteilen müsst.«

Viele der Anwesenden nickten und ließen zustimmendes Raunen hören.

Noch einer der Männer, die mit nach Hii geritten waren, erhob sich. »Auch ich bürge für den Jungen.«

»Ich auch.« Der nächste von Oswius Recken stand auf.

Bald standen sämtliche Männer, die nach Dál Riata entsandt worden waren. Und jeder bürgte mit einem Schwur für Coenrads Aufrichtigkeit und Ehrenhaftigkeit.

»Es ist schön, die Unterstützung für Coenrad zu sehen«, sagte Oswald. »Auch ich bin von seiner Unschuld in diesem Fall überzeugt. Allerdings hätte ich in einer Angelegenheit von solcher Tragweite gerne etwas mehr als nur das Wort eines Jungen, um sie eindeutig zu klären.«

Da trat Gothfraidh vor. »Ich war gestern Abend nicht in Cormáns Kammer, daher kann ich nicht bezeugen, was dort vorgefallen ist. Das können nur die Betroffenen. Aber ich glaube Coenrads Bericht. Denn es ist nicht die erste derartige Geschichte, die ich gehört habe.«

Der Saal hielt geschlossen den Atem an.

Oswiu übersetzte. Cormán sank in sich zusammen und erbleichte unter den Blutergüssen.

»Vor etlichen Jahren, als Cormán und ich noch auf der Insel Hii lebten, kam ein junger Novize zu mir und schüttete mir sein Herz aus. Coenrads Geschichte ähnelt seiner so sehr, dass beide aus ein und demselben Mund stammen könnten. Doch das ist nicht möglich, denn dieser Junge, der damals zu mir kam, lebt nicht mehr.« Bebend holte Gothfraidh Luft.

Gebannt und voller Entsetzen lauschten die Zuhörer seinen Worten.

»Er kam zu mir und berichtete, wie Cormán ihn berührt hatte. Wie er ihn gezwungen hatte, schreckliche, sündige Dinge zu tun. Damals war ich schwach. Ich wollte ihm nicht glauben. Ich habe über die Vorwürfe mit Cormán gesprochen, der mir erklärte, dass der Junge verwirrt sei. Da es weder Beweise noch Zeugen gab, glaubte ich Cormán. Im folgenden Winter starb der Junge an der Ruhr. Ich habe seit Jahren nicht mehr an ihn gedacht.« Gothfraidhs Blick war auf einen Punkt in weiter Ferne gerichtet. »Erst als mir Coenrad heute Nacht berichtete, was Cormán ihm angetan hat. Was er gesagt hat. Da habe ich den Widerhall der Worte jenes Jungen aus dem Jenseits vernommen.« Er bekreuzigte sich. »Damals habe ich ihm nicht geglaubt. Aber solange ich noch atme, werde ich nicht zulassen, dass Cormán noch einmal einen Jungen so behandelt.« Er richtete sich auf, hob den Kopf und drückte die Schultern durch. »Coenrad ist unschuldig, aber Cormán hat sich der Sünden des Fleisches schuldig gemacht.«

Kaum hatte Cormán Gothfraidhs Worte gehört, polterte er erneut los. Er rief den Namen Gottes, kreischte lateinische Tiraden. Hass und Wut sprudelten aus ihm heraus wie Blut aus einem tödlich verletzten Tier. Seine Laute klangen wie die eines aufgespießten Keilers, dessen Ende bereits besiegelt ist.

Ein letztes Mal an diesem Morgen breitete Oswald die Arme aus. Sein Gesicht war blass, aber sein Kinn voller Entschlossenheit nach vorn gereckt.

»Cormán, es sind die Worte Eurer Brüder, die Euch verdammen. Ich werde Euch für Eure Sünden und Verbrechen nicht verurteilen, das steht einer höheren Gewalt zu. Doch Ihr habt jedes Recht verwirkt, Euch in meinem Reich aufzuhalten. Ihr werdet dorthin zurückkehren, von wo Ihr gekommen seid. Ich werde einen Brief an Ségéne von Hii senden und ihn bitten, uns einen neuen Bischof zu schicken. Einen, der für die Aufgabe hier besser geeignet ist als Ihr. Dort werdet Ihr die Strafe erhalten, die er für angemessen hält.«

Dieses Mal wartete Oswald nicht Oswius Übersetzung

ab. Er nahm Cormán in den Blick und sprach zu ihm in der singenden Sprache der Hibernier.

Unter seinem starren Blick schrumpfte Cormán zusammen. Seine Schultern sackten noch tiefer. Seine gesenkten Augen glitzerten.

Dann wandte der König sich an die Männer im Saal. »Ihr alle kennt meinen Wunsch, dass das ganze Volk von Northumbria Christus verehren möge. Doch dafür benötigen wir einen wahrhaft heiligen Führer. Einen Mann, in dessen Taten sich das Göttliche widerspiegelt. Cormán ist kein solcher Mann. Aber Hii wird uns einen neuen Bischof schicken, und wir werden dafür beten, dass dieser wahrhaft heilig sei.« Sein Blick ruhte auf den Anwesenden. »Ihr habt euren heiligen Eid auf mich geschworen. Und ich verlange, dass kein Wort von dem, was heute in diesem Saal gesprochen wurde, nach draußen dringt. Niemand außer uns muss erfahren, weshalb Cormán nach Hii zurückkehrt.« Der König warf dem Abt, der kurz vor dem Zusammenbruch zu stehen schien, einen verächtlichen Blick zu. »Niemand soll sich an Cormáns Namen erinnern. Er wird aus der Geschichte getilgt werden, soll weder besungen noch erinnert werden. Niemand von euch soll je wieder über ihn oder über das sprechen, was sich heute hier ereignet hat.«

Coenrad betrachtete all die Männer, die für ihn eingestanden waren. Er hatte fest damit gerechnet, bestraft zu werden. Nicht zu hoffen gewagt, in Lindisfarena bleiben zu können. Doch Oswius Recken und Gothfraidh, ja sogar der König selbst, hatten sich hinter ihn gestellt. Hatten für ihn gebürgt. Fast war es, als wären sie alle seine Familie.

Als Gothfraidh neben ihn trat und ihm die Hand auf die

Schulter legte, konnte Coenrad sich nicht länger beherrschen. Die Tränen liefen ihm über die Wangen. Er würde nicht bestraft werden.

Er hatte Freunde. Familie.

Und ein Zuhause.

Kapitel 22

In den folgenden Wochen legte die Sonne eine wärmende Dunstglocke über Ubbanford. Alles wirkte friedlich. Die Tage wurden länger, und das Land schien die Wärme gierig aufzunehmen. Gelegentlich zogen auch Wolken auf, aber wenn überhaupt, dann fiel nie mehr als ein sanfter Nieselregen. Die Wurzeln der Gerste und der Erbsen labten sich durstig an der Feuchtigkeit, und überall spross frisches Grün. Die Bewohner von Ubbanford freuten sich über den Regen ebenso sehr wie die Pflanzen, denn er erlaubte ihnen ein wenig Erholung von der Arbeit. Ansonsten hatten alle zu tun, mussten pflanzen, sich um die Lämmer kümmern oder die Schäden an Zäunen und Häusern reparieren, die die Winterstürme angerichtet hatten. Beobrand und seine Kampfgefährten nutzten jeden trockenen Tag zum Arbeiten am neuen Saal. Das hölzerne Skelett stand bereits, sodass nun die Wände errichtet wurden. Es war ein beeindruckender Saal. Ein Symbol der Stärke hoch über dem Dorf. Wer sich Ubbanford näherte, konnte den Bau auf dem Hügel unmöglich übersehen.

Manchmal fragte sich Beobrand, ob er schon fertig sein würde, wenn Nathairs Söhne beschlossen anzugreifen. Den neuesten Gerüchten zufolge stand es mit Nathairs Gesundheit nicht zum Besten. Doch für den Moment hatten die

Söhne wohl beschlossen, mit ihrem Nachbarn südlich des Tuidi noch nicht die Klingen zu kreuzen.

Beobrand war froh über die Waffenruhe. Er wollte nicht noch mehr Kämpfe. Nicht noch mehr Blutvergießen. Er wäre vollauf zufrieden damit gewesen, den Sommer nur mit Bau- und Feldarbeiten zuzubringen. Doch Acennan überzeugte ihn, auch dafür zu sorgen, dass ihre Kampfkraft erhalten blieb. Er rief ihm in Erinnerung, wie Scand seine Männer regelmäßig zu Übungen gezwungen hatte. Darum ließ Beobrand die seinen alle paar Tage zu den verschiedenen Kampfübungen antreten, die er von seinem alten Lehnsherrn gelernt hatte. Dann standen sie einander Schild an Schild gegenüber und übten den Gebrauch von Speer und Klinge. Nach der Arbeit am Saal war das sehr anstrengend, doch die Männer wussten genau, dass ihre Fähigkeiten als Kämpfer genauso wenig Rost ansetzen durften wie ihre Schwerter.

Die Tage ohne Waffentraining waren lang und eine einzige Plackerei. Doch Beobrand hatte Freude an der körperlichen Arbeit, sodass er genauso anpackte wie seine Männer. Heben, schleppen, sägen, nageln. Mit der Winterkälte verschwanden auch die düsteren Erinnerungen an das vergangene Jahr. Gelegentlich drängten sich ihm noch die Worte in den Sinn, die Nelda ihm in der Dunkelheit ihrer Höhle hinterhergeschleudert hatte. War es wirklich möglich, dass sie Hengists Mutter war? Es erschien ihm unvorstellbar, und doch … Er erinnerte sich an ihr Gesicht. Die Form ihres Kiefers. Ihre dunklen, stechenden Augen. Er wusste, dass sie die Wahrheit gesagt hatte, auch wenn er sich beim besten Willen nicht erklären konnte, wie es sie so weit in den Nordosten verschlagen hatte. Wenn er daran dachte, schauderte ihn, trotz der Wärme. Welche Macht hatte sie angewandt, um ihn zu sich zu locken? Und wenn ihr das gelungen war, dann musste ihr Fluch doch genau dieselbe Macht besitzen, oder etwa nicht? Er schob diese Gedanken immer schnell beiseite.

Im strahlenden Sonnenschein des Tages fiel es ihm leichter, seine Ängste zu zerstreuen. Bei Nacht jedoch, in der Dunkelheit und Stille, spürte er Neldas Gegenwart und erinnerte sich an den Geruch ihres Atems. Sunniva hatte er von seiner Begegnung mit der Hexe nichts erzählt. Die Wärme und die Sonne, dazu Odelynas heilende Fähigkeiten, alles zusammen schien seinen eigenen Zauber entfaltet zu haben. Sie war nicht mehr so blass. Die Kopfschmerzen hatten nachgelassen und traten nicht mehr so häufig auf. Allerdings war sie immer noch schwach, sodass sie nicht länger in der Schmiede arbeiten konnte.

Ihr Bauch schwoll ebenso schnell an wie die Erbsenschoten auf dem südlichen Feld. Die Zeit der Geburt rückte näher, und sie wurde unruhig. An den Tagen, an denen es Sunniva gut ging, ließ Beobrand einen bequemen Stuhl den Hügel hinauftragen, auf dem sie sitzen und den Arbeiten am Saal zusehen konnte. An ihrem gemeinsamen Saal. Ihr Lieblingsplatz, um den Fortschritt des Baus zu überwachen, war im Schatten eines Unterstandes, den die Männer für sie gebaut hatten.

Beobrand stellte fest, dass die Männer härter arbeiteten, wenn sie da war. Dass sie weniger miteinander scherzten und seltener eine Pause einlegten. Stattdessen bedachten sie Sunniva mit freundlichen und wohlwollenden Blicken und strengten sich an, um sie zu beeindrucken. Für Beobrand grenzte es immer noch an ein Wunder, dass diese Krieger ihn zu ihrem Lehnsherrn auserkoren hatten. Aber wenn er Sunniva ansah – ihr goldenes, in der Frühlingssonne leuchtendes Haar, ihre rosigen Wangen, ihr bescheidenes Lächeln –, dann konnte er gut verstehen, weshalb die Männer sie verehrten und respektierten. Sie war vielleicht nicht von edler Geburt, doch sie verströmte Anmut und Grazie. Und neben ihrer Schönheit und Eleganz besaß sie einen eisernen Willen, wie ihn die Kampfgefährten für jeden in einer Machtposition als unbedingt notwendig erachteten.

Beobrand erging es nicht anders. Zudem entdeckte er täglich etwas Neues, oft ein Detail aus ihrer Vergangenheit oder eine neue Chraktereigenschaft. Da sie am Ende des Tages meistens erschöpft waren, gingen sie früh zu Bett. Dann lagen sie dicht beisammen in der Dunkelheit und redeten. Oft streichelte sie ihm dabei unbewusst die Brust und weckte damit ein fast unmenschliches Verlangen in ihm, das er nicht zu stillen wagte. Er hatte Angst, ihrem ungeborenen Kind dadurch Schaden zuzufügen. Stattdessen hörte er ihr zu und strich ihr übers Haar. Der Winter war für sie beide lang und kalt gewesen, und jetzt füllten sie die schreckliche Leere der langen Monate mit Worten.

Heute saß Sunniva nicht an ihrem gewohnten Platz auf dem Hügel. Am Morgen hatte sie sich unwohl gefühlt und über stechende Schmerzen geklagt. Beobrand hatte nach Odelyna geschickt und nervös neben dem Lager gestanden, als die Alte mit ihren Untersuchungen begann. Doch dann war die Heilerin seiner schnell überdrüssig geworden und hatte ihn aus dem Zimmer gejagt.

Mürrisch widmeten er und die Männer sich ihrer Arbeit, aber sie brachten nicht allzu viel zustande. Alle machten sich Sorgen um Sunniva. Immer wieder hielten sie inne und ließen die Blicke hügelabwärts zu der kleinen Siedlung schweifen. Am späten Vormittag war dort plötzlich hektische Betriebsamkeit zu erkennen.

Die Männer sahen, wie ihr Herr sich schützend die Hand an die Stirn legte, um besser sehen zu können, und ließen alle Arbeit ruhen. Ein Reiter näherte sich ihnen im Galopp.

»Das ist Anhaga«, sagte Acennan.

»Aye. Auf Sceadugenga.« Beobrands Stimme klang angespannt.

Er ging den Hügel hinab, dem Pferd entgegen.

Anhaga war kein guter Reiter, doch Sceadugenga mochte ihn und trug ihn sicher. Wenige Schritte vor Beobrand kam der Hengst zum Stehen. Er schnaubte und scharrte mit einem Vorderhuf. Er wirkte, als wäre er am liebsten über die Hügel galoppiert, doch heute war nicht der Tag für einen langen Ausritt.

»Herr«, stieß Anhaga keuchend hervor, »Ihr müsst kommen.« Er saß ab und landete ungeschickt auf seinem verdrehten Bein. Dann stolperte er und reichte Beobrand die Zügel. »Lady Sunnivas Zeit ist gekommen. Ihr müsst Euch beeilen.«

Beobrand griff in die schwarze Mähne des Hengstes und schwang sich in den Sattel. Ohne ein Wort zu sagen, grub er die Hacken in Sceadugengas Flanken, dann jagten sie den Hügel hinab.

* * *

Als der nächste Schrei durch den Saal hallte, kniff Beobrand die Augen fest zusammen und schlug voller Verzweiflung mit den Fäusten auf den vor ihm stehenden Tisch. Ihm war klar, dass er nichts tun konnte. Das hier war Frauensache. Doch das Gefühl der Hilflosigkeit machte ihn wütend.

Da spürte er im Rücken eine Bewegung und fuhr herum. Anhaga war aus dem Schatten hervorgetreten, in den er sich zurückgezogen hatte. Er stellte das Trinkhorn, das Beobrand umgeworfen hatte, wieder auf, vermied es jedoch dabei, ihm in die Augen zu blicken. Dann nahm er den Krug, füllte das Horn auf, verneigte sich und zog sich zurück. Seine Miene war verkniffen und seine Bewegungen ungeschickt. Die Anspannung war mit Händen zu greifen.

Bis auf Beobrand, Acennan und Anhaga hielt sich niemand im Saal auf. In der Gegenwart seines Freundes fand Beobrand ein wenig Trost. Als Anhaga vor einiger Zeit hereingehumpelt gekommen war, hatte Beobrand es nicht übers Herz gebracht, ihn wegzuschicken. Der treue Diener hatte sich den ganzen Winter um Sunniva gekümmert. Er schwärmte hemmungslos für sie, trotzdem schien sie ihn inzwischen immerhin zu tolerieren. Mehrfach schon hatte Beobrand beobachtet, wie sie die Köpfe zusammengesteckt und sich leise unterhalten hatten. Und jedes Mal hatten sie damit aufgehört, sobald er sich dazugesellt hatte. Worüber sie wohl sprachen? Sie hielten etwas vor ihm geheim, doch Sunniva wich all seinen diesbezüglichen Fragen aus. Bis jetzt hatte er nie auf einer Antwort bestanden, doch das wollte er ändern, sobald das Kind geboren war. Es gefiel ihm nicht, dass ihm etwas vorenthalten wurde.

Wie als Reaktion auf seine Gedanken gellte nun erneut ein Schmerzensschrei aus dem Schlafgemach durch den Saal. Mehrere Frauen waren dort und kümmerten sich um Sunniva. Als er vorhin eingetroffen war, hatte Odelyna ihm gestattet, seine Frau kurz zu sehen.

Ihre Haut war fleckig, stark gerötet und von einem Schweißfilm bedeckt. Die Haare klebten an ihrer Stirn. Der Anblick stürzte ihn in tiefe Sorge. Seine Mutter und seine Schwester Rheda hatten in ihren letzten Momenten denselben panischen Gesichtsausdruck gehabt, denselben glasigen Blick. Er merkte, wie seine Knie weich wurden. Er sank neben ihrem Lager zu Boden und nahm ihre Hand in seine. Küsste sie auf die Stirn. Die Hitze, die er bei den Berührungen spürte, entsetzte ihn. Aber er durfte sich seine Angst nicht anmerken lassen. Das hätte ihr nicht geholfen. Er musste Stärke zeigen, für sie.

»Sunniva, meine Liebste«, sagte er und rang sich ein schmales Lächeln ab. »Sie sagen, dass es an der Zeit ist, dass du unser Kind zur Welt bringst.«

Sie sah ihn an. »Ich habe Angst«, sagte sie. »Es tut so schrecklich weh.«

Er blickte zu Odelyna und Rowena.

Odelyna trat einen Schritt vor. »Ich kenne keine einzige Frau, die Freude an der Geburt ihres Kindes gehabt hat. Der Schmerz ist etwas ganz Normales. Schon bald wird er Vergangenheit sein.«

»Hast du gehört, Sunniva? Der Schmerz wird bald vorbei sein.« Er lächelte sie erneut an, dieses Mal etwas breiter. »Und wir bekommen unseren Sohn. Weißt du noch?«

Doch Sunniva hatte bereits die Augen geschlossen und

grub ihre Fingernägel in seine Hand. Ein Stöhnen wälzte sich aus den Tiefen ihrer Kehle nach draußen und wurde zu einem schrillen Schrei, der von solcher Intensität war, als würde er ihr gleich die Kehle zerreißen.

»Aber nun, Herr«, in Odelynas Stimme hatte eine Zartheit gelegen, die Beobrand bei ihr noch nie wahrgenommen hatte, »solltet Ihr uns Frauen unsere Arbeit machen lassen. Ihr könnt hier nichts weiter tun, als Angst und Sorge zu verbreiten, und das könnt Ihr im Saal genauso gut, nur dass Ihr uns dann nicht in die Quere kommt. Wir lassen Euch rufen, sobald das Kind geboren ist.«

Aber das war jetzt schon lange her. Die Sonne, die inzwischen untergegangen war, hatte noch hoch am Himmel gestanden, und soeben erlosch ihr letztes Glühen am westlichen Horizont. Anhaga beschäftigte sich damit, überall im Saal Kerzen und Fackeln zu entzünden und der Glut im Kamin neue Flammen zu entlocken. Er fragte nicht, ob er nach Speisen schicken sollte. Dazu kannte er seinen Herrn zu gut. Solange Sunniva so leiden musste, würde Beobrand keinen Bissen runterbringen.

»Die Warterei ist immer das Schlimmste«, durchbrach Acennan die Stille, die auf ihnen lastete, während sie auf den nächsten Schmerzensschrei warteten. »Ob vor der Schlacht oder vor einer Geburt, die unmittelbare Zeit davor ist immer am schwersten zu ertragen.«

Erneut stieß Sunniva einen markerschütternden Schrei aus.

»Nun ja«, fuhr Acennan scheinbar unbeeindruckt fort, »zumindest für uns Männer. Die Frauen sind da vermutlich anderer Meinung.« Er grinste schuldbewusst.

Beobrand verzog nicht einmal die Lippen. Stattdessen leerte er sein Trinkhorn, erhob sich abrupt und begann, auf und ab zu gehen, immer von einem Ende des Saals zum anderen.

»Ist das normal?«, wollte er von Acennan wissen.

»Ist was normal?«

»Das Geschrei? Die Schmerzen? Und dauert es jedes Mal so lange?«

»Ich bin kein Experte, aber soweit ich weiß, sind die Erstgeburten oft die schlimmsten.«

»Damit kannst du recht haben«, erwiderte Beobrand. »Ich erinnere mich noch daran, wie meine Mutter Edita zur Welt gebracht hat. Da war alles vorbei, bevor wir noch etwas von ihren Wehen mitbekommen hatten. Und Edita war ihr sechstes Kind. Zwei davon sind schon am Tag ihrer Geburt gestorben oder tot zur Welt gekommen, das habe ich nie erfahren. Vater und Mutter haben nie über sie gesprochen.« Beobrand fuhr sich durch die Haare. Das an seiner linken Hand Finger fehlten, fiel ihm nur noch selten auf. Er hatte sich an das Gefühl gewöhnt. »Als Kind habe ich viele Fragen gestellt. Ich wollte einfach wissen, was geschehen war. Aber am Schluss habe ich nie eine Antwort, aber dafür eine Tracht Prügel bekommen. Sie haben nie wieder über meine toten Geschwister gesprochen.«

Warum beharrte sein Geist so unbedingt darauf, genau jetzt an diese Dinge zu denken? Ohne dass er es wollte, endete jeder seiner Gedanken mit dem Tod. Sie waren gestorben. Alle. Wie oft hatte er sich schon gefragt, ob er verflucht war. Aber das waren die Gedanken eines Kindes. Ein wahrer Mann war in der Lage, sein eigenes Schicksal zu beeinflussen, und sein Schicksal war mit dem Sunnivas verwoben. Er war stark, und sie würden starke Kinder bekommen. Sie würden zu einer Familie heranwachsen, die sich in den kommenden Jahrzehnten einen großen Namen machen würde.

Ohne Vorwarnung hallten Neldas Worte durch seine Gedanken, als würde sie sie höchstpersönlich sprechen. »Ich verfluche dich, so wie du meinen Sohn verflucht hast! Du sollst niemals Glück erfahren. Du sollst einsam sterben.«

Er schauderte. Er wollte frei sein von diesen Gedanken, doch er hatte sie ebenso wenig unter Kontrolle, wie die Menschen Ebbe und Flut kontrollierten.

Ein heulender Schrei voll abgrundtiefer Erschöpfung und Pein drang aus dem Schlafgemach am Ende des Saals.

Und dann weitere Laute, leiser, schwächer, aber ebenso eindringlich. Die Schreie eines Neugeborenen.

Stille folgte, und Beobrand fing einen Blick von Acennan auf. Der untersetzte Krieger nickte.

Das Gebrüll des Babys wurde lauter, fordernder. Eine Woge der Erleichterung brandete über Beobrand hinweg. Er befürchtete zusammenzubrechen, so stark waren die Gefühle, die ihn überkamen, und er musste sich am Tisch festhalten.

Einen Augenblick später wurde der Vorhang zu ihrem Schlafgemach aufgeschoben und Lady Rowena trat in das Dämmerlicht. Ihr Gesicht war ein verwischter, heller Fleck in der Dunkelheit.

»Fürst Beobrand«, sagte sie mit heiserer Stimme, »Ihr habt einen Sohn.«

* * *

In ihrer Kammer war es warm. Binsenfackeln verbreiteten unruhiges Licht. Schweißgeruch hing in der Luft, vermischt mit anderen Aromen.

Von Blut.

Und Scheiße.

Beobrand kannte die Geruchsmischung. Das war der Gestank des Schlachtfeldes. Bilder vom Zusammenprall der Schildwälle und die längst verhallten Schreie der Verwundeten und Sterbenden taumelten durch seinen erschöpften Geist.

Glich dieses Werk der Frauen, ein Kind zur Welt zu bringen, etwa einer Schlacht? Auch in den letzten Stunden waren Schreie erklungen. Schreckliche Laute der Verzweiflung und der Qual. Er blickte sich in dem übel riechenden Zimmer um. Das Neugeborene brüllte. Wie konnte ein so winziges Wesen einen solchen Lärm veranstalten?

Rowena nahm Odelyna das in Windeln gewickelte Päckchen ab und reichte es Beobrand. Es hörte nicht auf zu schreien.

»Euer Sohn«, sagte Rowena.

Beobrand unternahm keinen Versuch, das Kleine anzufassen. Er starrte es an, unfähig zu begreifen, dass es aus Sunnivas Bauch in diese Welt gekommen sein sollte. Es war so winzig. Seine Züge eine einzige faltige Maske der Empörung. Seine Lippen bebten, während es herzhaft weiterbrüllte.

»Ist es krank?«, wollte er wissen.

»Nein, er ist nicht krank.« Rowena schüttelte den Kopf. »Euer Sohn hat Hunger und ist wütend, weil er aus der dunklen Wärme in die kalte Welt gestoßen wurde. Sobald

Ihr gegangen seid, gebe ich ihn Maida. Sie wird ihn stillen. Lady Sunniva ist dafür im Moment zu schwach.«

Beobrand nickte. Elmers Frau war ihren eigenen Kindern eine gute Mutter, sie würde auch gut für den Säugling sorgen. Er fühlte sich, als hätte er zu viel Met getrunken. Langsam. Tollpatschig.

Odelyna, die sich um Sunniva gekümmert hatte, drehte sich jetzt zu ihm. »Mein Herr«, sagte sie mit derselben Zartheit in der Stimme, die er schon zuvor bemerkt hatte. »Eure Gemahlin hat eine sehr anstrengende Geburt hinter sich. Ihr könnt kurz mit ihr sprechen, aber dann muss sie ruhen.«

Beobrand nickte und ging neben der Bettstatt auf die Knie.

Sunniva sah aus, als würde sie schlafen – das Gesicht regungslos, die Augen geschlossen. Er nahm ihre Hand und küsste sie.

»Meine Liebste, wir haben einen prächtigen Sohn«, flüsterte er.

Ihre Lider flatterten, bevor sie die Augen aufschlug. »Beobrand.« Ein Lächeln huschte über ihre Lippen, dann runzelte sie die Stirn und umklammerte seine Hand. »Geht es ihm gut? Wo ist er? Ich höre ihn nicht.«

»Ganz ruhig, Liebste. Unserem Sohn fehlt nichts. Rowena hat ihn zu Maida gebracht. Sie wird ihn stillen, während du dich ausruhst. Alles ist gut.«

Sie entspannte sich wieder und ließ den Kopf auf das Kissen sinken, während Odelyna mit geübten Handgriffen das Zimmer aufräumte.

Beobrand war noch immer entsetzt angesichts all der Anstrengung und der Qual, die sich in Sunnivas Gesicht eingebrannt hatten. Er streichelte ihre Hand. »Du hast deine Sache sehr gut gemacht, meine Liebste. Aber jetzt musst du dich ausruhen. Und wenn es dir besser geht, kannst du unseren Sohn sehen.«

Sie ließ ein zufriedenes Seufzen hören und schien bereits in den Schlaf zu sinken.

»Wir müssen uns noch einen Namen ausdenken«, sagte sie dann leise und mit geschlossenen Augen. »Sollen wir ihn nach deinem Bruder benennen? Zu seinem Andenken und zu seinen Ehren?«

Beobrand hatte an den Namen seines Kindes bis jetzt noch keinen einzigen Gedanken verschwendet. Die ganze Vorstellung, Vater zu sein, war ihm sehr fern und fremd erschienen. Er ließ sich Sunnivas Vorschlag durch den Kopf gehen. Octa. Es war ein starker Name. Sein Bruder war ein respektierter Krieger gewesen. Sein Sohn würde dessen Namen mit Stolz tragen können.

»Ja.« Erneut küsste er ihre Hand. »Octa wäre ein guter Name für unseren prächtigen Jungen.«

»Octa«, flüsterte sie und öffnete die Augen. Sie waren trübe vor Erschöpfung. Aber nicht nur das. Auch vor Schmerz. Sie klammerte sich an seine Hand. Verzog das Gesicht. Stöhnte laut.

»Sunniva?«

Schweißperlen traten auf ihre Stirn. Ihr Blick irrte umher, als würde sie ihn nicht wahrnehmen.

»Sunniva, meine Liebste. Ruh dich aus.«

Ihr Griff wurde noch fester, dann begann sie zu keuchen, und ihr Kopf flog von einer Seite zur anderen.

Das Entsetzen schlug seine Krallen in Beobrands Kehle.

Tief in seinen Gedanken schien er das Echo eines Hexenfluchs zu vernehmen.

»Vater …? Warum bist du mir böse?« Sunnivas Stimme klang wie die eines Kindes. Zaghaft und weinerlich.

»Ich bin dir nicht böse«, erwiderte Beobrand. Vater? Wie meinte sie das? Panisch sah er zu Odelyna hinüber. »Was hat sie?«

»Tretet zur Seite und lasst mich sehen.« Odelynas Reaktion war so schroff wie eh und je. Und lag da nicht ein Hauch von Furcht in ihrer Stimme?

Hilflos sah Beobrand zu, wie die alte Frau Sunnivas Stirn berührte und zurückzuckte, als hätte eine Biene sie gestochen.

»Geht beiseite, Mann.« Sie lief um das Lager herum, während Sunniva anfing zu weinen. Ihr Körper bebte vor Schluchzen.

»Vater, bitte, brüll nicht so. Es tut mir doch leid«, flehte sie.

Beobrand trat zögerlich einen Schritt zurück, damit Odelyna ihren Zauber wirken konnte.

Er fragte nicht mehr, warum Sunniva so sprach. Er hatte etwas Ähnliches schon einmal miterlebt, kurz bevor der Geist seiner Schwester aus ihr gewichen war. Auch sie hatte damals von Dingen gesprochen, die nicht da waren. Ob Sterbende die Geister derer sehen konnten, die vor ihnen aus dem Leben geschieden waren? Trotz der Wärme im Raum bekam Beobrand plötzlich eine Gänsehaut. Die Härchen an seinen Armen richteten sich auf.

Sunniva würde nicht sterben. Odelyna war schließlich bei ihr. Er hatte Rheda und seine Mutter sterben lassen, aber er besaß auch keine Zauberkraft wie sie. Keine Salben oder Tinkturen. Odelyna war alt und weise. Sie mochte eine zänkische alte Hippe sein, aber sie würde seine Gemahlin aus den Klauen des Todes befreien.

Sunniva durfte nicht sterben.

Die Alte hatte jetzt einige Pflanzenblätter aus einem Beutel genommen und hielt sie in eine Kerzenflamme. Durchdringender Gestank breitete sich im Raum aus, während Odelyna ein paar Worte murmelte. Worte der Macht. Worte der alten Götter.

Sunniva krümmte sich ununterbrochen vor Schmerzen.

»Du kannst sie retten, nicht wahr?«, vergewisserte sich Beobrand.

Odelyna fuhr in ihren Beschwörungen fort.

»Das kannst du doch, oder etwa nicht?« Beobrand hörte die Angst in seiner eigenen Stimme. Es war nicht die Angst vor der Schlacht, die Angst, von einem Feind niedergemetzelt zu werden. In einem Kampf konnte man sich durch eigene Stärke und eigene Schläue vor dem tödlichen Hieb schützen. Man konnte dem Tod durch seine eigenen Fähigkeiten im Umgang mit dem Schwert seinen Willen aufzwingen.

Hier jedoch, in dieser Kammer voller Angst, musste Beobrand sich der allerschrecklichsten Bedrohung stellen: der Angst, einen geliebten Menschen zu verlieren, ohne jede Möglichkeit, etwas dagegen tun zu können. Für einen Menschen in seinem Alter hatte er sich schon zu häufig in einer solchen Situation wiedergefunden. Aber niemals hätte er geglaubt, dass Sunniva so zerbrechlich war.

Er musste sich irren. Bestimmt war es nicht so schlimm, wie es in seinen Augen schien. Doch ein Blick in Odelynas verkrampftes Gesicht belehrte ihn eines Besseren. In ihrem leisen Gesang lag nun Verzweiflung.

Plötzlich stieß Sunniva einen lauten Schrei aus und verstummte dann.

Mit einem einzigen schnellen Schritt war Beobrand bei ihr, streifte dabei Odelyna, die zur Seite taumelte, um nicht zu fallen. Rauchschwaden hüllten ihn ein, er konnte kaum atmen.

Regungslos und mit geschlossenen Augen lag Sunniva da. O nein! Woden, Allvater, nimm sie mir nicht! Nimm sie mir nicht! Nimm sie mir nicht!

Beobrand umfasste ihre Hand. Sie war ebenso heiß wie die Luft in der Schmiede, in der er sie so oft besucht hatte. In ihr brannte ein böses Feuer. Hatte ein Pfeil der Elfen sie getroffen? War das Neldas Fluch?

Sie rührte sich nicht. War sie bereits von ihm gegangen? Beobrand musste ein Schluchzen unterdrücken. Das durfte nicht sein.

Da schlug Sunniva die Augen auf und blinzelte.

Beobrand stieß einen zitternden Seufzer aus. Sie lebte! Alles würde gut werden. Er kam sich töricht vor, dass er sich solche Sorgen gemacht hatte.

»Sunniva, ich hatte große Angst um dich. Ich dachte schon, ich hätte dich verloren.«

»Ich bin hier, mein Liebster«, erwiderte sie. »Ich werde immer hier sein.« Sie lächelte schwach. Ihre Stimme klang müde, und ihre Augenlider wollten sich immer wieder schließen. Schließlich gab sie dem Drang nach. Ihre Hand war so heiß, dass er glaubte, sich daran zu verbrennen.

»Du musst dich jetzt ausruhen«, sagte er.

Noch einmal öffnete sie die Augen, und in ihrem Blick lag eine neue Dringlichkeit. »Warte! Lass mich nicht allein. Und lass meinen Sohn holen. Ich muss ihn sehen!«

»Du kannst ihn später sehen, wenn du dich ausgeruht hast.«

»Nein. Jetzt. Ausruhen kann ich mich danach noch.«

Ein Schauder lief Beobrand über den Rücken. Sunnivas Stimme hatte sich verändert. Als er keine Anstalten machte, ihrer Bitte nachzukommen, wandte sie sich an Odelyna.

»Bitte, Odelyna«, flehte sie. Etwas in ihrem Tonfall – oder eine Art geheimer Verständigung zwischen den Frauen – veranlasste Odelyna zu nicken, sich umzudrehen und den Raum zu verlassen.

Zum ersten Mal seit Langem waren Beobrand und Sunniva zu zweit. Sie blickten einander tief in die Augen.

In diesem Augenblick wusste er, dass seine schlimmsten Befürchtungen wahr geworden waren. Sunniva schwieg, und doch wusste er es.

»Aber jetzt geht es dir doch gut ...« Seine Stimme versagte.

Sie schüttelte den Kopf. Tränen traten ihr in die Augen und liefen über ihre geröteten Wangen. »Es tut mir so leid, mein Liebster«, sagte sie.

Beobrand spürte, wie auch in seinen Augen die Tränen zu brennen begannen. Er konnte nur noch verschwommen sehen.

»Sag das nicht. Es geht dir gut.« Seine Tränen hinterließen nasse Schlieren auf seinen Wangen. Das durfte nicht geschehen, und doch wusste er, dass es die Wahrheit war. Das Licht in Sunnivas Augen wurde allmählich schwächer.

»Verlass mich nicht!« Schlagartig kochte die Wut in ihm hoch. »Lass mich nicht allein, Sunniva.«

Sie drückte fest seine Hand. »Du wirst niemals allein sein«, sagte sie entschlossen. »Ich werde immer bei dir und unserem Sohn sein.«

Der Druck ihrer Hand ließ nach.

»Unser Sohn, Octa.« Ihre Stimme war jetzt so schwach, dass Beobrand die Worte kaum verstehen konnte. Für einen winzigen Augenblick huschte ein Lächeln über ihre Lippen. Dann wich das Leben mit einem letzten flüsternden Atemhauch aus ihr. Sunnivas Kopf fiel zur Seite, als wäre sie in einen tiefen Schlaf gefallen.

* * *

An diesem Abend hörten die Leute von Ubbanford viele Schreie aus dem alten Saal. Zuerst hatte das Gebrüll einer qualvollen Geburt die Gespräche der Dorfbewohner immer wieder unterbrochen. Die Frauen tauschten wissende Blicke aus. Sie konnten Sunnivas Schmerzen nachempfinden. Sie waren das Band, das alle Mütter verband. Die Männer taten ihr Bestes, um die Schreie zu ignorieren, und nahmen noch tiefere Schlucke als gewöhnlich aus ihren Bechern und Hörnern.

Anschließend ertönte das herbeigesehnte Geschrei eines gesunden Neugeborenen. Die Frauen betrachteten ihre eigenen schlafenden Kinder mit einer Zärtlichkeit, die während des anstrengenden Alltags oftmals in Vergessenheit geriet. Gesunde Kinder waren ein Segen. Diejenigen, die eines oder mehrere Kinder verloren hatten, reagierten stärker als andere auf jedes neue Leben. Als die herzerwärmenden Laute erklangen, empfingen die Götter viele stumme Gebete um Gesundheit und ein langes Leben für Beobrands Nachwuchs.

Kurz darauf wurde die Nacht vom lautesten und grausamsten aller Schreie entzweigerissen. Vom hilflosen Schrei des Verlusts. Eine Mischung aus Trauer, Wut und abgrundtiefem Schmerz. Kinder erwachten in der Angst, dass ein nächtlicher Räuber die Siedlung heimgesucht hatte. Die Eltern beruhigten sie und schickten sie mit sanften Worten zurück in den Schlaf. Männer und Frauen umarmten sich. Viele liebten sich in dieser Nacht, dankbar dafür, dass sie noch jemanden hatten, an dem sie sich festhalten konnten. Jemanden, der sie wärmte. Und der die Düsternis der Einsamkeit in Schach hielt.

Denn dieser letzte Schrei in der Stille der Nacht ließ keinen Zweifel daran: Ihr Fürst hatte seine Gemahlin verloren.

Die Götter hatten mit der einen Hand neues Leben gegeben und mit der anderen den Preis dafür eingefordert: den Tod. So waren die Götter.

Die meisten Männer akzeptierten ihr Schicksal und nahmen die Entscheidung der Götter hin, sei sie nun gut oder schlecht.

Doch Beobrand brüllte seinen Zorn in die Nacht hinaus, damit sogar die Götter ihn vernehmen konnten. Er war nicht wie die meisten Männer. Im Kampf hatte er für mehr Nahrung für die Raben und Wölfe gesorgt als die meisten Kriegsherren, die doppelt so alt waren wie er. Er hatte schier unschlagbare Kämpfer und Könige besiegt. Jeder, der nun seinen Schrei in der Dunkelheit vernahm, der vernahm die Stimme des Todes und der Vergeltung.

Beobrand war niemand, der sein Schicksal kampflos akzeptierte.

Die Langbärte, die an ihren Feuern hockten, schüttelten die Köpfe. Der Tod ließ sich nicht besiegen. Er war das Ende aller Dinge.

Sie wussten das, aber ihr neuer Herr war nicht nur jung, sondern strotzte auch vor Kraft. Seine Fähigkeiten in der Schlacht waren bereits legendär. Und dennoch würde er das, was an diesem Abend geschehen war, genauso wenig ändern können, wie er die Sonne daran hindern konnte, am Morgen aufzugehen. Sie fürchteten sich vor dem, was er in seiner Trauer womöglich tun würde. Junge Männer waren nicht weise. Die Götter allein wussten, welches Unglück Beobrand anrichten konnte.

In dieser Nacht war der Schlaf der alten Männer unruhig und voller Albträume.

DRITTER TEIL

DER FLUCH

Kapitel 23

Acennan entdeckte Beobrand am Flussufer. Es war kalt im schattigen Tal. Nebelschwaden hingen über dem Wasser. Am gegenüberliegenden Ufer stand der Reiher, genauso regungslos, genauso gedankenverloren wie Beobrand. Als Acennan die Stille störte, neigte der große Vogel lediglich leicht den Kopf. Vielleicht, um ihn besser im Blick zu haben. Doch er schien für ihn keine Bedrohung zu sein, denn kurz darauf nahm er seine stumme Wächterhaltung am Fluss wieder ein. Die beiden Männer am anderen Ufer würdigte er keines Blickes mehr.

Beobrand lehnte mit dem Rücken an dem schwarz-weißen Stamm einer Birke. Auf Acennans Ankunft hatte er nicht reagiert.

Tau lag auf den Blättern und den langen Grashalmen am Wasser. Acennans Schuhe und Beinbinden waren bereits feucht. Wenn Beobrand die ganze Nacht hier verbracht hatte, musste er vollkommen durchnässt sein.

»Ich habe mir Sorgen um dich gemacht«, sagte Acennan. »Du solltest in den Saal zurückkommen.«

Beobrand holte Luft und seufzte tief. »Lass mich in Ruhe, Acennan«, stieß er dann heiser hervor. »Ich will mit niemandem reden.«

Er hatte nur verschwommene Erinnerungen an die vergangene Nacht. Zwar wusste er noch, was geschehen war, aber es kam ihm vor, als würde ihn eine dichte Nebelwand von allem trennen. Er hatte seinen Zorn auf Woden laut hinausgebrüllt. Seine Verachtung für Thunor. Hatte Frige mit all seiner Wut überschüttet. Selbst Coenrads Christus hatte in dieser Nacht Beobrands Trauer und Hass zu spüren bekommen. An jeder Biegung seines Lebensweges ließen die Götter ihn im Stich. Sein Leben war ein einziges Blutbad.

Das Schicksal hatte ihm nur für eine kurze Zeit Glück beschert, bevor es ihm alles genommen hatte. Wieder einmal.

Neldas Worte schwebten durch seinen Geist. Sie hatte ihn dazu verflucht, einsam zu sterben. Ihr Zauber hatte Verderben über ihn gebracht. Ihre Rache hatte ihm tiefes Leid beschert, nachdem es ihrem Sohn nicht gelungen war.

Mit ungeschickten Bewegungen setzte Beobrand den Trinkbeutel mit Met an die Lippen, doch er war leer. Nur ein letzter Tropfen der süßen Flüssigkeit benetzte noch seine Lippen. Der Honiggeschmack erinnerte ihn daran, wie viel er bereits getrunken hatte. Sein Magen krampfte sich zusammen. Sein Schädel dröhnte. Flüssigkeit sammelte sich in seinem Mund, und Galle gurgelte seine Speiseröhre herauf. Er rollte sich zur Seite und übergab sich lautstark.

Als er schon den größten Teil dessen, was er während des letzten Tages zu sich genommen hatte, herausgewürgt hatte, bäumte sich sein Magen noch einmal auf, wie um auch das letzte Gift in ihm loswerden. Doch egal, wie oft er sich übergab, den Schmerz würde er niemals loswerden.

Die Würgelaute verwandelten sich in Schluchzer.

Als Acennan ein paar Schritte die Uferböschung hinab machte, warf der Reiher den beiden Männern einen schwermütigen Blick zu, breitete dann seine mächtigen Schwingen aus und flog ein Stück weiter flussabwärts. Über dem Wasser wurde er schließlich vom Nebel verschluckt.

Eine Zeit lang waren Beobrands Schluchzer und sein Keuchen sowie der Flügelschlag des Reihers die einzigen Geräusche.

Irgendwann später wischte er sich mit dem Ärmel über den Mund und rieb sich mit den Handballen die Augen. Zitternd stand er auf. Im Gras dampfte eine Pfütze.

»Lass mich in Ruhe, Acennan«, wiederholte er. »Es gibt keine Worte. Nicht dafür.«

»Ich verstehe deinen Schmerz.«

Sofort wallte wieder Wut in Beobrand auf. Der säuerliche Geschmack von Galle brannte noch immer in seinem Mund.

»Du verstehst? Wie kannst du verstehen? Sie ist nicht mehr da! Sie wurde mir genommen. Ich bin verflucht …« Seine Wut erlosch so schnell, wie sie aufgelodert war. Er war zu müde, zu erschöpft dafür.

»Vielleicht sind wir alle verflucht«, erwiderte Acennan.

Beobrand sah seinen Freund an. Auf seinen Zügen lag ein düsterer Schatten.

»Dennoch …« Acennan fuhr sich mit den Fingern durch die Haare. »Wir müssen nicht unbedingt verflucht sein, um einen geliebten Menschen zu verlieren.« Er starrte in den Nebel. Ein Fisch durchstieß mit leisem Platschen die glatte Flussoberfläche. Wellen kräuselten sich.

Beobrand blieb stumm. Trotz des scheußlichen Geschmacks im Mund schien es seinem Magen ein wenig besser zu gehen. Er trat ans Wasser, ging in die Knie, ließ das kühle Nass in seine zusammengelegten Hände laufen und spülte sich damit den Mund aus. Anschließend spritzte er sich noch etwas Wasser ins Gesicht.

»Ich hatte auch einst eine Frau«, durchbrach Acennan die Stille. »Und einen Sohn.«

Überrascht richtete Beobrand sich auf. »Du hast sie noch nie erwähnt«, sagte er.

»Ich rede nicht gerne über sie.« Acennan seufzte. »Ich denke oft an sie, aber über sie zu sprechen … tut immer noch weh. Nicht mehr so sehr wie gleich danach, aber immer noch.«

Beobrand schluckte den Kloß, der sich in seiner Kehle gebildet hatte, hinunter. »Was ist passiert?«

»Sie sind tot«, erwiderte Acennan einfach und seufzte.

Beobrand blieb stumm. Er wusste kaum etwas über Acennans Leben, bevor sie sich kennengelernt hatten. Sicherlich, er hatte sich nach seinen Reisen erkundigt. Nach den Schlachten, in denen er gekämpft hatte. Nach Kriegern, die er in den Schildwällen von Hibernia getroffen hatte. Undeutlich meinte er sich zu erinnern, dass er ihn auch einmal gefragt hatte, ob er eine Frau habe. »Nein, nicht mehr«, hatte er geantwortet, und Beobrand hatte es dabei belassen. Sunniva war ganz anders gewesen. Sie hatte ständig von Beobrand wissen wollen, wie es den Kindern und Frauen seiner Kampfgefährten ging. Wenn er keine Antwort darauf wusste, hatte sie sich aufgeregt. Aber das Wohlergehen der Bälger und Frauen seiner Männer war ihm nie besonders wichtig erschienen. Tränen stiegen ihm in die Augen.

»Es tut mir leid, Acennan.« Seine Stimme brach vor den Gefühlen, die ihn übermannten. »In den dunkelsten Stunden der letzten Nacht habe ich an Sunniva und meinen Bruder gedacht. Und an meine Schwestern. Ich konnte sie sehen. Sie haben mir zugewinkt und wollten mich zu sich locken. Es wäre so einfach gewesen. Ich hätte mir die Kehle durchschneiden können. Wie einem Tier im Blotmonath.« Beobrand starrte in das graue Wasser des Tuidi. »Ich wollte es wirklich tun. Ich hätte mich ihnen anschließen können.« Er kicherte freudlos. »Aber als ich nach meinem Sachsmesser greifen wollte, konnte ich es nicht finden. Ich habe es im Saal vergessen.«

»Und darüber bin ich sehr froh«, meinte Acennan. »Denn wenn du dir das Leben genommen hättest, wärst du den Tod eines Feiglings gestorben, und ich weiß, dass du keiner bist. Außerdem hast du jetzt einen Sohn. Willst du denn, dass er seinen Vater niemals kennenlernt? Dass er von ihm nur hört als einem Mann, der sich in seiner Trauer selbst getötet hat?«

Beobrand starrte ihn wütend an, sagte aber kein Wort.

»Du bist kein Feigling, mein Fürst. Deine Ruhmestaten werden schon heute besungen, und es werden noch mehr folgen. Ein Sohn verdient es, solche Geschichten aus dem Mund seines Vaters zu hören.«

Beobrand dachte an Grimgundi, seinen eigenen Vater. Ob auch er aus der Nachwelt auf ihn herabblickte und darauf wartete, dass er sich zu ihm gesellte? Wahrscheinlich lachte er über Beobrands Qualen.

»Du hast recht, ich bin kein Feigling«, sagte er, dann drückte er die Schultern durch und sog einen tiefen Zug kühle Morgenluft in seine Lunge.

»Lass uns zum Saal zurückkehren. Ich möchte meinen Sohn kennenlernen.«

* * *

Anhaga erwartete sie in der Tür zum Saal. Er war blass und wirkte angespannt und ausgezehrt. Verzweifelt rang er die Hände, und als er mit ihnen den Saal betrat, fiel Beobrand auf, dass er stärker hinkte als sonst. Seine Augen waren geschwollen und blutunterlaufen. In den vergangenen Wochen hatten er und Sunniva sich sehr nahegestanden. Ihr Tod schien ihn zutiefst zu erschüttern.

Der Krüppel beugte den Kopf, schien jedoch unfähig, auch nur einen Ton herauszubringen.

Als sich die Männer Rowena näherten, erhob sie sich von ihrem Stuhl.

»Mein Herr, ich bin sehr erleichtert zu sehen, dass Euch kein Unheil widerfahren ist. Wir haben uns Sorgen gemacht.«

Kein Unheil? Ihm war das Herz aus der Brust gerissen worden. Die Eingeweide aus seinem Körper. Ihm war die Haut bei lebendigem Leib abgezogen worden.

»Ich habe mich nach Stille und Einsamkeit gesehnt. Um nachzudenken«, erwiderte er. »Wo ist mein Sohn? Ich möchte ihn sehen.«

Rowena warf Acennan einen kurzen Blick zu, und dieser nickte.

»Dem Kleinen geht es gut. Er ist bei Maida und schläft.« Sie trat einen Schritt vor und legte ihm sanft die Hand auf den Arm. Ihre Augen waren voller Mitgefühl. »Und das solltet Ihr auch tun.«

Sie hatte recht. Die Last des vergangenen Tages und der Nacht war zu viel für ihn. Seine Augenlider waren schwer, und er konnte kaum einen Fuß vor den anderen setzen.

»Ja. Ich werde schlafen gehen.« Vielleicht würde er ja von schöneren Dingen träumen. Aber das glaubte er nicht. Die Götter, die die Träume zu den Menschen trugen, hatten sich von ihm abgewandt. Er wollte sich an Rowena vorbeischieben, doch sie hielt ihn fest. Wollte sie etwa doch nicht, dass er sich ausruhte?

»Was ist?« Die Erschöpfung und die Trauer verliehen seiner Stimme einen scharfen Klang.

Für einen kurzen Augenblick schien Rowena keinen Laut herauszubringen. Dann hatte sie sich gesammelt und sagte: »Ihr könnt Euer Schlafgemach jetzt nicht betreten, mein Fürst.«

»Schluss jetzt, ich will endlich schlafen. Genug!« Er stieß sie beiseite, als ihn eine andere Hand packte. Sie war stark. Unnachgiebig.

Beobrand wirbelte herum. Für so etwas hatte er jetzt keinen Nerv. Seine Frau war tot, und er wollte nichts anderes als schlafen und vergessen.

Acennan machte ein verbissenes Gesicht und lockerte seinen Griff nicht. »Komm mit, dann suchen wir dir einen anderen Schlafplatz«, sagte er.

Beobrand starrte ihn stumm an. Sein Geist war durch den Alkohol, die Müdigkeit und die übergroßen Anstrengungen der Nacht träge geworden. Allmählich begann er zu begreifen, weshalb sie ihn zurückhielten. Er blinzelte die aufsteigenden Tränen weg. Er würde nicht noch einmal weinen. Und bestimmt nicht in Rowenas und Acennans Gegenwart.

Er schüttelte Acennans Hand ab. »Wird ... Wird sie ...« Beobrand biss sich auf die Unterlippe. »Wird sie dort vorbereitet?«

»Ja, mein Fürst«, erwiderte Rowena. »Die Frauen kümmern sich um sie. Ich habe auf Eure Rückkehr gewartet, aber jetzt werde auch ich hineingehen und den anderen dabei helfen, sich um Sunniva zu kümmern.«

Beobrand wandte sich ab. Der Klang ihres Namens war mehr, als er verkraften konnte. Er ging in Richtung Tür. »Ich lege mich jetzt hin«, sagte er, ohne sich umzudrehen. »Weckt mich, sobald ich Octa sehen kann.«

»Octa, mein Fürst?«

Beobrand verharrte kurz. »Meinen Sohn«, gab er dann zurück und trat hinaus in die Morgensonne.

* * *

Es kam Beobrand so vor, als hätte er gerade erst die Augen geschlossen, da wurde er von einer kräftigen Hand wachgerüttelt. Er stöhnte. Sein Schädel pochte, die Narbe unter seinem linken Auge schmerzte, und seine alte Rippenverletzung machte sich so heftig bemerkbar wie noch nie, seit er zum letzten Mal gekämpft hatte. Er hätte niemals so viel Met trinken dürfen. Als er sich übergeben hatte, hatte er seinen Rippen wohl zu viel zugemutet, und der Alkohol hatte seinen Schmerz keineswegs vertrieben.

Vorsichtig setzte er sich auf. Er hatte tief und traumlos geschlafen, aber jetzt kam die Erinnerung so schnell zurück wie die Flut, wenn sie den Sand von Lindisfarena zurückerobert.

»Was willst du, Acennan?«, krächzte er.

Sein Freund reichte ihm einen Becher Wasser. Beobrand trank gierig. Sein Mund war staubtrocken und fühlte sich schmutzig an.

Das Licht hatte sich geändert. Als er sich hingelegt hatte, hatten sich helle Sonnenstrahlen durch die Ritzen der Fensterläden in den Raum gemogelt. Jetzt war es, abgesehen von der Binsenfackel in Acennans Hand, dunkel.

Er hatte den ganzen Tag verschlafen.

»Ist Octa wach? Kann ich meinen Sohn jetzt sehen?«

»Octa geht es gut, aber zuerst musst du mit jemand anderem sprechen.«

»Mit wem?«

»Eine merkwürdige Sache«, erwiderte Acennan. »Am Nachmittag ist ein Besucher eingetroffen. Er wartet schon einige Zeit auf dich.«

»Wer ist es?«, wollte Beobrand erneut wissen.

Acennan schien ihm zunächst wieder keine Antwort geben zu wollen, überlegte es sich dann aber anders.

»Du wirst nicht mit ihm sprechen wollen, aber er behauptet, dass die Angelegenheit von großer Dringlichkeit ist. Er hat Reichtümer mitgebracht. Vieh. Und Hacksilber. Es ist wirklich äußerst seltsam.«

»Wer ist es?«, fragte Beobrand zum dritten Mal und mittlerweile verärgert.

»Athelstan«, erwiderte Acennans.

Einen Augenblick lang war Beobrand sprachlos. Athelstan war hier? Was konnte der alte Drecksack von ihm wollen?

»Und er hat Schätze mitgebracht?«, hakte er nach. »Warum?«

»Das ist das Seltsamste von allem. Aber vielleicht sollte er dir das lieber selbst sagen.«

Beobrand erhob sich von seinem Lager und begann, sich anzuziehen.

»Lass mich nicht warten, bis ich das Ganze aus dem Mund dieses Kerls zu hören bekomme, Acennan. Du sagst mir jetzt unverzüglich alles, was du weißt. Der gestrige Tag hat mich zu viel Kraft gekostet, als dass ich für solche Spielchen zu haben wäre.«

Acennan nickte. »Also gut. Er behauptet, dass er dir Blutgeld zahlen will.«

»Blutgeld? Wofür? Was hat er mir angetan, dass er das für nötig hält? Ich habe den Kerl seit Monaten nicht gesehen.«

»Es geht nicht um etwas, was er dir angetan hat, mein Fürst.« Acennan holte tief Luft, wie um sich zu wappnen. »Er behauptet, das Blutgeld sei für ein Unrecht, das Lady Sunniva angetan wurde.«

* * *

Athelstan erhob sich, als Beobrand den Saal betrat. Er ließ die Schultern hängen und hatte den Blick gesenkt. Von seiner sonstigen Großspurigkeit keine Spur. Der knorrige Recke machte eine Handbewegung, woraufhin einige Männer im Saal ebenfalls aufstanden. Beobrand sah, dass es sich um Athelstans engste Vertraute handelte. Tapfere Männer. Harte Männer. Tödliche Kämpfer, genau wie ihr Herr.

Beobrands Kriegerschar hatte sich unter Athelstans Männer gemischt. Viele von ihnen waren alte Freunde, Schildbrüder aus der Zeit von Oswalds Exil. Eine spürbare Anspannung lag in der Luft. Doch sie schien nicht von einem Streit zwischen den beiden Kriegerscharen herzurühren, sondern war eher auf ein aktuelles Ereignis oder die Kunde zurückzuführen, die Athelstan überbringen wollte. Die schlachtenerprobten Männer wirkten befangen. Verschreckt.

Als Beobrand und Acennan näher kamen, traten sie unruhig von einem Fuß auf den anderen.

»Nun?«, sagte Beobrand. »Was führt dich in meinen Saal, Athelstan?« Er war nicht in Stimmung für Geplänkel.

Der Ältere konnte ihm nicht in die Augen schauen. Er öffnete den Mund, klappte ihn jedoch wieder zu, ohne dass er ein Wort herausgebracht hatte.

»So sprich, Mann!«, forderte Beobrand ihn auf. »Du bist weit gereist, also sag mir, was du mir zu sagen hast.«

»Ich komme in einer düsteren Zeit«, erwiderte Athelstan. »Wir haben von deinem Verlust gehört. Es tut mir aufrichtig leid.« Sein Gesicht war aschfahl. »Das macht es umso schwieriger, dir die Nachricht zu überbringen. Es ist die Kunde von einem fürchterlichen Verbrechen.«

»Es sind wirklich finstere Zeiten, trotzdem habe ich keine Geduld für deine Rätsel, Athelstan.« Beobrand zog eine Bank unter einem Tisch hervor und setzte sich. Obwohl er lange geschlafen hatte, fühlte er sich kraftlos. Sein ganzer Körper schmerzte. Er hatte keinen anderen Wunsch, als weiterzuschlafen. Er wollte nicht hören, was Athelstan zu sagen hatte. Andererseits hatte Acennan ihm etwas von einem Blutgeld für Sunniva berichtet. Was hatte es damit auf sich? Beobrand hatte nicht die geringste Ahnung. Doch bei der Vorstellung, dass seiner Frau ein Unrecht geschehen war, spürte er erneut den Zorn in sich aufwallen.

Athelstan und seine Männer setzten sich wieder, und Beobrand winkte eine von Rowenas Sklavinnen zu sich.

»Bring uns etwas zu essen und zu trinken«, befahl er.

Die junge Frau huschte mit wehendem schwarzem Haar davon. Sie hatte es eilig, Abstand zu den Männern zu gewinnen. Aggression lag in der Luft, ebenso unverkennbar wie der Holzrauch aus dem Kamin.

»Sprich, Athelstan«, sagte Beobrand.

»Du kennst mich als Ehrenmann«, begann er.

»Das ist mir neu. Ich kenne dich vielmehr als Rüpel. Als einen Mann, der im Beisein seiner Männer die Frau eines anderen begrapscht und dabei lacht.«

Einer von Athelstans Kampfgefährten stand abrupt auf und griff nach seinem Sachsmesser.

Athelstan hob die Hand. Alle Farbe war aus seinem Gesicht gewichen. »Setz dich wieder hin, Betlic.«

Widerstrebend gehorchte Betlic.

Athelstan fuhr fort: »Wir waren niemals Freunde, Beobrand. Aber ich möchte, dass du mir glaubst, wenn ich dir sage, dass ich dir niemals etwas Böses wollte. Ich hätte deiner Frau niemals etwas angetan. Dass ich heute hierhergekommen bin, soll dir als Zeichen meiner Ehre dienen, denn dies ist keine leichte Aufgabe. Es wäre einfacher gewesen, in meinem Saal zu bleiben und darauf zu hoffen, dass du niemals herausfindest, was ich dir nun sagen muss.«

Beobrand legte die Stirn in Falten. »Dann raus mit der Sprache. Bringen wir es hinter uns.«

Anhaga hinkte herbei, in den Händen einen Teller mit Käse, Brot und kaltem Fleisch. Die dunkelhaarige Sklavin stellte Bier und Met auf den Tisch.

Keiner der Krieger rührte etwas davon an.

»Du erinnerst dich, dass ich Wybert, Sohn des Alric, in meine Schar aufgenommen habe.«

»Natürlich. Was ist mit ihm? Ich sehe ihn hier nirgendwo.« Insgeheim war er froh, dass Wybert nicht mitgekommen war. Der Kerl hasste ihn, und Beobrand wollte jetzt nicht auch noch an die Fehler seiner Vergangenheit erinnert werden.

»Das ist richtig. Er ist nicht hier. Er ist nicht länger in Bernicia und, darauf würde ich wetten, nicht einmal mehr in Northumbria.«

»Du sprichst schon wieder in Rätseln. Sag mir einfach, was passiert ist.«

»Also gut.« Athelstan hielt inne, griff nach einem Becher und gab der Sklavin ein Zeichen. Sie schenkte ihm Bier ein, und er nahm einen tiefen Zug. Dann wischte er sich den Schaum vom Schnurrbart, streckte seinen Rücken durch, als würde er sich vor einem starken Gegner aufbauen, und begann mit seiner düsteren Geschichte.

»Vor einigen Monaten, nachdem wir aus Mercia und Wessex zurückgekehrt waren, ging Wybert mit Synn, einem meiner Kampfgefährten, auf die Jagd. Der Winter war hart, wie du weißt, und in der Nähe waren Wölfe gesichtet worden. Sie hatten es auf deren Pelze abgesehen. Ich verspürte keine Lust, mich ihnen anzuschließen. Denn die Reise gen Süden zuvor war lang und anstrengend gewesen. Ich wollte lieber im Saal am Feuer sitzen. Ich werde wohl alt.« Schnell trank er noch einen Schluck Bier. Nachdem er einmal angefangen hatte zu erzählen, schienen die Worte wie von selbst aus seinem Mund zu fließen.

Beobrand saß schweigend da und wartete auf den Teil der Geschichte, der Sunniva betraf. Unter dem Tisch hatte er die Hände zu Fäusten geballt.

»Etliche Tage vergingen, aber bei ihrer Rückkehr hatten sie keine Pelze dabei. Da habe ich sie ausgelacht und war froh, dass ich zu Hause in der Wärme geblieben war. Nun, schließlich wich der Winter dem Solmonath, und wir vergaßen die erfolglose Jagd. Bis vor einigen Tagen.« Erneut hielt Athelstan inne. Nahm einen Schluck. Holte tief Luft. »Wybert hatte zu viel getrunken. Er war laut und prahlte vor den anderen Männern im Saal, die sich gegenseitig von ihren Heldentaten berichteten. Die Aufschneidereien wurden immer unwahrscheinlicher, die Erzählungen unterdessen immer haarsträubender, bis Wybert etwas berichtete, was den Saal zum Verstummen brachte.«

Athelstans Männer starrten ihre Hände an. Sie waren dabei gewesen. Sie wussten, was Wybert erzählt hatte.

Beobrands presste seine Kiefer aufeinander. Seine Zähne schmerzten von dem Druck, doch er achtete nicht darauf.

Athelstan kratzte sich den Bart.

»Womit hat er geprahlt?«, wollte Beobrand wissen.

Athelstan brachte es nicht fertig, ihm in die Augen zu sehen.

»Du bist mit deiner Geschichte bis vor diese Tür gelangt, Athelstan«, sagte Beobrand. »Jetzt sei kein Feigling und geh hindurch.«

Athelstan zögerte zunächst, dann nickte er kaum wahrnehmbar. »Er hat sich damit gebrüstet, dass er Beobrand Halbhands Gemahlin bestiegen hat.«

Beobrands Kampfgefährten hielten den Atem an.

Beobrand selbst schloss die Augen. Konnte das wahr sein? Sein Magen zog sich zusammen. Galle stieg seine Kehle empor. Es kostete ihn große Mühe, sie wieder hinunterzuschlucken. Er würde sich vor all diesen Männern keine Blöße geben. Athelstans Worte durchdrangen die angespannte Stille des Saals.

»Wybert lachte, weil er glaubte, wir würden ihn für das bewundern, was er berichtet hatte. Doch das taten wir nicht. Er sprach davon, wie sie nach Norden vorgedrungen waren, da sie wussten, dass du noch im Land der Pikten warst. Sie haben deinen Saal aufgesucht und mussten, wenn ich mich nicht irre, feststellen, dass deine hier verbliebenen Männer eben jene Wölfe jagten, denen auch sie gefolgt waren. Ich weiß nicht, wann oder wie es passiert ist, aber Wybert erzählte, dass er und sein Gefährte Lady Sunniva Gewalt angetan haben.«

Ruckartig stand Beobrand auf und schüttelte den Kopf. Wollte nichts davon hören. Er trat einen Schritt zurück. Der Rauch im Saal brannte ihm in den Augen. Saugte ihm die Luft aus der Lunge. Er öffnete den Mund und atmete gierig ein.

»Warum kommst du damit zu mir? Warum sprichst du diese Dinge aus?« Beobrands Worte waren so scharf und abgehackt wie Eisenspäne von aufeinanderprallenden Schwertern in der Schlacht. »Wenn Wybert nicht unter euch ist, wenn ich seine Schuld nicht von ihm einfordern kann, warum seid ihr dann gekommen?«

»Es war meine Absicht, Wybert und Synn hierherzubringen, um sie ihrer gerechten Strafe zuzuführen. Doch Synn hat sich gewehrt und wurde dabei getötet. Wybert ist geflohen. Er hat den Eid gebrochen, den er mir geleistet hat, sich ein Pferd genommen und ist gen Süden geritten. Er ist nicht mehr Teil meiner Schar. Aber er war es. Darum bin ich jetzt hier. Ich war sein Lehnsherr, und ich möchte eine Blutfehde zwischen uns vermeiden. Ich bringe dir das Blutgeld für seine Taten.«

Wutentbrannt wandte Beobrand sich an seine Kampfgefährten. »Wie konnte das geschehen? Ihr hättet sie beschützen müssen! Ihr habt euren Eid auf mich geleistet, aber meine Gemahlin im Stich gelassen? Ihr habt mich verraten.« Er bebte unter den Gefühlen, die auf ihn einstürmten.

Seine Männer wirkten entsetzt. Sie schienen nichts von alldem gewusst zu haben. Im düsteren Licht des Saals erschienen ihre Gesichter grau. Beschämt ließen sie die Köpfe hängen.

Tobrytan ging mit Tränen in den Augen zu seinem Herrn und warf sich ihm zu Füßen.

»Habt Erbarmen mit uns. Wir haben nichts davon gewusst.« Seine Tränen waren ebenso echt und voller Schmerz wie Beobrands. Alle seine Männer hatten Sunniva verehrt. »Wir haben Lady Sunniva verraten. Wir haben Euch verraten, Herr. Doch, o ihr Götter, wir hatten ja keine Ahnung!« Er schluchzte hemmungslos.

Beobrand ertrug den Anblick nicht. »War denn niemand da, um meine Frau zu beschützen?«, fragte er in die Runde.

»Wybert hat davon gesprochen, einen deiner Diener verprügelt zu haben«, erwiderte Athelstan. »Angeblich ein schwächliches Kerlchen, das aber mit aller Kraft versucht haben soll, seine Herrin zu beschützen. Laut Wybert und

Synn haben sie den Mann so lange verdroschen, bis er schier besinnungslos war.«

Beobrand bemerkte am linken Rand seines Gesichtsfeldes eine kleine Bewegung. Dort stand Anhaga, zitternd und mit großen Augen. Mit Augen, die die grässlichen Ereignisse gesehen hatten, von denen Athelstan sprach. Mit einem Mal ergab alles einen Sinn.

Beobrands verstümmelte linke Hand schnellte vor und packte Anhaga am Kragen seines Kittels. Mit Gewalt zog er ihn dicht zu sich heran und spie ihm seine Worte entgegen. »Du hast es gewusst! Du warst das, oder etwa nicht?«

Anhaga gab keine Antwort. In seinem Blick spiegelte sich blankes Entsetzen angesichts der unbändigen Wut seines Herrn.

»Warum hast du sie nicht davon abgehalten?« Beobrands Stimme überschlug sich. »Warum?« Jetzt, wo er den Kerl gepackt hatte, hatte er plötzlich ein Ziel für seine ganze Wut. Dieser Mann, dieser Krüppel, dem Sunniva nie ganz getraut hatte, war dabei gewesen, als sie geschändet wurde. Und er hatte die Verbrecher nicht an ihrer Tat gehindert.

Ohne nachzudenken, ließ Beobrand seine rechte Faust auf Anhagas Wange krachen. Das alles war seine Schuld. Er holte noch einmal aus und versetzte ihm den nächsten Schlag. Sein Opfer schrie zwar vor Schmerz auf, machte jedoch keine Anstalten, sich zu schützen. Wieso auch? Anhaga war ein Feigling. Eine jämmerliche Kreatur, die nichts unternahm, wenn in ihrer Gegenwart Frauen vergewaltigt wurden.

Beobrand schlug noch einmal zu. Und noch einmal. Blut strömte über Anhagas Gesicht. Die Haut an Beobrands

Knöcheln platzte auf. Seine rechte Faust, schon von Anhagas und seinem eigenen Blut beschmiert, wurde zum Schmiedehammer. Und seine linke, die sich in den Kittel krallte, zum Amboss, der Anhaga an Ort und Stelle hielt.

Sein Opfer erschlaffte und wurde bewusstlos, doch Beobrand schlug immer weiter auf ihn ein. Mit jedem Hieb sackte der Kopf des Knechts kraftlos zur anderen Seite.

Plötzlich packten Beobrand kräftige Hände an den Armen.

Langsam durchdrang der Lärm des Saals den Schleier seines Zorns. Es kostete ihn erhebliche Anstrengung, den Blick von Anhagas blutüberströmtem Gesicht zu wenden und sich umzudrehen. Wer wagte es, Hand an ihn zu legen?

Acennan. Die schiefe Nase seines Freundes erinnerte ihn an einen ähnlichen Ausbruch seines Jähzorns. Zu einer anderen Zeit an einem anderen Ort.

Ganz allmählich wurde das Bild vor seinen Augen schärfer. Aethelwulf und Garr standen neben Anhaga. Verunsichert warfen sie ihrem Herrn verängstigte Blicke zu. Ihr Schicksal war noch nicht entschieden. Auch sie hatten Beobrand verraten. Sie starrten die blutüberströmte, reglose Gestalt des Saaldieners an und schienen mit ihr ihre eigene Zukunft vor Augen zu haben. Beobrand schüttelte den Kopf und ließ Anhaga zögerlich los. Garr und Aethelwulf fingen ihn auf und trugen ihn fort. Sie wirkten erleichtert, sich zurückziehen zu können.

Acennan legte Beobrand die Hand auf die Schulter. »Komm, mein Freund«, flüsterte er. »Setz dich. Du musst etwas essen und trinken.«

Beobrands Hände fingen an zu zittern. Schnell ballte er

sie zu Fäusten. Dann ging er mit steifen Schritten zu dem Thron am Ende des Saals und ließ sich schwer auf die Sitzfläche fallen. Es war still um ihn herum. Er blickte auf das Blut, das von seiner rechten Faust tropfte. Jedes Mal nach einer Schlacht überfiel ihn dieses Zittern und verging nach einiger Zeit wieder. Allerdings hatte er keine Schlacht hinter sich. Er hatte Anhaga bewusstlos geprügelt, ohne dass dieser sich gewehrt hatte. Und wenn das, was Athelstan gesagt hatte, stimmte, dann war der Krüppel der Einzige gewesen, der sich den Angreifern entgegengestellt hatte. Die Folgen der Schläge waren in seinem Gesicht noch zu sehen gewesen, als Beobrand und die anderen aus Dál Riata zurückgekehrt waren.

Acennan verlangte nach Wasser, damit Beobrand sich die Hände waschen konnte. Die Sklavin brachte eine hölzerne Schale und ein Tuch. Beobrand nickte seinem Freund dankbar zu, dann wusch er sich seufzend das Blut ab. Seine Knöchel waren bereits leicht geschwollen, und die aufgerissene Haut brannte bei der Berührung mit dem Tuch. Das Wasser färbte sich hellrot. Als die Sklavin nach der Schale griff, um sie wegzubringen, bemerkte Beobrand, dass auch ihre Hände zitterten.

Die Männer an den weiter entfernten Tischen hatten wieder angefangen, sich gedämpft zu unterhalten. Acennan blieb stumm an Beobrands Seite. Was hätte er auch sagen sollen? Welchen Ratschlag hätte er seinem Freund geben können? Dieser Tag war ein einziger Albtraum gewesen. Das Schicksal hatte Beobrand in eine Finsternis gestürzt, die schwärzer war als jene im Winter seiner Ankunft in Bernicia. Die Schicksalsschwestern hatten ihm zunächst

Verlust beschert, dann Glück und dann noch größeren Verlust, der durch das vorangegangene Glück nur umso schmerzhafter war. Vielleicht erheiterte gerade das die Götter. Er kam sich vor wie ihr Spielzeug. Verflucht, trotz seines Saals, seiner Kriegerschar, seiner Reichtümer. All diese Dinge waren nichts mehr wert.

Verflucht.

Beinahe konnte er Neldas Kreischen vor dem Saal hören. Ob sie immer noch in ihrer Höhle auf Muile saß und ihren Zauber wirkte? Oder war sie gen Süden gereist, um den Tod ihres Sohnes zu rächen? Vielleicht war sie schon in Ubbanford und lag irgendwo auf der Lauer, hasserfüllt und bereit, mit ihrem Dolch über ihn herzufallen.

Ihn schauderte.

Dann schüttelte er den Kopf, um seine Gedanken vom Nebel zu befreien, rief nach Met und nahm einen tiefen Schluck.

Das Feuer seines Zorns glühte nur noch. Trauer und Scham hatten die Flammen geschwächt. Er war es, der nicht hier bei Sunniva gewesen war. Er hatte sie nicht beschützt, sondern zugelassen, dass das, was geschehen war, hatte geschehen können. Wieder einmal hatte er versagt, wieder einmal hatte er gerade die, die er am meisten liebte, im Stich gelassen.

Vergeltung würde vielleicht keinen Frieden bringen, aber etwas anderes blieb ihm nicht.

Als er die Hand mit seinen pochenden Knöcheln hob, verstummten die Männer und sahen ihn erwartungsvoll an.

»Wir waren nie Freunde, Athelstan, das stimmt. Aber du bist in guter Absicht zu mir gekommen, und dafür danke ich dir. Du bist ein Ehrenmann, so wie du sagst. Zwischen uns wird es keine Blutfehde geben. Du kannst deine Schätze wieder mitnehmen und in deinen Saal zurückkehren.«

Athelstan setzte schon zu einer Erwiderung an, doch Beobrand gebot ihm mit einer Handbewegung Einhalt. »Würde ich dein Blutgeld annehmen, so würde ich eine Entschädigung für dieses Verbrechen akzeptieren, und das will ich nicht. Ich will Blut für diese Tat sehen. Kein Schatz dieser Welt kann das Geschehene wiedergutmachen. Zwischen deinem Haus und meinem wird es keine Fehde geben. Aber Wybert ist nicht länger Teil deiner Schar, und somit gelobe ich feierlich vor euch allen, mich an ihm zu rächen. Verkündet es überall, dass ich nicht eher ruhen werde, bis er tot ist. Ich schwöre hiermit vor euch und allen Göttern einen heiligen Eid, dass ich Wybert das Leben nehmen werde. Bereits jetzt ist er so gut wie tot. Sein Leben gehört mir.«

Die Männer, die im Saal versammelt waren, blickten Beobrand an, Herr über Ubbanford und Recke Oswalds von Bernicia, und erkannten die Wahrheit in seinen Worten. Er war es, der Hengist getötet hatte. Sie sahen seinen stählernen Blick und spürten seine felsenfeste Entschlossenheit.

Sie sahen den Tod. Und empfanden fast Mitleid mit Wybert.

Kapitel 24

Am Morgen nach Athelstans Enthüllungen im Saal reiste dieser mit seinen Gefährten wieder ab. Er mochte Ubbanford nicht. Der Tag war kaum angebrochen, die Schatten noch lang und die Luft noch kühl, als er seine Männer zum Aufbruch drängte, sich von Rowena, da Beobrand noch nicht aufgestanden war, förmlich verabschiedete und sich auf den Weg gen Süden machte, zurück zu seinem Saal.

Nach Athelstans Abreise erhob sich auch Beobrand, der seinen Metrausch endgültig ausgeschlafen hatte. Er sattelte Sceadugenga und saß auf, als Acennan hastig zu ihm geeilt kam.

»Warte, Beobrand. Ich hole schnell mein Pferd und begleite dich.« Acennans Besorgnis war nicht zu überhören.

»Nein. Du bleibst hier«, erwiderte Beobrand. Sein Blick war distanziert und so kalt wie die eisige See.

»Du solltest nicht allein losreiten«, sagte Acennan. »Ich sattle mein Pferd.«

»Nein, Acennan. Bleib hier und beschütze meinen Sohn.«

Acennan nickte nachdenklich. Einen solchen Wunsch konnte er nicht abschlagen, doch er hatte Angst um seinen Freund. Nach dem Wutausbruch, der dafür gesorgt hatte, dass Anhaga nun die Bettstatt hüten musste, hatte Beobrand keinerlei Gefühlsregung mehr erkennen lassen. Es war, als hätte Sunniva einen Teil von ihm mit sich in den Tod genommen.

Beobrand bewegte sich wie in Trance. Wie jemand, der völlig übermüdet ist oder nach einem Fest zu lange und zu fest geschlafen hat und nachmittags erwacht, ohne zu wissen, welcher Tag es ist.

Mit tiefen Sorgenfalten auf der Stirn sah Acennan Beobrand hinterher, wie dieser auf dem Rücken seines Rappen Ubbanford verließ.

Der Tag verging nur schleppend. Die Männer beschäftigten sich, so gut es ging, waren sich ihres Versagens aber schmerzlich bewusst. Nirgendwo war heiteres Geplänkel zu vernehmen.

Sceadugenga war schweißgebadet, als Beobrand am späten Nachmittag zurückkehrte. Er stapfte in Ubbas Saal, wo seine Männer sich versammelt hatten.

Alle Blicke wandten sich ihm zu. Rowenas und Edlyns Augen waren gerötet. Maida erhob sich mit Octa im Arm, aber Beobrand beachtete die Frauen nicht.

»Tobrytan«, sagte er.

Der grauhaarige Krieger hob den Blick und sah ihn gefasst an. Er war bereit, seine Strafe zu empfangen, sei es nun in Form seines Todes oder seiner Vertreibung. »Mein Herr.«

»Du rufst morgen die Männer zusammen, um Holz zu sammeln.«

Aus Tobrytans Blick sprach Verwirrung.

»Ihr werdet einen Scheiterhaufen bauen, der eines Königs würdig ist, und zwar auf der Spitze des Hügels«, fuhr Beobrand fort. »Morgen bei Sonnenuntergang schicken wir Sunnivas Geist auf seine Reise zu den Göttern.«

Tobrytan neigte den Kopf. Damit hatte er nicht gerechnet.

»Folgte Sunniva denn nicht dem Christus?«, meldete sich Rowena mit zarter Stimme zu Wort. Die Ereignisse der vergangenen Tage hatten auch ihr stark zugesetzt. Ihr Gesicht wirkte eingefallen, ihre Bewegungen und ihr Tonfall waren übervorsichtig, als hätte sie Angst, durch eine unbedachte Handlung eine Katastrophe auszulösen.

»Nein«, gab Beobrand zurück. »Erst vor Kurzem hat sie den Geist ihres Vaters auf traditionelle Weise ins Jenseits gesandt und hätte für sich ganz sicher dasselbe gewollt.«

Rowena senkte stumm den Kopf. Niemand hätte Beobrands leblosem, starrem Blick lange standhalten können.

Beobrand wandte sich wieder an die Umstehenden. Maida blickte erwartungsvoll auf, doch er schenkte ihr immer noch keine Beachtung. Stirnrunzelnd sah sie ihren Mann Elmer an, aber auch er bemerkte sie nicht. Er achtete nur auf seinen Herrn. Die Schuld lastete schwer auf ihm.

»Seht zu, dass ihr genügend Holz zusammentragt«, befahl Beobrand und ließ den Blick über seine Kampfgefährten schweifen. »Ich vertraue darauf, dass ihr mich dieses Mal nicht enttäuscht.«

Die Männer senkten die Köpfe. Niemand sagte ein Wort, als Beobrand den Saal verließ.

* * *

Sunniva war in der Kammer aufgebahrt, in die nur wenig Licht drang, und trug ihr blaues Lieblingskleid. Beobrand erinnerte sich, dass sie es auch damals getragen hatte, als sie auf jener sonnenbeschienenen Wiese auf dem Hügel bei Gefrin das erste Mal beisammengelegen hatten. Ihr Kopf war mit Leinen umwickelt, sodass nur ihr Gesicht mit den geschlossenen Augen zu sehen war. Sie machte einen so friedlichen Eindruck, dass man fast meinen konnte, sie würde schlafen.

Doch Beobrand konnte nicht so tun, als würde sie lediglich schlafen. Ihre Leichenblässe sprach eine andere Sprache. Ihre Reglosigkeit war nicht die des Tiefschlafs, sondern die Starre der Toten.

Beobrand hatte schon viele Leichname gesehen, aber noch keinen von solcher Schönheit. Sunnivas Haar war gebürstet worden, bis es im Schein der Kerzenflamme matt glänzte. Ihre Haut war so glatt und vollkommen wie ein von Meisterhand geschliffener Stein.

Und genauso kalt.

Ihm stockte der Atem, und ein Schluchzen entrang sich seiner Kehle. Vor der Bettstatt, auf der seine Frau lag, fiel er auf die Knie.

»Es tut mir so leid«, sagte er. »So leid. Ich hätte bei dir sein müssen. Warum hast du es mir nicht gesagt? O meine Geliebte …«

Dann ließ er seinen Tränen freien Lauf, die er den ganzen Tag über, während er über die Hügel geritten war, im Zaum gehalten hatte.

Er hatte Sceadugenga nicht geschont. Der Hengst spürte allem Anschein nach die Not seines Herrn und galoppierte so schnell wie selten zuvor. Beobrand genoss die Kraft des Tieres. Die Geschwindigkeit und das Risiko zu stürzen. Er jagte dahin, halb darauf hoffend, abgeworfen zu werden.

Doch Sceadugenga war ein gutes Pferd, und Beobrand hielt sich im Sattel. Er ritt, als könnte er so der Trauer entkommen, die ihn zu verschlingen drohte. Zu guter Letzt brachte ihn das Tier, nicht weiter überraschend, nach Ubbanford zurück. Die Sonne hatte bereits tief über dem Horizont gestanden, als Rowena ihn am Eingang zum Saal in Empfang genommen hatte.

»Mein Herr, der Scheiterhaufen ist bereit. Ihr solltet Euch ein wenig Zeit nehmen, um Euch von Sunniva zu verabschieden, bevor wir sie den Hügel hinauftragen.«

Er hatte sie nur ausdruckslos angesehen, doch dann hatte er zugelassen, dass sie ihn quer durch den Saal in das Schlafgemach führte, wo seine tote Frau ihn erwartete. Dann hatte Rowena ihn mit Sunniva in der düsteren Kammer allein gelassen. Jetzt war Beobrand froh darüber.

Er hatte Sunniva seit ihrem Tod nicht mehr gesehen, und ihr Anblick brachte ihn aus dem Gleichgewicht. Seine Männer durften ihn so nicht sehen. Missmutig wischte er sich die Tränen aus dem Gesicht, erhob sich und küsste Sunnivas blaue Lippen.

Sie waren weich, aber kalt. Ohne Leben. Für einen Moment schloss er die Augen. Die Berührung war ihm vertraut, doch gleichzeitig seltsam kühl und anders. Wie der Blick auf eine geliebte Landschaft, die unter einer frischen Schneedecke verborgen liegt.

Ihn schauderte. Er stand auf.

»Leb wohl, meine Liebste«, flüsterte er.

* * *

Niemand hatte je ein größeres Bestattungsfeuer gesehen. Es

war noch weit jenseits der Grenzen von Beobrands Land zu erkennen.

Die Sonne senkte sich hinter den westlichen Horizont, als Beobrand seine Fackel an den Zunder und an die Zweige an der Basis des Holzstapels hielt. Das Holz war trocken. Seine Männer hatten ihre Sache gut gemacht. Die Flammen leckten sofort hungrig an den Spänen, und kurz darauf sprühten unter lautem Knistern Funken. Die sanfte Abendbrise fachte das Feuer an. Etliche der dickeren Stämme begannen bald darauf zu rauchen.

Währenddessen lag Sunniva friedlich auf dem Scheiterhaufen. Rauchschwaden umwehten sie. Einzelne Strähnen ihres goldenen Haars wurden vom Wind und der Hitze emporgehoben und umrahmten ihr Gesicht.

Die versammelte Menge war stumm. Ehrfürchtig sahen die Anwesenden zu, wie die leibliche Hülle ihrer Fürstin vom Feuer verzehrt wurde. Ihr Geist würde befreit durch den Rauch schweben. Zweifellos würden die Götter sie in ihrem Saal aufnehmen.

Seit seiner Ankunft auf dem Hügel hatte Beobrand kein Wort gesagt. Er war sich bewusst, dass sämtliche Bewohner Ubbanfords und seine Männer ohne Ausnahme gekommen waren. Er hatte Acennan zugenickt, und gemeinsam hatten sie die grausige Aufgabe übernommen, Sunniva auf den Scheiterhaufen zu legen. Auch jetzt war Acennans Blick düster und voller Trauer.

Sunnivas Vater Strang war sehr viel schwerer gewesen. Sein Tod war noch nicht einmal ein Jahr her. Als sie Strang damals gefunden hatten, hätte sich keiner von ihnen vorstellen können, dass sie nur wenige Monate später die traurige

Pflicht haben würden, auch seine Tochter zu bestatten. Sie war so leicht. Ohne es zu wollen, dachte Beobrand an seine Schwester Rheda. Auch sie war leicht und zerbrechlich gewesen. In einem Augenblick noch voller Leben und Energie, im nächsten schon nicht mehr als ein Klumpen Fleisch.

Er konnte nicht mehr klar sehen. Biss sich auf die Lippen. Er würde nicht weinen. Tränen nützten nichts. Hatten sie noch nie.

Behutsam hatten sie Sunniva abgelegt und waren die Leitern, die sie eben hochgestiegen waren, hinabgeklettert.

Sie sah so hübsch aus. Er schluckte, hatte einen Kloß in seiner Kehle. Dann sah er zu, wie der Rauch sie allmählich umhüllte. Er würde sie nie wiedersehen. Er blinzelte die Tränen zurück. Sie würde diese Welt jetzt verlassen und er allein zurückbleiben.

Ruckartig drehte Beobrand sich zu Maida um, die nur wenige Schritte hinter ihm stand. Sie hielt Octa im Arm, der in eine Decke gewickelt war. Elmer stand neben ihr und hatte ihr schützend einen Arm um die Schultern gelegt.

Mit einer Schnelligkeit, die seine Krieger wieder daran erinnerte, welch grausamer Gegner er in der Schlacht war, stand Beobrand plötzlich dicht vor Maida.

Instinktiv zuckte sie zurück und streckte Octa ihrem Mann entgegen.

»Gib mir meinen Sohn«, verlangte Beobrand.

»Herr«, erwiderte Elmer an Maidas statt mit zaghafter Stimme.

Beobrand warf einen schnellen Blick zurück zum Feuer. Die Flammen züngelten bereits höher. Er hatte keine Zeit für Erklärungen oder Streitereien.

»Gib ihn her«, herrschte er Maida an und riss ihr Octa aus den Händen.

Die Amme und mehrere der Umstehenden schrien auf.

Beobrand beachtete sie nicht und näherte sich mit dem Baby wieder dem Scheiterhaufen.

Acennan versperrte ihm den Weg. Ihre Blicke begegneten sich.

»Geh zur Seite. Ich will ihm nichts Böses«, sagte Beobrand.

Acennan zögerte nur kurz, bevor er Beobrand durchließ. Die Hitze des Feuers wurde immer stärker. Sunniva wurde fast vollständig von Rauch und Flammen verdeckt, nur ihre Umrisse waren noch zu erkennen. Ihr Gesicht war dunkel inmitten der Feuersbrunst.

Octa fing an zu brüllen. Es war das erste Mal, dass Beobrand seinen Sohn hielt.

Ihren gemeinsamen Sohn.

Er hob ihn hoch über seinen Kopf.

Wieder schrien einige Frauen. Glaubten sie etwa, er würde sein Kind ins Feuer werfen? Trauten sie ihm so etwas tatsächlich zu? Anscheinend.

Er stützte Octas winziges Köpfchen mit seiner verstümmelten linken Hand und den zerbrechlichen Körper mit seiner rechten. Dann drehte er ihn so, dass er den Scheiterhaufen sehen konnte.

»Das ist deine Mutter. Sunniva, Tochter des Strang«, sagte er. »Du wirst sie in dieser Welt nicht wiedersehen, darum blicke jetzt zu ihr auf und vergiss diesen Anblick nie, mein Sohn. Octa.«

In dieser Position hielt er ihn so lange, bis seine Arme

anfingen zu zittern. Octa hatte aufgehört zu weinen. Er schien fasziniert von den Flammen. Oder vom Anblick seiner Mutter.

Die Leute von Ubbanford waren ebenfalls verstummt, während ihr Lehnsherr von seiner Frau Abschied nahm und zugleich seinen Sohn in dieser Welt willkommen hieß. Sie sahen zu, wie Beobrand neben dem brüllenden Feuer stand, stark und regungslos vor den tanzenden und tobenden Flammen.

Schließlich ließ er das kleine Bündel, seinen neugeborenen Sohn, wieder sinken und drückte Octa mit seinen muskulösen Armen an sich, damit die Hitze ihm nichts anhaben konnte.

Er trat einen Schritt zurück und sah, dass die Frauen lächelten. Sie hatten verstanden, dass er dem Kind nichts Böses wollte.

Als er sich etwas vom Feuer entfernt hatte, blieb Beobrand stehen und blickte starr ins glühende Herz des Scheiterhaufens.

Seine Kampfgefährten sahen einen kräftigen und gesunden Krieger mit breiten Schultern. Die Frauen sahen in ihm den Beschützer seines Kindes und den frischgebackenen Vater. Einen jungen Mann, unsicher und allein. Ihre Herzen schmolzen dahin.

Acennan blickte Beobrand von der Seite an und sah einen Freund. Der Feuerschein tauchte sein Gesicht in flirrendes Licht. Die Hitze des Scheiterhaufens ließ die glitzernden Tränenspuren trocknen. Niemand konnte Beobrand den stechenden Schmerz nehmen, den er empfand, aber er würde mit der Zeit verblassen, so wie ein rauer Stein von den Wellen des Meeres im Laufe der Jahre glatt geschliffen wird.

Auch Beobrands Leute hatten ihre Blicke auf ihn gerichtet, während er das Begräbnisfeuer seiner Gemahlin überwachte, und alle sahen sie etwas anderes in ihm. Doch in einem Punkt waren sich alle einig.

Er war ihr Herr.

* * *

Es folgten düstere Tage in Ubbanford, trotz guten Wetters. Die Sonne stand hoch am weiten Himmel, und an den warmen Nachmittagen zogen kaum Wolken über das Dorf. Die, die den neuen Saal errichteten oder auf den Feldern arbeiteten, schwitzten und kniffen die Augen zusammen, um sich vor dem grellen Licht zu schützen.

Und doch schien sich eine Glocke der Finsternis über das Dorf gestülpt zu haben.

Das Versagen lastete überdeutlich auf Beobrands Männern. Sie warteten noch immer auf die Bestrafung durch ihren Herrn und fühlten sich nur noch schlechter, als nichts geschah. Ihnen war klar, dass sie einen Fehler begangen hatten, und sie wollten Beobrands Zorn spüren, um wenigstens zu einem Teil für ihre Schuld zu büßen. Doch da dieser Zorn ausblieb, litten sie wie die Hunde an einer zerstörerischen Mischung aus Selbsthass und Selbstmitleid. Sie fingen an, sich zu streiten. Vorwürfe wurden laut, und Freundschaften zerbrachen.

Um sich zu beschäftigen, hatten die Krieger die Arbeit an dem neuen Saal bald nach Sunnivas Verbrennung wieder aufgenommen. Doch während sie zuvor von gut gelaunten

Bemerkungen und Späßen begleitet worden war, schufteten sie nun schweigend vor sich hin. Dennoch kamen sie weitaus langsamer voran, als bei dem schönen Wetter eigentlich zu erwarten gewesen wäre. Sie waren mit dem Herzen nicht bei der Sache. Immer wieder wanderten ihre Blicke zu der Stelle, wo Sunniva in den letzten Tagen vor ihrer Niederkunft gesessen hatte, und dann zu dem schwarzgrauen Fleck auf dem Hügel. Dorthin, wo sie den Scheiterhaufen errichtet hatten. Mehr als einer der Männer musste sich Tränen von den Wangen wischen. Es schien viel staubiger zu sein als vor Sunnivas Tod. Vielleicht war es auch die Asche vom Feuer, die noch in der Luft hing.

Für Beobrand waren die Tage lang. Auf Sceadugenga legte er weite Strecken zurück, durchquerte Flüsse, ritt unter dem dichten Blätterdach der Wälder dahin und die steilen Hügel im Süden hinauf. Vor dort konnte er in alle Richtungen blicken. Er vermied jeden Kontakt mit anderen und war sich selbst genug. Er wollte mit niemandem reden, und die Einsamkeit gab seinem Geist die Gelegenheit umherzustreifen. Doch die Wege seiner Erinnerung waren trügerisch wie ein überfrorenes Moor. Bei jedem falschen Schritt bestand die Gefahr, durch die dünne Eisdecke zu brechen und für immer in dem eiskalten dunklen Morast zu versinken.

Sceadugengas Hufe suchten sich einen sicheren Pfad durch Bernicia. Beobrands Gedanken hingegen wanderten auf weniger sicherem Terrain. Als er sich in seinen finstersten Erinnerungen verfing, war er froh, allein zu sein. Was hätten seine Männer von ihm gehalten, wenn sie ihren Fürsten, den Mann, zu dem sie ob seines Könnens in der

Schlacht und seiner Stärke aufblickten, mit heißen Tränen der Scham und der Trauer auf dem jugendlichen Antlitz gesehen hätten?

Wenige Tage nach Sunnivas Verbrennung füllte Beobrand die Asche in einen Tontopf, verstaute ihn in einer von Sceadugengas Satteltaschen und ritt gen Süden. Dabei kam er an einigen aufrecht stehenden Steinen vorbei, die lange Schatten warfen. Sie mussten vor Ewigkeiten errichtet worden sein. Vielleicht von denselben Riesen, die auch den Wall weiter südlich gebaut hatten, obwohl ihm das unwahrscheinlich erschien. Die Steinkreise, die überall im Land zu sehen waren, waren beeindruckend, wirkten aber gleichzeitig natürlicher als der Große Wall oder die geraden Straßen wie die Deira Stræt.

Auf seinem Ritt begegnete er nur wenigen Menschen. Das Land war wild und ungezähmt. Die windumtosten Hügel sprachen zu ihm. Sie scherten sich nicht um den Lauf seines Lebens, auch Könige bedeuteten ihnen nichts. Beobrand legte die Finger an den Tontopf, der hinter ihm in einer Satteltasche ruhte. Das Land würde sich nicht an Sunniva erinnern. Auch nicht an all die anderen, die vor seinen Augen gestorben waren. Was war aus denen geworden, die diese Steinkreise errichtet hatten? Aus den Riesen, die den Wall gebaut hatten? Auch sie waren den Weg alles Irdischen gegangen, und doch waren Reste ihrer Existenz nach wie vor zu sehen. Vielleicht war das alles, worauf ein Mensch hoffen konnte. Dass ein kleiner Teil seines Lebens nach dem Tod für andere sichtbar blieb.

Und dann waren da natürlich noch die Kinder.

Er konnte sich immer noch nicht vorstellen, wie aus

Octa, dem Säugling mit faltigem Gesicht, ein Kind werden sollte. Oder ein Mann. Es erschien ihm unvorstellbar, dass er tatsächlich Vater war. Der Schatten seines eigenen Vaters lag über seinen Gedanken. Würde er Octa ein besserer Vater sein, als Grimgundi es ihm gewesen war? Oder würde Octa ihn fürchten und hassen, so wie er seinen eigenen Vater verabscheut hatte?

Während er allein mit seinen Überlegungen, nur begleitet von den Geistern seiner Familie und seiner Geliebten, weiterritt, wurde ihm klar, weshalb er aus Ubbanford geflohen war. Weshalb er Octa noch so gut wie keine Aufmerksamkeit geschenkt hatte. Die Wahrheit war, dass er sich eingeredet hatte, dass Säuglinge nur etwas für Frauen waren. Aber das war nicht die ganze Wahrheit.

Er hatte auch gefürchtet, den Jungen für Sunnivas Tod verantwortlich zu machen, denn solch düstere Gedanken hatten ihn tatsächlich schon überfallen.

Doch es gab noch einen weiteren Grund, weshalb er vor seinem Sohn davonrannte. Beobrand hatte Angst. Er hatte entsetzliche Angst davor, zu einem Mann zu werden, wie sein Vater einer gewesen war. Octa zu schlagen und zu bedrohen, ihn zu einer Waffe zu machen, die sich irgendwann gegen ihn wenden würde, so wie er sich eines Tages gegen Grimgundi gewandt hatte.

Er ließ Sceadugenga an einem schmalen Bach anhalten und gestattete dem Tier eine Trinkpause. Das Ufer war mit Schilf bewachsen. Senkrecht wie aufgestellte Speere raschelten die Halme im Wind. Bei ihrem Anblick musste Beobrand an einen Schildwall denken. An das Dickicht aus zitternden Speeren. Durch seine tödlichen Fähigkeiten im

Kampf hatte er einen gewissen Ruf erlangt. Vielleicht war er seinem Vater doch etwas schuldig. All der Hass auf ihn hatte ihn zu dem Mann gemacht, der er jetzt war.

Ein Krieger.

Eine Waffe.

Ein Todbringer.

Zuerst hatte er Grimgundi umgebracht, der ihn geprügelt hatte. Dann Hengist, den Mörder seines Bruders und Peiniger und Mörder unschuldiger Menschen, der ihn gelehrt hatte, in der Schlacht zu kämpfen.

War Grimgundi überhaupt sein Vater? Die letzten Worte seiner Mutter wollten ihm immer noch nicht aus dem Kopf gehen. Was hatte sie damit gemeint?

Er fuhr sich mit der verkrüppelten linken Hand über sein stoppeliges Kinn. Sein Bart wuchs in letzter Zeit kräftiger, als wäre er erst durch die Zeugung eines Sohnes wahrhaftig zum Mann geworden. Oder hatte die Veränderung damals begonnen, als er zu töten anfing?

Eines jedenfalls stand so unumstößlich fest wie die Tatsache, dass ein Baum von einem Mann mit einer Axt gefällt werden kann. Was immer seine Vergangenheit sein und wie immer er bis hierhin gelangt sein mochte, jetzt und heute war er ein Krieger. Ein Waffenschwinger, der Tod über seine Feinde und die seines Königs brachte.

Auch Wybert war jetzt sein Feind, und Beobrand würde keine Mühen scheuen, um ihn zu finden. Und ihn zu töten. Vergeltung brachte nicht automatisch den Frieden, das wusste er nun. Und doch war sie alles, was ihm geblieben war.

Vergeltung und seinem Herrn zu dienen.

Während diese Gedanken in seinem Kopf um die Vorherrschaft rangen, ritt Beobrand weiter gen Süden. Doch er ließ sich nicht treiben. Er wusste genau, wohin er wollte.

Nachdem Sceadugenga den letzten Hügel erklommen hatte, blickte Beobrand ins Tal hinab. Die Sonne war bereits im Westen verschwunden, und die Senke lag im Schatten. Er konnte die geschwärzten Balken des Großen Saals gerade noch erkennen. Ein hohles Gerippe wie die Rippen eines ausgeweideten Riesen. Auch die meisten anderen Gebäude waren nur noch ausgebrannte Hüllen. Als Cadwallons walisische Horden die einst stolze Stadt Gefrin zerstört hatten, war der Feuerschein bis an die Küste zu sehen gewesen.

Einige wenige kleine Gebäude schienen vom Feuer verschont geblieben zu sein oder waren von ihren zurückgekehrten Bewohnern wiederaufgebaut worden. Rauch kräuselte sich aus den Schornsteinen der intakten Hütten. Beobrands Blick fiel auf einen Mann, der mit einem Esel hinter einer der Hütten verschwand.

Er sah sich um. Es war ein warmer Tag gewesen. Sich auftürmende Wolken zogen über den Himmel. In der Nacht würde es kalt werden, aber die Vorstellung, jetzt mit Fremden sprechen und um ein Quartier bitten zu müssen, war ihm unerträglich. Er entdeckte den Pfad, den er gesucht hatte, und folgte ihm hügelabwärts.

Die abgeschiedene Wiese lag wie in seiner Erinnerung vor ihm, umgeben von Vogelbeerbüschen und Fichten. Der süßliche Geruch der Heide erweckte die Bilder jenes warmen Sommertags in ihm zum Leben. Sunniva war so wunderschön und er vollkommen berauscht von ihr gewesen.

Ihre zarten Hände auf seinem Körper. Ihr warmes, anschmiegsames Fleisch unter ihm. Der Geschmack ihres Mundes.

Beobrand saß ab und holte den Tontopf mit Sunnivas Asche aus der Satteltasche. Ehrfürchtig stellte er ihn auf den Boden und schlug ein einfaches Lager auf. Er nahm Sceadugenga den Sattel ab und machte den Hengst in der Nähe fest. Er hatte nicht damit gerechnet, im Freien zu übernachten. Es würde eine kalte Nacht werden, aber er wollte kein Feuer entzünden, das möglicherweise in Gefrin Aufmerksamkeit erregt hätte. Außerdem war er nicht allein. Er umklammerte das harte Tongefäß, wickelte sich zusammen mit ihm in seinen Mantel und streckte sich im Gras aus.

Hier hatten sie zum ersten Mal beisammengelegen.

Es schien ihm passend, dass dies der Ort war, an dem sie ihre letzte gemeinsame Nacht verbringen würden.

Stille hüllte ihn ein. Er war lange und weit geritten. Sein Körper war erschöpft. Seine Seele gequält. Und doch überkam ihn schnell der Schlaf.

Als er am nächsten Morgen erwachte, konnte er sich nicht an seine Träume erinnern, doch der Tau, der sein Gesicht benetzte, hatte sich mit den salzigen Tränen auf seinen Wangen vermischt.

Kapitel 25

Die Sonne warf lange dunkle Schatten ins Tal des Tuidi, als Beobrand zurückkehrte. Sein ganzer Körper schmerzte von den vielen Stunden im Sattel. Er war zwar müde, aber seine Gedankengänge klarer als bei seinem Aufbruch. Immer noch versuchten einzelne Erinnerungen, ihn in den Abgrund der Verzweiflung zu ziehen. Er konnte spüren, wie sie an ihm zerrten. Doch er würde ihnen nicht nachgeben. Das Schicksal hatte diesen Weg für ihn vorgesehen, und er würde ihn bis zum Schluss gehen.

Er versuchte, sich auf das zu konzentrieren, was er hatte. Einen Saal. Land. Eine Kriegerschar mit treuen Kampfgefährten. Einen Sohn. Aber was nützte das alles, wenn das Glück ihn verlassen hatte? Ohne es zu wollen, stellte er sich immer wieder dieselbe Frage. Die Verzweiflung kratzte und nagte an seinen Gedanken. Wie sollte er weitermachen? Er hatte alle verloren, die er liebte. An jeder Weggabelung seines Lebens schien der Tod zu lauern. Er war wahrhaftig verflucht. Von den Göttern verlassen.

Als er in der Ferne einen Reiter bemerkte, war er froh, dass ihn endlich etwas vom geifernden Schlund seiner finsteren Gedanken ablenkte. Er legte die Hand an die Seite und lockerte Hrunting in der Scheide. Die Berührung des Schwerthefts beruhigte ihn augenblicklich. War Balsam für seine Nerven. Das Schwert bedeutete für ihn Sicherheit. Sein Zweck war eindeutig. Beobrand fletschte die Zähne und bohrte die Fersen in Sceadugengas Flanken. Sollte der einsame Reiter sich als Räuber erweisen, er würde den Tag verfluchen, an dem er sich Beobrand, Sohn des Grimgundi, zum Opfer auserkoren hatte. Der Hengst galoppierte vorwärts. Trotz des langen Ritts hatte er noch Kraftreserven.

Der Abstand zwischen ihnen verringerte sich schnell, da auch der andere Reiter sein Pferd anspornte. Sceadugenga begrüßte das Tier mit lautem Wiehern, als auch Beobrand erkannte, wer ihm da entgegenkam. Er brachte Sceadugenga zum Stehen, der schnaubend und prustend den Kopf hin und her warf.

Die gefleckte Stute seines Gegenübers näherte sich und rieb ihre Nase an Sceadugengas Flanke.

»Schön, dich zu sehen«, sagte Acennan, der Mühe hatte, sein Pferd unter Kontrolle zu halten, während es den schwarzen Hengst begrüßte. »Ich hätte dir nicht gestatten sollen, allein loszureiten. Niemand weiß, was du dann anstellst.« Er lächelte, doch Beobrand sah die Anspannung in den Zügen seines Freundes. Er hatte sich Sorgen gemacht.

Beobrand schüttelte den Kopf. »Du hattest keine Wahl. Ich brauchte Zeit zum Nachdenken.«

»Trotzdem werde ich dir das nicht noch einmal durchgehen lassen. Bitte mich nicht, meinen Eid zu brechen. Ich habe geschworen, dich zu beschützen. Aber das ist unmöglich, wenn ich nicht an deiner Seite bin.«

Beobrand zog an Sceadugengas Zügeln. »Wenn diese Pferde etwas zu sagen hätten, würden wir uns nie mehr trennen. Ich glaube, sie sind ineinander verliebt.«

Acennan lächelte breiter, doch Beobrands Miene wurde düster, kaum hatte er das Wort »verliebt« ausgesprochen.

»Na, komm.« Acennan wendete sein Pferd. »Lass uns nach Ubbanford zurückkehren, bevor es dunkel wird.«

Eine kurze Weile ritten sie schweigend, dann erkundigte sich Beobrand: »Was gibt es Neues?«

»Wir haben mit dem Dach des Saals angefangen. Bald können wir es mit Stroh decken. Und Anhaga muss nicht länger das Bett hüten, humpelt aber mit einem Gesicht wie saure Milch durch die Gegend.«

Beobrand runzelte die Stirn. »Ich glaube, ich muss mich bei ihm entschuldigen.«

»Das glaube ich auch.« Acennan warf einen Blick auf Beobrands Satteltaschen. »Ich hatte gedacht, du würdest dieses … dieses Gefäß nicht wieder zurückbringen.«

Beobrand fasste nach hinten und legte die Hand auf den Tontopf.

»Eigentlich wollte ich sie …« Er zögerte. »Eigentlich wollte ich sie neben ihren Eltern begraben. In Gefrin.«

»Und warum hast du es nicht getan?«

»Die Männer, die ich dort sah, waren finster und verschlagen. Ich war mir sicher, dass sie die Asche sofort ausgraben würden, kaum dass ich den Ort verlassen hätte. Ich musste sie fortjagen.«

»Fortjagen?«

»Ich habe ihnen Hruntings Klinge gezeigt, und sie sind geflohen wie die Hasen. Einer ist vor lauter Angst gestürzt und aufs Gesicht gefallen.« Bei dem Gedanken daran, wie er Hrunting gezogen und sich dabei etwas des in ihm aufgestauten Zorns gelöst hatte, umspielte ein grimmiges

Lächeln seine Lippen. Der Damm, der seine ganze Wut zurückgehalten hatte, war kurz davor gewesen zu brechen, und es hatte sich gut angefühlt, diese Bauerntölpel zu verfluchen und ihnen mit dem Tod und noch Schlimmerem zu drohen.

Acennan lacht schallend. »Da wäre ich gerne dabei gewesen.« Anschließend wurde er wieder ernst. »Heißt das, du hast sie wieder mitgebracht?«

»Ja, zusammen mit Strang und Sunnivas Mutter.« Er klopfte auf die andere Satteltasche. »Es war mir unangenehm, denn eigentlich haben sie ihre Ruhe verdient. Aber ich finde, sie gehören zusammen. Ich werde sie gemeinsam auf dem Hügel von Ubbanford bestatten.« Er legte die Finger an das Amulett, das um seinen Hals hing, und berührte dann Hruntings Heft. Um sicherzugehen. »Ich vertraue darauf, dass Strangs Geist weiß, dass ich ihm nichts Böses will, obwohl ich seine Ruhe gestört habe.«

Acennan unterdrückte ein Schaudern. »Er war ein guter Mann.«

»Das war er.«

Sie ritten weiter, jeder in seine eigenen Gedanken versunken. Die Sonne näherte sich schon dem westlichen Horizont, und als die beiden Reiter die Hügelkuppe im Süden erreichten, küsste goldenes Licht die Häuser von Ubbanford.

Vor dem alten Saal brachten gerade drei Reiter ihre Pferde zum Stehen. Die letzten Sonnenstrahlen ließen das Metall ihrer Rüstungen aufblitzen.

Beobrand warf Acennan einen fragenden Blick zu.

»Keine Ahnung, wer das ist«, erwiderte dieser.

»Dann lass uns nachsehen, wer Ubbas Saal einen Besuch abstattet«, sagte Beobrand und presste Sceadugenga die Fersen in die Flanken.

Kopfschüttelnd folgte Acennan seinem Herrn den Hügel hinab.

* * *

»Ich kann jetzt nicht gehen.« Beobrand musterte den Mann, der vor ihm stand. Er war schlank und hatte einen dichten Schnurrbart. Beobrand konnte sich erinnern, ihn schon einmal in Bebbanburg gesehen zu haben, doch seinen Namen wusste er nicht. Anhaga kannte ihn eindeutig besser. Als Beobrand und Acennan in Ubbanford eingeritten waren, bat der verkrüppelte Knecht den Neuankömmling und seine beiden Begleiter gerade in Ubbas Saal.

Kaum hatte er Beobrand gesehen, lief Anhaga knallrot an. Sein Gesicht war noch immer mit blauen Flecken übersät. Er verneigte sich tief, und als Beobrand von seinem Pferd sprang, zuckte er zusammen, als rechnete er mit weiteren Schlägen.

Beschämt darüber, wie er Anhaga behandelt hatte, berührte Beobrand ihn sanft am Arm und richtete ihn auf.

Dann sagte er mit leiser Stimme, sodass nur Anhaga ihn verstehen konnte: »Du brauchst keine Angst vor mir zu haben. Vergib mir. Wir reden später noch.« Er blickte dem Knecht in die Augen, der seinen Blick wachsam und starr erwiderte, bevor er zaghaft nickte. Beobrand drückte ihm kurz den Arm, bevor er ihn losließ.

»Nun denn, wen haben wir da?«, fragte er dann mit lauter Stimme.

»Dies ist Erconbert, Sohn des Erconbert. Er wurde vom König höchstpersönlich geschickt.«

Jetzt, da er umringt von Beobrands Kampfgefährten und umschwirrt von Bauersfrauen und Sklavinnen, die das Essen servierten, im Saal stand, wirkte Erconbert noch immer verwundert. Er konnte nicht recht glauben, was Beobrand ihm auf seine vorgebrachte Bitte erwidert hatte.

Nach kurzem Zögern kam er zu dem Schluss, dass der junge Recke ihn nicht richtig verstanden hatte, und er wiederholte seine Nachricht.

»Oswald, Sohn des Æthelfrith, König von Bernicia und Deira durch die Gnade Gottes, unseres Herrn, bittet Euch, nach Bebbanburg zu kommen.«

Beobrand winkte eine der Sklavinnen zu sich, eine zierliche dunkelhaarige Waliserin, die seinen Becher mit Met auffüllte. Er leerte ihn in einem Zug und bedeutete ihr, ihm sofort nachzuschenken. Geistesabwesend registrierte er, dass ihre Hände ruhig waren und nicht so zitterten wie vor einigen Tagen, nachdem er Anhaga verprügelt hatte. Die Wärme des Getränks durchströmte seinen Körper. Er war sich im Klaren darüber, dass er zu schnell trank, doch die abstumpfende Wirkung des Alkohols war einfach zu verführerisch. So waren der dunkle Schmerz in seinem Inneren und seine an ihm nagenden Gedanken wenigstens einigermaßen zu ertragen. Der Met besänftigte sie.

»Ich habe dich bereits beim ersten Mal verstanden, Erconbert«, erwiderte Beobrand schroffer als beabsichtigt. »Aber ich kann jetzt nicht fort.« Er dachte an die Tontöpfe mit der Asche, die er aus den Satteltaschen genommen hatte. »Ich muss mich um eine andere Angelegenheit kümmern.«

»Aber, Herr!« Erconbert war unüberhörbar entrüstet. »Der König selbst befiehlt es Euch.«

»Bei Thunor.« Beobrand schlug mit der flachen Hand auf den Tisch, sodass Met aus seinem Becher schwappte. »Ich habe dich gehört!«

Sofort wurde es still im Saal.

Erconbert wich nicht von der Stelle und sah Beobrand mit gerunzelter Stirn und finsterer Miene an. Genauso wie Acennan. Ihre Blicke trafen sich. Mit einem kaum wahrnehmbaren Nicken bestätigte sein Freund, was Beobrand bereits wusste, obwohl seine Sinne vom Alkohol, von Trauer und Müdigkeit benebelt waren: Alles, was ihm auf dieser Welt geblieben war, war ihm von seinem König geschenkt worden. Ganz egal, wie sehr er sich danach sehnte, sich zu verstecken oder sich in seiner Trauer zu suhlen, es war ihm unmöglich. Durch seinen Treueschwur war er an seinen Herrn gebunden. Wenn er den Ruf seines Königs missachtete, brach er seinen Eid. Dann war er ein Feigling. Seine Männer würden sich nach einem anderen Herrn umsehen, und er würde mit leeren Händen zurückbleiben.

Dennoch war es nicht der Gedanke, dass er seine Männer verlieren könnte, der ihn zum Umdenken veranlasste. Vielmehr durfte er seinen Schwur nicht brechen. Für sein Wort trug er ganz allein die Verantwortung. Er würde seine Ehre nicht aufs Spiel setzen.

»Nun gut. Ich kann leider nicht beim ersten Licht des Tages aufbrechen, so wie du es wünschst«, sagte er schließlich. Selbst in seinen eigenen Ohren sprach er undeutlich, lallte. Er drückte seinen Rücken durch. »Aber ich werde dem Ruf meines Königs folgen, wie es meine Pflicht ist.«

Erconbert neigte ein wenig den Kopf. Er hatte wieder eine neutrale Miene aufgesetzt, als wäre vorher kein einziges ungehöriges Wort gefallen. »Ihr sollt so viele Männer wie möglich mitbringen, die den Umgang mit dem Speer beherrschen.«

»Ziehen wir in den Krieg?«

»Dazu kann ich nichts sagen«, erwiderte Erconbert. »Aber nehmt Eure Kriegerschar mit nach Bebbanburg.«

Die Männer im Saal ließen sich das Gehörte durch den Kopf gehen. Etliche Frauen warfen sich gegenseitig fragende Blicke zu. Es stand doch etwa nicht schon wieder ein Krieg bevor?

»Nun denn«, sagte Beobrand. Er hatte keine Lust mehr auf Fragen und Bedenken. Damit konnte er sich auch noch am Morgen beschäftigen. Jetzt wollte er nur noch trinken, und zwar so lange, bis er nicht mehr denken musste.

»Morgen früh reitest du zurück nach Bebbanburg und berichtest König Oswald, dass Beobrand, Sohn des Grimgundi, dir mit seiner Kriegerschar folgen wird. Doch jetzt wird gegessen und getrunken. Der Tisch biegt sich unter Speis und Trank, also lass es dir schmecken!«

Erneut winkte er die Sklavin zu sich.

Sie hatte tiefgründige dunkle Augen und lange Wimpern. Man konnte sie beinahe als hübsch bezeichnen.

* * *

Langsam schlug Beobrand die Augen auf. Ganz langsam. Sein Schädel pochte. Er hatte einen säuerlichen Geschmack im Mund. In seiner Kammer war es dunkel und ruhig. Er fühlte sich geborgen. Gedankenverloren streckte er den Arm aus, um die warme Haut seiner Gemahlin zu berühren.

Die Gestalt neben ihm stöhnte leise und räkelte sich träge.

Seine Hand zuckte zurück, als hätte er das Feuer einer Esse berührt.

Das war nicht Sunniva. Sunniva bestand nur noch aus Staub, der in einer Urne lag.

Auf einmal waren die Erinnerungen an die letzte Nacht wieder da. Der Saal, sehr warm und laut. Der Rauch der Feuer. Der süße Duft vom Met. Und die Sklavin, die wieder und wieder seinen Becher gefüllt hatte. Seine Hand, die nach ihr gegriffen hatte. Wie er ihren zarten Körper aufs Bett gepresst hatte, während er wütend in sie stieß. Danach hatte er vor Erleichterung gezittert.

Als der herbe Duft ihrer Vereinigung in seine Nase drang, musste er würgen. Er schnappte sich Kittel und Hose und stolperte aus dem dunklen Zimmer.

Wie hatte er so etwas nur tun können? Auch noch auf dem Lager, das er mit Sunniva geteilt hatte? Eine Welle aus Ekel und Selbstverachtung überrollte ihn, und er schaffte es gerade noch ins Tageslicht, bevor er sich laut würgend erbrach. Auf dem Erdboden blieb eine dampfende Pfütze zurück. Nachdem er erneut gewürgt hatte, lehnte er sich, vom Schwindel erfasst, an den Türrahmen. Als der nächste Krampf sich ankündigte, beugte er sich vor, spuckte aber nur aus, bevor er benommen in den Saal zurücktaumelte.

In diesem Augenblick verließ die dunkelhaarige Sklavin sein Schlafgemach am hinteren Ende des Saals. Sie sah ihn und senkte augenblicklich den Kopf. Beobrand wandte sich ab, als könnte er dadurch die letzte Nacht ungeschehen machen.

»Möchtet Ihr vielleicht etwas frühstücken?«, ließ sich eine Stimme ganz in der Nähe vernehmen.

Beobrand zuckte zusammen. Er hatte nicht gemerkt, dass sich jemand genähert hatte. Mit Sternen vor den Augen wirbelte er herum und sah Anhaga vor sich. Der Knecht hatte eine unbeteiligte Miene aufgesetzt, aber lag in seinem Blick nicht doch eine Spur Missbilligung? Beobrand sah wieder zu der Sklavin hinüber, die gerade aus dem Saal ging, und entspannte sich ein wenig.

»Nur etwas Brot und Bier, Anhaga. Und dann sollten wir uns unterhalten.«

Einige Zeit später, nachdem er gegessen und getrunken hatte, hatte sich sein Magen etwas beruhigt. Aber sein Schädel pochte noch immer, während er neben Anhaga ging.

Beobrand hatte vorgeschlagen, einen Spaziergang zum neuen Saal hinauf zu machen. Anhaga hatte nichts dazu gesagt, aber war seinem Herrn gefolgt. Jetzt hinkte er entschlossen, um mit ihm Schritt zu halten. Beobrand verlangsamte sein Tempo und verfluchte sich im Stillen. Dachte er eigentlich immer nur an sich selbst? Jetzt zwang er Anhaga auch noch zu einem Fußmarsch, dabei hatte er ihm doch nur sein Bedauern über sein Verhalten ausdrücken wollen. Er musste ihn für grausam halten.

Und hatte wahrscheinlich recht damit. Der Teil seiner Persönlichkeit, der ihn in der Schlacht zu einem tödlichen Gegner machte, konnte ihn auch schnell zum Tyrannen werden lassen. Zu einem Mann, der auf die einschlug, die schwächer waren als er. Zu einem Mann, wie sein Vater einer gewesen war. Oder Hengist.

Er würde das nicht zulassen. Er würde sich bei Anhaga entschuldigen und damit etwas tun, was keiner dieser beiden verrohten, skrupellosen Männer jemals auch nur in Erwägung gezogen hätte.

Das Wetter war umgeschlagen und schien sich seiner Stimmung angepasst zu haben. Wolken waren aufgezogen, der Himmel war von melancholischem Grau. Die Schmerzen in Beobrands rechtem Fuß erinnerten ihn an den Fußtritt, den er einem von Nathairs Männern verpasst hatte. Er musste sich dabei mindestens einen Zeh gebrochen haben. Ein sanfter Nieselregen durchnässte die beiden Männer schon bis auf die Haut, bevor sie die Hälfte des Anstiegs hinter sich gebracht hatten.

Als Anhaga auf dem nassen Gras ausrutschte und die Balance verlor, streckte Beobrand die linke Hand aus, um ihn zu stützen. Er erwischte Anhagas Mantel, bekam die nasse Wolle mit seinen verstümmelten Fingern allerdings nicht richtig zu fassen, sodass Anhaga stöhnend auf Händen und Knien landete.

Gleichzeitig fluchten die beiden Männer los. Jeder war wütend auf seine eigene Unzulänglichkeit.

Schließlich streckte Beobrand Anhaga seine unverletzte Hand hin. Nach kurzem Zögern griff dieser zu und zog sich auf die Beine.

»Ich hätte dich nicht verprügeln dürfen«, sagte Beobrand. Er schämte sich dafür, was er seinem Knecht angetan hatte. »Du bist ein Ehrenmann. Als einziger von all meinen Männern hast du dich zwischen Sunniva und die Angreifer gestellt.« Er rang um die richtigen Worte. »Ich hätte dich nicht verprügeln dürfen«, wiederholte er schließlich.

Anhaga konnte Beobrands ernsthaften Blick nicht ertragen.

»Es tut mir leid, Herr«, sagte er. »Ich hätte mehr tun müssen. Ich hätte sie aufhalten müssen, aber ich …« Die Worte blieben ihm im Hals stecken.

»Du bist kein Krieger, Anhaga. Du hast dein Möglichstes getan.«

Anhagas Miene verfinsterte sich, und er blickte zu Beobrand auf. »Einst habe ich davon geträumt, ein Krieger zu sein. Als Junge konnte ich sehr gut mit Speer und Axt umgehen.«

»Warst du nicht schon immer … so?« Beobrand starrte auf Anhagas verkrüppelten Fuß.

Der Knecht lächelte, wenn auch ohne jede Freude. Es war das resignierte Lächeln eines Menschen, der aufgehört hat zu träumen. Der nicht mehr hofft. »Nein, ich war nicht von Anfang an ein Krüppel.«

Schweigend gingen sie weiter. Auf dem Hügel war es still. Der Regen hatte die anderen Männer vertrieben.

Beobrand betrachtete den halb fertigen Saal, als sein Blick dorthin fiel, wo seine Männer den Scheiterhaufen errichtet hatten. Die geschwärzte Erde war ein Zeugnis für das Ende seiner eigenen Träume. Seiner eigenen Hoffnungen. Dann dachte er an seinen Sohn Octa. So winzig. So schwach. Doch er würde wachsen und einen Vater brauchen.

Es war Anhaga, der das Schweigen durchbrach. Und je

länger er redete, desto klarer wurde Beobrand, dass er sich bis jetzt noch nie wirklich mit ihm unterhalten hatte. Dass er nichts von ihm wusste.

»Ihr und ich, wir sind beide Versehrte. Zumindest das haben wir gemeinsam.« Wehmütig betrachtete Anhaga die Stelle von Sunnivas Bestattungsfeuer. »Ich war nicht schon immer ein Krüppel, so wie Ihr nicht mit halben Fingern geboren wurdet.«

»Was ist dir zugestoßen?«, erkundigte sich Beobrand.

»Dasselbe wie Euch«, erwiderte Anhaga mit seltsamem Gesichtsausdruck. »Hengist.«

* * *

»Hengist?« Beobrand blickte Anhaga durchdringend an. »Du hast ihn gekannt?«

Der Knecht wischte sich den Regen aus dem Gesicht. Als seine Finger dabei die Blutergüsse rund um seinen Mund streiften, zuckte er zusammen. Er wich Beobrands Blick aus und starrte in die trübe, vom Regen verschleierte Ferne.

»Ja, ich habe ihn gekannt.« Anhaga seufzte. »Einst waren wir sogar Freunde. Vor langer Zeit.«

»Ihr seid zusammen aufgewachsen?«

»Wir haben gemeinsam gespielt und gejagt. Andere Kinder geärgert. Wir waren wie Brüder. Er war älter als ich, dazu stärker, größer und der bessere Kämpfer und Jäger. Ich wäre sehr gerne wie er gewesen.« Anhaga schüttelte den Kopf. »Ich habe mich ständig angetrieben, um ihm in allem, was er tat, ebenbürtig zu sein. Wir haben gemeinsam geübt, und ich habe gelernt, mit Waffen umzugehen. Aber er war ein Naturtalent. Er war dazu geboren, Schwert und Schild zu gebrauchen. Das Gerücht ging, dass sein Vater ein großer Krieger gewesen sei. Es könnte die Wahrheit gewesen sein. Ihr habt ihn kämpfen sehen. Er war furchterregend. Und ich habe mich danach gesehnt, ihm nachzueifern.«

Beobrand rieb sich die Stümpfe seiner fehlenden Finger. Er konnte sich noch gut an den wilden Eifer erinnern, mit dem Hengist gekämpft hatte. Wie schnell er sich bewegt hatte. Und an seine Geschmeidigkeit. Auch er hatte sich gewünscht, so zu sein wie er.

»Was ist geschehen?«, wollte er von Anhaga wissen. Er konnte kaum glauben, dass ihre Schicksalsfäden so eng miteinander verwoben waren.

»König Edwins Christusprediger kam in unser Dorf. Er war ein großer Mann mit dunkler Haut und sprach mit einer seltsamen Stimme. Sie haben gesagt, er käme aus dem Land jenseits des Meeres im Süden. Es war das erste Mal, dass wir von dem Christus gehört haben. Davor haben wir die alten Götter angebetet. Dieser Fremdling aber hat vom ewigen Leben und vom Ende aller Opfer gesprochen. Ein harter Winter lag hinter uns, und die Menschen haben seinen Worten begierig gelauscht.«

Beobrand nickte. Die Leute wandten sich immer bereitwillig dem Gott zu, der ihnen die größten Vorteile versprach. Ewiges Leben und keine traditionellen Opfergaben mehr, das war ein attraktives Angebot.

»Hengists Mutter war die Heilige Frau des Dorfes und hoch angesehen. Die Leute haben sie immer gut behandelt. Sie baute sich vor dem Christusprediger auf und verfluchte ihn, doch er blieb völlig unbeeindruckt. Er schien keinerlei

Angst zu haben. Wir hingegen hatten uns immer vor Neldas Zorn gefürchtet.«

Als der Name fiel, kniff Beobrand die Augen zusammen. Also war es wahr. Die Frau auf Muile war Hengists Mutter gewesen. Und es schien, als wäre das Auf und Ab ihres Lebens mit seinem und Anhagas Leben eng verknüpft. Beobrand musste an ihren Zorn denken. An das aufblitzende Messer in der Höhle. Den Fluch, den sie geschrien hatte. Er hoffte inständig, dass sich ihre Pfade nie wieder kreuzen würden.

Anhaga fuhr fort, ohne die Wirkung seiner Worte auf Beobrand zu bemerken. »Sie war ebenso jähzornig wie ihr Sohn, deshalb hatte ihr nie jemand in die Quere kommen wollen. Aber dieser groß gewachsene Priester stand einfach da und ließ all ihre Zaubersprüche und Flüche über sich ergehen. Schließlich schloss er die Augen, hob die Hände und sagte etwas in einer Sprache, die niemand verstand.« Er hielt inne. Sein Blick schien in weite Ferne gerichtet. Wahrscheinlich war er in Gedanken wieder in seinem Dorf.

Beobrand wartete schweigend, dass Anhaga weitersprach. Nie zuvor hatte er dem Krüppel so lange zugehört. Jetzt bereute er, sich nicht die Zeit genommen zu haben, mehr über ihn zu erfahren. War er so in seiner eigenen Welt gefangen, dass andere ihn überhaupt nicht interessierten? Acennan, sein bester Freund, hatte ihm erst vor Kurzem erzählt, dass er einst verheiratet gewesen war. Dass er ein Kind gehabt hatte. Wie war es möglich, dass er das alles nicht gewusst hatte?

»Ich kann mich gut an jenen Tag erinnern«, fuhr Anhaga fort. »Als wäre es gestern gewesen. Der Priester spricht ganz ruhig, und es wird still im Dorf. Auch Nelda ist verstummt. Noch während der Priester redet, färbt sich der Himmel schwarz. Die Leute starren nach oben, wo sich dunkle Wolken ballen. Dann öffnet der Priester die Augen und deutet auf Nelda. Mit der linken Hand hat er nach dem Symbol gegriffen, das er an einer Kette um den Hals trägt, und hält es uns entgegen. Es sieht aus wie Thunors Hammer, aber angeblich soll Christus daran festgenagelt worden sein. Und was dann geschieht, werde ich nie vergessen.«

Beobrands Kehle war trocken. »Sprich weiter.«

»Er sagt in unserer Sprache: ›Im Namen unseres Herrn Jesus Christus befehle ich, Paulinus, dir, diesen Ort zu verlassen, damit diese Menschen die wahre Botschaft Gottes erfahren können.‹ Anfangs sind alle wie gelähmt. Dann kracht ein Donnerschlag so laut, dass selbst erwachsene Männer anfangen zu schreien. Chaos bricht aus. Das Entsetzen packt uns alle, und wir werfen uns zu Boden. Und dann sehen wir, dass der Blitz in die heilige Esche eingeschlagen hat. Der Baum, unter dem Nelda ihre Rituale abgehalten hat, steht in Flammen.«

»Dann hat also der Christusgott den heiligen Baum zerstört?«, fragte Beobrand ehrfürchtig.

»Es hat nicht lange gedauert, bis die Dorfbewohner sich das, was sie da gesehen hatten, zu Herzen genommen haben. Ihre Angst vor Nelda verwandelte sich in Hass und Wut. Sie haben sie vertrieben, und sie ist gen Westen geflohen. Ich habe sie nie wiedergesehen.«

Beobrand erwähnte seine Begegnung mit der Hexe auf Muile nicht. Wie war sie nur auf die Insel gekommen? Und warum hatte sie ausgerechnet diesen Ort gewählt? Er unterdrückte ein Schaudern. Und wie hatte sie vom Tod ihres Sohnes durch seine Hand erfahren?

»Aber was war mit Hengist? Und was ist mit deinem Bein passiert?«, wollte er wissen.

»Hengist ist nicht mit seiner Mutter fortgegangen. Ich wünschte, er hätte es getan. Damals war er fast schon ein Mann und einem Mädchen zugetan. Sie hieß Othili und hatte eine Haut, so weiß wie Milch. Sommersprossen auf der Nase. Und so grüne Augen wie ein Sommerwald.«

Kaum sprach er von Othili, legte sich ein Strahlen auf Anhagas von blauen Flecken entstelltes Gesicht. Es war unschwer zu erkennen, dass Hengist nicht der Einzige gewesen war, der Gefallen an dem Mädchen gefunden hatte.

»Sie war wunderschön«, sagte Anhaga. »Doch Hengist hätte ihre Schönheit zerstört. Er hat nie etwas anderes gemacht, als zu zerstören.«

»Hat er ihr etwas angetan?«, fragte Beobrand, während Bilder von Cathryns blutüberströmtem und geschändetem Körper vor seinem geistigen Auge aufblitzten.

»Er hat es versucht.« Die Erinnerung ließ Anhagas Miene versteinern. »Ich habe beide in der Nähe des Dorfes im Wald entdeckt. Othili hat aus voller Kehle geschrien. Ich bin losgerannt, weil ich dachte, ein wildes Tier sei über sie hergefallen.« Ein freudloses Lächeln huschte über seine Lippen. »In gewisser Weise hatte ich damit sogar recht. Hengist hatte ihr die Kleider vom Leib gerissen und saß auf ihr. Ich habe nicht einen Augenblick lang nachgedacht, sondern bin sofort auf ihn losgegangen. Damit hatte er nicht gerechnet, und ich habe Euch ja berichtet, dass ich gesund und ein geübter Kämpfer war. Ich habe ihn von ihr heruntergezerrt und auf ihn eingeschlagen, bis ich dachte, ich hätte ihn besiegt. Anschließend stand ich atemlos da und wusste nicht, was ich tun sollte. Niemals zuvor hatte ich geglaubt, ihn tatsächlich besiegen zu können. Während ich noch keuchend dastand, ist er weggelaufen. Ich bin ihm nachgejagt. Aber ich hätte erkennen müssen, dass das zu einfach gewesen wäre. Er war so listig wie Wodens Wolf.«

Beobrand konnte sich gut vorstellen, was passiert war. Anhaga war ein begabter Geschichtenerzähler. Vielleicht trug er dieses Geheimnis schon lange mit sich herum. Seine Scham und seine Wut waren ihm noch immer anzusehen. Und nun brach auch der Rest der Geschichte wie eine Springflut aus ihm hervor.

»Ich bin ihm hinterher und habe Othili zurückgelassen. Ich konnte an nichts anderes mehr denken als daran, Hengist zu stellen und ihn für alles, was er getan hatte, bezahlen zu lassen. Heute weiß ich, dass er mich absichtlich getäuscht hat. Immer wieder hat er mich lauthals beschimpft, damit ich seine Spur auch ja nicht verliere. Ich war ja noch ein törichtes Kind. Nachdem ich ihn einmal bezwungen hatte, war ich der Meinung, ihm überlegen zu sein. Erst unmittelbar bevor er über mich herfiel, bemerkte ich, dass ich schon eine Weile keinen Laut mehr von ihm gehört hatte. Als er hinter den Bäumen hervortrat, wusste ich sofort, dass ich ihn nicht noch einmal besiegen würde. Nicht unter diesen Bedingungen. Nicht wenn er das Überraschungsmoment auf seiner Seite hatte und wir einander nur mit unserer Kraft und unserer Cleverness gegenüberstanden.« Anhaga schüttelte den Kopf. Er schämte sich noch immer. »Schon nach wenigen Augenblicken warf er mich zu Boden. Ich schmeckte Blut und war wie gelähmt. Er hielt mich mit all seiner Kraft fest, sodass ich ihn bat, mein Leben zu verschonen. Was war ich doch für ein feiger Narr. Ich hatte geglaubt, ein Mann zu sein, doch in Wirklichkeit war ich nur ein Kind. Hengist hat mich ausgelacht.«

»Du warst kein Feigling, Anhaga. Du hast mutig gehandelt. Du hast dich ihm entgegengestellt, um das Mädchen zu beschützen. So wie du auch Sunniva beschützen wolltest. Du bist alles andere als ein Feigling.« Beobrand meinte es ernst. Sein Respekt für den Knecht wurde zunehmend größer.

»Er hat mich an der Kehle gepackt und immer wieder auf mich eingeschlagen. Ich war schwach … einfach jämmerlich.«

»Du warst weder schwach noch jämmerlich. Aber Hengist war ein herausragender Krieger.« Beobrand blickte in Anhagas malträtiertes Gesicht und musste daran denken, dass er genau so auf ihn eingedroschen hatte, wie Anhaga es soeben beschrieben hatte. War er also doch wie Hengist? Er würde das nicht zulassen.

»Ihr habt ihn besiegt«, sagte Anhaga.

»Ich trug ein Kettenhemd. Dazu ein wunderbares Schwert, Helm und Schild. Und trotzdem habe ich fast die halbe Hand verloren. Es war mir bestimmt, ihn zu töten, dennoch bist du alles andere als ein Schwächling.«

»Ich bin ein Krüppel.« Anhaga schloss die Augen und fuhr sich mit den Händen übers Gesicht. »Ich war beinahe besinnungslos, als Hengist sagte, dass ich nie wieder ihm oder jemand anderem hinterherlaufen würde. Völlig benommen und unfähig, mich zu verteidigen, habe ich mitangesehen, wie er einen großen Stein genommen und meinen Fuß zerschmettert hat. Er tut immer noch weh, müsst Ihr wissen. Bis heute.«

Beobrands Zeh pochte schmerzhaft, als würde er Mitgefühl empfinden. Unwillkürlich griff sich Beobrand an die Brust, denn seine Rippen schmerzten noch immer bei jedem Wetterumschwung. Und manchmal hatte er sogar Schmerzen in den Fingern, die er gar nicht mehr besaß. Gelegentlich juckten sie auch.

»Er wollte wirklich sichergehen«, fuhr Anhaga fort. »Darum hat er mit seinem Sachsmesser die Sehnen in meinem Bein durchtrennt. Anschließend hat er mich liegen lassen, blutend und weinend.« Er hielt inne und stieß einen Laut aus, der wie eine Mischung aus Seufzen und Schluchzen klang. Das Ganze musste all die Zeit über schwer auf seiner Seele gelastet haben. »Jahre später habe ich ihn wiedergetroffen, damals war er bereits ein Recke. Ich habe sogar mit ihm gesprochen, aber dabei hat er so getan, als könnte er sich kaum mehr daran erinnern, was zwischen uns geschehen war. Als wäre es nur ein kindischer Streich gewesen.«

»Was wurde aus Othili?«

»Sie hat einen anderen geheiratet. Ihr Vater wollte sie keinem Krüppel geben.«

Eine Zeit lang sagte keiner der beiden ein Wort. Jeder hing seinen eigenen Gedanken und Erinnerungen nach.

»Du hast recht«, sagte Beobrand schließlich, »es gibt viele Ähnlichkeiten zwischen uns. Wir haben dieselben Werte. Wir stehen ein für das, woran wir glauben, die Konsequenzen sind uns egal.«

Anhaga schnaubte verächtlich. »Mit dem Unterschied, dass Ihr Eure Feinde tötet, während ich nur eine Tracht Prügel von ihnen beziehe.«

»Rede nicht so. Glaubst du, dass das Töten mich zu einem besseren Menschen macht? Oder zu einem glücklicheren?«

»Ihr seid sehr viel reicher als ich.« Anhaga ließ einen ausgestreckten Arm über den Saal und die Häuser am Fuß des Hügels schweifen. »All das hier ist Euer Besitz.«

Beobrand nickte. »Das ist wahr. Das Schwert hat mir Reichtümer beschert. Aber ich würde auf alles verzichten, wenn dafür Sunniva wieder lebendig werden würde.«

»Es tut mir leid«, erwiderte Anhaga leise. »Wenigstens konntet Ihr sie für eine gewisse Zeit die Eure nennen.«

Beobrand musterte ihn nachdenklich. Vielleicht hatte Sunniva recht gehabt. Vielleicht hatte der Knecht sie begehrt, ja womöglich sogar geliebt. Aber Beobrand war sich sicher, dass er ihr niemals etwas Böses gewollt hatte.

Er blickte zum Himmel empor. Kühle Regentropfen rannen über seine Wangen. Seine Kopfschmerzen hatten ein wenig nachgelassen. Bald schon mussten sie nach Bebbanburg aufbrechen, um zu erfahren, weshalb Oswald sie zu sich gerufen hatte. Aber zunächst gab es noch etwas Wichtiges zu erledigen.

Er wandte sich an Anhaga. »Ich würde mich sehr freuen, wenn du mir helfen würdest, Sunniva und ihre Eltern zu bestatten. Ich glaube, sie hätte es so gewollt. Du warst ihr ein treuer Freund. Und bist es mir.«

In Anhagas Augen glänzten die Tränen. Er wischte sie mit dem Handrücken weg. »Habt vielen Dank, Herr. Es wäre mir eine Ehre.«

Kapitel 26

Am frühen Nachmittag hatte es aufgehört zu nieseln. Milchiges Licht drang durch die Wolken, die noch mehr Regen versprachen. Beobrand blickte sich nach seinen Männern um. Aethelwulf, Ceawlin, Attor und Garr trotteten zu Fuß hinter den Reitern her. Sie hatten sich ihre Schilde auf den Rücken geschlungen und führten alle Insignien des Krieges mit sich – Speere, Kettenhemden, polierte Helme. Es waren starke Männer. Gute Männer. Allerdings litten sie immer noch unter der Schmach, Sunniva nicht beschützt zu haben.

Beobrand war klar, dass seine Männer keine Schuld traf, weder an Sunnivas Schändung noch an ihrem Tod, und doch brachte er es nicht über sich, ihnen zu vergeben. Vielleicht würde sich das eines Tages ändern, aber jetzt war es noch zu früh dafür.

Tobrytan und Elmer hatten sie in Ubbanford zurückgelassen. Die beiden waren standhaft und zuverlässig. Sie würden für die Sicherheit der Siedlung sorgen. Vor der Abreise war Beobrand noch in Elmers Hütte gewesen. Die Kinder hatten gespielt und gestritten, und Maida hatte am Webstuhl gesessen, während er sich von seinem Sohn verabschiedete.

Auf seine Bitte hin, Octa im Arm halten zu dürfen, hatte Maida ihm ein strahlendes Lächeln geschenkt. Vermutlich missbilligte sie seinen Mangel an Zuwendung für sein Kind, aber er hatte noch keine Ahnung, wie er diesen winzigen Säugling lieben sollte. Doch er würde es lernen. Er würde nicht so werden wie sein Vater. Um sich davon zu überzeugen, klammerte er sich an die Worte, die seine Mutter vor ihrem Tod zu ihm gesprochen hatte. Er war nicht seines Vaters Sohn. Er würde diesen Jungen lieben und ihn lehren. Später. Denn jetzt musste er dem Ruf seines Königs folgen.

»Ich danke dir, dass du dich um Octa kümmerst. Ich werde dir deine Güte nicht vergessen.«

»Ihr erweist uns eine große Ehre, Herr«, hatte Maida freundlich erwidert. Bei seiner Rückkehr würde er sie und Elmer mit angemessenen Gaben entschädigen.

Beobrand blickte nach rechts, wo Acennan auf seinem Apfelschimmel ritt. Ein Stück dahinter saß Anhaga schwankend auf dem Maultier, das er sich vor etlichen Monaten in Bebbanburg ausgeliehen hatte.

»Warum reitet er mit uns?«, wollte Acennan wissen. Er sprach mit gedämpfter Stimme, allerdings immer noch so laut, dass Anhaga ihn hören konnte.

»Er wollte immer ein Krieger sein. Und ich weiß, wie es ist, diesen Wunsch zu haben.«

»Aber er ist ein Krüppel. Er wird uns in der Schlacht nichts nützen.« Acennan schnaubte.

»Rede nicht so über ihn. Er hat seine Tapferkeit und seinen Wert bereits unter Beweis gestellt. Ich behaupte nicht, dass er im Schildwall seinen Mann stehen kann. Aber er hat sich meinen Respekt und meine Dankbarkeit verdient, also habe ich ihm versprochen, dass er meinen Schild tragen kann. Ohne Hilfe komme ich mit dieser verdammten Hand damit kaum klar.«

Beobrand betrachtete seine Hände. Unter seinen Fingernägeln hatte sich Schmutz festgesetzt. Die Erde von Sunnivas Bestattung. Anhaga und er hatten Löcher für die drei Urnen gegraben. Sie hatten darüber nachgedacht, welche Gegenstände die drei im nächsten Leben wohl gerne bei sich hätten, und diese dann zusammen mit den Gefäßen behutsam in den Boden gelegt. Für Sunniva hatte Beobrand einen schönen Kamm aus Hirschhorn ausgesucht. Wenn er sich Bilder von ihr ins Gedächtnis rief, schien ihr Haar stets zu leuchten.

Nachdem sie die Gräber wieder mit Erde gefüllt hatten, hatten sie die Köpfe geneigt, und Beobrand hatte mit leiser Stimme, kaum lauter als ein Flüstern, gesagt: »Ruhe wohl, meine Liebste.«

Als sie anschließend den Hügel hinabgegangen waren, um sich auf die Reise nach Bebbanburg vorzubereiten, hatte Beobrand Anhaga gefragt, ob er sein Schildträger sein wollte.

Jetzt blickte er zurück zu dem auf dem Maultier schwankenden Mann. Hoffentlich würde er seine Entscheidung nicht bereuen. Aber sie kam ihm immer noch richtig vor. Er war dem Burschen für seine treuen Dienste etwas schuldig. Und für die Prügel, die er dafür bezogen hatte. Unglaublich, dass er Hengist gekannt und dieser ihn zum Krüppel gemacht hatte.

Sie ritten weiter.

»Was habt ihr da oben auf dem Hügel eigentlich so lange besprochen?«, wollte Acennan wissen.

Beobrand erzählte ihm, wie Anhaga zu seinem zerschmetterten Bein und dem verkrüppelten Fuß gekommen war.

»Bei allen Göttern«, stieß Acennan hervor. »Jetzt ist Hengist schon so viele Monate tot, und doch begegnet er uns immer wieder. Er wirft wirklich einen langen Schatten.«

Beobrand rieb sich die linke Hand. »In der Tat. Aber allein, dass wir uns an ihn erinnern, ist schon zu viel der Ehre. Lass uns nicht mehr von ihm sprechen. Er ist tot, nur mehr ein Schatten.«

»Richtig.« Acennan lächelte. »Wir haben jetzt lange genug über die Toten geredet. Was mich eher interessiert, ist, womit uns die Lebenden in Bebbanburg wohl überraschen werden.«

* * *

Im Großen Saal von Bebbanburg wimmelte es von Kriegern aus sämtlichen Teilen Bernicias und Deiras. Sie alle hatten sich versammelt, um ihren König sprechen zu hören. Ihr Herr hatte sie gerufen, und sie waren seinem Ruf gefolgt. Es war drückend heiß und laut im Saal. Obwohl draußen die Sonne schien, loderte ein Feuer. Die Wächter hatten die Tore weit geöffnet, aber es nützte nicht viel. Beißender Rauch und Schweißgeruch hingen in der heißen Luft.

Vorsichtig trug Coenrad ein Bündel aus Pergament, Tinte und Federkielen durch den Saal. Schweißperlen bildeten sich auf seiner Stirn, während er sich seinen Weg durch das Getümmel bahnte. Ein lachender Recke schlug einem anderen kräftig gebauten Kerl auf den Rücken, sodass dieser Coenrad direkt vor die Füße stolperte. Der junge Mönch musste zur Seite springen, um einen Zusammenstoß zu verhindern. Dabei geriet das Tintenfässchen, das unsicher auf dem Pergamentpacken balancierte, ins Wanken und wäre um ein Haar umgekippt. Vielleicht hätte er für die Tinte extra gehen sollen. Gothfraidh würde schäumen vor Wut, wenn er sie verschüttete.

»Coenrad?«, vernahm er da eine vertraute Stimme.

Er drehte sich um und blickte in Beobrands Gesicht.

»Ich hatte nicht damit gerechnet, dich hier zu sehen«, sagte Beobrand. »Ich dachte, du wärst bei deinen Brüdern auf der heiligen Insel.«

»Bis gestern war ich auch dort, doch dann hat man mich mit etlichen anderen Mönchen gebeten hierherzukommen. Wir sollen alles aufschreiben, was beschlossen und vereinbart wird.«

Beobrand blickte ihn ratlos an. »Wieso beschlossen?«

Erst jetzt wurde Coenrad klar, dass der König anscheinend noch nicht zu den versammelten Recken gesprochen hatte.

»Äääh ... ich glaube, du erfährst alles am besten vom König persönlich.« Verlegen wechselte er das Thema. »Ich habe traurige Neuigkeiten aus Ubbanford gehört. Sind sie wahr?«

Beobrands Miene verdüsterte sich schlagartig. Trotz seiner Jugend hatte sein Blick jetzt etwas Gequältes. Er wirkte traurig und gehetzt und presste seine Lippen zu einem schmalen Strich zusammen.

»Ja. Sunniva ist tot.«

»O Beobrand.« Coenrad hätte seinem Freund zu gerne

die Hand auf den Arm gelegt, doch die Schreibutensilien hinderten ihn daran. »Es tut mir so leid.« Er erinnerte sich an die liebenswerte, blond gelockte junge Frau, die zusammen mit Beobrand aus Bebbanburg losgezogen war. Warum nur mussten so viele Menschen viel zu früh sterben? Wie konnte Gott das zulassen?

»Ich will eben diese Sachen zu Gothfraidh bringen. Dann komme ich zurück, und wir können uns unterhalten. Ich möchte alles hören, was du zu berichten hast. Es gibt doch bestimmt auch die eine oder andere gute Neuigkeit.«

Und so kam es, dass Coenrad kurze Zeit später zusammen mit Beobrand in einer relativ ruhigen Ecke des Saals saß. Dabei fiel ihm auf, dass Beobrand, obwohl der Tag noch jung war, bereits dem Met zusprach.

»Es ist schön, dich zu sehen, Coenrad«, sagte Beobrand. »Gut siehst du aus. Das Leben auf Lindisfarena scheint dir zu bekommen.«

»Es ist sehr eintönig. Manches Mal heult immerhin der Wind, und das Meer droht die Insel zu verschlingen. Aber mir gefällt es. Ich gehe gerne am Strand spazieren. Beobachte die Vögel. Es gibt so viele davon. Und Robben. Die Wunder von Gottes Schöpfung sind so zahlreich.«

»Aber was ist aus dem Bischof geworden? Aus Cormán? Ich habe ihn noch gar nicht gesehen. Vergällt er dir immer noch das Leben?«

Coenrad schwieg. Er wusste nicht, was er sagen sollte. Oswald hatte ihm und allen, die davon wussten, verboten, über das zu sprechen, was vorgefallen war. Er musterte Beobrands grimmige Miene, seine breiten Schultern und die Narbe unter seinem linken Auge und dachte an die glühende Wut, die ihn bei den Berührungen des Bischofs durchzuckt hatte. Beobrand würde dieselbe Wut empfinden, wenn er ihm berichtete, was sich abgespielt hatte. Und höchstwahrscheinlich würde er dem Bischof anschließend bis nach Hii folgen und ihn dort ermorden. Beobrands Wut war langlebig und absolut tödlich.

»Cormán ist nicht geblieben. Oswald hat Gesandte nach Hii geschickt und um einen anderen Bischof gebeten.«

»Oh.« Beobrand machte ein verdutztes Gesicht. »Noch ein Grund, Oswald zu trauen. Anscheinend verfügt er über eine gute Menschenkenntnis.«

Coenrad lächelte. Er war froh, dass er das Gespräch von Cormán auf den König gelenkt hatte. »Nun ja, er hat dir einen Rang und Land gegeben. Das sagt alles«, meinte er. »Wie ich höre, hast du jetzt einen Sohn?«

»Ja. Er heißt Octa.«

»Ich freue mich für dich, Beobrand. Das ist ein großer Segen.«

Einen Augenblick lang machte Beobrand ein Gesicht, als wollte er Coenrad ohrfeigen.

»Ich fühle mich aber nicht gesegnet«, sagte er schließlich und leerte seinen Becher.

Unangenehmes Schweigen folgte.

Beobrand winkte eine Sklavin zu sich und ließ sich Met nachschenken.

Coenrad wurde nervös. Was konnte er seinem Freund sagen, das ihn trösten würde? Er hatte so vieles erreicht und doch das verloren, was ihm das Wichtigste gewesen war.

Als Gothfraidh sich ihnen näherte, atmete er erleichtert auf.

»Komm mit, Junge«, sagte der alte Mönch in scharfem Ton. »Du solltest doch die Federkiele vorbereiten. Muss ich denn alles selbst machen? Nein, darauf will ich keine Antwort hören! Komm einfach mit.«

Coenrad sah Beobrand mit hochgezogenen Augenbrauen an. »Wir können nachher weiterreden. Ich nehme an, der König wird in Kürze zu euch allen sprechen.«

Beobrand nickte und trank noch einen Schluck.

* * *

Beobrand rülpste. Rauch hing im Großen Saal und brannte in seinen Augen. Frische Holzscheite gingen erst allmählich unter lautem Fauchen und Knacken in Flammen auf.

Er griff nach seinem Becher und stellte fest, dass er leer war. Mit schweren Augen suchte er nach jemandem, der ihn wieder füllen konnte. Als er nicht sofort eine Sklavin erblickte, stemmte er sich unter Stöhnen von seinem Platz auf der Bank hoch und taumelte auf einen Tisch zu, der sich unter dem Gewicht von Speisen und Getränken bog. Es war früh am Abend, und das Fest fing gerade erst an. Im Lauf des Nachmittags waren weitere Männer eingetroffen, sodass sich die Krieger nun im Saal drängten.

Beobrand hatte seit seiner Ankunft ohne Unterbrechung getrunken. Die Begegnung mit Coenrad hatte ihn an sein Versagen erinnert. An all die Menschen, die er verloren hatte. Die Fehler, die er begangen hatte. Um die Erinnerungen ins Dunkel seines Geistes zurückzudrängen, waren große Mengen Met erforderlich. Nach einiger Zeit war Acennan zu ihm gekommen und hatte bemerkt, dass es vielleicht nicht besonders klug sei, so viel zu trinken, bevor der König gesprochen hatte. Beobrand hatte ihn nur angeknurrt und abgewunken.

Er war schließlich Oswalds Ruf gefolgt, oder nicht? Er würde tun, was sein Herr von ihm verlangte, aber dazu musste er nicht nüchtern sein.

Er nahm sich einen Krug und wankte zurück zu seiner Bank. Etliche Männer begrüßten ihn mit Namen, doch er reagierte nicht. Er wollte nicht reden.

Da entdeckte er am Rand des Saals im Schatten Anhaga. Er stand bei den anderen, die zu unbedeutend waren, als dass man ihnen einen Platz an einem der Tische angeboten hätte. Er schien sich unwohl zu fühlen. Vielleicht, weil er stehen musste? Oder weil er von so vielen gesunden, kräftigen Kriegern umringt war? Beobrand wusste es nicht.

Es kostete ihn erhebliche Anstrengung, sich wieder auf seinen Platz zu setzen, ohne das Gleichgewicht zu verlieren. Er schenkte sich den Becher voll und nahm einen Schluck. Der Met schmeckte sauer. Er hatte mehr getrunken, als gut für ihn war. Morgen würde er sein Tun bereuen. Doch für den Augenblick war er froh über den Schleier, den der Met über ihn breitete. Dann hob er den Blick und sah den mächtigen Körper und die sehnigen Arme Athelstans vor sich. Der beeindruckende alte Krieger zwängte sich zwischen zwei Männer und setzte sich Beobrand gegenüber.

Verärgert verzog Beobrand das Gesicht. Das war der letzte Mensch, mit dem er jetzt reden oder den er sehen wollte. Er wollte nicht an Wybert und an dessen Taten erinnert werden. An sein Versagen Sunniva gegenüber. Daran wollte er nicht denken.

»Was willsu von mir?«, lallte er.

Athelstan streckte die Hand aus und nahm Beobrand den Krug weg. Dann schenkte er sich ein und hob seinen Becher.

»Ich will auf gefallene Schildbrüder und verlorene Freunde anstoßen. Und dafür kann ich mir keinen Besseren denken als dich, Beobrand, Sohn des Grimgundi. Obwohl …« Er leerte seinen Becher und füllte ihn schnell wieder. »Obwohl mir scheint, als hättest du einen Vorsprung. Ich muss mich also beeilen, wenn ich dich einholen will.«

Beobrand starrte sein Gegenüber an. Sein Geist war zwar umnebelt, aber Athelstans Worte lösten etwas in ihm. Verärgert registrierte er, wie ihm die Tränen in die Augen schossen.

»Also gut«, sagte er und schlug sich mehrfach mit der flachen Hand auf die Wangen. »Trinken wir gemeinsam. Wie du weißt, bin ich jünger und stärker als du.« Er bleckte die Zähne zu einer Art Grinsen. »Gut für dich, dass ich schon betrunken bin. Durchaus möglich, dass ich vor dir unter dem Tisch liege.« Beobrand kippte sich den Inhalt seines Bechers in die Kehle und ließ ihn anschließend auf den Tisch krachen.

Die umsitzenden Männer lachten. Zuvor waren sie noch angespannt gewesen, hatten gefürchtet, den schlecht gelaunten Recken aus Cantware, dessen Jähzorn legendär war, zu verärgern. Doch Athelstans Eintreffen schien seine Stimmung gehoben oder ihm zumindest einen Saufkumpan beschert zu haben. Jemanden, der mit ihm redete und mögliche Gewalt schon im Keim ersticken konnte. Sie wussten von Beobrands Verlust, und ihnen allen war klar, dass Trauer sich manchmal in Zorn verwandelte. Und wenn ein Mann wie Beobrand Alkohol und Trauer ausgesetzt war, war es gemeinhin besser, sich von ihm fernzuhalten.

Beobrand sprach kaum ein Wort. Athelstan schien zufrieden damit, zusammen mit seinem Gegenüber Becher um Becher zu leeren, und suchte ebenfalls nicht das Gespräch. Die Geräuschkulisse des Festmahls war überwältigend. Essen wurde serviert, und Anhaga, der den Geschmack seines Herrn kannte, brachte Beobrand ein großes Stück des gerösteten Schweins. Das Fleisch war saftig und die Haut knusprig. Trotz seiner düsteren Stimmung stahl sich ein Lächeln auf Beobrands Gesicht.

Als alle gesättigt waren und die Männer anfingen, mit ihren Heldentaten zu prahlen, erhob sich endlich der König von seinem Platz an der Hohen Tafel und breitete seine Arme aus.

Es wurde still.

»Willkommen in meinem Saal«, begann Oswald. »Lasst es euch schmecken, meine Freunde, meine Gefolgschaft. Ihr seid die Männer, denen ich vertrauen kann.« Er ließ den Blick über die versammelten Krieger an den Tischen schweifen, als wollte er jedem einzelnen in die Augen blicken. »Die tapfersten in der Schlacht.« Beobrand hatte den Eindruck, dass Oswald ihm bei diesen Worten zunickte, fragte sich aber später, ob ihm nicht sein vom Met umnebelter Geist einen Streich gespielt hatte. »Die stolzesten. Die treuesten. Ihr seid mir wahrhaftig von Herzen willkommen, und es ist mir eine große Freude, euch an meinen Tischen zu sehen. Esst und trinkt, wie es euch beliebt. Füllt diesen Abend mit Geschichten und Unterhaltungen verschiedenster Art, denn morgen brechen wir gen Süden auf.«

Beobrand brauchte einen Augenblick, bis er die Worte begriffen hatte. Bei den anderen Männern setzte die Erkenntnis deutlich schneller ein. Sie richteten sich auf und beugten sich mit leuchtenden Augen vor. Manches Kinn wurde gereckt, während sie vollkommen still darauf warteten, dass ihr König ihnen sagte, welchem Feind sie entgegenziehen würden.

»Wir alle, meine getreuesten Männer und ich, machen uns auf den Weg, um mit Penda, König von Mercia, zusammenzutreffen. Aber wir marschieren nicht, um zu kämpfen.« Ein Raunen ging durch den Saal. »Regt euch nicht auf. Ihr werdet schon früh genug Gelegenheit bekommen, Schätze zu erbeuten. Wir sind von zahlreichen Feinden umgeben, doch selbst der stärkste Krieger muss erkennen, wann es klüger ist, einer Schlacht aus dem Weg zu gehen. Wir haben Cadwallon vernichtet, sodass Deira und Bernicia erneut unter einem König vereint sind. Aber das Land braucht Zeit, um zu heilen.

Penda, der sich noch vor nicht einmal zwei Jahren mit Cadwallon gegen Edwin verbündet hatte, ist kein Freund Northumbrias. Er begehrt dieses Land, wird jedoch von anderen Seiten bedrängt. Die Ostangeln, die Waliser im Westen und die Westsachsen im Süden, sie alle setzen ihn unter Druck. Aus diesem Grund hat er einen Boten zu mir gesandt und mich um ein Treffen gebeten.«

»Woher wisst Ihr, dass er Euch nicht töten will, so wie Cadwallon Euren Bruder trotz eines Waffenstillstandes getötet hat?«, rief Athelstan dazwischen.

Oswald starrte mit gerunzelter Stirn in seine Richtung, bevor er eine Antwort gab.

»Ich bin nicht Eanfrith. In den vergangenen Monaten habe ich mit Penda viele Nachrichten ausgetauscht, bevor wir uns schließlich auf ein Treffen verständigt haben. Wir werden einander in die Augen schauen und uns die Hände reichen. Wir werden das Brot brechen und gemeinsam trinken. Dann können wir sicher sein, dass unser Gegenüber sein Wort halten wird.«

Die Männer lauschten gebannt und auch ein wenig enttäuscht.

»Wir werden zu einem Ort namens Dor reisen, der an der Grenze unserer Länder liegt. Jeder von uns wird genau hundert seiner besten Männer mitbringen, nicht mehr. Über diese Bedingungen haben wir bereits Einigkeit erzielt, darum ist es von allergrößter Wichtigkeit, dass keiner von euch den Eid bricht, den ich Penda geschworen habe. Es wird zu keinem Blutvergießen kommen. Ihr seid ausschließlich meine Eskorte, werdet aber in voller Rüstung mitmarschieren. Tragt eure glänzendsten Helme. Bemalt eure Schilde frisch. Poliert eure Speerspitzen. Einen Kampf wird es jedoch nicht geben. Jeder, der das Blut eines Mercianers vergießt, bricht den Eid, den er mir geschworen hat, und hat sein Leben verwirkt. Wir können keinen Krieg mit Mercia riskieren. Penda muss sich auf seine anderen Grenzen konzentrieren.«

Die enttäuschten Gesichter im Saal wurden mehr, aber keiner wollte dem König widersprechen. Beobrand fiel es schwer, sich zu konzentrieren. Oswalds Worte rauschten über ihn hinweg, und er merkte, wie es ihn immer größere Anstrengung kostete, seine Augen offen zu halten. Es war gut, dass es keine Schlacht geben sollte. Er hatte genug vom

Töten. Es gab nur noch einen Mann, den er töten wollte, und der war nicht hier.

»Wohlan, meine tapferen Männer. Marschieren wir zur Grenze von Mercia. Und sorgt euch nicht, denn ihr werdet anderweitig Schätze und Reichtümer erhalten. Habe ich mich klar ausgedrückt?«

Ein paar Männer nickten oder gaben einsilbige zustimmende Antworten.

»Klingen so meine stärksten Krieger? Ihr, die ihr in den Gegnern Northumbrias Furcht und Schrecken weckt? Die ihr den Krähen und Wölfen Nahrung in großer Zahl beschert habt?«

Dieses Mal jubelten die versammelten Männer laut.

Oswald nickte zufrieden und setzte sich wieder auf seinen angestammten Platz. Allmählich nahmen die Männer ihre privaten Gespräche wieder auf. Sie unterhielten sich über die Rede des Königs und ihren bevorstehenden Marsch.

»Nun denn«, sagte Athelstan und hob seinen frisch gefüllten Becher. »Wenn wir schon nicht töten sollen – was das Einzige ist, was du und ich wirklich gut können –, dann hat das Ganze zumindest ein Gutes.«

»Und was?«, fragte Beobrand, obwohl er bereits so viel Met getrunken hatte, dass ihn die Antwort nicht interessierte.

»Wir haben mehr Zeit, um zu trinken.«

* * *

Beobrand sah dem Erbrochenen hinterher, das in Brocken in das schäumende Kielwasser des Schiffes fiel. Ein weißer Seevogel schoss aus dem dunstigen Himmel wie ein Pfeil herab und verschwand im Wasser. Offensichtlich hatte er in den Überresten von Beobrands letzter Mahlzeit einen Leckerbissen entdeckt. Bei dem Anblick bäumte sich Beobrands Magen erneut auf. Das Schiff hob und senkte sich mit den Wellen, und wieder beugte sich Beobrand über die Reling und würgte.

Als das schlanke Kriegsschiff diesmal von einer Welle emporgehoben wurde, ging von lautem Knarren begleitet ein Beben durch seinen Rumpf. Beobrand rutschte aus und wäre in die kalte See gestürzt, hätte ihn nicht eine starke Hand an der Schulter gepackt und zurückgezogen.

»Ich habe doch gesagt, du sollst nicht so viel trinken«, sagte Acennan.

Stöhnend ließ Beobrand sich auf die Deckplanken sinken. »Wann habe ich jemals auf dich gehört?«, erwiderte er.

Er erinnerte sich an seine erste Schiffsreise von Cantware nach Bernicia. Auch damals hatte er sich nicht wohlgefühlt. Aber jetzt, mit pochendem Schädel und einem Magen, dessen Inhalt zu schäumen schien wie die Wellen, die sich an den Felsen der Farne-Inseln brachen, jetzt hasste er es auf See. Natürlich wäre es ihm sehr viel besser ergangen, hätte er gestern Acennans Rat befolgt, doch er brachte es nicht über sich, das zuzugeben.

Er hob den Blick und sah die Besorgnis in der Miene seines Freundes. »Mach dir keine Sorgen. Ich war gestern nicht das erste Mal betrunken.« Er zwang sich zu einem Lächeln.

»Ich weiß«, erwiderte Acennan. »In letzter Zeit bist du das eigentlich immer. Es ist nicht gut für einen Krieger, wenn sein Geist ständig benebelt ist.«

»Aber deswegen trinke ich ja, damit mein Geist nicht

mehr klar ist«, platzte Beobrand heraus. Sogar er selbst war über die Heftigkeit seiner Worte verwundert. »Immerhin ziehen wir nicht in den Kampf«, fügte er hinzu.

Er hievte sich in die Senkrechte und stolperte zum Heck des Schiffes. Alles, was er wollte, war ein wenig Ruhe. Aber die war auf dem voll besetzten Kahn nur schwer zu finden. Er klammerte sich an ein Maststag und blickte zum letzten der drei Schiffe ihrer kleinen Flotte.

Während des Festmahls hatte er noch geglaubt, sie würden auf dem Landweg gen Süden reisen. Er wäre liebend gerne geritten. Sceadugenga war ein gutes Pferd, und Beobrand hatte sich darauf gefreut, von ihm getragen zu werden, während er sich von den Folgen seines übermäßigen Metgenusses erholte.

Doch Sceadugenga war in den Ställen von Bebbanburg zurückgeblieben. Der Knecht dort hatte sich sowohl an das Pferd als auch an den Reiter erinnert und versprochen, gut für den Hengst zu sorgen.

Dann hatte sich herausgestellt, dass Dor am Scheth lag, einem kleinen Nebenfluss des Dun. Zu Wasser kamen sie schneller an ihr Ziel, doch das stetige Auf und Ab auf der Straße der Wale glich für ihn der reinsten Folter. Er schloss die Augen und betete zu den Göttern, dass sie nicht zu lange auf See verweilen mussten. Er wollte nicht tagelang sein Innerstes über die Reling kotzen. Der nächste Krampf schüttelte ihn, doch er würgte nichts mehr heraus. Er blinzelte, bis die Punkte auf seiner Netzhaut wieder verschwunden waren. Waren das Elfen? Oder irgendein Zauber des Meeres? Sein Blick wurde wieder klar, und er erkannte um sich herum nichts Ungewöhnliches.

»Hier, trink einen Schluck Wasser.«

Beobrand drehte sich um und sah, dass Coenrad neben ihm stand. Der Wind ließ den wollenen Talar um seine hagere Gestalt flattern. Beobrand griff sich den Trinkbeutel und nippte daran. Zunächst spülte er sich den Mund und spuckte aus, anschließend nahm er ein paar Schlucke. Die kühle Flüssigkeit tat seiner Kehle gut.

»Danke.« Beobrand reichte Coenrad den Beutel zurück. Die Meeresbrise blies ihm die blonden Haare ins Gesicht. Das Wasser, die kühle Luft und sein leerer Magen sorgten dafür, dass er sich allmählich beruhigte. Vielleicht würde er diese Reise ja doch überleben.

»Nun denn«, sagte er dann. »Oswald will also, dass du die Vereinbarungen mit Penda schriftlich festhältst. Zu welchem Zweck?«

»So ist es unter großen Männern üblich. Niedergeschriebene Worte haben größere Macht als nur gesprochene.«

»Das Wort eines Mannes sollte eigentlich ausreichen, egal, in welcher Form. Der Eid eines Königs ist hart wie Stahl. Er kann nicht gebrochen werden.«

Coenrad nickte und strich sich mit seinen langen Fingern die Haare aus dem Gesicht. »Das stimmt. Aber mündliche Versprechen können sich in der Erinnerung verändern. Oder einfach nicht gehalten werden. Die schriftliche Form wird immer die Wahrheit zeigen, ganz egal, wie viele Tage oder gar Jahre seit der Vereinbarung vergangen sind. Nur ausgesprochene Eide können in Vergessenheit geraten, doch ein geschriebener Eid besteht für die Ewigkeit.«

Beobrand ließ sich Coenrads Worte durch den Kopf gehen. Die Fähigkeit des Schreibens klang für ihn wie Zauberei. Er selbst konnte in den Kritzeleien der christlichen Priester auf ihren Pergamentrollen keinen Sinn erkennen. Aber er hatte nicht die Energie, um sich länger damit zu befassen.

»Ewiges Leben«, sagte er und spuckte ins Meer. »Der Christusgott verspricht das ewige Leben. Und ihr heiligen Männer bannt Worte auf Pergament, die ewig leben können. Bei solch starkem Zauber wundert es mich, dass der Tod auf der Erde trotzdem noch allgegenwärtig ist.«

Kapitel 27

Oswald blickte zum Himmel. Im Westen ballten sich graue Wolken zusammen, doch mit Gottes Güte würde es nicht regnen. Er wandte sich im Sattel um und blickte zurück zu der Stelle, wo sich mehrere Männer mit dem zweiten der beiden Karren abmühten. Den ersten hatten sie bereits auf die Hügelkuppe geschafft. Nachdem sie ihn dort gesichert hatten, hatten sie die Maultiere abgespannt und zu ihren beiden Artgenossen vor den zweiten Karren gespannt, der im Tal im Schlamm feststeckte. Wenn jetzt Regen einsetzte, würden sie noch länger brauchen, um ihn zu befreien.

Er war froh, dass er auf Oswius Rat gehört und sich für die Reise mit dem Schiff entschieden hatte. Entlang der Küste waren sie gut bis zur riesigen Flussmündung des Humber vorangekommen, waren dem Dun so weit wie irgend möglich flussaufwärts gefolgt und schließlich, als ein Weiterkommen nicht mehr möglich war, von Bord gegangen. Das Ziel ihrer Reise war nicht mehr fern, aber jetzt mussten sie sich voll und ganz auf die wenigen Pferde und Maultiere verlassen, die sie auf den Schiffen mitgebracht hatten. Und natürlich auf ihre eigene Muskelkraft.

Oswiu hatte wie üblich eine grimmige Miene aufgesetzt. Jetzt kam er den Hügel zu Oswald heraufgeritten, der den überladenen Karren betrachtete. Oswalds Pferd scheute und tänzelte nervös zur Seite. Der König hätte beinahe das Gleichgewicht verloren und konnte einen unschicklichen Sturz nur dadurch verhindern, dass er sich an den Sattel klammerte. Die Pferde waren nach der langen Zeit auf See immer noch nervös. Vielleicht hatten sie ja das Gefühl, als würde der Boden unter ihren Hufen noch schaukeln, genau wie Oswald jedes Mal, wenn er absaß.

Er tätschelte seinem Pferd besänftigend den Hals. »Wohlan, Bruder«, sagte er. »Wie kommen sie voran?«

Oswiu brachte sein Pferd direkt neben Oswalds zum Stehen, sodass sie in die gleiche Richtung blickten.

»Die Männer sind müde und unzufrieden, aber der Karren hat keinen Schaden genommen. Die Späher sagen, dass dies der letzte nennenswerte Hügel sei. Es ist nicht mehr weit. Ich schlage vor, dass wir uns bereit machen, sobald wir ihn hinter uns gelassen haben. Wir sollten rasten, damit die Männer sich säubern und ihre Waffen anlegen können. Wir werden Penda in all unserem Glanz entgegentreten.«

Oswald nickte. »Ich stimme dir zu. Wir werden Rast machen und uns auf die Begegnung mit Penda vorbereiten. Ich gehe davon aus, dass er uns beobachten lässt.« Er suchte den Horizont nach Bewegungen oder dem verräterischen Glänzen von Metall in der Sonne ab. »Ich fühle mich entblößt. Es ist, als könnte ich die Blicke spüren.«

»So geht es mir auch. Hoffen wir, dass all unsere Pläne und Botschaften nicht umsonst waren. Ich habe mit Attor bereits einen von Beobrands Männern als Späher ausgesandt. Aber wir haben nicht genügend Pferde, um die ganze Umgebung auszukundschaften.«

Oswald biss sich auf die Unterlippe. Den Männern

gegenüber würde er die Angst nicht zeigen, die tief in seinem Inneren an ihm nagte. In diesem Moment waren sie verwundbar. Hatte er einen schrecklichen Fehler begangen? Er hatte lange für eine Entscheidungshilfe gebetet und nicht nur den Rat seiner treuesten Grafschaftsvorsteher gesucht, sondern auch den seines Bruders und den des Priesters Gothfraidh.

Letzten Endes jedoch hatte er allein die Entscheidung gefällt. Er führte diese Männer an. Und er hatte beschlossen, hierherzukommen und einen Pakt mit Penda zu schließen.

Einmal mehr betete er, dass er das Richtige getan hatte.

* * *

Die Sonne brach durch die Wolkendecke, und einer ihrer Strahlen tauchte den Ort ihres Treffens in warmes Gold. Die Mercianer hatten hier schon einige Zeit vor den Northumbriern ihr Lager aufgeschlagen. Zelte, manche aus Leder, andere aus Tuch, standen in Reih und Glied. Vor einem großen Feuer, um das sich Männer drängten, ragte Pendas imposantes Wolfsbanner auf.

Das Land um sie herum war weit und ohne sonderliche Erhebungen. In der Ferne waren Bäume zu erkennen, die allerdings nicht so dicht standen, dass sich eine nennenswerte Kriegerschar zwischen oder hinter ihnen hätte verbergen können. Genau so hatten sie es vereinbart. Es war ein guter Ort, um Gespräche zu führen. An der Grenze ihrer Länder.

Oswald bekreuzigte sich und schickte ein Dankgebet zum Himmel, weil sie auf der Reise nicht in einen Hinterhalt geraten waren. Vielleicht gingen seine Pläne ja tatsächlich auf. Er sammelte sich und setzte ein breites Lächeln auf.

Dann drehte er sich um und wartete, bis seine Männer hinter ihm Aufstellung genommen hatten. In ihren Rüstungen boten sie wahrlich einen imposanten Anblick. An den Speeren flatterten persönliche Banner, die spiegelblanken Helme blitzten, und polierte Kettenhemden funkelten. Armreifen und Schwerter kündeten von ihrer Macht und von ihrem Reichtum. Dies waren die besten Krieger in ganz Albion. Trotz seiner Nervosität betrachtete Oswald sie mit stolzgeschwellter Brust.

»Seht ihr, wie der Herr die Sonne auf uns scheinen lässt, damit wir den Mercianern in all unserer Pracht erscheinen?«

Etliche Männer lächelten. Einige wenige lachten. Auch sie waren unruhig und nervös in Erwartung des Zusammentreffens mit der anderen Kriegerschar, die ebenfalls hervorragend ausgestattet war. Ihnen allen war klar, dass dieser Tag sehr schnell ein anderes Gesicht bekommen konnte, falls Worte versagten und stattdessen Schwerter zu sprechen begannen.

»Denkt immer daran, meine Freunde«, sagte Oswald. »Wir sind hier, um uns zu einigen. Penda und ich haben einen Eid geleistet. Kein Tropfen Blut soll hier vergossen werden. Wer diesen Eid bricht, der hat sein Leben verwirkt.« Er ließ den Blick an der langen Reihe seiner Männer entlangwandern. Keiner sagte ein Wort.

Im Lager der Mercianer saßen jetzt zwei Männer auf und ritten zwischen die beiden Gruppen.

Oswald blickte Oswiu an, der nickte.

»Der Moment des Treffens von Oswiu und mir mit Penda ist gekommen«, sagte Oswald. »Wartet auf mein Zeichen, bevor ihr anfangt, das Lager aufzuschlagen.«

Die beiden trieben ihre Pferde den zwei Mercianern entgegen.

⁂ ⁂ ⁂

Beobrand sah zu, wie Anhaga eine der Zelthäute über den hölzernen Rahmen zog und straffte. Er schien zu wissen, was er tat, darum ließ Beobrand ihn allein. Er interessierte sich nicht für Zelte.

Er nahm seinen Helm ab und klemmte ihn sich unter den linken Arm. Sein Schild lag im Gras. Aufmerksam starrte er zum nicht allzu weit entfernten Lager der Mercianer hinüber. Er betrachtete Pendas Standarte, umweht von den geisterhaften Rauchschwaden der Lagerfeuer. Wolfsschwänze hingen daran herab, und auf ihrer Spitze thronte ein Wolfsschädel. Allein der Anblick ließ ihm den Atem stocken. Seine Rippen schmerzten. Mit der verstümmelten linken Hand rieb er sich die Narbe unter seinem linken Auge.

Acennan tauchte neben ihm auf. »Du hast Penda bei Elmet gegenübergestanden, nicht wahr?«

»Das stimmt«, erwiderte Beobrand. »Beim Anblick seiner Standarte … kann ich mich genau an diesen Tag erinnern. Und an die Tage danach.«

»Es waren finstere Zeiten«, meinte Acennan.

»Gibt es denn andere?«

»Vielleicht nicht.« Acennan seufzte, bevor er sich stirnrunzelnd den Bart kratzte.

»Was ist los?«, wollte Beobrand wissen, der das Unbehagen seines Freundes bemerkt hatte.

»Ich habe beunruhigende Neuigkeiten gehört. Sie werden dir nicht gefallen.«

»Und zwar?«

Acennan spitzte die Lippen.

»Was, Acennan? Wenn du es mir nicht sagen willst, hättest du besser geschwiegen.«

Erneut ließ Acennan einen Seufzer hören. »Also gut, du hast recht. Ich hätte gar nichts sagen sollen, denn für uns hat nichts davon im Augenblick Konsequenzen.«

Beobrand starrte ihn auffordernd an.

»Einer der Männer hat mir berichtet, dass Nathair gestorben ist«, sagte Acennan schließlich.

»Und seine Söhne?«

»Sind nicht hier.«

Beobrand spuckte aus. Er dachte an die Pfeile am Tuidi. Den Hass in Brodens und Torrans Augen. Und fluchte.

»Tobrytan und Elmer sind brave, gute Männer«, sagte Acennan. »Sie werden Ubbanford beschützen.«

»Aber sie sind nur zu zweit. Und wir wissen beide, dass Tobrytan lahm wie ein Esel ist. Möge Thunor mir beistehen, aber wenn Nathairs Söhne Ubbanford angreifen, dann ist es das Letzte, was sie in diesem Leben tun, das schwöre ich.«

»Sie werden es nicht wagen.«

»Und falls du dich irrst, werden sie es bereuen«, gab Beobrand zurück. Die Ereignisse der letzten Tage hatten jeden Gedanken an Nathair und seine Söhne verdrängt. Doch jetzt begann die Ungewissheit an ihm zu nagen.

Einmal mehr wandte er seinen Blick zu den Zelten und

Feuern der Mercianer. Es waren viele. Hundert Mann, schätzte er. So viele wie sie auch. Wie verabredet. Zwei Kriegerscharen. Jede in der Lage, Tod und Zerstörung zu bringen.

Doch sie waren nicht hier, um zu kämpfen, rief er sich die Worte des Königs in Erinnerung.

»Hoffentlich kommen Oswald und Penda schnell zu einer Einigung«, sagte Beobrand. »Ich möchte hier nicht länger als nötig bleiben. So viele Krieger können sich nur für eine begrenzte Zeit ohne Blutvergießen gegenüberstehen. Ganz egal, was ihre Herren ihnen befohlen haben.« Er ballte die rechte Hand zur Faust, grub die Fingernägel tief in seine Handfläche. »Und ich möchte nach Ubbanford zurück. Es wäre mir wirklich lieber gewesen, du hättest mir Nathairs Tod verschwiegen.«

Beobrands Blick wanderte wieder zum Lager der Mercianer. Die meisten Männer saßen oder standen in Grüppchen um die Lagerfeuer herum. Die Brise trug den Duft des Abendessens zu ihnen herüber, das gerade zubereitet wurde.

Die Mercianer hatten in regelmäßigen Abständen Wachen aufgestellt. Sie beobachteten die Kämpfer aus Northumbria mit entschlossenen Blicken, während diese ihr Lager aufschlugen. Nachdem Oswald und sein Bruder Oswiu von ihrer ersten Unterredung mit Penda zurückgekehrt waren, hatte der König ihnen berichtet, dass die beiden Führer erneut am Morgen in der Mitte der Ebene zusammentreffen wollten. Bis dahin sollte es keinen Kontakt zwischen beiden Lagern geben. Außerdem hatte Oswald wiederholt, dass keinerlei Angriffe oder Beleidigungen der Mercianer gestattet waren.

Beobrand und Acennan beobachteten die Männer, die in der Mitte der Wiese ein Sonnendach errichteten. Aus dem Lager der Mercianer wurden dicke Holzpfosten herbeigeschafft und gekonnt mit Seilen so verbunden, dass sie ein stabiles Gerüst bildeten. Dann wurde ein kräftiges Tuch darübergezogen und festgezurrt.

Inzwischen stand die Sonne tief. Der Geruch von Holzfeuer und warmem Essen wurde stärker, während sich im Lager der Northumbrier allmählich Abendstimmung breitmachte. Die Krieger waren immer noch nervös, aber ihre Anspannung hatte merklich nachgelassen. Vielleicht würden sie wirklich mit einer feindlichen Kriegerschar aufeinandertreffen, ohne einen Berg von Leichen zurückzulassen. Diejenigen, die schon älter waren und auf vergangene Schlachten zurückblicken konnten, hegten die Hoffnung, dass die Aasvögel dieses Mal hungrig bleiben würden.

Beobrand bemühte sich redlich, sich zu entspannen. Er versuchte, die Ereignisse der vergangenen Woche auszublenden. Tat alles, um den Gedanken zu verdrängen, dass es Nathairs Söhne womöglich nach Rache für den Tod ihres Bruders dürstete. Er war zu weit weg von Ubbanford, und es würde nichts bringen, jetzt darüber nachzugrübeln. Er lächelte gedankenverloren. Im Geist hörte er Bassus' tiefe Stimme eben diese Worte sprechen. Bassus. Er war Edwins engster Vertrauter. Und Beobrands Freund. Seit dessen Rückkehr nach Cantware, wohin Edwins Witwe und seine überlebenden Kinder nach der Schlacht bei Elmet geflohen waren, hatte er den hünenhaften Krieger nicht mehr gesehen. Ob die Berichte über seine Heldentaten in Oswalds Diensten bis nach Cantware gedrungen waren? Und war

Bassus jetzt womöglich sein Feind? Für Edwins Witwe war Oswald doch mit Sicherheit ein Widersacher. Aber Beobrand konnte sich Bassus unmöglich als Feind vorstellen.

Er bemühte sich nach Kräften, Bassus' oft gehörtem Ratschlag zu folgen und keinen Gedanken an die Vergangenheit oder die Dinge zu verschwenden, die sich nicht ändern ließen. Darum konzentrierte er sich auf den Bau des Sonnendachs, unter dem die Könige von Mercia und Northumbria ihre Friedensverhandlungen führen sollten. Zunächst erinnerte ihn der Anblick jedoch nur an seinen neuen Saal in Ubbanford. Er schüttelte den Kopf. So viele Erinnerungen kämpften um seine Aufmerksamkeit. Er blickte in die untergehende Sonne und hoffte, dass das grelle Licht sie aus seinem Kopf vertreiben möge.

Schließlich wandte er den Blick wieder dem Sonnendach zu. Die Männer erschienen als Umrisse vor dem rötlichen Schein der untergehenden Sonne. Etwas hatte seine Aufmerksamkeit erregt. Eine der Silhouetten erinnerte ihn an jemanden. Der Gang des Mannes kam Beobrand bekannt vor. Er sah, wie die Gestalt sich bückte und einem anderen Mann dabei behilflich war, ein Seil zu befestigen.

Er hielt den Atem an. Sein Mund stand offen. Das war doch nicht möglich!

Acennan wandte sich seinem Freund zu. »Was ist?«

Unfähig, einen Ton herauszubringen, deutete Beobrand auf das Sonnendach.

Acennan folgte seinem Blick, sah jedoch lediglich ein paar Männer, die einen Unterstand errichteten. »Was denn?«, fragte er verwirrt.

Da wurde Beobrand klar, dass Acennan den Mann gar

nicht erkennen konnte. Er kannte ihn nicht so, wie Beobrand ihn kannte.

Wie war das möglich? Warum war er von Pendas Kriegerschar aufgenommen worden? In Beobrands Kopf drehte sich alles. Er blinzelte. Vielleicht spielte ihm die untergehende Sonne einen Streich? Er sah noch einmal hin. Kniff die Augen zusammen. Nein, es bestand kein Zweifel. Er war es. Die Götter machten sich wieder einmal über ihn lustig. Hatte Neldas Fluch sie beide hier zusammengeführt?

»Was ist denn?« Acennan klang jetzt ernsthaft besorgt.

Endlich fand Beobrand seine Stimme wieder. Sie schien aus den Tiefen seines Seins auf einer Woge des Zorns und des Hasses aus seinem Mund zu dringen, wie Treibgut, das vom Sturm gegen die Klippen geschleudert wird.

Er brüllte den Namen des Mannes heraus. Des Mannes, den er zuallerletzt hier erwartet hatte. Des Mannes, den er mehr hasste als jeden anderen auf dieser Erde. Aber dessen Tage waren gezählt, denn Beobrand hatte geschworen, ihn zu töten. Und Beobrands Schwur war ebenso beständig wie Granit.

»Wybert!«, brüllte er, und die Wucht seiner Wut zerriss ihm beinahe die Kehle.

* * *

Alle Augen wandten sich dem Urheber des Schreis zu. Mercianer und Northumbrier gleichermaßen hielten inne und starrten in eine Richtung. Becher wurden beiseitegestellt. Wetzsteine gesenkt. Gespräche erstarben.

Der Mann, dem dieser zornbebende Schrei galt, ließ das Seil los, das er an einen der Holzpfeiler des Sonnendachs binden wollte, richtete sich auf und sah zu Beobrand hinüber. Die Sonne stand in Wyberts Rücken, sodass er den Krieger aus Cantware problemlos erkennen konnte. Dieser wiederum kniff die Augen zusammen und hielt eine schützende Hand darüber. Einen kurzen Augenblick lang stand Wybert nur da, als müsste er über etwas nachdenken. Dann ging er auf das Lager der Northumbrier zu.

»Wie geht es dir, Beobrand?«, rief er zurück. »Ist alles in Ordnung? Du siehst nicht gesund aus.«

»Ich bringe dich um, Wybert«, spie Beobrand hervor. Er hatte keine Worte mehr, aber vielleicht genügten diese wenigen ja schon.

Wybert streckte ihm die leeren Hände entgegen. »Du willst einen unbewaffneten Mann angreifen? Während eines Waffenstillstands? Das glaube ich dir nicht.« Er grinste spöttisch. »Eines Tages werden wir uns vielleicht im Kampf gegenüberstehen, aber nicht heute.«

Beobrand zitterte vor Wut. Seine Umgebung nahm er nur noch verschwommen wahr. Ob das an seinem Zorn oder an der Sonne lag, wusste er nicht. Er legte die gesunde Hand an Hruntings Heft, und der Drang loszustürmen wurde übermächtig. Vergessen waren Oswalds warnende Worte. Die Konsequenzen kümmerten ihn nicht. Er sah nur noch den Mann, der Sunniva Gewalt angetan hatte. Und er hatte sie nicht davor beschützt, so wie er schon Cathryn nicht gerettet hatte. Er konnte nichts weiter tun, als die Blutschuld für dieses Verbrechen einzutreiben. Er bleckte die Zähne und zog Hrunting lautlos aus der Scheide. Die Sonne spiegelte sich in seiner blanken Klinge und verlieh ihr den Glanz von frischem Schweiß der Schlacht.

Wybert trennten Dutzende Schritte von Beobrand, und doch erblasste er beim Anblick des Kriegers aus Cantware und wich zurück.

Da spürte Beobrand eine kräftige Hand auf seiner Schulter. Wutentbrannt wollte er sie abschütteln, doch sie packte nur noch fester zu und zog ihn zurück. Er drehte sich um, um zu sehen, wer seine Rache verhindern wollte. Es war Athelstan.

»Nein, Junge«, sagte der alte Krieger. »Nicht hier. Und nicht jetzt.«

Laut, dass alle ihn hören konnten, wandte er sich dann an Wybert: »Deine Sünden sind allen bekannt, Wybert, Sohn des Alric. Ich war in Ubbanford, um Blutgeld für deine Verbrechen zu entrichten. Doch Beobrand will nichts anderes als dein Blut. Ich habe ihm berichtet, was du getan hast, und dein Leben gehört ihm. Aber diese Tage und dieser Ort gehören Königen, keinen eitrigen Maden, wie du eine bist. Verschwinde. Aber sei gewiss, der Tod wird dich finden, wenn nicht durch Beobrands, dann durch meine Hand.«

Es war totenstill. Die Sonne senkte sich immer weiter dem Horizont entgegen und ließ das Land rotgolden schimmern.

»Du hast es ihm also gesagt, ja?«, sagte Wybert. Seine Stimme war leise.

»Aye. Es hat mich große Überwindung gekostet, von deiner feigen Tat zu berichten.«

»Eigenartig«, sagte Wybert und sah wieder Beobrand an, »dass Lady Sunniva dir nicht selbst davon berichtet hat.« Er lächelte. »Vielleicht hat es ihr ja gefallen. Gut möglich, dass ich ihr etwas gegeben habe, was du ihr niemals geben konntest.«

Mit einem Schrei stürmte Beobrand los. »Ich reiße dir die Eingeweide aus dem Leib und verfüttere deine Augen an die Krähen! Bei Woden, ich werde dich bis auf den letzten Tropfen ausbluten lassen.«

Er hatte bereits die halbe Strecke zu Wybert zurückgelegt, als mehrere Hände nach ihm griffen. Acennan und Athelstan waren ihm gefolgt und zerrten ihn nun, der eine am Mantel, der andere am Gürtel, in die Reihen der Northumbrier zurück. Beobrand hörte nicht auf, auszuspucken und um sich zu schlagen.

Der König höchstselbst nahm die drei in Empfang. Er hatte die Hände in die Hüften gestemmt, seine Miene war finster.

»Was sollte das?«, wollte er mit eisiger Stimme wissen.

Nachdem Athelstan hastig etwas gemurmelt hatte, blickte Oswald von Beobrand zu Wybert und nickte.

Dann hob der König von Bernicia und Deira, Herrscher über Northumbria, die Arme. »Dies ist eine Sache der Ehre zwischen zwei Männern«, sagte er mit klarer Stimme. »Es wurde eine Tat begangen, die nach Vergeltung schreit. Hier jedoch wird kein Blut vergossen werden. Diese Fehde muss auf eine andere Zeit warten, auf einen anderen Ort.« Er ließ den Blick über die Reihen der Mercianer schweifen, die ihn aufmerksam betrachteten. »Widmet euch wieder euren Tellern. Morgen werde ich, Oswald, mich mit eurem König Penda, Herr über Mercia, beraten, und wir werden durch unseren Schwur den Frieden zwischen uns besiegeln. Niemand soll diesen Frieden brechen.«

Lange Zeit rührte sich niemand. Erst als klar war, dass Oswald geendet hatte und niemand den Tod finden würde, setzten die Krieger ihre Mahlzeit fort. Erste Gespräche wurden wieder aufgenommen, auch wenn es jetzt ein neues Thema gab, über das beim Met ausführlich gesprochen wurde.

Wybert, dessen Großspurigkeit sich unter dem Blick des Königs schnell verflüchtigt hatte, tauchte in den Reihen der Mercianer unter.

»Was macht er hier?«, wollte Acennan wissen.

»Das weiß ich nicht«, erwiderte Oswald, »aber du solltest von jetzt an gut auf deinen Herrn aufpassen. Ich werde nicht zögern, jedem das Leben zu nehmen, der meinen Friedensschwur bricht.« Er wandte sich zu Beobrand. »Hast du mich verstanden?«

Beobrand nickte, schüttelte dann die Hände ab, die ihn immer noch festhielten, und ließ Hrunting in die Scheide zurückgleiten. Er zitterte so sehr, dass er drei Versuche benötigte.

Oswald legte ihm den Arm um die Schultern und führte ihn von den anderen weg. »Beobrand«, sagte er leise, »ich weiß, dass er dir etwas Fürchterliches angetan hat, und ich verstehe deinen Drang nach Vergeltung, aber du musst deinen Zorn und deine Blutlust um jeden Preis im Zaum halten. Bist du dazu in der Lage?«

Beobrand seufzte. Sein Geist war in Aufruhr. Wybert war hier. Er war so kurz davor gewesen, ihn zu töten. War es sein Schicksal, auch bei der Vergeltung für Sunniva zu versagen? Sie wie schon so viele Male zuvor erneut im Stich zu lassen?

Oswalds Augen funkelten im Licht der letzten Sonnenstrahlen. Er war ein guter König. Beobrand hatte ihm alles zu verdanken. Wie konnte er sich da weigern oder unentschlossen sein?

Er nickte.

Oswald blickte ihm lange in die Augen. Schließlich, allem Anschein nach zufrieden mit dem, was er in ihnen gesehen hatte, klopfte er Beobrand auf die Schulter.

»Gut. Über die eigenen Bedürfnisse hinausblicken zu können ist eine Fähigkeit, die einen Anführer ausmacht. Einen wahrhaft großen Mann. Aber bewahr dir deinen Zorn, Beobrand. Eines Tages werde ich ihn brauchen. Doch für den Augenblick müssen wir Wybert laufen lassen.«

Beobrand schluckte. Sein Mund war trocken. Er zitterte, obwohl der Nachmittag immer noch warm war. Aber er wusste, dass Oswald recht hatte. Ein großer Mann würde seinen Zorn beiseiteschieben. Er würde der Stimme in seinem Inneren, die Rache forderte, nicht folgen.

Beobrand ballte seine Hände zu Fäusten, um das Zittern in den Griff zu bekommen, das sich ihrer bemächtigt hatte, und entfernte sich.

Er betete zu Woden und Thunor um die Kraft, Oswalds Erwartungen gerecht zu werden. Größe zeigen zu können.

Doch während er Acennan und Athelstan entgegenstapfte, wollten die düsteren, blutgetränkten Gedanken nicht aus seinem Kopf verschwinden. Denn tief in seinem Innersten, dort, wohin er sich nur selten vorwagte, wusste er, dass er kein großer Mann war.

* * *

Aus der Jauchegrube, die östlich des Lagers der Northumbrier ausgehoben worden war, stank es bereits zum Himmel. Das beißende Aroma der Ausscheidungen der Kriegerschar versetzte Beobrands Magen schon wieder in Aufruhr. Andererseits würde niemand lange neben der Grube verweilen, und genau deshalb hatte er sich diesen Ort ausgesucht.

Mit dem Sonnenuntergang hatte ein böiger Wind eingesetzt, und der Himmel bedeckte sich. An einzelnen Stellen schimmerte das silbrige Mondlicht durch die Wolken wie das Feuer einer Binsenfackel durch ein dichtes Netz aus Spinnweben.

Beobrand sah den Schatten eines breitschultrigen Mannes aus dem Lager stolpern. Als er die Jauchegrube erreicht hatte, fummelte er an seiner Hose herum und ließ dann einen dampfenden Strahl durch die kühle Nachtluft in die Grube plätschern. Nach einem zufriedenen Seufzer torkelte er ins Lager zurück.

Er schien Beobrand nicht gesehen zu haben, und wenn, dann hatte er wahrscheinlich angenommen, dass der junge Krieger aus demselben Grund hier war wie er. Warum sonst sollte sich jemand neben diesem schnell anschwellenden Sumpf aus Scheiße und Pisse aufhalten?

Beobrand atmete durch den Mund. Er brauchte Zeit, um nachzudenken. Er wusste, was er zu tun hatte, aber er würde es mit dem Tod bezahlen müssen. Doch wenn das sein Schicksal war, dann sollte es eben so sein. Was aber würde aus seinen Männern werden? Würden sie durch seine Tat in Ungnade fallen? Er durfte mit niemandem über sein Vorhaben sprechen, ansonsten würde man versuchen, ihn davon abzuhalten, dessen war er sich gewiss. Gut möglich, dass er nie eine zweite Chance bekommen würde. Wybert war ganz in der Nähe im anderen Lager. Beobrand hatte im Schein der letzten Sonnenstrahlen genau darauf geachtet, in welchem Zelt er verschwunden war.

Leider war es unmöglich, ins Lager der Mercianer vorzudringen und Wyberts Schlafplatz ausfindig zu machen. Noch dazu hatte Beobrand seine Rüstung und seinen Schild in dem Zelt gelassen, das er sich mit seinen Kampfgefährten teilte. Hrunting war ebenfalls dort. Acennan würde dafür sorgen, dass Octa das Schwert bekommen würde. Bei einem Vorhaben wie dem geplanten sollte ein solch wunderbares Schwert nicht zur Verwendung kommen. Er würde überhaupt kein Schwert benutzen. Beobrand würde Wybert mit dem Sachsmesser töten, das seinem Bruder gehört hatte. Die Klinge war kurz, aber sehr scharf. Genau richtig, um Wybert den Leib aufzuschlitzen.

Beobrand nahm einen Schluck Met aus dem Trinkbeutel, den er mitgebracht hatte. Seit der Begegnung mit Wybert hatte er wieder einmal mehr getrunken, als gut für ihn war. Über der Welt lag dieser leichte Schleier, für den er in den Tagen nach Sunnivas Hinscheiden so dankbar gewesen war. Vom Alkohol umnebelt überlegte er flüchtig, was wohl geschehen würde, nachdem er Wybert getötet hatte. Würde es zur Schlacht kommen? Würde Oswald Penda besiegen und fortan über Mercia herrschen? Das wäre dann bester Stoff für die Gesänge der Barden.

Automatisch musste er an Leowin denken. Wie konnten zwei Brüder nur so verschieden sein? Leowin hatte blonde Haare und ein fürsorgliches Wesen gehabt. Tapfer und treu war er gewesen, mit einer Stimme wie geschmolzenes Gold. Wybert hingegen war dunkelhaarig, voller Wut, Neid und Feigheit. Er schien beständig auf der Suche nach etwas zu sein, was er hassen konnte. Und er hatte Beobrand von Anfang an gehasst, von dem Moment an, als Alric und Wilda ihn nach der Schlacht von Elmet bei sich aufgenommen und gepflegt hatten, bis seine Wunden verheilt waren. Sein Hass war mit jedem Tag gewachsen. Lange Zeit hatte Beobrand sich nicht um Wybert und seine kleingeistige Selbstsucht geschert, doch das hatte sich geändert.

Und es gab nur eine Möglichkeit, wie das Ganze enden konnte. Beobrand würde Wybert töten, mit einer Klinge oder mit bloßen Händen. Es spielte keine Rolle. Anscheinend war es Beobrands Schicksal, sein ganzes Leben lang Vergeltung zu üben. Nun denn, dann sollte es so sein. Mühsam kam er auf die Beine. Wenn er diese Nacht überlebte, würde er sehen, was der Tag bringen würde. In dieser Nacht machte sich der Tod auf die Pirsch, und er, Beobrand, war sein Bote.

Irgendwo im Norden, in weiter Ferne, ließ ein Wolf ein lang gezogenes Heulen hören. Es klang wie ein Echo aus einem fast schon vergessenen Traum. In der Dunkelheit stahl sich ein schmales Lächeln auf Beobrands Gesicht. Er fühlte sich wild. Waghalsig. Bewusst unterdrückte er den Drang, den Ruf des Wolfs zu erwidern, und warf seinen halb leeren Trinkbeutel auf den Boden. Er hatte eindeutig genug getrunken.

Dann machte er sich auf den Weg gen Süden und ließ die stinkende Grube hinter sich. Genauso wie die Zelte und die Wachen. Auch die Mercianer hatten Wachen vor ihrem Lager postiert, darum wollte er zunächst nach Süden und anschließend gen Westen gehen. Es sollte nicht allzu schwierig sein, sich ins Lager zu schmuggeln. Mit etwas Glück würden sie ihn für einen der ihren halten, der sich nur kurz erleichtert hatte.

Im schwachen Licht des wolkenverhangenen Mondes gelang es ihm, Büschen und langem Gras auszuweichen, doch Dornen zerrten an seinem Mantel und den Beinbinden. Der Wind drehte gen Norden, es folgte leise murmelnder Regen, der das Gras rutschig machte und ihm das Vorwärtskommen erschwerte. Beobrand blickte zum Himmel. Die Wolken waren dichter geworden. Seine Hand umfasste das Amulett mit Thunors Hammer. Es schien, als würde der Donnergott ihm einmal mehr durch Dunkelheit und Regen Deckung gewähren. Vielleicht würde er ihm sogar noch einen Blitz schicken.

Wie eine direkte Antwort auf seine Gedanken zuckte ein Blitz auf und ließ die Wolken aufleuchten. Nur Augenblicke später war das Grollen des göttlichen Hammers zu vernehmen. Beobrand entblößte die Zähne zu einem wilden Grinsen. Am heutigen Abend wachte Thunor über ihn. Während des Gewitters würde es ihm sehr viel leichterfallen, zu den Zelten der Mercianer zu gelangen und sein Opfer ausfindig zu machen.

Er wandte den Blick wieder nach vorn, versuchte abzuschätzen, wie weit er bereits nach Süden vorgedrungen war. Beim nächsten Blitz erkannte er die Umrisse eines Kriegers nur wenige Schritte vor sich. Beobrand stieß einen lauten Fluch aus, wich einen Schritt zurück und rutschte auf dem nassen Gras aus. Hastig sprang er vom Boden auf und streckte die Hand mit dem gezogenen Sachsmesser aus.

Ein Donner krachte, lauter als beim ersten Mal. Das Unwetter kam näher.

Genau wie der Schatten des Kriegers. Wahrscheinlich eine der northumbrischen Wachen. Auf keinen Fall durfte man ihn entdecken, sonst würde er ins Lager zurückgeschickt werden, und dann würde er keine Gelegenheit mehr bekommen, sich erneut davonzuschleichen. Er wollte sich schon umdrehen und fliehen, da flüsterte der Krieger etwas.

»Beobrand, ich bin's, Acennan.«

Erleichtert ließ Beobrand den angehaltenen Atem entweichen. »Geh zurück zu den Zelten, Acennan. Es ist alles in Ordnung.«

Doch Acennan rührte sich nicht vom Fleck. Beobrand konnte ihn jetzt besser erkennen – ein dunkler Schatten im Mondlicht und im Schein der Lagerfeuer.

»Du darfst das nicht tun, Beobrand«, sagte Acennan. »Es wird dich das Leben kosten. Und das vieler anderer auch, wenn du diesen Waffenstillstand brichst.«

Beobrand schüttelte den Kopf und wünschte sich, nicht so viel Met getrunken zu haben. Sein Geist war träge. Ihm fiel nichts ein, was er Acennan hätte entgegnen können.

»Aber wenn ich mein Leben lasse«, sagte er, »dann sehe ich sie vielleicht wieder …« Seine Stimme brach. »Ich kann mich nicht mehr an Sunnivas Gesicht erinnern, Acennan. Ich versuche es wieder und wieder, aber immer erscheint das von Wybert vor mir. Ich muss ihn töten. Ich muss.«

»Das kann ich nicht zulassen«, entgegnete Acennan.

»Ich bin dein Herr«, beharrte Beobrand. »Geh beiseite und lass mich durch.«

Der Wind zerfetzte seine Worte. Heftiger Regen ging jetzt auf sie nieder.

Acennan musste seine Stimme erheben, um sich Gehör zu verschaffen. »Das werde ich nicht tun! Denn ich bin auch dein Freund und kann nicht zulassen, dass du so handelst. Sunniva würde das nicht wollen. Du hast einen Sohn. Für ihn musst du weiterleben.«

Ein Blitz zuckte und brannte eine grelle Feuergabel an den Himmel. Unmittelbar darauf folgte das bebende Dröhnen von Thunors Hammer. In dem darauffolgenden Augenblick der Stille stürzte Beobrand sich auf Acennan. Er würde sich von seinem Plan nicht abbringen lassen.

In der sie umgebenden Düsternis sah Acennan ihn erst spät, war aber auf die Attacke vorbereitet, da er Beobrand kannte. Der stämmige Krieger trat einen Schritt zurück, sodass die Faust an seinem Gesicht vorbeisauste, Beobrand das Gleichgewicht verlor und ins Stolpern geriet. Doch Acennan schlug nicht zu. Er wollte nicht die Hand gegen seinen Herrn erheben.

Als Beobrand wieder auf sicheren Beinen stand, wirbelte er herum und baute sich erneut vor Acennan auf. Der kalte Regen sorgte dafür, dass sich der neblige Schleier ein wenig hob. Er war immer noch betrunken und seine Bewegungen langsamer als gewöhnlich. Aber er wusste, dass er Acennan besiegen konnte. Das hatte er schon einmal bewiesen, und es würde ihm auch ein zweites Mal gelingen.

»Lass mich durch«, sagte Beobrand. »Ich möchte nicht, dass es so zwischen uns endet. Du warst der beste Freund, den man sich wünschen kann. Und jetzt geh beiseite.«

»Wir können uns Wybert auch später noch vornehmen.

Wenn wir das hier hinter uns gebracht haben. Dann sehe ich dir liebend gerne dabei zu, wie du ihn ausnimmst wie einen Fisch. Bei allen Göttern, ich helfe dir sogar dabei! Aber ich lasse nicht zu, dass du dein Leben einfach so wegwirfst!«

Der Sturm tobte nun mit neuer Wucht. Sie versuchten nicht mehr, leise zu sprechen. Stattdessen brüllten sie sich an, um sich bei dem Tosen der Elemente überhaupt verständlich zu machen.

»Es ist mein Leben, nicht deines!«, fauchte Beobrand, dann ging er erneut auf Acennan los.

Sie rangen miteinander. Acennan versuchte, Beobrand festzuhalten, aber dieser war größer und stärker als er. Und trotz des Mets, den er genossen hatte, flink wie eine Katze.

Blitze erhellten den Himmel, und es regnete in Strömen. Das ohrenbetäubende Gewitterdröhnen war furchterregend.

Mit wutverzerrtem Gesicht befreite sich Beobrand aus Acennans Griff und stieß ihn von sich.

»Tu das nicht!«, brüllte Acennan. »Du bringst Krieg und Tod über uns!«

»Es tut mir leid«, erwiderte Beobrand so leise, dass Acennan seine Worte nicht hören konnte.

Ein Blitz erleuchtete Beobrands Züge, und in diesem Augenblick wurde Acennan klar, dass er seinen Herrn – seinen Freund – nicht aufhalten konnte.

Beobrand griff erneut an.

Acennan wich nach links aus und versuchte wieder, ihn festzuhalten, ihn irgendwie von seinem Vorhaben abzubringen, ohne ihn zu schlagen. Doch er war nicht schnell genug. Eine rechte Faust landete in seinem Gesicht. Beobrand hatte sein ganzes Gewicht in diesen Schlag gelegt, sodass Acennans Kopf mit voller Wucht nach hinten geschleudert wurde. Seine Knie gaben nach, und er sackte bewusstlos auf die regennasse Erde. Seine glasigen Augen starrten ins Leere.

Entsetzt über seine Tat ließ Beobrand seinen am Boden liegenden Freund zurück und entfernte sich mit unsicheren Schritten.

Sein Gesicht war eine Maske der Verzweiflung und der Angst. Er drückte den Rücken durch, spreizte die Finger und spürte das Brennen an den aufgerissenen Knöcheln seiner rechten Hand. Immer weiter ging er gen Süden. Er musste sich keine Sorgen mehr machen, entdeckt zu werden. Thunors Sturm würde ihn schützen.

Das alles war allein Wyberts Schuld. Der ganze Schmerz war das Resultat der Taten dieses einen Mannes. Und Wybert würde von seiner Hand sterben, noch bevor die Nacht zu Ende war. Er würde bezahlen.

Ja, all das war Wyberts Werk. Die gesamte Schuld lastete auf seinen Schultern.

Und dennoch rannen Beobrand, während er durch die Nacht schlich, die Regentropfen wie bittere Tränen der Reue über seine Wangen.

Kapitel 28

Ein krachender Donner ließ Wybert von seinem Lager aufschrecken. In der Dunkelheit des Zeltes tastete er nach seinem Sachsmesser. Er hatte geträumt, dass Beobrand Jagd auf ihn machte. Dass er wie ein Teufel der Nacht aus den Schatten hervorschnellte, während das Blut all der Männer, die er bereits getötet hatte, von seiner Klinge tropfte. Wybert hatte ihn kämpfen sehen, er war der geborene Killer. Er selbst hatte vieles gelernt und war möglicherweise sogar begabt im Umgang mit Waffen. Aber Beobrands tödlichem Talent wäre er niemals gewachsen.

Seine Hand suchte und fand den Holzgriff seines Sachsmessers. Er ließ den Blick umherschweifen, ohne eine Spur von Beobrand zu entdecken. Der Regen trommelte auf die fest gespannte Lederhaut des Zeltes. Zusammengekauert hockte er in der Dunkelheit. Nicht weit von ihm entfernt drang Wasser durch ein Loch in der Zeltwand. Ein Blitz tauchte die Welt draußen in grelles Licht. Für einen kurzen Augenblick waren in seinem Schimmer, der unter den Zelträndern und zu der nur halb geschlossenen Türklappe hereindrang, die Umrisse seiner schlafenden Kameraden erkennbar. Keiner von ihnen schien das tosende Unwetter zu bemerken.

Als der nächste Donner über die Erde rollte, zuckte

Wybert erneut zusammen. Er hatte sich vor Gewittern schon immer gefürchtet. Leowin hatte sich deswegen über ihn lustig gemacht. Die Götter würden doch bloß spielen, hatte er jedes Mal gesagt. Aber ihre Spiele konnten ihm gestohlen bleiben. Ihre Spiele hatten ihm den Vater und den Bruder genommen. Sein Zuhause. Es musste den Göttern großes Vergnügen bereiten, mit ihm zu spielen. In Bernicia hatte er einen Herrn gefunden. Athelstan hatte ihn den Umgang mit dem Schwert gelehrt, ihm Waffen anvertraut und einen Platz an seinem Tisch gegeben. Aber dann hatten die Götter, als könnten sie Wyberts Glück nicht ertragen, dafür gesorgt, dass ihm Sunniva in ihrer ganzen strahlenden Schönheit begegnet war. Wie war es möglich, dass er alles verlieren musste, was er geliebt hatte, während Beobrand Reichtümer und eine Frau von solch exquisiter Schönheit besitzen durfte? Die Götter waren in der Tat ein launisches Volk.

Wie sie es genossen haben mussten, als er Athelstan und dessen Kampfgefährten von seinen Taten berichtete. Sie war doch nur eine Frau! Und er hatte sie lediglich bestiegen und nicht umgebracht.

Am hinteren Ende des Zeltes, so weit wie nur möglich von der Zugluft im Eingangsbereich entfernt, lag Grimbold, eingehüllt in ein riesiges Bärenfell. Wybert zog die Nase hoch. Vielleicht kehrte das Glück ja zu ihm zurück. Oder waren die Götter seiner nur überdrüssig geworden? Kurz nach seinem Eintreffen in Mercia war er jedenfalls Grimbold begegnet. Er schien ein guter Herr zu sein, und da er gerade erst drei Männer an die Pocken verloren hatte, hatte er einem Krieger mit eigenem Pferd und eigenen

Waffen nicht allzu viele Fragen gestellt. In der darauffolgenden Zeit war Wybert allen Streitereien aus dem Weg gegangen und hatte sich bewusst mit den stärksten unter seinen neuen Kameraden angefreundet. Er übte mit ihnen und lernte neue Kampftechniken, sodass seine Kraft ebenso zunahm wie sein Selbstbewusstsein.

Bis er am heutigen Nachmittag Beobrand erblickt hatte.

Zitternd kauerte er in der Dunkelheit und fuhr sich mit den Fingern durch die Haare. Grimbold hatte sich nach den Gründen für den Zwist zwischen ihm und dem Recken aus Northumbria erkundigt. Wybert tat die Frage mit einem Achselzucken ab. Es sei eine persönliche Angelegenheit, wegen der er den Waffenstillstand nicht brechen werde. Er habe vor, seinem Feind ein andermal gegenüberzutreten.

Grimbold zog eine Augenbraue hoch. »Halte dich wirklich an die Waffenruhe«, hatte er gesagt. »Penda fürchtet, dass der Frieden nicht hält. Falls du dich in einen Kampf verwickeln lässt, fertigt er aus deinen Gedärmen einen Gürtel und aus deiner Haut einen Sattel.«

Wieder zuckte draußen ein Blitz, gefolgt von einem Donnerschlag. Der Regen prasselte ohrenbetäubend auf das Zelt.

Plötzlich verspürte Wybert das dringende Bedürfnis zu pissen. Die Begegnung mit Beobrand hatte ihn verunsichert, sodass er anschließend zu viel Bier getrunken hatte, um das unangenehme Gefühl einer Katastrophe fortzuspülen. Eigentlich hatte er gehofft, mit seiner Flucht nach Mercia genügend Abstand zwischen sich und Beobrand gebracht zu haben, um ihm nie wieder zu begegnen. Natürlich war es dennoch denkbar gewesen, dass ihre Wege sich kreuzten. Wenn Mercia und Northumbria Krieg führten, hätten sie sich vielleicht in ihren jeweiligen Schildwällen gegenübergestanden. Aber dass es so schnell zu einem Wiedersehen kommen würde, damit hatte er nicht gerechnet. Und bei der Vorstellung, in der Schlacht auf Beobrand zu treffen, rutschte Wybert das Herz bis in die Kniekehlen.

Es regnete ununterbrochen weiter. Kleine Bäche schlängelten sich durch das Zelt. Einer der Männer rollte sich fluchend aus einer Pfütze.

Der Druck in seiner Blase war kaum mehr zu ertragen. Es blieb ihm nichts anderes übrig, als sich hinaus in den Sturm zu wagen. Wybert steckte das Sachsmesser in die Scheide und stand auf. Zum Schutz vor dem Regen wickelte er sich in seinen Mantel, machte einen Schritt über den Sklaven hinweg, der schlafend beim Zelteingang lag, und schob die Klappe beiseite.

Der Wind zerrte an ihm, doch der Regen schien nicht ganz so stark zu sein, wie es sich im Inneren des Zeltes angehört hatte.

Wybert entfernte sich von seiner Unterkunft und genoss das Gefühl der kalten Feuchtigkeit auf seinem Gesicht. Vielleicht wuschen die Regentropfen ja den getrockneten Angstschweiß ab, Zeugnis seiner Träume.

Er warf einen Blick zum größten Lagerfeuer hinüber, wo sich mehrere Männer um die Flammen geschart hatten – die Wachen vermutlich.

Für einen kurzen Augenblick tauchte ein grellweißer Blitz die Welt in helles Licht, bevor alles wieder genauso dunkel war wie zuvor. Doch mehrere Bilder hatten sich in seine Netzhaut gebrannt. Die Zelte. Die Wachen beim

Feuer. Die Bäume auf dem Hügel. Und die Gestalt eines Mannes, keine zehn Schritte von ihm entfernt.

Wybert erschrak, als ihm klar wurde, dass er den Mann kannte.

Der Donner übertönte den Schrei, der über seine Lippen drang. Er wollte nach seinem Sachsmesser greifen, doch seine Bewegungen waren zu langsam. Der Schock, den das Gesicht im Zucken des Blitzes ihm versetzt hatte, hatte ihn sämtlicher Kräfte beraubt. Wie war das möglich? Wie konnte das sein?

Im nächsten Moment stürzte sich die Gestalt auf ihn. Wybert spürte einen stechenden Schmerz in der Seite. Merkte, wie die Klinge wieder aus seinem Fleisch gezogen wurde. Wie warmes Blut über seinen Bauch und seine Lenden rann, wo es sich mit der Pisse aus seiner Blase vermischte.

Wybert schrie erneut auf, und der Klang seiner Stimme schien ihn aus seiner Erstarrung zu reißen. Er packte die Hand, die das Messer hielt, und verhinderte dadurch einen zweiten Stoß. Sein Gegner griff nach Wyberts Handgelenk, damit er nicht mit dem Sachsmesser zustoßen konnte. Ohne nachzudenken, zog Wybert seinen Kopf zurück, bevor er ihn mit aller Kraft nach vorn rammte. Seine Stirn kollidierte mit der Nase seines Feindes und zerschmetterte sie. Blut spritzte durch den Regen. Der Griff um Wyberts Handgelenk lockerte sich. Er riss sich los und ließ sein Messer herumsausen, zielte auf den Oberkörper seines Angreifers. Die Klinge streifte dessen Magengegend und die Rippen.

Wybert konnte spüren, wie der Lebenssaft aus seiner Bauchwunde pulsierte. Bald schon würde er keine Kraft mehr haben. So wollte er nicht sterben. Ermordet in der Dunkelheit.

Wie war der andere bloß hierhergekommen? Wybert hatte ihn sofort erkannt. Er hätte ihn schon töten sollen, als ihre Wege sich zum ersten Mal gekreuzt hatten. Aber jetzt würde er die Gelegenheit nicht verstreichen lassen.

Er holte schon zum tödlichen Stoß aus, als sein Gegner erst auf die Knie sank und anschließend flach auf dem Rücken landete. Wybert fing an zu lachen – das gackernde Gelächter eines Irren im Sturm. Der Kerl war zu lächerlich. Jetzt war er in Ohnmacht gefallen. Er packte das Sachsmesser, ging neben der reglosen Gestalt in die Knie und setzte ihr die Klinge an die bleiche Kehle.

Unbarmherzig prasselte der Regen auf die beiden Männer nieder. Wybert merkte, wie die Kälte von ihm Besitz ergriff. Blasses Mondlicht fiel auf die blutende Gestalt, die er nur noch verschwommen erkennen konnte. Er zwang sich, wieder klar zu sehen und seine Klinge durch die entblößte Kehle seines Gegners zu ziehen. Doch seine Finger wollten ihm nicht gehorchen. Das Sachsmesser fiel in das nasse Gras, wo es liegen blieb wie ein gestrandeter, schwach funkelnder Fisch.

Während die Dunkelheit ihn umfing, bemerkte er Menschen neben sich. War das Leowin? Sein Vater? Warum zerrten sie so unwirsch an ihm?

Und dann nahm er gar nichts mehr wahr.

* * *

»Steh auf«, zischte Beobrand. Er packte Acennan an der Schulter und zog ihn in eine sitzende Position. Es regnete immer noch, aber das Gewitter war vorüber. Diese kleine Wiese nahe der Grenze zwischen Mercia und Deira interessierte Thunor inzwischen nicht mehr. Oder er hatte genug gesehen, hatte sich ausreichend amüsiert und schaute nun anderen zu.

Acennan war immer noch benommen. Er konnte sich nur mühsam aufrecht halten, alles verschwamm vor seinen Augen.

Beobrand schüttelte ihn. »Steh auf. Wir müssen zurück ins Lager.«

Sobald Acennan wieder zu Sinnen gekommen war, stieß er Beobrands Hände beiseite.

»Und? Hast du es getan?« Seine Stimme war kalt und ausdruckslos.

»Nein, mein Freund«, erwiderte Beobrand. »Ich weiß zwar nicht, was geschehen ist, aber das Lager der Mercianer ist in hellem Aufruhr. Wir müssen zum Zelt zurück, bevor uns jemand vermisst.«

In der Ferne wurden die mercianischen Lagerfeuer angefacht. Frische Holzscheite wurden auf die Glut geworfen, sodass Funken und dicke Rauchwolken in den regenverhangenen Himmel stiegen. Im Schein der flackernden Flammen stürmten Männer aus ihren Zelten. Rüstungen schimmerten in der Düsternis. Der Wind trug Rufe und Schreie zu ihnen herüber.

»Deinen Freund nennst du mich?« Acennan stemmte sich stöhnend auf die Knie. Beobrand wollte ihm helfen und streckte ihm die Hand hin, doch Acennan schlug sie weg. »Freunde?«, fragte er. »Sind wir das?« Ächzend und unter sichtbaren Schmerzen richtete er sich ganz auf.

Beobrand konnte die Wogen des Zorns, die von ihm ausgingen, körperlich spüren. Oder war es vielmehr Enttäuschung?

»Du bist mein Freund«, sagte er und betonte dabei jedes Wort. »Das kann ich an deinen Taten erkennen. Du bist wahrhaftig. Und mir ein besserer Freund als ich dir.« Er wandte den Blick durch den schwächer werdenden Regen zu den lodernden Feuern der Mercianer. Die Krieger schienen sich zu versammeln.

»Wenn du nicht wärst, wäre ich gewiss bereits tot. Und wahrscheinlich ohne jeden Ruhm. Aber jetzt komm, ich will auf keinen Fall dein Blut an meinen Händen haben. Und falls die Mercianer uns hier entdecken, bringen sie uns garantiert um.«

Acennan gab keine Antwort, aber nach kurzem Innehalten setzte er sich langsam in Richtung ihres eigenen Lagers in Bewegung.

Beobrand trottete ihm hinterher. Die letzten Überreste seiner Trunkenheit hatten sich verflüchtigt. Er sah jetzt klar und deutlich, dass er ein Narr gewesen war. Acennan hatte vollkommen recht, ihn zu verachten. Er würde sich an Wybert rächen, das stand fest, aber wie war er auf die Idee gekommen, dass dieser Wurm es wert war, seinen Eid zu brechen? Wollte er Woden etwa als Wortbrüchiger gegenübertreten? Als ein Mann, der seinen eigenen Wunsch nach Blutrache über den seines Herrn und Königs stellte? Als Feigling, der sich nicht um seine Kampfgefährten scherte und sogar bereit war, sie für seine eigenen, egoistischen Ziele zu opfern?

Oswalds Worte kamen ihm in den Sinn. Ein Anführer

muss weiter blicken als nur auf seine eigenen Sehnsüchte. Erst das macht ihn zu einem großen Mann.

Diese Worte verhöhnten ihn. Richteten über ihn.

Und machten sein Versagen offensichtlich.

Kapitel 29

Als die Sonne sich über die Hügel im Osten schob, hingen nur noch vereinzelte Wolkenfetzen am Himmel.

Die Morgendämmerung war für gewöhnlich eine stille, ruhige Zeit. Dann krochen die Männer allmählich unter ihren Fellen und Decken hervor. Sie wärmten sich an den Feuern, die nach der langen Nacht zu neuem Leben erweckt wurden. Rauchschwaden umwehten Gespenstern gleich die gebeugten Gestalten der Krieger, die draußen in dampfende Pfützen pissten.

Doch heute brach der Tag anders an als sonst.

Die Nacht hatte ihnen ein Gewitter beschert, ein stürmisches Tohuwabohu aus Donner und Blitzen.

Und dazu einen niederträchtigen Verrat.

Jetzt, da die Sonne schüchtern über den östlichen Horizont kletterte und mit goldenen Fingern die verstreuten Wolken streichelte, standen die beiden Kriegerscharen sich zur Schlacht gegenüber. Sie starrten einander an, nicht wissend, was der Tag bringen würde, aber bereit zum Kampf, sollte das Schicksal diesen Pfad für sie vorgesehen haben.

Das Sonnendach, das zwischen den beiden Heeren errichtet worden war, hatte den Sturm heil überstanden. Nur an einer Ecke flatterte das Tuch in der morgendlichen Brise. Beobrands Blick blieb unwillkürlich daran hängen.

Athelstan, der rechts neben ihm stand, wandte sich mit gerunzelter Stirn an ihn. »Was in Gottes Namen ist denn passiert? Gestern Abend haben wir uns schlafen gelegt und hatten uns auf friedliche Verhandlungen am heutigen Morgen eingestellt. Und jetzt wachen wir auf und sehen uns den Mercianern gegenüber, die aufgebracht sind wie ein Mann, der mit einer Schönheit schlafen gegangen und mit einer Sau im Arm aufgewacht ist.«

Beobrand schüttelte den Kopf. Er hatte keine Ahnung, was vorgefallen war. Schuldbewusst trat er von einem Bein auf das andere. Irgendwie hatte er das Gefühl, für den Stimmungswandel im Lager verantwortlich zu sein. Und das, obwohl er und Acennan es tatsächlich geschafft hatten, sich unbemerkt in ihr Zelt zurückzuschleichen. Erst beim Aufstehen hatten die anderen Bemerkungen über Acennans Gesicht gemacht. Zunächst hatte er jede Frage nach dem Ursprung seines zugeschwollenen und blau angelaufenen Auges ignoriert, bis Garr, der einen scharfen Blick besaß, die aufgeplatzten Knöchel an der rechten Hand ihres Herrn bemerkte.

»Mir scheint, als hätte Acennan wieder einmal den Unmut unseres Herrn Beobrand auf sich gezogen«, sagte er lachend.

»Sieh zu, dass du das große Loch, das du dein Maul nennst, stopfst«, herrschte Beobrand ihn an. »Sonst erfährst du bald am eigenen Leib, was es heißt, meinen Unmut auf sich zu ziehen.«

Danach hatte niemand mehr Acennans Auge oder Beobrands Hand erwähnt.

Bis jetzt.

Athelstan beugte sich etwas nach vorn und blickte Acennan an. »Bei den Knochen Christi, Junge«, sagte er dann so laut, dass alle es hören konnten, als ihm Acennans dunkelblau umrandetes Auge auffiel. »Was hast du denn mit deinem Gesicht gemacht? Die Zeltnägel in den Boden gerammt?«

Oswald wandte sich in seinem purpurroten Umhang stirnrunzelnd zu Athelstan um, während die Sonne sich in seinem polierten Helm spiegelte. Er war gespannt wie eine Bogensehne. »Schluss mit eurem Geplapper«, sagte er. »Sie kommen. Seid still und verhaltet euch ruhig, meine Landsmänner. Ich habe das Gefühl, dass eine einzige falsche Bewegung genügt, um eine Schlacht zu beginnen, obwohl wir doch nur gekommen sind, um Worte zu wechseln und Schwüre zu leisten. Komm, Bruder, lass uns hören, was sie zu sagen haben.«

Oswiu und Oswald näherten sich dem Sonnendach. Vom Lager der Mercianer kam ihnen eine dreiköpfige Gruppe entgegen. Zwei der Männer waren gekleidet wie heldenhafte Krieger. Die Morgensonne spiegelte sich im polierten Metall. Spangen, Schnallen und Gürtelspitzen glänzten. Ihr Gang war souverän, sie waren breitschultrig und strahlten Selbstbewusstsein aus. Ihnen folgte eine hinkende, verdreckte Gestalt. Man hatte dem Mann die Hände vor dem Bauch gefesselt und ihm einen Strick um den Hals gelegt. Einer der beiden Krieger, dessen schwarzer Mantel wie Krähenschwingen hinter ihm flatterte, hielt die Enden des Stricks in seiner Hand. Der Gefesselte kam nur langsam voran. Sein rechtes Bein war auf grausame Weise verdreht, und sein stockender Gang schien den schwarz gewandeten

Krieger maßlos zu erzürnen. Mit einem Ruck zog er an dem Strick, sodass der Gefangene, alle viere von sich gestreckt, im Matsch landete.

Beobrand drehte es den Magen um. Der gefesselte Gefangene, der da aus dem mercianischen Lager geführt wurde, kam ihm äußerst bekannt vor. Die Männer waren zwar noch ein ganzes Stück entfernt, und der Blick auf den Gefesselten wurde meist von den beiden Edelmännern verdeckt, aber Beobrand war der hinkende Gang nicht fremd.

Der Schwarzmantel hob den Gefangenen praktisch vom Boden hoch und schubste ihn dann, nachdem er ihm eine heftige Ohrfeige verpasst hatte, erneut vorwärts. Als ihm das Sonnenlicht direkt ins Gesicht schien, holte Beobrand tief und scharf Luft. Auch wenn dieses Gesicht von Prellungen und Wunden gezeichnet war, konnte es keinen Zweifel geben.

Der Mann, der da wie ein Lamm im Blotmonath zur Schlachtbank geführt wurde, war Anhaga.

Die drei Männer erreichten das Sonnendach in der Mitte der Wiese, wo sie von Oswald und Oswiu, die nicht von einem gefesselten Gefangenen aufgehalten worden waren, bereits erwartet wurden. Alle Blicke waren auf das kleine Grüppchen aus fünf Männern – Könige, edle Recken und ein verkrüppelter Knecht – gerichtet. Zwar waren ihre Worte nicht zu verstehen, doch die Umstehenden gaben sich alle erdenkliche Mühe, um wenigstens einen Hinweis darauf oder ein Anzeichen dafür aufzuschnappen, dass es bald zur Schlacht kommen würde.

Athelstan streckte seinen knochigen Arm aus, den Armspangen zierten. »Ist das nicht dein Mann, Beobrand? Der Krüppel?«

Die northumbrischen Krieger starrten die Männer unter dem Sonnendach an und warfen Beobrand schnelle Seitenblicke zu.

Beobrand blieb stumm. Er biss die Zähne zusammen, bis ihm der Kiefer schmerzte.

Das Gespräch schien immer hitziger zu werden. Die Mercianer gestikulierten wild, und Anhaga musste eine weitere Ohrfeige einstecken, die ihn auf die Knie schickte.

»Bei allem, was heilig ist, was hat der Krüppel getan?«, wollte Athelstan wissen. »Die Mercianer scheinen ihm jedenfalls nicht gerade freundlich gesinnt zu sein.«

Beobrand erbleichte, als Oswald sich umdrehte und den Blick über die Reihen der Northumbrier schweifen ließ. Als er auf ihn fiel, blitzte wilde Wut darin auf. Beobrand hielt dem Blick des Königs einen Moment lang stand, dann legte er sich seine entstellte Hand vor die Augen. Mit einem Mal hatte er das Gefühl, als wüsste er ganz genau, was Anhaga getan hatte.

* * *

»Hast du wirklich geglaubt, du könntest mich so einfach hintergehen, Beobrand?« Oswalds Tonfall triefte vor Verachtung. Er erhob nicht die Stimme, polterte nicht los. Er griff auch nicht nach dem hölzernen Becher auf der kleinen Anrichte neben der Pritsche, auf der er geschlafen hatte, um ihn nach ihm zu werfen.

Er tat nichts davon.

Doch gerade diese eiskalte Beherrschtheit verhieß ein

fürchterliches Unheil. Beobrand hatte keinen Zweifel, dass sein Leben in diesem Moment einzig und allein vom Urteil seines Königs abhing.

Sie befanden sich im königlichen Zelt und hatten die Eingangsklappe geschlossen, um wenigstens einen Hauch von Privatsphäre zu schaffen. Trotzdem war ihnen klar, dass es keine Geheimnisse geben konnte, wenn die Wände aus Tierhäuten bestanden. Was immer in diesem Zelt gesprochen wurde, es würde mitgehört und weitergegeben werden, sodass noch vor Anbruch der Nacht jeder Krieger darüber Bescheid wissen würde.

Die Luft war heiß und abgestanden. Auf Beobrands Stirn perlte Schweiß.

Oswiu saß grübelnd und stumm auf einem Hocker, während sein Bruder, der König, auf und ab ging.

»Hältst du mich für einen Narren? Einen einfältigen Idioten?«, wollte Oswald wissen.

»Nein, mein Herr und König«, beeilte sich Beobrand zu versichern. Hier im Zelt befand sich nur ein Narr, und das war nicht der König.

Wie hatte er nur so dämlich sein können? Acennan hatte ihn ausdrücklich davor gewarnt, dass seine Rache zum Krieg führen könnte. Dass sie andere das Leben kosten könnte. Aber er hatte sich nicht darum geschert, so geblendet war er von der Trauer und seiner Gier nach Vergeltung gewesen. Doch jetzt, wo der Schweiß ihm auch den Rücken in Bächen hinunterlief, jetzt hatte er begriffen.

Anhaga hatte allem Anschein nach die gleiche Idee gehabt wie sein Herr.

»Du hast deinen Mann an deiner statt losgeschickt.«

Oswald wäre beinahe erstickt an seiner Wut. Er bemühte sich sichtlich, die Fassung zu bewahren. »Du hast allen Ernstes geglaubt, du könntest deinen verkrüppelten Knecht losschicken, um deinen Feind zu ermorden? So hältst du also deine Schwüre, Beobrand, Sohn des Grimgundi?«

»Nein, mein König.« Beobrand lief rot an. »Ich habe Anhaga nicht beauftragt, diese Tat zu begehen.« Ihm war klar, dass, wäre Anhaga nicht gewesen, er selbst jetzt entweder tot oder ein Gefangener kurz vor der Hinrichtung wäre. Anhaga hatte vergeblich versucht, Sunniva vor Wyberts Hass zu beschützen, und – vielleicht genauso vergeblich – versucht, ihre Schändung zu vergelten. Aber allem Anschein nach hatte er in beiderlei Hinsicht seine Sache immer noch besser gemacht als Beobrand. Und nun würden seine Handlungen ihm den sicheren Tod bescheren, während Beobrand, sein Herr, so mit Schande überschüttet werden würde, wie man Mist in eine Jauchegrube kippt. Und doch hatte eben die Tatsache, dass Anhaga das Friedensgelübde gebrochen hatte, das sämtliche Männer abgelegt hatten, Beobrand vor einem schrecklichen Fehler bewahrt.

»Du hast ihn also nicht losgeschickt, sagst du? Und doch hat er Wybert im Schutz der Nacht überfallen. Ist Wybert nicht dein Erzfeind? Hast du nicht für alle hörbar verkündet, dass du ihn töten wirst für das, was er angeblich deiner Frau angetan hat?«

Bei Sunnivas Erwähnung spürte Beobrand, wie die Schlachtlust in ihm aufflackerte. Sein Blick huschte von Oswald zu Oswiu.

»Wybert ist ein Wurm!«, spie er hervor. »Er hat Sunniva nicht nur angeblich geschändet. Er hat ihr Gewalt angetan und später dann vor Athelstan und all seinen Kampfgefährten mit seiner Tat geprahlt. Anhaga war in meinem Saal zugegen, als es geschah. Er hat sich den Angreifern entgegengestellt, konnte sich aber nicht behaupten und wurde schwer verwundet.«

Oswald blickte Beobrand ernst an, und als er wieder das Wort ergriff, klang seine Stimme schon etwas sanfter. »Du hast also nicht selbst mitangesehen, wie es passiert ist?«

»Nein. Ich war im Auftrag meines Königs unterwegs nach Hii, um den neuen Bischof abzuholen. Und jetzt ist meine Frau tot und kann nicht mehr für sich sprechen.« Beobrand schwieg, aber viel Ungesagtes hing in der stickigen Luft des Zeltes.

Der König und der Recke starrten einander an, bis Oswiu die spannungsgeladene Stille durchbrach. »Könnte es nicht sein, dass Anhaga, nachdem er bei dieser schrecklichen Tat zugegen war, sich verpflichtet gefühlt hat, im Namen von Lady Sunniva Vergeltung zu üben? Vielleicht hat er es als seine Pflicht empfunden. Schließlich ist er mit seinem Eid an Beobrand gebunden. Er muss geglaubt haben, dass er die Gemahlin seines Herrn besser hätte beschützen müssen. Dass er versagt hat.«

Die letzten Worte des Prinzen waren für Beobrand wie ein Schlag ins Gesicht.

»Ich bin es, der versagt hat«, sagte er leise. »Anhaga ist kein Krieger.«

»Das mag sein«, entgegnete Oswald. »Aber jetzt hat er seine Klinge gegen einen Mann unter Pendas Schutz gebraucht. Darum muss er sterben.«

Bebend atmete Beobrand aus. Wie hatte es nur so weit

kommen können? Anhaga war ihm und Sunniva mit nichts anderem als einem aufrichtigen Herzen und wahrer Treue begegnet. Und jetzt würde er dafür den höchsten nur denkbaren Preis bezahlen. Als Beobrand die Hände zu Fäusten ballte, rissen die Wunden an seinen Knöcheln wieder auf. Vor Schmerz verzog er das Gesicht. Wie hatte er nur so blind sein können? Auch Acennan hatte sich vielfach als echter Freund erwiesen, und er hatte es ihm mit Gewalt vergolten.

Er war kein guter Herr. War er etwa schon längst ein Spiegelbild seines Vaters? Ein Mann, der gierig nach Reichtümern griff und diejenigen schlecht behandelte, die ihn liebten?

»Ja«, fuhr Oswald ohne jede Regung in der Stimme fort. »Der Krüppel muss sterben. Sein Verrat wird mich teuer zu stehen kommen. Penda hat Blut gefordert. Und Schätze. Beides soll er haben. Es soll geschehen, wie mein Bruder gesagt hat. Vielleicht hat Anhaga es wirklich als seine Pflicht erachtet, Rache zu nehmen, aber das spielt keine Rolle. Der Eid seines Herrn gegenüber dem König ist stärker.« Oswald baute sich dicht vor Beobrand auf. Um seinen Hals hing ein goldenes Kreuz. Die Augen des Königs schimmerten wie große schwarze Seen in der Dunkelheit. »Ich kann doch auf deinen Eid zählen, Beobrand von Ubbanford? Oder etwa nicht?«

Im Zelt schien es schlagartig kälter zu werden, während Beobrand in diese regungslosen Augen starrte. Ob der Christusgott des Königs ihn befähigte, durch seine Augen hindurch direkt in seine Gedanken zu blicken? Oswald hatte ihm alles gegeben: Vertrauen, Reichtümer, Land.

Beobrand hatte seinen Eid auf ihn geleistet. Jetzt zitterte er bei dem Gedanken, wie dicht davor er gewesen war, dieses Gelübde zu brechen. Reichtümer, Land, ja selbst geliebte Menschen konnten einem von grausamen Menschen und noch grausameren Göttern genommen werden. Das Einzige, was ein Mann wirklich besitzen konnte, war sein Wort. Er würde das Vertrauen seines Herrn nie wieder enttäuschen.

»Mein Herr und König«, sagte Beobrand. »Ihr seid ein guter König, gerecht und großzügig. Ich habe euch meinen Eid geschworen, und mein Wort steht eisern fest. Ich werde mein Gelübde nicht brechen. Ihr seid mein Herr, und ich bin Euer Diener, über den Ihr verfügen mögt, wie es Euch gefällt.«

Oswald hielt seinen Blick lange fest, bevor er nickte. »Ich habe dir klargemacht, welche Konsequenzen der Bruch des Waffenstillstandes nach sich zieht, nicht wahr?«

Beobrand neigte als Zeichen der Zustimmung leicht den Kopf.

»Der Preis dafür, den Frieden riskiert zu haben, ist der Tod«, fuhr Oswald fort. »Außerdem verlangt Wyberts Herr Grimbold eine Entschädigung für seinen verwundeten Mann. Ich habe mich mit dem Preis einverstanden erklärt, und du wirst diesen Preis entrichten, Beobrand. Du kannst nur beten, dass Wybert nicht stirbt, ansonsten wird sich das Blutgeld verdoppeln.«

Beobrand biss die Zähne zusammen und nickte. Er schwieg. Es gab nichts mehr zu sagen. Er würde nicht für Wybert beten. Selbst wenn er den heutigen Tag überlebte, hatte das keine Bedeutung. Beobrand schwor einen heiligen

Eid auf alle Götter und Sunnivas Andenken, für Wyberts Tod zu sorgen.

»Du kannst jetzt gehen.« Oswald deutete auf den Zelteingang. »Und halte dich um die Mittagszeit bereit, wenn die Sonne ihren höchsten Punkt erreicht hat.«

»Bereit, Herr?«

»Anhaga soll zur Mittagszeit hingerichtet werden«, sagte Oswald. »Um Penda unseren guten Willen zu demonstrieren, wirst du als Anhagas Herr das selbst erledigen.«

Kapitel 30

»Er ist hier drin.« Der stattliche, bärtige Mercianer – eine furchterregende Erscheinung in seinem dicht gewobenen Kettenhemd – zog die Lederklappe zur Seite.

Coenrad wartete geduldig, bis Gothfraidh vorbeigetrippelt war, und folgte ihm dann in das düstere Zelt. Drinnen war es stickig und stank säuerlich nach Schweiß und Pisse.

Coenrad rümpfte die Nase, ohne jedoch den widerlich süßlichen Geruch des Wundbrandes wahrzunehmen, der oftmals den bevorstehenden Tod eines Kriegers ankündigte. Er wartete, bis sich seine Augen an die Düsternis gewöhnt hatten. Überall lagen Ausrüstungsgegenstände von Kriegern herum – mehrere Felle, Taschen, Säcke, Mäntel, zwei hölzerne Truhen; und ein Mann. Anscheinend mieden die anderen Kämpfer seine Nähe.

Der Krieger deutete zu ihm in die hintere Ecke. »Da drüben.« Er zögerte kurz, als wüsste er nicht genau, ob er bleiben oder gehen sollte. Schließlich sagte er: »Fasst nichts an. Sprecht eure Zauberformeln und verschwindet wieder. Ich warte draußen.«

Coenrad und Gothfraidh duckten sich, um nicht an das niedrige Zeltdach zu stoßen, und gingen vorsichtig zwischen dem auf dem Boden verstreuten Unrat hindurch.

Wybert schien zu schlafen. Oder hatte der Tod ihn bereits ereilt? Seine Lippen waren bleich und schmal, seine Haut blassgrau.

Coenrad starrte auf die regungslose Gestalt hinab. Sie kannten sich schon lange Zeit, waren aber nie Freunde gewesen. Coenrad war als Waise und Novize ins Kloster von Engelmynster gekommen, um dort von Fearghas und den anderen Mönchen unterwiesen zu werden, Wybert war der Sohn eines der Landmänner im Dorf gewesen. Coenrad hatte nie Sympathie für ihn empfunden. Er hatte schon immer etwas Bösartiges ausgestrahlt, auch wenn Coenrad sich das nicht erklären konnte. Wyberts Eltern waren liebevolle Menschen gewesen, sein Bruder Leowin einfühlsam und von einnehmendem Wesen. Aber Wybert schien immer auf der Jagd nach etwas Unerreichbarem zu sein. Und diese Unfähigkeit, das ersehnte Ziel zu erreichen – was immer es sein mochte –, hatte ihn mit einem tief sitzenden Groll erfüllt. Groll, der immer wieder zum Vorschein kam und sich in Beleidigungen und kleinlichen Racheakten für angebliche Benachteiligungen Bahn brach. Coenrad konnte kaum glauben, dass dieser junge Mann all die Dinge getan haben sollte, die ihm nachgesagt wurden.

Hatte er wirklich Sunniva vergewaltigt? Coenrad dachte an seine Schwester Tata, die von walisischen Kriegern geschändet worden war. Ihre letzten Augenblicke in diesem Leben mussten voll von unsagbarem Schmerz und Entsetzen gewesen sein. Wie um alles in der Welt konnte Wybert jemandem so etwas angetan haben?

Coenrad hoffte, dass er bereits tot war. Er hatte es verdient, in der Hölle zu schmoren.

Als hätten Coenrads heimliche Gedanken ihn geweckt,

schlug Wybert in diesem Moment die Augen auf. Coenrad erschrak und sog hörbar den Atem ein. Seine Gedanken waren eines Mönchs nicht würdig. Gott konnte mit Sicherheit in seine Seele blicken und sie lesen. Er schluckte den dicken Kloß in seiner Kehle hinunter.

»Coenrad.« Wyberts Stimme klang unsicher und leise. »Scheint so, als würde ich hier noch mehr alte Freunde treffen.« Er lächelte gezwungen, dann musste er husten, und sein Gesicht wurde zu einer Grimasse.

»Ich bin nicht dein Freund«, erwiderte Coenrad. Sein Tonfall war kalt wie die kleinen Bodenfliesen der Kapelle in Engelmynster, in der er mit Beobrand Tatas Leichnam entdeckt hatte.

Wybert zuckte zusammen.

Gothfraidh warf Coenrad einen schnellen Blick zu, bevor er sich räusperte. »Du hast nach einem Christuspriester verlangt? Mein Name ist Gothfraidh, und Coenrad scheinst du ja schon zu kennen. Wir sind Brüder der Heiligen Kirche von Lindisfarena. Betest du zu Christus? Möchtest du deine Sünden bekennen?«

Wybert lächelte schmal. »Warum nicht? Wenn ich schon sterben muss, dann wenigstens so angenehm wie möglich. Ich habe hier ein Messer, das ich festhalten kann, wenn meine Zeit gekommen ist. Es heißt doch, dass Woden denjenigen gewogen ist, die mit einer Waffe in der Hand zu ihm kommen. Doch wenn die alten Götter mich nicht willkommen heißen, dann, so hoffe ich, kannst du mir vielleicht den Weg in den Himmel eures Gottes ebnen.«

»Ich verstehe«, erwiderte Gothfraidh. Er fühlte sich nicht wohl in seiner Haut und trat unruhig von einem Bein aufs andere. »Mir scheint, es gibt in Mercia keine christlichen Mönche oder Priester?«

»Penda glaubt nicht an euren Christus«, erwiderte Wybert und stöhnte leise, als er sich ein wenig bewegte.

»Hmmm.« Gothfraidh legte die Stirn in Falten. »Wir werden tun, was wir können, aber ich fürchte, wenn du ihn unseren Christus nennst und nicht deinen, dann wird er deine Buße nicht allzu freundlich aufnehmen. Nun denn. Coenrad, hol uns etwas, worauf wir uns niederlassen können.«

Gothfraidh setzte sich auf einen kleinen, abgenutzten Holzschemel, und Coenrad zog für sich selbst eine Transportkiste dicht an Wyberts Lager. Hoffentlich gehörte sie nicht dem Krieger draußen vor der Tür. Er würde vermutlich nicht viel davon halten, dass sie seine Sachen benutzten.

Gothfraidh blickte Wybert in die Augen. »Welche Sünden möchtest du vor dem allmächtigen Gott bekennen?«

Wybert erwiderte den Blick des Mönchs, hielt ihm jedoch nicht lange stand. »Alle«, murmelte er.

»Du solltest dir schon ein wenig mehr Mühe geben«, entgegnete Gothfraidh. »Du musst echte Reue zeigen. Ich kann dir nur dann die Absolution erteilen, wenn du alle deine Taten beschreibst und um Vergebung für sie bittest. Hast du das verstanden?«

»Nicht so richtig. Ich dachte, der Christus schenkt mir das ewige Leben?«

»Das stimmt, aber du musst wahrhaftig an ihn glauben und ihn als den einen, wahren Gott annehmen. Und du musst für deine Sünden Buße tun.«

»Buße tun?« Wyberts Blick wanderte ratlos von Gothfraidh zu Coenrad.

»Ja, genau«, platzte Coenrad heraus, »du musst Gott um die Vergebung deiner Sünden bitten. Kannst du dich denn an gar nichts mehr erinnern, was man dir in Engelmynster beigebracht hat?«

Gothfraidh hob die Hand. »Still, Coenrad.« Er wandte sich wieder an Wybert. »Fangen wir zunächst einmal damit an, dass du den anderen Göttern abschwörst. Sage dich von Woden, Thunor, Frige und allen anderen alten Göttern los. Sage dich los und gib mir das Sachsmesser, das du so voller Furcht in der Hand hältst. Die alten Götter haben keine Macht über den Tod. Diese Klinge wird dir nichts nützen. Schwöre ihnen ab.« Gothfraidh streckte Wybert die Hand entgegen.

Wybert richtete den Blick auf seine eigene Hand. Die Knöchel waren noch weißer als seine blasse Haut. Er umklammerte den Griff des Messers so fest, wie ein Mann in aufgewühlter See ein Tau ergreifen würde, das ihm von einem Schiff aus zugeworfen wird. Er hob das Messer. Seine Hand zitterte.

Plötzlich hatte Coenrad Angst um den alten Mönch. Die Klinge war zwar nur kurz, dennoch konnte Wybert ihm damit schwere Verletzungen zufügen. Abrupt erhob er sich und machte sich bereit einzugreifen, sollten seine Ängste sich als berechtigt erweisen.

Eine ganze Zeit lang rang Wybert mit sich, schien eine innerliche Schlacht zu schlagen, deren Sinn nur er begreifen konnte. Gothfraidhs Augen leuchteten erwartungsvoll in der Dunkelheit.

Dann sank Wyberts Hand mitsamt dem Sachsmesser wieder zurück auf das Lager.

»Du weigerst dich also, den alten Göttern abzuschwören?« Gothfraidhs Stimme war kaum mehr als ein Flüstern.

»Ich kann nicht.« Schaudernd schloss Wybert die Augen. »Was, wenn du dich irrst und dein Gott gar nicht existiert?«

»Feigling«, spie Coenrad hervor. Er ertrug die Nähe dieses Kerls nicht länger. Er war umgeben von Männern, die nur darauf aus waren, das Beste für sich herauszuholen. Die Welt war ein düsterer, böser Ort. Er wollte raus aus dieser stickigen Finsternis, wollte hinaus in die Sonne und alle Gedanken an Wybert, Tata, Sunniva und Cormán aus seinem Kopf verbannen. »Du fällst über wehrlose Frauen her. Du bist ein Nichts. Gott würde dich nie willkommen heißen. Du bist verdammt!« Er ballte seine Hände zu Fäusten.

Gothfraidh erhob sich und schob sich zwischen Coenrad und Wybert. »Du vergisst dich, Coenrad«, sagte er streng. »Wir sind Männer Gottes, keine Richter. Und jetzt geh und warte draußen auf mich. Hier bist du mir zu nichts nütze.«

Coenrad ließ den Blick über Wyberts blasses Antlitz gleiten. Mochte Gott ihm beistehen, aber er wünschte diesem Mann den Tod.

»Geh«, wiederholte Gothfraidh.

Coenrad drehte sich um und näherte sich der Zeltklappe. Sie wurde aufgerissen, noch bevor er sie erreicht hatte. Der massige Krieger erschien in der Öffnung, und Licht strömte herein. Es war so hell, dass Coenrad blinzeln musste.

»Was ist hier los?«, wollte der Mann wissen. Dann erfasste er die Szenerie mit dem geübten Blick eines schlachtenerprobten Soldaten, der es gewohnt ist, schnelle Entscheidungen zu treffen. »Ihr wart lange genug bei ihm. Geht jetzt.«

»Aber ich brauche noch etwas mehr Zeit, um mit ihm zu sprechen«, wandte Gothfraidh ein. »Er hat noch nicht Buße getan.«

»Und das wird er auch nicht, was immer das sein mag. Es sei denn, er kann es allein erledigen. Ihr müsst jetzt gehen.« Der Hüne legte eine Hand an den sorgfältig gearbeiteten Griff seines Schwerts, um seiner Aufforderung Nachdruck zu verleihen, während er mit der anderen die Zeltklappe aufhielt.

Nach kurzem Zögern nickte Gothfraidh. »Wir werden für deine Seele beten, Wybert. Möge Gott dir gnädig sein.«

Coenrad blickte sich nicht mehr um, sondern marschierte an dem Krieger vorbei, der ein verdutztes und sogar ein wenig amüsiertes Gesicht machte, als der junge Mönch ihn mit der Schulter beiseitestieß.

Ohne seine Schritte zu verlangsamen, stapfte er dem Lager der Northumbrier entgegen. Gothfraidh versuchte, mit ihm Schritt zu halten, und schnaufte vernehmlich. Coenrad wollte nicht mit ihm sprechen. Der alte Mönch würde ihn fragen, was er sich bei alldem gedacht hatte, und er wollte ihn nicht anlügen. Lügen war eine Sünde, und für heute hatte er mit Sicherheit schon genügend Sünden begangen. Abt Fearghas wäre schwer enttäuscht von ihm gewesen.

Als er spürte, dass Gothfraidh näher kam, ging er schneller, sodass er fast im Trab den Northumbriern entgegeneilte, die bereits in Sorge um ihre Gottesmänner waren.

Mit einem Mal spürte Coenrad den Drang zu lachen. In einem Punkt jedenfalls hatte Gothfraidh recht gehabt. Sie würden für Wyberts Seele beten. Doch Coenrad glaubte nicht, dass Gott allzu erfreut über seine Gebete sein würde. Denn ein Mönch sollte eigentlich nicht für den Tod und die Verdammnis eines seiner Schäfchen beten.

* * *

Beobrand schloss die Augen. Er konnte die Wärme der Sonne auf seinen Augenlidern spüren. Eine sanfte Brise wehte ihm die Haare aus der Stirn. Zweihundert Männer starrten ihn an.

Doch in diesem Moment zählten nur die Blicke eines Mannes.

Beobrand sah nach unten und Anhaga an. Sein Knecht kniete vor ihm, das Gesicht geschwollen. Augen und Wangen leuchteten nach den heftigen Schlägen, die er empfangen hatte, in den verschiedensten Farben. Seine Nase war schief und wies eine tiefe Wunde auf. Seine Kleidung war zerrissen, getrocknetes Blut und Schlamm hatten sie bräunlich gefärbt. Seine Hände waren gefesselt. Der Strick, an dem er hergeführt worden war, hing immer noch um seinen Hals.

Ihre Blicke trafen sich, und Anhaga neigte den Kopf zum Zeichen, dass er seinen Herrn erkannt hatte.

Beobrand sagte kein Wort. Sein Mund war unsagbar trocken.

So weit war es also gekommen. Er sollte den einzigen Mann töten, der versucht hatte, Sunniva zu beschützen und ihren Tod zu rächen.

Ein Stück hinter Anhaga hüpfte eine Dohle über das Gras. Sie schien das Ganze mit ruckendem Kopf und durchdringenden Blicken zu beobachten, bevor sie die Flügel ausbreitete und gen Norden davonflatterte. Heiser tönten ihre Schreie durch die mittägliche Stille.

Trotz des warmen Tages lief ein Schauder seinen Rücken hinunter. Nelda hatte ihm prophezeit, dass er einsam sterben würde, ihn verflucht.

»Und dieses Bürschchen da ist wirklich einer Eurer Recken, Oswald?«

Eine raue Stimme störte seine Gedanken. Beobrand drehte sich zu seinem König und zu Penda um, die bereits Aufstellung genommen hatten. Der König von Mercia hatte eine breite Brust, sein Aussehen war wild. Den Bart hatte er zu einer Gabel gekämmt, und um seine Schultern hing ein Wolfspelz. Die entblößten Unterarme offenbarten ein Zickzackmuster aus zahlreichen Narben – Zeugnisse der Schlachten, die er bereits geschlagen hatte. Er grinste Beobrand spöttisch an.

»Er ist zwar noch jung, aber alles andere als ein Bürschchen«, entgegnete Oswald kühl. »Beobrand von Ubbanford hat den berüchtigten Hengist besiegt und Cadwallon von Gwynedd gefangen genommen.«

Penda hob eine Augenbraue, wirkte aber dennoch nicht sonderlich beeindruckt. »Er sieht eher so aus, als hätte er im letzten Jahr noch an seiner Mutter Brust gelegen. Mein Junge«, wandte er sich an Beobrand, »wenn du ein echter Anführer sein willst, musst du lernen, deine Leute im Griff zu haben.«

Beobrand stieg die Hitze ins Gesicht. »Und Ihr, Penda«, erwiderte er gefährlich kalt, »solltet keine Hundesöhne mehr in eurem Wolfsrudel aufnehmen, wenn Ihr nicht wollt, dass sie wie Ungeziefer getötet werden.«

Penda kniff die Augen zusammen und legte die Stirn in Falten. »Gib gut acht auf deine Worte, Junge.« Er spuckte aus und kratzte sich das bärtige Kinn. »Denk immer daran, dass es dein Mann war, der den Waffenstillstand gebrochen hat, nicht ich.« Er starrte Beobrand noch einen Augenblick lang durchdringend an, bevor er allem Anschein nach entschied, das Ganze auf sich beruhen zu lassen. Er drehte sich wieder in Oswalds Richtung. »Nun denn, wollen wir die Sache wie vereinbart ein für alle Mal hinter uns bringen? Allmählich wird mir heiß, und ich würde unsere Gespräche lieber unter dem Sonnendach bei einem Becher Bier fortsetzen.«

»Keine Angst, Penda, Ihr werdet wie versprochen Blut sehen«, sagte Beobrand, der seine Wut kaum noch im Zaum halten konnte. Es war schon schlimm genug, dass ein braver Mann den Tod finden würde, aber dass der Kriegerfürst von Mercia sich noch dazu über ihn lustig machte, das war mehr, als er ertragen konnte.

Mit erhobener Hand trat Oswald einen Schritt vor. »Es wird Zeit, Beobrand.« Seine Miene ließ keine Regung erkennen, doch in seinen Augen brannte unbändiger Zorn.

Beobrand schluckte eine Erwiderung hinunter und trat zu Anhaga. Es würde nichts Gutes bewirken, wenn er die beiden Könige noch mehr verärgerte, als er es schon getan hatte.

Dann sah er zu seinen versammelten Landsleuten hinüber. Er kannte viele Gesichter. Es waren gute, starke Männer. Seine Schildbrüder. Er musste daran denken, wie dicht er davor gewesen war, eine neue Schlacht zu provozieren, und Scham legte sich wie ein Stein auf seine Schultern.

Eigentlich hätte er selbst hier auf Knien liegen und seinem Tod entgegenblicken müssen.

Er holte tief Luft. Er wusste, was er zu tun hatte, und doch zögerte er.

Anhaga hob den Blick. Sein Leib war geschunden, doch seine Augen leuchteten hell und klar. Sein Geist war ungebrochen.

Beobrand zog das Sachsmesser aus der Scheide und drückte es Anhaga in die Hand. »Nimm, damit Woden dich in seinem heiligen Saal willkommen heißt«, flüsterte er.

»Nein«, erwiderte Anhaga. »Ich bin kein Krieger.« Er hob die gefesselten Hände und wischte sich den Schweiß von der Stirn. Als er sie wieder sinken ließ, waren sie rot. »Ich frage mich ohnehin, ob es wirklich Götter gibt, die unserem Treiben zusehen.«

Beobrand blickte zu den Wolkenfetzen, die über den Himmel zogen. Ein Roter Milan kreiste über ihnen. Er hatte die Schwingen weit ausgebreitet, um die Thermik des warmen Tages auszunutzen. Und wenn dieser Vogel einer der Götter war, die auf sie herabsahen?

»Ich kenne mich mit den Göttern genauso wenig aus wie jeder andere«, meinte Beobrand. »Aber du solltest das Messer trotzdem nehmen. Woden würde einen Mann von solcher Tapferkeit, wie du einer bist, sicherlich gerne in seinem Saal begrüßen. Du besitzt den Geist eines Kriegers, Anhaga.«

Sein Knecht streckte die Hände aus, hielt dann aber inne und ließ sie wieder sinken. »Lady Sunniva hatte auch kein Schwert in der Hand.« Er seufzte. »Ich möchte dorthin gehen, wo sie schon ist. Dort ist es gewiss schöner als in Wodens Leichensaal.«

Beobrand blinzelte die Tränen zurück, die ihm aus den Augen zu quellen drohten. »Es tut mir leid, Anhaga. Ich habe dich im Stich gelassen.«

Anhaga schüttelte den Kopf. »Das habt Ihr nicht. Ihr habt Hengist getötet, da ich dazu nicht in der Lage war.« Plötzlich ergriff er Beobrands Hand und umschloss sie.

Beobrand spürte das raue Seil, mit dem Anhagas Handgelenke gefesselt waren.

»Versprecht mir, dass Ihr uns beide rächen werdet, Sunniva und mich. Tötet Wybert, mein Herr.«

Beobrand sah ihn lange an, bis er Anhagas Händedruck erwiderte und nickte. »Du hast mein Wort. Ich werde Wybert umbringen.«

Auch Anhaga nickte. Die Entschlossenheit im Blick seines Herrn war nicht zu übersehen.

Zwar hatte Beobrand sein Wort gegeben, doch wenn Schwur auf Schwur gehäuft wird, dann lachen die Götter.

Erneut ließ sich Pendas raue Stimme vernehmen. »Nun macht schon. Ihr habt eure Abschiedsworte gesprochen. Kommt zum Ende. Ich habe Durst.«

Beobrand stellte sich gerade hin und legte die Hand an Hruntings Heft. Einen schrecklichen Augenblick lang stellte er sich vor, wie er sich umwandte und sich auf den König von Mercia stürzte. Hrunting würde sein Ziel finden und einen tiefen Schluck von Pendas Blut trinken.

Fast unmerklich schüttelte Anhaga den Kopf.

In Beobrands Rücken war nun Oswalds ruhige Stimme zu hören. »Es wird Zeit, Beobrand. Tu, was wir vereinbart haben. Sprich die Worte, sodass alle sie hören können.«

»Wie Ihr es wünscht, König Oswald«, erwiderte er knapp.

Dann holte er tief Luft und fing laut an zu sprechen, damit alle Versammelten ihn hören konnten. Stille kehrte unter den Mercianern und Northumbriern ein, und sie lauschten den Worten des breitschultrigen Recken, der in der Mitte der Wiese stand.

»Dieser Mann, Anhaga, Sohn des Agiefan, hat seinen Eid an mir und unserem König gebrochen.« Die Worte fühlten sich in seinem Mund an wie Asche. Er versuchte zu schlucken, doch seine Kehle war staubtrocken. »Er hat trotz unseres Schwurs, die Waffen ruhen zu lassen, die Hand gegen einen anderen erhoben. Alle …« Er blickte nach links und rechts und hielt inne.

Acennan starrte ihn an. Sein geschwollenes Gesicht war eine einzige farbenfrohe Anklage. Der untersetzte Krieger ließ sich zu keinem Zeichen des Erkennens hinreißen.

Beobrand schluckte erneut gegen die Trockenheit in seinem Mund an. Er hatte so vieles falsch gemacht. So viele Fehler begangen. »Alle«, begann er ein zweites Mal, »wussten, welche Strafe demjenigen droht, der diesen Frieden bricht, nämlich der Tod. Tun wir also der Gerechtigkeit Genüge.«

Erneut sah Beobrand Anhaga an. Dessen Gesicht war trotz des Blutes, der blauen Flecken und des Schlamms blass geworden.

»Macht schnell«, presste er hervor.

»Du sollst nicht auf Knien den Tod empfangen. Lass mich dir aufhelfen.«

»Ich glaube nicht, dass ich stehen kann.«

»Ich stütze dich.«

Beobrand zog an den Handfesseln, und Anhaga kam

unsicher auf die Beine. Einen Augenblick lang stand er schwankend wie ein Gerstenhalm im Wind da. Dann packte Beobrand ihn mit seiner halben Hand am rechten Arm, und ein letztes Mal begegneten sich ihre Blicke. Fürst und Knecht. Lehnsherr und Diener.

Todbringer und Opfer.

Mit einem kräftigen Ruck zog Beobrand an Anhagas Arm, während er das Sachsmesser schnell wie eine attackierende Giftschlange vorstieß. Er hatte gut gezielt. Die Klinge durchbohrte Kleidung, Fleisch und Sehnen und versenkte sich tief in Anhagas Brust. Beobrand spürte einen leichten Widerstand, als das Eisen eine Rippe streifte, bevor es seinen Weg mitten ins Herz fand.

Anhaga zitterte und riss die Augen auf, gab jedoch keinen Laut von sich.

Beobrand schlang den linken Arm um Anhagas Rücken und spürte, wie das Leben und die Kraft ihn so schnell verließen, wie eine Lerche ein zerstörtes Nest flieht. Als Anhagas Beine nachgaben, musste Beobrand all seine Kraft aufbieten, um ihn langsam ins Gras sinken zu lassen. Anhaga sah zu ihm auf. Verwunderung lag in seinem Blick. Er blinzelte zweimal, dann drehte er seinen Kopf, sodass er in die Ferne, in den Himmel sah. Seine Züge entspannten sich, wurden weich.

Beobrands Blick folgte Anhagas. Der Rote Milan kreiste immer noch über ihnen. Die warme Mittagsluft hatte ihn bereits höher getragen, doch nun zog er seine Schwingen ein und stürzte ihnen entgegen. Erst im letzten Augenblick, kurz bevor er am Boden aufgeschlagen wäre, stieß der Vogel einen Schrei aus, breitete die Flügel aus und ließ sich einmal mehr in den Himmel tragen. Beobrand hatte keine Ahnung, was dieses Omen zu bedeuten hatte.

Als er wieder zu Anhaga blickte, war auch der letzte Rest seines Lebens aus ihm gewichen. Beobrand zog sein Sachsmesser aus der Wunde. Das Blut pulsierte immer noch schwach aus ihr heraus und bildete eine schäumende Lache. Plötzlich stieß Anhaga einen allerletzten rasselnden Atemzug aus, dann war alles still.

Beobrand wandte sich nicht den beiden Königen zu, die dicht hinter ihm standen. Mit ungelenken, steifen Schritten ging er zurück zu der Reihe der northumbrischen Krieger, wo seine Kampfgefährten ihn erwarteten. Keiner von ihnen sah ihn an.

Keiner bis auf Acennan, der ihm einen starren, unheilvollen Blick zuwarf.

Kapitel 31

Beobrand tätschelte Sceadugengas Hals. Die Ohren des Hengstes zuckten, und er wieherte leise. Anscheinend waren sie beide froh, wieder zu Hause zu sein. Beobrand spürte, wie der Druck in seiner Magengegend beim Blick auf das Tal und Ubbanford, das sich in die Biegung des Tuidi schmiegte, ein wenig nachließ. Alles sah noch genau so aus wie bei seiner Abreise. Rauchfäden kringelten sich aus den Schornsteinen, und der unfertige Saal thronte über den übrigen Gebäuden auf dem Hügel. Jetzt, wo sie zurückgekehrt waren, würden sie den Bau vollenden. Mit viel harter Arbeit und ein wenig Glück könnten sie sogar schon im neuen Saal überwintern. In Sunnivas Saal.

Beobrand wandte sich zu seinen Kampfgefährten um. Ihre Schritte waren leicht, Heim und Herd erwarteten sie. Doch als er Acennan unter den Marschierenden sah, umwölkte sich sein Blick. Er führte seine Stute am Zügel und hatte lieber an der Seite seiner Kameraden marschieren wollen, als neben seinem Herrn zu reiten. Seit sie an der Grenze zu Mercia aufgebrochen waren, hatte er kaum ein Wort mit Beobrand gewechselt. Die anderen Männer hatten den schwelenden Streit zwischen den beiden natürlich registriert und schienen sich nicht wohl in ihrer Haut zu fühlen, wenn Acennan und Beobrand in ihrer Nähe waren.

Beobrand konnte das verstehen. Er wusste, dass er Acennan unrecht getan hatte. Und Anhaga. Und Sunniva. Darum hielt er sich von den Männern fern.

Auch Oswald hatte ihn seit Anhagas Hinrichtung nicht direkt angesprochen. Den restlichen Tag hatte er mit Penda konferiert, während die Mönche jede Entscheidung, die im Schatten des Sonnendachs auf jener Wiese bei Dor gefällt wurde, notierten. Zuletzt verabschiedeten sich die beiden Regenten in guter Stimmung voneinander, so schien es zumindest. Aber als Beobrand sich bei Coenrad nach den Ergebnissen erkundigte, war dem Mönch kaum mehr zu entlocken, als dass Entscheidungen getroffen worden und die Herrscher zufrieden waren. Als er nachhakte, fuhr Coenrad ihn an.

»Es ist mir nicht gestattet, dir die Worte der Könige zu berichten. Wenn sie das gewollt hätten, hätten sie dich dazugebeten.« Er sah ihn nicht an, und Beobrand suchte nicht wieder das Gespräch mit ihm.

In Bebbanburg hatten sie sich mit wenigen Abschiedsworten voneinander getrennt.

Für einen kurzen Augenblick wurden seine Gedanken düster. Nach den Geschehnissen der letzten Tage erschien es ihm noch wahrscheinlicher, dass Neldas Fluch wahr geworden war.

Da hörte er die Stimmen seiner näher kommenden Männer, und er beschloss, nicht länger zu warten. Sie hatten ihn gleich erreicht.

Er presste die Hacken in Sceadugengas Flanken und ließ das Tier gewähren. Als der Hengst in gestrecktem Galopp den Abhang hinunterstürmte, verzogen sich Beobrands

Lippen zu einem seltenen Lächeln. Unsichtbare Finger des Windes wischten ihm die Haare aus dem Gesicht, während er die Zügel umklammerte und die Schenkel eng an Sceadugengas Körper drückte. Es war ihm egal, ob er stürzte. Das Risiko machte den Ritt zu einem noch größeren Genuss. Und während er sich Ubbanford näherte, hatte er keine Chance, nach etwas Ungewöhnlichem Ausschau zu halten. Er war vollauf damit beschäftigt, im Sattel zu bleiben. Doch als er den Rappen auf der freien Fläche vor Ubbas Saal zum Stehen brachte, spürte er, wie die Fragen wieder an ihm zu nagen begannen.

Wo waren sie alle? Er blickte zum Himmel, um den Sonnenstand abzuschätzen. Es war ein warmer Tag, und die Sonne würde noch lange nicht untergehen. Eigentlich hätten die in Ubbanford verbliebenen Männer und Frauen jetzt bei der Feldarbeit sein oder das Vieh hüten müssen. Stattdessen war es ungewöhnlich still.

Die kalte Kralle der Furcht kroch ihm über den Rücken. Er sprang aus dem Sattel und führte Sceadugenga Richtung Saal.

Laute Stimmen drangen aus der geöffneten Tür, als ein groß gewachsener Krieger, bewaffnet mit Speer und Schild, ins Freie trat. Seine ganze Haltung drückte aus, dass er sich im Verteidigungsmodus befand. Obwohl sein Gesicht zur Hälfte von seinem Helm verdeckt wurde, erkannte Beobrand ihn sofort.

»Elmer? Was ist los, dass du deinen Herrn bewaffnet empfängst?«

Elmer beeilte sich, den Helm abzunehmen.

»Mein Fürst«, stieß er atemlos hervor. »Seid willkommen.« Er blickte sich um. »Und die anderen?«, wollte er wissen. In Erwartung schlechter Neuigkeiten biss er die Zähne zusammen.

»Sie kommen zu Fuß nach. Es wird nicht mehr lange dauern. Aber berichte: Was hat sich hier zugetragen?«

Elmer wurde bleich. »Ich habe Neuigkeiten der schlimmsten Sorte.« Er holte tief Luft. »Tobrytan wurde ermordet.«

»Von wem?«

»Von den Söhnen Nathairs. Ihr Vater ist tot, und da er sie nun nicht mehr im Zaum halten kann, sind sie hergekommen, um Rache zu nehmen. Tobrytan und ich haben uns ihnen widersetzt und konnten sie zurückschlagen, allerdings nicht ohne Verlust.«

Jetzt traten noch andere Gestalten aus dem Saal in die Nachmittagssonne. Auf Lady Rowenas Mantel prangte ein Blutfleck. Edlyn stand bleich und mit riesigen Augen an der Seite ihrer Mutter.

»Lady Rowena«, sagte Beobrand. »Seid Ihr verletzt?«

»Nein«, erwiderte sie. »Das Blut stammt von Tobrytan.« Sie wirkte abgehärmt. Im Lauf des vergangenen Jahres hatte sie viel erduldet und vieles verloren. Gut, dass sie wenigstens noch ihre Tochter hatte.

Elmers Frau Maida kam aus dem Schatten des Saals und stellte sich neben ihren Gemahl. Sie hatte sich Octa auf die Hüfte gesetzt.

Beobrands Herz machte einen Satz. Er war also doch nicht allein. Der Junge war in Sicherheit. Beobrand war selbst erstaunt über die Heftigkeit seiner Gefühle bei Octas Anblick. Es brauchte seine ganze Willenskraft, um seinen

Blick von dem Säugling mit dem blonden Lockenschopf loszureißen.

»Wie ist das geschehen?«, wollte er wissen.

Elmer schwieg. Allem Anschein nach war er froh, dass er Rowena die Antwort überlassen konnte.

»Es scheint, dass Torran, nachdem er und sein Bruder«, sie zögerte, »von Eurem Land vertrieben worden waren, einen Pfeil abgeschossen hat, der Tobrytans Kehle durchbohrte. Wir haben ihn in den Saal gebracht, konnten die Blutung aber nicht stoppen.«

Die Wut tobte wie ein Wintersturm in Beobrands Innerstem. Er erinnerte sich an die zischenden Pfeile, die ihn auf seiner Flucht entlang des Tuidi verfolgt hatten.

»Das war ein Akt der Feigheit«, spie er hervor. »Torran wird dafür bezahlen. Ich hatte sie gewarnt, mir nicht noch einmal in die Quere zu kommen.«

»Das ist noch nicht alles.« Rowenas Stimme war ungewöhnlich unsicher.

»Was gibt es noch? So sprecht. Sagt mir alles. Ich muss es wissen.«

»Als sie aus Ubbanford geflohen sind, sind sie auf der unteren Wiese nahe dem Fluss einer Sklavin begegnet. Es war Reaghan.«

»Reaghan?«, wiederholte Beobrand. Der Name kam ihm nicht bekannt vor. Er klang walisisch.

»Sie …« Rowena hielt kurz inne. Die Situation war ihr sichtlich unangenehm, doch dann kam sie offensichtlich zu dem Schluss, dass es keine Alternative gab, und fuhr fort. »Sie ist die Sklavin, die … die Euch am letzten Abend, bevor Ihr nach Bebbanburg abgereist seid, bedient hat.«

Beobrand erschrak. Er hatte versucht, jeden Gedanken an das zarte Mädchen zu verdrängen. An ihr dichtes schwarzes Haar. Ihre langen Wimpern. Ihren zerbrechlichen bleichen Körper, der sich unter seinen begehrlichen, betrunkenen Stößen in der Dunkelheit bebend aufgebäumt hatte. Und doch waren die Bilder immer und immer wieder vor seinem geistigen Auge lebendig geworden. Insgeheim hatte er sich auf die Rückkehr nach Ubbanford auch wegen ihr gefreut. Er fühlte sich so einsam. Er hatte gehofft, dass die dunkelhaarige Sklavin ihm helfen könnte zu vergessen.

Er packte Sceadugengas Zügel so fest, dass seine Knöchel weiß wurden.

»Haben sie sie getötet?«, wollte er wissen und fürchtete zugleich die Antwort.

»Nein«, erwiderte Rowena. »Aber ich könnte mir vorstellen, dass es noch schlimmer um sie steht.«

»Gibt es etwas Schlimmeres als den Tod?«

Rowena nickte grimmig. Ihre Miene war düster, weil sie wusste, was Frauen von Männern, die nichts anderes als Krieg und Gewalt kannten, zu erwarten hatten. »Sie haben sie mitgenommen.«

* * *

Ein durchdringender Schrei riss die Stille der Nacht entzwei.

Nervös blickten die Männer sich nach dessen Urheber um, konnten jedoch niemanden entdecken. Sie legten die Fingerspitzen an ihre Amulette und Waffen und baten um Schutz vor den bösen Wesen, die die Nacht durchstreiften. Hoffentlich war es nur irgendein Tier. Alles andere wäre unerträglich gewesen.

Den größten Teil des Nachtmarsches durch den Wald hatten sie schweigend zurückgelegt. Worte waren keine nötig gewesen. Noch in Ubbanford hatten sie in großer Eile beratschlagt, was zu tun war, und sich bei Sonnenuntergang auf den Weg gemacht, um den Tuidi zu überqueren. Bis auf das Knirschen ihrer Schuhsohlen auf den losen Steinen, das Klirren ihrer Waffen und Rüstungen sowie das gelegentliche Zusammenstoßen eines Helms mit einem tiefhängenden Ast verursachten sie kaum Geräusche. Dazu kam das Stampfen von Sceadugenga und Acennans Stute. Sie hatten die Hufe der beiden Pferde mit dicken Tüchern umwickelt, um das Geräusch zu dämpfen und zu verhindern, dass sie ihre Beute frühzeitig aufschreckten.

Wie so häufig legte Beobrand zur Beruhigung die Hand an Hruntings Heft. Doch mit jeder Berührung ging ein Beben durch seinen Körper, erhielt die sich aufstauende Aufregung über die unmittelbar bevorstehende Schlacht neue Nahrung. Er spürte, wie der kalte Eifer des Kampfes sein Bewusstsein in Beschlag nahm. So lange Zeit hatte er nichts als Trauer und Schmerz empfunden, aber jetzt bot sich eine willkommene Gelegenheit, seinem Zorn freien Lauf zu lassen. Er durfte nicht schon wieder versagen. Reaghan war zwar nur eine Sklavin, aber sie war seine Sklavin. Er würde sie befreien und zurück nach Ubbanford bringen. Und diejenigen, die sie entführt hatten, würden dafür bezahlen.

Nur schemenhaft nahm er seine Begleiter wahr. Es war eine stille Nacht. Dünner Nebel stieg vom Boden und vom Fluss auf. Im milchigen Licht des Halbmondes, das durch das Blätterdach drang, waren sie nichts als Geister.

Acennan stapfte dicht neben Beobrand her, der die Nähe seines Gefährten als tröstlich empfand.

Als sie sich zum Abmarsch bereit gemacht hatten, hatte Beobrand ihn angesprochen. Er wollte seinen Freund nicht zwingen, mit ihm zu reden, aber in einer solch angespannten Stimmung konnten sie sich nicht in Gefahr begeben. So ohne jedes Wort. Einander aus dem Weg gehend. Sobald die Schwerter gezückt wurden, würde das Chaos ausbrechen, dann mussten sie sich blind aufeinander verlassen können.

»Wir marschieren in den Kampf, Acennan«, sagte er.

Acennan hörte nicht auf, Tuchfetzen um die Äste zu wickeln, die ihnen als Fackeln dienen sollten. Er reichte sie weiter an Attor, der sie mit Fischöl tränkte, damit sie lange und hell brannten.

»Acennan?«, sagte Beobrand.

Acennan hob den Blick. Rings um sein Auge war die Haut nach Beobrands Kopfstoß immer noch gelbgrün. Beobrand musste sich zusammenreißen, um bei dem Anblick nicht zusammenzuzucken.

»Du kannst dich auf mich verlassen, Beobrand, falls du das wissen wolltest.« Acennan starrte ihn an. »Ich habe dir meinen Eid geleistet, und ich bin kein Eidbrecher. Außerdem«, er legte die Fingerspitzen an sein gelbgrünes Auge, »finde ich es gar nicht so schlecht zu kämpfen, wenn ich mich dabei wehren kann.«

Das musste reichen. Beobrand hoffte, dass Acennan ihm eines Tages verzeihen würde, aber für den Augenblick wollte er lediglich die Gewissheit haben, dass das Schwert und der Schild seines Freundes ihn beschützten.

Auch die übrigen Männer trafen mit grimmigen Mienen ihre Vorbereitungen. Elmer, der bei der Reise gen Süden und den Ereignissen bei Dor nicht dabei gewesen war, ergriff das Wort.

»Seid Ihr Euch wirklich sicher, Beobrand?«, fragte er.

Beobrand fuhr ihn an: »Wenn du für diesen Kampf nicht genügend Mumm in den Knochen hast, kannst du auch bei den Frauen bleiben, Elmer. Dann geh und hilf Maida mit den Kindern.« Doch kaum waren die Worte über seine Lippen gekommen, bereute er sie bereits. Elmer hatte sich Nathairs Söhnen entgegengestellt und mitansehen müssen, wie Tobrytan getötet worden war. Er war kein Feigling.

»Vergib mir, Elmer. Ich weiß, dass du ein tapferer Mann bist. Aber wir gehen genau so vor, wie ich es gesagt habe. Ich habe gesprochen. Die Söhne Nathairs werden sterben, und wir holen Reaghan zurück.«

Elmer nickte und sagte kein Wort mehr. Die anderen, die um Beobrands Jähzorn wussten, widmeten sich mit gesenkten Häuptern wieder ihren Aufgaben. Waffen wurden geschärft. Fackeln vorbereitet. Kurz vor dem Abmarsch brachten die Frauen ihnen kleine Proviantpakete. Maida kam mit Octa zu Beobrand. Der Kleine war wach und betrachtete neugierig seine Umgebung. Die Nachmittagssonne verlieh seiner Haut ein gesundes rosiges Aussehen. Beobrand legte die Hand auf Octas winziges Köpfchen. Sein Haar war weich wie Gänsedaunen. Er war so klein. So zerbrechlich.

»Meinen aufrichtigen Dank dafür, dass du dich um ihn kümmerst, Maida, Gemahlin des Elmer.«

Sie lächelte ihn strahlend an, bevor sie zu ihrem Mann ging, um sich von ihm zu verabschieden.

Als Beobrand Sceadugengas Hufe mit Tüchern umwickelte, gesellte sich Lady Rowena zu ihm. Ihr Schatten fiel auf ihn, und er blickte hoch.

»Bereitet ihnen ein Ende, Beobrand, ein für alle Mal.« Kalt und schroff wie der Felsen von Bebbanburg, so klang ihre Stimme. »Bringt diese Sache zu Ende und dann kommt zurück. Kommt nach Hause. Euer Sohn braucht einen Vater. Und wir brauchen einen Lehnsherrn.« Sie hatte ihm behutsam die Hand auf den Arm gelegt, dann war sie, ohne sich noch einmal umzublicken, in den Saal ihres verstorbenen Gemahls zurückgekehrt.

Jetzt war es nicht mehr weit. Das Ende des Waldpfades war bereits in Sicht, und dahinter öffnete sich das weite Land.

»Hier machen wir Halt«, flüsterte Beobrand. Seine Stimme kam ihm in der nebelverhangenen Nacht unnatürlich laut vor.

Die Männer drängten sich zusammen, um ihn zu verstehen.

»Attor, du weißt, was du zu tun hast«, wandte sich Beobrand an einen seiner Kampfgefährten.

Attor war der Zierlichste seiner Gruppe und trug keinerlei Rüstung. Er verließ sich voll und ganz auf seine Wendigkeit und Schnelligkeit und war in der Lage, sich unbemerkt durch die Dunkelheit zu bewegen wie die Nachtgänger, jene geisterhaften Bewohner des nächtlichen Waldes. Das lange Sachsmesser an seiner Seite war sein Todesbote.

»Wir warten hier auf dich, wie besprochen«, fuhr Beobrand fort. »Aber wir halten uns bereit. Wenn du uns brauchst, folgen wir deinem Ruf und sind in wenigen

Augenblicken bei dir.« Er packte den drahtigen Krieger am Arm. »Und nun geh. Mögen dir die Götter gewogen sein.«

Attor bleckte die Zähne, die in seinem dunklen, bärtigen Gesicht hell schimmerten. »Die Götter werden uns gewogen sein, nicht diesen piktischen Schweinehunden. Ich bin bald zurück. Haltet die Fackeln bereit.«

Damit verschwand er in der Nacht und war weder zu sehen noch zu hören.

Sie machten die Pferde am Rand des Pfades an Ästen fest. Für das, was nun folgen würde, brauchten sie sie nicht. Sie sollten später eventuelle Verletzte tragen. Und Reaghan. Niemand wusste, ob sie imstande sein würde, nach Ubbanford zurückzulaufen.

»Aethelwulf«, flüsterte Beobrand, »du kümmerst dich um das Feuer, aber pass auf, dass es vor fremden Blicken geschützt ist. Ihr anderen macht euch bereit und nehmt eure Fackeln zur Hand.«

Die Männer verursachten kaum mehr als ein leises Rascheln, und doch klang das Geräusch in der nebligen Düsternis laut wie ein Schrei.

Dort, wo Aethelwulf auf der Erde kniete, zuckte eine Stichflamme auf. Genauso schnell, wie es hell geworden war, war es auch wieder dunkel. Nur für einen winzigen Augenblick waren die Männer, die Pferde und die Bäume zu erkennen gewesen. Doch falls irgendwo in der umgebenden Dunkelheit Beobachter lauerten, war ihnen das mit Sicherheit nicht entgangen.

»Stellt euch zwischen Aethelwulf und Nathairs Saal auf«, sagte Beobrand, und die Männer brachten sich in Position.

Als Aethelwulf noch einmal seinen Feuerstein anschlug,

sahen die Männer, wie er den Funken in einer großen irdenen Schale auffing, die er bereits mit getrockneten Pilzstücken gefüllt hatte. Der Funke schien kurz an den Pilzen haften zu bleiben, erlosch dann aber, sodass sie erneut von Dunkelheit umgeben waren.

Ein weiteres Mal schlug Aethelwulf den Feuerstein, und wieder landete der Funke auf dem vorbereiteten Zunder. Aethelwulfs schiefe Nase und sein Bart schimmerten im Licht der winzigen Flamme, während er sich über die Schale beugte und die Lippen spitzte. Sein Atem hauchte dem Flämmchen Leben ein, und er fütterte es mit dünnen, trockenen Zweigen. In der Schale wurde es heller, und bald wurden die Gesichter der zuschauenden Männer in einen warmen Glanz getaucht.

Dann zerfetzte der nächste unwirkliche Schrei die Nacht. Die Männer rissen sich vom Anblick des Feuers los, das sie verführerisch an Heim und Herd erinnerte, und erblickten einen gespenstisch weißen Schatten, der über den Pfad huschte, den sie gekommen waren.

»Bei allen Göttern, ein Nachtgeist«, sagte Ceawlin mit Entsetzen in der Stimme.

»Das war bloß ein Vogel«, murmelte Acennan.

In der Dunkelheit lösten die Worte das Echo einer weit entfernten, winterlichen Höhle aus und ließen Munin, Neldas Dohle, vor Beobrands geistigem Auge auftauchen. Ihr schwarz-weißes Auge zuckte voll bösartiger Intelligenz. Holzkohlegraue Schwingen schlugen, und gezackte Krallen wollten sich in seine Augen bohren. Er blickte Acennan an.

Dessen Augen leuchteten wie ein Begräbnisfeuer. Sein Gefährte erwiderte seinen Blick und nickte bedächtig. »Nur ein Vogel«, wiederholte er dann, als wüsste er, was Beobrand durch den Kopf ging.

Ja. Nur ein Vogel. Munin musste inzwischen nichts weiter sein als gebrochene Knochen und ein paar Federn. Beobrand richtete sich zu voller Größe auf. Die Männer brauchten einen starken Anführer. Er war ihr Fürst. Er konnte sich nicht verkriechen, weil ein Vogelschrei ihm Angst eingejagt hatte.

»Verliert jetzt nicht die Nerven, meine Brüder im Kampf«, sagte Beobrand und gab sich alle Mühe, ruhig zu klingen. »Das war nur eine Schneeeule. Die Tiere verständigen sich durch Schreie in der Dunkelheit, aber es sind nur Vögel, weiter nichts.« Im flackernden Licht der Flammen in der Schale konnte er die Mienen der Männer nicht deuten. Er war sich unsicher, ob seine Worte ihre Ängste besänftigt hatten. Dann sah er, dass Ceawlin ihn anstarrte.

»Sie schreien, aber auf der Jagd sind sie lautlos wie die Geister, und genau so müssen auch wir sein. Und ebenso unsichtbar. Wohlan, bedeckt die Schale und macht euch zum Abmarsch bereit. Attor sollte jeden Augenblick zurück sein.«

Aethelwulf legte den mitgebrachten Deckel auf die Schale, ließ aber einen kleinen Spalt offen, damit die Flammen atmen konnten. Dann holte er aus einem Beutel ein paar Tücher und umwickelte mit ihnen den Boden der Schale, damit er sie tragen konnte, ohne sich die Hände zu verbrennen. Das wenige gelbliche Licht, das durch den Spalt nach draußen drang, beschien sein Gesicht von unten und verlieh ihm das Aussehen einer wilden Kreatur aus einer Legende.

So standen sie schweigend eine ganze Zeit lang in der Dunkelheit. Jeder hing seinen eigenen Gedanken nach. Beobrand kämpfte gegen eine Erinnerungsflut an, die ihn zu ersticken drohte. Er versuchte, sich stattdessen auf seine Wut zu konzentrieren. Er sehnte sich danach, endlich wieder Huntings Gewicht in der Hand zu spüren. Dann musste er an Wyberts hämisch grinsende Fratze denken. Er konnte zwar kaum glauben, dass er Anhagas Attacke überlebt hatte, aber nach allem, was er gehört hatte, bevor sie von Dor aufgebrochen waren, schien es tatsächlich so zu sein. Wybert würde also durch seine Hand sterben. Das hatte er geschworen. Genauso, wie die Leute von Ubbanford zu beschützen. Die Söhne Nathairs hatten durch Tobrytans Ermordung und Reaghans Entführung einen Bären aus dem Schlaf geweckt. Beobrand gab seinem Zorn neue Nahrung und stellte überrascht fest, dass er an das walisische Mädchen dachte. Er erinnerte sich an ihr Haar. Ihre Haut. Ihren Duft. Und dann tauchte unverhofft das winzige Gesicht seines Sohnes vor seinem geistigen Auge auf. Von dem Moment an, in dem die Pikten die Hand gegen seine Leute und seinen Nachkommen erhoben hatten, war ihr Verderben besiegelt gewesen.

Lautlos, wie Nebel sich über einem Moor ausbreitet, trat Attor aus der Dunkelheit. Das sanfte Licht aus der Feuerschale fiel auf sein Gesicht. Er hatte ein verrücktes Grinsen aufgesetzt. Das Sachsmesser in seiner Hand schimmerte schwärzlich von frischem Blut.

»Niemand hat mich gesehen«, flüsterte er.

»Wachen?«, erkundigte sich Beobrand.

»Nur ein Wachmann am Eingang zum Saal. Er ist einen

stummen Tod gestorben. Wir sollten aufbrechen, bevor sie seinen Leichnam entdecken.«

Die Würfel waren gefallen. Jetzt war keine Zeit mehr, an der Vergangenheit zu hängen oder über das nachzudenken, was kommen konnte. Jetzt war es Zeit zu handeln.

Beobrand legte Attor die Hand auf die Schulter. »Du hast wohl getan«, sagte er und zog mit einer fließenden Bewegung Hrunting aus der mit Wolle gefütterten Scheide. »Zeig uns den Weg.«

Kapitel 32

Geduckt schlichen die sieben Männer durch die Siedlung, dem Schatten des lang gestreckten Saals entgegen. Die Häuser daneben lagen still und dunkel da. Nach der Düsternis im Wald kam ihnen das Mondlicht überraschend hell vor. Sie folgten Attor, der sie zu einer seichten Stelle des Flusses führte, um ihn dort zu durchqueren. Die Holzbrücke zu benutzen hätte zu viel Lärm gemacht.

Beobrand suchte jedes der Häuser, an denen sie vorbeischlichen, nach Lebenszeichen ab, doch nichts rührte sich. Zu seiner Linken war das Glimmen der Feuerschale zu erkennen, die Aethelwulf trug. Seine Miene spiegelte nichts als reinste Konzentration wider. Er durfte die Schale unter keinen Umständen fallen lassen.

Sie gelangten bis zum Saal, der direkt vor ihnen stehend den Mond verdeckte. Beobrand berührte sanft Aethelwulfs Schulter. Dieser stellte die Schale ab, nahm ein Tuch, um sich nicht die Finger zu verbrennen, und hob den Deckel an. Ein rötlicher Schimmer fiel auf sein Gesicht. Schnell warf er ein wenig Holz in das tönerne Gefäß, und schon wenige Augenblicke später verbreiteten die knisternden Flammen ihr gelblich flackerndes Licht.

Aethelwulf trat zurück, dann hielten alle Krieger gleichzeitig ihre mit Fischöl getränkten Fackeln ins Feuer. Es dauerte nur kurz, bis sie sich an die plötzliche Helligkeit gewöhnt hatten.

Beobrands Herz pochte heftig. Wenn sie jetzt entdeckt wurden, hätte das katastrophale Folgen. Er kehrte der Feuerschale und den Fackeln den Rücken zu und starrte in die Nacht.

Das flackernde Licht wurde beständig heller und ließ die Schatten hüpfen. Trotzdem war noch immer in keinem der Häuser eine Bewegung zu erkennen. Beobrand dankte Woden mit einem stummen Gebet. Vielleicht wollte das Schicksal ihm ja in dieser Nacht einen Sieg schenken. Er wandte sich wieder seinen Kampfgefährten zu. Ihre Gesichter schienen nur aus rosigen Wangen, Schatten und leuchtenden Augen zu bestehen. Das waren seine Männer. Seine Krieger. Sie waren ihm bis hierhin gefolgt. Sie vertrauten ihm, und er vertraute ihnen. Sie würden für ihn kämpfen. Für ihn töten. Ja sogar für ihn sterben.

Doch in dieser Nacht würde keiner von ihnen sein Leben lassen. Diese Männer wollten in die Schlacht ziehen. Sunnivas Schändung hing ihnen noch immer nach. Sie fühlten sich noch immer zumindest teilweise schuldig, daran hatte Beobrand keinen Zweifel. Anhagas Tod hatte sie genauso erschüttert. Und jetzt hatten sie auch noch einen der ihren verloren. Tobrytan war bei allen beliebt gewesen und einer feigen Attacke von Torran, Sohn des Nathair, zum Opfer gefallen.

Beobrand spürte, wie sein Kampfeseifer alles andere zu überlagern drohte, und erkannte in dem Augenblick mit ungewöhnlicher Klarheit, dass seine Männer ebenso empfanden. Sie waren hier, um Reaghan zu retten. Ja. Aber darüber hinaus wollten sie auch ihren Blutdurst stillen. Sie hatten Feuer und Schwerter mitgebracht, und jetzt blickten sie auf ihn, damit er das Kommando gab. Damit er sie Vergeltung üben ließ.

Beobrand nickte Acennan zu, der zunächst nur mit einem Stirnrunzeln reagierte. Beobrand glaubte schon, dass es dabei bleiben würde, doch dann gab Acennan Elmer und Garr ein Zeichen.

Wie Jagdhunde, die ein Reh gewittert haben, stürmten sie davon und verschwanden hinter einer Ecke des Saals. Unter dem Vordach registrierte Beobrand im Licht der Fackeln eine Gestalt. Das war der Leichnam des Torwächters. Attor war schlau vorgegangen. Für unbedarfte Augen wirkte der Mann so, als würde er schlafen.

Acennan bedeutete Attor und Ceawlin, die umliegenden Hütten im Auge zu behalten, um zu verhindern, dass sie jemand aus dem Hinterhalt angriff. Anschließend rammte er seine Fackel in die Erde und gesellte sich zu Beobrand und Aethelwulf. Zu dritt bildeten sie vor den Toren des Saals einen kleinen Schildwall.

Beobrand nahm seinen Schild höher und umklammerte Hruntings Heft noch etwas fester als bisher. Das Warten hatte bald ein Ende.

Er konnte das Knistern und Zischen der Flammen an der Rückseite des Gebäudes bereits hören. Elmer und Garr hatten Behältnisse voller Fischöl mitgebracht, um das Feuer anzufachen. Zum Glück war die Nacht trocken. Ein roter Schein legte sich über das Dach des Saals, als sich die Flammen hungrig über das Holz und das Stroh hermachten. Beobrand blickte zum Mond empor. Ob die Götter von dort auf sie herabblickten? Er wusste es nicht, aber falls sie es taten, dann würde er ihnen eine unvergessliche Nacht bescheren. Eine Nacht voller Feuer, Kampf und Tod. Eine Nacht, die es würdig war, von den Barden besungen zu werden. Hoffentlich saß Leowin in Wodens Totensaal und beobachtete sie. Er würde den Geschehnissen dieser Nacht bestimmt begeistert einen Gesang widmen. Einen Gesang, der seinesgleichen suchte.

Beobrand richtete seine Aufmerksamkeit wieder auf den Saal.

Die Türen wurden aufgestoßen.

* * *

Explosionsartig verwandelte sich die nächtliche Stille in eine grelle Kakophonie. Hohe Flammen schlugen aus dem Saal, Funken stoben zum hellen Mond hinauf. Im Rücken ihres kleinen Schildwalls vernahm Beobrand laute Schreie. Angstschreie. Schmerzensschreie. Das gellende Gebrüll von Kindern, die von ihren verängstigten Eltern aus dem Schlaf gerissen wurden, mischte sich darunter. Er spürte, dass Ceawlin und Attor sich bereit machten, Angriffe mutiger oder lebensmüder Dorfbewohner abzuwehren.

Rauch quoll durch die Saaltüren nach draußen, und mit ihm einige Männer. Der erste war groß gewachsen und drehte sich schlaftrunken um, um etwas in den Saal zu rufen. Offensichtlich denen entgegen, die hinter ihm ins Freie drängten. Erst als er kurz vor Beobrand stand, blickte er wieder nach vorn und sah die Krieger mit ihren Helmen und den funkelnden Waffen vor sich. Seine Miene verzerrte sich zu einem Ausdruck der Verblüffung. Seine Lippen formten ein überraschtes Oh. Beobrand erkannte die grau melierten Haare und den struppigen Bart des Mannes. Seitdem er diesem Kerl die Zähne ausgetreten hatte, schmerzte ihm jedes Mal der Zeh, wenn das Wetter umschlug und eine Kaltfront heraufzog. Er ließ seinem Gegenüber keine Zeit, ihn zu erkennen, machte zwei Schritte nach vorn und rammte ihm seinen Schildbuckel in das entsetzte Gesicht. Leblos landete er auf der Erde.

Der zweite war nur unwesentlich besser vorbereitet. Er sah seinen Freund nach dem Schlag mit dem Schildbuckel zu Boden gehen und schaffte es gerade noch, in seinem Vorwärtsschwung innezuhalten. Noch bevor der Pikte die ganze Situation erfassen konnte, sprang Acennan ihm entgegen und versenkte die Klinge seines Schwerts tief in dessen Schulter. In tödlichem Entsetzen starrte der Mann das Stück Eisen an, das aus seinem Körper herausragte. Er begann zu schreien und steigerte sich in ein wehklagendes Heulen hinein. Seine Hände klatschten wie die Schwingen verwundeter Fledermäuse gegen die kalte Klinge. Acennan drehte sie einmal gewaltsam um die eigene Achse, bevor er sie schmatzend aus dem Fleisch herauszog. Ein dicker Blutschwall schoss aus der Wunde. Das Heulen des Mannes wurde zu einem ächzenden Stöhnen, dann brach er zusammen und landete mit dem Gesicht voraus auf dem Boden.

Die anderen Männer, die sich eben noch nach draußen gedrängt hatten, zogen sich wieder ins Innere des Saales zurück, doch Flammen und Rauch hüllten die Holzkonstruktion bereits ein. Sie würden es dort nicht lange aushalten. Schon bald würde die Hitze sie ins Freie zwingen.

Beobrand warf einen Blick zurück zu Attor und Ceawlin

und sah einen Mann auf die beiden zustürmen. Er war mit nicht mehr als einem Kittel bekleidet, und seine nackten Beine schimmerten blässlich in der Nacht. Attor ließ den Mann näher kommen, der mit hoch erhobenem Beil seine ganze Wut und seinen Willen zum Widerstand herausschrie. Erst im letzten Augenblick bückte er sich unter dem herumschwingenden Beil hindurch und hob den Mann mit einer einzigen fließenden Bewegung über sich hinweg. Ungebremst schlug er auf dem Boden auf. Attor nahm die Waffe des Kerls an sich und wandte sich ab. Erst jetzt wurde Beobrand klar, dass sein Kampfgefährte seinem Gegner auch sein Sachsmesser in den Leib gerammt haben musste, als er ihn hochgeschleudert hatte. Jedenfalls lag der Mann jetzt mit weit geöffnetem Mund da und drückte sich die Hand auf das Loch in seinem Bauch, aus dem es rot blubberte. Sein Kittel war bereits mit dunklen Flecken übersät.

Beobrand wandte sich wieder dem Mann zu seinen Füßen zu. Er war immer noch benommen. Blut und Speichel liefen über seine Lippen und hingen in seinem Bart. Seine Zähne erinnerten an einen zerstörten Friedhof. Beobrand ging neben ihm in die Knie, legte Hrunting ab und schlug dem Mann mit aller Kraft ins Gesicht.

»Wo ist sie?«, blaffte er ihn an.

Der Mann schien zu versuchen, sich zu konzentrieren. Flammen und Funken spiegelten sich in seinen riesigen Pupillen.

Beobrand packte ihn an der Kehle und schüttelte ihn. »Wo ist sie?«, wiederholte er. Das Feuer wütete jetzt. Wenn Reaghan im Saal war, wie er vermutete, würde sie sterben, wenn sie sie nicht bald befreiten.

»Wer? … Was?« Die Worte des Mannes waren kaum zu verstehen.

»Das Mädchen. Das Mädchen, das ihr entführt habt. Wo ist sie?«

Erst jetzt setzte die Erkenntnis ein. Der Mann sah Beobrand an und fand seinen Mut wieder. Er verzog seinen blutigen Mund mit den zerbrochenen Zähnen zu einem Grinsen.

»Sie ist da drin. Ein echter Leckerbissen. Wir haben sie alle gehabt.« Er lachte. »Sie hat sich gewehrt. Da hat es noch mehr Spaß gemacht.«

Seine letzten Worte waren bereits nicht mehr als ein ersticktes Röcheln. Beobrand hatte Hruntings Klinge quer über die Kehle des Mannes gezogen. Sie durchtrennte Sehnen und Fleisch, das Eisen schabte über Knochen. So groß war Beobrands Zorn, so scharf war Hruntings Klinge.

Als Beobrand sich erhob, nahmen ihn Acennan und Aethelwulf in ihre Mitte.

»Sie ist im Saal«, sagte Beobrand. Der hintere Teil des Saaldachs brannte lichterloh, das Feuer hätte jedem König als würdiges Bestattungsfeuer gedient. In der Tür konnten sie einzelne Gestalten erkennen, die sich dunkel vor den Flammen abhoben. Die Hitze wurde immer größer. Allmählich war es so dicht vor dem Gebäude nicht mehr zu ertragen. Nur Gott wusste, wie lange die im Saal es dort noch aushalten würden.

Hinter ihnen ertönte nun noch mehr Kampfgebrüll. Beobrand sah sich um. Attor und Ceawlin standen immer noch aufrecht. Mehrere Tote hatten sich zu dem Mann mit dem Beil gesellt. Attor war im Blutrausch. Übers ganze

Gesicht grinsend brüllte er die versammelten Dorfbewohner an.

»Verschwindet oder sterbt! Ich habe Blut gekostet, aber das ist nicht genug! Ich werde euch die Eingeweide aus den Bäuchen reißen. Mir eure Frauen nehmen. Ich fresse eure Kinder!«

Der Anblick verstörte Beobrand. Er wandte sich ab. Attor benahm sich wie ein Tier. Ein Wolf, der wehrlose Lämmer auf einer Weide in Angst und Schrecken versetzt.

Die glühende Hitze ließ ihn und die anderen immer weiter zurückweichen.

»Sie wird da drin sterben!«, rief Acennan ihm über das Tosen des Feuers und das Schlachtgetümmel hinweg zu.

Beobrand biss die Zähne zusammen. Acennan hatte recht. Wenn sie Reaghan nicht bald ins Freie brächten, würde weder sie noch jemand anders, der sich jetzt noch im Saal befand, dieses Inferno überleben.

»Söhne des Nathair!«, brüllte er. »Kommt aus dem Saal eures Vaters und kämpft gegen mich. Ihr habt zum letzten Mal einen meiner Leute getötet. Kommt heraus und stellt euch eurem Verderben!«

Er rechnete nicht ernsthaft damit, dass die Männer seiner Aufforderung folgen würden. In seiner Stimme lag Enttäuschung. Seine Wut auf die Götter. All seine Trauer. Und all seine Verluste.

Doch als hätten die Männer nur auf sein Kommando gewartet, kamen sie im nächsten Moment ins Freie gestürmt. Sie hatten die Zeit genutzt, um ihre Kampfausrüstung anzulegen. Klingen blitzten. Helme funkelten. Drei Krieger liefen mit hoch erhobenen Schilden auf sie zu.

Die Wucht und die Geschwindigkeit des Angriffs ließen Beobrand für einen Moment erstarren. Er konnte nichts weiter tun, als seinen Schild zu heben, um einen auf seine Brust zielenden Schwertstoß abzuwehren, dann war der Angreifer auch schon bei ihm. Beobrand hatte ihm ausweichen wollen, war jedoch nicht schnell genug gewesen. Der Pikte rammte ihn, sodass sie ineinander verschlungen zu Boden gingen.

Zu seiner Linken nahm Beobrand undeutlich wahr, wie der massige Broden, Sohn des Nathair, mit Acennan kollidierte. Der hünenhafte Kerl schwang seine tödliche Beidhandaxt mit einer solchen Leichtigkeit, als wäre sie ein Kinderspielzeug, und drängte Acennan nach hinten.

Rechts von Beobrand tobte ein dürrer Kerl mit zerzaustem Haar und versprühte Gift und Galle in seiner piktischen Muttersprache. Gleichzeitig versuchte er, Aethelwulf mit einer kurzen, zweischneidigen Klinge den Leib aufzuschlitzen.

Beobrand rollte sich zur Seite, brachte so etwas Abstand zwischen sich und seinen Kontrahenten und wehrte den nächsten Schwerthieb mit seinem Lindenholzschild ab. Hastig und schwer atmend kam er auf die Füße. Tod lag in der vom Feuer erfüllten Nachtluft. Beobrand konnte seinen heißen Atem bereits im Genick spüren. Er stellte sich dem Angreifer entgegen und überließ sich voll und ganz dem Eifer der Schlacht.

Sein Gegner täuschte einen Stoß Richtung seines Gesichts an. Beobrand reagierte kaum. Er neigte sich lediglich ein wenig nach hinten, sodass die Finte ebenso ins Leere ging wie der anschließende Versuch, ihm den Bauch aufzuschlitzen. Beobrand beobachtete den Pikten aufmerksam. Unmittelbar vor der nächsten Attacke riss er die Augen auf, sodass Beobrand den Hieb voraussah und mit seinem Schildbuckel abwehren konnte. Der Schlag war kraftvoll gewesen, ein stechender Schmerz jagte durch Beobrands Arm. Für einen Moment ließ er den Griff des Schilds los, doch dank der Riemen, die Sunniva angefertigt hatte, fiel er nicht zu Boden. Da sah er die Klinge schon wieder auf sich zusausen, dieses Mal auf Kopfhöhe. Beobrand wischte sie mit Hruntings Schneide beiseite. Funken stoben. Der Pikte wurde allmählich sichtlich müde. Er schien zu erkennen, dass dieser groß gewachsene Recke aus Bernicia ihm überlegen war. Schweiß drang aus jeder seiner Poren, während er Beobrand mit wildem Blick anstarrte.

Um sie herum versank die Nacht im Chaos. Aethelwulf kämpfte immer noch mit dem dürren Krieger. In Beobrands Rücken, wo Attor und Ceawlin gestanden hatten, waren immer mehr Kampfgeräusche zu hören, und Acennan wich unter der Wucht von Brodens Axthieben Stück für Stück zurück. Beobrand sah, wie sein Freund über die Fackel stolperte, die er zuvor in die Erde gerammt hatte. Er verdrehte sich den Fuß und stürzte. Mit hoch erhobener Axt stellte sich Broden über ihn.

»Nein!«, brüllte Beobrand, doch seine Stimme ging im Wahnsinn der Nacht unter. Er konnte nicht zulassen, dass Acennan starb, aber er war zu weit entfernt, um in dessen Kampf einzugreifen. Außerdem hatte er selbst noch einen Gegner zu erledigen.

Beobrand wandte sich ab. Er konnte sich jetzt nicht mit Acennans Notlage beschäftigen. Wenn er diesem schwerfälligen Pikten die Möglichkeit zu einem Treffer gab, würde er Acennan erst recht keine Hilfe sein. Es wurde Zeit, das Ganze zu einem Ende zu bringen. Er senkte den Schild und trat einen Schritt zurück, ließ dem schwitzenden, keuchenden Kerl ein wenig Raum.

Wie erwartet machte der Pikte einen Schritt auf ihn zu und hob sein Schwert. Im selben Augenblick schnellte Beobrand vor und schlug mit Hrunting die gegnerische Klinge beiseite. Anschließend drehte er sich auf seinen Fußballen einmal um die eigene Achse und spürte dabei, wie Hrunting auf Widerstand stieß. Der Kopf seines Gegners war bereits abgetrennt und fiel zu Boden, doch seine Beine trugen ihn noch. Warme Blutfontänen spritzten durch die rauchgeschwängerte Nacht, und bald gaben die Knie des kopflosen Kämpfers nach, und sein Leichnam landete auf der Erde.

Beobrand hielt nicht inne, sondern nutzte den Schwung seiner Drehung und flog auf Broden zu.

Um ihn herum tobte ein Inferno. Das Röhren des Feuers, das den Saal verschlang, mischte sich mit den Schreien der Sterbenden. Hitze, beißender Rauch und das Klirren von Eisen, das auf Eisen traf, erfüllten die Nacht. Für Beobrand trat das alles jetzt jedoch in den Hintergrund. Er richtete seine gesamte Konzentration auf einen einzigen Punkt.

Auf einen einzigen Gegner.

Broden stand breitbeinig über dem am Boden liegenden Acennan. Während Beobrand seinem Freund zu Hilfe eilte, sah er, wie der Feind die schwere Klinge in die Luft reckte und sie anschließend hinabsausen ließ. Sie bohrte sich tief in Acennans Schild und spaltete ihn in zwei Teile. Der nächste Hieb würde Acennan den Garaus machen, das war gewiss. Und Beobrand war noch viel zu weit entfernt, um das zu verhindern.

»Broden!«, brüllte er und lief schneller.

Doch der kraftstrotzende Sohn Nathairs hörte ihn nicht oder ließ sich nicht so leicht ablenken. Stattdessen hieb er mit seiner Axt ein weiteres Mal mit voller Wucht auf Acennan ein. Der wand und krümmte sich und hielt verzweifelt seinen Schildbuckel in die Bahn der Klinge. Dadurch abgelenkt bohrte sie sich in seine linke Schulter.

»Nein!«, brüllte Beobrand, rammte Broden seinen Schildbuckel in die linke Flanke, stieß ihn zur Seite und von Acennan herunter. Als er einen Schwerthieb auf Kopfhöhe folgen ließ, stellte er verblüfft fest, wie flink Nathairs Sohn war. Er fand sofort das Gleichgewicht wieder und wehrte Hruntings Klinge mit dem Griff seiner Axt ab.

Beobrand holte tief Luft und verschaffte sich einen stabilen Stand. Dieser Mann war ein Meister im Umgang mit der Axt, so viel war klar. Jetzt ließ er sie elegant in einem verwirrenden Muster durch die Luft sausen. Er war ständig in Bewegung und spann mit seiner Axt ein tödliches Netz. Ließ sie hoch und niedrig vorschnellen. Warf sie links und rechts von sich in die Höhe. Klatschend landete der Griff der Waffe immer wieder in seinen fleischigen Händen, während ihr eiserner Kopf im Schein des brennenden Saals rot glänzte. Nur ein wahrhaft tapferer Mann würde sich dieser Wand des Todes entgegenstellen. Oder ein tollkühner.

Beobrands Lippen öffneten sich zu einem breiten Grinsen. Von anderen war er schon oft als tapfer bezeichnet worden, aber ob er das wirklich war, wusste er nicht. Tollkühn war er jedoch auf jeden Fall. Die Härchen auf seinem rechten Arm schrumpften in der Hitze des Feuers zusammen. Der Mann vor ihm hatte Tobrytan getötet. Und Reaghan entführt. Sie war schon längst dem Feuer zum Opfer gefallen, daran hatte er keinen Zweifel mehr. Beobrand hatte ihn vor den Konsequenzen gewarnt.

Ohne noch einmal nachzudenken, machte Beobrand einen Schritt nach vorn, mitten hinein in den tödlichen Axtwirbel. Brodens Verblüffung spiegelte sich in seinem Blick wider. Beobrand hatte den Zeitpunkt klug gewählt. Die Axt befand sich gerade im Fallen. Er hielt seinen Schild in ihre Bahn, und ein heftiger Schmerz durchzuckte seinen linken Arm. Seine Finger wurden taub durch den Schlag. Die Axt durchtrennte Leder, durchschnitt Holz und riss seinen Unterarm tief auf, doch Beobrand ließ sich davon nicht aufhalten. Sein rechter Arm schnellte vor wie eine Schlange beim Angriff auf eine Ratte, und Hrunting bohrte sich tief in Brodens linken Unterarm. Beobrand trat noch dichter vor ihn, riss dabei Hruntings Heft aufwärts und richtete die Klinge nach unten. Dann stieß er mit aller Kraft zu, und die Klinge versank in Brodens Fleisch. Ein Zittern ging durch dessen Körper, als die eiserne Spitze sein Herz erreichte. Der riesige Pikte sackte in sich zusammen, Entsetzen auf seinem leblosen Gesicht.

Beobrand wich zurück. Bei jedem Herzschlag jagte ein dumpfes Pochen durch seinen Arm. Obwohl er die Finger seiner versehrten Hand nicht mehr spürte, ballte er sie zur Faust und wollte den zerschmetterten Schild hochheben. Er fühlte sich unglaublich schwer an, und einen Augenblick lang fürchtete Beobrand, sämtliche Kraft verloren zu haben.

Doch dann fiel sein Blick auf die Axt, die immer noch im Schild steckte und deren Klinge bei jeder Bewegung in seinen Arm schnitt. Er ließ den Schild sinken, sodass der Schaft der Axt den Boden berührte, bevor er seinen Arm mit einem kräftigen Ruck und unter schmerzerfülltem Stöhnen zurückzog, sodass die Klinge sich aus dem Schild und seinem Arm löste. Ein neuer, heißer Schmerz durchströmte ihn, als die Waffe neben ihrem Besitzer lag.

Ungehemmt floss das Blut aus der Wunde. Beobrand musste sie unbedingt verbinden. Er löste die Riemen und ließ den Schild fallen. Anschließend drehte er sich um und eilte zu Acennan, der sich fluchend am Boden krümmte und zu Beobrand aufblickte.

»Dieser piktische Schweinehund hat mir die Schulter gebrochen«, spie er hervor.

Etliche Ringe seines Kettenhemdes waren kaputt, doch das stabile Material hatte die Axt aufgehalten. Trotzdem … Broden war stark und seine Axt schwer. Der Pikte hatte Acennans linkes Schulterblatt zerschmettert.

»Danke den Göttern, dass dein Kettenhemd so gut gearbeitet ist«, sagte Beobrand. Er nahm das Schwert in seine blutige linke Hand und reichte Acennan die rechte.

»Ich danke dem Schmied«, erwiderte Acennan und verzog das Gesicht. »Die Götter kümmert es nicht, ob ich lebe oder sterbe.« Er griff nach Beobrands ausgestreckter Hand.

»Aber mich.« Beobrand half ihm beim Aufstehen.

Als beide ein schmerzerfülltes Stöhnen ausstießen, trafen sich ihre Blicke.

»Ich weiß«, erwiderte Acennan. Da bemerkte er in Beobrands Rücken eine Bewegung. »Pass auf!«

Ohne nachzudenken, nahm Beobrand Hrunting in die rechte Hand und wirbelte herum, bereit, sich zu verteidigen.

Aus der rauchgeschwängerten Dunkelheit flog eine dunkle Gestalt heran, die sich laut kreischend auf ihn stürzte. Metall funkelte rot, ein Messer schimmerte in der Nacht.

Behände trat Beobrand einen Schritt zur Seite und schwang gleichzeitig Hrunting nach links. Die Klinge traf den Angreifer im Gesicht, schnitt durch Kiefer und Nase. Knochen brachen, Blut und Gehirnmasse spritzten. Das Messer streifte Beobrands Kettenhemd nur, er spürte es kaum.

Er warf einen Blick auf den zuckenden Leichnam mit dem zerfetzten Gesicht zu seinen Füßen. Die Gestalt war außergewöhnlich zierlich. Dann erkannte er unter dem Nachthemd rundliche Hüften und Brüste. Vor ihm lag eine junge Frau.

Noch eine tote Frau.

Wie viele würde er im Lauf seines Lebens noch sterben sehen? Es waren bereits mehr als genug. Übelkeit stieg in ihm auf. Sie hatte nur ihr Zuhause beschützt. Vielleicht war Broden ihr Mann gewesen?

Was war nur aus ihm geworden. Er hatte doch nur Reaghan nach Hause holen wollen.

Reaghan!

Er rannte zum Saal. Hatte nur noch diesen einen Gedanken. Die Flammen waren eine gelbrote Mauer, die bis in den Himmel reichte. Er konnte sich nicht mehr weiter nähern, seine Augenbrauen und seine Haare schnurrten bereits zusammen.

Das Gebäude ächzte im Feuer. Und was war das? Ein Schrei? War es möglich, dass im Inneren dieses lodernden Scheiterhaufens noch jemand am Leben war? Begleitet von einem beinahe tierischen Gebrüll stürzten jetzt die Dachbalken zu Boden. Funken stoben gen Himmel, als wollten sie den Göttern eine Botschaft überbringen. Die Hitze wurde mit jedem Moment unerträglicher. Erste Brandblasen bildeten sich auf seinem Gesicht. Niemand konnte in dem Saal überlebt haben.

Taumelnd wich er zurück und brachte Abstand zwischen sich und die Flammen. Zwischen sich und den brennenden Schmerz seines Versagens.

Seine Tränen verdunsteten sofort. Er hatte Reaghan verloren, so wie er schon all die anderen verloren hatte. Edita. Rheda. Seine Mutter. Cathryn. Und Sunniva. Seine süße, wunderschöne, tapfere Sunniva.

Wenn er doch wenigstens die Waliserin hätte retten können. Wenigstens eine. Aber es schien, als wäre das immerwährende Versagen sein Schicksal. Er war imstande zu töten, aber er war nicht imstande, diejenigen, die er liebte, vor dem Tod zu bewahren.

Ein stechender Schmerz fuhr in sein rechtes Bein und holte ihn zurück in die Gegenwart. Er blickte nach unten, ohne zu begreifen, was er sah. Etwas Grellweißes ragte aus seiner Wade hervor. Ein Pfeil mit mehreren Federn am Ende hatte den großen Muskel unterhalb seines Knies getroffen.

Als Beobrand in die Richtung blickte, aus der der Pfeil gekommen sein musste, sah er Torran mit wutverzerrtem Gesicht im Schein der Flammen stehen, die sein Zuhause vernichteten. Gerade legte er einen zweiten Pfeil in die Sehne seines Bogens, kam jedoch nicht mehr dazu, ihn abzuschießen. Attor hatte ihn ebenfalls erblickt und stürmte bereits unter den wildesten Flüchen und Verwünschungen auf ihn los.

Der Schütze starrte Beobrand an. Hass und Unheil loderten in seinem Blick. Er zögerte. Attor würde jeden Augenblick bei ihm sein.

»Ich werde dich töten, Beobrand von Ubbanford!«, brüllte Torran noch, bevor er sich umdrehte und in der Dunkelheit verschwand. Attor jagte ihm hinterher, und auch er wurde von der Nacht verschluckt.

Die Flammen wüteten nach wie vor im Saal, und auch etliche der anderen Gebäude hatten durch Funkenflug oder die Fackeln von Beobrands Kampfgefährten Feuer gefangen. Er war umgeben von Leichnamen und Zerstörung. Die Dorfbewohner, die noch am Leben waren, hatten die Flucht ergriffen. So viel Tod unter den Feinden, und doch hatte er Reaghan nicht retten können. Die Götter mussten sich die Bäuche halten vor Lachen. Sein Blick fiel auf die Frau, die er erschlagen hatte. Er schauderte, als er sich daran erinnerte, wie sein Schwert durch ihr Gesicht gefahren war. Das Bild hatte sich in sein Gedächtnis gebrannt, er würde es niemals vergessen. Seine Befürchtungen waren also wahr geworden. Er war ein Killer, genau wie Hengist.

Acennan stellte sich neben Beobrand, und dann gesellte sich auch Ceawlin zu ihnen. Schweigend starrten die drei Männer auf die Zerstörung, die die Flammen angerichtet hatten.

»Stütz dich auf mich«, sagte Acennan, zuckte jedoch zusammen, als Beobrand sich an seine gebrochene Schulter lehnte. »Aber vorsichtig.«

»Ich habe versagt.« Beobrands Stimme klang so trostlos wie der Winterwind.

»Da bin ich mir nicht so sicher.« Ein leises Lächeln umspielte Acenanns Lippen. »Immerhin haben wir diesen Ort dem Erdboden gleichgemacht.«

Beobrand runzelte die Stirn. Er war nicht in der Stimmung für Acennans Humor. »Halt den Mund.«

Wortlos zeigte Acennan nach vorn. Vom hinteren Teil des Saals kamen ihnen Elmer und Garr entgegen. Beobrands Herz tat einen Sprung, als er die beiden lebend erblickte. Keiner seiner Kampfgefährten war in der Nacht gestorben, das war doch auch schon etwas wert. Er hatte sie nicht in den Tod geführt. Dann fiel ihm auf, dass Elmer etwas trug. Im flackernden Schein der Flammen hielt Beobrand das Bündel zunächst für ein Kind, doch als Elmer und Garr näher kamen, erkannte er die langen zerzausten Haare und die unverwechselbare Halsbeuge.

Mit steifen, unsicheren Schritten ging Beobrand auf Elmer zu. Stechende Schmerzen jagten durch sein verletztes Bein, in dem immer noch der Pfeil steckte, doch er achtete nicht darauf. Sein linker Arm protestierte ebenfalls lauthals gegen jede Bewegung, dennoch nahm er Reaghan Elmer ab. Als er ihre lebendige Wärme an seiner Brust spürte, entrang sich ihm ein tiefer Seufzer.

Er konnte sich nicht erklären, wie sie überlebt hatte, aber mit einem Mal wirkte die Nacht nicht mehr ganz so finster.

Reaghan lebte. Und Beobrand hatte nicht versagt.

Kapitel 33

Die Sonne schob sich über den trüben grauen Morgenhimmel. Ihre Strahlen schafften es nicht, die dicke Schicht aus Nebel und Rauch zu durchdringen, die sich über die Siedlung gelegt hatte. Stattdessen tauchten sie die Umgebung in einen diffusen, traumartigen Schimmer.

»Besser kann ich es nicht«, sagte Ceawlin. Skeptisch betrachtete er die Verbände, mit denen er Beobrands Arm und Bein umwickelt hatte. Das Blut sickerte schon durch, schien allerdings langsamer zu fließen als zuvor. Sie hatten die Pfeilwunde lange ausbluten lassen, damit kein Schmutz und kein böser Zauber darin zurückblieben. Jetzt, wo die Wunde fest verbunden war, pochte sie zwar gleichmäßig, bereitete Beobrand jedoch weniger Schmerzen als zuvor.

Er hatte Ceawlins Behandlung stumm und regungslos über sich ergehen lassen. Er war noch bleich, doch direkt im Anschluss an die Kämpfe hatte ihn ein Gefühl von Gleichmut erfasst. Seine Hände hatten zwar noch eine Weile gezittert, und ihm war übel gewesen, doch nachdem er einige tiefe Atemzüge genommen und ein wenig kühles Wasser aus dem Fluss getrunken hatte, war es ihm besser gegangen, so wie jedes Mal.

Jetzt schmiegte sich Reaghan an seine Brust, das Gesicht von der Welt abgewandt. Ihre Haare fielen ihr wild ins

Gesicht. Seit ihrer Rettung hatte sie kein Wort gesprochen, schien jedoch äußerlich unverletzt zu sein.

Seine Kampfgefährten streiften zwischen den Toten und den Häusern umher und nahmen alles mit, was ihnen wertvoll erschien. Viel war es nicht. Die Überreste des Saals glühten noch. Dort würden sie mit Sicherheit nichts finden, was es wert wäre, mitgenommen zu werden. Es sei denn, Nathair hatte Silber oder Gold besessen, die das Feuer überstanden hatten.

Sie konnten nicht hierbleiben. Sie hatten zwar gesiegt, waren aber schwer gezeichnet. Darüber hinaus war Torran die Flucht gelungen. Wenn er Attor ebenfalls entkommen konnte und die überlebenden Dorfbewohner um sich scharte, würden sie Beobrand und seine kleine Kriegerschar womöglich überrumpeln.

Beobrand betrachtete das Skelett des Saals. Immer noch leckten Flammen an den Stützen. Noch immer quoll Rauch empor. Es war ihm unverständlich, dass Reaghan dort drinnen nicht verbrannt war. Im Stillen verfluchte er sich, weil er einen Plan geschmiedet und ausgeführt hatte, der beinahe dazu geführt hatte, dass sie bei lebendigem Leib verbrannt war. Elmer hatte ihnen berichtet, was passiert war, während sie ihre Wunden versorgten und mit Wasser die Asche aus ihren Kehlen spülten.

Torran und etliche andere von Nathairs Kriegern hatten ein Loch in die Rückwand des Saals geschlagen und waren ins Freie geeilt, wo Elmer und Garr ihnen auflauerten. Die beiden töteten einen der Gegner, aber Garr trug im Gerangel eine tiefe Schnittwunde am Schädel davon, die lange nicht aufhörte zu bluten. Irgendwann befürchteten sie schon, er würde zu viel Blut verlieren und sich vor ihren Augen in einen Geist verwandeln. Erst als Torran und seine Krieger die Flucht antraten, bemerkte Elmer Reaghan. Sie war durch das Loch in die kühle Nacht gekrochen und dann ohnmächtig zusammengebrochen. Er hatte schon befürchtet, sie sei tot oder liege im Sterben.

Beobrand drückte sie mit dem rechten Arm sanft an sich. Ihre Schultern waren so schmal. Sie erzitterte unter seiner Berührung, doch er spürte, wie sie die Arme fester um ihn schlang.

»Seid gegrüßt«, ertönte da eine Stimme aus dem rauchigen Nebel.

Die Männer griffen sofort zu ihren Waffen. Elmer und Ceawlin machten ein paar Schritte in Richtung des Sprechers. Doch ihre Sorgen waren unbegründet. Die Gestalt, die aus dem Nebel auf sie zukam, war Attor.

»Bei allen Göttern«, sagte Acennan. »Du siehst erschöpft aus. Wie ein Hund, der auf der anderen Seite der Welt eine läufige Hündin gerochen hat und die ganze Strecke gerannt ist.«

Attor brachte kaum ein Lächeln zustande. Er nahm den Becher mit Wasser, den Acennan ihm reichte, und leerte ihn in einem Zug. »Es war keine Hündin, die ich gejagt habe, aber Torran ist schnell wie ein Wolf. Ich habe ihn aus den Augen verloren.«

»Ich bin dennoch erleichtert, dass du gesund zu uns zurückgekehrt bist, Attor«, brach Beobrand sein Schweigen. »Wir haben auf dich gewartet.« Dann wandte er sich an seine Kriegerschar. »Macht die Pferde fertig und sammelt alles ein, was ihr mitnehmen wollt. Wir brechen auf.«

Acennan half Beobrand und Reaghan beim Aufstehen. »Du hast mir das Leben gerettet, Beobrand«, sagte er. »Wieder einmal.«

»Und du meines. In Dor. Hättest du dich mir nicht in den Weg gestellt und mich dadurch aufgehalten, dann wäre ich jetzt tot. Und ein Eidbrecher dazu.« Er seufzte, als er daran dachte, wie er Acennan zusammengeschlagen hatte, während das Gewitter tobte. Er war sinnlos betrunken gewesen, aber das konnte keine Entschuldigung sein. »Und zum Dank habe ich dir Gewalt angetan.«

Acennan verzog den Mund zu einem schiefen Grinsen. »Zerbrich dir darüber nicht den Kopf. Du schlägst ohnehin nicht fester zu als ein kleines Mädchen.«

Beobrand lächelte nicht. »Ich werde dich dafür entlohnen, Acennan. Ich werde mich als guter Herr erweisen. Als guter Freund, falls du mich noch so bezeichnen willst.«

Als Acennan keine Antwort gab, geriet Beobrands Herz kurz ins Stocken. Vielleicht war zwischen ihnen kein Platz mehr für ihre Freundschaft.

Elmer holte die Pferde. Beobrand konnte sich mit seinem verletzten Arm und Bein unmöglich auf Sceadugenga schwingen, doch mit Hilfe eines Baumstumpfs und Elmers Unterstützung gelang es ihm, sich in den Sattel zu ziehen. Anschließend half Elmer Acennan beim Aufsitzen, bevor er Reaghan so mühelos an Beobrand übergab, als wäre sie eines seiner Kinder. Sie wand sich, bis sie eine bequeme Position gefunden hatte, dann barg sie einmal mehr ihren Kopf in Beobrands Mantel, versteckte ihr Gesicht vor der Außenwelt.

Von seiner erhöhten Position sah Beobrand auf die vielen

Toten hinab – regungslose, zerschundene Klumpen aus Knochen und Fleisch im Nebel der Morgendämmerung. Sein Blick blieb an der Frau hängen, die er getötet hatte. Sofort tauchte deren zerstörtes Gesicht vor seinem geistigen Auge auf, und er begann zu zittern. Reaghan umklammerte ihn mit ihren dünnen Armen, als könnte sie ihn vor seinen Ängsten beschützen.

»Was habe ich getan, Acennan? Was ist aus mir geworden? Unterscheidet mich denn gar nichts mehr von Hengist?«

Acennan kratzte sich das getrocknete Blut von der Wange und ließ seinen Blick über die Zerstörung schweifen, die sie umgab. »Du bist ein Krieger und ein Anführer, Beobrand. Das ist keine einfache Aufgabe.«

Beobrand musste an Oswalds Worte denken. »Ich bin kein großer Mann«, sagte er.

Acennan schnaubte vernehmlich. »Das habe ich auch nie behauptet. Aber du bist auch kein gewöhnlicher. Du führst, und andere Männer folgen dir.« Mit einer Geste umfasste er das Dorf. »Selbst dann, wenn du sie in das Feuer und den Tod führst.«

»Nun denn. Das ist vermutlich etwas Gutes«, entgegnete Beobrand.

Acennan schüttelte den Kopf und bedachte Beobrand mit einem traurigen Blick. »Da bin ich mir nicht so sicher. Ich glaube eher, es ist ein Fluch.«

»Vielleicht bin ich vom Schicksal dazu verdammt, verflucht zu sein.« Sofort konnte er wieder Neldas Worte in der Höhle auf Muile hören.

Acennan grinste plötzlich. »Nun ja, wenn das dein

Schicksal ist, bist du jedenfalls nicht allein. Die Schwestern des Schicksals haben meinen Lebensfaden eng mit deinem verwoben.«

Beobrand nickte. »Hab Dank, mein Freund. Zumindest in manchen Dingen kann ich mich glücklich schätzen.«

Er zog an Sceadugengas Zügeln, sodass der Hengst seinen Kopf Richtung Wald wandte. Richtung Ubbanford.

Dann erhob er die Stimme, damit all seine Kampfgefährten ihn hören konnten, und sagte: »Lasst uns nach Hause gehen.«

Bemerkungen zur historischen Einordnung

Dieses Buch ist ein historischer Roman und erzählt eine fiktive Geschichte. Es ist kein Geschichtsbuch. Wenn ich zwischen realer Geschichte und fiktiver Erzählung wählen müsste, würde ich mich immer für die Erzählung entscheiden. Dabei bin ich sehr bemüht, mich an die historischen Fakten zu halten, die uns primäre Quellen und archäologische Funde liefern. Niemals würde ich bewusst etwas behaupten, was aktuellen Forschungsergebnissen widerspricht. Aber wenn es keine gesicherten Erkenntnisse gibt, spricht meines Erachtens nichts dagegen, dass ein Romanautor seine Vorstellungskraft benutzt. Das ist schließlich der Punkt, an dem es anfängt, so richtig Spaß zu machen. Wenn eine Geschichte knapp 1400 Jahre vor unserer Zeit angesiedelt ist, dann sind es vor allem die vielen unbekannten Details, die meiner Fantasie jede Menge Spielraum lassen.

Beobrand sowie seine engen Freunde und Feinde habe ich mir ausgedacht, doch viele der Ereignisse und Personen in diesem Roman hat es wirklich gegeben.

Cadwallon wurde in der Schlacht von Hefenfelth (Heavenfield) tatsächlich besiegt und an einem Ort namens Denisesburn getötet. Die genauen Umstände seiner Niederlage sind nicht bekannt, aber aus mehreren Primärquellen (Beda der Ehrwürdige und Adomnan von Iona) lässt sich schließen, dass König Oswald Cadwallons Heer mitten in der Nacht angriff, nachdem ihm der heilige Columban im Traum erschienen war. Vor der Schlacht hatte Oswald ein Kreuz errichten und seine zahlenmäßig unterlegene Kriegerschar zum Gott der Christen beten lassen. Dem folgte der Sieg. Man kann sich heute noch vorstellen, dass das ein ziemlich gutes Argument für die neue Religion gewesen sein muss. Ein Sieg gegen einen zahlenmäßig weit überlegenen Gegner, der im Verlauf des vergangenen Jahres bereits drei Könige getötet hatte (Edwin, Eanfrith und Osric), dagegen ließ sich wohl nicht viel sagen.

Die Bedeutung dieser Schlacht ist kaum zu unterschätzen, auch wenn sie in unserer Gegenwart nur wenig bekannt ist. Die Niederlage von Cadwallons Heer aus britischen Ureinwohnern (»Waliser« bedeutet im Altenglischen so viel wie »Fremdlinge« und ist der Ursprung für das noch heute so genannte Wales und seine Bewohner) bei Hefenfelth bereitete den Weg für die vollkommene Beherrschung Englands durch die Angelsachsen.

Oswald war ein gläubiger Christ. Er wuchs im Exil unter dem Schutz der Könige von Dál Riata auf der Insel Hii (Iona) auf. In Lindisfarne sah er die Möglichkeit, in seinem östlichen Königreich ein Spiegelbild der heiligen Insel von der Westküste zu erschaffen, und bat um einen Bischof. Der erste Bischof von Lindisfarne wird zwar bei Beda nicht namentlich erwähnt, spätere Chronisten sprechen jedoch von ihm als Cormán. Über seine Rückkehr nach Hii ist immerhin auch bei Beda zu lesen. Er schreibt, dass der Bischof »seinen Ordensoberen berichtete, dass er nicht in der Lage gewesen sei, die Nation, zu der sie ihn ausgesandt hatten, etwas zu lehren, weil es sich um ein unzivilisiertes Volk von unbelehrbarem und barbarischem Temperament handelt«. Ich habe Cormán eine verwerflichere Handlung angedichtet als lediglich die Unfähigkeit, das Volk von Bernicia den christlichen Glauben zu lehren. Ich hoffe, er nimmt es mir nicht übel.

Der nächste, sehr viel erfolgreichere und bekanntere Bischof von Lindisfarne hieß Aidan. Von ihm wird in den späteren Bänden noch die Rede sein.

In diesem Roman werden mehrfach unterschiedliche Monate erwähnt. Im angelsächsischen Jahreszyklus hatte jeder Monat einen Namen, der sich auf das darin stattfindende Hauptereignis bezog. Der Blotmonath (der Monat des Opfers oder des Blutes) ist der November, wenn die Tiere, die nicht den Winter durchgefüttert werden können, geschlachtet werden. Der Solmonath (der Monat der Erde oder des Bodens, englisch: »soil«) entspricht dem Februar. Der Name erklärt sich, wenn man sich das Klima in Nordeuropa vor Augen führt. Eine Reise im Winter, während heftiger Niederschläge auf fast ausschließlich schlammigen Pfaden, war eine extrem schwierige und kraftraubende Angelegenheit. Man kann sich leicht vorstellen, wie es wäre, sich ohne moderne Funktionskleidung mit Lehmklumpen an den Füßen über matschige Feldwege zu schleppen. Im Hreðhmonath (März) wurde der Göttin Hreða geopfert, über die wir heute jedoch nur wenig wissen.

Opfer sind ein Thema, das in dieser Geschichte mehrfach in den Blickpunkt rückt. In jener Zeit waren die unterschiedlichsten Opfer üblich. Mit ihnen wollte man die verschiedenen Götter milde stimmen, eine gute Ernte sichern, die Wetterbedingungen verbessern, eigentlich alles, was man sich denken kann. Der Götter- und Geisterglaube wurde von niemandem infrage gestellt. Je größer das Opfer war, das jemand bringen konnte, desto größer war auch die Wahrscheinlichkeit, dass die Götter ihm gewogen waren und seine Gebete erhörten. Menschenopfer waren wahrscheinlich nicht allzu weit verbreitet, aber wir haben Hinweise darauf, dass es sie gab. Das verleiht dem Christentum mit seiner Vorstellung von einem Gott, der seinen Sohn opfert, um den Menschen das ewige Leben zu ermöglichen, noch einmal zusätzliche Attraktivität. In einer Welt, in der Opfer etwas sehr Reales und manchmal auch schrecklich Grausames waren, muss das Versprechen, nie wieder ein Opfer darbringen zu müssen, die Leute sofort angesprochen haben. Wenn dazu noch Mönche und Priester ins Land kamen, die über mehr Bildung und Wissen beispielsweise auf medizinischem Gebiet verfügten und ihren Gemeinschaften dadurch konkret helfen konnten, ist leicht nachzuvollziehen, weshalb das Christentum die Schlacht um die Herzen und Seelen der Menschen für sich entscheiden konnte.

Natürlich blieb die alte Religion in Dörfern und abgelegenen Gegenden noch viele Jahrhunderte lang lebendig. Es versteht sich daher von selbst, dass es zur Zeit dieses Romans, als das Christentum – nach dem Abzug der Römer um das Jahr 410 – gerade erst anfing, erneut in Britannien Fuß zu fassen, immer wieder zu Zusammenstößen zwischen den Vertretern der unterschiedlichen Religionen kam. So berichtet Beda von einem Disput zwischen Edwins heidnischem Priester Coifi und dem aus Italien stammenden Christusprediger Paulinus. Coifi gab schließlich klein bei und schloss sich dem Christentum an. Er ging sogar so weit, das Wäldchen, in dem er zuvor den alten Göttern gehuldigt hatte, bewusst zu entweihen, indem er mit einem Speer auf den heiligen Baum zielte, in dem er stecken blieb. Diese Episode war meine Inspiration für die Konfrontation zwischen Paulinus und Nelda, auch wenn das Ergebnis und die Zerstörung des heiligen Baumes bei mir etwas dramatischer ausgefallen sind als bei Beda.

Zum Thema Müttersterblichkeit nach der Geburt gibt es aus jener Zeit keine verlässlichen Daten, aber fest steht, dass Schwangerschaft und Geburt lange mit großen Gefahren verbunden waren. Noch heute, im 21. Jahrhundert, gibt es Entwicklungsländer, in denen jede siebte Frau im Verlauf der Schwangerschaft oder der Geburt stirbt! Eine grauenhafte Statistik, die aber dem Tod einer jungen, gesunden Frau nach einer Geburt im Britannien des siebten Jahrhunderts eine gewisse Glaubwürdigkeit verleiht. Schwangerschaft und Geburt müssen immer mit Staunen, aber auch mit Angst und Ungewissheit einhergegangen sein. Ein Kind bedeutete Freude und ein weiteres Paar Hände zur Unterstützung bei der Feldarbeit, am Webstuhl und am Herd, ja auch im Schildwall, aber gleichzeitig auch einen zusätzlichen hungrigen Mund und eine Gefährdung der Mutter.

In den vergangenen Jahren gab es zahlreiche Diskussionen darüber, wie genau die Eroberung Britanniens durch die Angelsachsen abgelaufen sein könnte. Früher herrschte die Lehrmeinung vor, dass die Eroberer mit Schiffsflotten vom europäischen Festland übergesetzt seien und alle, die sich ihnen entgegenstellten, in Richtung Westen vertrieben und dabei das Land besiedelt hätten. Inzwischen gibt es jedoch neuere Forschungen, die nahelegen, dass es sich um eine relativ geringe Zahl von Siedlern gehandelt hat. Ich ziehe daraus den Schluss, dass die Angeln, Jüten und Sachsen, die sich am östlichen Rand Britanniens niederließen, den eingeborenen Briten mit Waffengewalt und ihrer größeren Körperkraft, einer überlegenen Waffentechnologie und vielleicht auch mit mehr Kampfgeist die Macht entrissen haben. Nachdem sie die Herrschaft übernommen hatten, gestatteten sie den Einheimischen durchaus, nach alter Gewohnheit das Land zu bestellen, solange sie ihre Pacht pünktlich bezahlten und nicht allzu viel Ärger machten. So erklärt sich, dass Britannien von einem aus verschiedenen Völkern und Stämmen bestehenden Vielvölkergemisch bewohnt wurde. Gleichzeitig wurde Bernicia von einem angelsächsischen König regiert, auch wenn viele seiner Untertanen, etwa die Pikten im Norden oder die Kelten, höchstwahrscheinlich der Meinung waren, dass sie selbst sehr viel tiefer in dem Land verwurzelt seien als ihr König.

Ein Blick auf unsere modernen, aus unterschiedlichen ethnischen und religiösen Gruppierungen bestehenden Gesellschaften genügt, um deutlich zu machen, dass es leicht zu Spannungen kommen konnte. Ich bin fest davon überzeugt, dass eine der Herausforderungen für einen König von Northumbria zur damaligen Zeit darin bestand, innerhalb seiner eigenen Grenzen den Frieden zwischen seinen Recken und den schon länger dort ansässigen Bewohnern des Landes zu wahren. Und natürlich spielte auch der

Wunsch nach Frieden mit den mächtigen Nachbarn wie zum Beispiel mit Penda eine wichtige Rolle.

Das Treffen von Oswald mit Penda, wie ich es in diesem Buch beschrieben habe, ist meiner Fantasie entsprungen. Doch Vereinbarungen und Allianzen zwischen den Herrschern der verschiedenen Königreiche in Albion waren gang und gäbe. Oswald hatte auch ohne die ständige Sorge in Bezug auf Penda genug zu tun. Letzterer war zur damaligen Zeit der aufgehende Stern unter den Kriegsfürsten Mercias. Er hatte sich bereits mit Cadwallon verbündet und Edwin, den obersten Herrscher oder den Bretwalda der Angelsachsen, getötet. Das zeigt das Ausmaß seiner Bestrebungen. Der Waffenstillstand zwischen Oswald und Penda, so wie ich ihn geschildert habe, wird allerdings nicht lange halten. Die Zukunft der beiden Könige wird sich verflechten, so wie Beobrands Schicksal mit den königlichen Familien von Bernicia verflochten ist.

Es gibt noch eine Menge über Beobrand zu erzählen. Noch mehr Schlachten und noch mehr Tod. Noch mehr Futter für die Raben, wenn sich Leichname vor dem Schildwall im Schlamm auftürmen.

Und noch mehr Liebe.

Aber all das sparen wir uns für später auf, für ein anderes Buch.

Danksagungen

Als Erstes möchte ich mich bei Ihnen, liebe Leserinnen und Leser, dafür bedanken, dass Sie dieses Buch gekauft haben. Ich hoffe, es hat Ihnen gefallen. Falls ja, dann nehmen Sie sich doch bitte einen Augenblick Zeit und stellen eine kurze Bewertung auf Amazon oder Goodreads ein. Und erzählen Sie Ihren Freundinnen und Freunden davon, auf Facebook, Twitter oder vielleicht sogar bei einem persönlichen Treffen! Mundpropaganda und positive Bewertungen sind auf dem überfüllten Marktplatz unserer modernen Welt von entscheidender Bedeutung. Wir Autorinnen und Autoren sind auf die Unterstützung unserer Leserinnen und Leser dringend angewiesen.

Als ich dieses Buch geschrieben habe, war *Schwert und Ehre* noch gar nicht erschienen, das heißt, ich konnte ohne Druck arbeiten und musste lediglich meine Wörter und Sätze zu einer interessanten Geschichte formen. Die kurz darauf erfolgte Veröffentlichung sowie die überwältigenden positiven Reaktionen auf den ersten Band der Reihe haben jedoch auch für erhöhte Nervosität in Bezug auf *Kreuz und Fluch* gesorgt. Inzwischen weiß ich, dass es nicht nur auf die Geschichte ankommt. Nach der Veröffentlichung entwickelt ein Buch ein Eigenleben und schafft damit auch spezielle Erwartungen an die Fortsetzung. Gefällt sie den

Lesern genauso gut wie der erste Teil? Erreicht sie die gleichen Verkaufszahlen?

Letzten Endes jedoch bleibt einem als Autor nichts anderes übrig, als darauf zu vertrauen, dass das zähe Ringen um Wörter und Sätze sich auszahlt, und sein Werk in die Freiheit zu entlassen. So wie Kinder, die man loslassen muss, wenn sie bereit sind, das Nest zu verlassen. Und genau wie bei Kindern hofft man darauf, dass es einen mit Stolz erfüllt. Darum hoffe ich, dass *Kreuz und Fluch* mich mit Stolz erfüllen wird, während ich mich bereits *Krone und Macht*, dem dritten Band der Bernicia-Chroniken, widme.

Aber bevor ich das tue, möchte ich all den Menschen danken, die mir bei der Fertigstellung dieses Buches behilflich waren.

Zuerst gilt mein Dank dem Team bei Aria, die meinem Buch mit ihrer zähen Arbeit zusätzlichen Glanz verliehen haben.

Des Weiteren danke ich meinen vertrauten Testleserinnen und -lesern Shane Smart, Rich Ward, Derek und Jacqui Surgey, Simon Blunsdon und Mark Leonard. Sie alle haben mir durch weiterführende Bemerkungen und Korrekturen geholfen, dieses Buch noch besser zu machen.

Robin Carter von Parmenion Books war freundlicherweise bereit, eine frühe Fassung zu lesen, und konnte mir zahlreiche wertvolle Anregungen geben.

Dr. Christopher Monk möchte ich für seine Unterstützung im Hinblick auf die Feinheiten der altenglischen Aussprache danken.

Mein lieber Freund Gareth Jones hat viele Fassungen

dieses Manuskripts gelesen und war, wie immer, voller Energie und guter Ideen.

Wie zuvor gilt mein Dank auch diesmal Alex Forbes, der nicht nur einer meiner ältesten Freunde, sondern auch einer meiner größten Unterstützer ist.

Bei Robin Wade, meinem Agenten, möchte ich mich für seine Bemerkungen zum Manuskript und seine unermüdlichen Bemühungen um einen Verlag bedanken. Letzten Endes haben wir es geschafft!

Ein besonderer Dank gebührt Matt Bunker, Mitglied der Reenactment-Gruppe Wulfheodenas, der mir erneut gestattet hat, seine fantastische und historisch sehr präzise Kriegerausrüstung zu fotografieren – dieses Mal sogar mit ihm als Inhalt. Stephen Weatherly danke ich für die vielen Gespräche beim Mittagessen und unsere vielen Billardpartien.

Meine Eltern haben mich immer in allem unterstützt, was ich jemals angefangen habe. Die Schriftstellerei macht da keine Ausnahme. Alle beide haben etliche Entwürfe gelesen und mir jedes Mal Rückmeldung gegeben, aber mein Vater Clive Harffy ist noch einen Schritt weiter gegangen. Er hat meinen Roman lektoriert, indem er Stunde um Stunde damit zugebracht hat, jedes einzelne Wort genauestens unter die Lupe zu nehmen. Inzwischen ist er dabei, seinen eigenen Debütroman zu verfassen. Darum möchte ich mich besonders bei meiner Mutter Angela Harffy bedanken, die es ertragen muss, dass mein Vater und ich bei jedem Treffen ununterbrochen über das Schreiben reden.

Trotz all der Unterstützung, von der ich bis hierher gesprochen habe, kann das Schreiben ein sehr einsames

Geschäft sein. Es ist einfach so, dass man sich viele Stunden lang mit seinen eigenen Gedanken beschäftigen muss, um am Ende einen Roman zustande gebracht zu haben. Da ist es besonders schön, wenn man, wenn es einmal nicht so läuft, auf die freundschaftliche Gemeinschaft mit anderen zurückgreifen kann, um sich Hilfe und Inspiration zu holen. Im Lauf der vergangenen zwei Jahre habe ich große Unterstützung aus diesem Kreis erhalten. Die hier Folgenden haben sich als brillante Autorinnen und Autoren wie auch als wunderbare Menschen eine Erwähnung verdient: Steven A. McKay, Angus Donald, Paul Fraser Collard, Carol McGrath, Justin Hill, Toby Clements, Michael Jecks, Giles Kristian, Martin Lake, Samantha Wilcoxson, Stephanie Churchill und E. M. Powell. Lesen Sie ihre Bücher!

Zu guter Letzt gebührt mein ewiger Dank meiner mich immer unterstützenden und liebevollen Ehefrau Maite sowie unseren Töchtern Elora und Iona, die sowohl meine Abwesenheit während des Schreibprozesses wie auch meine schlechte Laune, wenn es einmal nicht läuft, ertragen müssen.